乾隆期八

張寅彭 編纂

劉奕 點校

上海古籍出版社

第八册目次

隨園詩話

補遺

隨園詩話補遺卷一

倉山居士著

《詩》始于虞舜，編于孔子。吾儒不奉兩聖人之教，而遠引佛老，何耶？阮亭好以禪悟比詩，人奉爲至論。余駁之曰：「《毛詩》三百篇，豈非絶調？不知爾時禪在何處？佛在何方？」人不能答。因告之曰：「詩者，人之性情也，近取諸身而足矣。其言動心，其色奪目，其味適口，其音悦耳，便是佳詩。孔子曰：『不學詩，無以言。』又曰：『詩可以興。』兩句相應。惟其言之工妙，所以能使人感發而興起。倘直率庸腐之言，能興者其誰耶？」

李玉洲先生曰：「凡多讀書，爲詩家最要事。所以必須胸有萬卷者，欲其助我神氣耳。其隸事、不隸事，作詩者不自知，讀詩者亦不知，方可謂之真詩。若有心矜炫淹博，便落下乘。」又有人問先生曰：「大題目用全力了却，固見力量。倘些小題，亦用長篇，豈不更見才人手段？」先生笑曰：「獅子搏兔，必用全力，終是獅子之愚。」

同一樂器，瑟曰鼓，琴曰操。同一著述，文曰作，詩曰吟。可知音節之不可不講。然音節一事，難以言傳。少陵「群山萬壑赴荆門」，使改「群」字爲「千」字，便不入調。王昌齡「不斬樓蘭更不還」，使改「更」字爲「終」字，又不入調。字義一也，而差之毫釐，失以千里，其他可以類推。

沈雲椒侍郎未遇時，館于陳梅岑家。其時梅岑尚髫也，然梅岑詩筆清新，實爲先生傳授。諺云：

「開口乳要喫得好。」此之謂也。梅岑常誦先生《午日秦淮》云：「菖蒲緑映石榴紅，甖盎東西放幾叢。不辨誰家妝閣底，遠山多在畫屏中。」「闌干影裏綺疏横，艾酒齊酣笑語迎。樓上衣風樓下水，一簾香霧不分明。」「丹符風颭佛幡如，扇影參差漾碧虚。一片湖光星萬點，家家水閣上燈初。」「柳陰檻外泊船頭，都向尊前聽短謳。却到中流清景好，蔣王山上月如鈎。」《晚過楓橋》云：「雨不成絲柳帶烟，暮天遠水正無邊。客愁最怕鐘聲攪，不向楓橋夜泊船。」《泛舟城北》云：「最是長條柳，依依一愴情。蘆花猶未白，已解作秋聲。」

鄭璣尺先生《咏鏡》云：「朱顔誰不惜，白髮爾先知。」可謂佳矣。後聞俞鶴齡秀才《咏鏡》有「白髮朱顔管一生」七字，尤佳。其妙處在一「管」字。

趙雲松《過蘇小墳》云：「蘇小墳鄰岳王墓，英雄兒女各千秋。」孫九成《過琵琶亭》云：「爲有琵琶數行字，荻花楓葉也千秋。」句法相似。

近日有巨公教人作詩，必須窮經、讀注疏，然後落筆，詩乃可傳。余聞之，笑曰：「且勿論建安、大曆、開府、參軍，其經學何如，只問『關關雎鳩』、『采采卷耳』是窮何經、何注疏，得此不朽之作？陶詩獨絶千古，而讀書不求甚解，何不讀注疏以解之？梁昭明太子《與湘東王書》云：『夫六典三禮，所施有地，所用有宜。未聞吟咏情性，反擬《内則》之篇；操筆寫志，更摹《酒誥》之作。「遲遲春日」，翻學《歸藏》；「湛湛江水」，竟仝《大誥》。』此數言振聾發聵，想當時必有迂儒曲士以經學談詩者，故爲此語以曉之。」

人問：「杜陵不喜陶詩，歐公不喜杜詩，何耶？」余曰：「人各有性情。陶詩甘，杜詩苦；歐詩多因，杜詩多創。此其所以不合也。元微之云：『鳥不走，馬不飛。不相能，胡相譏？』」

宋人《漁父詞》云：「歸來月下漁舟暗，認得山妻結網燈。」又云：「不愁日暮還家錯，認得芭蕉出菫籬。」二語相似。余寓西湖德生庵，夜深，斷橋獨步，常恐迷路，緊望僧庵燈影而歸，方覺二詩之妙。

凡菱笋魚蝦，從水中采得，過半个時辰則色味俱變。其爲菱笋魚蝦之形質依然尚在，而其天則已失矣。諺云：「死蛟龍不若活老鼠。」可悟作詩文之旨。然人莫不飲食也，鮮能知味也。作者難，知者尤難。

尹文端公出將入相垂四十年，常謙謙然不自喜。惟小妻張氏以所生女入宫爲皇子妃，誥封一品夫人，逢人必夸，故《紀恩》詩曰：「瑞日曈曨展翠屏，環階拜舞祝慈寧。争傳王母瑶池會，竟見仙班列小星。」

余屢覓同年楊兼山大琛詩不得，今年到蘇州，得其《古香堂詩稿》。《秦宫》云：「五丈旗飄複道寬，曉妝人試緑雲盤。虚懸照膽秦宫鏡，不見長城白骨寒。」《舟中》云：「斷雲作意横遥嶺，明月多情送短篷。最愛風標兩公子，一生消受緑蘆風。」又：「春衣典盡還賒酒，鶴俸分來又買花。」皆駘蕩可喜。

庚申初春，余與兼山及諸同年在京師遊陶然亭。兼山次壁間田退齋少宰韵云：「欲雨不雨春晝陰，城南亭子同登臨。雪痕消盡葦根出，磬響斷時禽語深。且喜僧寮無俗韵，漫將宦迹託沉吟。丁香幾樹才含萼，記取花時策杖尋。」兼山晚年寵妾，與夫人反目，余戲之曰：「君可記四十年前贈内詩乎？」兼山請誦之，曰：「『百杵午窗頻擣藥，一燈子夜尚縫衣。』此與唐明皇王夫人脱阿忠半臂作生日何殊？讀之可作回心院矣。」兼山笑而不答。田少宰諱懋，山西相公從典之子，立朝有聲。

杭堇浦論七律不喜拗體，余道詩境甚寬，實有因拗轉峭者。因誦倪紫珍先生《客中憶西湖》云：「江水不如湖水澄，南峰涼暖時堪登。入雲但問采樵客，踏葉偶隨歸寺僧。一掬泉因瘦蛟活，滿山桂與青霞烝。白波渺渺未可渡，空倚葛陂三尺藤。」似此八句，一調平仄，便索然無味矣。杭亦以爲然。先生官御史，古貌清標，識余于未第時。余學寫殿試卷，先生教以偏旁點畫，致足感也。記其《渡江遇風》云：「越陰已夙戒，涉波復新懦。忽然馮夷怒，葉舟竟掀播。命袛比毛輕，心已拚甑破。且守柁檣立，獨抱忠信卧。須臾洪濤平，白鷗浮一箇。」《在試院中答厲衣園侍郎》云：「文入彀中須賞識，棋于局外易分明。」《贈丹桂》云：「老幹十年看獨立，丹心一點早平分。」其存心之公正可想。《宿瀘溪》云：「避風先泊岸，過雨更觀瀾。」皆妙。先生名國璉。

李謹墀芝遊靈隱寺，雲林大師出示右軍《感懷札》，紙墨殘缺，如裂春冰。又出山谷、襄陽二札。李題云：「玉印何時勒，貞觀十五年。不多完筆墨，一半補雲烟。稀世無人信，名山有佛憐。我來長跪讀，深幸見殘箋。」《觀梅》云：「步步梅花裏，遲遲過石梁。兩山清潤合，一路白雲香。偶約探春侶，同登選佛場。羨他修得到，愧我半生忙。」又：「顧我忽無影，前峰落照微。」十字亦超。

余遊武夷，至大藏峰，望半空山穴中有橋板梁柱，大小百千根，參差堆架，灰墨色，長短不齊，既不朽爛，又不傾落。其下湍急，舟難停泊。有某官擊以鳥鎗，落木柹數片。朱子云是堯時民，避洪水居此。水平時，人下而木存。想亦有理。余還杭州後，與孫景高世講談及之，孫出所藏虹橋板一片，長尺許，薄三分，云得自張芑堂，張又得于吴達夫。梁山舟題云：「虹橋之板長徑尺，付與幽人鎮玉格。延陵家藏東海題，題處天然一角白。書不可信字可傳，非松非柏無人識。即今散落市廛中，君獨何緣收拾得。當年吹墮武夷峰，仙凡惝恍將毋同。須防一夜風霜起，飛上青天化斷虹。」主人題云：「虹橋遺迹倩誰搜，千載猶看片板留。莫道仙踪渺難問，有人曾向武夷遊。」「九曲環溪鎖翠烟，仙風吹墮幾何年。題來好句尤珍重，慰我平生嗜古緣。」

人餽得心大師雞子四十，師大吞咽，人笑之。師作偈云：「混沌乾坤一口包，也無皮血也無毛。老僧帶爾西天去，免在人間受一刀。」

金陵山川之氣散而不聚，以故土著者絶少傳人。王、謝渡江，多作寄公，亦復門户不久，此其證也。然街衢宏闊，民氣淳静，至今士大夫外來者，猶喜家焉。桐城姚姬傳太史掌教鍾山，有移居之志，賦詩云：「又向金陵十日留，依然雙闕望牛頭。交遊聚處思移宅，衰病行時愛棹舟。蕭寺風多疑作雨，後湖烟淡總如秋。僧書擬共舒王讀，不弔興亡惹淚流。」余謂第四句尤合余意。余當未衰時，亦喜舟行，畏陸行也。

太史七古雄厚，惜篇長難録。録其《岳陽樓見月》云：「高樓深夜静秋空，蕩蕩江湖積氣通。萬頃波平天四面，九霄風定月當中。雲間朱鳥峰何處，水上蒼龍瑟未終。便欲拂衣瓊島外，止留清嘯落湘東。」《弔王彦章》云：「亂世烏飛難擇木，男兒豹死自留皮。」《哭劉耕南》云：「別來書到長安少，死去才教天下空。」《淮上》云：「只愁天上桃花水，浸失淮南桂樹山。」《釣臺》云：「可憐高鳥盡，回憶釣魚磯。」皆絶妙也。己巳歲，余《中秋夜渡江》云：「世上夜深秋正半，江心風定月當中。」亦與先生《岳陽》三四聯相似。先生從父南青諱範，在長安與余有車笠之好，學問淹博，而不喜吟詩。余改官江南，送行詩麻集，而南青無有也。余調之云：「南青愛人如老嫗，初入翰林殊栩栩。平時著述千萬言，臨別贈我無一語。」

閨秀吾浙爲盛。庚戌春，掃墓杭州，女弟子孫碧梧邀女士十三人，大會于湖樓，各以詩畫爲贄。余設二席以待之。徐裕馨，相國文穆公之孫女也。畫法南田，詩吟中晚。《即景》云：「讀罷《黄庭》卷嬾開，静中消息費推裁。吹燈欲禁花留影，剛卷珠簾月又來。」《暮秋》云：「寒蝶低飛月滿枝，海棠紅冷桂凋時。笑儂竟比黄花瘦，青女多情知未知。」《畫眉》云：「柳梢枝上曉風柔，夢醒雕欄語未休。莫向碧紗窗畔唤，美人猶是未梳頭。」《暮春》云：「殘紅片片卸簷前，樹有餘香蝶尚憐。士女不來芳草外，鞦韆猶繫緑楊邊。中庭風静遊絲落，繡户簾垂紫燕穿。恰好送春詩未就，瑶臺有妹贈雲箋。」《夜雨》云：「夜雨小窻多少，春唤子規去了。起來收拾餘花，又把五更風惱。」

汪妽，字巽爲，號順哉，秋御先生之女也。《春日山居》云：「山居無事起常遲，不斷溪聲雨過時。最愛學飛新燕子，簾鈎低拂影差池。」《聞蟲》云：「四壁亂蟲鳴，聞聲暗自驚。獨憐秋一色，可奈月三更。嘆息余如助，丁寧夢未成。可知爲客者，緣爾倍關情。」《秋月》云：「古戍鳴寒柝，孤城急暮砧。俱饒有唐音。

孫春巖觀察滇南，娶姬人王氏，名玉如。善畫，工詩，與女公子雲鳳、雲鶴閨房唱和，有林下風。《喜弟自滇至》云：「既見翻疑誤，凝眸各審詳。九年雲出岫，一夕雁成行。别後滄桑换，途中歲月長。舊容驚半改，鄉語歎全忘。對月秋垂淚，聽猿夜斷腸。逢人問消息，覓便寄衣裳。剪燭心方慰，回頭意轉傷。自余離故土，賴爾奉高堂。感逝餐應減，思兒鬢恐霜。弟能支菽水，妹可護温凉。聞已調琴瑟，曾無弄瓦璋。當年送我處，今日遇君場。彼此皆如夢，依依兩渺茫。」此詩置白太傅集中，幾不可辨。

錢塘陸飛，字筱飲，乾隆乙酉解元。性高曠，善畫，工詩。慕張志和之爲人，自造一舟，妻孥茶竈，悉載其中，遨遊西湖，以水爲家。《揚州遇雪》云：「雨隨微霰集，船與斷冰争。」《渡錢江》云：「萬弩尚餘沉鐵在，群山渾欲勒潮回。」《爆竹》云：「緼袍易裂抛宜遠，濁酒能醒近未妨。」

近來習尚，丈夫多臂纏金鐲，手弄椰珠。余頗以爲嫌，而謹厚者亦復爲之。陸作詩刺之云：「我聞遠賈多艱虞，纏金或以資窮途。途窮未必非懷寶，懷藏亦足來萑苻。世人金多揮不足，舉袖滿堂黄映肉。指環臂釧乃女子，男化女兒何日始？南方草木椰最久，實大如瓜漿作酒。何年落子比玄珠，一串摩尼時在手。有手不弄琴與書，有手不把犂與鋤。可惜白日空摩挲，不有博弈猶賢乎？」

余嘗求陳望之先生詩而不得，《詩話》中所載甚少。近日王夢樓從楚中歸，誦其《月夜登黄鶴樓》云：「丹樓天外峙，皓月空中行。銀濤與玉魄，相迸出光明。樹暗漢陽渡，雲低鄂渚城。不知何處笛，解作落梅聲。」《泛舟登伯牙臺》云：「伯牙臺畔曉鶯飛，梅子山前緑漸肥。舟共鳧鷖聊泛泛，柳遮樓閣似依依。人琴千古知誰在，江漢殘春照鬢稀。我欲臨風彈一曲，落紅成陣亂斜暉。」

丙辰召試者二百餘人，今五十五年矣，存者惟錢籜石閣學與余兩人耳。庚戌五月，相訪嘉禾，則已中風，半身不遂。年八十有三，猶能醰醰清談。家徒壁立，賣畫爲生。官至二品，屢掌文衡，而清貧如此，真古人哉。刻《籜石齋詩集》四十九卷，最後《題春圃弟茶舫圖》云：「清涼山後阿兄題，大令名看小令齊。三月柳遮江路永，十年人隔夕陽低。」拳拳念舊，蓋物稀爲貴，理應然也。先生吟詩多率真任意，有夫子自道之樂。其《村居》云：「村居誰爲閉門高，夜雨頻添水半篙。楊柳初絲亞文杏，木蘭如玉照櫻桃。王官谷小雲同住，華子岡深犬夜嘷。短杖一枝扶便出，西軒北陌又東皋。」《先人別業》云：「屋于高處非忘世，志欲終焉此讀書。」皆有駘宕之致。先生名載，嘉興人。

家常語入詩最妙。陳古漁布衣《咏牡丹》云：「樓高自有紅雲護，花好何須緑葉扶。」國初徐貫時《寄妾》云：「善保玉容休怨別，可憐無益又傷身。」

秋霜初下，木葉未凋，而浮萍先悴。松江張夢喈之女玉珍有句云：「梧陰尚覆階前草，秋信先殘水面花。」雖眼前景，無人道過。又《贈歸燕》云：「空巢爲汝殷勤護，重到休迷故主樓。」真仁人之言。玉珍嫁太倉秀才金瑚，有孝子之稱。

凡攻經學者，詩多晦滯，獨蘇州江鄭堂藩詩能清拔，王蘭泉司寇之高弟子也。《登齊雲山》云：「危梯高百步，曲折徑通幽。人與鳥争路，僧邀雲住樓。山收千里翠，石放衆溪流。空際聞鐘磬，聲從何處求。」《寓樓》云：「東風料峭覺衣單，樓閣虚空夢未殘。病裏已教花事去，愁來肯放酒杯寬？畫圖勸客看山色，書卷留人忍夜寒。去歲家書今歲達，老親爲我定加餐。」《送蘭泉從方伯升司寇入都》云：「民情愛冬日，朝命轉秋官。」抑何工切。

余十二歲，受王交河先生蘭生知，入學。十五歲，受李安溪先生清植知，補增。十九歲，受帥蘭皋先生念祖知，食餼。感知己之恩，求王、李二公詩不可得。近在汪松蘿《清詩大雅》中得帥公《春園》云：「群香多撲鼻，空翠總沾衣。良以得春趣，因之忘世機。徑幽當曉寂，禽小見人飛。我意適如此，看雲何處歸。」又《秋信》云：「柳殘池受月，花落徑添泥。」《彈琴》云：「耳邊猶有韵，空外絶無聲。」

彭湘南布衣與陳滄洲先生同鄉交好，陳歿後，無所依歸，以選詩爲生。癸酉，來金陵，年七十餘矣。杖頭挂古錢數枚，朱履白髮，招摇過市。爲余言滄洲詩宗少陵，誦其《石峽看月》云：「薄暮村難辨，依微古渡旁。空江懸網罟，落日下牛羊。水落灘聲緩，山高樹影凉。開篷看月色，夜久漸爲霜。」他如：「夜雨鄰燈舟似市，經年旅泊水爲家。」「竹榻耳隨天籟寂，紙窗雲共佛香飄。」皆佳。

松江提督張雲翼，以公侯世職，而《嚴灘》一首，獨出新裁。其詞云：「漫整荷衣拜逸民，灘聲猶自動星辰。富春近日誰漁父，天子當年有故人。名到先生才是隱，賢如光武不稱臣。只因曾作梅家壻，外氏家風愛隱淪。嚴先生爲梅福之婿。事見《逸史》。」又：「明月到樓忘是夜，桃花無水不成春。」俱有意思，不似貴人筆墨。

康熙末年，布衣能詩者，金陵有屈思齊景賢，蘇州有李客山果。二人俱落落孤高，與朱草衣別一風格。客山詩，余見甚少。屈長于五古，工夫勝草衣，而性靈不如。在僧壁見《與馬秋田沈方舟姚玉亭觀秋色》云：「香閣層巒上，登臨落照邊。鐘聲傳下界，人語近諸天。紅葉齊争艷，秋花静可憐。蕭然林壑外，歸鳥度寒烟。」《莫愁湖》云：「一自美人去，至今芳草生。」詩境冷淡，可以想見其人。余宰江寧，從不來一見。

天長陳燭門以剛，壬辰進士，與王孟亭同年。論詩兩不相合，以王好險拗，而陳平和故也。陳長于投贈。《贈顧俠君》云：「心厭承明戀釣槎，題名江上有籠紗。鼓鐘清廟元和筆，簫管揚州大業花。重碧千卮傾北道，軟紅十丈憶東華。相看淮海詩人盡，攜手平山日又斜。」

瀋陽唐俊公英司關九江，四方詩人遊者，必有唱和。余于《詩話》中已詳言其壇坫之盛，先生詩尚未見也。近始得其《歸舟即景》云：「逸興忙中減，兹遊片刻清。岸蟲隨櫓急，漁火貼波明。山暗殘陽滅，江寒夜氣生。莫教驚野浦，恐散白鷗盟。」《環翠亭納凉》云：「古亭雅集趁新凉，明月依人照異鄉。老樹静風鴉睡穩，山衙報漏鼓聲忙。向平心事誰知己，庾亮襟期自笑狂。白雪陽春歌滿座，不堪回首少年場。」讀之想見盛世昇平，官領閒曹之樂。其子名寅保，貌如冠玉，早入翰林，出錫山嵇公之門，人以爲先生禮士尊賢之報也。

杜紫綸先生選《唐人叩彈集》，專尚中、晚，學者從兹入手，可免粗硬槎枒之病。而宗法少陵、山谷者，意頗輕之。先生《虎丘雨後》云：「六宫花老淚臙脂，點點殘紅墜晚枝。自是東風無著處，本來西子有歸時。錦帆冷落青簾舫，玉管闌珊《白紵》詞。雙槳緑波留不住，半塘烟柳雨如絲。」先生翰林前輩，與余同試光明殿，恰未一握手。

沈歸愚言沈方舟詩藏少弋家，少弋已亡，求之不得。杭堇浦言方舟詩在福建布政使張廷枚家，或少弋即方伯之宗人，未可知也。沈詩音節沉雄，得明七子梗概，而新穎過之。足迹所到，足以助其豪宕之氣。如《下朝陽》云：「似聞風雨作，前有大灘來。一氣雙江合，孤城百粤開。鰲身移島嶼，蜃口出樓臺。倚棹懷湘子，橋成力大哉。」余每過灘，先聞聲響，讀此，方知其妙。他如《小泊》云：「竹喧歸鳥後，村静飼蠶時。」《天啓德陵》云：「内豎一朝祠宇遍，爰書三案士林空。」《懷宗思陵》云：「一劍割將公主愛，九門報導寺人開。」《泰山》云：「四嶽共推青帝長，一峰還古丈人尊。」皆膾炙人口。有長安陶友蘭者，愛其詩，臨卒，命以《方舟詩集》置棺中爲殮，亦異人哉。

虎丘山塘有白傅舊堤，其碑爲居民埋匿，汪松蘿掘得之。沈賦詩云：「片石苔封閱歲華，憑君磨洗認龍蛇。從今覓得春風路，送與吴娘踏落花。」王昊廬宗伯捐貲贖甲寅難婦百餘口，沈贈云：「紅淚千行濺鐵衣，傾家不惜拔重圍。揮金欲笑曹瞞吝，只贖文姬一个歸。」

雍正間，宣城有布衣葛鶴字雲衢者，詩筆頗清，年未四十而亡。陳古漁誦其佳句云：「巢傾争宿鳥，鞭響過橋驢。」「夜雨屢遷孤客館，秋風先瘦異鄉人。」

詩用眼前之典，能貼切便佳。陳燭門《贈李天山》云：「老人吹火窺劉向，天子臨軒問長卿。」楊兼山《在户部歲暮》云：「孫簿當年猶祭竈，崔丞近日只哦松。」姚姬傳《贈陶生》云：「貧無素業彈長鋏，行入朱門着小冠。」語俱妙，而姚詩似有所諷。

詩有無心而相同者。陶篁村《偶成》云：「閉户渾如坐佛幢，彈琴作伴影成雙。多情只有蕭蕭竹，時帶斜陽綠到窗。」姚姬傳亦有《凉階》一首云：「凉階今夕又飛螢，倚檻風前已涕零。人迹不如修竹影，每隨明月到中庭。」陶《題閲江樓》云：「木落天空闊，鼉鳴岸動摇。」亦奇偉可喜。

沈方舟《出峽》云：「舟擲波心去，人穿石罅來。」王蘭泉《舟至玉屏》云：「人從激箭流中坐，船在崩崖罅裏行。」

丙子，年家子陶時行以胡氏《一房山詩集》見示，作者六七人。壬寅秋，余過蕪湖，主人漱泉淳邀遊其處，屋不甚多，而窗對赭山，門臨湖水，洵鳩江一勝景也。集中管松厓太史幹珍云：「日夕山水碧，泠然秋更清。微風湖面至，初月竹稍生。排雁銀箏柱，跳魚玉尺聲。不愁歸路晚，村火似星明。」淡霞山明府如水云：「入室菊排三徑秀，開窗風送一山秋。」仲燭亭蘊檠秀才云：「小閣乍開雙白板，秋山剛借一屏風。」宋笠田明府樹穀云：「沙外鷗眠閒勝客，竹間禽語妙于詩。」主人《曉起》云：「殘月林中挂，晴雲空際生。北窗幽夢覺，天色欲微明。露浥蕉花重，烟凝竹葉清。迎風傾兩耳，恰好一蟬鳴。」

出入權貴人家，能履朱門如蓬户，則炎涼之意，自無所動于中。宋人《咏松》云：「白雲功成謝龍去，歸來自挂千年松。」汪易堂蒼霖《咏菊》云：「不蒙春風榮，詎畏秋氣肅。」可謂見道之言。汪又有《白桃花》云：「褪盡鉛華露一叢，輕陰漠漠淡烟籠。漁郎錯認仙源路，洞口春深雪未融。」《七夕呈冰玉主人》云：「神光靉靆有無中，靈駕雲衢一水通。欲乞天孫爲補拙，明朝移巧到城東。」皆言外有意。

寶山徐水鄉，名崧，不事舉業，專攻詩，年三十三而卒。卒前十日，病卧床，語其父云：「兒往謁洞庭陰君矣。惟一生心血在詩，可以遺稿付吾友浦翔春藏之。」其時浦猶未知其死也，夢與水鄉談甚樂，自言：已死四日矣。今遊趙秋谷先生門下，講詩工夫大進。一笑而去。浦爲刻其詩，號《百删小草》。《海上秋興》云：「魚鱗千户縣初成，高築回塘似帶横。天任孤城淪碧海，帝争尺土與蒼生。扶桑日射帆檣出，碣石雲開島嶼明。極目滔滔烟水闊，秋風無浪總堪驚。」《弔韓蘄王》云：「宋家猶有西湖在，且自騎驢遣暮年。」《此夕》云：「明知惜玉須完璞，無那看花想折枝。」皆有性靈。

孔北海云：「今之後生，喜謗前輩。」水鄉《咏鸚鵡》刺之云：「怪儂巧弄無多舌，才解人言便駡人。」又刺元稹云：「君臣兒女情無二，報國曾無薄行流。」

水鄉有友吕步瀛，字仙客，亦工詩，而早亡。《贈馮雲九》云：「名士門生羽士師，仙壇步上少年時。男兒只道封侯易，誤到頭顱白未知。」馮棄儒入道，故吕羨之。亡何，二人俱亡。

余嘗謂陸放翁、康對山俱一入權門，名爲小損。然士大夫寧爲權門之草木，勿爲權門之鷹犬。何也？草木不過供其賞玩，可以免禍，恰無害于人。爲其鷹犬，則有害于人，而已亦終難免禍。東坡《咏馬季長》云：「不礙依梁冀，何須害李公。」雖是落第二層身分而言之，亦可悲也。

王蘭泉方伯詩多清微平遠之音，擬古樂府及初唐人體最擅長。自隨阿將軍征金川，在路間寄《南斗集》一册，讀之，俶詭奇險，大得江山之助。方信古人云「讀萬卷書，行萬里路」，缺一不可也。《過甕子洞》二首云：「急溜從東來，鋭石忽西拒。水爲石所搏，奔流竟回注。豈知限坡陁，欲走不得去。回旋蹴浪花，蓄勢作馳騖。何爲一葉舟，竟往殺其怒。舟水相撞舂，進退屢獨豫。乘間突而前，奇絶詫徑度。」「大石如覆舟，小石如斷臼。其色侔豬肝，其狀肖熊首。其積累重甗，其裂豁破缶。譎詭非一形,争出扼溪口。三石更頎然,似結烟霞友。臨空出竅穴,大小靡不有。俾受篙師篙,真宰信非偶。」《舁輿短歌》云:「下山走坂丸,上山逆水船。下用四人夾,上用四人牽。長繩繫板當胸穿,舁者二耦趨而前,二十四足相後先。如魚逐隊蝗附羶,如羊倒挂禽齊騫。我身托輿輿托肩,肩上尺木絙以緣。莫怪侁侁走不前,脚底千峰方刺天。」

人問懼内之説始自何時,余戲云:「始于專諸。《越絶書》稱專諸與人鬬,有萬夫莫當之氣,聞妻一呼即還,豈非懼内之濫觴乎?五代時朱温雖凶暴,亦有專諸之風。其他文學之士,如王、謝兩公,張稷、李陽諸典故,固無論矣。」人又問懼内可見于詩歌否,余只記唐中宗寵韋后,優人因裴談與宴,知君臣同病,唱《回波詞》曰:「回波爾似栲栳,怕婦也是大好。外邊只有裴談,内裏無如李老。」后喜,以束帛賜之。

「哥」字最俗,不入詩文。惟唐時張元一主司郎中《咏静樂縣公主》云:「馬帶桃花錦,裙拖緑草羅。定知幃帽底,儀容似大哥。」其時武懿宗短醜,而其妹甚長,人呼妹爲「大哥」,公主與則天並行,則天命元一嘲之,故云爾也。此外白香山詩有「何似沙哥領崔嫂,碧油幢引向東川」。沙哥者,楊汝士小名,居易,則楊之妹婿也。元世祖稱其臣董文炳爲「董大哥」,亦奇。

儀真石大年有《漁父詞》云:「檝頭艇子送生涯,來往苕溪與若耶。手把一竿春又老,釣絲牽上野桃花。」浦翔春《漁父詞》云:「水之涯,山之麓。蓼花行,蘆花宿。不脱蓑衣酣睡足。得魚换酒笑向天,月落空江自歌曲。」二詩俱妙。石又有句云:「手劈芭蕉充繭紙,眼看蝌蚪學蟲書。」

字，亦頗是路中雨景。

路途行役之詩，明將軍瑞有句云：「沿途聽爆竹，逐驛讀春聯。」邵元直孝廉有句云：「行旌最喜晴，畏熱轉思雨。」皆行路之實情實景也。邵又有句云：「馬蹄易礙非芳草，鴉背難留是夕陽。」「浮生若寄誰非夢，到處能安即是家。」「劇憐車馬馳驅苦，幸喜山川應接忙。」皆妙。又「車前細雨織成簾」七

楊升庵曰：「詩至杜而極盛，然詩教之衰自杜始。理學至程、朱而極明，然理學之暗自程、朱始。非杜與程、朱之過也，是尊杜與程、朱者之過也。」《客座贅語》曰：「李于鱗詩律細而調高，然似吳中暴富兒，局面止是華美精緻。若杜少陵，便如累世老財主，家中百物具足，即偶然陳朽間錯，愈見其爲富有也。」兩段議論甚佳，故録之。

余丁巳流落長安，館高怡園先生家三月。後四十餘年，先生亡矣，余感其德，爲撰墓志以報。不料又隔數年，張蒙泉果寄《夢中緣》一册來，云：先生亡時，貧甚，家有九棺未葬。夜見夢于童君二樹，以箋紙索畫梅十幅。童素不相識，驚醒，則案上有余所作墓誌存焉。所謂短而癯者，即其貌也。以告蒙泉，蒙泉曰：「得毋高公欲假君畫以歸土耶？」蓋其時二人同客中州，而童畫甚貴重故也。童欣然握筆，及畫成，買者無人。適河南施我真太守來，見之嘆曰：「畫梅助葬，真盛德事。」乃取其畫而助葬資二百金。題詩曰：「十幅梅花十萬錢，詩中之伯畫中仙。耶溪太守捐清俸，了却幽人夢裏緣。」張招同人和其詩，號《夢中緣》云。高公名景藩，官至觀察。

余親家徐題客畫《穿雲沽酒圖》，余題云：「玉貌仙人衣帶斜，腰間瓶插緑梅花。穿雲何事頻來

往，天上嫌無賣酒家。」後讀王荆公集，有句云：「花前若遇餘杭姥，爲道仙人憶酒家。」與余意似不謀而合。

某太史詩集四十餘卷，余與交好，欲采數言入《詩話》，苦其太多，托門下士周午塘代勘之。周戲題見覆云：「何苦老詞壇，篇篇别調彈。披沙三萬斛，檢得寸金難。」余不覺大笑，戲和云：「消夏閒無事，將人詩卷看。選詩如選色，總覺動心難。」

黄煊號補山，泰州别駕也。有昏夜獻金者，題其函云：「感君厚意還君贈，不畏人知畏己知。」余做其意，題《鏡》云：「從無好醜向人説，只等君看自己知。」

涇縣趙星閣先生青藜，乾隆元年春闈第一人也。後官侍御，以耳聾去官。爲人古淡朴質，有詩集，高尺許。記其祝某云：「退食常隨鶴，閒行不杖鳩。」《夜行》云：「高樹引涼生腋下，遠山銜月挂輿前。」又《阻風》云：「客舟牢繫客心飛。」七字尤妙。

余買小倉山廢園，舊爲康熙間織造隋公之園，故仍其姓，易「隋」爲「隨」，取「隨之時義大矣哉」之意。居四十餘年矣，忽于小市上購得前朝顧尚書東橋先生手書詩幅，題云：「茂慈詞丈就北山之麓構園，名隨園，索余賦詩，因贈云：『霜松雪竹憶歸初，千載猶堪借客居。雨過泉聲飛卷幔，雲生嵐翠擁行裾。金尊座對賢人酒，石室山藏太史書。共説高情丘壑在，蒼生凝望意何如。』」又曰：「誰向山居同揆咏，主人原是謝公才。」讀其詩，想見主人亦是詞館文學之士而歸隱者，北山之麓，當即在小倉山左右。末署「天啓五年友弟顧起元書」。事隔二百年，而園名與余先後相同，事亦奇矣。惜「茂慈」二字，是字非名，終不知其爲誰也。後考邑志，茂慈名潤生，焦弱侯之長子，守雲南殉節。

余丙辰年過廣西全州，見江上山凹有匣，非石非木，頗類棺狀。甲辰再過，觀之，其匣如故，絲毫無損。相傳武侯藏兵書處。或用千里鏡睨之，的係是木匣，非石也，但其上似無蓋耳。庚戌夏間，偶閱朱國禎《湧幢小品》云：「嘉靖時，上遣南昌姜御史訪求奇書，入全州，張雲梯，募健卒探取。乃一棺，中函頭顱甚巨，兩牙長尺許，垂口外，如虎豹狀。卒取其骨，下山，卒暴死。姜埋其骨，而覆奏焉。」余曾戲題石壁云：「萬疊驚濤百尺崖，山凹石匣有誰開。此中畢竟藏何物，枉費行人萬古猜。」爾時未見《湧幢》所載，故用疑猜，若見此書，亦無可猜矣。惜武夷山之紅橋板，不得姜御史搭雲梯而一探之。

康熙辛亥，趙斗瞻從晉入都，道經定州清風店，宿逆旅。主人家姓陳，號繼鳴。壁上有絶句一首云：「馬足飛塵到鬢邊，傷心羞整舊花鈿。回頭難憶宮中事，衰柳空垂起暮烟。」後跋云：「妾廣陵人也，從事西宮，曾不一年。被虜旗下，出守秦中，馬上琵琶，逐塵而去。逆旅過此，語不成章。非敢言文，惟幸我梓里同人見之，知妾浮萍之所歸耳。時庚寅秋杪也，廣陵葉眉娘題。」

桐城張映沙若瀛，倜儻負氣，作熱河巡檢。鑾輿駕臨，有太監某橫索金帛，其勢洶洶，知縣遁矣。張以理諭之，太監大罵。張命役擒下，重杖二十。總督方公大驚，以爲顛，據實參奏。上嘉其官卑而能執法，將太監登時充發，而擢張爲河北同知。余按：唐敬宗五坊小兒騷擾百姓，長安令崔發遣人拘之。尚未訊也，中官率百餘人，持棒直入，毆崔幾斃。敬宗猶怒其擅拘中人，下崔於獄。以今較昔，聖主之聖，庸主之庸，豈不相懸萬萬哉？映沙恃聖明在上，得行其志。在北路時，有上公莊頭强贖民田，戴花翎來説情者數輩，映沙盡行揮去，拘强贖者杖之，衆爲讋伏。映沙雖剛正，而喜恢諧。桐城士俗，呼叔叔爲「椒椒」。其時族弟曾敞編修，鄉試分房，有叔某爲大興縣丞，遵例迎送。榜後，門生有獻狐裘二襲者。映沙賦詩嘲之云：「恩旨分房第一遭，馬前迎送有椒椒。鹿鳴宴罷懷銀器，虎榜人來捏紙包。白髮門生雙膝屈，藍圈文字七篇高。莫言分校無他樂，夫婦同時着大毛。」

人有以詩重者，亦有詩以人重者。古李、杜、韓、蘇，俱以詩名千古。然李、杜無功業，不得不以詩傳。韓、蘇有功業，雖無詩，其人亦傳也，而況其有詩乎？金陵方伯康茂園先生，清風惠政，人所共知。在睢寧治河，落水中，神扶以起。余記其事，載文集中。公豈藉詩以傳者哉？然重其人則其詩亦因人而重。今春三月，詩弟子陳熙爲抄一册見寄，録其《繁峙學署有懷》云：「吾懷仲夫子，負米欣然歸。吾愛楚老萊，蹁躚舞斑衣。人生離膝下，忽忽欲何之。憶我少年時，井里從兒嬉。甫壯營薄禄，出門意遲遲。一官爲親喜，山城復羈縻。官冷飯不足，嗟哉無鲊遺。感此傷客心，晨昏忍暫違。寒風生四壁，瑟瑟砭人肌。以我念母日，知母憶兒時。憶兒憐其少，憶母慮其衰。人生願爲兒，結念常在兹。」《登焦山》云：「浮玉摇天碧，迴瀾障海門。人從初地入，峰到上方尊。吴楚當軒合，雲山遠水吞。我尋高士宅，三詔石猶存。」此兩首一徵仁孝之思，一存清妙之旨。讀者如食緌山桃，雖不得仙，亦足以豪矣。公諱基田，丁丑科進士，山西興縣人。

鰲滄來明府有妹名潔，爲紫庭太史之女，性愛吟詩。年十六，適四品宗室魁明。年二十而寡，守志撫孤。嘗寄滄來云：「織盡人間寡女絲，三更涕淚一燈知。近來焚却從前稿，不爲懷兄不作詩。」

「兒女乾啼濕哭餘，偷閒才得寄家書。望兄好繼襄勤業，莫使官聲竟不如。」滄來，襄勤公成龍之曾孫也。歷宰吳下，清慎勤敏，綽有祖風。

俗稱女子不宜爲詩，陋哉言乎！聖人以《關雎》、《葛覃》、《卷耳》冠《三百篇》之首，皆女子之詩。第恐鍼黹之餘，不暇弄筆墨，而又無人唱和而表章之，則淹没而不宣者多矣。家龍文弟婦黄氏雅宜、香亭篷室吴氏香宜，俱有窈窕之容，仝居一室，互相切磋。黄《咏燈花》云：「銀釭奪月吐光華，影入窗櫺透碧紗。未忍輕挑私問汝，不知何喜報吾家？」吴《咏梅》云：「爲受春寒花放遲，遊人偏採未開時。儂心恰愛天然好，不忍臨風折一枝。」《春晴》云：「細雨連宵濕軟塵，今朝晴放一窗春。柳絲低舞花添笑，都似風前得意人。」皆清妙可誦。又有淑端内史者，見二人詩而愛之，贈一絶云：「誦君佳句愛君才，未對菱花卷已開。想是瑶池曾結伴，詩仙逃下一雙來。」余按：荀奉倩云：「女子以色爲主，而才次之。」李笠翁則云：「有色無才，斷乎不可。」有句云：「蓬心不稱如花貌，金屋難藏没字碑。」

龍文候補粤西，家無擔石，而家信來，詭云娶妾。雅宜答以詩云：「郎君新得意，志氣入雲驕。未置黄金屋，先謀貯阿嬌。」蓋揶揄之也。香宜知余采其詩入《詩話》，以詩謝云：「有志紅窗學咏詩，絳帷深幸侍良師。微名也許登詩話，榮似兒夫及第時。」戲香亭也。雅宜名楨，香宜名蕙，淑端姓孟，名楷。

梁山舟侍講南山掃墓，見方姓人家張壁一幀，乃康熙二十六年丁卯科題名録一紙，即市賣之物，完好如故，且刻板精潔，比近日百倍。正榜僅五十名，副榜十名，同考十二房，并主司官爵、表字、鄉貫，一一詳載于尺幅。又監臨、提調、三場題目皆全。解元於潛伍涵芬，第七名即查聲山先生也。榜姓丘，百餘年故紙，居然不毁，亦一奇也。梁中乾隆丁卯舉人，是科有重預鹿鳴之周名天相者，因題其後云：「我年二十五，卯歲領鄉薦。再上六十年，此榜寔羔雁。憶余鄉賦時，群集隨諸彦。領袖鶴髮翁，謂中録第四十二名周翁天相，錢唐人。巍然靈光殿。風貌既甚古，章服亦不賤。私竊問姓名，愛蓮分一瓣。少年曾筮仕，秩視諸侯半。歸卧田里間，後生蔑由見。恭逢盛典舉，重預嘉賓宴。今後卅年餘，翁久隨物變。即余同年生，八九已露電。乃于山人廬，忽睹紙半片。上鐫千佛名，一佛曾識面。當年取士嚴，額解纔大衍。主司及同考，一一載鄉貫。字迹頗工整，首尾無漫漶。想見詅賣時，狼籍坊市遍。此紙逾百年，獨再優曇現。賢哉方山子，拾得常自玩。藏弆比吟箋，裝背作畫卷。某也後進人，彰美在所先。率書五字詩，留下一重案。」余道此與康熙年間，吴鱗潭祭酒在啓聖祠掘得元人題名三碑，一蒙古，一色目，一漢人，皆有正副，余買得紹興十八年朱子題名碑相倣。

隨園詩話補遺卷二

倉山居士著

福建高南疇觀察，官江南時，與余交好。遭患難後，三十年不通音問。庚戌秋，其子竹筠袖詩相訪。《壽陽》云：「陟險攀籐上，岧嶤勢百尋。路危遲馬步，峰峻怯人心。殘夢扶鞍續，愁懷對月深。前程都莫辨，雲霧濕衣襟。」《青玉峽》云：「人隨飛鳥渡，僧帶斷雲來。」《平山堂》云：「紫蝶緩隨人影去，緑楊低護畫船行。」皆佳句也。嗚呼！余見公子時，年才六七。方疑流落何所，而竟能清詞麗句，卓然成家，可謂佳公子矣。

吾鄉金江聲觀察有句云：「蕭寺秋聲流夕磬，酒樓紅影上春燈。」陽湖楊宇昭有句云：「滿林黄葉通樵徑，繞郭紅燈半酒家。」

余丙辰入都，胡稚威引見徐壇長先生。己丑翰林，年登大耋，少遊安溪李文貞公之門，所學一以安溪爲歸。詩不求工，而間有性靈流露處。《贈何義門》云：「通籍不求仕，作文能滿家。坐環耽酒客，門擁賣書車。」真義門實録也。《幽情》云：「酒伴强人先自醉，棋兵捨己只貪贏。」《安居》云：「入坐半爲求字客，敲門都是送花人。」亦《圭美集》中出色之句。

溧陽彭賁園先生，素無一面，寄《雲溪詩集》見示。有筆有書，亦唐亦宋，不愧作者。佳句如《雨阻淮上》云：「春氣勒隄柳，水光團野烟。」《舟中》云：「長河欹枕過，片月貼帆飛。」《劍津》云：「早知神物終當化，何似豐城便永埋。」《無題》云：「月展璧輪宜喚姊，風吹池水最干卿。」皆妙。又《接家書》云：「有客來故鄉，貽我鄉里札。心怪書來遲，反覆看年月。」只此二十字，寫盡家書遲接之苦。先生名光斗，出仕閩中。

某有句云：「落月鋪滿地，秋聲尋到門。」余愛其中一「尋」字。因憶厲太鴻有「明月出樹如相尋」七字，亦復相同。

武陵胡少霞蔚老於蓮幕。死後，雲南彭竹林明府鐫其《萬吹樓遺稿》付余，曰：「此少霞一生心血，先生爲存其人可乎？」余録其《渡口》五絶云：「渡口秋來樹，迎風葉葉黄。懷人相望久，猶道是斜陽。」《和史梧岡》云：「蓬萊回首隔山河，王子吹笙帝子歌。聞説長春在天上，春秋應比世間多。」

蘇州汪山樵明府獻聖祖《南巡詩》，蒙召入南書房。一日，聖祖坐内廷，取榻上册，顧諸臣曰：「卿等試看此册，是何人筆墨？」皆奏曰：「似翰林陳邦彦。」上笑曰：「非也。此是邦彦内弟汪俊所書，詩字俱佳。」其受知如此。旋出宰醴泉，以詩酒罷官。余在薛生白家，與同宴集，來往甚歡。欲覓其遺稿，竟不可得。近見少霞有懷汪一絶云：「幾年著作直承明，萬壽詩章御榻横。曾説九重親賞識，是何年少有韓翃。」

宜興儲玉函太守，同年梅夫之從子也。詩筆與其弟玉琴相似，而尤長於五言。《過舅氏别業》云：「乞墅歡遊地，重來舊業存。敲冰進孤艇，曝日聚閒門。林影深藏屋，湖光冷逼村。廿年人事改，昔夢向誰論？」佳句如：「竹陰清石磴，花色淡秋衣。」「遠鐘清過水，深竹暮連山。」又：「春烟浮緑野，夜火滿丹陽。」對仗亦巧。

桐城李仙芝自稱抱犢山人，館方氏一梅齋。夜半關門，宿鳥驚噪，因得「推窗驚鳥夢」五字，以爲似賈浪仙，然終未成篇也。又隔五年，爲山館蟲聲棖觸，方足成一律云：「宵深寒氣重，山館劇淒清。夜月猿僵卧，秋螢鬼擁行。推窗驚鳥夢，就枕聽蟲聲。寂寂孤燈燼，匡床已二更。」又《客金陵見新燕有感》云：「尋巢擇室幾經春，故國烏衣夢想頻。上苑喬林遷不到，生成薄命是依人。」其寓意亦可悲矣。

對聯之佳者，趙雲松見贈云：「野王之地有二老，北斗以南止一人。」龍雨蒼見贈云：「羲皇以上懷陶令，山水之間樂醉翁。」余自題云：「讀書已過五千卷，此墨足支三十年。」黄浩浩嘯江有句云：「花怯曉寒思就日，柳摇春夢欲依人。」胡蛟齡蔚人有句云：「前山暖日如修好，昨夜狂風尚賈餘。」俱新。

諸襄七檢討性情迂傲，有弟子求題圖，先生開卷，見齊次風侍郎、周蘭坡學士先題矣，心有所忮，大書曰：「齊大非吾偶，周衰尚有髭。兩人都已寫，何必我題詩。」

凡藥之登上品者，其味必不苦，人參、枸杞是也。凡詩之稱絶調者，其詞必不拗，《國風》、盛唐是也。大抵物以柔爲貴，綾絹柔則絲細，熟金鐵柔則質精良。詩文之道，何獨不然？余有句云：「良藥味不苦，聖人言不腐。」

常州吕映薇秀才，邀人作《簾鈎詩》，首唱云：「桊戟深深鈎影微，玉竿叉上綺窗衣。呢喃燕語窺巢入，溶漾絲牽入户飛。十里釵鐶攀絡索，一廳燈燭落珠璣。嚴公幕下憐才甚，三挂冠巾是也非。」吴穀人太史云：「縱殊畫向鴉叉展，宛似書摹蠆尾成。」秦端崖太史云：「游空半學魚抽乙，倒挂真疑鳳是么。」吴古然云：「眼于檻外看么鳳，手出樓頭見美人。」又穀人云：「分明賭酒曾籠袖，仔細擡頭怕礙冠。」皆可謂工矣。

乾隆庚戌五月二十六日，直隸完縣有一産四男者，大吏奏聞。秦西岩觀察賦詩云：「一胎不數三丁異，八士何難兩乳成。」

丙戌，方比部坳堂昂見訪隨園，留詩一册而去。其《感懷》云：「蓑衣蒻笠愧坡仙，放浪慵營洛下田。過眼功名花在鏡，驚心歲月箭離絃。鬢毛短處人應笑，髀肉生時我自憐。多謝長征識途馬，也如名將歷幽燕。」通首氣格雄渾。與高東井交好，贈云：「貧多遊覽懷應壯，少不窮愁句自工。」

真州張湖，字愚谷。《咏落葉》云：「曾爲上古衣裳用，莫道闌珊是棄材。」此意古人未道。

雲南離中國七千餘里，而近日文章之士甚多，以彭氏一門爲最。香山令彭少鵬名翥者，在肇慶受業于余，曾載其佳句入《詩話》矣。今秋，以獲海盗，保薦入都。過金陵，宿山中三日，購書一船而行。其人弱不勝衣，而擒盗入洋，乃有餘勇。余爲驚喜，贈七古一章，載入集中。彭《獅子洋》云：「到此疑無岸，飄然天際行。珠光隨月滿，水氣與雲平。猛虎原名鎮，蓮花别有城。一聲秋夜笛，吹動故鄉情。」《澳門》云：「天上風雲全護水，海中村落總依山。」他如：「濤聲歸壑急，海艇擱沙多。」「無雲天水合，有月海山清。」「舟行未雨前，日落無人處。」皆奇境也。見訪云：「升堂由也果，今日到隨園。」用

《論語》甚趣。其族人彭印古亦有句云：「雲深都失路，葉落不藏村。」「竹裏敲詩隨鶴步，花間鼓瑟與魚聽。」「窗横野色雲千里，松帶濤聲水一樓。」俱妙。

少鵬仝舟有蘇君名棅者，亦詩人也。《昆明旅次》云：「山光臨坐暗，湖氣入門凉。」《冬夕》云：「舉步霜月中，人寒影亦濕。」又有昆明翰林錢君名澧者，《留宿李氏小飲》云：「二麥將枯老却春，南郊偏訪葛天民。九年不共尊前飲，再宿猶疑夢裏身。門接山光來異縣，墻分花氣與芳鄰。蓬瀛故事休夸説，看取風前兩鬢新。」趙州龔簪岩名錫瑞者，工古樂府及七言長句，《龍尾關》云：「龍尾關前水，年年帶雪流。如聞天寶卒，永恨國忠謀。蜀道倉皇幸，冰山頃刻休。餘兵二十萬，白骨竟誰收。」自注云：「唐時高仙芝攻大食國，安禄山討奚、契丹，楊思勗討叛蠻，各喪師數萬，故及之。」又《遊飛來寺》云：「孤月晴翻江影動，亂松寒送雨聲來。」《悼亡》云：「鬼燈如見通宵績，故突猶疑帶病炊。」「泪下憐余如隔世，挂遺驚汝尚持家。」贈某云：「從戎二十執戈殳，百戰餘生膽氣粗。飲馬長江休照影，恐驚霜雪上頭顱。」

周中翰青原娶沈氏，爲蓮花廳沈司馬之長女。常來隨園看花，貌明秀而性和婉，不愧名家女，不知其能詩也。殁後，其子之桂從故簏中檢得其《思歸》云：「東風吹恨幾時消，春水連天又長潮。自嘆不如梁上燕，一年一度也歸巢。」《初晴》云：「晚霞紅映碧窗開，雁字摇空入鏡臺。漸遠不知何處去，化爲雲氣過山來。」

每過池上，見楊柳向人低折，遊山見紅墻，必是僧寺，皆眼前事也。真州李秀才濂有句云：「往來恰怪沿隄柳，低舞成行欲拜人。」又曰：「約略招提前面是，淡金塔影淺紅墻。」

錢辛楣少詹序馮畹廬之詩曰：「古之君子以詩名者，大都自抒所得，而非有意于求名。故一篇一句，傳誦于士大夫之口。後人薈萃成書，而集始名焉。南齊張融自題其集，有『玉海金波』之名。五代和凝鐫集行世，人多笑之。近世士人未窺六甲，便製五言，又多求名公爲之標榜，遂梓集送人。宜于詩學入之不深，而可傳者少。」

畹廬者，姓馮，名懷朴，躬耕于太倉之璜涇。殁後，其詩始出。《舟中書所見》云：「進鮮河裏布帆飛，秋水清漣鱸鱖肥。掠鬢漁娃都帶濕，太湖風雨打魚歸。」五言云：「遠水籠烟闊，遥天壓樹低。」「饑年憎閏月，病叟厭餘生。」「嬾僧遲見客，冷寺早鳴蟲。」《題韓文公集》云：「一檄投溪旋徙窟，聽言猶覺鰐魚賢。」托諷冷雋。又「客與寒潮共到門」七字亦佳。

太倉又有許培秀者，《題畫》云：「垂柳罨晴烟，微風颺飛絮。一帶緑陰濃，鶯啼不知處。」末二句是聞鶯真境界，非身歷者不知。又《望月》云：「但覺溪光白，不知新月生。」《得友人信》云：「曉起聞啼鳥，書來正落花。」

七夕詩最多。家四妹棠云：「匆匆下顧塵寰處，如此夫妻有幾家。」近見休寧陳蕙畹湘有句云：「天孫莫尚嫌歡短，儂自離家已五年。」俱有情致。陳又有句云：「蛛網蒙飛絮，蜂鬚挂落紅。」「隔岸炊烟起，柴門牧笛歸。」《楊花》云：「無賴喜遮遊客面，多情時入酒人家。」

蕪湖有鍾姓女子，名睿姑，字文貞，能詩，能畫，能琴，兼工時文，受業于甯孝廉楷。陪其師遊冶父山云：「笋輿重去訪名山，楓葉才紅緑未斑。自把瑶琴傍溪樹，乘風一奏白雲間。」「無梁殿冷石門秋，鑄劍池空水不流。苔蘚照人心自古，滿天晴雪落峰頭。」「樹裏湖光一鏡開，水精宫外有樓臺。散花不到維摩室，親捧雲珠供佛來。」甯故宿學之士，余宰江寧時，與秦大士、朱本楫諸公受業門下。五十年來，群賢亡盡，而甯年八十，巍然獨存，又得女弟子以衍河汾一脉，亦衰年聞之而心喜者也。

海鹽崔應榴秋谷《吴江夜泊》云：「小驛柝初起，孤篷月已上。漸息人語喧，微聞水聲響。」《真州客夜》云：「凍雨欲歇聲漸微，窺窗殘月揚清輝。此時有酒不成醉，明日無風那得歸。江水翻翻自北上，秋鴻一一皆南飛。矢歌未闋雞報曉，滿庭白露沾我衣。」

壬寅春，余遊黄山，路過貴池昭明太子廟，有新撰碑文甚佳，末署名者爲邑宰林夢鯉。其文古雅，似出六朝高手。乃搨其文以歸，徧問何人秉筆，絶無知者。庚戌夏間，在蘇州，門生顧立方敏恒作府學廣文，來見，出示古文四篇，其首篇即《昭明太子碑》。余不覺狂喜，自夸老眼之非花。

尹文端公病重時，有人以《秋雨殘荷圖》求題，公題云：「秋雨滿池塘，殘荷委流水。可憐君子花，衰來亦如此。」題畢，嘘唏再三，未五日而卒。公諸子皆能詩，四公子樹齋以蔭得官，有句云：「三代簪纓承雨露，一家機杼織文章。」三公子兩峰以科名起家，《咏獨秀峰》云：「千丈芙蓉拔空起，爲山原不藉丘陵。」文端公見而笑曰：「三兒以我爲丘陵乎？」

徐上舍濤，吴江人，號江庵。少倜儻不羈，長于近體。《贈龍雨樵明府》云：「客來風篁尋琴譜，人到公庭乞法書。」龍頗重之。又《題清霧瑶臺》云：「石欄屈曲路横斜，流水空山見落花。貪逐胎仙過橋去，不知凉露滿輕紗。」《病中與郭頻伽秀才鄧尉探梅》云：「今朝尋花將命乞，呼童荷鍤隨我行。死便埋我梅花下，君爲立石題我名。後之遊者攷歲年，手摸其文笑且顛。咄哉此子本多病，不死牖下死花前。」果以是年不起。

謝康樂詩：「千岩盛阻積，萬壑勢縈回。」李白詩：「千岩泉酒落，萬壑樹縈回。」二句不但襲其意，兼襲其詞。以太白之才，豈肯蹈襲前人？因其生平最喜謝詩，故不覺習而不察。杜少陵平生最愛庾子山，故詩亦往往襲其調。如「風塵三尺劍，社稷一戎衣」之類，不一而足。

余每出門，或遠行數千里之外，撒手便行，無繫戀之意。及在客邊住久，到歸家時，賓朋相送，反覺難堪。興化任進士大椿有句云：「放船歸思減，久客別人難。」

新安王勳，字於聖，精于醫理。章淮樹觀察因其長子病重，延之診視。夫人吴氏，順便請其按脉。王曰：「長郎胎瘧，無妨也。夫人脉已空矣，明年三月，恐不能過。」時夫人方强健，聞其言，以爲詛咒，群笑而罵之。到期，竟如其言。余患腹疾，訪之揚州，蒙其以師禮相事，秤藥量水，有劉真長之風。出乃父槐亭森詩見示，録其《新年到家》云：「水陸因由臘及春，到家重慶履端辰。漫談别後風霜苦，且放尊前歲月新。昨日尚爲羈旅客，今宵才屬自由身。梅花不是因寒勒，有意含香待主人。」《遺興》云：「野花村酒堪娱性，山月溪風亦解懷。莫使寒梅和露菊，年年含怨望青鞋。」二詩頗見性情，他作未能稱是。初於聖之意，欲梓乃父全稿，余止之曰：「《槐亭集》非不清妥，但無甚出色處，雖付棗梨，無人耐看。不如提取佳者入《詩話》中，使人讀而慕思，轉可不朽。」

盧江胡夢湘孝廉，沈本陛秀才之甥也。名光棨，早歲能吟。《歸雁》云：「雲淡影相失，月明聲更稀。」《秋夜》云：「雁來月夜關河冷，秋到江城枕簟知。」《懷人》云：「繞徑蛩聲人迹少，一庭烟散月明多。」可謂何無忌酷似其舅。

顔古翁詩對仗最工，有不可磨滅者。如「天哀孝婦三年旱，山畏愚公一夕移」、「門羅將相文中子，例變春秋太史公」之類。

吾鄉鮑以文廷博，博學多聞，廣鐫書籍，名動九重，不知其能詩也。余偶見其《夕陽》二十首，清妙可喜。録其一云：「一匝人間夕又朝，晚來依舊滿閒寮。疏分霜葉秋容淡，細點征帆别思遥。淡淡欲隨城角盡，明明還帶酒旗摇。迷藏慣匿西樓影，不似春愁不肯消。」其他佳句如：「馬上看山多倦客，溪邊掃葉有閒僧。」「問誰閒袖遮西手，老我空懷再少心。」「遠引鐘來雲外寺，漸分燈上酒家樓。」「願得少留墻一角，悔教高卧竹三竿。」「不愁一去蹤難覓，却恐重來事轉生。」「山外有山看未足，幾回倚杖立衡門。」皆妙絶也。可稱古有「鮑孤雁」，今有「鮑夕陽」矣。

異域方言，采之入詩，足補輿地志之缺。古人如「娵隅躍清池」、「誤我一生路裏采」之類，不一而足。近見梁孝廉處素履繩《題汪亦滄日本國神海編》云：「貢院繁華繫客情，朝朝應辦幾番更。筵前只愛紅裙醉，拽盞何緣號撒羹。」貢院者，館唐人處也。佐酒者號「撒羹」。「蠟油拭鬢膩雅鬟，妾住花街任往還。那管吴兒心木石，我邦却有换心山。」妓所居處，山名「换心山」。「十幅輕綃不用勾，倩圍夜玉短屏幽。通宵學枕麻姑刺，好向床前聽鬭牛。」其俗以木爲枕，號「麻姑刺」，直竪而不貼耳，故至老不聾。李寧圃太守《潮州竹枝》云：「銷魂種子阿儂佳，開襟千金莫浪夸。高捲篷窗陳午宴，争夸老衍貌如花。」六蓬船幼女呼「阿儂佳」，梳籠謂之「開襟」，幼女梳籠，以得美少年爲貴，不計財帛，呼婿曰「老衍」。

李公《竹枝》，亦有都知録事之不可不記者，以其人皆有可取故也。其一云：「金盡床頭眼尚青，天涯斷梗寄浮萍。紅顔俠骨今誰是，好把黄金鑄阿星。」幕客某，流落潮陽，魏阿星時邀至舟中，供給備至，五年不衰。病愈，復資之赴省。又十年，携重貲復遊於潮，時星已色衰，載客他往。某居潮半載，俟星歸，酬以千金，爲脱蜑籍。其二云：「艷説金姑品絶倫，阿珠含笑復含顰。道儂也有冰霜志，要待蓬萊第二人。」金姑即「狀元嫂」，阿珠亦一時尤物。有數貴官艷稱狀元嫂卓識堅操，人所不及，阿珠笑曰：「妾貌雖遜金姑，而志頗向之，惜未遇榜眼、探花耳。」其三云：「日向船頭祝逆風，青溪三宿藥爐空。星軺不許騎雙鳳，却悔腰間綬帶紅。」某學使惑于大鳳、小鳳，自潮至青溪六百里，緩其程至十餘日。抵岸，又托病在船，三宿而後去。二鳳亦爲之卧病經年。其四云：「除却蕭郎盡路人，寶兒憨態最情真。新詩便是三生約，炯炯胸前月一輪。」湖州某與寶娘交好，特爲鑄鏡一枚，鎸其定情詩于背。寶娘日夜佩之。

吕耜堂客分宜，見《嚴氏家譜》載世蕃有兄名世藍者，家居不仕，睦鄰敦族，後不罹于禍。今之子孫，皆其苗裔也。梁孝廉過而弔之云：「兄豈難爲非競爽，子能不肖始稱賢。」

考據之學，本朝最盛，然能兼詞章者，西河、竹垞二人之外，無餘子也。近日處素、諫庵兩昆弟，頗能兼之。處素《將至長沙遇順風》云：「江天如拭晚成晴，帆飽舟輕浪不驚。斜日漸從鴉背落，殘霞猶映樹邊明。飯丸烏接神應助，沙觜風回草有聲。頻向篙工問前路，烟中指點武安城。」其他五言如：「怪松連石長，歸鳥雜雲飛。」「星低疑在岸，月近總隨船。」「談深蟲語續，人靜鼠聲來。」「浪花入船窗，添我硯池水。」七言如：「星光墮水白于月，樹色粘雲暗似山。」「荒寺鳴鐘鷩鷺起，孤村喚渡少人譍。」皆妙。

泰州宫霜橋善畫能詩，余在李明府屏上見其《秋夜寄友》云：「新凉如水撲簾勾，唧唧蟲聲動旅愁。人到饑寒才作客，樹無風雨不成秋。静聽砧杵催長夜，誤煞關河説壯遊。正是相思無着處，一聲征雁下西樓。」又《新柳》云：「青未能牽花市鳥，緑將扶出酒家帘。」

己酉二月十一日，余平晝無事，翻閲近人詩集。正看青陽沈正侯詩未三頁，閽者來報，正侯與僧亦葦到矣。余爲驚喜，信文章之真有神也。沈呈新作，余愛其《貴池道中》云：「雲遮山入夢，風急鳥移家。」「貪睡每教兒應客，好吟且聽婦持家。」《登攝山》云：「誰云攝山高，我道不如客。我立最高峰，比山高一尺。」《聽琴》云：「花含簾外笑，鳥歇樹頭音。」不料别來七年，詩之進境如此。

戊申冬，余訪明竹岩新于武佑場，盤桓三日，極唱酬之樂。追思二十年前，其尊人作江寧方伯，彼此置酒看花，忽忽如夢。惜其弟鐵崖亨中年徂謝，余將作哀詞以輓之，惜無事實，故匆匆尚未暇也。録其《青冢驛夜行》云：「空山夜静悄無聲，皓月霜天分外清。習慣渾忘身萬里，途長不覺漏三更。寒星天際時時换，道中竟日所行，多之字路。積雪懸崖處處明。歷盡高寒清到骨，人生幾个隴西行。」竹岩尤長于言情，《寄内》云：「料得深閨應有夢，計程先我到遼西。」「細字含情臨洛浦，新詩掩卷愛周南。」俱秀雅可誦。

湖州姜秀才宸熙，號笠堂。《浮萍》詩云：「春水方三月，楊花又一生。」《晚眺》詩云：「晚烟都在樹，春雨不離山。」《歲暮》詩云：「睡重知春近，人忙覺歲殘。」贛州太守張公爲余誦之。「扶桑影裏看金輪」，宋文丞相詩也。如皋范秀才昂千賦得此句云：「極目萬山猶拱宋，蹉跎一霎恐移陰。」頗寫得出忠臣心事。

蘇州桃花塢有女子姓金名兑字湘芷者，諸生金鳳翔女也，年甫十三。有人録其《秋日雜興》云：「無事柴門識静機，初晴樹上挂簑衣。花間小燕隨風去，也向雲霄漸學飛。」「秋來只有睡工夫，水檻風涼近石湖。却笑溪邊老漁父，垂竿終日一魚無。」

婺源洪丹采朝陽《咏長干塔》云：「渾疑天柱從空降，欲信雲梯可上行。」二句殊雄偉。倪司馬春岩《咏裏湖》云：「段橋合是兒家住，湖水當門作鏡奩。」二句殊清麗。

揚州諸生張本，字友堂，爲山長趙雲松所賞。張贈山長云：「可能當得逢人説，從此專爲悦己容。」蘇州詩人方大章因劉霞裳而來受業，贈霞裳云：「扶持玉局尋花杖，接引龍華會上人。」

上海曹錫辰，眉毫盡落。曹贈眉以詩云：「汝能速反乎？吾將報汝以揚伸卓豎，誓不與汝以顰蹙低攢。汝來否乎？吾將遲汝于天台雁宕之間。」

詩能入人心脾便是佳詩，不必名家老手也。金陵弟子岳樹德滋園，初學爲詩，《銅陵夜泊》云：

「櫓聲乍住月初明，散步江臯宿雁驚。忽聽鄰舟故鄉語，縱非相識也關情。」《古寺》云：「寺荒僧去鐘猶在，碑老苔生字半存。」《小艇》云：「滿載誰知都是月，輕飛始信不關風。」其弟樹仁，字樂山，亦能詩。《題隨園》云：「依山偶蓋看花樓，樓上看花五十秋。到此任爲門外客，匆匆行過也回頭。」《曉步》云：「黄鸝啼破緑楊烟，唤醒東風二月天。宿露欲晞雲氣散，斬新山色到人前。」「日日循途自往還，胸中繪得好溪山。今朝貪看沿堤柳，走過平橋錯轉彎。」《春閨》云：「吟罷伊誰共唱酬，金爐香燼漏聲稠。侍兒俯仰偷眠態，似向燈旁暗點頭。」

白下余秀才旻，吟詩肯刻意，不入平庸一路。余道從此加功，便能加人一等。《徙榻》云：「得月又愁多受露，迎風還恨不當花。」《洗硯》云：「願將賸得涓涓滴，洒徧人間没字碑。」《咏風》云：「欲吹山作地，能送海升天。」《種花》云：「垂頭不語還遮面，新種花如新嫁娘。」

吾鄉倪春岩司馬廷謨，有吏才，兩宰桐城，謳歌載道。詩亦清新拔俗。尹文端公督兩江時，最爲賞識。尹公晚年好平章肴饌之事，封篆餘閒，命余徧嘗諸當事羹湯，開單密薦。余因得終日醉飽，頗有所稱引。惟于春岩治具之日，攢眉不薦。蓋春岩但知靡費金錢，而平素不曾訓廸庖人故也。春岩知之，作書與余，末署「菜榜劉蕡」四字，余爲大笑。今年來金陵，讀《隨園詩話》，喟曰：「何獨無我？豈詩榜亦作劉蕡乎？」余因索其從前呈獻尹公之詩，云：「都已遺失。」惟抄近作數首見寄。余讀之，嘆曰：「此護世城中美饍也，加人一等矣。」《辛丑元旦》云：「斗柄才回欲曙天，歲朝風物喜澄鮮。閏隨蓂莢推重午，人共梅花老一年。椒酒莫辭元日醉，爐香猶篆昨宵烟。江城柳色看初動，已覺春光到眼前。」《上元觀燈》云：「羅綺香風拂面來，星橋燈火滿樓臺。十分桂魄如春曉，萬朵蓮花不水開。寶馬傾城金作絡，綵虹匝地錦成堆。縱難一閏元宵夜，玉漏何須故故催。」《紅梅》云：「東風爲汝洗鉛華，又點胭脂學畫家。似笑絳桃無骨格，却憐紅杏少横斜。新妝照水窺明鏡，薄醉當春鬬綺霞。蜂蝶未知芳信早，清高到底是梅花。」余年過六十，屢次戒詩，而屢有吟咏，因自號「詩中馮婦」，正可對「菜榜劉蕡」，聞者囅然。

余門生談羽儀之孫名晉者，年少工詩，而累于病，遂潛心岐黄之術。其《送友》云：「登程偏遇還鄉客，拈筆愁吟賦別詩。」《聞笛》云：「未向江頭尋驛使，先聽玉笛落梅花。」《三十自壽》云：「蕭曹勳貴由刀筆，李杜功名非甲科。」皆有風致，而身分亦高。

史梧岡好禪，不甚作詩，而往往有新意。《游仙》云：「佛函佛笈記曾談，大地如毬繞看三。天外有天君到否，梅花都不異江南。」「水雲凄冷到初冬，避盡春來蝶與蜂。最是花神不安處，海棠無福見芙蓉。」他如：「弱水到今如有力，好浮花片海西來。」「且放蟾蜍光一個，與他蝴蝶破黄昏。」俱可誦。

紀曉嵐先生在烏魯木齊數年，辛卯賜環東歸。畜一黑犬，名曰四兒，戀戀隨行，揮之不去，竟同至京師。途中守行篋甚嚴，非主人至前，雖僮僕不能取一物。一日，過七達坂，車四輛，半在嶺北，半在嶺南，日已曛黑，不能全度。犬乃獨卧嶺巔，左右望而護視之。先生爲賦詩曰：「歸路無煩汝寄書，風餐露宿且隨予。夜深奴子酣眠後，爲守東行數輛車。」「空山日日忍饑行，冰雪崎嶇百廿程。我已無官何所戀，可憐汝亦太癡生。」後被人毒死，先生爲冢祀之，題曰「義犬四兒之墓」。

余幼時，曾見人抄女子趙飛鸞《怨詩》十九首。其人家本姑蘇，賣與某參領家作妾，正妻不容，發配家奴，故悲傷而作。首章云：「誰憐青鬢亂飄蓬，馬上琵琶曲又終。嫁得傖夫雙足健，漫言夫壻善乘龍。」味其詞，蓋旗厮之走差者也。餘詩不甚記憶。其最恢諧者，如云：「坑頭不是尋常火，馬糞如香細細添。」「俗子不知人意嬾，挨肩故意唱秧歌。」

關中史舒堂褒，官雲南，有句云：「掬露連衣濕，奔泉雜驥鳴。」《山行》云：「斜照垂鞭影，輕陰襯馬蹄。」頗能寫行役之意。因運銅過白下，投詩一册而去。

余十二歲，與張星指應辰侍郎仝受知于王交河先生，入泮。張後爲翰林前輩。今六十四年矣。其子雲璈孝廉以遺稿索序。録其《督學江西夜坐》云：「丁冬遞響到簾櫳，何處嗚號萬竅風。夜色似年難得曉，燈光如豆不成紅。沉憂觸撥千端集，舊事雲烟一笑空。饑鼠繞床揮不去，睡鄉未許夢魂通。」其他佳句如：「簾影日移直，樹枝風撼鳴。」「緑樹鳥棲連影動，好花風送隔林香。」「樹外青山才一角，屋頭明月恰當中。」「最貪早起通宵月，先看黄河隔岸山。」皆集中精華也。

余與吾鄉柴行之同庚，十八歲時，柴與其表兄張静山見訪，珊珊玉貌，彼此酣嬉，致相得也。逾年，張侍其尊人官平陸署中，離桂林二百里，余雖到廣西，竟不得見，從此永訣。今年在西湖，静山之女因余係父執，與女弟子孫碧梧姊妹到湖樓相訪。談論之餘，方知故一詩人也。有《病起》一首云：「風逼簾櫳睡起遲，春寒無計可支持。雙眉慵掃因新病，一卷叢殘剩舊詩。雪霽庭梅初破凍，日長堤柳暗抽絲。年來憂思憑誰訴，獨有妝臺明鏡知。」

杭州汪秋御秀才繩祖，性倜儻好客，其室程慰良女妽。女妽一家能詩，屢次書來，招余遊西湖，而中年抱病，遽卒。僅傳其《雪彌勒》云：「摶雪居然壕佛誇，白毫現處絶纖瑕。雲中瑩徹鬘穿雹，掌上玲瓏塔聚沙。顯相别開嚴浄界，笑拈還有霧淞花。日光應照琉璃室，隔盡諸塵寂衆譁。」又《題聽秋圖》云：「月窟高于絳樹庭，桂叢誰占一枝馨。年來我是傷秋客，每遇秋風最怕聽。」

張星指先生《弔韓蘄王》云：「卧虎早能知俊傑，跨驢誰復識王公。」或咏淮陰侯云：「早知結局終烹狗，悔不功成再釣魚。」兩用典作對，其巧相似。

考據之學，離詩最遠，然詩中恰有考據題目。如《石鼓歌》、《鐵券行》之類，不得不徵文考典，以侈隆富爲貴。但須一氣呵成，有議論波瀾方妙，不可銖積寸累，徒作算博士也。其詩大概用七古方稱，亦必置之于各卷中諸詩之後，以備一格。若放在卷首以撑門面，則是張屏風牀榻于儀門之外，有貧兒驟富光景，轉覺陋矣。聖人編《詩》，先《國風》而後《雅》、《頌》，何也？以《國風》近性情故也。余編詩三十二卷，以七言絶冠首，蓋亦衣錦尚絅，惡此而逃之之意。

丹徒女子王碧雲瓊，年未笄，而能詩。與其兄賦《掃徑》云：「菊殘三徑嬾徘徊，楓葉飄丹積滿苔。正欲有心呼婢掃，那知風過替吹開。」頗有天趣。又「鳥語亂殘夢，雞聲送曉風。」「夕陽不在山，春烟生木末。」俱佳。夢樓侍講之女孫也。

余少時《咏落花》云：「此去竟成千古恨，好春還待一年看。」弟子湯敬輿和云：「落去儘憑童子掃，飛來還望主人看。」余大嘆賞，以爲青出于藍。

廣信太守張竹軒朝樂見訪，自誦其《無題》云：「小院落花初過雨，空樓歸燕又斜暉。」「若非鸞鏡應無匹，或對芙蓉竟有雙。」《閨中雜咏》云：「紅了桃花緑了水，春光不管未歸人。」俱妙。江西有疑獄控部者，奉旨交制府審辦，疊訊不服。其囚云：「得見張某官來，囚死無怨。」已而公果從都中來爲平其事，方知循吏故是詩人。

曹星湖明府詩清新可喜，近蒙寄示。録其佳句云：「竹聲隨雨至，花影送晴來。」「霜濃皴地面，樹秃減風聲。」「花是當窗宜密種，草非礙道莫輕芟。」皆可存也。余性伉爽，坐車中最怕下簾。曹有句云：「平生眼界嫌遮蔽，風雪何妨一面當。」與鄙懷恰合。

嘉興吴澹川卧病揚州，其族弟魯暮橋親爲稱藥量水，澹川贈詩有「生我父母知我子，骨肉待我救我死」之句。亡何，來金陵，誦暮橋佳句，如：「愁多甜酒苦，客久故鄉生。」「花影殿春色，雨聲生夏寒。」「雲影溪留住，秋聲雁送來。」皆倩秀可喜。又見贈云：「詞臣循吏老烟蘿，天遣湖山付嘯歌。官似樂天辭政早，仙如列子出遊多。千年蠹飽神仙字，四季花開安樂窩。想見日餐雲母粉，不知江上有風波。」

程藹人孝廉元吉，晴嵐太史之子，年少工詩。《咏蝴蝶》云：「小雨苔痕新掠過，午晴花氣亂飛來。」《即事》云：「滿院秋聲催落日，一庭黄葉聚詩人。」

壬子春，余在杭州，錢塘曹江廬明府以小照屬題。卷中詩甚多，余獨愛吴嵩梁一首。詢之，云是西江高才生也。癸丑春，王葑亭給諫書來，云有詩人吴某南來，索書爲介。余大喜，掃榻待之。又遲半年，始從揚州來。人果倜儻。讀所著作，以未窺前豹爲恨。忽於除夕前七日五鼓，夢蘭雪來，誦其舊句數聯，俱超妙，而以《不寐》一聯爲稍遜。言未終，惺惺欲醒，而佳句亦沉沉漸忘。余亦驚怖，如健步捕亡人，苦相捉留，而竟冥然逝矣。僅記《不寐》云：「不倒喜傳丹訣好，將衰愁見聖人難。」晨起録出，覺二句未嘗不佳，而終不如前所誦之超超元箸也，爲悶悶者久之。因思入海尋針，針非不在海底也，然而不可尋矣；探湯求雪，雪非不在湯中也，然而不可求矣；天仙化人之句，未嘗不在人心也，然而蘭雪不能知，我亦不能再夢矣。文字之奇，一至於此。

吾鄉孫誦芬舍人傳曾，性耽吟咏。余久采其佳句入《詩話》矣。今春寄其詩來，屬爲評定。再録其《秋夜》云：「滿林空翠淡烟遮，秋入深宵爽氣加。人静莎蟲悲砌月，燭殘點鼠嚙瓶花。洗心只合依三竺，開卷殊難遍五車。光範一書原不上，未須哀怨感琵琶。」《初夏》云：「粉蝶時依草，蛛絲慣戀花。」俱妙。

口頭話説得出便是天籟。誦芬《冬暖》云：「草痕回碧柳舒芽，眼底翻嫌歲序差。可惜輕寒重勒住，不然開遍小桃花。」黄蛟門《竹枝》云：「自揀良辰去踏青，相邀女伴盡娉婷。關心生怕朝來雨，一夜東風側耳聽。」范瘦生有句云：「高手不從時尚體，好詩只説眼邊情。」又某有句云：「階前不種梧桐樹，何處飛來一葉風。貪着夜凉窗不掩，秋蟲飛上讀書燈。」

杭州胡滄來濤隱于橋桃師史之術，詩筆甚清。余每到杭州，必相款洽，不幸年未五十而亡。録其《車遥遥》云：「别酒初行第一尊，征夫結束車在門。别酒匆匆三酌過，征夫出門車上坐。天涯萬里車遥遥，山程驛店柳花飄。向暮停車侵曉發，人在車中長白髪。依依相伴不相離，唯有車前故鄉月。勿恨當時造轂人，行與不行由君身。門前芳草年年長，幾時草上歸輪響。」其他佳句如《雲共庵》云：「夕陽明似畫，僧貌古于松。」《雪霽》云：「山容帶粉消難盡，簷淚如珠滴未乾。」《湖上》云：「湖波驟長連宵雨，山霧徐收過午風。」《落葉》云：「辭柯早帶新霜色，委砌空含舊雨情。」俱極清妙，置之樊榭集中，幾不可辨。

孫碧梧女子有句云：「簷前緑墮鶯偷菓，簾外紅翻燕掠花。」張瑶瑛女子有句云：「蟲飛成陣知新暖，花瓣穿欞識暮春。」二人風調相似。

張嫁王甥健葊，甥來隨園，張在家，《聞子規》云：「小院春深緑樹肥，閨人任爾自高飛。渡江休去歌新曲，尚有秦淮客未歸。」又有句云：「野店未過先見旆，茅庵將近便聞鐘。」「守貧似病醫無益，習静如禪悟却難。」《九月桂》云：「瞥見有花疑八月，遲開故意近重陽。」俱可傳也。

有人以某巨公之詩求選入《詩話》。余覽之，倦而思卧。因告之曰：「詩甚清老，頗有工夫。然而非之無可非也，刺之無可刺也，選之無可選也，摘之無可摘也。孫興公笑曹光禄『輔佐文如白地明光錦，裁爲負版袴，非無文采，絶少剪裁』是也。」或曰：「其題皆莊語故耳。」余曰：「不然。筆性靈，則寫忠孝節義俱有生氣。筆性笨，雖咏閨房兒女，亦少風情。」

康熙間，叔父健磐公訪戚鎮江，寓某鐵匠家。與其妻張淑儀有文字之知，彼此暗投箋札，唱和甚歡，而終不及于亂。微言挑之，則正色曰：「妾故老秀才某之女，幼嗜文墨。父亡，爲媒者所誑，誤嫁賤工，一字不識，彼方熾炭，我自吟詩，爲此鬱鬱。得遇君子，聆音識曲，使我幾句荒言，得傳播于士大夫之口，足矣。至于情欲之感，發乎情，止乎禮義可也。」再三言，則涕泣立誓，以來生爲訂。健磐公心敬之，不忍强也。歸家後，誦其佳句云：「嬾妝撩鬢易，私泣拭痕難。」送健磐公歸云：「三月桃花憐妾命，六橋烟柳夢君家。」逾兩年，再過京口。訪之，則鐵鋪不開，全家不知何往矣。後二十年，在粤中又遇一劉鐵匠者，不能作字，而能吟詩。每得句，教人代寫。《月夜聞歌》云：「朱欄幾曲人何處，銀漢一泓秋更清。笑我寄懷仍寄迹，與人同聽不同情。」健磐公常笑謂余曰：「同一鐵匠也，使張女當初得嫁劉某，便稱嘉耦矣。」

客冬，香亭在杭州歸，得詩一册，示余。《滿樓觀雪》云：「壓白萬山巔，襯黑一湖水。」余以爲首句人人能道，次句古人所無，非親歷者不知。又「樹隱放湖寬」五字亦妙。

錢唐陳文水孝廉洄，設帳於香亭家，性愛苦吟，詩境高潔。爲録其《吴山西爽閣》云：「傑閣憑虚起，登臨好是閒。涼秋半城樹，殘雨一湖山。道侣淡相對，詩人去不還。江聲、樊榭俱有西爽閣詩。兹遊太寂寞，覓徑返柴關。」《湖村晚步》云：「幾折湖村路，身閒興自幽。蟲聲多在草，野色半依樓。樹有瓜棚倚，池惟菱葉浮。農人荷鋤返，三五話涼秋。」《題天竺寺》云：「求心不可得，慧日正東升。澗道百泉響，山光一路清。偶因松篁轉，忽見宫殿生。入拜觀音像，無言恰有情。」又：「殘雨飛遥甸，晴雷走斷雲。」「我持一笻逸，山爲六朝忙。」皆佳句也。或云「爲」字改「笑」字更有味。

金陵張香岩秀才培，以《秋雨齋詩》見示。年甫弱冠，而詩筆甚清。《晚過通濟寺》云：「半壁殘秋月，藤蘿繞寺斜。鼯鼪驚客至，踏落數枝花。」《懷秦楞香》云：「皓月人千里，清風酒一樽。無端下林葉，深夜暗敲門。」《夜夢遊秦淮》云：「雨餘山色浮天遠，月下潮聲泊岸多。醉後不知身是夢，半橋疏柳聽漁歌。」其人玉貌珊珊，殆亦風情不薄者耶？

周青原舍人一家能詩，余已録其室沈氏、其子之桂之詩矣。今春其幼子之桐亦以詩來，殆不減謝家昆玉也。《和鈕牧村元夕招飲即送赴皖上》云：「移賓作主是今朝，緑酒行珍折柬邀。江館雪泥傳彩筆，桃花紅雨送春潮。笛吹驪唱成三弄，月滿瓊樓第一宵。笑指烟江襟帶水，皖公山色正相招。」余愛其音節清蒼。其他如：「江空風任來三面，舟小人如聚一床。」真能寫坐小船光景。《立秋》云：「日斜殘暑催應去，人瘦新涼得更多。」《明妃怨》云：「妾未承恩想報恩，女兒身願犯邊塵。只憐照影黄河水，恰比君王照妾真。」就館邗江，其主人非解文墨者，又有句云：「百卷書堆繡閣寬，故園花事未闌珊。如何苦抱湘靈瑟，來向齊王殿上彈。」莊穆堂有押「床」字句云：「岸平山似排千笠，波穩人如卧一床。」與周語意相同。

偶過僧寺，見山水一幅，上題云：「鴛鴦湖上惜無山，烟雨樓頭獨倚欄。兩眼放開無着處，不如自己畫來看。」其人姓陳，名情，不知何許人也。

長洲女孟文輝，適震澤秀才王慕瀾，詩思清妙。今録其《秋日》云：「遠樹蟬聲秋意濃，卷簾拂拂度金風。繡餘無事消長夜，獨數秋花深淺紅。」《秋夜》云：「秋夜月明風細，淡淡碧雲天際。此時無限愁心，那更莎蟲鳴砌。」「北榻羲皇夢醒，南山雨過雲停。一派洞庭秋色，滿窗月透疏櫺。」俱妙。

甲辰春，余過南昌，讀謝太史蘊山《題姬人小影》詩而愛之，已采入《詩話》矣。忽忽八九年，先生觀察南河，余寄聲問安，并訊佳人消息。先生答書云：「姬姓姚，名秀英，字雲卿，吴縣人。生而婉孌賢淑，持家之餘，兼通書史。」《維揚郡齋看桃花》云：「何須種核海邊求，錦浪掀空艷欲流。緑綻枝頭風乍暖，紅垂簾外雨初收。仙源只許劉郎問，佳實寧容曼倩偷。頮面他年作光悦，花前暗囑一樽酬。」《遊百花洲》云：「小苑墻低弱柳長，綺羅香散緑池塘。花洲一曲吴江夢，仿佛風迴響屧廊。」《姑蘇上塚》云：「不到山塘十五年，舊時女伴話依然。雙親奠酹悲泉路，一弟零丁又各天。」《清江即事》云：「碧雲暮合望儂來，官舫銀燈驛路催。底事多愁兼善病，探春懶上禹王臺。」「不信前身是月華，浮雲夫壻宦爲家。廿年行遍江南路，又看淮壖雪作花。」夫人無子，爲先生納簉室盧氏，生一子，而躬自撫養之。故先生掌教白鹿書院，以詩寄云：「米鹽凌雜必躬親，那得偷閒寫洛神。小婦持家如大婦，故人織素勝新人。十年出入肩常並，百里雲山夢更真。屈指歸期槐夏過，雲香屋名。看擁桂輪新。」余按：莊姜因無子而美愈彰，馬后因無子而賢愈顯。有子無子，何須掉罄？余幼有句云：「花如有子非真色，詩到無題是化工。」又云：「脉望成仙因食字，牡丹無子始稱王。」

隨園詩話補遺卷三

倉山居士著

辛亥端陽後二日，廣西劉明府大觀袖詩來見。方知官桂林十餘年，與比部李松圃、岑溪令李少鶴諸詩人皆至好也。席間談及廣西官况清苦，獨宰天保三年，爲極樂世界。其地離桂林二千餘里，乾隆四年，改土歸流，方設府、縣。歲有三秋，獄無一犯。每月收公牒一二紙，胥吏辰來聽役，午即歸耕。縣中無乞丐、倡優、盜賊，亦不知有摴蒲、海菜、綢緞等物。養廉八百金，而每歲薪米雞豚皆父老兒童背負以供。月下秧歌四起，方知桃源風景，尚在人間。劉《率郡人種花》云：「鋤雲植嘉卉，人力助天工。此樂真吾有，分春與衆同。暮烟生遠水，樵唱散遥空。領得山中趣，横琴坐遠風。」《甘棠渡》云：「渡頭溪水繫漁船，細雨濛濛叫杜鵑。花片打門春已暮，牧童猶枕老牛眠。」

吾鄉安樂山樵，著《燕蘭小譜》，皆南北伶人之有色藝者。蓋在古人《南部烟花録》、《北里志》之外別創一格。余采一二，以備佳話。其節義可風者，如張柯亭爲某明府所暱，某以罪被誅，柯亭在戲場奔赴市曹，一慟幾絶。詩美之云：「樹覆巢傾事可哀，感恩相伴逐輿臺。不知金鳳分飛後，曾爲東樓一慟來。」徐雙喜身長，嘲之云：「阿那多姿柳帶牽，臨風摇颺玉樓前。若教嫁作曹交婦，縱不齊眉也及肩。」嘲留鬚而復剃者云：「兒童瞥見多相笑，西子麻胡兩失真。」贈最佳者云：「如意館中春萬樹，一時都讓鄭櫻桃。」

趙秋谷有《海漚小譜》，半載天津妓名。《贈仙姬》八首最佳。摘其尤者云：「晚涼新點麯塵紗，半月微明絳縷霞。不忘當筵强索飲，春腮初放小桃花。」「新蟬嘒嘒送斜陽，小蝶翩翩過短墻。記得臨行還却坐，滿頭花映讀書牀。」

孔子論詩，但云興觀群怨，又云「温柔敦厚」，足矣。孟子論詩，但云「以意逆志」，又云言近而指遠，足矣。不料今之詩流有三病焉。其一，填書塞典，滿紙死氣，自矜淹博。其一，全無藴籍，矢口而道，自夸真率。近又有講聲調而圈平點仄以爲譜者，戒蜂腰、鶴膝、叠韵、雙聲以爲嚴者，栩栩然矜獨得之秘。不知少陵所謂「老去漸於詩律細」，其何以謂之律？何以謂之細？少陵不言。元微之云：「欲得人人服，須教面面全。」其作何全法，微之亦不言。蓋詩境甚寬，詩情甚活，總在乎好學深思，心知其意，以不失孔、孟論詩之旨而已。必欲繁其例，狹其徑，苛其條規，桎梏其性靈，使無生人之樂，不已慎乎？唐齊己有《風騷旨格》，宋吴潛溪有《詩眼》，皆非大家真知詩者。

乾隆辛未，余送黄文襄公至浦口，見隨行一員，疑爲把總，與之談，方知戊午同年，姓福，名安，字仁山。品端而性爽，遂成莫逆。累官至贛南道，率其幼子來隨園作别，余止而觴之。嗣後不通消息矣。庚戌春間，余掃墓杭州歸，見几上有詩扇一柄，云是祭陵欽差圖大人留贈。初不知爲誰，閲札，方知即當年福公之子圖敏，字時泉，官禮部侍郎。事隔四十餘年，尚能念舊。欲修書作謝，而公竟卒於路，爲淒然者久之。扇上詩云：「憶昔兒時此地過，卅年重到鬢雙皤。先生歸日應驚笑，來唱皇華即是他。」

乾隆庚戌，金陵風雅，於斯爲盛。吾鄉孫補山宫保爲總督，滄州李寧圃翰林爲知府，涇陽張荷塘孝廉宰上元，遼州王栢崖廩生爲典史，西江陶瑩明經爲茶引所大使，盱眙毛俟園孝廉爲上元廣文，隨園唱和，殆無虚日。諸公詩，《詩話》中已採入矣。近又得俟園《遊邢園》一絶云：「一溪春水一橋横，寵柳嬌花夾岸迎。儂自過橋閒處立，放開來路讓人行。」此所謂詩外有詩也。俟園因余愛誦其詩，故見贈云：「水惟善下能成海，山不矜高自極天。」又云：「誰云智慧能消福，不信窮愁始著書。」

王春溪明府在濟南，三月三日與李子喬諸人夜泛大明湖，分得「南」字。王吟云：「久客風塵倦，今宵酒意酣。相隨賢有七，剛值日重三。新月如鈎上，明湖似鏡涵。濛濛烟水裹，幽夢到江南。」子喬讀而笑曰：「君得毋將官江南乎？」已而果選新陽，人驚爲詩讖。戊申，入闈齒痛，有句云：「易牙思妙術，鑿齒鮮良方。」一時主司、簾官俱稱其典雅。

近時兄弟怡怡者多不概見。休寧戴友衡孝廉《咏黄山連理松》云：「獅子峰前連理松，柯交葉互碧重重。爲憐同氣難分剖，縱使風來不化龍。」殊有寄託。又《江上竹枝》云：「欲雨不雨江上霞，青帘茅屋酒人家。長年閣槳不歸去，淡月一叢蘆葦花。」亦頗清妙。惜未中年遽亡。其師吴竹橋太史爲余誦之。

蕪湖令陳岸亭，湛深禪理，詩故清曠。録其《憶梅》云：「春心忽忽在花先，盼到花時倍惘然。一夜梨雲空有夢，二分明月已如烟。傳來芳訊知何日，别後嬋娟近一年。愁絶西溪三百樹，冷香飛不到窗前。」「巡遍簷牙十二時，紅羅白紵渺難知。相思雪海應同漲，一笛江城忍便吹。何遜官忙開閣少，陸郎路遠寄書遲。斷烟細雨相思苦，擬作逋仙寄内詩。」

詩家百體，嚴滄浪《詩話》臚列最詳。謂東坡、山谷詩如子路見夫子，終有行行之氣，此語解頤，即我規蔣心餘能剛而不能柔之説也。然李、杜、韓、蘇四大家，惟李、杜剛柔參半，韓、蘇純剛，白香山則純乎柔矣。

陳去非云：「揚子雲好奇，惟其好奇，所以不能奇。」陸放翁云：「後人不知杜詩所以妙處，但以有出處爲工，其去杜也愈遠。」余愛二人之言，故摘録之。

東坡詩云：「惆悵東闌一枝雪，人生能得幾清明。」此偷杜牧之「砌下梨花一堆雪，明年誰倚此闌干」句也，然風調自别。有人説歐公好偷韓文者，劉貢父笑曰：「永叔雖偷，恰不傷事主。」亦妙語也。

晁以道問邵博：「梅二詩何如黄九？」邵曰：「魯直詩到人愛處，聖俞詩到人不愛處。」其意似尊梅而抑黄。余道兩人詩俱無可愛，一粗硬，一平淺。

盧仝《月蝕詩》有「官爵及董秦」之句，人疑藩將董秦來降，賜名李忠臣，現在貴官，盧仝不應譏之。姚寬《西溪叢話》以爲董秦者，漢之幸臣董賢、秦宫也。此説似有理。

癸卯春，余遊黄山，見絶壁之上刻「江麗田先生彈琴處」，疑是古之仙家者流，不復相訪。今辛亥三月間，宣州參戎楊公大壯同一琴客江某來，道其姓氏，蓋即麗田先生。余驚喜，往訪，見骨格清整，白鬚飄然。隱天都峰下五十餘年，終身不娶。有貴客過者，必踰垣而避，洵異人哉。楊誦其《咏古梅》云：「托根幽谷不知年，霧鎖雲封得自全。」蓋自況也。楊與之過陵陽，作絶句云：「山城重駐有前緣，再到陵陽二月天。笑指宦囊無别物，一船書畫一神仙。」

余刻《詩話》、《尺牘》二種，被人翻板，以一時風行，賣者得價故也。近聞又有翻刻《隨園全集》者。劉霞裳在九江寄懷云：「年來詩價春潮長，一日春深一日高。」余戲答云：「左思悔作《三都賦》，枉是便宜賣紙人。」

今州縣大堂有《戒石箴》曰：「爾俸爾禄，民膏民脂。下民易虐，上天難欺。」人但知爲宋高宗語也。後讀張端義《貴耳集》，方知是蜀王孟昶語。本二十四句，而高宗摘取之。猶云「清慎勤」三字，今奉爲聖經賢傳，而不知司馬昭訓長史之言，見《三國志》。

余在沭陽署中賦《落花》詩，已五十四年矣。今秋，門人方甫參攜其尊甫碧潯居士詩來，蓋當時和余之作。中一首云：「獨對園林感不支，殘紅零落滿階墀。明妃曲唱離鄉日，金谷魂消墮地時。一夜雨偏添别恨，數聲鶯尚戀空枝。殷勤好向風前約，莫負春來隔歲期。」又：「玉漏愁聽三月雨，金鈴誰護五更風。山鳥解人憐惜意，故含花片往來飛。」皆佳句也。讀之，想見其爲人。在當時不急急以詩來見，其高雅可知。甫參在余門二十餘年，亦遲至今年七月方袖詩來，豈非風騷顯晦亦有一定之時耶？先是，碧潯弱弟子雲以詩受業余門，尚在甫參之前，亦未言及乃兄之能詩。余《詩話》中載子雲詩甚多，今裁知其淵源有自云。碧潯諱正溶，新安人。

香奩詩至本朝王次回可稱絶調，惟吾家香亭可與抗手。録其《無題》云：「迴廊百折轉堂坳，阿閣三層鎖鳳巢。金扇暗遮人影至，玉扉輕借指聲敲。脂含垂熟櫻桃顆，香解重襟荳蔻梢。倚燭笑看屏背上，角巾釵索影先交。」「一簾花影拂輕塵，路認仙源未隔津。密約夜深能待我，喫虛心細善防人。喜無鸚鵡偷傳語，剩有流鶯解惜春。形跡怕教同伴妒，囑郎見面莫相親。」「碧桃花下訪臨邛，含笑開門有病容。帶一分愁情更好，不多時別興尤濃。枕衾先自留虛席，衣釦遲郎解內重。親舉纖纖偎頰看，分明不是夢中逢。」「惺惺最是惜惺惺，擁翠偎紅雨乍停。念我驚魂防姊覺，教郎安睡待奴醒。香寒被角傾身讓，風過窗櫺側耳聽。天曉餘溫留不得，隔宵密約重叮嚀。」其他佳句如：「他日悲歡憑妾命，此身輕重恃郎心。」「常防過處留燈影，偏易行來觸瑟聲。」「勸君莫結同心結，一結同心解不開。」皆妙。余戲謂：「詩中境界，非親歷者不知。然阿兄雖親歷，亦不能如此之細膩風光也。」

近又見詒庭張觀察亦工此體。《無題》云：「真珠樓翠倚香帷，赤玉闌干白玉墀。人與桃花爭一面，春將柳葉鬬雙眉。畫裾繡鳳晨風舉，寶鏡盤龍夜月移。珍重瀛壺無限好，文鶯端合占瓊枝。」「每從夢裏説相思，夢好翻嫌入夢遲。去後情懷憑酒遣，來時歡喜有燈知。羊權縮地真無術，張碩逢仙更有期。一樹夭桃濃着色，梳妝樓上繡簾垂。」其他佳句如：「常啓鏡奩如對月，應知蝶夢不離花。」「不敢當庭愁月掩，未曾却扇怕花羞。」「水摇鬢影疑釵墜，身比花香惹蝶親。」

觀察又有《山窗》一絶云：「空階入夜雨蕭蕭，剔盡銀燈漏轉遥。爲怕客中聽不得，小窗先日剪芭蕉。」亦七絶中之姜白石也。觀察名裕穀，中州名臣儀封先生之曾孫。

梁山舟侍講以書名重海内，余過其家，見箋絹塞滿兩屋。余笑云：「君須有彭祖八百年之壽，才還清此債。」梁爲一笑，賦詩自懺云：「誓墓歸來王右軍，暮年都付代書人。小生那敢希前哲，只合從人役苦辛。」「可笑塗鴉逾四紀，半生白日此中頹。書家縱有凌烟閣，恥把千秋托麝煤。」「我自無心結蛇蚓，錯傳韋陟五雲如。世間到底無真賞，認煞題名一字書。」「從來得失寸心知，無佛稱尊或有之。未必西家勝東宅，却教屈了效顰施。」「手未支離眼未昏，業緣欲斷竟何因。從今誓嚙工倕指，懶作供官設客人。」語似謙而實傲。

吾鄉多閨秀，而莫盛于葉方伯佩蓀家。其前後兩夫人、兩女公子、一兒婦，皆詩壇飛將也。先娶周夫人暎清，《甲戌聞捷》云：「雙眉欲展意猶驚，起聽銅鉦屋外聲。不惜雕梁驅乳燕，泥金帖子挂題名。」「秦家上計動經年，閨夢何由向日邊。今日離情暫抛却，知君身到大羅天。」《春蠶詞》云：「蠶生戢戢滿庭隅，但願蠅無鼠也無。大婦裹鹽呼小婦，前村趁早聘狸奴。」「典衣買葉不論錢，要趁晴明乍暖天。却似靈和殿前柳，春來三起又三眠。」《令阿緗入學》云：「低鬟憐阿姊，與汝亦齊肩。且令抛針綫，相隨共簡編。雙行知宛轉，坐咏愛清圓。試看俱成誦，今朝若个先。」其他佳句如《都門即景》云：「擣杏新添調酪碗，嘗瓜不惜買冰錢。」《首夏》云：「花因辭樹偏多態，鳥爲催春已變聲。」《夏日卧病》云：「小倦何心燒白朮，薄陰有信近黄梅。」《柳綿》云：「乍從野水官橋見，只傍鞭絲帽影飛。」

繼娶李夫人含章，《刺繡詞》云：「朝繡長短橋，暮繡東西嶺。生不識西湖，道是西湖景。羅稀不受針，縑密不容綫。繡好有人知，繡苦無人見。」《夏書》云：「午樓風暖試輕紗，語燕聲中日未斜。滿地緑陰簾不捲，游絲飛上蜀葵花。」《長沙節署感賦》云：「廿年咏絮鳴環地，今日隨君幕府開。時外攝中丞事。畫閣乍迎新使節，春風猶憶舊妝臺。殊恩象服慚難稱，遺愛棠陰待補裁。聞道江城輿頌美，如冰樂令又重來。夫人爲吾同年李鶴峰之女。鶴峰曾撫湖北，故有感而作也。」《萬固寺》云：「山寺不知路，忽聞流水聲。溪隨巖石轉，塔與白雲平。古木上無際，幽禽時一鳴。松根堪小憩，試汲碧泉清。」《題李白詩後》云：「千仞翔孤風，高歌一代中。在天猶被謫，入世豈能容。膽落高驃騎，恩深郭令公。再回唐社稷，諸將莫言功。」《望楂兒不至》云：「濟南秋八月，接汝數行書。報説重陽日，能迴上谷車。已驚楓落後，又到雪飛初。何事歸期誤，臨風一倚閭。」二篇皆一氣呵成，真唐人高手也。其佳句如《詠始皇》云：「車載轀輬山有鬼，舟行縹渺海無仙。」《望岱》云：「海外天光明野馬，寰中人影動蜉蝣。」《並頭蕙蘭》云：「風静謝庭群從集，月明湘浦二妃歸。」《重至都門》云：「每歷舊遊疑隔世，暫休征斾當還家。」《常州道中》云：「路已近家翻覺遠，人因垂老漸知秋。」又《兩兒下第》云：「得失由來露電如，老人爲爾重踟躕。不辭羽鎩三年翮，可有光分十乘車。四海幾人雲得路，諸生多半壑潛魚。當年蓬矢桑弧意，豈爲科名始讀書？」見解高超，可與《三百篇》並傳矣。

其女公子令儀《春陰》云：「碧窗人起怯春寒，小立閒庭露未乾。墻外杏花階下草，引人長倚碧闌干。」《舟夜》云：「小艇低昂睡不成，夜深猶自促歸程。滿窗涼月白于雪，船底忽聞魚齗聲。」《初夏偶成》云：「躑躅花開暮雨餘，送春天氣此幽居。棋枰半取殘箋補，詩草時尋退筆書。節序關心殊苦樂，韶華過眼有乘除。年來怕上蘇堤望，愁見垂楊緑映裾。」其佳句如《村景》云：「帆影多從窗隙過，溪光合向鏡中看。」《偶成》云：「多病階前時曬藥，畏寒窗外亦垂簾。」

其長媳長生，吾鄉陳句山先生之女孫也。《春曉》云：「翠幕沉沉不上鉤，曉來怕看落花稠。紙窗一線横斜裂，又放春風入畫樓。」《太真春睡圖》云：「祕殿春寒倚繡茵，君前底事效横陳。馬嵬更有長眠處，也傍梨花一樹春。」《寄外》云：「弱歲成名志已違，看花人又阻春闈。兩上春官，以迴避不得與試。縱教裘敝黄金盡，敢道君來不下機。頻年心事託冰紈，絮語煩君仔細看。莫道閨中兒女小，燈前也解憶長安。」《春日信筆》云：「軟紅無數欲成泥，庭草催春緑漸齊。窗外忽聞鸚鵡説，風箏吹落畫簷西。」《春園偶賦》云：「賣餳聲裏日初長，春滿閒庭花事忙。樓外軟風鶯夢暖，籬邊疏雨蝶衣凉。碧桃重似垂頭睡，紅藥殘如半面妝。看盡韶光應不倦，題詩長倚小迴廊。」其佳句如《硤石道中》云：「樹遠作人立，山深疑雨來。」《春夜》云：「濕雲壓樹暝烟重，淡月入簾花氣幽。」《聞家大人旋里》云：「去郡定多遮道吏，還山已是杖鄉人。」

余舊《咏西施》有云：「妾自承恩人報怨，捧心常覺不分明。」自道得題之間，載入集中。今讀陳夫人《題捧心圖》云：「眉鎖春山斂黛痕，君王猶是解温存。捧心别有傷心處，只恐承恩却負恩。」與余意不謀而合。

方伯次媳周星薇亦工吟咏。少年早夭，以故詩多失傳。僅録其《悼鸚鵡》云：「羽毛纔就慘奇霜，敲斷銀環恨渺茫。連日誦經知有意，昨宵説夢已非祥。緑衣原自藏金屋，丹詔何年下玉皇。應伴飛瓊充鳥使，綵霞深處任迴翔。」

陳夫人之妹淡宜亦工詩。《都中寄姊》云：「鴒原分手隔天涯，風雨聯床願尚賒。兩地空煩詩代簡，三春衹有夢還家。病多漸識君臣藥，别久愁看姊妹花。他日相思勞遠望，五雲深處是京華。」

聞芷方伯精研《易》理，不屑爲詞章之學，然偶爾揮毫，皆超雋不凡。有《雁字》二十首，爲尹文端公所賞。録三首云：「緑章可待乞天公，箋奏遥傳碧落中。不斷數行如曳白，有何羈怨慣書空。斜陽閃背金泥燦，霽雪梳翎玉筋工。最是關山飛欲倦，數行小草最匆匆。」「來憑月勑去風支，紀録春秋特筆垂。鴛闕聯班曾視草，龍湫絶頂好臨池。揮成欲獻凌雲賦，過去難摹没字碑。最後失群餘片影，西風吹散碎金詞。」「點染天池付雁王，衹今真種更飄颺。將斜復整迴波秀，漸遠如無削牘忙。體變八分猶鳥跡，天開一畫本鴻荒。銀河秋老稀烏鵲，錦字重勞訊報章。」

琴柯公子見贈四律，余已梓入《續同人集》矣。兹又録其《寒山即事》云：「山寺不知路，微聞清磬音。松崖春寂寂，石屋晝陰陰。幽坐見空色，寒流無古今。披襟成小住，衹愧俗緣深。」又填《金縷曲》寫懷云：「挨過酴醾節，怪春來畫樓燈影，幾番輕别。孤館愔愔簾不捲，怕放楊花飛入。定添了、安仁鬢雪。憔悴天涯人一个，料青衫不爲琵琶濕。思往事，計何拙。　尋春偶傍闌干立，又侵階茸茸細草，染成愁碧。沾盡落紅三月雨，不見去年蝴蝶。定怪我、遊踪未歇。幾度問春春不應，遺深更杜宇低低説。羈枕畔，正愁絶。」

支公云：「北人學問如顯處觀月。」言其博而寡要，今之考據家也。「南人學問如牖中窺日。」約而能明，今之著作家也。《世説》稱：「王平北相對使人不厭，去後亦不見思。」我道是梅聖俞詩。「王夷甫太鮮明」，我道是東坡詩。「張茂先我所不解」，我道是魯直詩。

宋太祖曰：「李煜好个翰林學士，可惜無才作人主耳。」秀才郭麐《南唐雜咏》云：「我思昧昧最神傷，予季歸來更斷腸。作个才人真絶代，可憐薄命作君王。」

余好詩如好色，得人佳句，心不能忘。近又得王孝廉芑《偶過行宫賦詩》云：「街子似嫌春不去，平明催掃繡毬花。」方扶南《過周公瑾墓》云：「一事不如張子布，墓前飛過白頭翁。」汪易堂賦《野樹》云：「散才幸免搜林斧，留得清陰與路人。」劉悔庵《偶成》云：「小蝶過墻如使至，短笻在手當孫扶。」又曰：「通宵玩月寧知旦，排日聞歌直到秋。」吾鄉王星望先生有句云：「蕭綱斷酒二百日，王奂長齋十一年。」

孟子曰：「盡信書不如無書。」此是晚年悟道之言。若早見及于此，則捐階焚廩，舜不告而娶之説，俱付之齊東野語而已矣。即如葛伯以七十里諸侯，而奪童子之黍肉，此是惡丐行徑，湯遣一小卒擒之足矣，安用起兵以征之哉？余嘗謂書中最可信者，莫如《尚書》、《論語》，然《尚書》開口便稱「粤若稽古帝堯」，則其相隔必有千百年。若相離不遠，史官必不稱「粤若稽古康熙」、「稽古順治」也。《論語》稱陳成子、魯哀公，都是孔子亡後二人之謚法，可見《論語》之傳述，亦去聖人亡後百十年後，追述其言，能無所見異詞、所聞異詞之慮哉？一管仲也，而忽貶忽褒，若出兩口。子路往見丈人，至則行矣，子路不仕無義一節説話，是向何人饒舌？亦猶趙盾假寐，鉏麑觸槐死矣，所嘆不忘恭敬等語，是何人聽得？師曠瞽矣，何以見王子晉火色不壽？此種疑竇，不一而足。故嘗有句云：「雙眼自將秋水洗，一生不受古人欺。」

海虞女子吴静定生氏，嫁項生肇基而寡。婦扃户自經，姑救之，曰：「我在，汝不得死。」婦泣而誌之。越二年，姑亡，婦又自經，叔母救之，曰：「姑與夫未葬，汝不得死。」婦乃復生。遂析家財爲三，分其叔、季，葬舅姑與夫，而不食死，年二十六。婦生時，好觀《綱鑑》。吴竹橋太史爲之立傳。録其《咏史》云：「不學何須詆霍光，託孤寄命報先王。匡張孔馬多經術，青史于今若箇芳。」「更有名儒莽大夫，紫陽書法勝南狐。當年奇字人争問，曾識綱常二字無？」

蔣心餘太史自稱「詩仙」，而稱余爲「詩佛」，想亦廣大教主之義。弟子梅冲爲作《詩佛歌》云：「心餘太史不世情，獨以詩佛稱先生。先生平生不好佛，攢眉入社辭不得。佛之慈悲罔不包，先生見解同其超。佛之所到無不化，先生法力如其大。一聲忽作獅子吼，喝破炎摩下方走。天上地下我獨尊，雙管兔毫一隻手。人間遊戲撤金蓮，急流勇退全其天。小倉山居大自在，一吟一咏生雲烟。有時披出紅袈裟，南天門邊縛夜叉。八萬四千寶塔造，天魔龍象争紛拏。有時趺坐如善女，低眉微笑寂無語。天外心從何處歸，鵲巢于頂相爾汝。眼前指點説因由，千山頑石皆點頭。三唐兩宋攝其總，四大海水入毛孔。一心之外無他師，六合以内皆布施。先生即佛佛即詩，佛與先生兩不知。我是如來大弟子，夜半傳衣得微旨。放膽爲作詩佛歌，願學佛者從隗始。」

金陵小市買得水精方印，從横二寸七分，上鐫十六字，云：「好學忘老，存心對天。行樂一世，傳名千年。」印質不甚瑩徹，而陽文篆書甚蒼勁，語句亦可愛。

洞庭山人徐堅，字友竹，工丹青篆刻，兼能詩。與余交三十餘年矣。今春相遇姑蘇，以《綟園詩》見示。《紅橋暮泛》云：「春風一櫂渚烟開，雨洗平皋凈碧苔。薄暝花光亂松竹，夕陽人影散樓臺。鄰船歌吹移燈去，野店魚蝦入饌來。轉眼寒梅便零落，共拚酩酊莫催回。」《東行》云：「驅人名利路何窮，嘆息勞勞來往同。取次相逢不相識，鞭絲帽影各匆匆。」《抵家》云：「换得輕舠越滸關，此身真个到家山。家山畢竟風光好，久住人偏看等閒。」其他佳句如：「秋風不顧征衣薄，夜雨還同别淚多。」「此際柴門深夜火，幾人團坐望歸人。」

友竹與秋帆尚書至好，又嘗小住揚州汪令聞家，汪故余戚也。爾時宴飲酣嬉，髮無二色，而今則彼此皤然，年垂八十矣。班荆道故，不覺凄然。其族姪龍飲尤聰俊，賞鑒書畫，一時無兩。不幸中年化去，其詩亦散失。但記其《無子》警句云：「空費醫錢九千萬，阿嬌金屋總無兒。」

白下秀才司馬章，字石圃，風神瀟灑，年少多情。與周麟官校書有三生之約，而格于家範，乃撰《雙星會》曲本以舒結轖。余録其辛亥記遊《浪淘沙》云：「春到鳳城中，遊運方通。閒來指點過橋東。記得當時心醉處，蛛網塵封。　人去翠樓空，聚散匆匆。今年花似舊時容。可惜如花人已去，欲折誰同？」又《南柯子》云：「渡口傳桃葉，溪頭説范雲。笑他街市語紛紛，都把文郎情事作新聞。　心結愁千縷，人歸瘦幾分。内人不解問殷勤，今日眉頭真個爲誰顰？」又《臨江仙》云：「午睡昏沉偏戀枕，夢魂尋到天涯。幾回夢得到卿家。知郎新病渴，親試六班茶。　斂笑問儂何好事，將人譜入琵琶。噥噥低語怨郎差。覺來嫌夢短，紅日已西斜。」

老友何獻葵刺史，喜談詩，而不輕作。常云：「詩無生趣，如木馬泥龍，徒增人厭。」嘗住隨園，得「梅子肥時落地輕」七字，卒亦懶于成章也。其長子春巢工填詞，余已載入《詩話》矣。今年獻葵亡，春巢乞余志墓，袖近作見示。《秦淮感舊》云：「十年不作白門遊，忽把孤帆卸石頭。聞説舊人都不在，春風愁上十三樓。」「迢迢一水遠通江，郎去潮來妾倚窗。羡煞載郎船上槳，隨波來去總雙雙。」《千金亭》云：「空亭千古對平波，野渡斜陽獨客過。莫怪無人留一飯，報恩人少受恩多。」《贈釣叟》云：「萍開風起水生紋，一葉飄然泛夕曛。魚在緑波竿在手，船頭閒坐看秋雲。」他如：「湖邊客到花先笑，樹裏僧歸路半陰。」「閒雲未必忘舒卷，流水何曾管是非。」「雨足田車閒架樹，日斜耕犢穩馱人。」皆佳句也。其次子蘭庭《懷兄》云：「遠漏聲聲滴，寒宵故故長。遥思千里客，不覺九迴腸。月白鴉翻樹，燈昏鼠墜梁。布衾頻轉側，有夢到錢唐。」《重到》云：「門巷重來認未差，昏黄月色淡雲遮。生憎一幅湘簾影，不隔鶯聲只隔花。」《放舟》云：「茅屋疏籬緑水灣，泉聲入澗響潺湲。篙師莫怪蒲帆滿，有客推篷愛看山。」其佳句如：「插新花似延佳客，讀舊書如遇故人。」「百歲開懷能幾日，一生知己不多人。」「烟平疑積水，燈遠若孤星。」俱妙。

春巢在金陵得端硯，背有劉慈絶句云：「一寸干將切紫泥，專諸門巷日初西。如何軋軋鳴機手，割徧端州十里溪。」跋云：「吴門顧二娘爲製斯硯，贈之以詩。顧家于專諸舊里。時康熙戊戌秋日。」後晤顧竹亭，云：「顧二娘製硯，能以鞋尖試石之好醜，人故以『顧小足』稱之。」春巢因調《一剪梅》云：「玉指金蓮爲底忙，昔贈劉郎，今遇何郎。墨花猶帶粉花香，製自蘭房，佐我文房。　片石摩挲古色蒼，顧也茫茫，劉也茫茫。何時携取過吴閶，唤起情郎，吊爾秋娘。」

如皋女子石氏學仙，戊辰進士石公爲崧之女也。適彰德太守沙公次子又文，善書畫，工琴棋。皋邑剪彩貼絨花鳥，自學仙始。著有《冰蓮繡閣詩抄》。《過故居》云：「風迴玉笛夕陽斜，誰傍山陽譜落花。喜得春回梁上燕，不曾飛到别人家。」《答吴門女子感懷》云：「蘭思蕙怨惺惺語，柳絮春風字字新。自古傷心同此病，深愁多付有才人。」又有熊濬仙者，幼穎悟，妙解聲律，適陳氏，配非其偶，鬱鬱不樂之意，時形諸吟咏。《見蝶》云：「曉露零香粉，春風拂畫衣。輕紈原在手，未忍撲雙飛。」《村女》云：「柔桑枝上聽鳴鳩，曉起提筐過翠疇。借問誰家春夢好，半窗紅日未梳頭。」《紅樹》云：「老樹經霜色更鮮，半竿斜日影前川。漁郎指點烟波外，錯認桃源二月天。」《感舊》云：「刺繡餘閒就塾時，也從花裏謁名師。貪看夜月憎眠早，倦挽春雲上學遲。琴案屢吟秋柳句，錦箋頻寫落花詩。而今回憶皆塵夢，悵望當年舊董帷。」調《蝶戀花》咏刺繡美人云：「二八紅閨春似水，幾日金針，拋却奩箱裏。手展鮫綃重着意，鴛譜拈來，幾朵花争麗。繡到雙飛私自貪睡朦朧慵不理，簾前鸚鵡頻催起。

喜，背人笑向紅窗倚。」

句容駱氏，相傳爲右丞之後，故大家也。有秋亭女子名綺蘭者，嫁于金陵龔氏，詩才清妙，余《詩話》中録閨秀詩甚多，竟未采及，可謂國中有顔子而不知。辛亥冬，從京口執訊來，自稱女弟子，以詩受業。《遊西湖》云：「渺渺平湖漠漠烟，酒樓斜倚緑楊前。南屏五百西方佛，散盡天花總是蓮。」《春閨》云：「春寒料峭乍晴時，睡起紗窗日影移。何處風箏吹斷綫，飄來落在杏花枝。」《雲根山館題壁》云：「寂寂園林日未斜，一庭紅影上窗紗。主人難免花枝笑，如此開時不在家。」《對雪》云：「登樓對雪懶吟詩，閒倚闌干有所思。莫怪世人容易老，青山也有白頭時。」四首一氣卷舒，清機徐引，今館閣諸公能此者,問有幾人。

山左任城東關外有泉,相傳李白浣筆處也。上有祠堂,祀太白及賀監、少陵三賢。乾隆辛亥,沈清齋觀察啓震葺而新之,土中得詩碣,署「木蘭山人劉浦題」,不知何時人。其詞曰:「蘚蝕殘碑枕廢池,開元吟客剩荒祠。空庭古柏吹風處,秋草寒泉落日時。誰采澗毛修冷寺,我沽村酒讀遺詩。唐宮漢寢無人記,獨有才名到處知。」未幾,巡漕使者和希齋琳閣學入都,河帥李香林尚書祖餞于祠中,希齋和云:「太白樓臨杜老池,此間合祀有專祠。林泉竟屬先生地,風雅剛逢我輩時。梁繞驪歌將進酒,壁留鴻爪共題詩。他年重過應相訪,直與三公作舊知。」香林云:「當年浣筆有清池,此日名泉葺舊祠。花竹新栽遊賞地,歌筵初敞餞行時。標題不亞羲之序,重修浣筆泉,和希齋作記。賡韵如吟白也詩。文水堂前風月好,幾人惆悵爲心知。」漕帥管公幹珍云:「謫仙人去剩空池,剔蘚疏泉認古祠。宦跡已沉靈武後,筆花猶及盛唐時。入門合進臨波酒,立石重摹出土詩。拊景漫增興廢感,好將觴咏記新知。」中丞惠公齡云:「女牆東處甃方池,上有雲烟罨古祠。誰向寒泉談舊蹟,空餘文藻憶當時。低徊不少飛觴飲,感慨争留過客詩。拍檻欲狂呼太白,要從曠世結心知。」進士顧禮琥云:「仙在高樓月在池,池光千載抱遺祠。幸逢元老重開宴,轉惜先生不並時。緑水瀾洄沉彩筆,舊碑林立待新詩。吴都狂客今初到,未要尋常賀令知。」轉運阿公林保云:「謫仙遺蹟賸荒池,合祀于今拜古祠。蓋世才名猶在耳,斯人重聚復何時。難尋縹緲神仙路,誰補蒼茫客恨詩。愧我毫端塵未浣,空憑流水寄心知。」陳公蘭森云:「泗水源流故有池,泉開浣筆闢叢祠。風雲餘墨人千古,仙聖同龕祀一時。勝地從今頻集譙，殘碑自昔紀題詩。漫言興寄形骸外，大雅欣逢盡舊知。」觀察沈公啓震云：「源分泗水闢方池，座列三賢葺舊祠。人地廢興原有數，主賓今古宛同時。新移竹影亭前畫，細辨苔痕壁上詩。樽酒落成兼送別，高情留與後來知。」諸詩俱各清妙，輯而存之，後世想見聖世昇平，公卿風雅矣。

桐城汪稼門先生云：「歐陽公《醉翁亭》連用『也』字，仿唐人杜牧《阿房宮賦》『開妝鏡也』、『棄脂水也』。杜牧又仿漢人邊孝先《博塞賦》『分陰陽也』、『象日月也』。不知《詩》亦有之。《墻有茨》三章，均用『也』字，《桑扈》三章，均用『矣』字，《樛木》三章，均用『之』字，《緇衣》三章，均用『兮』字。又如《螽斯》三章，首句不易一字，《桃夭》、《兔罝》皆然。《漢廣》三章，末句不易一字，《麟趾》、《騶虞》皆然。」此論古人所未有。先生守蘇州，廉聲爲一時冠。然公餘不廢吟詠，《遊棲霞山成六韵》云：「探幽臨勝地，慰我廿年思。高節明僧紹，鴻文江總持。寒雲封舊宅，古蘚覆殘碑。佛法青松護，泉源白鹿知。春催花信早，僧訝客來遲。欲採長生藥，靈崖有紫芝。」《咏敝帶》云：「人情交久情愈真，肯輕舍舊復圖新？凡物關心亦類此，低徊臨别尤酸辛。憶我初年通仕籍，帶下雙雙垂彯帛。左垂刀佩共堅貞，右拂玉環同潔白。學製慚無奪錦才，戔戔拘束準繩來。但期順下如流水，豈肯隨風着點埃。無那星霜歷顛頽，神采漸與當時異。綢繆莫頡藺騰花，闇淡徒存雞肋意。爲憑染人施力覃，濃於河畔草拖藍。翻舊從新費裁剪，化兩爲一懲奢貪。重加矜惜風塵外，相依仍作脛衣帶。裙履風流我自慙，腰肢瘦損君應怪。箇中伸縮有誰知，蘇州猶似霍州時。慙愧香山恩意厚，搜腸難續故衫詩。香炧光銷伴岑寂，俯視帶垂增閱歷。物理從來有菀枯，人心底事勞欣戚。温凉異態春復春，惟我與汝臭味親。慇懃什襲藏諸笥，留作衰年老故人。」

鮑步江之女茝香居士，名之蕙，適丹徒張翊和，合刻《清娱閣集》，丐余爲序。舸齋遊廣陵，鮑寄云：「秣陵僧院廣陵船，幾日遊蹤附彩箋。懷渴得梅濃較酒，詩狂乘興樂於仙。二分新月扶殘醉，四美佳辰媚少年。珍重宵深風露冷，征衫多半未裝綿。」張和云：「卅載休言歲月虚，縹緗差擬茂先車。鬢絲理爲茶烟濕，眉嫵成從墨瀋餘。到處勝遊常背汝，得來佳句轉先余。何年始踐誅茅願，同向湖山賦遂初。」又《即事》云：「夜雨催歸直到明，草痕新與漲痕平。朝曦十里空濛路，雙櫓飛如小燕輕。」二人才調相匹，故知秦嘉、徐淑不得擅美于前。

滿洲伊小尹湯安，相國永公之從子。幼即工詩，來作江防司馬。《春郊即事》云：「春郊攬轡值新晴，騎馬悠悠自在行。雪滿溝塍占歲稔，烟浮村落覺寒輕。清風似剪能裁柳，黄犢初肥好勸耕。猶有村氓知禮數，春醪肯爲使君傾。」謝余餽肉云：「捧來西子甕俱美，製自東坡肉亦尊。」

西江曹星湖龍樹，大宗伯地山同年之姪也。出知如皋，與余未識面，而時時以詩往來。《勸農》云：「九陌千疇繡錯開，停輿蔭借緑雲槐。羡渠扶杖迎官者，白髮飄蕭領隊來。」「農忙翻爲看官閒，戴白垂髫喜動顔。莫道使君耕未曉，使君來也自田間。」「鴉鬟小女學當家，阿母教同坐績麻。觸目新紅春似海，抽身偷戴滿頭花。」《桃葉渡》云：「小艇盈盈隔，紅樓處處家。昔時花映水，今日水流花。」數首皆有芬芳悱惻之情。

乾隆戊午科，余與阿廣庭相公同出四川鄧遜齋先生之門。榜下一别，於今五十四年矣。公出將入相，以忠勳爵至上公，而余乞養還山，賣文爲活。先生常向人云：「我門生不多，而一文一武足勝人千百。」余聞之赧然。哭先生有句云：「共説師門原不忝，敢云文武竟平分。」詩載集中。後公在杭州勾當公事，托今觀察方次耘馳檄見招，而余適遊武夷，無由進謁。今年冬，奇麗川撫軍陛見，公在宫門，垂問余甚殷。奇公於路上吟一絶見寄云：「中侍傳宣遞膳牌，平明待詔立金階。白頭宰相關心甚，問了黄河問簡齋。」

隨園詩話補遺卷四

倉山居士著

余不信孔子刪《詩》之説，而又不料茅鹿門之選八大家，至今奉爲定例也。嘗有句云：「詩亡原只存三百，文古何曾止八家。」

張古香太守之詩，余已摘入《詩話》矣。其子玉階孝廉，詩筆清於乃翁。《花殘》云：「花殘一樹繫愁思，斷送春光是雨絲。我是主人花是客，縱留他住不多時。」《過趙北口》云：「連天春水晚烟浮，一曲紅欄映碧流。絶似江南好風景，跨驢人去又回頭。」

金陵嚴翰鴻，雖行賈嶺南，而性篤風義。余孤甥汪蘭圃將之肇慶，缺於路資，余託嚴挈之以行，一路彼此倡和。《晚泊》云：「酒旗挑出屋簷斜，古木蕭疏挂落霞。吹笛牧童歸競渡，滿頭多插野山花。」

姚姬傳太史言：國初有懷寧逸老汪梅湖先生，隱居不仕，詩格甚高，而本朝諸采詩者，竟未收録，殊可惜也。其《田家雜咏》云：「戴勝鳴中園，社燕棲故巢。田田壟水白，秧針日以高。即事欣有賴，襟顔舒鬱陶。余其理閒策，步過林塘坳。」「艓子小如葉，沿溪泛藻蘋。繫纜甫植杖，柴門見主賓。主賓匪異人，左右一二鄰。科跣各真率，貌簡情乃親。須臾挈酒榼，肴核亦具陳。共言禾苗好，瞥眼當食新。」「風日美襟度，釣溪理綸竿。芳餌投文漪，修鱗逝駛湍。衆山一色碧，獨鳥孤光寒。夕陽冥水村，新月上林端。暢好詠而歸，無魚何所歎。」「寒月挾秋氣，孤燈耿清影。寥寥天宇曠，迢迢夜漏永。

魚罾响轆轤，雞窗啄笭箵。遥聞犬吠聲，行人楓葉冷。」《秋懷》云：「村静日當午，雞鳴三兩聲。籬花催野菊，鄰釜熟香秔。讀史數行淚，看天萬種情。浮雲爾何意，只傍隴頭生。」《晚步》云：「春雨晚來歇，殘陽湖上峰。人家烟漠漠，田壟水淙淙。小步林塘路，時聞山寺鐘。幽情屬何許，古道牛羊蹤。」詩境清遠，是陶、韋家數。又有《寄周櫟園侍郎》三首，因櫟園往訪不值故也。想見當時亦名動公卿云。

人常言某才高，可惜太狂。余道非也。從古高才，有過顔子與孔明者乎？然而顔子則有若無、實若虚矣，孔明則勤求啓誨，孜孜不倦矣。曾贈德厚庵云：「不數袁羊與范汪，更從何處放真長。驥雖力好終須德，人果才高斷不狂。」又有人言某天分高，可惜不讀書；某精明，可惜太刻。余又道非也。天分果高，必知書中滋味，自然篤嗜。精明者知其事之徹始徹終，當可而止，必不過於搜求，搜求太苦，必致自累其身。故常云：「不讀書便是低天分，行刻薄真乃大糊塗。」

唐待士大夫，失之太厚。選官有小選者，凡流外官，兵部、禮部舉人，得自主之。又念嶺南、黔中人離長安太遠，遣御史郎官就其近地，設爲南選、東選以選官，是移粟以就民也。見《選舉志》。凡使外國者，許其舉州縣十員爲遠行之費，以便其私，謂之私覿官。白居易作學士，自稱家貧，求兼領户曹，上許之。守杭州時，餘俸太多，存貯庫中，後官亦不便領用，直至黄巢之亂，裁用爲兵餉。家居後，郡僚、太守猶爲之造橋、栽樹，不已過乎？余嘗讀《長慶集》而嘲之曰：「滿口説歸歸不肯，想緣官樂是唐朝。」

士各有志。邴原與鄭康成同里，而不肯師康成，人尤之，原曰：「人有登山而采玉者，有入海而求珠者，各寶其寶，不必同也。」余故有詩云：「丁少微，陳希夷，兩个神仙有是非。蘇子瞻，程伊川，兩賢胸中各不然。可惜不見尼山老，狂狷中行盡和好。」

偶理舊書，得尹似村斷句云：「有月燈常緩，多餐睡偶遲。愁添雙鬢雪，怕憶少年時。」蓋是似村在京師寄詩囑批，余就其五律一首摘而存之者也。又摘其《贖出典裘》斷句云：「老妻見故衣，開箱色先喜。姬人持熱升，殷勤熨袖底。無奈縐痕深，熨之不肯起。」獨寫性靈，清妙乃爾。嗚呼！似村爲尹文端公第六子，祖、父宰相，兄弟皆侍郎、尚書，而似村自號「殿試秀才」，不就官職，賦詩種竹，以林泉終，豈非漢之張長公一流人乎？殿試秀才者，以丁卯科試，諸生鬧場，上惡之，親自監試，似村獨蒙欽取故也。熨斗名熱升，見《庶物異名疏》。

閩中楊鏡村太守，歷任三吴，判獄如神，人亦風流儒雅。中年得狂易之疾，余常鬱鬱，閔天道之無知。今秋，其子學基以詩來，風格雋永，方信善人之有後也。《吴門雜咏》云：「岩桂香飄艷素秋，石湖風静水悠悠。洞簫吹出山頭月，兩岸輕烟半未收。」「迴塘夜火刺船行，銀燭高燒水榭明。兩岸采菱歌不絶，木蘭舟上又吹笙。」「行春橋畔水雲涼，萬頃琉璃映夕陽。霧縠衫輕紈扇薄，捲簾低唤賣花郎。」見贈云：「獨占詞壇五十秋，坡仙老去尚風流。滄桑幾見歸來鶴，花柳常停不繫舟。到處逢迎多士女，平生疏懶薄公侯。天教享盡才人福，飽看溪山至白頭。」

諸升之文思繁富，三赴北闈不售。高翰起司馬贈以詩云：「中原非爾力，患或在才多。」諸旋中庚辰榜眼。辛亥十月，胡少司馬希吕督學金陵，爲予誦之。諸名重光。

杭州多閨秀，有張夫人者，美而賢。郎主喜狎邪，張不能禁，而慮其染惡疾也，規以詩云：「此去湖山汗漫遊，紅橋白社更青樓。攀花折柳尋常事，只管風流莫下流。」

有某公課士，以「賦得蜻蜓立釣絲」，限「蜻」字，七排四十韵，人以爲難。余笑曰：「此之謂鼠穴尋羊，蜂窠唱戲，非以詩學教人之道也。若以多爲貴，則豈不知徐樂傳名，一書已足，阮咸作掾，三語猶多乎？」

浦柳愚山長云：「詩生于心而成于手，然以心運手則可，以手代心則不可。今之描詩者，東拉西扯，左支右捂，都從故紙堆來，不從性情流出，是以手代心也。」吴西林處士云：「詩以意爲主人，以詞爲奴婢。若意少詞多，便是主弱奴强，呼唤不動矣。」二説皆妙。

金陵莊秀才元燮，弱不勝衣，少年綺妮。作《無題》云：「鬟雲撩亂不曾梳，先向池邊飼碧魚。露滴翠荷擎不定，戲分小妹當珍珠。」可謂詩如其人。

李香林尚書愛才如命，督南河時，詩弟子陳熙從州倅薦用至銅沛同知。而公移督河東矣，猶書扇寄之云：「握手河梁别緒縈，忽驚月琯已頻更。語憑尺素書難盡，意似層波去又生。風静珠湖應有夢，雲横岱岳總關情。水窗此夕君何處，重展鸞箋對短檠。」又尚書在蘭陽行館題竹云：「干霄修竹自漪漪，十載相違每繫思。笑我塵勞鬚鬢改，羨君青翠尚如斯。」亦復有纏綿之旨。昔人云：「不俗即仙骨，多情乃佛心。」其公之謂歟？

涇縣，古宣州所屬，故多詩人。梅宛陵之後，本朝愚山先生其最著者也。近日涇邑孝廉趙元一帥與其弟琴士，俱工吟咏。丁未秋，在丹徒廣文署中，以詩集見示，余爲加墨而去，今五年矣。今冬寄《偉堂詩鈔》來，凡余所甲乙者、商榷者，無不降心相從，虛懷若谷，宜其造詣之進而彌上也。録其《宿焦山寺》云：「海國秋初到，山堂氣更清。林昏星有影，江定夜無聲。設席臨嘉樹，論詩對短檠。依然留卧榻，一枕百蟲鳴。」《焦山頂觀月出》云：「爲看月上海門東，洞口盤紆石磴崇。行到雙峰多竹樹，不知身在大江中。」《青山晚泊》云：「倒捲長江白浪飛，幽巖鐘磬静禪扉。秋風極浦雁初下，暮雨空山僧未歸。漢上估檣千樹密，洲前漁火一星微。明朝更約齊安過，載酒題詩赤壁磯。」他如：「夕陽低野樹，秋水斷河橋。」「秋深海國梧桐老，夜静關山鼓角清。」俱不愧唐人音節。

蔡侍郎觀瀾守江寧時，私宰之禁甚嚴，余不以爲然。一日，余在府署，蔡公坐堂收呈，有回民之黠者，具呈請釋牛犯。其狀首云：「爲恩足以及禽獸，而功不至於百姓事。」蔡遣家人謂余曰：「君原勸我貴人賤畜，今果惹回民之嗔。然其狀詞文理甚佳，須君替我强詞奪理。」余書五絶於紙尾云：「太守非牛愛，心原愛老農。耕牛耕滿野，百姓豈無功。」黠回無詞而退，太守牛禁亦因之稍寬。

余宰江寧時，門下士談毓奇爲刻《雙柳軒詩文集》二册。罷官後，悔其少作，將板焚毁。後《小倉山房集》中，僅存十分之三。辛丑清明，遊雨花臺，謁方正學祠。夜夢有古衣冠者，揖余而言曰：「子，詩人也。《懷古》有『燕王北下金川日，行到《周官》第幾章』，此詩删之可也。又有句云：『江山忽見開燕闕，風雨原難對孝陵。』此二句甚佳，如何可删？」余唯唯。其人言畢，有儀從呼唱而去。余次日語人，或曰：「此莫非正學先生乎？」

人有訾余《詩話》收取太濫者，余告之曰：「余嘗受教於方正學先生矣。」嘗見先生手書《贈俞子嚴溪喻》一篇云：「學者之病，最忌自高與自狹。自高者，如峭壁巍然，時雨過之，須臾溜散，不能分潤。自狹者，如甕盎受水，容擔容斗，過其量則溢矣。善學者，其如海乎？旱九年而不枯，受八州水而不滿。無他，善爲之下而已矣。」書法《争坐位》，筆力蒼堅。余道先生精忠貫日，身騎箕尾，何妨高以自待，狹以拒人哉？然而以此二字諄諄示戒，則其平日之虚懷樂善可知。余與先生無能爲役，然自少至老，恰惡此二字，竟與先生有暗合者。然則《詩話》之作，集思廣益，顯微闡幽，寧濫毋遺，不亦可乎？

近學郊、島詩者最少，獨葑亭給諫于無意中往往似之。《秋蟲》云：「直使孤燈死，常催白髮生。」又：「瘦篁腰刻字，古樹腹藏人。」「風多螢貼樹，月出鷺巡隄。」皆孟、賈集中佳句。《在閘河守淺》云：「不勞畫地還成獄，且喜窺天尚有窗。」何其苦也。及《渡江得順風》云：「大江東去月西走，獨客南歸風北來。」又何其樂也。詩人善體物情，往往如是。

余性通脱，遇繁禮飾貌之人，輒以爲苦。嘗咏桐花云：「桐花恰也清香甚，瑣碎無人肯耐看。」程蕺江晚甘園屋甚少，而春間遊女甚多。主人請余作對聯，余提筆云：「時花美女有來時，明月清風没逃處。」主人喜其貼切。

香亭以余年衰，勸勿遠出遊山。余書六言絶句與之云：「看書多擷一部，遊山多走幾步。倘非廣見博聞，總覺光陰虚度。」

新陽明府王春溪向余云：「歲丁酉，課徒山中。夏日，偶以陶詩『中夏貯清陰』命題，有族弟名如山者，結句云：『夜深微雨過，積翠滴成音。』余賞其作意，而嫌有鬼氣。不踰月，病卒。因哭之曰：『難忘翠滴成音句，是我尋簷腹痛時。』益嘆詩讖之説非漫然也。」余因記壬申入都，遇雪途中，有句云：「僕夫與主人，麻衣無短長。」後五月，而丁先君憂。己酉秋，余與金姬同患病，先一月得句云：「好夢醒難尋枕上，落花扶不上枝頭。」已而自嫌不祥。劉霞裳曰：「先生非花也，其應在金夫人乎？」已而果然。

金陵吴思忠，字孝侯。善畫工詩，受知于錢南浦觀察。《宿别峰庵》云：「别峰庵結焦山西，庵外諸峰無與齊。雙眼攝盡大江色，入門頓覺青天低。月光欲上水氣白，送爾鬬酒傾玻瓈。不辭酩酊歡清夜，好與楹前松鶴棲。」《檢黄鹿岩遺稿》云：「愴無兒祭荒凉墓，幸有人抄失散詩。」又《偶興》云：「床頭剩有宣和紙，寫我當時看過山。」

尹文端公公子大半徂謝。去年，尹太夫人亡百日，而十二公子又亡。五郎晴村作青州都統，《哭弟》云：「吾家駿足望騰驤，底事青年竟夭亡。百日從親歸地府，九原先我侍高堂。枯荆每見花枝折，倦鳥何堪羽翼傷。纔隔一程成永别，余出京之次日。阿兄能不淚千行？」可謂情文雙至，文端公在九泉，亦必嘆賞。

何春巢向余云：「沙竹嶼，如皋寒士，性孤傲不群，應試不售，遂棄書遠遊，足跡遍天下。其所推重者，惟先生一人。」誦其《秋齋》云：「小庭人寂猗蘭開，獨對幽香一舉杯。薄暮閒雲不成雨，冷風吹月上簾來。」《山居》云：「飯罷鐘聲已斷烟，偶來閒倚寺門前。夕陽暝色行人絶，空見群峰亂插天。」又《讀隨園詩話》云：「瓣香好下隨園拜，安得黄金鑄此人。」

余老矣，最喜人説少年舊事。何蘭庭句云：「回思慈母悲今日，最愛山僧説幼時。」爲之擊節。何又有《江樓看雨》云：「狂風驟雨逼蕭晨，萬里烟波失遠津。穩坐西窗憑几望，幾多浪裏着忙人。」詩外有詩，深得風人之旨。《遊理安寺》云：「不信客從山外入，恰疑僧在樹頭歸。」亦真境也。蘭庭幼時，其父西舫許我爲壻，後以路遥不果，惜哉。

熊澹仙女子不止能詩，詞、賦俱佳。以所天非解事者，故《咏螢火》云：「水面光初亂，風前影更輕。背燈兼背月，原不向人明。」作《廣怨賦》云：「文采遭傷，久矣人皆欲殺；蛾眉致妬，何能我見猶憐。」《聞笛賦》云：「三更不寐，遥知思婦情深；十指俱寒，想見高樓獨倚。」

《周易》曰：「同聲相應，同氣相求。」《毛詩》曰：「求其友聲。」杜少陵曰：「文章有神交有道。」皆不期其然而然者也。故余嘗謂文字之交，比骨肉妻孥猶爲真摯，非雲泥所能判、關山所能隔者。如惠制府瑶圃、法學士時帆諸公，都已載入《詩話》。近又得何水部道生、劉舍人錫五二賢焉。抱英絶之才，而獨惓惓于隨園，各贈長律數首。以篇幅稍長，故另刻《續同人集》中。而其所心醉之句，有不忍不標而出之者。如劉云：「閒來志怪都根理，語必驚人總近情。」余道第二句直指心源，包括小倉山六十四卷全集，較勝他人作序萬語千言矣。何云：「願署隨園詩弟子，此生端不羨封侯。」矜寵一至于斯，使我顔汗。擬作《山右二賢歌》以美之，而年衰才盡，未敢落筆也。

余行路喜水而惡陸，聞明日站遠，則夜眠不安。偶見楊次也先生有句云：「車平終日卧，路遠隔宵愁。」可謂先得我心。昔人罵蚊云：「滿腹經營飽膏血，可知通夜不眠人？」又「山在鄰家樹上青」，皆能道人意中事。

吴江朱坤，隱于市廛，有詩號《琴思集》。中可採者，如《哭弟詩》一絶云：「尋飴索哺淚雙流，隨少隨多與即休。賸有半盤梨栗在，可憐携去祭墳頭。」《旅中送春》云：「旅人從此賦歸兮，落絮飛花襯馬蹄。鶯到今朝聲不惜，垂楊陰裏盡情啼。」五言絶云：「極憐春意好，隨月入花陰。上有雙棲蝀，行來亦小心。」又：「花霧着人微似濕，柳風吹面不生寒。」皆可誦也。

仁和俞作梅，號天羹，有《潮州竹枝詞》云：「榕樹如郎妾女蘿，朝朝牽掛在枝柯。根鬚着處成連理，只是怪他頭腦多。」又《即事》一絶云：「竻竹園林朱槿笆，銀鐶穿耳小蠻娃。見人躲入墻陰去，觸墮簪頭金鳳花。」

吴江女史汪玉軫有詩才，《偶成》云：「夜静更闌猶未眠，熏爐香燼不生烟。且推窗看中庭月，影過東墻第幾磚？」「風颺柳絮雨颺花，多少新愁上碧紗。借問過墻雙蛺蝶，春光今在阿誰家？」

王葑亭《夜行》云：「殘星雞口落，初日馬頭高。」鄭德基《夜行》云：「蝶夢來驢背，雞聲隔隴頭。」詩家紅袖多，青衣少。然鮑亨殷胄作楊素家奴，未嘗非名士。白下有鄭德基者，穆太守僕也。《梅雨》云：「窗前一夜聽梅雨，曉看堂前生碧苔。正惜滿城花落盡，偏教殘蕊燕啣來。」《馬嵬》云：「馬嵬坡下草萋萋，過客停車望欲迷。知是太真身死處，馬蹄何忍踏香泥。」《朝天寺》云：「朝天山下川流急，短艇孤篷趁順風。絶頂不知還有寺，白雲深處一聲鐘。」《上元無月》云：「星橋火樹滿街紅，微雨疏風過碧空。想是嫦娥開夜宴，雲簾深鎖廣寒宮。」《除夕》云：「今夜不眠非守歲，防他有夢到家鄉。」《棧道》云：「馬盤絶頂青霄近，人到中天萬壑低。澗水勢催群石走，浮雲如擁亂山行。」《與友黄鶴樓分袂》云：「我如黄鶴去，君似白雲留。」《贈隱者》云：「讀書豈必皆觀國，學佛何須定出家。」

從來閨秀及方外詩之佳者，最易流傳。余編《隨園詩話》，閨秀多而方外少，心頗缺然。方坳塘觀察過訪山中，談及禪僧智朗，號漁陸，上元人，性至孝，母殁出家，住持理安。《歸省母墓》云：「風木驚心二十年，偷生只爲學金仙。誰知杖錫歸來日，荒草叢中化紙錢。」「蓬鬢荆釵苧布裙，夕陽影裹淚紛紛。趨前欲訊重泉恨，吹過西風一片雲。」《改葬》云：「别後匆匆掩一棺，多年淺土忍重看。故衣斷綫痕猶在，静樹摇風骨已寒。西崦可憐通夜夢，南陔空説潔晨餐。慈恩欲報終難報，徒向平原意少安。」又泰州光寺僧西林有句云：「黄花野徑僧歸寺，紅樹村莊人倚樓。」亦有畫意。

吾鄉金秀才霖，眼旁青色，自號青眼山人。幕遊金陵，執贄隨園，揭漢印百方而去。詩古峭可喜，《西塞山》云：「志和揮手去，冷落少微星。蓑笠高風遠，魚龍夜氣腥。江雲走虚白，石壁斷空青。獨有金湖月，年年照翠屏。」《江浪餘生歌贈萬别駕》云：「海莊别駕量如海，生死關頭氣不改。颶風促浪高百尺，别駕氣穩如鼎鼐。風狂浪急船不支，舵工水師無所爲。排風掀浪未頃刻，磅礴一聲桅下垂。從人狂叫齊涕泣，船尾向天如壁立。别駕遲徊步慢移，顧謂諸君莫惶急。以手指浪浪即摧，江上風迴水倒開。斯須江水幾及膝，艇子恍從天上來。嗟哉海莊性篤厚，先唤從人上岸走。笋輿無恙亦相隨，有如嫂溺能援手。回眸獨剩檣梢動，片舫低昂浪輕送。歸來歌嘯月滿樓，蛟龍影滅秋江空。」他如《郊外》云：「宿雲平接地，新漲遠浮天。」《畫鷹》云：「風邊秋影静，堂下鳥聲空。」《夜坐》云：「花影一庭蟲四壁，江聲千里月三更。」《春冷》云：「鳥聲着意試空谷，雲影有心低漢江。」皆妙。

番人最重銅鼓，即剥蝕而聲硿硿者，可易牛千頭。相傳爲諸葛亮征蠻所鑄，不知《後漢書・馬援傳》已載之矣。余丙辰至粤，金中丞得鼓二面，命余作賦，大加稱賞，即命刻廣西志書中。甲辰歲，余重遊桂林，閲省志「藝文」一門，國朝首載此賦，且驚且感。題一絶云：「五十年前《銅鼓賦》，自家披覽自家憐。不圖灕水崇文目，竟冠熙朝第一篇。」

劉掞，字文白，湖北沔陽州人。少穎悟，過目成誦。比長，剛正不阿，能驅鬼怪。有某氏女爲怪所迷，自稱丁相公。劉訪知是野廟木偶，執而枷之，怪遂絶。詩亦清老，録其《新堤》云：「鼓枻晨光裏，灣環一港通。林鳩猶喚雨，檣燕欲凌風。帆影江烟外，人家水氣中。誰憐穠李樹，如雪吐晴空。」他如《過白湖》云：「微波不動處，新月自然生。」《詠月》云：「宿樹鴉聲定，侵窗花影移。」俱妙。

余今歲約女弟子駱綺蘭同遊西湖，余須看過梅花方出行，而綺蘭約女伴先往，及余到湖樓，則已先一日歸矣。見壁上題詩《咏秋燈》云：「獨坐影爲伴，閒窗對短檠。照人雖冷淡，觀我自分明。焰小知風急，光寒避月盈。欲挑還住手，無語聽殘更。」《秋扇》云：「暑消新雨後，人困晚凉天。」余愛其清妙，即手録以歸。

方藕堂維翰與程魚門因詩交好，遂結婚姻。後藕堂補官杭州，年四十，無子，其夫人爲置一妾，而藕堂于役吴興，竟未知也。歸後，驚喜，賦詩謝内云：「中年華髮漸成絲，羞對紅妝入繡帷。冀我免爲今伯道，知君曾讀古《螽斯》。剛逢燈月交輝夜，乍見衾裯與抱時。良願早符燕姞夢，春蘭花發正盈墀。」又《芍藥》云：「豐臺十里春如夢，風軟沙平感舊遊。悔自南來消息斷，一年春盡一回頭。」

武臣能文，皆太平盛事。「公侯干城」，見于《周南》。「郤縠悦禮樂而敦詩書」，見于《左傳》。余遊貴池齊山，見壁上鐫岳武穆詩云：「年來塵土滿征衣，偶得閒吟上翠微。好水好山看不盡，馬蹄催趁月明歸。」想見名臣落筆，自然超妙，不止曹景宗之能諧競病也。近余又得二人焉。鎮江都統陽公儉齋春保《登北固山用唐人孫魴韵》云：「古屋倚蒼冥，岧嶤聳地形。波連湘浦闊，山抱潤城青。遠樹迷江驛，寒烟淡晚汀。故人不可見，嵐翠滿空庭。」《咏敝裘》云：「自是一腔春意滿，故教兩袖盡開花。」可稱趣絶。松江提督陳公樹齋大用《閱兵皖江登大觀亭》云：「浩浩長江天際横，地連吴楚一波平。蒼茫草樹迷遥浦，歷落帆檣趁晚征。斜日墮城千堞迴，漁燈點水亂星生。不知多少英雄事，都付潮聲徹夜鳴。」《寄懷程也園》云：「今宵夜氣劇清寒，底事逡巡欲睡難。明月滿庭花樹静，料應詞客也憑欄。」兩公位登極品，而風貌秀整，謙若書生，皆蒙其先來見訪。《毛詩》曰：「惟其有之，是以似之。」其斯之謂歟？

余年十八，受知于浙督程公元章，送入萬松書院肄業。離家二十里，夜不能歸，輒借榻湖州沈謙之、永之寓所。後永之同舉戊午鄉榜，官至糧道，晚年結兒女姻親。而謙之以一孝廉，中年捐館，深可悲也。今春，其子東橋寄《竹翠溪堂詩集》來，讀之，想見當年謦咳。《即席贈嚴崧瞻進士》云：「萍浮梗泛得相親，酒賦琴歌不厭頻。君莫傷時悲不遇，世間多少布衣人。」《釣臺》云：「王氣終應在茂陵，菟肩麥飯記飄零。故交貧賤如相忘，帝座何由犯客星。」二詩皆有寄托，足以風世。又《謝僧餉茶》云：「幽絶精藍莫記名，到門惟有老僧迎。烹茶不是在山水，那得一杯如許清。」五言如：「雕隨遠山没，帆帶夕陽飛。」「離情花落後，春病雨聲中。」「水闊疑無岸，雲昏不辨山。」皆佳句也。東橋名鼎生。

東橋設帳永之家，教其幼女全寶，即許配阿遲者，年才十五，娟好閒静，即已能詩。《寄姪女音保》云：「與君分手忽經年，長自關心望日邊。幾欲寄書魚雁少，今朝纔得劈雲箋。」「净几明窗喜不支，曾同硯席曰親師。而今遠隔三千里，憶否春風並坐時？」《即事》云：「首夏天光照眼明，緑楊芳草雨初晴。清陰繞逕渾如畫，閒向窗前聽鳥聲。」嘻！三首一氣卷舒。阿遲與之同年，尚不能作一韵語，豈吾家詩事，將來不傳于兒，要傳兒婦耶？

壬子三月，余與吴門陳斗泉秀才同遊天台。斗泉與余步月云：「作合在山水，南橋風景清。灘聲亂人語，岩月隱江城。共有烟霞癖，誰憐羈旅情。來朝理筇屐，華頂撥雲行。」又《雜咏》云：「一徑紆回渡翠厓，杳無人跡落蒼苔。白雲抹斷丹臺路，知是前峰雨欲來。」斗泉善畫，雅得二王神韵，故詩中亦含畫意。

余每下蘇杭，必采詩歸，以壯行色。性之所耽，老而愈篤。近有聞風而來且受業者，蔣莘，字于野，年纔十九。《遊古寺》云：「山外野僧家，孤龕半落霞。磬聲流樹杪，鈴語繞簷牙。波静魚遊鏡，香消佛散花。我來無别事，應許問楞伽。」《山行》云：「村古藤爲瓦，溪幽樹作橋。」《佛手》云：「天下援非易，楊枝洒未忘。有心擎法界，彈指過秋光。」《表忠觀》云：「鐵券已分唐土地，璽書曾奉宋春秋。」皆妙。其弟名蔚，字起霞，年纔十六。《落梅曲》云：「一樹幽花世外姿，依依水淺月斜時。無端玉骨飄零甚，不怨東風恰怨誰。」「神山昨夢夜逡巡，花底聞吹紫玉聲。三叩素扉人不見，滿庭殘雪落無聲。」《咏王半山》云：「竟使紅羊成小劫，幾同白馬害群賢。」《偶成》云：「細雨一簾飛燕子，春寒幾日又花朝。」兩昆季皆未易才也。起霞愛趙雲松詩，題七古一章，奇横譎詭，惜篇長不能備録。爲録稿寄與雲松。

吴門戈小蓮培，吾家姪婿也，詩筆清矯。《天平山》云：「不辨翠微色，蒼茫夕照濃。澗喧争一水，寺近鎖千峰。烟隔雲間月，聲傳花外鐘。遊人歸去後，只有白雲封。」《無題》云：「可奈相逢處，翻生落漠愁。人前渾不語，留意在雙眸。」《綉毬》云：「團團微雨濕，片片春風冷。蝴蝶窗外來，飄摇亂花影。」

少年之詩，往往有句無篇，能通體完密者最少。京口左墉，字蘭城，年纔弱冠，而風格清穩。《舟過無錫》云：「梁溪山色好，向晚放舟行。名酒分泉味，吴歌雜櫓聲。人家多近水，楊柳半遮城。遥見斜陽裏，長堤一綫平。」《湖樓》云：「夜静披衣坐，湖光浸滿身。遠山微有月，近岸寂無人。舟小漁成市，村孤樹作鄰。碧天凉似水，鐘鼓報清晨。」《秦淮》云：「客中無酒醉花朝，騎馬閒行過板橋。蝶影亂飛芳草路，歌聲争送白門潮。重尋舊院人何在，空對斜陽恨未消。惟有春來堤上柳，年年烟雨换長條。」通首音節清蒼。

徐心梅秀才備經住洞庭西山。辛丑，余遊石公、飄渺二峰，宿其家凡七日。徐手録隨園詩成帙，已雖不多作，而落筆甚超。《題一輪上人禪定圖》云：「我來看薔薇，高僧正清課。相對寂無言，相看惟對坐。不見天花飛，但見金輪墮。月出三生來，鐘殘一世過。即此是禪機，如來不説破。」

虞山陳叶宫聲和，少年才思艷發，余嘗謂可與楊蓉裳抗手。惜年未三十，兩耳不聰，想亦學力苦思之故耶？《賀沈芷生領解》云：「沈郎才調領群仙，手種秋香到月邊。未必重來無我分，已將此着讓君先。榜頭喜得真名士，吴下喧傳最少年。莫到旗亭夸畫壁，《霓裳》留奏大羅天。」沈善歌，故調之。《聞景秋浦訃》云：「知否相思不暫停，兩番詩句重叮嚀。苦無人寄封仍在，還想君歸讀與聽。」二詩可謂不着一字，自得風流。佳句如《長干塔》云：「人影長空落，風聲絶頂驕。」《送弟就婚黄平》云：「遠遊憐汝小，出贅苦家貧。」《韓侯釣臺》云：「王楚王齊無寸土，微時翻有釣魚臺。」

余過太倉，秋帆尚書之從子曉山孝廉裕曾苦留小住，至藏匿行李，不許上船。甚矣，主人之尊賢禮士，綽有家風也。示我《春詞》四首云：「細雨空庭長緑苔，梅花零落杏花開。叮嚀侍女逢春社，高捲珠簾待燕來。」「春光淡蕩愛新晴，高樹鶯啼曉夢驚。紅日滿窗人未起，隔墻風送賣花聲。」「自把雙眉桂葉描，曉妝成後最無聊。春來女伴多相問，綉閣新添綫幾條。」「滿目山川似畫屏，緑楊芳草水邊亭。花時獨愛熏香坐，嬾逐鄰姬去踏青。」

近日閨秀能詩者，往往嫁無佳耦，有天壤王郎之嘆。惟吾鄉吴小谷明府之女柔之，適狄小同居士，紹興潘石舟刺史之女素心，適汪潤之解元，皆彼此唱和，如笙磬之調。小同幕游在外，吴寄云：

「伊人蹤跡又天涯，小别無端感歲華。千里迢遥此寒夜，一般清瘦共梅花。孤桐入爨聲難辨，美玉求沽願久賒。不爲封侯緣底事，紀游詩卷向誰夸？」小同答之有「幾行新句機中錦，一瓣幽香雪後花」之句。潘《寄外》云：「瘦影新痕楊柳枝，杏花十里送春時。須知吟咏無閒筆，那向妝臺更畫眉。」《哭姊》云：「采筆長辭咏絮人，硯池妝閣久生塵。瑶階明月空如水，更有何人立滿身。」俱一時傳誦。

吾鄉詩多浙派，專趨宋人生癖一路，惟小同以明七子風格救之。《温州感舊》云：「十載曾游地，三秋悵别時。郗生仍入幕，謝客舊題詩。潮落沙痕在，舟輕塔影移。霜華今夜白，偏惹鬢邊絲。」

余過山陰，宿徐小汀秉鑑家七日。小汀乃貴州方伯紫亭同年之子也。抄詩見示，録其《陪劉石帆昆季西園雅集》云：「名園高會啓郇厨，詩興還隨酒興俱。人雅不關居有竹，鳥鳴疑唤客提壺。分爭旗鼓憑三雅，領袖詞壇有二蘇。惆悵柴桑陶處士，秋風匹馬獨馳驅。」其他佳句如：「萬山迎暮靄，一雁下斜陽。」「杏花欲破春將半，竹影初圓月正中。」「但使故人長聚首，不妨十日石尤風。」皆可愛也。其友人施漢一政亦耽吟咏，蔣心餘弟子也。在僧院懷蔣云：「雲烟飄忽此生浮，去住無端我欲愁。鎮日蕭蕭僧院雨，輕風瑟瑟竹床秋。射師示的弓猶在，戰馬聞鉦旆未收。三十年來生老病，不堪回首識荆州。」五言佳句如：「月明孤棹遠，波動小橋移。」「驚雹招雷至，殘更帶雨移。」七言如：「殘照有餘留水面，淡烟無際到山腰。」

沈石田畫蠶一筐，題云：「題詩勸爾多餐葉，二月吴氓要賣絲。」徐文長畫葡萄，題云：「滿腹珠璣無處賣，閒抛閒擲亂藤中。」

余編《詩話》，爲助刻資者，畢弇山尚書、孫稆田慰祖司馬也。畢公詩，采録甚多，而孫君不幸早卒，余向其家昆仲搜得遺稿二卷。《歲暮感懷》云：「雪積千重鎖翠霞，寒宵戢影悵摶沙。雲中怕聽回峰雁，風裏驚聞過市車。慣趁慵身勤剗草，强扶凍足去尋花。捲簾小閣熏香坐，更向晴窗晒畫叉。」《杏花》云：「十里輕紅罨畫樓，柳絲牽雨作春愁。催花一片東風起，村裏人歸壓滿頭。」調寄《意難忘》贈人云：「日暮雲遮，聽聲聲孤雁，點點棲鴉。添香燒馩馞，拈韵鬭尖叉。風蕭索，月横斜。臨別轉含嗟。憶舊游，不如歸去，我亦久離家。湘江未許乘槎。漫挑燈夜坐，同話桑麻。輕盈低竹葉，屈曲小梅花。三盞酒，一杯茶。這清味堪夸。恨殺了，片帆早掛，腸斷天涯。」

華亭吴鈞詩云：「籐梢橘刺罥烟鬟，芍藥捎裙露未乾。昨夜剪刀尋不着，曉來横在竹欄杆。」思致幽雋，于艷體中獨闢一境。吴蓋吴松四布衣之一也。

汪研香司馬攝上海縣篆，臨去，同官餞別江滸，村童以馬攔頭獻。某守備賦詩云：「欲識黎民攀戀意，村童爭獻馬攔頭。」馬攔頭者，野菜名，京師所謂十家香也。用之贈行篇，便爾有情。

余蕭客《咏病馬》云：「旋毛腹下一千里，死骨人間五百金。」汪墨莊《咏老馬》云：「末路料難逢伯樂，壯心猶想出邯鄲。」

詩寫雛姬情態易，寫雛伶情態難。吴玉松進士客河南學使幕，席上贈顧伶云：「舞隊大垂手，歌曹小比肩。問年羞不語，笑指十三絃。」「吴苑折垂楊，驅車向大梁。恐傷孤客意，只道不思鄉。」讀之覺是兒可愛。

「白水遥連郭，青山直到門。」畏壘山人詩也。「野水白連郭，亂山青到門。」王子乘詩也。二詩各臻其妙，然觀楊誠齋「江欲浮天去，山疑渡水來」，則又瞠乎後矣。

虞山蔣文恪公入相後，門生滿天下。而從前官至學士，尚未持文衡也。己未，初次分房，得予與裘文達公，故嘗向公戲引南漢劉鋹語云：「若聚飲同門，枚當執梃爲門生之長。」公爲莞然。公家子弟多貴顯，無以詩名者。今年過常熟，見公孫旭亭居士詩才倜儻。録其《閨怨》云：「花朝又届好良時，病骨蕭疏强自支。鸚鵡不知人去後，窗前猶自背郎詩。」「獸火金盆仔細添，繽紛瑞雪壓斜檐。江梅又送春消息，只管沉沉下繡簾。」佳句如：「風透疏窗燈易盡，凉生薄被脚先知。」「銀漢遠涵秋水淡，小樓斜受夕陽多。」俱妙。

蔣于野莘《初夏》云：「小山如畫仿眉青，已潤莓苔雨乍晴。滿户風來潮未退，卷簾飛入兩蜻蜓。」《咏殘柳》云：「無物可爲長壽客，多情難作後凋身。」陳春華暉見贈云：「花無可戀香難捨，書有何讐校不休。」余謂校讐二字能如此分開用，可稱妙手。又《咏春信》云：「天上若無雙鯉至，人間那有萬花知。」亦善做信字。與蔣生皆少年，詩筆如此，他時何可限量。

心梅又有《秋山》一首云：「秋山静自古，空翠滿衣裳。矯首看雲岫，支笻過草堂。風清松子落，水動藕花香。」中有岩阿樂，欲言意已忘。」《田家》云：「今年春雨足，歡聲動茅屋。新婦助插秧，小兒拾桑落。烏鬼船頭忙，團桑籬下緑。」「老翁沽酒猶未來，門前野花笑自開。」俱有王、孟逸趣。

宋軼才中丞爲丁巳翰林前輩，在京中與予比鄰而居。兩家眷屬往返，如姻婭然。後内遷少司農而卒。其公子思仁、思敬，俱與予交好。今年在蘇，有持其女孫詩來者，讀之清妙。《焚香》云：「一剪清香午夜焚，都梁迷迭静中分。爲憐紫玉成烟去，約住簾鈎護篆雲。」佳句如：「緑濃新雨後，紅墮晚風初。」「風聲到樹葉初墮，月色窺窗漏正長。」皆可愛。女名静娟，字守一，好觀史鑑，住蘇州平橋。

陽儉齋先生詩已采入《詩話》矣，近又見麗川中丞贈陽一律，奇偉可愛，非中丞不能作，非陽公不能當也。詩云：「玉關雙啓動風雷，儒將新從瀚海回。座上舉杯軍令肅，馬前得句陣雲開。劍留回紇人烟外，筆帶單于地影來。公駐回部，多紀其事。移節江南春正好，太平風景供詩才。」

青陽兩詩弟子，一陳蔚，一沈正侯也。二人有五絶句，皆天籟而不自知其佳，余爲表而出之。陳《春閨》云：「春來花滿枝，春去花散飛。幾度花開落，栽花人未歸。」沈《村晚即事》云：「身安萬事閒，日落一村静。携兒向月明，壁上看人影。」皆絶妙天籟，非粗心者所知。

方明府於禮從京師來，説高麗國史臣樸齊家以重價購《小倉山房集》及劉霞裳詩，竟不可得，怏怏而去。亡何，金畹香秀才來，又説此事，與前年方公維翰所云相同，但使者姓名不同耳。余按：史稱新羅國請馮定撰《黑水碑》，吐谷渾有温子昇文集，外夷慕化，往往有之，况高麗原有箕子之餘風乎？霞裳聞之喜，賦詩曰：「劉攽何幸侍歐公，姓氏居然海外通。蟬附高枝聲易遠，鶯初調舌語難工。毛萇詩自傳門下，闞澤名疑在月中。多謝蠻姬能識曲，弓衣繡勝碧紗籠。」

隨園詩話補遺卷五

倉山居士著

如臯汪楚白之子爲霖，字春田，家故富饒，而性愛風雅。作部郎時，曾隨駕射箭，得中二枝，上喜，賜以花翎。出守思恩府。平生喜讀余詩，有「先生宗白我推袁，萬古心香共此源」之句。《登獨秀峰》云：「拔地超天起一峰，當空高插碧芙蓉。絶無依倚成孤立，細繹磨厓識舊封。躡級數登三百六，群山遥列幾千重。我來頂上憑欄望，萬户炊烟暮靄濃。」《遊棲霞》云：「乘興尋秋日日來，提壺攜硯上高臺。有官到底難捐俗，畢竟斜陽喝道回。」《厭雨》云：「竟仝惡客驅還至，却共閒愁滅復生。」

庚辰，余就醫薛生白家，遇趙君曾益，談論甚洽，忽忽三十餘年。今年，趙官湖北，忽寄詩來，且云：「故是尹文端公弟子。」尹三公子秉臬楚南時，曾寄詩云：「相國江南開府日，栽培桃李卅餘年。祇今老去叨三釜，敢忘文成割半氈？廉使愛才垂下問，書生薄命負前緣。囊中一卷風簷草，手澤于今尚宛然。」其詩一氣呵成，允推老手。其他佳句如：「小閣飛花春欲去，幼時熟境夢常來。」「茅掀屋角添虚白，土缺牆頭見遠青。」皆妙。

何蘭庭、張香岩仝余遊天台，何有句云：「燈前笑向妻孥别，遇着桃花便不歸。」張在斑竹贈妓云：「勸儂莫向天台去，恐被桃花留住君。」香岩之兄月樓寄弟云：「故園亦有桃千樹，莫戀天台久不回。」三人共用桃花事，而皆有風趣。狄小同亦有句云：「天台山下征人路，不爲求仙也再來。」

錢林，字曇如，吾鄉璵沙先生之幼女也，年未及笄。《偶成》云：「獨坐西窗下，蕭蕭雨不成。芭蕉三兩葉，多半作秋聲。」《落花》云：「覓路乍迷三里霧，含情如怨五更風。」皆佳句也。曇如生時，家中夢有嚴大將軍來。及墜地，娟好妍静，兆乃大奇。其五兄名枚者，戊申孝廉，生于鎮江觀察署中。是日，適余到署，觀察即以我名賜之。長有父風。《題孟廟》云：「楊墨風交煽，儀秦辨復騰。斯文天未喪，夫子道相承。浩氣中能養，微言絶更興。齊梁無地主，周孔有雲仍。功業尊同禹，經綸小試滕。介應班柳下，醇自過蘭陵。七國知矜式，千秋肅豆登。秩宗昭祀典，廟貌仰觚稜。畫壁前朝古，豐碑歷代增。巖巖泰山色，相對各崚嶒。」又《無題》云：「蕩漾愁心已倦排，明明月又入空齋。寄將眼淚惟清簟，付與針箱有舊釵。腸到九迴偏未斷，人難再得始爲佳。無端十一年間事，次第隨風入酒懷。」

吴興幼女嚴静，甫九齡，善書，兼工墨竹。莆田吴荔娘題云：「繡閣遥鄰墨妙亭，開簾煤麝動芳馨。晴窗書破洪兒紙，誰識金鑾未十齡。」「琅玕嫋嫋影縱横，千尺寒梢一筆成。我看丹青先比較，此君風韵却輸卿。」「賦茗才華總角年，揮毫風致自翩翩。他時理棹苕溪上，好結香閨翰墨緣。」荔娘年亦十有四。

余中年以後，遇妓席無歡，人疑遁入理學，而不知看花當意之難也。偶讀祝芷塘一絶，爲之莞然。詞云：「自笑眉愁遞酒波，厭厭長夜奈卿何。摩登伽自無神咒，不是阿難定力多。」

柳依依者，乩仙也。自言維揚女子，歸方氏，年才十八，遇亂被虜，絶水漿七日，誓死全貞，竟得脱免。書《黄金縷》一闋云：「身裹絮棉難着枕，淡月補窗，亂寫飛花影。莫怪青春歸步緊，枝頭杜宇聲聲請。」又書一絶云:「歸去虚空踏月行,五銖衣重白雲輕。自從飲得銀河水,吐向毫端一色清。」

張若瀛詩好遊戲,《咏眼鏡》云:「終日耳邊拉短縴,何時鼻上卸長枷。」聞者皆笑。《贈兄竹杖》云:「珍重提攜竹一枝,枯笻也有化龍時。須知手足關心切,不待顛危始助持。」恰有意義。《眼鏡》結句云:「天涯莫道無同調,磨麵驢兒是一家。」

真州方又暉《春詞》云:「鬢含蟬翼影依微,酒暈紅潮落翠衣。妬殺梁間新燕子,向人只管學雙飛。」又暉少時絶美,今鬑鬑矣。《以所懽讓人》云:「老大啼春真强舌,甘將喬木讓新鶯。」

湘潭張紫峴九鉞,年十三,登采石太白樓作歌,人呼太白後身。中有數聯云:「乾坤浩盪日月白,中有斯人容不得。空攜駿馬五花裘,調笑風塵二千石。自從大雅久沉淪,獨立寥寥今古春。待公不來我亦去,樓影蕭蕭愁殺人。」果有青蓮風味。《將發蓼城寄蔡芷衫》云:「寒雲隨落葉,渺渺上征衣。淮水正東下,離鴻猶北飛。逢人得消息,入夢見依稀。尺素聊憑寄,梁園亦倦歸。」《弔西征戰士》云:「裹來馬革心原壯,熏作檀香骨未枯。昨夜魂隨驃騎出,過河還殺五單于。」

陳豹章有别業在廬江,曰小礫山莊。依山結屋,吟嘯其中。作一聯云:「王伯輿終當爲情死,孟東野始以其詩鳴。」《山莊》云:「薙草誅茅鳳嶺東,幾灣流水小橋通。慈菇葉潤簷牙雨,粳稻花香屋角風。不斷情根連理木,暫羈行脚寄居蟲。比鄰晨夕時相過,桑柘陰間載酒筒。」

將軍魁林提兵塞外,别其兄傅公云:「君去松林莫回首,夕陽天外有孤鴻。」同年成城謫戍塞外,寄詩家人云:「令威縱有歸來日,只恐人民半已非。」讀者皆爲愴然。

山東道上，妓女最多，佳者絶少，過客題詩壁上者亦多，佳者亦少。獨有無名氏末二句云：「最是低眉可憐處，在山泉水本來清。」用心慈厚，深得風人意旨。

前朝山陰祁忠惻公彪佳，少年美姿容，夫人亦有國色，一時稱爲金童玉女。後殉國難，赴池而死。余遊寓山，爲公讀書之地，遺像猶存園中。竹上或題詩云：「孤忠願逐水波清，聞説降幡豎石城。龍種已潛寧惜死，豸冠端坐儼如生。一拳石聳含雲氣，四負堂開照月明。今日豐碑傍古岸，苔斑猶似舊縱横。」末書「嶽峰」二字，不知何人所作。旁又有無名氏在竹上刻三字，云：「此人通。」

壬子三月，余游石梁上方廣寺，壁上有詩云：「萬山圍處泉聲急，竹樹森森碧漢齊。兩寺雲分峰上下，一橋水并澗東西。潭深白日雷霆起，秋老蒼松鸛鶴棲。欲向洞天尋舊迹，未離塵網路多迷。」又五古一首，太長不能備録，摘其尤佳者，如：「人從澗底行，步步踏泉脉。岩同狻猊蹲，怒欲攫人食。幸憑腰脚健，渾忘衣履濕。雖非深冬時，髣髴飛殘雪。」末署「沃洲外史陸以誠題」。余歸後，訪之，方知新昌教官也。悔過新昌，竟未一訪。

有醫者扇上畫李鐵拐，求劉霞裳題。劉調之曰：「星冠霞佩踏雲行，足跛猶嫌路不平。修到神仙無妙藥，世間何處覓醫生？」

同年徐芷亭方伯《荆州懷古》云：「英雄争戰幾時休，巨鎮天開楚上游。月夜與誰遊赤壁，江山從古重荆州。帆檣影帶巫陽雨，草樹聲含鄂渚秋。憑弔興亡已陳迹，嚴城畫角動人愁。」此詩通首雄偉，而選《越風》者，改第四句爲「伯圖何處問孫劉」，是點金成鐵矣。余嘗謂一切詩文，總須字立紙上，不可字卧紙上。人活則立，人死則卧，用筆亦然。徐之原句是立，改句是卧，識者辨之。

青陽吴文簡公名襄，字七雲。《錫老堂詩集》半多應制之作，其佳者如《雨花庵》云：「黄花應笑客，白髮未還家。」《送徐澄齋出使琉球》云：「嗣王册命今三錫，使者才名第一流。」《金山》云：「海氣籠天横北固，江濤捲雪走東洋。」

陳明經捷字露書，文簡公高弟也。《五溪》云：「幾家帘影人沽月，一路鈴聲馬踏冰。」頗能得其師承。

子臣弟友，做得到便是聖人；行止坐卧，説得著便是好詩。余嘗過橋下，則船篷便有須臾之黑，上山轉幾个彎，則路便峻。徐詵若秀才有句云：「犬吠知逢市，篷陰識過橋。」又云：「但覺路幾曲，不知身漸高。」「只因新水緑，愈覺夕陽紅。」徐《阻風燕子磯》云：「隔澗歸來踏淺沙，森森古木亂啼鴉。野人問我居何處，笑指孤篷即是家。」劉曾《咏雪》云：「塔頂松尖消也未，呼童先爲出門看。」皆眼前寔事，而何以人不能道耶？

真州太常卿施朝幹，字鐵如，與余有世誼。自幼吟詩，熟精《文選》，于漢魏源流最爲淹貫。《聞曲》云：「琵琶絃急對秋清，彈出關山離别情。借問黄河東去水，幾時流盡斷腸聲。」真唐人高調也。余尤愛其《倚枕詩》，有「平世受凡才」五字，真乃包括十七史。試觀三國、南北朝人才，略差一籌，立形優拙。何也？用人之際，那容濫竽。不比太平時，尸位者多也。又有句云：「山水清音自幽獨，英雄末路即文章。」

姜西溟老而未遇，撰叙《送行》云：「青衫難作還鄉客，白髮偏欺下第人。」姚啓聖尚書《述懷》云：「千里波濤孤枕上，萬家饑溺夢魂中。」一悲一壯。

麗川方伯《和高青丘梅花詩》九首，《詩話》第二卷中僅載數聯，今見全璧，爲再録二首云：「枝頭何處認輕痕，霜亦精神雪亦温。一徑曉風尋舊夢，半林寒月失孤村。吟情欲鏤冰爲句，離恨應敲玉作魂。寄語溪橋橋上客，莫從香裏誤柴門。」「點額誰教入漢宫，凍雲合處路難通。朧朧斜照月疑路，瓣瓣擎來雪又空。無夢不隨流水去，有香只在此山中。松間竹外誰知己，地老天荒玉一叢。」謝蕴山觀察《種梅》詩，風調亦與奇公相埒，詞云：「修得多生到此花，不分山墅與官衙。惜春如命恒支俸，種樹成圍便是家。香色都空寒徹骨，栽培要厚玉生芽。他年留作甘棠愛，何用詩籠壁上紗。」

紅粉能詩者多，青衣能詩者最少。近江寧陳方伯有侍者陳鵬，投詩求見。《端午》云：「羈遊當令節，隨俗采蘭芽。鑄盡平生錯，飄零何處家。吟看松雨細，醉倚竹風斜。插艾兒時事，而今兩鬢華。」又：「殘蟬過雨急，疏磬度風遲。」亦五言佳句。詢其踪迹，故是舊家子弟。字儀庭，號賓來，武昌人也。

金載羹、聚升昆季，俱有清才。載羹《燕子》云：「呢喃似説緑楊晴，雙剪參差拂水輕。銜得海棠花入壘，畫梁紅雨落無聲。」聚升《水烟》云：「舟向小溪浮，横空練不收。人喧知近岸，艣響辨行舟。鳥去棲何處，螢飛入遠流。須臾烟滅後，明鏡一輪秋。」《晚起》云：「菜市聲喧眠最穩，餅師叫過日將西。小童已報黄粱熟，倦倚藜牀聽鳥啼。」一名忠鼎，一名忠萃。

余幼作《無題》詩云：「淚珠洗面將毫染，詩句焚灰和酒吞。」胡稚威見而賞之，曰：「此少年頗有詩膽。」余自笑二句皆鑿空，首句用李後主事，尚可拉扯，至次句，則全是杜撰矣。不料今年偶翻張泌《妝樓記》，載姚月華女子慕楊達之詩，讀數過，便燒灰和酒吞之，謂之「款中散」。又牛應貞女夢裂書而食之，每食一部，則文體一變。楊巨源序其集曰「遺芳」。方知用典竟有無心而暗合者。

鐵冶亭侍郎選《長白山詩》，皆滿洲已故之人，命余校勘。余摘其句之佳者，如國柱《伊犁》云：「舉頭惟有日，過此便無關。」觀補亭保《路行》云：「雲氣常隨馬，秋聲半在山。」「冥心契道妙，謝客養苔痕。」福增格云：「陰崖春色減，廢寺夕陽多。」伊福訥云：「落葉聚空巷，饑烏投遠林。」寨音布云：「風定樹猶怒，日高霜尚飛。」鄂文端云：「山果隨風墜，秋花出葉開。」「一杖立斜日，滿園飛落花。」皆妙。

冶亭侍郎典試江南，先有人抄其兩絶句來，云：「鎮日丹鉛笑未遑，書生習氣總荒唐。文魔字債輪番應，客到時閒客去忙。」「不信烟霞癖已成，閒遊到處結鷗盟。同行盡道山中好，多少山人喜入城。」後冶亭入場，于開門放水菜時，即托監臨以詩幅見寄。佳句如：「水落魚龍依岸近，天高星斗上船紅。」「秋懸野色明沙觜，天縱江聲到石頭。」「愁裏逢春驚老至，中年得女當兒看。」俱妙。

夢謝山侍郎詩亦奇偉，惜多累句，由中年殂謝，未盡其才故也。惟《廣武原》一首最佳，詞云：「秋高廣武原，日落斷雲奔。天地一龍鬭，風塵千里昏。平沙生朔氣，殘壘駐征魂。撥馬尋遺跡，荒郊戰骨存。」

余與鰲滄來交好，嘗許寄其曾祖于襄勤公詩來，而至今未到。余于《白山詩選》中，得其《登萬壽閣》云：「古寺荒凉草木平，十年人到倍傷情。滿城黄葉飛秋色，虚閣寒濤夾雨聲。賦税何勞頻仰屋，關山行看會休兵。依然故國音書絶，潦倒風塵白雁横。」《聞笛》云：「繚繞飛空短笛聲，高天露下共凄清。愁來江漢人何處，望裏關山月倍明。萬里孤雲隨絶漠，十年羸馬更長征。誰知一曲終宵怨，霜雪無端兩鬢生。」二首皆唐音。

英夢堂相公生有詩骨，吐屬不同。《除夕》云：「老趣隨時異，流光過眼非。善忘心轉暇，遲聽語因稀。臘酒催拈管，春燈照掩扉。不干兒輩事，鞍馬六街飛。」《出郊》云：「隔宵意先樂，今日出郊行。風定有禽語，雪消添雨聲。當春山氣重，入夜客身輕。預擬重來日，垂楊聽早鶯。」

德少司空齡在京師，每見余詩，必加稱許，托張宏勛棟時時致意。因隔内外城，終不得一見。近見其詩，不在夢堂相公之下。《劍州道中》云：「武連坡下亂烟生，劍閣峰頭夕照明。一鳥不喧寒瀨寂，滿山黄葉馬蹄聲。」《琉璃河口占》云：「白髮蒼顔老侍臣，又隨豹尾踏芳塵。琉璃河畔毵毵柳，應識三朝扈蹕人。」

余與香岩遊天台，小别湖樓，已一月矣。歸來，几上堆滿客中來信，花事都殘。香岩有句云：「案前堆滿新來札，墻角開殘去後花。」又《别西湖》云：「看來直似難忘友，想去還多未了詩。」一片性靈，筆能曲達。

詩有寄托便佳。管松年秀才落第，《咏梳妝》云：「聞説梳妝要入時，不嫌傅粉更塗脂。寄聲虢國夫人道，淡掃蛾眉恐不宜。」祝芷塘太史在長安，《咏燕》云：「野店江村少是非，芹泥春暖試烏衣。如何楚楚紅襟燕，但向雕梁高處飛。」小門生汪□□《咏蚊》云：「乍停紈扇便成團，隱隱雷聲夜未闌。漫道紗厨凉似水，明中易避暗中難。」

有人抄吴江三女詩來。一王素芬夢蘭，《宫詞》云：「寂寞空庭鎖緑苔，長門何日爲君開。淚珠滴地成鹽汁，底事羊車引不來？」「宴罷臨春悵落暉，名花無主自芳菲。穿簾怕見尋香蝶，故向愁人作對飛。」袁湘佩蘭貞，《春閨》云：「數竿修竹傍溪栽，零落殘紅帶雨開。正是春愁無奈處，賣花聲過小橋來。」陸蘭垞素心，《即事》云：「曲折籬墻傍水開，落紅如雨點蒼苔。芹泥滿地日初暖，燕子一雙花外來。」更有姚棲霞者，幼即能詩，年十七而卒。其父岱摘其詩中「燕剪剪春愁不剪，翻含愁入小窗來」之句，抄存一册，名曰《剪春集》。《晚凉》云：「影移深樹亂雅啼，目送殘陽漸漸低。江有意流凉月去，雲無心托暮山棲。」《寄懷鄰姊》云：「秋老江關落木初，登樓凝望渺愁余。遥山雨洗螺痕淡，只恐愁眉更不如。」《臨終》云：「永夜沉沉更漏遲，無眠起坐强支持。意中多少難言事，盡在低聲唤母時。」「浮生修短總虚花，幻迹攙歸夢裏家。試問窗前今夜月，照人還得幾回斜？」他如《黄梅》云：「晴還疑雨昏昏過，天亦如人黯黯愁。」皆係不祥之言。

詩有天籟最妙。尹似村《偶成》云：「嬌兒呼阿爺，樹上捉蝴蝶。老眼看分明，霜粘一黄葉。」陳竹士《山中口占》云：「酌酒松樹陰，醉卧雲深處。人閒雲不閒，松邊自來去。」

松江李硯會刻其亡姊一銘心敬及子婦歸懋儀佩珊二人詩，號《二餘集》，曹劍亭給諫爲之作序。一銘嫁常熟歸氏，早卒。懋儀乃一銘所生，仍歸李氏。集中《晚眺》云：「垂柳斜陽外，如眉媚態生。因憐雙黛薄，羞對遠山橫。」懋儀《贈玉亭四姑于歸》云：「聞道雲英下九天，翠蛾新掃倍生妍。定知茂苑無雙士，始配瑶華第一仙。玉鏡曉妝花並笑，金樽夜泛月同圓。徵蘭他日符佳夢，應見雲芝茁玉田。」「咏絮清才擬謝家，神争秋水貌争花。鷄晨問寢常攜手，雨夜聯詩共品茶。君在瀟湘吟水月，我歸江海玩烟霞。萍踪重聚知何日，回首鄉關感歲華。」《夜泊》云：「曠野秋清夜寂寥，明星幾點望迢遥。雙輪歷碌纔停響，又向江頭聽暮潮。」《送糧艘出海》云：「無事量沙成萬斛，但聞挾纊遍三軍。」雄偉絶不似閨閣語。劍亭有女洪珍，《咏月中桂》云：「萬古此秋色，一天生異香。」亦有奇氣，惜不永年。

余第五女嫁六合汪氏，家信來云：松江廖織雲女史，汪氏戚也，索余《詩話》，願來受業。余問其門楣，方知是合肥令廖古檀之女，素以詩畫擅長，嫁馬氏而寡。古檀有《盥香軒詩話》，故是風雅門風。以畫册見貽，《題白桃花》云：「五更風雨惜穠春，曉起看花爲寫真。雙頰斷紅渾不語，可憐最是息夫人。」《杏花》云：「社後春將鬧，風吹蕊欲肥。美人簾外立，初試水紅衣。」織雲札來，云：其表姊徐磬山莊肅亦工詩畫，愛隨園詩，有私淑之心。何松江閨秀之多，而老人佛緣之廣耶？

自余作《詩話》，而四方以詩來求入者，如雲而至。殊不知詩話非選詩也。選則詩之佳者選之而已，詩話必先有話，而後有詩。以詩來者，千人萬人，而加話者，惟我一人，搜索枯腸，不太苦耶？松江太守李寧圃先生寄三友人詩來，余以此言復之。而過後擷看，見其佳者，又不能自已。録張鳳揚翽《夜泊》云：「榜歌聲起欲黄昏，初月微茫漏白痕。小泊夜深燈火暗，一叢林影數家村。」《過商州》云：「重關已過數峰西，繞盡羊腸踏盡梯。滿耳水聲千澗曲，四圍山色一城低。」李振聲東皋《早發》云：「宵征鷄未唱，夢醒客猶慵。殘月留高樹，深山隱曙鐘。烟團鴉背重，雪襯馬蹄鬆。漸覺晨光動，郵亭過幾重。」《舟中》云：「暮烟入城郭，燈火乍依稀。遠水銜天盡，孤雲抱月飛。簟凉知露重，酒醒覺風微。坐待東方白，輕橈破浪歸。」

同年許紅橋朝謂余曰：「余在粵東，有句云：『天低冬日猶堪畏，梅早春風不待催。』頗覺真切。《過儀真》云：『蘆飛兩岸白，雁叫一天秋。』自謂佳矣。偶見僧玉峰有句云：『蘆花兩岸白，江水一天秋。』自愧不如僧之高渾。」又云：「有友呼僮烹茶，僮酣睡，厲聲喝之，童驚撲地。因得句云：『跌碎夢滿地。』五字奇險，酷類長吉。」

京口張石帆工詩，尤善歌詩，每詩成，必拍板高吟，聽者神移。嘗與鮑步江論生平得意詩，鮑以《宿焦山》對，云：「水光終夜曉，海氣不成秋。」張亦以《宿焦山》對，云：「烟鳥去無盡，風潮來不知。」荆溪任綉懷錦者，《看紅葉》云：「放棹西湖發浩歌，詩情畫意兩如何。莫嫌秋老山容淡，山到秋深紅更多。」結二句爲老年人吐氣。

端陽水嬉，姑蘇最盛。千舡鱗列，歌吹喧闐，然嬉遊者意不在龍舟也。汪比部秀峰詩云：「暖日烘雲景物新，衣香鬢影漾芳津。少年綺扇篷窗下，不看龍舟只看人。」又《夜午》云：「半規明月印窗紗，酒醒鄉思更覺賖。堪笑西風無賴甚，吹人殘夢落誰家。」秀峰婺州人，生長杭州，家素饒裕，慕顧阿瑛、徐良夫之爲人，愛交名士。少即與吾鄉杭、厲諸公交往，晚刻本朝閨秀詩一百卷。趙雲松贈詩云：「論交及見諸前輩，刻集能傳衆美人。」

壬子春，余在西湖，徐謹庵大橒以詩來謁，有佳句云：「燕語只因尋舊壘，鶯啼却爲別春風。」「自能免俗方知樂，總不關心便是仙。」「世間亦有閒于我，江上輕雲水上鷗。」俱可愛也。又有陳春噓𣱵明府誦其《寶石湖樓與明太守夜飲》云：「畫樓窈窕鏡波清，良會無多趁晚晴。北海有容天下量，西湖端爲我曹生。梅花香泛杯中酒，楊柳絲牽醉裏情。飲罷不須燒燭照，卷簾春月萬山明。」

近得鄂筠亭敏守杭州修禊西湖詩，首唱云：「修禊三春好，風花二月天。黄堂無底事，白髮有諸賢。筆濯西湖水，花摇鷲嶺烟。風光徵往事，不減永和年。」一時作者如雲。四十年來，風流歇絶。今年余在湖樓，招女弟子七人作詩會。太守明希哲先生保從清波門打槳見訪，與諸女士茶話良久，知是大家閨秀，與公皆有世誼，乃留所坐玻瓈畫船、繡褥珠簾，爲群女遊山之用，而獨自騎馬還衙。少頃，遣人送華筵二席、玉如意七枝，及紙筆香珠等物，分贈香閨爲潤筆。一時紳士艷傳韵事，以爲昔日筠亭太守所未有也。汪解元潤之夫人潘素心賦排律三十韵，其略曰：「欲話天台勝，西湖折簡忙。傳經來繡谷，設帳指山莊。雲母先生座，金釵弟子行。詞宗新染翰，郡伯遠貽筐。白璧光如許，紅裙禮未將。天當桐葉閏，閏四月。人豈竹林狂。來者七人。畫舫玻瓈嵌，輕簪翡翠妝。逍遥孤嶼外，容與斷橋旁。送別憑圓月，催歸帶夕陽。千秋傳韵事，佳話在錢塘。」孫臬使女雲鳳亦有「羲之虚左推前輩，坡老留船泛夕暉」之句。太守有十二金釵，能琴者名悟桐，能詩者名袖香，最小者名月心，會前一日，皆執贄余門。

潘石舟明府，素心女子之父也。作官有惠政，詩亦清逸。摘其《市居》云：「人聲春社散，月色夜航開。」《鎮遠》云：「頭纏白布苗人語，馬踏黄花使者來。」《貴陽》云：「十五洞蠻依阿畫，八千里路召奢香。」《吴山》云：「江上風帆湖上酒，總輸高頂坐觀人。」

吴下女子葛秀英，字玉貞，秦澹園銎之簉室。母夢吞梅花而生，幼時有老尼見而驚曰：「此青元宫道貞女也。」勸其出家，父母不許。及長，適秦秀才，二年而卒，年才十九。秦爲刻其《澹雲樓詩》。《春夜》云：「碧羅衫子怯餘寒，花向閒階帶月看。我與嫦娥原約定，不教辜負好闌干。」又有句曰：「人間盡是埋憂地，除却蓬萊莫寄身。」味其詞，其超凡而去，宜也。尤長于詞，《咏楊花·減字木蘭花》云：「柳棉如許，攪碎春魂飄泊去。風約萍開，一半相逢在水涯。漫天飛舞，簾外斜陽黏忽住。咏絮無才，孤負東風爲送來。」《聽雨·桂殿秋》云：「衣袂冷，上高樓，繁雲遮斷碧山頭。小窗獨坐聽秋雨，荷葉芭蕉各自愁。」

顔鑑堂希源有《百美新咏圖》，邵無恙颿亦有《歷代宫闈雜咏圖》，皆乞余爲序。余衰老才盡，作駢兩體文以應之。録卷中詩之有意趣者。總題則吕燕昭云：「娉婷玉貌是耶非，絶代風姿見亦稀。我欲呼來談往事，春風盡化彩雲飛。」孫方僅云：「天生佳麗盡堪傳，遺臭流芳本較然。漫説貞淫編失次，《新臺》猶列《柏舟》前。」分題則鑑堂《題楚蓮香》云：「高捲湘簾出艷妝，不關花氣自聞香。蝶蜂也似纏頭客，亂逐遊蹤上下狂。」《薛瑶英》云：「衣着龍綃穩稱身，鳳鸞吟作滿堂春。可知憔悴西秦道，曾有當時握手人。」無恙《題啓母》云：「候野歡歌謝未遑，八年三過感臺桑。宫闈欲换唐虞局，生得佳兒嗣夏王。」《妲己》云：「百尺璇臺帝寵新，牝雞莫漫怨司晨。宫中也愛歌《樛木》，曾許宜生進美人。」

又《咏朱希真》云：「袖中空有生花筆，嘉耦常稀怨耦多。」《咏魯仲子》云：「倘教掌上文都有，世上應無誤嫁人。」用意皆翻空出新。又《咏齊姜》云：「伯業全開一醉中，美人殺妾遣英雄。如何盡迓嬴隗返，不見齊姜入晉宫。」余嘗疑晉文不迎齊姜，猶漢高之不封紀信也。恐姜竟先亡，信或無子耶？鑑堂官鹽大使，蓋隱于下位者也。《與王甥天津分舟》云：「甥舅欣同一葉舟，渭陽往事記悠悠。想因載得離情重，故使分開兩處愁。」《山塘驛》云：「竹屋夜燈青，山窗秋月白。驛夫多故人，笑認曾來客。」

女弟子金纖纖《病起》詩云：「碧梧移影上林扉，西院無人曉日微。病起名香聞不得，花間小立當熏衣。」

芷塘太史攜夫人及女公子掃外舅李鶴峰中丞之墓。五律後四句曰：「女小隨娘拜，爺言要汝聞。生前多酌我，莫把酒澆墳。」《望雨》云：「曉傍霞窗度綺朝，夜搴月幌候清宵。無端聽得蕭蕭響，却是桐花滿院飄。」此二詩經許多詩流看過，忽而不取，余獨手録之，取其真而有味。

洪稚存在史館，得一詩人，必通書相告。今春，盛稱蜀中翰林張船山問陶之才，倣青田《二鬼詩》，作《兩生行送張還蜀》云：「一生居坊南，一生住坊北。車聲馬聲不得停，十里路中常若織。我馬見君馬，鳴聲一何高。君僮與我僮，望著手即招。我來時多子來少，馬繫寺門僮醉倒。青天如磨旋不休，醉裏有時來壓頭。心癡直欲走天外，下瞰日月方開眸。朝沽三升暮盈斗，吸盡東西兩坊酒。朝衣典盡百不憂，尚有身上青羔裘。一生皇然開笑口，那著酒錢街上走。一生無聊想更奇，酒盡伏甋壚邊泥。有時忽下牀，有時忽出門。人來雪裏衣盡白，疑是送酒柴桑人。幕天席地原無礙，十萬人中兩人醉。醉中分手亦不辭，淚墮黃公酒壚內。君不見，長安莫復輕酒人，酒人腹裏饒經綸。容卿百輩等閒事，爛醉尚復噓陽春。一篇我作臨行曲，馬帶離聲僮欲哭。從此長安少一生，酒星只照南頭屋。」船山答云：「讀君兩生行，涕笑一時作。黑夜關門讀不休，打窗奇鬼爭來攫。懷詩急走心茫然，遠登雲棧如登天。人言彼上即吾土，藏詩可以經千年。莫驚鬼奪詩，我爲公呵護。且復立斯須，和此好詩去。是時下界冬已殘，風狂雪虐天漫漫。一生牽衣愁欲絕，一生和詩嘔出血。城南萬柳禿無枝，天詔酒星綰離別。重讀兩生行，如見兩生情。句句若吾語，大痛難爲賡。翩然一躍入杯底，繞地萬人呼不起。雙丁兩陸偏同時，萬古聲名今日始。酒星抱月來，擲入兩生杯。兩生驚起糟丘臺，歡呼轟作隆冬雷。忽聞門外征馬語，兩僮泣下紛如雨。馬聲高朗童聲低，似訴兩生離別苦。一生聞之悲，一生聞之喜。兩生悲喜人不知，天外浮雲地中水。君不見，開天盤古氏，其情最可憐。九州莽莽無人烟，獨坐獨行一萬年。又不見上帝生平亦孤寂，舉酒招人人不得。九天費盡百神謀，僅奪唐朝一長吉。兩生把盞同軒眉，居然日日相追隨。一生偶送一生去，臨岐何必吞聲悲。我馬莫憐君馬獨，君僮莫向我僮哭。雲天萬里好聯吟，共把長空當詩屋。」

閨秀金兌，詩已采入《詩話》矣。今又寄其母毛仲瑛毂詩來，風格清老，足見淵源有自。《新晴》云：「雨歇千林後，晴開五月天。斷霞明極浦，新緑上平田。野水失溪岸，遠山橫暮烟。忽聞高閣外，幾樹已鳴蟬。」又《春深》云：「山窗殘夢破，滿樹落花飄。」

余與吴門蔣元葵進士爲己未同年。家業甚富，而中道零落。其子升吉，人尤瀟灑，長于填詞。余到蘇州，必主其家，其第三女猶孩也。後三十年，族姪孫鴻魁寄其詩來，讀之，不愧謝家風味。《落花》云：「春夢無憑冷夕陽，萬花飄落最堪傷。馬嵬坡遠空垂淚，金谷樓高枉斷腸。吹去未能忘故態，飛來猶自帶餘香。東皇早去鉛華盡，蜂蝶徒勞過粉牆。」《寄蘭如姊》云：「水國重陽近，蒼涼院宇空。千林飄落葉，一雁下西風。念遠書難寄，登高目易窮。遥思故園菊，香滿小樓東。」《送妹》調《賣花聲》云：「剩得幾多春，十二時辰。滿庭飛絮糁花茵。添陣潺潺簾外雨，深院黄昏。　獨坐掩重門，愁倒芳樽。便無離别也銷魂。明日那堪南浦去，又送行人。」

戊戌仲春，西泠女子小卿同妹右卿將之楚，再遇皖江，泊大觀亭下。小卿登亭賦詩，右卿病，不克偕，倚枕而和。録稿于亭壁，至今十餘年，不知何家閨秀。小卿云：「入楚才逢此壯觀，春雲樹杪見朱欄。空亭啼鳥山花早，古殿無人暮雨寒。正苦浮家弔湘水，那能分淚寄長安。時兄官關中。小喬況復愁欹枕，每到登臨放眼難。」右卿云：「晚泊蓬萊江上寒，高亭烟樹雨初殘。今朝萬壑雲中見，昨日孤舟天際看。小病支離空悵望，何時風月倚闌干。片帆西去重回首，寄語青山興未闌。」魯星村過而和云：「空亭遊覽尋常事，不意香閨有二難。」

胡小霞者，會稽女子，名雲英，嫁趙連城，夫婦能詩。《誡婢》云：「寶鴨篆烟消，呼奴理茶具。泥飲人未歸，陣陣紗窗雨。」二十字中，深情無限。殁後，趙郎仿元相《雜憶》詩云：「孤燈破壁照黄昏，白雨瀟瀟擾夢魂。憶得夜深同倚檻，花梢一捻尚留痕。」

余少時遊吴山，見道士才八九歲，踞案上，與五六十翁下棋，輒勝。心怪而問之。或曰：「此天生次國手也。姓錢，名選，字仲舉。」此後，余官京師，與道士別六十餘年矣。今年遊吴山，道士亦白髮蒼蒼，出詩見示。《寄張處士》云：「聞説先生負郭居，小橋曲港路何如。稻花蟹大客常滿，竹葉酒香詩有餘。九月山中秋水落，三年海上雁聲疏。知君自是神仙裔，何日來看玉局書。」有陳道士名真濂者，來訪之，贈句云：「花影不愁雙履破，江光都被一窗收。」《咏棋》云：「始交猶兩立，既接不俱生。」余謂此二道人俱善弈，又工詩，亦奇。

西泠詩會，有女弟子某，國色也。香岩必欲見之，着家奴衣，隨余轎步往。值其病，廢然而返。後信來，招我談詩。香岩喜，仍易服跟轎，冒大雨走五里許。值其家座上有識香岩者，香岩望見，大驚，奔還。衣服盡濕，身陷坎窞。乃賦詩自嘲云：「聽説凌波有洛神，思量覿面唤真真。誰知兩度成虚往，始信三生少夙因。紅粉得知應笑我，青衣着盡不如人。襄王那有陽臺夢，空惹巫山雨一身。」

余丙辰入都，猶及見中州少司農吕公耀曾。長髯鶴立，望而知爲正人。後五十餘年，公曾孫仲篤來宰上元。未幾，其叔樹村亦從介休來，與余交好，已采其詩入《詩話》矣。近又得仲篤《登金山》云：「山自中央出，江從萬里來。秋生揚子渡，人上妙高臺。鐵甕潮聲落，金陵霽色開。中泠泉莫辨，汲取試螺杯。」《泛舟城南》云：「野水蒹葭外，飄然一泛舟。波光凌日動，人影帶烟流。自得莊周意，能消宋玉愁。快談忘夜短，長嘯入高秋。」二首皆不落宋、元以後。其他佳句如《和樹村》云：「三徑已荒虚北望，片帆無恙喜南來。」《寓齋即事》云：「汾水南來能到海，華山西去欲齊天。」仲篤名燕昭。

仲篤又有《夜坐》云：「秋入暮天碧，衣沾白露冷。不知山月高，先見梧桐影。」筆意高超，有羚羊挂角之意。

「恩怨」二字，聖人不諱，故曰：「以直報怨，以德報德。」是怨未嘗不報也。漢蓋勳怨蘇正和，後蘇受誣，勳救之，蘇因此來謝，勳拒不見，曰：「我爲國家，非爲君也。」怨之如故。使正和有當殺之罪，勳必殺之。不然，如蘇模棱、劉仁軌匿怨沽名，豈正人哉？偶讀奇麗川方伯《題盧湘艖美人寶劍圖》一絶，不覺心花怒開。詩云：「美人如玉劍如虹，平等相看理亦同。筆上眉痕刀上血，用來不錯是英雄。」

凡地必須親歷，方知書史之訛。相傳禹王《岣嶁碑》在衡嶽者爲真。余甲辰十月，親至衡山之巔，見山有粗石一塊，長四尺許，篆刻此文，並非碑也。且有斧鑿新痕，轉不如山下李邕所書《嶽麓寺碑》之古。李碑雖斷，背有邕跋語百餘字，如「庭前無訟，堂上有琴」之句，極古雅。被明人以醜劣行書羼鐫其上，殊可惡也。相傳江西南昌城隍廟有吴王孫權銅鼎，余親至鼎下觀之，乃後五代楊氏太和年民間所鑄。記姓名而已，字陽文，歪斜，非孫權所鑄。《廣輿記》載，廣西桂林府開元寺有褚遂良《金剛經碑》。余到寺相尋，僅存焦土，中屹然一碑，乃後五代楚王馬殷之弟馬賓所書，非褚公也。字小楷，亦不甚工。又載天台石梁，長數十丈，人不能過。余往觀，石梁長不滿三丈，闊二尺，厚二丈有餘。山頂瀑布三條，衝梁而下。初行者或未免目眩，山僧及輿夫過往如飛。橋尾有前明鄭妃小銅殿一座，高不滿七尺，平平無奇。石上鐫云：「冰雪三千丈，風雷十二時。」二語殊切。少陵詩稱：「若耶溪，雲門寺，布韈青鞋從此始。」似是一大名勝。壬子三月，余慕而往遊，山在平地，數峰高丈許，溪流不及鏡湖，深悔爲少陵詩所誤。蓋少陵亦係耳聞，並未親到也。

和韵詩有因難而見巧者。張止原居士在蘇州作《白桃花》詩，第八句用「今」字韵，一時和者數十人，押「今」字無一佳者。余亦知難而退。不料劉霞裳和云：「劉郎去後情懷減，不肯紅妝直到今。」余夸爲獨絶。使作者不姓劉亦妙，而況其姓劉乎？使不押「今」字，恐反無此巧妙也。顧伴檠孝廉澍有句云：「化去蝶魂終帶粉，重來人面竟消紅。」亦妙。

沈謙之在蔣樹存先生家文燕，坐客王虚舟、杜雲川、沈綸翁、徐葆光等共七人，沈有句云：「松老固應三徑在，竹深只合七賢來。」申笏山在都中，立春後三日與胡稚威、周元木、姚念兹等共十人小集，申有句云：「春風簾外剛三日，舊雨樽前恰十人。」

金陵有二詩人，一蔡芷衫元春，一燕山南以筠。蔡專主風格渾古，燕專尚心思雕刻，兩家不可偏廢也。余偶作《消夏十二題》，和者甚多，而讀山南詩爲之叫絶。《補竹》云：「小樓西畔曲欄東，新舊琅玕補幾叢。天向墻頭加倍緑，日從窗上不教紅。有林便入真高士，乍到還欹是醉翁。畢竟心空能解事，進門先帶一身風。」《采蓮》云：「兒女也知香解暑，不争蓮子只争花。」《辭客》云：「就是嫦娥辭不去，囑他來也要黄昏。」能句句不脱「消夏」二字，如此構思，李長吉真欲嘔出心頭血矣。

一時同作者，曹言路《辭客》云：「非關隱者逃名久，惟恐郎官帶熱來。」《把釣》云：「胸無得失渾忘我，影有浮沉一任他。」《曝書》云：「恰羨便便人曬腹，郝隆比我善收藏。」金紹鵬《辭客》云：「竹儘許看休問主，座毋遽集致揮蠅。」陳文富《補竹》云：「忽看林外窗全隱，似覺籬邊徑轉深。」羅春霆《試香》云：「風怕不來烟怕出，湘簾捲處兩躊躕。」王光晟《待月》云：「莫怪嫦娥遲出海，從來怕見早眠人。」俱妙。

毛俟園《咏臨帖》云：「窗開濃緑裏，紙展硬黄時。」《把釣》云：「爲貪臨水去，不羡得魚歸。」陶怡雲《待月》云：「疑有樹遮簾預捲，要迎風坐榻頻移。」《曝書》云：「開函忽見乾蝴蝶，藏自何年記得無？」王孔翔《待月》云：「松徑日斜移榻早，水亭燈上放簾遲。」岳樹仁尤長于結句，《待月》云：「徘徊不見姮娥面，樹密墻高最惱人。」《把釣》云：「忽見水中添一影，始知客到把頭回。」《避蚊》云：「營緣有隙争先入，鑽刺無功更亂譁。還是青蠅知去就，不來水竹野人家。」

凡學琴者，先和絃必彈「仙」、「翁」二音。山南有句云：「有缺未能成雅樂，不修那得到仙翁。」正喻夾寫，一巧至此。又有《消寒九首》，余録其《袖手》云：「嚴寒無事不蹉跎，有手難伸喚奈何。伏案書頻將口揭，吟詩墨亦倩人磨。雖然善舞情都減，未免旁觀事太多。欲折梅花還忍俊，空從樹下一婆娑。」《糊窗》云：「驚飄小雪沙沙響，䫉替寒家事事遮。小女戲將針刺破，要從隙裏嗅梅花。」《曝背》云：「晒倦坐幾頭近膝，生寒愁把面朝天。衰年自笑難擔荷，梅影松痕壓一肩。」余幼時畏冷，以口揭書，被先生呵責。剛糊一窗，被小妹以針刺破之。山南詩真所以可愛。

芷衫有少陵之風，《咏古道》云：「九折原通蜀，千盤復向秦。可憐嘶老馬，長此怨離人。冰雪關河氣，風塵閲歷身。年年楊柳發，猶自傍前津。」又《古臺》云：「項王空戲馬，劉表但呼鷹。」《古松》云：「鶴巢知幾换，龍氣欲盤空。」

丙辰，余薦鴻詞入都，宣州同徵士梅華谿兆頤最爲交好。時先生年六旬，而余才弱冠。因先生授館于文穆公家，以詩獻公，蒙公獎許，至今五十七年矣。詩不省記。其時所教文穆公子數人，皆孩也。其第八子鏐有兒名沖者，以詩文受業于余，才氣横溢。常嫌其鴻文無範，半年從新安歸，以詩來，學力大進。《蕪湖遇順風》云：「江行已三日，不遲亦不快。知我將他行，乃示神通大。一聲天樂鳴波中，高浪挾我凌長空。不知兩岸孰鞭叱，一齊倒走如飛龍。洲渚玲瓏樹疏密，層層遮抱如相恤。好峰十里早揖迎，轉瞬已嗟交臂失。中流撫掌同笑歌，天公今日賜太多。我謝天公賜不領，誤我好景當如何。」《題畫》云：「青峰如野人，常愛擁簑笠。蒼然翠滿身，雲開影猶濕。」又佳句如：「心逐野僧依寺定，夢如芳草入春多。」「書聲出寺清于梵，松影來窗信似潮。」俱佳。

癸巳年，余與蔣心餘、金棕亭遊揚州建隆寺，與老僧夢因分韻賦《送春詩》，忽忽二十年矣。猶記其《探梅》云：「扶筇踏遍千峰秀，忽見谿梅横數枝。却怪天寒開未足，想逢月閏故還遲。深棲岩壑塵應遠，歷盡冰霜氣不衰。花落漫隨流水去，出山祇恐世人知。」《登金山》云：「一葉乘風白浪堆，維舟獨上妙高臺。亂雲時復生虛壁，疑有蒼龍聽法來。」今年渡江，與趙偉堂學博遊焦山，見其徒孫巨超，以詩見示。追憶疇昔，不覺悽愴，蓋儒釋三人都已化去，而巨超詩筆清超，想見宗風。見贈云：「廿年前遇古邗溝，復見雙峰雪滿頭。天下騷壇名獨占，越中山水屐重遊。詩成只恐蛟龍聽，事往空驚歲月流。相約黄梅時雨節，携筇還上竹間樓。」《山居》云：「簾捲西風雨乍晴，閒凭小閣聽流鶯。白雲無事長來往，莫怪山僧不送迎。」其他斷句則：「一條簾捲窗前月，幾點星摇樹裏天。」「露濃疑是雨，花墮不因風。」

巨超之外，又有僧碧岩悟霈者，《柳枝詞》云：「春風遊子唱離歌，楊柳其如送别何。畢竟不知攀折苦，長條更比去年多。」《海雲樓坐雨》云：「曉來細雨落潮初，閒客江城興豈孤。隔院漏聽蓮葉轉，壓欄花倩竹枝扶。山亭銘碣殘餘晉，海國風濤怒入吴。不是陰霾阻歸棹，何能信宿此蓬壺。」

焦山釋擔雲，海鹽人，能詩。初至焦山，謂人曰：「此我舊居之地。」人不之信。後遊五州山，見壁間宋故宫詩云：「玉殿塵埋王氣終，鳳凰已去鳳林空。西湖歌舞浮雲外，南渡江山落照中。古寺有僧吟夜月，野花無主泣春風。劫灰五百餘年後，暮草荒烟思不窮。」曰：「我之舊作也。」山僧驚異，告曰：「此焦山僧朗月之詩，寂去已三十三年矣。其風度語言，與君相似。」後示寂焦山枯木堂，詩稿散失。

圓津庵在河南内丘縣南官道旁，康熙間，吕光禄謙恒曾過其庵，題詩云：「花界濃陰日影微，倦途偶憩發清機。長松匝院僧初飭，曲磴環亭鳥自飛。廿載重來如有悟，百年强半漸知非。路旁車馬勞勞者，磅礴誰能一解衣。」後其子耀曾奉命使黔，又題詩云：「昔侍嚴親此地過，重來風木恨如何。隨行人憶當年少，相去時驚廿載多。户外松陰仍羃䍥，籬邊菊影自婆娑。追思往事渾如夢，敢以皇華續蓼莪。」乾隆甲申，其孫燕昭赴河南，過其庵，見壁上墨跡猶新，和云：「驛柳參差曉翠匀，尋幽蕭寺不辭頻。非關此地林泉勝，猶見先人手澤新。風木興懷追往事，鶯花如舊正陽春。他年重過長安道，取次紗籠拂壁塵。」事隔百年，詩題三代，亦德門佳話也。

香亭癸未同年太常寺少卿戴璐，字菔塘，《送徐溉餘夏渠莊赴伊犁》云：「朝衫乍脱理征軺，惜別無端折柳條。廊望方期偕出谷，壯遊何意遠題橋。路逾葱嶺書憑雁，人到榆關學射雕。回首槐陰同調盛，晨星細數最魂消。」香亭稱其音節近唐人，爲余誦之。

觀補亭總憲保，與弟德定圃尚書保，昆季皆丁巳翰林，前余一科。觀督學皖江，適余宰江寧，每秋闈到省，必長夜深談。余服其明達有古大臣風，勗以尹文端公，而先生意猶未慊，其胸襟可想。德公少余一歲，風采奕奕。都門別後十餘年，丁丑，天子南巡，余以迎駕故，握手宮門，遂成永訣。今抄得觀公送人守杭州云：「當年使節小勾留，惜別時時作夢遊。何日移家鄰葛嶺，幾人出守得杭州。文忠遺蹟詩千卷，武穆精靈土一丘。惟有孤山林處士，梅花開落不曾休。」德公《春曉燕郊》云：「初日出嶺晨霞明，一鞭款段春郊行。煮茶野店試新汲，叱犢隔林聞曉耕。前溪浩淼新漲滿，遠塢斷續荒鷄鳴。盤山尺咫望不到，浮嵐暖翠生遥情。」

壬戌，余與曾南村尚增、黄笠潭樹綸同以翰林外用，補亭戲品題云：「黄如鹿，只宜野放，不宜鞍轡，非百里才。曾如象，宜馱寶瓶，排班午門，官不離身。君有治才，肯受驅駕，遇孫陽、伯樂，頗堪千里，而其心終在深山大澤間。」後果如其言。

白下布衣張士堂，字月樓，《咏七夕》云：「聞説今宵會女牛，多情我代數更籌。不知自嫁天孫後，此是千秋第幾秋？」「銀漢迢迢月影横，人間天上不分明。如何際此團圓樂，不聽雲中笑語聲？」張道渥司馬亦有句云：「待無天地緣方盡，修到神仙會也難。」

京口詩人，皆奉夢樓先生之教，詩多清雅，有世子申生小心清潔之意。高君青士，風雅妍静，耽于道教，而性愛吟詩，近亦出余門下。《過蘭若看菊》云：「秋事在僧房，詩人覓晚香。沉沉三逕月，淡淡一庭霜。地僻宜花瘦，僧閒笑蝶忙。東籬莫漫採，留取作重陽。」《浄慈寺訪超塵上人》云：「湖灣凡幾曲，幽折到南屏。蘿暗欲無路，松陰落滿庭。自縫雲水衲，手寫《妙蓮經》。一笑相逢處，前山烟靄青。」又：「濤寒響逼歌喉細，茶煖香分酒色濃。」「竹影暗移僧舍午，水聲凉送客衣秋。」亦佳句也。

壬子，余因相士之言不驗，重遊天台。舟泊燕子磯，遇唐栢田明府仁植，談詩竟日，將坐船讓我，而己換小舟，尾予而行。別後，見寄云：「神仙劫後百無憂，風雨横江放膽遊。公借儂船儂借福，大家安穩到瓜洲。」「支笻重到女仙家，笑殺桃源洞口花。劉阮有知應艷羡，輸公兩度喫胡麻。」

「生面果能開一代，古人原不佔千秋。」此余贈趙雲松詩也。「作宦不曾逾十載，及身早自定千秋。」此雲松見贈詩也。近至揚州書院，見壁上有秀才吴楷集余第一句，配趙之第二句，作對聯贈掌教雲松，天然雅切。聞吴君亦美少年，惜其病，未得一見。

近日山西多詩人，余已將何、劉兩公詩載入《續同人集》矣。今又有胥明府諱繩武者，讀《小倉山房文集》，見寄云：「不爲韓柳不歐蘇，真氣行間辟萬夫。所説盡如人意有，此才豈但近時無。掃除理障言皆物，游戲文心唾亦珠。喜是名山藏未得，傳抄今已遍寰區。」「聲名在世任推排，自擅千秋著述才。天爲斯文留此老，我思親炙待將來。風迴海上波争立，春到人間花怒開。比擬先生一枝筆，迂儒禿管枉成堆。」

署江寧令汪君蒼霖，嘗爲枚道某藩瑶華主人之賢，能詩工畫，愛士憐才，惜枚路遠年衰，不及見天人眉宇，爲今生恨事。忽慶大司馬桂以《聽泉圖》屬題，展卷見其畫筆高妙，直逼雲林，詩亦唐人高調，其詞曰：「主人愛幽僻，坐石聽鳴泉。入耳宛寂若，會心應泠然。屬余爲寫照，結想羲皇前。衣紹静以古，骨相清且妍。胸襟澹秋水，氣宇和春烟。寫來奈筆拙，布置慚周全。拈花眼前理，指月空中禪。似聞空際音，朱琴彈古絃。臨流發深省，聽響通真詮。何必奏絲竹，即景真雲仙。嘗聞謝幼輿，合置丘壑間。君兼知仁樂，而藉圖畫宣。我性本疏曠，山水思静便。安得常賡歌，同樂堯時天。」

隨園詩話補遺卷六

倉山居士著

余在山陰，徐小汀秀才交十五金，買全集三部。余歸，如數寄之。未幾信來，説信面改「三」作「二」，有揠補痕，方知寄書人竊去一部矣。林遠峰云：「新建吴某，夜被盗，七人明火執仗，捆縛事主，甚鬧。最後有美少年盛服而至，翻撷架上，見宋板《文選》、《小倉山房詩集》各一部，笑曰：『此富兒能讀隨園先生文，頗不俗。可釋之。』手兩書而去。」余按：唐人載李涉遇盗一事，彷彿似之。至于竊書者，則又古人所無。方藕舡明府云：「高麗進士李承熏、孝廉李喜明、秀才洪大榮等，俱在都中購《隨園集》，問余起居、年齒甚殷。」嘻！余愧矣。

那鑒堂澄，爲常中丞鈞之第四子，牧通州時，入山見訪。長身玉立，書氣迎人。入都後，寄近作來。讀之，如接謦咳。《步耕堂韵》云：「蹤步高崗望禁城，襟懷豁處念俱清。樹排盤磴野花滿，水瀉深溝新漲平。追想風塵爲俗吏，何如耕鑿謝浮名。尋幽莫恨無同調，且喜心知共此行。」《悼亡》云：「謝家風味最難忘，不愛濃妝愛淡妝。惜福如何偏減算，生憎檢點舊衣箱。」「尋常小别尚依依，况復長眠竟不歸。杯酒墓門空一奠，白楊風冷紙錢飛。」

毛大瀛海客妻□氏，能詩。初婚時，毛贈云：「他日香閨傳盛事，鏡臺先拜女門生。」妻笑曰：「要改一字。」毛問：「何字？」曰：「『門』字改『先』字方妥。」毛大笑。後寄毛家信云：「出門七年，寄銀八兩。兒要衣穿，女要首飾。巧婦不能爲無米之炊，此之謂也。至于年年被放，妾面增羞，此皆妾命不齊，累卿如此，夫復何言。」

吾鄉陳叔毅先生，名曾毅，阮亭高弟子也。與湯西厓、姜西溟同時，而至今無人知者。嚴司馬守田寄抄稿來，《東阿道上》云：「嵐光到眼忽清虚，不負吟情兀短驢。石井泉澆行客飯，水田衣挂老僧廬。兩頭雲幄張無數，四面烟鬟畫不如。盡日小車行百里，坐看山色卧看書。」先生尤長于言情，《好風》云：「輕軀細馬獨徘徊，自把絲鞭不敢催。足鐙巧將新月隱，面羅剛被好風開。花如欲折心還怯，路到分岐意屢猜。夫婿不教相伴去，阿誰扶下繡鞍來。」《哭妾》云：「水晶簾下玉籠葱，十樣新蛾畫未工。留得青銅三尺鏡，更無人影在當中。」「半枝樺燭夜熒熒，記得歸遲掩曲屏。比玉能温比花活，最難忘是夢初醒。」「避人洗手作羹湯，不遣郎知試教嘗。直到加餐方笑問，阿儂果否勝厨娘？」

太常卿伊雲林先生朝棟，素未識面，托王葑亭給諫寄稿商榷，詩多雋逸。《喜葑亭移居相近》云：「借得輕車載具遷，宣南坊地雁秋天。桑林我已淹三宿，花徑君初拓一廛。雲抹樓頭宵共月，烟銷井口曉分泉。素心晨夕經過數，佳事應圖主客傳。」《歸舟》云：「殘月啣帆影，長江一葦迴。烟寒瓜步樹，潮走海門雷。六代銷波底，三山落酒杯。儒生仗忠信，涉險興悠哉。」其子秉綬進士見寄云：「魯靈光殿蜀峨眉，猶在寰中見未期。早歲誦詩同尚友，逢人問訊當親師。名園藏得三山勝，妙筆兼將五色持。聞道朱顏映梅蕚，幾時來訪鄭當時。」

彭太守賚酒饋葛筠亭，路上爲僕人所覆，葛調以詩云：「食指而今笑不靈，黄堂佳釀剩空瓶。分甘特教貽三雅，束帶忙傳接五經。徐氏聖賢來有信，阮家兄弟去無形。路傍破甑公休問，對菊依然我獨醒。」余爲其友何南園刻詩，葛又謝云：「蒐得遺編帶淚刊，憐才出自大賢難。鑑空遇物無逃影，花好逢春立改觀。恩到九原知己少，名留千載夜臺安。從今不羨方三拜，賞識應同及第看。」余尤愛其《弔馬湘蘭》云：「天教命薄爲官妓，人實誰堪作丈夫。」

對聯之佳者，或題禪堂云：「無法向人説，將心替汝安。」佛座云：「大護法不見僧過，善知識能調物情。」題春册云：「一陰一陽之謂道，此時此際難爲情。」題戲臺云：「做戲何如看戲樂，下場更比上場難。」題書齋云：「無求便是安心法，不飽真爲却病方。」或見贈云：「天上何曾有山水，人間樂得做神仙。」

李青蓮《嘲魯儒》有「未行先起塵」之句。余少時《咏霧》云：「張眸始識青盲苦，對面如同學究談。」有童子某嘲其師云：「褒衣大袑方矩步，腐氣衝天天亦懼。」有太白嘲魯儒之意。

劉知幾云：「有才無學，如巧匠無木，不能運斤。有學無才，如愚賈操金，不能屯貨。」余以爲詩文之作意用筆，如美人之髮膚巧笑，先天也。詩文之徵文用典，如美人之衣裳首飾，後天也。至于腔調塗澤，則又是美人之裹足穿耳，其功更後矣。

武林女士王樨影姮，嫁虹橋居士麟徵，詩才清麗。《咏嬾猫》云：「山齋空豢小狸奴，性嬾應慚守敝廬。深夜持齋聲寂寂，寒天媚竈睡蘧蘧。花陰滿地閒追蝶，溪水當門食有魚。賴是鼠嫌貧不至，不然誰護五車書。」《曉色》云：「殘星天上淡將落，冷露花間滴未稀。」《落花》云：「正值鶯啼春樹曉，那堪雨歇緑陰生。」

唐時汪倫者，涇川豪士也。聞李白將至，修書迎之，詭云：「先生好遊乎？此地有十里桃花。先生好飲乎？此地有萬家酒店。」李欣然至，乃告云：「桃花者，潭水名也，並無桃花。萬家者，店主人姓萬也，並無萬家酒店。」李大笑。款留數日，贈名馬八匹、官錦十端，而親送之。李感其意，作桃花潭絶句一首。今潭已壅塞，張惺齋炯題云：「蟬翻一葉墜空林，路指桃花尚可尋。莫怪世人交誼淺，此潭非復舊時深。」惺齋乃詩人栺園汝霖司馬之子，落筆綽有家風。

滿洲嵩孝廉，别字雨韭，聞其玉樹臨風，爲長安才子之冠。陶怡雲歸，誦其《懷隨園》云：「名從五十年前盛，交在三千里外論。」余從未通書，而蒙其推挹如此，以未見其人爲恨，賦詩報謝云：「蒹葭倚玉知何日，風雨懷人各一天。」

余冬月渡江，過永濟寺，有人題壁云：「梵宇沉沉裊篆烟，人能到此即爲仙。犬心尚且閒如許，鎮日如來殿外眠。」末署云：「倘隨園老人過此見之，不以爲野狐禪否？」末署「松嵐」二字，不知何許人。

葑亭給諫之次子王鳳書，年十七，孔翔之弟也。《無題》云：「倚舟春思正徘徊，恰值仙郎覿面來。待要郎看還似怯，半窗斜掩半窗開。」《北渡》云：「北過黄河不見山，誰知此地有峰巒。擡頭絶似人離久，分外搴簾要細看。」又：「村僻犬驚車轍響，地高鳥近屋簷飛。」句亦佳。

咏折花者，潘蘭如云：「風枝露蕊夜初開，金剪商量密處裁。爲贈美人才折汝，也應笑入手中來。」揚州汪坤云：「手折花枝翠黛顰，殷勤欲寄遠征人。明知到日應憔悴，即此梅花見妾身。」

畫家有讀畫之説，余謂畫無可讀者，讀其詩也。偶過書舖，懸楊椒山詩一幅云：「飲酒看書四十年，烏紗頭上即青天。男兒欲畫凌烟閣，第一功名不愛錢。」又見薄仲文竹筆筒上雕一詩云：「山外清江江外沙，白雲深處有人家。船頭不是仙源近，那得飛來數片花。」又笪江上題畫云：「雲歸忽帶雨幾點，木落又添山一峰。」

近今夫婦能詩者，《詩話》中已載數人，兹又得孫子瀟妻席佩蘭字韵芬者。《南歸題上黨官署》云：「一回頭處一凄然，弱質曾經住兩年。呼婢留心撿妝合，莫教人拾舊花鈿。」「雨後棠梨片片殘，飛來和淚濕闌干。一花一草尋常見，到得離時却耐看。」《春遊》云：「放槳如飛落日遲，並船想見好花枝。春游學得新興髻，明日梳頭更入時。」《惜春》云：「十樹花開九樹空，一番疏雨一番風。蜘蛛也解留春住，宛轉抽絲網落紅。」《陸行》云：「脱却風波踏地平，穿將珠顆數郵程。明明馬鐸車前響，錯認閨中鐵馬聲。」《酸酒》云：「个中滋味誰嘗遍，下第才人被放官。」《哭安兒》云：「一杯凉醞奠靈床，滴向泉臺哭斷腸。誰是酒漿誰是淚，教兒酸苦自家嘗。」安兒年五歲能誦唐詩，爺出對云：「水如碧玉山如黛。」應聲曰：「雲想衣裳花想容。」亦奇兒也。

吾杭高怡園景藩觀察之季女淡仙韞珍，詩才清妙，不愧家風。《咏小青》云：「朱門黄土恨年年，草掩孤山墓可憐。消盡紅香如逝水，生來薄命敢違天。梨花春夢瀟瀟雨，柳色秋風漠漠烟。多謝檀郎能瘞玉，芳魂流落聖湖邊。」《除夕與淡人郎君同作》云：「殘年已過春三日，一歲猶餘話半宵。」淡人《湖上晚歸》云：「荒村犬吠路冥冥，移上天邊幾个星。山月未高湖面黑，漁燈一點浦烟青。歸來遠樹低飛鳥，遮住横橋半截亭。隔水人家看不見，但聞笑語出寒汀。」《客中》云：「病後吟詩多感舊，醉中無夢不還家。」與淡仙琴瑟甚調，而淡仙早卒，可悲也。高公甲辰進士，余丁巳年主其家三月，後爲銘墓以報其德。

士風卑諂，太史某惡而刺以詩，中有「吮癰」、「舐痔」字樣。余規之云：「下愚所爲，賢者非特不爲，亦不能知。譬如鳳皇翔于千仞，下界有蛣蜣轉糞之蟲，鳳凰未必知也。王公貴人辱詈其僕從，在僕從未必辱，而自己反損威重矣。原壤，狂士也，故孔子以杖扣之。蔡經，半仙也，故麻姑以鞭笞之。其他庸惡之徒，其能受聖人之杖、仙人之鞭也哉？所謂孔子家兒不知駡，曾子家兒不知路，即此意也。」

凡古人用雙字者，如依依、潺潺、悠悠、匆匆之類，指不勝屈。唐、宋名家，從無單用一字者。近今詩人貪押韵，又貪叠韵，遂不得已而往往單用之，此大謬也。作者當以爲戒。

吴太史竹橋寄鮑銘山詩來，其人幕游客死，屬余采數語入《詩話》中。《秋夕》云：「颯颯長廊落葉聲，霞光黯淡照簾旌。芙蓉泣露秋塘晚，絡緯吟風小院清。好夢似雲回首散，新愁如水逐潮生。無端觸眼驚陳迹，洗馬茫茫此際情。」他如：「人間不夜皆因月，天上無情豈是仙。」「網欹屋角漁人散，犬吠橋邊野棹還。」「滿苑落花剛客到，小樓聽雨又春深。」俱佳。

雍正間，孫文定公作總憲，李元直作御史，陳法作部郎，三人嶷嶷自立，以古賢相期，京師號曰「三怪」。余出孫公門下，采其行略，爲作神道碑。後與李公子憲喬交好，爲撰墓志。惟陳公觀察淮揚時，余宰沭陽，隸其屬下，親承風采，平易可親。及河帥白公被罪，公獨以一疏保之，致革職戍邊，信異人哉。僅（寄）〔記〕其《卧病》詩云：「高卧新秋及暮秋，酒場文社廢交遊。蕭疏鬢髮愁潘令，清瘦形骸笑隱侯。盡日閒書留枕畔，經時殘藥貯床頭。世情肯信吾真嬾，奈是維摩疾未瘳。」公字世垂，貴州人，癸巳進士。

金孝廉有句云：「病身對妾莊如客。」黄野翁有句云：「老眼看燈大似輪。」此二句正可作對。黄蛟門《寄張香岩》云：「接到手書偏不發，先從函外看平安。」又有句云：「浣衣池淺春無雨，糴米人歸屋有烟。」金陵有此詩人，而予不知。

余園中種芭蕉三十餘株，每早采花百朵，吸其露，甘鮮可愛。恐漢武所謂金莖仙掌，未必有此味也。以一盤飛送香亭，渠謝詩云：「初日曈曈燦曉霞，敲門驚起樹棲鴉。平頭奴子飛箋送，一盒芭蕉帶露花。」「叮嚀開盒便須餐，略緩須臾露已乾。從古成仙在頃刻，莫教福薄走金丹。」「莊周何必賦逍遥，一飲醍醐萬念消。分與全家兒女喫，也呼鷄犬上烟霄。」「不是神仙已是仙，兄鋤明月弟耕烟。更期三萬六千日，再乞瓊漿共上天。」

乾隆庚寅，余在杭州訪蔣苕生太史，聞寓湖州太守張公處，即具名紙往投。蔣未見，乃有一峨冠者拱手出。心知是太守，素無交，而其意甚親，未免愕然。太守笑曰：「先生不識我耶？我早識先生，並識先生之夫人貌作何狀，令姊貌作何狀。」歷歷如繪。余益驚，問故。太守曰：「當年公作翰林，住前門外横街。我年九歲，與公陸氏二甥同在蒙館讀書。塾師放學後，嬉遊公家。公姊及夫人梳頭，常在旁，手進梳篦。公過，猶呼餅餌啖我。公竟忘耶？」余謝曰：「事實未忘，不料昔日聖童，今爲公祖也。惜二甥早亡矣。」相與唏噓者久之。從此遂别。更二十年，公子惠堂孝廉來權知溧水，又是余改官江南第一次捧檄之所，重重春夢，思之憮然。其前事迹，已作七古一篇贈蔣，梓入集中矣。今年衰不能再賚，乃作一聯贈惠堂云：「後我卌年，同爲南國親民宰；通家兩代，曾見而翁上學時。」蓋實叙平生佳話，非敢挾長也。

張毅齋琰，香岩秀才之兄也。有絶句云：「板橋一望雨初晴，映水紅欄分外明。底事簾前香不散，晚風吹過賣花聲。」《聞鶯》云：「高士有情頻側耳，香閨無夢亦關心。」

庚戌冬，余有感于相士壽終七六之言，戲作生挽詩，招同人和之。不料壬子春，竟有傳余已故者。信至蘇州，徐朗齋孝廉邀王西林、林遠峰諸人爲位以哭，見挽云：「名滿人間六十年，忽聞騎鶴上青天。騷壇痛失袁臨汝，仙界争迎葛稚川。著作自垂青史後，彭殤早悟黑頭先。望風不敢吞聲哭，但祝遲郎繼後賢。」余讀之，笑曰：「昔范蜀公誤哭東坡，有淚無詩。今諸君誤哭隨園，有詩無淚。然而淚盡數行，詩留千古矣。」

金紹鵬秀才病跛，而詩才清妙。居南門外，甚遠。余作詩會，輒肩輿迎之。《炙硯》云：「凍合端溪冷倩烘，炙來欣趁暖爐紅。烟雲氣吐陽春外，鐵石心回方寸中。冰釋恰如蘇地脉，筆耕才得展田功。更夸文陣通兵法，即墨城堅仗火攻。」《糊窗》云：「素楮晶瑩賽越綾，書窗面面霽輝凝。不教故紙遮雙眼，自有清光透一層。弄影待看梅襯月，敲詩好映雪挑燈。白生虚室神先爽，篇展南華几試憑。」《呵筆》云：「中書也感吹噓力，崛强全消聽指揮。」

林竹溪皖《柳絮》云：「一春從未見渠開，只見紛紛點翠苔。忙殺嬌癡小兒女，閒庭捧手待飛來。」《懷寧勞崇煦》云：「笑指半鈎飛破鏡，戲抛雙釧叠連環。好夢易離歡喜地，春晴難到兩三天。」俱眼前語，而拈出便新。

壬子冬，過淮，嚴司馬歷亭守田席間誦孫相國士毅《領兵赴臺灣》云：「自笑陳琳檄未工，也曾磨盾學從戎。夢驚猛拱濤頭白，渴飲官屯戰血紅。元請一丸封已足，頗遺三矢盼猶雄。感恩何處酬豪末，願得浮江比阿童。」《南征》云：「欒城襟帶接重洋，上下思文景物荒。寅霧蛟涎工揜日，丁男鴉嘴慣耕霜。入雲坂洞盤千折，夾道翁茶網四張。土人呼官爲翁茶，出入結網爲轎。最是馬前煩慰勞，梹榔滿榼當壺漿。」「裘帶居然遍百蠻，洱河恩許唱刀環。文淵蹟已埋銅柱，定遠心原戀玉關。二月花濃黄木渡，三年香染紫宸班。祇因妖鳥巢猶在，夢繞羅平未肯還。」

汪汝弼夢岩《送春》云：「子規啼急客情牽，婪尾花中罷綺筵。飛到楊花春似夢，立殘斜日草如烟。消愁心緒憑杯酒，看好韶光待隔年。我亦欲歸歸未得，數聲長笛暮江天。」又：「夕陽在樹蟬聲遠，凉月墜簾花影生。」皆妙句。其見贈詩已入《同人集》。

余遊天台，離家半載。歸後，見几上有書一封，署名「杜情海」，不知何許人也。其略云：「惟才人能慕才人，而或關山間隔，貧無以聚糧；駒隙流光，命有如朝露。至于題碑揮涕，抱書嗚咽，詞客有靈，實增遺憾。竊每念及，耿耿終宵。海于海内才人，留意多矣。惟公則才大如天，惟僕則情深如海。

自聞名以來，不知何以低徊思慕，朝夕不置。豈三生之説，原有可徵；而一代之才，自應作合耶？僕常有句云：『除狂幾欲死，不殺定相憐。』倘或相見有阻，而小杜清魂一縷，蕩天入地，有不與劫灰俱滅者。所憑青眼，鑒此丹誠。」余因其詩有奇氣，姑録之，待訪其人。

余作令六年，曾作《俗吏篇》數首，存集中。今讀錢竹初明府《吏不可爲》六章，覺從前吏治，尚不至此。特録之，以俟采風者。其詞曰：「雞初鳴，偵大府。鼓聲隆隆，銜尾疾進如群鼠。坐左箱，日亭午。飢不得餐輪轉肚，口燥唇乾噤無語。須臾手版如葉飛，曰公不遑詰旦來。如是者再四，乃得側身入謁升其階。無恒暘雨乎？民不疾苦乎？口之所諮非所圖，以色示退僂而趨。歸告其賓朋，今日上官遇我殊。」《參謁》「若者縣緊望，若者賦上中。肥瘠揣而知，窶數藏其胸。問吏何所有，一絲一粟民膏脂。交親緼褏來，白著顔忸怩。所愛權錙銖，所畏揮沙泥。山中麋鹿川中魚，竟陵四盡古有徒。取彼以與此，海波之瀾乃自濡。令公喜，令公怒，朱提有神作人語。」《餽遺》「官如大魚吏小魚，完糧之民其沮洳。官如虎，吏如猫，具體而微舐人膏。二月絲，八月穀。婦出門，雞登屋。五刑之屬鄭麗事，役惰追呼罪其罪。心所不怒强威之，投籤鏗然厭且憊。坐堂皇，鞭其尻，役以皮肉更錢刀。彼縱不苦我則勞，署上上考何足高。」《催科》「强者盜，懦者賊。明者劫，暗者竊。盜不易捕賊易得，豺狼伏莽鼠跳壁。此輩民之蟊，五毒宜懲凶。及觀號呼慘，肢體與我同。所起由飢寒，刑之不可止。單辭鞫徒煩，得情無足喜。穿窬内荏而色厲，取非其有賢充類。迺知天下之賊難盡求，竊鉤者誅竊國侯。」《鞫賊》「晨起罷盥漱，僮來促官書。官書日幾何，堆案二尺餘。刊章匡以花，急遞插以羽。歲月加封檢，字句乏黜黈。披之兩眸眊，朱墨手倦舉。算事耶？算丁耶？甲乙丙者著令耶？決事之比紛如麻。需頭辭卑累而上，得一大諾自天降。宣底駢，緘其狀。符火速，竿作櫝。尾加恫喝眎已熟，大胥之叱守令如叱僕。」《判牘》「樂莫樂兮見故人，苦莫苦兮對惡賓。胸隔千里萬里貌强親，唯唯諾諾不敢嗔。銜杯引手，視蔭不走。使肴核下咽不得腐，嬈腦填腸泄且嘔。何如還鄉獨處扃門庭，所不願見者叩不譍。」《酬賓》

乾隆己丑，今亞相劉崇如先生出守江寧，風聲甚峻，人望而畏之。相傳有見逐之信，鄰里都來送行。余故有世誼，聞此言，偏不走謁，相安逾年。公托廣文劉某要余代撰《江南恩科謝表》，備申宛款。方知前説都無風影也。旋遷湖南觀察，余送行，有一聯云：「月無芒角星先避，樹有包容鳥亦知。」不存稿，久已忘矣。今年公充會試總裁，猶向内監試王葑亭誦此二句。王寄信來云，故感而志之。

新安王太守顧亭先生，看《隨園詩話》有得，頓改從前之作。《養生潭觀魚》詩云：「客亦知魚樂，相將坐小舟。水深清見底，沙净白疑浮。得食依行棹，成群戲涉流。夕陽横斷岸，紅蓼幾枝秋。」恰有唐人風味。

人問：「詩要耐想，如何而耐人想？」余應之曰：「『八尺匡床方錦褥，已涼天氣未寒時。』『狎客淪亡麗華死，他年江令獨來時。』『燭花漸暗人初睡，金鴨無烟恰有香。』『夢裏不知涼是雨，醒來微濕在荷花。』『僧館月明花一樹，酒樓人散雨千絲。』五言如：『夜涼知有雨，庵静若無僧。』『問寒僧接杖，辨語犬銜衣。』皆耐想也。」

唐薛能笑杜少陵不敢作荔支詩，香山有之而不佳，自作一首，夸云：「不愧不負。」而不知庸淺已甚，可笑也。能詩最佳者，《咏蜀柳》云：「高出軍臺遠映橋，賊兵曾斫火曾燒。風流性在終難改，依舊春來萬萬條。」

余九歲時，偕人遊杭州吴山，學作五律，得句云：「眼前三兩級，足下萬千家。」至今重遊此山，覺童語終是真語。又《偶成》云：「月因司夜終嫌冷，山到成名畢竟高。」亦似有先知之意。

詩如射也，一題到手，如射之有鵠，能者一箭中，不能者千百箭不能中。能之精者正中其心，次者中其心之半，再其次者與鵠相離不遠，其下焉者則旁穿雜出，而無可捉摸焉。其中不中，不離天分學力四字。孟子曰：「其至爾力，其中非爾力。」至是學力，中是天分。

康節先生有三不出之戒，謂風不出，雨不出，大寒暑不出也。余七十後，惟暑不出，過中秋裁出，此定例也。今年八月八日，太守松雲李公新修莫愁湖成，招余往飲，且云：「能爲莫愁破例否？」余答云：「老僧入定，聞釵釧聲便要破戒，況莫愁乎？」即往赴之。適王顧亭太守見訪，不值，追至湖上，口號以贈云：「似鏡湖光一葉横，白頭遥認是先生。盧家尚具神通力，竟把閒雲引出城。」

新安胡葆亭有句曰：「千里雄心空似驥，百年衰族可無鳩？」余愛其典雅。後其子雪蕉比部《聞鶯》云：「細雨乍移江上舫，好春又放故園花。」方知胡氏詩學傳家，淵源有自。雪蕉有弟岳，見贈云：「隨口篇章皆絶調，及門弟子總傳人。」郭頻伽秀才見贈云：「性不佞人何況佛，事惟欠死恐成仙。」吕仲篤讀《隨園詩話》，贈云：「大海自能含萬派，名山真不負千秋。」范瘦生讀《隨園集》，贈云：「有筆有書有音節，一朝兼者一先生。」

余不信風水之説。人言黄巢、李闖俱因毁墓而敗，非風水之驗否？余道此等逆賊，雖不毁其墳，亦必敗也。因口號一詩，以曉世人云：「寄語形家莫浪驕，葬經一部可全燒。汾陽祖墓朝恩掘，依舊榮華歷四朝。」

余訪京中詩人于洪稚存，洪首薦四川張船山太史，爲遂寧相國之後，寄《二生歌》見示，余已愛而録之矣。追憶乾隆丙辰，薦鴻博入都，在趙横山閣學處，見美少年張君名顧鑑者，彼此訂杵臼之交。疑與船山有瓜葛，寄信問之，不料即其尊人也。垂六十年，忽通芳訊，知故人官至太守，尚無恙，且有子不凡，爲之狂喜。蒙以詩稿見寄，名曰《推袁集》，尤足感也。聞亦玉樹臨風，兼仲容之姣。有秀水金筠泉孝繼、無錫馬雲題燦，俱願與來生作妾。船山調之曰：「飛來綺語太纏綿，不獨嫦娥愛少年。人盡願爲夫子妾，天教多結再生緣。累他名士皆求死，引我癡情欲放顛。爲告山妻須料理，典衣早蓄買花錢。」「名流争現女郎身，一笑殘冬四座春。擊壁此時無妬婦，傾城他日盡詩人。祇愁隔世紅裙小，未免先生白髮新。宋玉年來傷積毁，登墻何事苦鬭臣。」余聞而神王，亦戲調之曰：「夫妻喻友從蘇李，賢者憐才每過情。但學房星兼二體，心期何必待來生。」

王濯亭廷取别駕，顧亭太守之弟也。有《瓶花》一首云：「一枝濃艷胆瓶中，習習春生几席風。莫怪無根易凋謝，人情只愛眼前紅。」余道此詩與翁承贊《咏僧寺牡丹》相同。其詞云：「爛漫香風引貴遊，高僧閒步亦遲留。可憐殿角長松色，不得王孫一舉頭。」均有寄托，可喜。别駕又有《文殊臺》詩云：「文殊臺上日初曛，翠影嵐光看不分。片石尚堪容獨坐，坐寒三十六峰雲。」《東溪山莊》有句云：

「剩有好山供望眼，自來勝事屬閒身。」俱可愛也。

法時帆學士造詩龕，題云：「情有不容已，語有不自知。天籟與人籟，感召而成詩。」又曰：「見佛佛在心，說詩詩在口。何如兩相忘，不置可與否。」余讀之，以爲深得詩家上乘之旨。旋讀其《浄業湖待月》云：「緩步出柴門，天光隔橋滃。溪雲没酒樓，林露滴茶籠。秋水忽無烟，紅蓼一枝動。」又：「摳衣踏蘚花，滿頭壓星斗。溪行忽有阻，偃蹇來醉叟。攘臂欲扶持，枕湖一僵柳。」此真天籟也。又《讀稚存詩奉柬》云：「盜賊掠人財，尚且有刑辟。何況爲通儒，靦顔攘載籍。兩大景常新，四時境屢易。膠柱與刻舟，一生勤無益。」此笑人知人籟，而不知天籟者。先生于詩教功真大矣。《咏荷》云：「出水香自存，臨風影弗亂。」可以想其身分。又曰：「野雲荒店誰沽酒，疏雨小樓人賣花。」可以想其胸襟。

余與和希齋大司空，全無介紹，而蒙其矜寵特隆。在軍中與福敬齋、孫補山兩相國，惠瑶圃制府，各有寄懷之作，已刻《倉山集》中。兹又從黄小松司馬處，得其《西招春咏》云：「莫訝春來後，寒容轉似添。小窗欣日色，大漠渺人烟。風怒沙能語，山危雪弄權。花稀名不識，何處聽啼鵑。藏中入春，風雪轉盛。」《中秋德慶道中》云：「山峻肩輿緩，征人夜未休。久忘家萬里，驚見月中秋。去歲姜肱被，今宵王粲樓。喜成充國計，含笑解吴鈎。」《春夜》云：「銀釭閃閃漏迢迢，風送邊聲助寂寥。殘月印窗天似曉，寒雞叫月夢偏遥。頻年客況當春好，一味鄉心易鬢凋。莫以沐猴譏項氏，夜行衣錦笑班超。」三詩雖吉光片羽，而思超筆健，音節清蒼。方知皋、夔、周、召，本是詩人，非真有才者，不能憐才也。《寄隨園》詩自注云：「當在弟子之列。」與小松札中，又有「久思立雪」之語。虞仲翔得此知己，真可死而無憾。但未知八十衰年，今生尚能一見否，思之黯然。

余春間返故鄉掃墓，洞庭朱磵東成入山見訪，不值，題壁云：「五十年前父母官，于今八十享清閒。斯民不放袁公去，留得青天在此間。」「四壁琳琅少女辭，山陰應接頗如之。那堪更讀童君畫，絶筆梅花絶筆詩。童二樹素未識面，畫梅贈先生，題詩未竟而卒。先生加跋，懸諸壁間。」追余至吴門，于山塘相見，又見贈云：「叨作蒹葭倚，名園紀勝遊。笙歌今北海，圖畫古營丘。健合扶紅袖，閑宜伴白鷗。公應是萱草，相對日忘憂。」

詠物詩難在不脱不粘，自然奇雅。磵東《詠玉簪花》云：「瑶池昨夜開芳宴，月姊天孫喜相見。醉裏遺簪直等閒，香風吹落墮人間。醒來笑向阿母索，起跨青天白羽鶴。移時搜到野人家，乃知狡獪幻作花。烟中便欲搔頭去，翠袖紛披寶髻斜。」

湘潭張紫峴，老詩人也，于磵東爲前輩，仿其體，題渠所畫墨蘭云：「公孫大娘舞劍器，顛旭得之爲草書。磵東兼二妙，寫作幽蘭圖。縱横豈有形與模，天工人巧相與俱。湘妃愁春隔烟水，古雲念雨一十里。霓裳玉珮慵斜倚，來降紙窗素瓷裏。對之微笑忽通靈，澹無言説天純青。心苞意蕚謝俗墨，九畹辟盡畦與町。我欲置之九嶷峰巔四千丈，不可采兮但遥望。」

詠桃源詩，古來最多，意義俱被説過，作者往往有叠床架屋之病，最難出色。朱磵東來，誦黄岱洲其仁《過桃源》一絶云：「桃源盤曲小山河，一洞深深鎖薜蘿。行過溪橋雲密處，但聞花外有漁歌。」淡而有味。《滄浪詩話》所謂作詩不貴用力，而貴有神韵，即此是也。

隨園詩話補遺卷七

倉山居士著

余九日登紫蔭山，見人題句云：「巾子峰前木葉稀，登高望遠思依依。天寒海氣連雲白，風緊城烏作陣飛。紅豆裁書難寄遠，黄花插帽事多違。年來浪迹東西道，慚愧天涯老布衣。」末題「陳濂」二字。訪之，乃余甥婿陳文水孝廉之三弟也。又《遊石門樓》云：「山風吹松雲，岩石明齒齒。猿啼兩三聲，行人盡東視。娟娟山上月，照見山下寺。洞門猶未關，待我遊屐至。」他若「秋聲江甸雨，寒色海門烟」、「月冷初浮水，星稀欲近人」，皆清絶也。

峽江飛來峰寺僧澄波告何數峰云：「丙寅，有閨秀戴藴玉偕郎君某詣潯州府署省父，坐飛來亭，題詩。詩成，泣下。有句云：『白猿自悟當年事，見説持環返上宫。』人多不解。比至潯州而亡。疑其前身或猿女耶？

二童子放風箏，一童得風大喜，一童調之曰：「勸君莫訝東風好，吹上還能吹下來。」我深喜之。蓋即孟子所謂「趙孟之所貴，趙孟能賤之」之意。

余至吴門，四方之士送詩求批者，每逢佳句，必向人稱説，非要譽於後進也。掌科許穆堂嫌太丘道廣，見贈一律云：「先生天下望，眉宇照人清。老至通姻婭，兒時識姓名。風流蘇玉局，書卷鄭康成。可惜憐才過，揄揚誤後生。」余道史稱龐士元稱許人才，往往有過其分，老人竟犯士元之病，行將改之。

遊南明寺，見歸愚先生有對聯云：「瓶添澗水盛將月，衲挂松梢惹得雲。」未知是成語，或先生所撰耶？是夕，風雨暴作，樓柱盡摇。余有句云：「樓摇松樹頂，人卧海潮中。」

京口尼能詩，王碧雲女子贈云：「仙子傳來古雪篇，步虚聲裏絳雲仙。遥知静對梅花月，鶴聽禪經立晚烟。」

直隸遷安縣定例，入學八名，而應試者不過六七人。知縣胡公作宰，忽有馬夫，着紅布履來告假，問何事，曰：「明日要赴縣考。」胡公大笑，口號以贈云：「紅鞋着脚煤磨硯，馬糞熏衣筆换鞭。」

金賢村太守潢，性倜儻，通音律，有四姬人，俱善歌。常偕至隨園，度曲吹簫，太守親爲按板，殆古所云風流人豪者耶？籍係宛平，臨入都時，年逾六十，留别云：「何因執手涕凄然，只爲分攜各暮年。嘆我已辭歡喜地，多君還上孝廉船。關山滿目新行李，兒女隨身舊管絃。此後隨園花滿日，夢魂還到小倉巔。」

程魚門入翰林後，寄語云：「四十年才爲後輩，交遊若此古來稀。頭銜入手誠清絶，書局羈身未易歸。老景真如冬景淡，梅花又共雪花飛。輸他居士山窗鶴，鎮日從容立釣磯。」嗚呼！魚門家本富商，交結文人，家資蕩盡。直至晚年成進士，作部郎，四庫館議叙，才得翰林，分校春闈，可謂有志者事竟成。然而遽卒於秋帆中丞署中，可悲也！

懷寧諸生勞竹如，詩人也。少年喪偶，里中有陳氏女，美，亦能詩，遣媒説之，女窺見竹如，欣然願嫁。兩人已目成矣，爲里中富人强聘去。女臨行，寄勞生云：「聞説乘鸞許上天，幾番臨鏡自疑仙。不知淪謫緣何事，便隔蓬山路幾千。」「夢見文簫私語時，想花心事要花知。分明匣底雙珠在，不忍還君秪淚垂。」

余幼時同赴童子試者，有申君南屏發祥，權奇倜儻，有温庭筠之風。代人赴考，致遭斥革，而終成進士。外出爲令，見寄云：「隨園居士今方朔，遊戲人間作歲星。落筆便同天馬下，無人不踞竈觚聽。略施鴻爪覘爲政，妙用詼嘲當説經。笞鳳鞭鸞三十載，又叨剪拂到頹齡。」寄詩來時，官已報罷，掌教清江。余未及答，而君已卒。

壬子春，與趙偉堂廣文遊焦山，遇詩僧巨超，茶話良久，采其詩入《詩話》。今春，慶大司馬奉旨到江南勾當公事，渡江之便，拉同遊焦山。别後，巨超寄詩云：「曾向金鰲汗漫遊，西風久已别荆州。忽陪天使臨香界，却怪神仙也白頭。海内山川蒙一盼，人間聲價重千秋。須知未滿山靈願，不把琴尊作小留。」

山陰胡稚威天游，曠代奇才。丙辰同舉鴻博，終身紆鬱而亡。余初抄其駢體文三十篇，爲楊蓉裳篡取去，乃於别處搜得《烈女李三行》一篇。初嫌太長，難入《詩話》。然一序一詩，俱古妙，不忍聽其煬没，今刻續集，不妨載之。其序曰：「女李三者，河南鹿邑縣人。父某，業田。嘗以隱事與邑大豪相恨疾，豪陰謀殺之，使客陽與親，召之酒，而藥以飲，遂發病。心知豪所爲，將死，女從母泣於前，某齘齒切吒曰：『何泣！若非我子也。且吾爲人殺，幸有兒，俟壯，或行能復仇。若渺孑煢稚，無望也，恨終不吐矣。』女時年十餘，聞父言，晝夕憤傷，時時蓄報豪志。更數歲，益長，日誓鬼神，往祝某墓，願魄相助。挾利刃，候道上，期乘便刺豪。豪出入乘馬，從僮奴，彪彪然，勢不得逞。去，丐人爲詞，屢愬有司大吏咸徧，列於官者三年矣，一人無肯白其事者。女甚恨，曰：『此曹雖官人，實盜隸耳。徒知探金錢，取醉飽，何能爲直冤痛者乎？』遂辭其母，當奔往京師。鹿邑到京師二千里，女孤弱無相攜挈，暮託逆旅，主人或怪其獨來，疑有他，固不内，往往伏草間。既至，將擊登聞鼓自訟，數爲吏所闌。以陳於刑部、都察院，交格之，一如有司大吏在河南者。久之，會有新任令於鹿邑者，頗强直任事，女聞，乃走還。令方升車出，遮前大呼，且涕且陳，伍伯箠驅不能動。令以某死久歲月，且無驗，意其未信。更詰將死時語，及奔京師狀，乃受牒，縛鞫客與豪，皆自窮服。令已論正豪罪，未即決，豪死牢户中。豪家滋憎女甚，謗爲嘗受污。有邑公子獨心知女賢，請聘之。其母與長老姆媪皆勸之行，矢不許。及母卒，殮埋，悉召宗族親戚里鄰，告之曰：『吾痛父見害，楚毒幾十年，幸得雪仇。而名爲人垢，忍不早就死者，傷無兄弟終奉老母。今吾事大已，其將有所自明。』室而掩之，遂自絞也。於是豪子暮拍之，笑視其面，倜猶生然。將舉刀斷之，有血激諸口，類噴怒者。豪子駭仆不能動，左右亟扶負歸，亦竟得疾以死。女死康熙中，至今且五十載。歲戊午，予居長安，始聞，感當世無能文章，揚洗昭暴之，使家説户唱，相有勉勸。乃撰述其事，歌而係之曰：大海何漫漫，千年不能移。太山自言高，精衛銜石飛。朝見精衛飛，暮見精衛飛。吐血填作堰，一旦成路蹊。豈惟成路蹊，崔嵬復崔嵬。女面潔如玉，女身濯如脂。十四頗有餘，十五十六時。婀娜環春風，明月初徘徊。門中姊與姑，鄰舍雜姥婆。人笑女無聲，人歡女長啼。昔昔重昔昔，破痛不得治。有似食大鯁，禍喉連脅臍。阿母喚不譍，步出中間閨。女身亦非狂，女心亦非癡。向母問阿爺，阿爺誰所戾？昨者門前望，裂眼寧忍窺。爺仇意妍妍，走馬東西街。我無白揚刃，斷作雙虹霓。磨我削葵刀，三寸久在懷。一心願與仇，血肉相韲虀。讎人何陸梁，挾隊健如犛。前者爲饑狼，後者爲怒豺。小雀抵黄鷂，徒恐哺作糜。大聲呼縣官，縣官正聾蚩。宛轉太守府，再三中丞司。堂皇信威嚴，隸卒森柴崖。安知坐中間，一一梗與泥。何由腐地骨，鬼笑回牙款。孤小不識事，聞人説京師。京師多貴官，列坐省輿臺。頭上鐵柱冠，獬廌當胸栖。獬廌角嶽嶽，多望能矜哀。局我頭上髮，縫我當躬衣。手中何所將，血帛斑斕絲。帛上何所書，繁霜慘濛埋。細軀誠艱難，要當自防支。女弱母所憐，請母毋攀持。今便辭母去，出門去如遺。是月仲冬節，殺氣争驕排。層冰塞黄河，急霰穿矛錐。大風簸天翻，行人色成灰。夜黑不見掌，深林抱枯枝。三更叫鵩鵩，四更嘷狐狸。五更道上行，躑躅增羸飢。舉頭望長安，盤盤鳳凰陴。下着十二門，通洞縱横開。持我帛上書，鬻我囊中袿。跪伏御史府，廷尉三重墀。尚書更峨峨，峨峨唱騶歸。頭上鐵柱冠，獬廌當胸栖。獬廌即無角，豈與群羊齊。李女倚柱嘯，白日凋精輝。結怨彌中宵，中宵盛辛悲。有地何博博，有天何垂垂。高城不爲崩，高陵不爲阤。爲遣明府來，明府來何遲。長跪向明府，淚落江東馳。女今千里還，女憂終身罹。女誠不敢紿，願官無見疑。父冤信沉沉，沉沉痛無期。一日但能爾，井底生朝曦。死父地下笑，生仇市中刲。顧此弱賤軀，甘從釜爨炊。語終難成聲，聲如繫庖糜。明府大嗟歎，嗟嘆仍歔欷。翻翻洞庭波，洞庭非淵洄。嶄嶄卬崍坂，九折無險巇。我今爲汝尸，汝去行得知。

爺仇意妍妍，舉家忽驚摧。勢似宿疹發，驟劇無由醫。同時惡少年，驅至如連雞。鋃鐺押領頭，畢命填牢陛。有馬空馬鞍，永別街西馗。叩頭謝明府，掬骨難相貽。昔爲羝乳兒，今爲箭還鞁。遥遥望我里，我屋荒蓖萊。寡母倚門唏，唏於杞梁妻。女去母啖柏，啖柏今成飴。雖則今成飴，母悲轉難裁。女顏昔如玉，女髮何祁祁。女口含朱丹，女手垂春荑。哭泣親塵沙，面目餘瘢劙。宛宛閨中存，黧瘠疑病羆。姑姊看女來，簪笄不及施。鄰姥看女來，左右相呼攜。各各自流涕，一尺紛漣洏。鄰姥少别去，媒媪從容來。三請得見女，殷勤致言辭。公子縣南居，端正無匹儕。金銀列兩箱，纖紈不勝披。身當作官人，華榮灼房幃。頗欲得賢女，賢女勝姜姬。回面答媒媪，身實寒且微。無弟無長兄，老母心偎依。所願事力作，澁指縫裙褑。安得隨他人，乖違母恩慈。母年風中燈，女命霜中葵。須臾母大病，死父相尋追。棺椁安當中，起墳遂成堆。一一營事託，姑姊可前來。爲我喚長老，長老升堂階。爲我召鄉鄰，鄉鄰麇如圍。十歲隨爺娘，幼小惟癡孩。十五銜沉冤，灌鼻承醇醨。二十行報仇，報仇苦且危。三年走大梁，趙北燕南陲。女行本無伴，女止亦有規。皎皎月光明，不墮濁水湄。斑斑錦翼兒，耿死安能翳。自此旋入房，重闔雙雙扉。朱繩八九尺，挂向梁間頹。鮮鮮桂華樹，華好葉何奇。葳蕤揚芳馨，生在空山隈。烈火燒崑岡，三日夜未衰。大石屋言言，小石當連輂。蕭芝泣蕙草，萬族合一煤。燒出白玉姿，皎雪光皚皚。玉以爲女墳，將桂墳上栽。夜有大星辰，其光何離離。錯落桂樹間，千年照容徽。」

句曲女史孔静亭，退庵太僕之幼女，王孔翔公子之室也。敷腴窈窕，有大家風。辛亥春，隨其姑潘夫人來園看花，家人交口譽之。性尤愛静，工詩。記其《寄外》云：「一别看看數月期，孤燈獨坐淚如絲。多情最是天邊月，兩地離愁總得知。」「欲寫相思寄錦箋，徘徊無語倚窗前。勸君莫失芙蓉約，辜負香衾獨自眠。」皆性靈獨出。今年六月，忽咏殘荷云：「丰姿昨夜尚堪誇，開落無端恨轉加。早識今番摧太急，不如前日不開花。」孔翔訝爲不祥。七月間，竟以産難亡。古人所云「詩讖」，其信然耶？孔翔哭以詩云：「怕見秋塵點鏡臺，深閨依舊綺窗開。有時忘却人長往，疑是歸寧尚未回。」

婺源施蘭皋，少有清才，惜弱冠即棄儒就賈。然性頗愛詩，因王孔翔秀才以詩來見。記其《新涼》云：「纔聽梧桐一葉聲，瀟瀟秋氣滿江城。羅衣着體初驚薄，羽扇摇時便覺輕。遶榻清風侵簟冷，當堦皓月照窗明。詩吟長夜誰爲伴，啾唧寒蛩四壁鳴。」《冬夜晚步》句云：「柳疏宜月上，水淺覺橋高。」又《秋懷》云：「高梧帶雨緑侵窗。」七字亦佳。

蔣于野受業師邵晴巖曉《題美人春睡圖》云：「幾分春色上花枝，雲鬢慵梳睡起遲。鸚鵡簾前空學語，夢中情事自家知。」閨情詩古人最多，易於重複，余愛其結句七字藴藉，得古人所未有。又《樓中》佳句云：「但得讀書原是福，也能藏酒不爲貧。」亦妙。

甲寅花朝前一日，余赴友人三游天台之約，買棹渡江。在舟中接到福敬齋、孫補山兩公相，和希齋大司空，惠瑶圃中丞見懷詩札，情文雙至。竊念四貴人中，惟孫公同鄉，惠公曾通芳訊，若福、和二公，則雲泥迴隔矣，而何以略分憐才，一至于此？因將來札來詩潢治一册，題曰「四賢合璧」，以爲光耀。裝成後，又接貝勒瑶華主人寄懷二律，俱爲讀《小倉山房詩集》，愛而矜寵之也。因枚有答和之作，故將原唱俱載入全集中。兹但録奇麗川中丞題册後云：「飛騎急于風，詩筒逐驛筒。遥從三藏外，傳入萬花中。落筆成仙句，開函見上公。從知諸大將，同日憶山翁。」阿雨窗轉運題云：「白髮隨園老，詩名鮑謝如。寸心千古事，萬里四函書。文采層霄上，交親舊雨餘。虹裝歸櫂穩，珍重此璠璵。」太湖司馬德卧雲福題云：「天下龍門啓，摳衣入恐遲。上公争仰鏡，萬里各裁詩。翰墨連環重，聲名絶域知。即看留合璧，文采盛於斯。」

近日滿洲風雅，遠勝漢人，雖司軍旅，無不能詩。福建將軍魁叙齋倫，以指畫墨菊，題云：「淡中滋味意偏長，每愛秋英引巨觴。興到指頭塗抹際，墨香還道是花香。」

揚州張椿齡先生，字鏡莊，立堂孝廉之父也。《咏桐》云：「春去花始開，秋來葉早落。何日作瑶琴，自訴妾命薄。」此二十字覺咏桐者古未有也。

上海女士朱文毓于歸王氏，《撫孤甥》云：「母死誰憐汝，相攜更痛心。呱呱啼不止，猶是姊聲音。」此即元遺山「阿姨懷袖阿娘香」之意。吴蘭雪《到家祝母壽》云：「母曰兒歸好，連朝鵲噪頻。還將生日酒，醉汝到家人。」周琬《到家見母》云：「要見慈親急步行，隔墻先已識兒聲。升堂姊妹一齊問，幾日扁舟出石城。」吴夫人《調蘭雪》云：「滿身蝴蝶粉，知是看花回。」四詩皆天籟也。

江右多宗山谷，而揚州轉運曾賓谷先生獨喜唐音。素未識面，蒙以詩就正。《曉行》云：「白雲滃在地，遠望一川水。行入水雲中，霏霏收不起。」《秋夜宿萬壽寺》云：「旛動微風來，虚堂一鐘悄。階前瘦蛟影，斜月在松杪。」《長生殿》云：「夕殿螢飛星漢流，芙蓉香冷鴛鴦愁。嬌姿侍夜玉階立，月下相看淚痕濕。世緣安得如牛女，萬古今宵會河渚。生生世世比肩人，牛女在天聞此語。可憐私語人不知，臨邛道士爲傳之。」結句尤藴藉。

謝藴山觀察公子學墉，年才十二，《送竈》云：「忽聞爆竹亂書聲，香黍盛盤酒正盈。莫向玉皇言善惡，勸君多食膠牙餳。」

《荀子》云：「善爲《易》者不占，善爲《詩》者不説。」唐賢相楊綰能詩，終身不以示人，即此意也。杭州太守李曉園先生，政聲卓越，而于文翰之事，謙讓不遑。偶見方藕堂明府處對聯，瘦挺可愛，而不署姓名。其友姚秋槎誦其《咏裙帶魚》云：「瀟湘六幅已成塵，尺練誰教棄水濱。試較瘦肥量帶孔，蛟宫應有細腰人。」

李滄雲給諫樂，與余爲三十年前之交。今年信來，叙舊論詩，情文雙至。見贈七古一章，已采入《同人集》矣。兹録其《曉發信陽》云：「朝暾隱隱逗晴霞，秋色微茫路正賒。渡口馬如鳧浴起，入山人共鳥行斜。療饑但欲新嘗麵，子野前輩喜食麵，故及之。解渴何須浪削瓜。最喜郵程纖翳淨，風光佳處便停車。」《岳陽樓》云：「高樓峭起枕寒流，俯瞰長天萬頃秋。雲氣遠連山影動，浪花時蹴日光浮。毫芒不辨千峰樹，芥末難分一葉舟。領取晴和景正好，重陽風雨再勾留。」

木玄虚賦海，後咏海詩佳者甚少。近日奇麗川中丞云：「一片魚龍氣，茫茫匯萬川。誰能量尺寸，天獨與周旋。包括如斯耳，虚空本自然。舉頭人共見，何必問張騫。」杭州轉運阿雨窻林保云：「絶頂凌滄海，雙眸萬里馳。兩潮分晝夜，一氣混華夷。脚底虹梁直，樽前雨勢奇。恬波通貢道，巨艦集風旗。」二公各有兩首，而余以爲孟浩然、杜少陵咏洞庭，俱只一首，故割愛而删之。

余過嘉興，邢魯堂璵太守遺詩箋一束，讀之，知其學杜最深。《灌花》云：「殘月睡鴉起，鳴蛩猶聒耳。披衣到欄前，幽花向人喜。經旬雨未沛，土脉乾無似。呼童轉轆轤，取此清泠水。繞根微微灌，侵表徐及裏。急遽少成功，俟沃方容止。澆花使花知，培植非盡美。譬如飲酒人，中自具微理。初飲漸醺然，不使傷性始。鯨吸與牛飲，豈是天全子。」《臨川道中》云：「十里平隄野色攢，柳條殘露尚團團。忽看白鳥雙飛起，知有漁舟下淺灘。」《醴泉客次》云：「短後衣衫劍佩横，三千里外錦官城。多情今夜關山月，纔照征人第一程。」《登庾樓》云：「巖疆曾飲當年馬，繡壤閒耕此日牛。」

山陰邵壽民葆祺，即蘇州太守厚庵先生之孫也。厚庵名大業，與余同官，而壽民從未謀面。年才二十四，已舉孝廉。讀余《詩話》，見寄云：「奇才不料人還在，妙論都如我欲言。賴有奚囊收拾盡，世間多少未招魂。」

松江女史莊燾，廖織雲之戚也。《季春歸家》云：「孤帆乍卸夕陽西，青粉墻邊柳綫低。正是内街新雨過，鬱金裙上浣春泥。」《咏牡丹》云：「幾番厄雨殿春開，艷影招摇洛浦迴。昨夜月明人静候，舞風疑有珮聲來。」

文以情生，未有無情而有文者。韵因詩押，未有無詩而先有韵者。余雅不喜人以一題排挨上下，平作三十首，敷衍凑拍，滿紙浮詞，古名家斷無此種。至於上用「秋」字，下用「花」字，如「秋月」、「秋雲」、「桃花」、「桂花」之類，連緜數十首，是作類書、群芳譜，非咏詩也。

余少時自負能古文，而苦無題目，娶箠室多不愜意，故集中有句云：「論文頗似昇平將，娶妾常如下第人。」不料晚年四方索文者如麻，不勝其苦，故又有句云：「徵銘索序兼題跋，忙殺人間冷應酬。」

三十年前，徐椒林參府在廬州，與余與蔣心餘二人最交好，嘗以船載薰蘭千本，爲隨園遍栽，山中花開如雪。爲人權奇倜儻，余叙其行事，作《相逢行》贈之。後陞任貴州，竟成永訣。今春，余過嘉興，其子雙桂秋山宰秀水，述及交情，彼此悲喜。索乃翁詩稿，得其《自普洱寄兒》云：「萬里當關日，葭灰報小陽。三冬稱足用，一綫莫虚長。瘴癘身偏健，欃槍氣已藏。上林好春色，努力看花香。」《題淮陰侯廟壁》云：「一飯尚思酬母德，三齊寧忍背君恩。」秋山有父風，《題泗亭驛》云：「天子功成一劍中，故鄉雞犬識新豐。英雄未有無情者，老淚尊前唱《大風》。」

近人薛西原《咏月》云：「何處焚香下階拜，有人私語並肩行。」雖走西崑一路，而幽雋獨絶，是即「月出皎兮，姣人僚兮」之餘音。

常熟縣試，詩題是《野含時雨潤》。某童有一聯云：「青沾沽酒肆，紅滴賣花籃。」吴竹橋太史拔爲第二。長洲縣試童子，詩題是《緑滿窗前草不除》，陳竹士基有一聯云：「秀色三分雨，春痕一抹烟。」祝芷塘給諫見之，拔爲第七。二人並非看卷之人，而皆與縣官交好，故能愛才如此。否則，此詩亦被輕輕點過矣。竹士即金纖纖之夫也，結褵五年，互相唱和。余到杭州一月，歸，纖纖竟死。先是，纖纖有書上我云：「此日碧雲秋雁，奉一函於明月樓中，他時絳帳春風，當雙拜於海棠花下。」余到蘇，果受其一拜，遂成永訣。故弔以一聯云：「雙拜花前，已償負笈從遊願；五年燈下，未了抽簪勸學心。」竹士在吴江，纖纖寄詩云：「紙樣羅衣秋樣瘦，那能禁得水天涼。」其伉儷之篤可想。

余所到必有日記，因師丹之老而善忘也。其耳受佳句，亦隨記帶歸。翰林前輩沈蒿師先生榮仁《咏墨床》云：「誰云貪墨無休日，到底磨人有倦時。」《咏鷺鷥》云：「豈有諸君推甲乙，可憐公子最風標。」周去華云：「愁生肺腑登臨少，貧入衣冠慶弔疏。」慶似村云：「竹因風静平安久，花爲春寒富貴遲。」王雲上云：「舊紗簾額寒先入，新粉牆頭月更明。」劉熙秀才聞高麗國人來索余詩，并及霞裳詩，故贈劉詩云：「驥尾得名雖較易，人心所好本來公。」龔雲洲秀才《領落卷》云：「囊底尚存無效藥，掌中慣畫不靈符。」張瑶英女子謝余索詩稿云：「露沾桃柳千株樹，次第春風到女蘿。」畢慧珠女子《感事》云：「一樣春風分冷暖，桃花含笑柳含愁。」

女伶虞四官拜姚秋槎居士爲師，觀其演《跌霸》一齣，贈云：「壯士至今休説項，美人千古最憐虞。」後度爲女道士，號空翠庵主人。姚又贈一《探春令》云：「幾番花信暗相催，早自三春暮。杜鵑啼罷東風嬾，看滿徑堆紅雨。年年此際歸何處，驀地拋人去。裊斜陽烟外，一寸游絲，怎繫得韶光住。」

劉霞裳夢中得一聯云：「星摇似醉愁他墮，手舉難扶笑我低。」醒後，續二句云：「安得仙雲生袖底，御風飛到斗牛西。」我以爲醒語終不如夢語。

雲貴總督楊應琚，字秋水，有賢名。入相後，以緬甸僨事，致晚節不終。吾嘗以南朝吴明徹相比，殊不愧也。其孫女瓊華，嫁江寧方伯永公泰之子明新。明受業隨園，而女之父重英號山齋者，與余有舊。山齋參贊軍務，兼侍父疾，被緬匪虜去其子鶴圃，監禁二十餘年。余過泰州，瓊華以寄弟詩見示，云：「否泰關天意，乘除運莫爭。弟兄愁失散，身世感零丁。往者家逢難，潢池盜弄兵。韜鈐煩上相，絶域播威名。寵錫從丹禁，旌旗事遠征。七擒功未就，五丈病先生。鳳詔吴江下，先大人秉臬吴門。金鞍洱海行。監軍隨虎帳，侍藥聽雞聲。畫角悲風起，明星大野傾。雄師誰控馭，小醜敢縱横。孤壘知難守，彎弓竟不鳴。迷途傷李廣，嚙雪感蘇卿。馬革餘生在，魚書萬里驚。天恩猶肆赦，疑獄幸從輕。季弟偏膺難，鶴圃坐獄多年。艱危志不更。珠憐沉漢水，劍恐落豐城。雁影縈離思，鴒原憶舊情。佇看邀雨露，頭角再峥嶸。」

余聞人佳句，即録入《詩話》，並不知是誰何之作。甲寅三月，余遊華亭，張夢喈先生飲余古藤花下，其郎君興載耳語曰：「家姊願見先生。」余爲愕然。已而，搴簾出拜，執弟子之禮，方知《詩話補遺》第一卷中曾載其所作《秋信》等詩故也。貌亦莊姝。其母夫人汪佛珍，詩久採入《詩話》第四卷中。始信風雅淵源，其來有自。其姑佛繡，嫁姚氏，亦才女也。《不寐》云：「欹枕閒吟夢境空，殘燈閃閃影朦朧。梧桐不管人惆悵，翻盡銀塘一夜風。」他如：「一徑泥香飛燕子，滿甌茶熟亂松聲。」「何須地僻心方静，才覺身閒夢亦清。」俱妙。

人仗氣運，運去則人鬼皆欺之。每見草樹亦然。其枝葉暢茂者，蛛不敢結網，衰弱者，則塵絲灰積。偶讀皮日休詩「水痕侵病竹，蛛網上衰花」，方知古人作詩，無處不搜到也。

顧寧人云：「古不用銀。」余頗不以爲然。近讀張籍《送南遷客》詩云：「海國戰騎象，蠻州市用銀。」以用銀與騎象對說，可知中國騎馬不騎象，用錢不用銀矣。

白太傅《因李留守相公見過池上泛舟話及翰林舊事因贈詩》云：「同時六學士，五相一漁翁。」余己未翰林，亦有兩相三尚書，爲之憮然。

吴蘭雪《瞻園坐月》云：「林塘幽絶似山家，坐轉欄陰月未斜。仙鶴一雙都睡著，冷香吹遍緑梅花。」徐朗齋《宿泰山》云：「亂石長松路不分，數聲鐘磬隔林聞。山中夜半燒殘燭，自起開窗照白雲。」二詩真清絶矣。

陳少陽與歐陽徹救李綱而死，廟在丹陽。乾隆庚申，廟爲火所焚，獨神像不動，袍笏依然。余過其地，見壁上題云：「兩宫消息正茫茫，廟算徒聞罷李綱。不信九關司虎豹，獨留三疏動風霜。衣冠白晝悲東市，松柏青燐照北邙。過客漫增桑梓感，里居從古説丹陽。」又云：「草野詎干興復計，公卿無奈諫書稀。」余讀而愛之。末書「於震字一川」五字，方知即二十年前負詩來謁，自稱不蒙許可即要投江死者也。專工明七子一體，未免嗚鉦擂鼓，見賞者稀，然佳處不可泯没。見贈云：「聲名若不逢元晏，詞賦何由重洛陽。」《岡峰秋望》云：「岸走濤聲吞象嶺，樹浮天影出狼山。」《延慶寺》云：「地迥人烟浮水氣，樓高木葉下秋聲。」頗皆雄健。至若《九江》云：「商女至今歌白紵，征人幾度换朱顔。」則稍和緩，且降格而爲之。其人亡已二十餘年，憐其一生苦志，爲理而存之。

郭頻伽秀才寄小照求詩，憐余衰老，代作二首來，教余書之。余欣然從命，并札謝云：「使老人握管，必不能如此之佳。」渠又以此例求姚姬傳先生，姚怒其無禮，擲還其圖，移書嗔責。余道此事與岳武穆破楊么歸，送禮與韓、張二王，一喜一嗔，人心不同，亦正相似。劉霞裳曰：「二先生皆是也。無姚公，人不知前輩之尊。無隨園，人不知前輩之大。」

丙辰同召試者，宣州梅兆頤先生，館文穆公家，年六十許，和藹朴誠，與余爲忘年交。今甲子已週，訪其遺稿不可得，近才獲其《遊敬亭山》云：「春色忽云暮，蓊然萬木齊。命駕越市塵，扶杖尋岩棲。白雲停陰嶺，清流貫長溪。碑碣撫殘賸，臺榭憑高低。好花磴旁出，時鳥林閒啼。古人不可作，勝地無荒蹊。恐如桃花源，再至漁舟迷。」

尹似村公子，亡後無子，余《詩話》中有意多存之。今又在破篋中檢得其《哭松兒》二首云：「呻吟不聽有兒音，説起生前感倍深。忍病怕投良藥苦，佯歡且慰阿爺心。悠悠短夢今朝醒，小小孤魂何處尋。葬汝劉家丘墓側，添衣調食自能任。劉乃余之乳母。」「東西未辨合遊嬉，天性偏生解孝思。繞膝常將棃棗奉，午眠低唤幔簾垂。看栽花竹攜鋤立，愛弄圖書學父爲。老泪抛殘作達語，詩人多半見兒遲。末句諷隨園。」《和梅岑憶舊》云：「一聲欸乃盪歸艭，别泪交流灑大江。乙酉北上，梅岑送至浦口。共喜人眠茅店榻，怕聽雞唱五更窗。攀楊難繫征車遠，代面全憑尺鯉雙。記得分歧春二月，翠濃驛路正幢幢。」「偶逢花市也閒行，老去風懷總不情。舊雨關心推大弟，青雲得路讓諸兄。女爲兒子姬爲友，竹作屏風書作城。自笑未能除結習，與人争處是詩名。」

四十年前，余讀鍾伯敬《慰人落第》云：「似子何須論富貴，旁人未免重科名。」以爲佳絶。不料甲寅七月，偶翻唐詩，姚合《送江陵從事》云：「才子何須藉富貴，男兒終竟要科名。」鍾先生如此偷詩，傷事主矣。

青衣鄭德基詩云：「春風二月氣温和，麥草初長緑滿坡。牧豎也知閒便好，横眠牛背唱山歌。」又《咏簾内美人》云：「到底春光遮不住，還如竹外看梅花。」此二首皆天籟也。余命阿通代爲評點，竟忽略看過，終竟詩學不深。

《學記》曰：「不學博依，不能安詩。」「博依」，注作譬喻解，此詩之所以重比興也。韋正己曰：「歌不曼其聲則少情，舞不長其袖則少態。」此詩之所以貴情韵也。古人東坡、山谷，俱少情韵。今藏園、甌北兩才子詩，鬬險争新，余望而却步，惟于情韵二字，尚少絃外之音。能之者，其錢竹初乎？惜近日學仙，不肯費心矣。

余親家蔣梅厂三子有「河東三鳳」之稱。其長子莘之詩，久入《詩話》。今春，再過蘇州，其弟蔚、夔又以詩來。蔚《咏周孝侯射虎歌》云：「將軍射虎如射牛，白額横死南山頭。將軍縛賊如縛虎，枉説使君兼文武。銜命往討齊萬年，忠孝之道難兩全。草中狐鼠何足盡，英雄受制嗟可憐。援兵四絶鼓不止，按劍一呼創者起。猛虎入檻何能爲，五千健兒同日死。吁嗟乎！於菟之氣能食牛，烈士豈解爲身謀。不然縛虎莫縛賊，依舊射獵南山頭。」《苦雨》云：「别館深嚴作總持，焚香掃地坐裁詩。朝來嵐氣衝簾入，正是山樓雨過時。」夔《春陰》云：「緑波知共板橋平，香霧霏霏濕落英。寒暖難憑三月候，溟濛未定片時晴。山齋客過苔仍合，水國潮多草亂生。差喜疏疏添逸響，幾回細雨和茶鐺。」他如：「田中乍熟狙公芋，溪上低開鹿女花。」亦工。

丙辰冬月，余年二十一歲，初識吴江李蓴溪光運于長安小市。《詩話》中曾載其見贈五律一首。今甲寅秋，六十年矣。其子會恩秋試來園，讀其詩，喜蓴溪之有子。《弔韓蘄王》云：「枉爲君王賦式微，中原不復望旌旗。廉頗披甲心猶壯，魏絳和戎事已非。誰使渡江來白馬，竟忘行酒有青衣。千秋遺恨無人識，回首琴臺一雁飛。」《咏雪》云：「鋪平萬户白如海，只有炊烟一縷青。」《新竹》云：「秉節初終才挺幹，入林先後漸忘形。」

君子不以人廢言。嚴嵩《鈐山堂集》頗有可觀，如：「捲幔忽驚山霧入，近村長聽水禽啼。」「沙上柳松烟霽色，水邊樓閣雁歸聲。」皆可愛也。又阮大鋮有句云：「露凉集蟲語，風善定螢情。」後五字頗耐想。

海剛峰嚴厲孤介，而詩却清和。嘗見鷲峰寺壁上有《贈竹園隱者》云：「寂寂江村路，何煩命駕過。羊求忘地遠，松竹到門多。野外常無酒，田間别有歌。洗杯深酌處，落日在滄波。」末書「海瑞」二字，筆力蒼秀。

余少時讀《會真記》，嫌元九薄倖，題云：「疑他神女愛行雲，故把鴛鴦抵死分。秋雨臨邛頭雪白，相如終不棄文君。」程魚門恪守程朱之學，批云：「此詩斷不可存。」余唯唯否否，而終不能割愛。後讀唐太常寺參軍秦貫所撰鄭恒及夫人崔氏合祔墓志，方知唐人小説原在有無之間，不必深考。余題詩用意深厚，故可勿删。

同年許紅橋朝，一字光庭，詩學放翁。殁後，其子小橋攜父詩來謁。無力付梓，摘其《柳州舟次》

云：「山戰火龍看野燒，水喧銅鼓渡驚灘。」《虎丘》云：「渡口日斜人散影，柳稍風静鳥啼烟。」《雁字》云：「殺青須仗摩天翮，飛札疑追逐日人。」《江上》云：「敗蘆藏艇炊烟出，古樹翻鴉落葉頻。」《雜咏》云：「牛後難防燒尾火，馬前還怕打頭風。」「蹄輕驕馬嘶風立，聲澁荒雞撲雪啼。」《隨大府勸農》云：「風翻穲稏皆垂頸，人仰旌旗盡舉頭。」又有《謝孝子詩》。孝子會稽人，名振宗，以申父冤故，袖鐵椎打碎天安門内石獅子，投冤狀，發黑龍江充軍，而父冤卒白，亦異人也。詩長不備録。

余集中有《佳兒歌》，爲同年李竹溪棠之子燧作也。三十餘年，問消息不得。今年在杭州，遇李壻陳鴻舉，爲仙居令，誦其近日句云：「體因慣病翻忘藥，人不工詩亦自窮。」嗚呼！才則猶是也，而近狀可想矣。

余在虞山，竹橋太史來，誦其代松雲太守贈翩如小詞云：「野芳浜水明如鏡，忽然照見驚鴻影。來也抑何遲，今宵莫反而。芳名才兩字，摹盡真風致。醉眼倒還顛，疑同美少年。翩如男妝。」

人但知詩之新秀者難，而不知詩之奇闢者尤難。鎮江張秉鈞平伯《遊老人峰》云：「空洞足誤踏，崩一成衆響。歷險雖十里，炫奇已百賞。」蘇州楊一鴻儀吉《過積溪》云：「路轉孤村明，橋横一溪渡。雷雨晴亦驚，蛟龍凍猶怒。」嘉興戴光曾《宿浄慈寺》云：「月色下平地，人影上茅屋。湖上諸螺峰，環拱如匍匐。」又《常山》云：「纜從山脊牽雲去，舟向波中卷雪來。」皆奇峭可喜。

秀州詩人吴文溥，别十五年，今秋忽來，詩已付梓。讀之，轉多窒碍，不如從前之明秀。信境遇之累人，而師友之功不可少也。録其新句之可愛者，如：「竹裏不知屋，水邊聞有雞。」「問徑花相引，開門鳥亂啼。」「風静溪逾響，雲來樹欲移。」皆佳。又一絶云：「酒後客來重酌酒，飛花留客送殘春。主人醉倒不相勸，客轉持杯勸主人。」

錢琠沙先生公子名枚者，其初生時，適余到，故仿蔡中郎以名與顧雍故事。後舉孝廉，詩才清妙。《策馬》云：「策馬關門外，蒼茫未識塗。一鞭殘照下，回首白雲孤。路險愁冰滑，身欹待樹扶。自憐身太瘦，髀肉本來無。」《過常州》云：「節過白露寒猶淺，岸近丹陽水漸低。」

太湖有東西洞庭七十二峰，奇秀可愛。官其地者，事簡民淳，最爲樂土。司馬德卧雲先生福招余往遊，小住三日。適司李程前川思樂執贄門下，表姪張碧川琴在幕中，出《新月》、《梅花》兩詩稿見示，想見僚屬多才，主賓風雅，可謂不負此湖山矣。德公《咏新月》云：「一綫晶光上畫欄，漫疑素魄本非團。微開玉女奩中鏡，半吐嫦娥臼裏丸。曲曲黛眉如淡掃，明明青眼似相看。愛他坐到西山晚，忘却深閨翠袖寒。」又：「漫收兔魄含全璧，深隱雲鬟只半妝。」《梅花》云：「瘦態每宜輕霧後，殘妝最愛晚香餘。」程前川《新月》云：「剛同翠黛新描後，好比秋波乍轉餘。」「蚌珠乍吐仍銜口，寶鏡方開未出奩。」張碧川《新月》云：「似竟怕爲天曉别，誰能留到夜深看。」「斗宿自明如昨夕，樓臺先得尚依稀。」「無多時别仍相見，若太分明豈乍逢。」《梅花》云：「那防觸撥香盈袖，忍掃横斜影上階。」俱佳。

蔣于野莘從余遊洞庭兩山，吟興頗豪，多紀遊之作。其《登莫釐峰》云：「草深蒸霧濕，地曠受風多。叢樹陰猶轉，飛禽影不過。」《望太湖》云：「山都包水内，浪欲拍天浮。」《宿石公山禪院》云：「百尺丹梯削翠屏，下蟠曲磴透瓏玲。峰頭礙足前無路，洞腹穿雲上有亭。天闊湖光千頃白，更深佛火一燈青。我來不敢吟高調，多恐蛟龍出水聽。」又和德司馬《新月》，有「時剛落日半稜多」七字，亦未經人道。

提督楊愷，儀徵武進士也。通識懿文，康熙間受知聖祖，召入南書房，與何義門、蔣南沙諸前輩同校書史。後提督兩湖。晚年歸老，具盛饌招余文讌。壁挂一器，形如喇叭，長二丈許，糊以黑紗，指示余曰：「此軍中所用順風耳也。將軍與軍師有密謀則用之，相離甚遠，其語只二人聞，他人不聞也。」壁上見許登瀛觀察贈一聯云：「天祿校書名進士，岳陽持節老將軍。」殊切。

紅蘭主人有句云：「西嶺生雲將作雨，東風無力不飛花。」其僕和福有句云：「一雙白鳥東飛急，知是西山暮雨來。」

溧陽狄夢松夢中得句云：「衆鳥歸來托，繁林得所天。」初不解所謂。後會試場題與前詩意相合，韻限「天」字，即用夢中句。試官以其詩暗合聖意，遂入選，旋官翰林。

顧仙根，興化人也。有《買僕》詩云：「我家得一僕，人家失一子。同是父母心，還當慎驅使。」可稱仁言。

湖北蒲圻縣萬羊庵有吴荆山尚書題壁五律，内有「翻」字、「恩」字，和者如雲。褚筠心學士視學其地，有「魚版空王法，鶯花造物恩」，又「去路原來路，君恩是佛恩」。吴白華侍郎有「小鳥踏花翻」之句，押「翻」韻極新。盧元琰湘艖過其地，云：「斷雲千樹暝，殘照一雅翻。」

奇中丞于蘇藩任内，考紫陽書院「鼠鬚爲筆」題，諸生課卷三百餘本，絶少佳句。止有黄一機「揮毫驚紙嗌，起草憶燈窺」二句，爲一時之冠。

盧湘艖拔貢，朝考被斥，捐州判，赴皖需次。《自嘲》云：「不爲折腰吏，權作磕頭蟲。」

吳門多閨秀，近又得袁麗卿淑芳，《病起》云：「月照欄杆影半斜，夜涼如水裌衣加。經旬卧病紗窗裏，孤負一欄指甲花。」「猶自懨懨嬾下樓，憑欄閒弄玉搔頭。今朝風自來西北，東面珠簾可上鈎。」汪宜秋玉軫《中秋無月》云：「擬向嫦娥訴幽恨，昏昏月又不分明。」《雪》云：「窗外竹梢三兩个，壓低漸近碧欄杆。」金纖纖逸《和同人集耘勉齋》云：「緑綺攜來横膝上，夜涼彈醒水仙花。」《病起》云：「鸚鵡不知人病久，朝朝樓上唤梳妝。」又《贈某女士》云：「謝家飛絮蘇家錦，如此才真未見來。」余以爲此句是纖纖自道。

錢塘項墉金門，在吾鄉大開壇坫，一時風雅之士，歸之如雲。余到杭州，必主其家。讀其《謝胡葑塘招遊湖上》云：「閒于翹足鷺，樂似聚頭魚。」《落葉》四句云：「客徑夜隨寒雨墮，僧窗晴帶白雲飄。繞坡屑窣過群鹿，臨水蕭疏抱一蝸。」不愧老手。

隨園詩話補遺卷八

倉山居士著

鰲滄來刺史從太倉寄近作見示。《菜花》云：「繞村種萊春環屋，鋪地黄金人住家。若論生材求濟世，萬花都合讓斯花。」《偶成》云：「薄宦頻年鬢欲斑，平生心在水雲間。天憐衰吏無他樂，許看東南一帶山。」想見襟懷，不愧名臣之後。

雍正癸丑，余年十八，受知于吾鄉總督程公元章，送入萬松書院肄業。其時掌教者爲楊文叔先生，諱繩武，癸巳翰林，豐才博學，蒙有國士之知。後掌教鍾山，而余適宰江寧，時時過從。先生歸道山後，音問遂絶，今五十年矣。甲寅春，其孫儀吉孝廉以詩一册見示。讀之，細膩工整，不愧家風，歎德門之有後。《諸葛墓》云：「沔水東流繞定軍，秋風遥拜卧龍墳。大星磊落淪荒土，八陣縱横隔暮雲。共説公才真十倍，可憐天意竟三分。憑高欲下沾襟淚，籌筆樓高日又曛。」《旅思》云：「十度月圓猶作客，一年秋到倍思家。」《吊劉司户》云：「宦寺豈容操國柄，文章原不重科名。」《落第出都》云：「葵藿但知傾曉日，芙蓉何敢怨秋風？」孝廉名一鴻。

江寧李大紳，號榕莊。《護蘭》詩云：「似離故土非其性，才到人家便作難。」「移置幾番遭僕恚，愛憐真當養兒看。」二聯殊有風趣。

廣西羅城縣，國初爲烟瘴之地。于清端公《自記年譜》云：「同去僕從，死亡殆盡。余族弟秋江濤署羅城尉，賦詩云：『簇簇奇峰列畫屏，萬山遥護一城青。地因太險田無税，跡可留仙石有靈。北嶺曉鐘催曙色，西江秋月冷烟汀。參軍未處邊陲慣，蠻語還須仔細聽。』『屋後青山舞鳳凰，簷前奇石學鴛鴦。挈瓶沽酒同墟寺，吹角引牛歸牧場。抱社兩株榕樹古，沿城一帶棗花香。誅茅蓋起三層屋，珍重行人指法堂。』」

吴江徐君星標善弈秋之技。予既爲銘墓。其子山民達源、媳吴珊珊瓊仙俱工詩。山民《春曉》云：「廿四番花算不清，黄鶯杜宇總春聲。傷心只有芭蕉葉，愁雨愁風過一生。」珊珊《詠螢火》云：「月黑誰攜星一點，風高吹上閣三層。蒲葵撲墮知何處，笑問檀郎見未曾？」《夜坐聞笛》云：「妝樓風影夜蕭蕭，檢點牙籤倦欲抛。何處一聲長笛起，隔簾吹月上花梢。」

真州鄭鴻，字秋影，張南垞之侍史也。能詩，偶以醉失歡，遠走京師，竟致客死，年僅二十。員帆山抄其遺詩，囑張石民追寫小像。詩云：「閉門却到夕陽斜，自笑茅簷小小車。偏是西風最多事，書聲偷送到鄰家。」石民寫像畢，題云：「青年誰與頰添毫，惜爾生前未我遭。老去見花都懶畫，多情還寫鄭櫻桃。」

杭州沈清任觀察，余門下門生也，中年殂謝。余求其詩不得，僅録其《沁園春》一闋云：「天放憨僧，行脚打包，還歸故鄉。笑六十年來，電光倏忽，三生石上，夢影荒唐。小住爲佳，長行不得，從此舟車不用忙。生花眼、借一編在手，字字行行。　吾家老屋頹牆，只糊壁人兒費忖量。看鄂渚書來，歸舟待泊，錦官收散，花事終場。鶴髮朝梳，金經夜課，隨分生涯自主張。閑中趣，寫梅花數點，也送清狂。」

甲子年，余過宏濟寺，見西林相公題壁詩，已録登《詩話》。甲寅，阻風，又至寺中，默默七代孫某抄鄂公父子詩來，皆五六十年前事，余爲之愴然。再録相公一絶云：「山扉石徑上人家，小住清涼引妙車。欲挽江聲回樹杪，可憐那岸是繁華。」其時公子容安隨行，年尚幼，後總督兩江，重遊此寺，讀先人之作，題贈默默云：「少小經行處，江山感舊因。君能重會面，我是再來人。問法心無住，趨庭跡已陳。燃燈覽題句，忍淚對青春。」

金陵水月庵有僧鏡澄，頗能詩。閉户焚修，名場竟不知有此人，殊可敬也。《惜桐》云：「獨樹作僧伴，摧枯傷我情。從今茅屋下，無處聽秋聲。」《落葉》云：「落葉寒生徑，冬蔬秀滿畦。要將茅舍補，試看稻堆齊。窗破宜糊紙，牆穿合補泥。春風待來歲，也有燕雙棲。」

蘇州胡眉峰量見贈云：「青山供養忘機客，紅粉消磨用世才。」泰州孫虎山廷颺云：「名到驚人何況早，生當並世不嫌遲。」松江劉春橋熙云：「看花興致憐才性，此是先生未了緣。」上海李林松仲熙云：「真才子必得其壽，謫仙人未免有情。」淮上程藹人元吉云：「風流何減白居士，天下不名元魯山。」又：「有福不離花世界，無愁常喜竹平安。」皆可誦也。

女弟子席佩蘭，詩才清妙，余嘗疑是郎君孫子瀟代作。今春到虞山訪之，佩蘭有君姑之戚，縞衣出見，容貌婐姬，克稱其才。以小照屬題，余置袖中，即拉其郎君同往吳竹橋太史家小飲。日未暮，而見贈三律來。讀之，細膩風光。方知徐淑之果勝秦嘉也。其詩云：「慕公名字讀公詩，海內人人望見遲。青眼獨來幽閣裏，縞衣無奈辦妝時。蓬門昨夜文星照，嘉客先期喜鵲知。願買杭州絲五色，絲絲親自繡袁絲。」「深閨柔翰學塗鴉，重荷先生借齒牙。漫擬劉公知道韞，直推徐淑勝秦嘉。解圍敢設青綾障，執贄遥褰絳帳紗。聲價自經椽筆定，掃眉筆上也生花。」「南極文昌應一身，幸瞻藜杖拜星辰。一編早定千秋業，片語能生四海春。詩格要煩裁僞體，畫圖敢自秘丰神？問公參透拈花旨，可是空王座下人？」佩蘭小照幽艷，余老矣，不敢落筆，帶至杭州，屬王玉如夫人爲之布景，孫雲鳳、雲鶴兩女士題詩詞，余跋數言，以志一時三絶云。

余三月間，到狄小同家。柔之夫人挈女兒出見，年才十四，而詩筆清雅，字亦工秀。《贈樓氏姊》云：「巧髻梳成斂翠蛾，芳姿自惜性偏和。婀娜不效楊家舞，婉轉猶能薛氏歌。瓊樹朝朝臨日見，蓮花步步踏春過。誰家種玉人僥倖，得伴新鶯附蔦蘿。」

余飲孫雲鳳家，飯米粗糲，而價甚昂，知爲家奴所紿。歸寓，適有送白粲者，以一斛貽之。雲鳳不受，札云：「來意已悉。」蓋疑老人以米傲之也。余殊覺掃興，即題其札尾云：「一囊脱粟遠相貽，此意分明粟也知。底事堅辭違長者，閨中竟有女原思。」雲鳳悔之，寄《賀新涼》一詞以自訟云：「傍晚書來速，道原思抗違夫子，公然辭粟。已負先生周急意，敢又書中相瀆？况贄禮未修一束。我是門牆迂弟子，覺囊中所賜非常禄。不敢受，勞往復。　寸箋自悔忽忽肅，或其間措辭下筆，思之未熟。本借湖山供笑傲，何翻多怒觸。披讀處，難勝踖踧。無賴是毫端，今以前愆，仍付毫端贖。容與否？望批覆。」

嘗讀劉長卿《重過曲江》詩云：「何事最傷心，少年曾得意。」蓋唐時進士登科，多同遊曲江之故。余甲辰到廣西，蒙撫軍吴樹堂先生飲余于八桂堂，是五十年前金震方中丞拜表薦余處。追憶少時恩知，爲之淒絶，一坐竟不忍起。口號一律云：「森森八桂翠參天，此處曾經謁大賢。知己平生人第一，白頭重到路三千。薦章海内猶存稿，往事風中已化烟。夢自難尋腸自轉，幾回欲起又留連。」當年留别中丞七排十二韵，僅記一聯云：「萬里闕前修薦表，百官座上歎文章。」

余過馬嵬，前後題詩八首，自謂發揮盡矣。近見祝芷塘給諫題云：「元之政事廣平參，誰蠱君心逸欲耽？若使開元初載入，也同鐘鼓樂周南。」「不作河東妒女津，九原粉黛有餘春。美人自恨西方少，身死猶教美别人。」第一首猶是拙集「但使姚崇還作相，君王妃子共長生」之意。第二首專指土人取塚土敷面，可去瘢痕之説，可謂斬新日月。

虞山邵松阿先生爲其孫婦作傳云：「婦姓趙，名同曜，字洵嫻。幼時學諸姑禮佛，及讀《論語》『攻乎異端』，喟曰：『吾初以爲西方聖人，今乃知鑄一大錯也。』其敏悟如此。愛作詩，案置王禮堂、趙雲松及隨園三人詩，謂松阿曰：『兒以爲西莊學富，雲松識高，至隨園先生，則各體兼該，學識雙到矣。』」余聞之，甚慚。因記芷塘給諫見贈云：「我讀君詩如讀史，能兼才學識三長。」與其言相合。然祝公是老作家，而洵嫻一弱女子，竟聆音識曲，尤難得哉。年二十餘，以娩難亡。《詠七夕》云：「拜罷雙星後，穿針上畫樓。一鈎今夜月，萬古此時秋。玉露閑階濕，金風小院幽。更深人未卧，何處笛聲愁。」《詠鏡》云：「照人空見影，是我總非真。」《菊花》云：「經霜秋正老，帶月夜初長。」

昆山徐懶雲雲路秀才，買書無錢，而書賈頻至，乃自嘲云：「生成書癖更成貧，賈客徒勞過我頻。聊借讀時佯問值，知非售處已回身。乞兒眼裹來鴞炙，病叟床前對美人。始歎百城難坐擁，從今先要拜錢神。」余幼時，有「家貧夢買書」之句，蓋實事也。今見徐生此詩，觸起貧時心事，爲之慨然。徐又有句云：「風威兩岸荻，雪意一天雲。」

祝芷塘《詠藥》云：「嘗遍苦甘千百味，活人常少殺人多。」趙雲松《憎蚊》云：「一蚊便攪人終夕，宵小由來不在多。」程荆南《席上》云：「名士庖厨宫氣少，山人冠履古風多。」吴蘭雪見贈云：「三朝白髮題襟遍，一代紅妝立雪多。」四用「多」字，俱妙。余《春日園中》亦有句云：「晴日不愁遊女少，美人終竟大家多。」

虞山趙氏多才，有名同鈺字子梁者，疑是洵嫻女士之兄。詩善言情，《題若冰妹小照》云：「憶得深閨未嫁年，阿兄把卷妹隨肩。小紅剛報酴醿放，草草梳妝到最先。」《山塘》云：「春風油壁過山塘，雙眼迷離詫艷妝。我亦多情祝飛絮，要他吹上繡衣裳。」《采菱》云：「草草盤頭便出湖，水雲深處笑相呼。儂家不是貪多得，風信明朝知有無？」《消夏》云：「掃眉深淺費工夫，雲髻高低索婢扶。插過珠蘭餘幾朵，不知還够餉人無。」又《對鏡》起句云：「憔悴竟如此，非君我莫知。」可稱超絶。惜下半首稍平，故不録。其室人屈婉仙亦能詩，《七夕》云：「花自輕盈露自淒，碧闌干外玉繩低。不知何處凡烏鵲，僥倖雲霄一夜棲。」

纖纖亡後，竹士《過婦家有感》云：「愁聽花鈴語繡幃，封題如故笑言違。傷心小女無知識，繞膝詢姑何日歸。」「新秋已報海棠開，可奈塵生舊鏡臺。莫怪見花拚一慟，去年曾折一枝來。」「旅窗蟲語警秋心，小病奄奄奈夜深。記汝當年珍惜意，露涼不敢立花陰。」《題纖纖小照》云：「繡幕茶烟碧散絲，分明桐院比肩時。千呼不下卿何忍，一一如生我尚疑。絮語曲欄邀月證，尋詩深夜怯花知。可憐病後伶俜甚，莫怪珊珊玉步遲。」又句云：「仙原暫謫留難住，事太傷心淚轉無。」

吴江閨秀汪宜秋《春夜》詩云：「坐愁換過燭三條，纔向妝臺卸翠翹。只恐眠遲難早起，明朝記得是花朝。」《掃墓》云：「略慰九原思子意，今朝弱息挈孫來。病軀只恐難重到，家事從頭訴一回。」《夜坐》云：「貪涼自啓緑窗紗，風細爐烟縷縷斜。急把殘燈遮護好，方才結得一雙花。」《病起》云：「手戰愈增書格弱，目昏翻厭紙窗明。不知春是何時去，緑滿簾櫳夏景成。」《題玉函女士小照》云：「空階策策墮梧桐，怨笛清砧斷續風。只恐嫦娥也愁絶，良宵深閉廣寒宫。」宜秋家赤貧，夫外出五年，撐拄家務，撫養五兒，俱以針黹供給，而有才如此。

趙子梁《詠白牡丹》云：「斷無富貴能安素，莫笑花枝愛着緋。」陳秋史燮《白雁》云：「平沙夜月空留影，遠水蘆花何處灘。」

老友徐靈胎度曲嘲時文及題墓詩，余已載《詩話》中。甲寅八月，其子榆村爔送其兒秋試，又度曲贈我云：「千山萬水，裝點了吴越規模。天地又躊躇，須生個奇才異質，風雅超殊。放在中間，空前絶後，著出些三教同參萬古書。更不讓他才華埋没，又把月中丹桂，天街紅杏，閬苑瓊株，一一都教攀住。略展經綸，便使那萬户黎民，争稱慈父。纔許他脱卻朝衫，芒鞋竹杖，歷盡了層巒叠嶂，游遍了四海五湖。方曉得花月神仙，詩文宗主。赢得隨園才子，處處家家個個呼。端的是菩薩重來，現身説法，度盡凡夫。咱也乞灑楊枝一滴，洗浄塵心，跳出迷途。」

余雅不喜元遺山論詩引退之《山石》句，笑秦淮海「芍藥薔薇」一聯爲女郎詩，是何異引周公之「穆穆文王」，而斥后妃之「采采卷耳」也？前於《詩話》中已深非之。近見毛西河與友札云：「曾游泰山，見奇峰怪愕，拔地倚天，然山澗中杜鵑紅艷，春蘭幽香，未嘗無倡條冶葉，動人春思。此泰山之所以爲大也。大家之詩，何以異此？」其言有與吾意相合者，故録之。

採詩如散賑也，寧濫毋遺。然其詩未刻稿者，寧失之濫。已刻稿者，不妨于遺。

上海明經王梅嶼坤培淹雅能文，秋試屢薦不售，賦詩云：「蓬鬢依然絶世姿，敢將新樣畫蛾眉。鴛鴦欲繡偏難繡，腸斷回針欲刺時。」較之唐人「苦恨年年壓金綫，爲他人作嫁衣裳」，更覺深婉。

乾隆乙卯春，予游吴下，海上書生王仲堅鈺寄洛花十六株爲壽，系詩云：「不羨安期棗似瓜，不須丹鼎煉黄芽。稱觴何物堪同獻，洛下飛來第一花。」「數叢淺碧間深紅，艷重香多薄日烘。自笑傾心同小草，也隨桃李領春風。」署名稱「私淑弟子仲堅」。于余素未謀面，而傾倒若此。旦華女史朱秀甫文毓，其室人也，亦工吟詠。前已采其《撫孤甥》詩，兹復録其《春暮》云：「春去分明有淚痕，絲絲微雨灑黄昏。殘紅落地無人管，蝴蝶飛來也斷魂。」《瓶中海棠》云：「酒後輕紅暈玉肌，百花誰及海棠姿。緑窗晝静嫌無伴，拗取名花當侍兒。」

平江卜蕙階日亨《閒居》詩云：「翛翛松竹絶塵喧，小築青山郭外村。無數落花浮水面，盡隨鷗鳥到柴門。」《偶成》云：「一窩青篛買茶回，忙煮清泉試幾杯。推户恐驚啼鳥去，捲簾喜見落花來。鄰翁只護穿籬筍，稚子争偷拂檻梅。詩債爲愁多負卻，海棠開到牡丹開。」二詩不減放翁。

《如皋志》：淳熙中，東孝里莊園有紫牡丹一本，無種而生。有觀察見，欲移分一株，掘土尺許，見一石，題曰：「此花瓊島飛來種，只許人間老眼看。」遂不敢移。自後鄉老誕日，值花開時，必宴於其下。有李嵩者，三月八日生，自八十看花，至一百九歲。

鄭魚門志鑰先生督學江南，清廉愛士，所識拔皆一時名流，沈文慤公亦出門下。偶到金陵，游莫愁湖，有句云：「我來湖上愁難了，不信當年有莫愁。」已而落職。行至西湖，别諸門生云：「此後相逢明月夜，定知相憶在西湖。」亡何，竟歸道山，停柩湖上。人皆以爲詩讖。

王元章《西湖》詩云：「湖邊欲買三間屋，問遍人家不要詩。」近有以詩干人而索值者，余戲書此以示之。

有漢西門袁某賣麵筋爲業，《詠雪和東坡》云：「怪底六花難繡出，美人何處著針尖。」又杭州縫人鄭某有句云：「竹榻生香新稻草，布衣不暖舊綿花。」二人皆賤工也，而詩頗有生趣。

禮親王世子檀樽主人，年少多才。客春，托桐城吴種芝太史索和《紅豆》詩，余尚未答。今春，又托尤水村以詩索序。讀之，美不勝收。姑録其《火盆》十二韻云：「熔鑄因良冶，團圓製作嚴。候移暄冷易，匠巧實華兼。熾炭鎔拳石，飛灰散白鹽。獸環分四角，銅耳露雙尖。箸撥金莖小，鉗挑玉腕纖。非鐺茶可沸，象鼎器無嫌。刺繡依秋閣，裁衣傍錦幨。暮霜凝北户，疏雪灑南簷。密室春先到，沉檀爇更添。冰壺初解凍，書案漸生炎。微覺披裘燠，無煩裹手拈。蕭條人靜後，試卷卻寒簾。」以仄韵而能整練若此，是何許才力耶？

閨秀王貞儀字德卿，宣化太守王者輔之女也。隨其父謫戍塞外，《過潼關》云：「重門嚴柝鑰，盤嶺踞咽喉。白日千巖俯，黄河一綫流。」《登岱》云：「谷雲蒸萬岫，海日浴三宫。」女嫁宣城詹枚，《辰沅道中》云：「霧氣昏崖底，猿聲咽樹間。」俱有奇傑之氣，不類女流。同里余秋農秀才贈詩云：「修到詹何定幾生，吟紅閨裏有雙聲。六朝山色分眉翠，九折黄流沁骨清。海徽宏篇饒健氣，鶯花小製亦多情。自慚同住烏衣巷，不識西鄰道韞名。」

余壬戌外用，走辭首相鄂文端公，蒙公留飯。論當代名臣，公少所許可。雖以楊江陰、尹望山之賢，公意未滿也。余再三問，公曰：「汝此去惟有河督顧用方琮一人耳。富貴不能淫，威武不能屈，人稱爲鐵牛，我許爲鐵漢。汝往見之，但告以是我門生，渠必異目相視。」余到清江，走謁，覺丰采温肅，果饒道氣。諄諄以勿好名爲戒。未幾，公移節濟寧，遂永訣矣。今五十餘年，長安趙碌亭先生寄手卷來，乃公在夢中懷余座主留松裔少宰詩也。原唱云：「歲晚偏多興，寒山畫不成。松披雲半嶺，人立月三更。飄渺金臺遠，潺湲濟水清。扁舟風雪夜，似聽叩門聲。」吾師和云：「有夢憑誰寄，新詩畫裏成。信隨秋雁遠，魂想御風輕。飲水心常淡，觀河笑比清。陽春雖强和，終讓鳳凰聲。」詩成，會稽王祺爲作畫，余加跋後，仍送還。碌亭，松裔先生之戚也。

詩有通首平正，無可指摘，而絕不招人愛。晉人稱王安北相對不厭，去後人亦不思是也。唐霍王元軌有賢名。或問人：「霍王何長？」其人曰：「無長。」問者愕然。乃答曰：「人必有所短也，而後見所長。霍王無所短，又何所見其長？」二事皆可參悟。

新安王太守廷言偶過隨園，見園丁砍竹補籬，因得句云：「惜花須記把籬編。」苦難於對。一日，獨酌無聊，忽得「嗜酒不妨和影醉」七字，急書以示余。余覽之，擊節不已。因記范味醇《旅思》云：「夢醒挑燈抱影眠。」亦佳。皆本於六朝「閑行影自隨」五字也。

伊公子繼昌字述之，小尹太守公子也。年少，而詩筆甚佳。今春余過邗江，出詩見示。《霜信》云：「莫道堅冰意尚遲，新寒料峭已霜期。橋頭可驗惟人跡，鏡裏難期是鬢絲。涼夜豐山鐘暗遞，悲風絶塞草先知。楓林染遍如花樣，消息傳來又幾時？」

大興方介亭維祺，藕船主人之弟也。過隨園見訪，適余已赴蘇州，蒙其題壁云：「白門系纜月初生，欲訪隨園坐待明。若使當年戀斗米，安能此地駐長庚？著書久讀知風格，好句遥傳見性情。人到蓬山還隔面，追公直下潤州城。」

杭州李堂字允升，不事舉業，爲人權參店事。余到杭州，以詩求見，年才弱冠，貌亦温雅。記其《早秋即事》云：「鎮日柴扉掩緑陰，久抛雙屐罷登臨。入秋病鶴惟耽睡，經雨涼蟬欲廢吟。揀墨試磨親得研，焚香閑撫舊修琴。謙師煮茗通三昧，興好頻攜短策尋。」佳句如：「雨聲初到樹，寒氣欲侵衣。」「蘋牽花片聚，水嚙樹根虚。」「凍解空池梅有影，雪鋪幽砌月無痕。」皆清雅可誦。

華公子岑松，秋槎明府之子也。《西湖雜詩》云：「人穿柳絮如沖雪，船傍梨花半入雲。花壓玉樓春至早，月留金管夜歸遲。」

松江陳花南韶官居理問，而卜居西湖梅莊，置身吏隱之間。有《君山尋浮遠亭》詩云：「不識君山路，偏尋浮遠亭。江濤回岸白，樹色接城青。樵響來何處，禪扉静不扃。娟娟修竹裏，何日讀《黄庭》？」

吴門樊紹堂善隸書，能畫，工篆刻，年三十而亡。詩稿散失，僅記其《别隨園》一絶云：「西向倉山謁我師，離魂渺渺有誰知？真空悟徹三千界，待索靈根再學詩。」

康熙己卯，史胄斯宫詹公典試浙江，子文靖公年十八，讀書京邸。宫詹令遲歲觀場，不必亟亟。文靖公必欲觀光，私求其母彭太夫人。彭述宫詹之意，且笑曰：「無力措辦考具。」文靖公偷拔太夫人金簪去，曰：「辦卷燭足矣。」太夫人佳其志，許之。遂領鄉薦。次年，入翰林。宫詹公督學浙西，聞捷音，因事出意外，口占七律寄云：「垂髫何意著先鞭，且喜書香得再延。事業千秋今日始，聲名一夕滿城傳。登科豈足榮鄉里，稽古還須及少年。律己貴嚴人欲恕，昔人明訓有遺編。」從此食禄六十四年，官至相國。家有牙牌云「六部尚書，八省總督」，載余撰神道碑中。

張月樓《自懺》云：「自家謾詡便便腹，開卷方知未讀書。最羡兩堤楊柳樹，看他學然後知不足。越老越心虚。」

胡進士森字香海，掌教真州。西江人也，而不染西江派。以詩見示，《真州城東水邊》云：「人事難謝絶，我心清且閑。開門送客去，傍水看花還。溪岸春三月，漁家屋半間。橋邊有釣石，分坐聽潺湲。」《舟中》云：「新月看欲上，水程行未休。雁聲沙際起，山色暝中收。心遠偶思畫，身閒時在舟。忘情羨漁者，垂釣坐溪頭。」俱有王、孟遺音。

壬寅，余遊天台，留别送者琴典史、齊公子云：「七十年華千里路，勸儂還要再來遊。」自分無再來之事，而不料庚戌春，又到天台矣。乙酉，余年五十，題嵇二公子詩云：「者番一别儂衰矣，此後難禁三十年。」亦自料必無八十之壽也。及至乙卯，而又見公子于錫山。屈指計之，剛三十年。

湖南龍陽女史趙玉畦《湖上泛舟》云：「魚鱗江上碧烟開，月影蕭蕭度樹來。一片漁歌何處起，蘆花深處小船回。」

丹徒張舸齋之父名堂，字季升，號南原，生有清才，三十歲卒。舸齋以遺稿見示，録其《晚宿丁角村舍》云：「夕暉將斂照，歸鳥亦依林。平野烟光合，孤村樹色深。倦投茅舍宿，醉拊瓦盆吟。一夕安眠好，來朝向碧岑。」《青山莊》云：「平泉草木徒誇麗，金谷樓臺已作塵。剩有斜陽七層塔，天風時復送鈴聲。」《春日雨霽》云：「新月未生影，余春猶作寒。」《夜過雲陽》云：「秋聲夾岸荻葦動，夜氣入舟衾簟涼。」俱妙。

長洲秀才蔣硯畬耕堂，少有才名，惜不永年而卒。臨終，以詩稿三册，付其門人陳竹士。中多佳句，如《欲雪》云：「昨夜風高振林薄，蕭蕭颯颯濤聲作。曉來饑雀啄空簷，寒雲一片松梢落。」《郭外晚眺》云：「初晴攜杖去，郭外望斜暉。野曠寒山出，天清遠樹微。晚烟依水聚，歸鳥背雲飛。寂寞江村暮，人家早掩扉。」佳句如《得陳紅橋楚中書》云：「江衙吏散鼉鳴鼓，山閣燈寒虎叩門。」亦雋。

前輩宋軼才司農，在京師同作翰林，比鄰而居，今已仙去廿余年矣。春間，小住姑蘇，其郎君藹若觀察執子侄禮來見，並以司農《紅杏齋詩集》屬余作序。因録其《灣址道中》云：「别路離懷慘不舒，四郊風物自蕭疏。遠山到眼青無數，一片晴光落筍輿。」「炊烟如綫路如弓，水面吹來楊柳風。舞盡榆錢飛盡絮，菜花黄殺野田中。」

近體詩有前用「花」字，後用「葩」字者，皆名手所無也。初學人不可不知。凡他用韵字義之犯重者，皆可類推。

有人好自贊其詩者，人以爲嫌。袁陶村云：「勿怪也。彼自己不贊，尚有何人肯贊耶？」又有人常露官氣者，人以爲嫌。陶村云：「勿怪也。彼除官外，一身尚有何物耶？」其言頗雋，故録之。

田涵齋文龍宰長洲，政聲廉明。其父香泉先生名玉，以武職告老，就養署中。終日跨驢虎丘、石湖間，賞花玩月，而民間無絲毫瓜李之嫌。其清風高節，可以想見。有《附蓬小草》，涵齋屬余序而梓之。如《虎丘燕集》云：「喧喧歌吹趁時遊，雲斂天香正及秋。清客舫依沿岸樹，美人簾卷傍山樓。但看七里花成市，肯信三生石點頭？自是江南佳麗地，吴儂知樂不知愁。」《渡江即事》云：「不知帆席轉，只訝市橋移。」《金山夜月》云：「風定鈴無語，江流月有聲。」《海昌塔廟思歸》云：「長魚跋浪飛寒雨，宿鳥驚林墮折枝。」《暮投寒莊旅店》云：「遥從寒水孤村外，一角青旂認酒家。」《樂安莊宴集》云：「林塘得雨儵魚戲，麥隴連雲布穀飛。」《春興》云：「紅杏埭長迴蛺蝶，緑楊牆短出鞦韆。」「寬杯酌酒愁心醉，大字抄詩笑眼花。」俱有夷猶自得之趣。其《晉秩自喜》有云：「少有大言身許國，老無恒産宦爲家。」

更足以想見其胸次矣。

吴江周秉中尚書元理，余戊午同年。宰清遠時，余過其邑，小住三日，極爲款洽。後官直隸總督，内遷大司空，而芳訊從兹杳然矣。近訪得其孫名霽字朗宇者，年才弱冠，詩筆清嘉。得其《新妝》詩云：「新妝時樣髻盤鴉，六幅裙拖越女紗。戲罷秋千身怯怯，倩郎插好鬢邊花。」「深院重簾日影斜，當春桃李鬬芳華。小姑笑拍肩頭問，開否新栽豆蔻花？」又《以美人畫障贈屠荻莊賀其納妾》云：「綽約仙姿並藐姑，丹青好手苦爲摹。他時打槳迎桃葉，如此人堪作樣無？」又《即事》云：「好詩喜自無心得，小别愁從隔夜生。」

錫山吴省曾，傳神名手也，爲尹文端公所推重。三十年前，爲余寫《隨園雅集圖》，五人神采如生。時挈其兒松崖名寶書者來見，年才舞象。别二十余年，相遇上元署中，知已入泮。詩才清雅，而尤長於詞。《山行》云：「匹練横空起，光從樹杪分。飛來千尺水，散作萬重雲。鶴唳當風遠，琴聲隔浦聞。此間堪寄傲，載酒一尋君。謂邵無恙明府。」《梅花落》云：「月痕初掛鏡眉新，又見冰梅落砌匀。愁煞江南春雨後，梨花庭院倚欄人。」嵇曼叔誦其《詠蕉》云：「香階小步碧苔侵，葉葉芭蕉展緑陰。看取風前舒復卷，不知心裏又藏心。」詞如《更漏子》云：「嫩寒添，香霧軟，分付畫簾休卷。花漠漠，柳陰陰，夜長閑繡衾。　憐瘦影，慵開鏡，又是去年春病。睡未足，酒初醒，黄鸝一兩聲。」《菩薩蠻》云：「無情流水催人去，多情花瓣留人住。今夜酒初闌，教人去住難。　明知成遠别，心事無憑説。欲道不相思，淚痕衣上滋。」皆有柳屯田風味。

余老矣，年來多不識面之交。今秋，山右茹綸常容齋、陝西崔仰舜悟梅是也。復有京江杜童子克俊者，以詩見寄，云：「大雅於今孰典型，德星兼是老人星。編成文字五千卷，名著乾坤一草亭。北固江聲流月去，南徐山色向人青。荷衣此日來趨謁，敢望高人啓性靈。」《登月華山》云：「孤磬驚飛鳥，微風送落花。」《過擊竹山房》云：「渡口梅花曾有信，門前松柏不知冬。」《偕聞抱蓀抑庵訪蔡芷衫師不遇》云：「忽憶停雲來二妙，未邀明月作三人。」童子年甫十三，而詩已清妙如此。

近時閨秀之多，十倍于古，而吴門爲尤盛。兹又得松陵嚴禄華蕊珠女士《春日雜詠》云：「簾鎖爐香盡日垂，曲欄低亞坐題詩。慈親指點桃花笑，憶否當年靧面時？」「如烟小雨潤苔衣，花塢風酣蛺蝶飛。最是無情堤畔柳，綰將春至放春歸。」《新秋》云：「涼披薤簟捲簾遲，鸜鵒催成白雪詩。怪底憑欄魚忽聚，鬢花倒影入清池。」震澤王秋卿蕙芳《病中和麗卿小姑》詩云：「長日懨懨坐小樓，未開奩鏡懶梳頭。負他簾外初三月，眉樣教人畫一鈎。」《送兄公之淮上》云：「才唱鄰雞月尚明，夫君曉起送兄行。逍遥堂後風和雨，千萬今宵莫作聲。」「八公山下柳毵毵，漂母祠邊駐客驂。屈指行程容易到，一千里路尚江南。」《病夜》云：「更殘又轉漏漫漫，瘦骨支離未得安。夢醒時聞兒學語，香微便覺夜生寒。垂頭一穗燈花吐，隔帳頻搓倦眼看。落月半鈎清似水，今宵孤負好闌干。」吴江李風梧《病起探春》云：「輕寒側側雨如麻，病裏生涯事事賒。起傍闌干探消息，春紅又到牡丹花。」其他佳句如：「青知春樹發，紅漏夕陽深。」「點硯飛花初著雨，當窗高竹預迎秋。」皆楚楚可誦。風梧爲玉洲太史孫女，足徵淵源有自也。

南齊有才女韓蘭英，獻《中興頌》者。吾家侄婦戴蘭英，名與之同，而才貌雙絕，嫁從子□。□赴京兆試，卒于京師。蘭英年才二十餘，傫然嫠也，教其孤阿恩，冀他日有陶、歐兩母之望。余爲題其《秋燈課子圖》。蘭英賦長句謝云：「翁昔才名噪天下，惜墨南金重無價。春三聞泛武林舟，急命工師繪圖畫。杖朝今旦客繽紛，欲乞題詞日不暇。辱承收録付侍史，頓釋從前心膽怕。一回瞻拜一回幸，五月頻煩三枉駕。白門歸棹甫經旬，兔毫躍起珊瑚架。寄來展誦琳琅句，細楷高年真奇詫。九天雲影忽下垂，千里河源驚直瀉。卷中差比無鹽齊，林下慚非詠絮謝。九齡稚子課未成，一盞秋燈責難卸。蒙公椽筆撰長歌，儼似蓮峰聳太華。濫厠弟子十三行，我較名姝有憑藉。夫婿君家舊竹林，一脈師門非外借。倉山山色晚逾青，道遠楓江阻親炙。讀盡丹鉛萬卷書，弱草也沾時雨化。深閨寂處提唱稀，擬托閑吟輒興罷。從今暗裏度金針，絡繹抽思晝復夜。蛩音豈作許田易？鴻藻翻同鄭璧假。敢附齊代韓蘭英，終愧君家袁大舍。」

今人受業于師者，不過學干禄之文，爲科第起見。故科第既得，而得魚忘筌者，往往有之。其他勢利之交，更無論矣。獨吾門下有兩君子焉：一韓廷秀，字紹真，金陵人；一吴貽詠，字種芝，桐城人。二人者，與余相識已久，無師弟稱。韓中庚戌進士，吴入癸丑翰林後，都來執贄稱師。其胸襟迥不凡矣。余按：西漢惟于曼倩官廷尉後，才北面迎師，學《春秋》。二賢可謂有古人風。韓《題劉霞裳兩粤遊草》云：「隨園弟子半天下，提筆人人講性情。讀到君詩忽驚絶，每逢佳處見先生。經年共領江山趣，一點真傳法乳清。努力更成三百首，小倉集定不單行。」余道此詩，亦隨園派。所云「三百首」

者，因余許其合《毛詩》之數，爲代刻也。韓爲人温恭博學，宰廣西馬平縣，七日而亡。惜哉！吴現館禮親王家，平日詩稿，尚未寄來。

溧陽彭賁園先生，因余有《詩話》之選，寄其友京江許迺揚介山詩來。因録其《見燕》云：「是向南飛向北飛，津亭楊柳已斜暉。此行倘過秦橋岸，只恐春歸我未歸。」《冬日閒步》云：「一路看山出里門，殘冬天氣比春温。隔籬犬吠生疏客，始悟吟詩過別村。」又，九十三歲沈培齡文塿《燕山寺》句云：「夕陽人散郵亭冷，夜月僧歸石徑孤。」《石屋山》云：「紫電已飛爐焰熄，青山常在霸圖休。」俱清妙可存也。

門下士孫蓮水秀才自山左歸，爲余言，學使阮芸臺閣學風雅絶俗，愛士憐才。渠深感栽培之恩，並誦其《小滄浪雅集》詩云：「北渚離塵鞅，明湖浸翠微。濠梁宜客性，山水願人歸。樂趣莊兼惠，吟情孟與韋。孤亭復虚榭，徙倚意無違。」《萊陽試院曉寒》云：「渤獬陽和猶未回，曉聞昕鼓發輕雷。山風入院旆初動，潮氣滿城關未開。昨夜清樽思北海，何人博議似東萊。此時頗讓江南客，官閣春深落古梅。」余爲欽遲不已，惜乎未窺全豹。近復持衡兩浙，吾鄉多士，得一宗工，當何如抃慶耶？

秋帆尚書家，一門能詩，自太夫人以下，閨閤俱工吟詠。余已摘所著，梓入《詩話》中。兹又得張恭人絢霄號霞城者，《踏青詞》云：「平原芳草乍芊眠，巷陌人家例禁烟。一陣風來聞笑語，緑楊樓外有秋千。」又《剪秋羅》詩云：「半晌無言倚竹扉，繞叢蛺蝶故飛飛。秋來也有風如剪，裁出香雲作舞衣。」尚書長女智珠號蓮汀者，《踏青詞》云：「緑窗今日下簾鉤，女伴相邀結勝遊。一樣春光分冷暖，桃花含笑柳含愁。」又《送春詩》云：「韶光九十太匆匆，芳徑香殘蝶影空。一縷遊絲無著處，也隨飛絮過牆東。」藻思芊綿，皆不愧大家風範。其他佳句甚多，因《詩話》不能多載，別刻入諸女弟子集中。但老人未接風裁，而遽蹈好爲人師之戒，或未免爲掃眉才子所笑耶？霞城以子鄂珠貴，誥封恭人，曲阜衍聖公□□，其婿也。智珠善寫生，花卉新艷。閒居，與張恭人撰《三唐詩鈔》數十卷，嫁松江陳孝泳通政家。

王孔翔秀才自都中歸，有添香女史馬翠燕者，托其帶寄手札一函、詩詞三種。不料三千里外閨閣中，猶爇隨園一瓣香，尤足感也。來札云：「添香家本維揚，寄居京國。性耽文史，獲事才人。雖三五年華，未工染翰；而四千鄉路，時切依雲。蓋以女子盡識韓康，黄金宜鑄賈島，每恨不獲撰杖捧履，列弟子班也。郎主小山，寧海查聲山之裔。掃眉窗下，許捧盤匜；問字燈前，得窺點畫。猶恨小倉山遠，大雅堂高，執業有心，望塵無分。謹藉雙魚之便，用申積歲之忱。附以塗鴉，敢求點鐵。先生樂育爲懷，當不揮諸門牆之外。謹呈舊作《鵲橋仙·七夕》詞云：『銀灣斜掛，金波徐展，天上人間今夕。黄姑渚畔路迢迢，何處問支機消息？　錦屏紅燭，玉窗羅襪，勝喜鵲橋不隔。青鸞休促紫雲車，且良夜倍相憐惜。』」

夫婦能詩，古今佳話。近今如張舸齋之與鮑茝香，尤其傑出者也，久載《詩話》中矣。今冬到京口，茝香出其母陳夫人逸仙詩，方知爲海門居士皋之妻，詩才英妙，奩具旁一日無筆硯，便索然不樂。《南歸》云：「一載團圞客帝京，兒孫薦酒笑相傾。春風紫陌芳塵軟，秋日金門步輦輕。綬帶薄沾新雨露，自注：京中綏帶花極茂。郵籤重叠舊歸程。朝朝盼斷南來雁，白髮何堪遠别情。」《北河舟中》云：「故國京華兩路賒，人從雲水泊天涯。閑尋歸夢篷窗底，小艇撑來叫賣花。」「乍晴乍雨杏花天，帆帶斜陽柳帶烟。正是客心惆悵處，晚風檣尾燕翩翩。」《中秋憶姑》云：「丹鳳城邊轉畫輪，炷香遥祝北堂春。故鄉一樣今宵月，應對清光憶遠人。」夫人抱此才，宜其子女俱以詩鳴。現任部郎雅堂居士，其長子也。

夫人長女之蘭，季女之芬，俱耽吟詠。今録之蘭《落葉》云：「金飆何意太無情，處處園林似落英。疏柳飄殘溝水急，（下缺。）」

鎮江都統成警齋先生策見訪隨園，適余在揚州，未得一見。及余到京口，小住女弟子駱佩香家。先生晨夕過從，束脩之使無日不往還。將其見贈諸詩已刻入《同人集》矣。猶記其佳句，《詠風箏》云：「遇雨不妨收掌握，乘風仍可至雲端。」《即景》云：「深院飛花隨碧水，畫簾微雨近黄昏。」《遠望》云：「紅杏花嬌堪駐馬，緑楊絲細不遮樓。」《偶成》云：「醇醪飲久翻羡淡，荼蓼嘗多轉覺甘。」俱新妙可喜。

隨園詩話補遺卷九

倉山居士著

班史稱河間獻王云：「夫惟大雅，卓爾不群。」蓋盛稱賢王之難得也。本朝文運昌明，天潢之裔，皆説《禮》敦《詩》。前已載瑶華主人、檀樽世子詩矣。今又接到豫親王世子思元主人詩文四册，殷殷請益。其好學虚懷之意，尤可敬也。録其《從軍行》云：「拔劍請長纓，從軍古北平。黄雲迷野戍，白雪淡荒城。旗卷龍蛇影，弓争霹靂聲。燕然勒銘者，投筆本書生。」《詠桂》云：「月裹亭亭花發時，天香不散任風吹。繁條細蕊無心折，欲折還須第一枝。」其他佳句，如《觀瀑》云：「氣噴青嶂雨，涼瀉碧天秋。」《秋思》云：「啼螿欲和相思韵，兒女偏憐薄命花。」「草能蠲忿人宜佩，花到將殘蝶競扶。」録見贈一章入《同人集》中，以志光寵。記《答謝瑶華主人》七律有二句云：「宗子久欽龍風質，仙才多出帝王家。」可以移贈。

又記瑶華主人《賦得寒梅著花未》一律云：「把手問鄉關，來時臘雪間。凍枝猶倔强，老鐵可彎環。數點先胎玉，千重對面山。只應顔色好，無那鬢毛斑。此興誰堪寄，何時夢得閒。南樓明月共，東閣綺筵攀。霜菊根難萎，烟蒲緑早删。憑君勤懇意，消息慰孤鷴。」末自跋云：「此那東甫祭酒課士題也。友人盧藥林請賦之。因見諸人賦此題者，不過一首梅花詩而已，如《隨園詩話》中所謂『相題行事』者，竟無一人。因書此以質之倉山居士。」大道無形，惟在心心相印耳，詩豈易言哉？

檀樽主人又有《遊香界寺》詩云：「暮天微雨歇，松子落深巖。石磴千峰逼，危橋夕照銜。秋聲驚客夢，涼意上吟衫。空際妙香發，天花自不凡。」《黑蝶》云：「譜翻別派寫滕王，蟬翼輕翾墮馬妝。栩栩漆園才入夢，果然身到黑甜鄉。」佳句如《秋柳》云：「夕照村墟殘萬縷，東風樓閣憶三眠。」《寄人》云：「燕臺十月清霜冷，江上三春細雨多。」俱能獨寫性靈，迥非凡響。

近日金陵多少年英俊之士，年逾弱冠，而落筆清妙者，有五人焉。一嚴小秋文俊，《偶成》云：「無緣飄泊少人知，寓目園林任所之。有節竹能經雪壓，無根萍總受風欺。好花易惹遊人夢，衰柳難留宿鳥枝。獨步蒼苔添逸興，月明樓上聽吟詩。」又：「好山當户青于畫，修竹盈窗緑上書。」「青山含月隱深樹，紅葉隨風飛半天。」一金桐軒德榮，《春烟》云：「細草如茵卷翠簾，林陰深處嫋輕烟。遠山一角人難畫，新柳千行晝欲眠。花氣小窗風定後，鶯聲兩岸雨餘天。劇憐薄暮長江外，罨靄全迷渡口船。」「古寺迷離望不真，晴烟漠漠罩江村。漫山樹色濃無影，隔浦嵐光淡有痕。嫩緑池塘風蕩漾，晚花庭院月黄昏。碧紗剩有熏爐伴，繚繞餘香尚滿軒。」又：「秋生桐葉怯，涼到葛衣知。」一莊穆堂元燮，《閨情》云：「錦幕低隨小院門，闌干深處月黄昏。醉褰翠袖拈花影，笑把銀燈照酒痕。好夢醒時雲鬢亂，濃香熏罷繡衾温。更闌玉臂還同看，可有蛇醫舊印存？」又：「月階坐久驚花夢，病頰秋深褪粉光。」「裹山雲似絮，遠牧馬如羊。」一司馬頫莽高，《閨情》云：「雲情瑷譴畫樓西，呼婢熏香翠袖低。不識檀郎千里外，可曾聽見子規啼？」《訪白秋水不值》云：「秋風吹我到君家，秋色猶存野菊花。料得高人行未遠，案頭杯有帶烟茶。」又：「酒醉一枕上，船過幾渡頭。」一王西林汝翰，《再宿隨園》云：「昔年身宿蕊珠宫，此日重披立雪風。山鳥多情如識我，騷壇有主合依公。花栽潘令開應早，琴對師襄鼓易工。一几烏皮書萬卷，分明此景舊時同。」《舟行有見》云：「霧鬢烟鬟水上頭，蘭橈斜倚蓼花洲。眼波欲逐川流去，眉翠如含風色愁。細雨擬教檣燕寄，閒情敢望珮珠投？分飛八字帆何駛，還想前途一併舟。」又《春寒》云：「人間富貴來多晚，天上陽和轉亦難。」「山翠濕沾帽，水風涼上衣。」「獨笑對花語，捲簾迎明月。」此五人者，離隨園不過二三里，老人不負住秀才村，故録之，亦以勖其再進也。

黄蛟門《重到張香岩家》云：「不到華堂廿載余，重來還認舊樓居。牆間半漬兒時墨，架上猶存校過書。滿院枇杷陰不改，侵階萱草茂于初。木公金母多情甚，音問頻頻説久疏。」此詩情文雙至，家亦近隨園。

和余八十自壽詩者多矣，余最愛程望川宗落押「愁」字韵云：「百事早爲他日計，一生常看别人愁。」和「朝」字韵云：「八千里外常扶杖，五十年來不上朝。」將「杖朝」二字拆開一用，便成妙諦。

吾鄉方伯張松園朝縉先生，受知於福敬齋公相，畢秋帆制府，而氣局恢宏，槃槃大才，亦與兩賢相似。口不談詩，而興到偶作，迥不猶人。《清明後一日和旭亭韵遲隨園不至》云：「天亦多情惜好春，故將春仲閏三旬。花當極盛難評色，水到長流不染塵。偶泛烟波摇畫舫，每因詩酒盼才人。嫦娥忽掩今宵月，鬢影釵光看未真。」

方伯九姬，最愛者春芳葉氏，年將四旬，而風貌嫣然，似服仙家荀草者。以扇索詩，余即席贈云：「一朵仙雲出畫堂，劉楨平視訝神光。牡丹開到三春暮，終是群花隊裏王。」八人者皆不悦，而夫人讀而喜之。適余向方伯借車，夫人以肩輿相借，因再續云：「偶向公孫借後車，竟逢王母賜花輿。坐來似欲乘風去，想見天衣重六銖。」

溧陽王雲谷與余同寓蘇州銅局，代主人楊仁山款待甚殷。誦其《詠秋月》云：「八月西風夜氣寒，桂花香冷露初溥。中庭地白三更後，獨鶴與人相對看。」可謂清絶，不食人間烟火。

蘇州陳竹士秀才與余同游四明，一路吟詠甚多。見贈云：「神仙從古戀烟霞，一首詩成萬口誇。到處探奇逢地主，避人祝壽走天涯。生來不飲偏知酒，先生不飲，而嚴於評酒。老去忘情尚愛花。路走二千年八十，山遊不遍不歸家。」《詠蠶》云：「蠶娘辛苦説天晴，聽唱羅敷陌上行。蓬底緑雲吹不斷，採桑風送剪刀聲。」《湖莊》云：「曉寒臨水重，春夢近花多。」《錢塘江阻風》云：「水能驅岸走，風不放潮歸。」皆妙。

己未座主留松裔諱保先生，于諸門生中待余最厚。乾隆七年，今上有保薦陽城馬周之旨，公欲薦余。疏已定矣，余以親老家貧，苦辭而出。今公去世已久，幸從趙碌亭先生處得公事略，爲之立傳。又採録其《游天台國清寺》云：「風定幡空月滿廊，悄然鈴鐸梵音長。依依歸鳥尋巢語，淡淡閑花帶露香。籟静境隨雲共化，心空聲與色俱忘。周圍緩步饒幽趣，微妙還須叩法王。」《西湖斷橋殘雪》云：「湖旁積雪景堪描，點綴春寒屬斷橋。絶似錢塘蘇小小，殘妝剩粉不曾消。」

今年二月，余小住真州，京江女弟子駱佩香遲余不至，寄詩云：「柳外江波緑潑醅，高樓延倚首頻回。心憐春雨花朝過，目盼先生桂楫來。新作羹湯儲夕膳，舊眠吟榻掃塵埃。真州底事勾留久，不到寒閨舉酒杯。」

香亭弟家居八年，有終老林泉之意。今歲因家事浩繁，治生無策，復作出山之雲。恐余尼其行也，不以相告。引見後，方知之。離別之際，黯然神傷，蓋余年八十，弟亦六十有六矣。别後，寄詩留别云：「不忍留行不送行，去留無計共傷情。明知衰朽深憐弟，怕以窮愁更累兄。未歷風波先破膽，欲言離别强吞聲。癡心五載乃尋約，還想重來事耦耕。」「嶺嶠分襟昔已傷，此行雙鬢更蒼涼。人當垂老何堪别，花到殘枝那得香。誓及來生情可想，會期他日夢偏長。殷勤苦囑雙眶淚，不許臨歧灑一行。」

乙卯二月，在揚州見巡漕謝香泉先生，乃程魚門所拔士也，倜儻不凡。《游泰山》五古數章，直追韓、杜，以篇長不能備載，僅録其《飛瀑崖》云：「石罅中峰劈，飛濠曳練來。自天張水樂，平地起風雷。題詠此間遍，幽敻衆妙該。封巒經七二，御帳望中開。」又《跨虹橋南見唐陶山勒石絶句欣然如見故人時唐宰荆溪詩以寄之》云：「失喜陶山入望來，丹崖赤字獨徘徊。吟情正憶鳴琴暇，罨畫溪頭日幾回。」陶山名仲冕。余讀之，方知楚南有此詩人，方以不得一見爲恨。不料十月間，陶山宰吴江，忽以書至，云愛而不見，今秋以重價購余全集。方知天涯又得此知己也。以詩賜觀。《掃墓》云：「夢裏瞢騰色笑微，九原長恨隔春暉。羊腸細路通樵徑，馬鬣新阡隱石圍。霧滿藤蘿侵屐濕，草枯蚱蜢傍衣飛。可憐身上拈殘綫，遊子而今尚未歸。」余尤愛其五言十字云：「雲開如讓月，風定爲留花。」

陶山有二友，一何君焕，一胡君大觀，皆有詩來。何《春望》云：「池館依稀小謝家，每憑朱檻玩春華。巢分院語東西燕，雨過枝添向背花。田樹短籬皆種芋，人歸村塢半收茶。漁童小結罜䍡網，溪畔衝風一笠斜。」《偶興》云：「風愛約萍行別澗，花如扶檻睡春陰。」胡《客中》云：「鄉心秋雨集，旅況夜燈知。」《登城樓》云：「江浮鴨緑晴方好，山帶螺青雨後來。」二人詩皆可入畫。

曹星湖龍樹，江西孝廉，宰如皋，政尚寬和，邑多瑞應。乾隆癸丑春，有白烏集署，星湖詩云：「曙色遥分小院東，纔棲畫戟又簾櫳。哺成巢子頭先白，銜盡桃花口未紅。可到瑶池曾浴羽，還疑雛鶴學迎風。生成一種幽閒性，莫怪丰標太不同。」未幾，邑中麥有一莖二穗至八穗及連理者，又賦詩云：「四野農歌作美談，薦隨春韭賽隨蠶。孿生也與人同孕，並種渾如玉出藍。鐮趁日中陰瑣碎，枷喧樹外畝東南。何當寫入丹青裏，共慶民間帝澤覃。」一時紳士和者千余首。

星湖又有《崇川夜舟》云：「西風吹送一帆斜，樹杪危蹲幾個鴉。兩岸沙灘明似畫，又添霜月與蘆花。」《遊棲霞》云：「晴日樹中疑雨至，隔江風裏有雲來。」真乃天機清妙。

揚州方立堂孝廉之父覞樓居士，有《言詩》一首云：「情至不能已，氤氳化作詩。屈原初放日，蔡女未歸時。得句鬼神泣，苦吟天地知。此中難索解，解者即吾師。」數言恰有神悟。又《與王晴江進士集平山堂》云：「每逢登眺感遺蹤，頓覺塵心似酒濃。不信但聽亭子上，迷人樓打醒人鐘。」末首云：「江左風流聚一壇，無名終恐是方干。」先生困于巾褐，二句殊可傷也。又《贈朱草衣》云：「才高雙眼白，吟苦一肩高。」第二句酷肖詩人窮相。

余在觀音門阻風，偕小秋訪林鐵簫，晚與諸詩人小集六松山莊。棲碧僧有句云：「樹密聚啼鳥，庵荒住懶僧。」「天上若無難走路，世間那個不成仙？」「有情山鳥啼深樹，無事閑僧掃落花。」董容庵有句云：「麈尾盡聽前輩語，春風先上酒人顔。」劉壽軒有句云：「蓬門久盼高軒過，蠟屐偏偕好雨來。」棲碧僧夢人出對句云：「月出波微動。」僧答曰：「風生樹漸鳴。」

京江左蘭城嘗云：「凡作詩文者，寧可如野馬，不可如疲驢。凡爲士大夫者，寧可在官場有山林氣，不可在山林有官場氣。」有味哉其言！

昆圃外孫訪戚于吴江之梨里鎮，有聞其自隨園來者，一時欣欣相告，争投以詩，屬其帶歸，采入《詩話》。佳句如邱筆峰《野泛》云：「棹驚歸浦鴨，犬吠過橋僧。」沈雲巢《楊花》云：「夜月不知來去影，征衫偏點別離人。」屠荻莊《醒庵分韵》云：「老衲一龕依古佛，斜陽半壁戀詩人。」汝階玉《即事》云：「寒憶衣裘春日典，貧愁薪米閏年添。」

處州山水清佳，而樸野已甚。余壬寅春遊雁宕山，過縉雲縣，見縣官訟堂養豬，爲之一笑。伊小尹太守到任後，寄詩來云：「彈丸十邑宰官分，四野誰歌挾纊温。山地畸零休論頃，人家三五便成村。清秋露冷猿啼樹，黑夜風號虎到門。利用厚生當務急，就中俗吏恐難論。」又：「四面青山秋意早，一城紅葉市聲稀。」皆酷是處州光景。

族弟舒亭知守大同，寄詩冊屬余爲序。余家有阿連，而竟不知，殊自愧也！録其《施竹田丈招同泛湖訪恒上人》云：「破曉重湖一望收，段家橋畔繫扁舟。山寒無處不宜酒，木落有時還帶秋。烟景落誰佳句裏，好風吹我上方遊。慈雲佛火殊清絶，始信花宫勝十洲。」《閑吟》云：「倦枕余閒午夢長，蕭蕭梧葉下虛廊。六時且喜得常静，一雨便成如許涼。花鳥心情閑甲子，湖山風月好家鄉。征程千里懷人處，回首旗亭又夕陽。」又《游圓通寺》云：「路回依樹曲，屋小抱山幽。」又《同嚴歷亭江硯香送李寧圃從江寧移守松江宴隨園聽孫嘯壑彈琴》云：「六朝風景記當時，伯氏樽開酒敢辭？珂馬聲嘶芳草渡，江雲影入緑波池。喜無俗客開三徑，別有清風向七絲。即此仙源欣共到，芳亭倚遍夕陽遲。」其清妙不減樊榭。

青衣鄭德基，久選其詩入《詩話》矣。今秋從邳州歸，又送詩來。再録其《濠梁題壁》云：「粉壁題詩半有無，好花看遍又非初。十年再到重游路，似理兒時舊日書。」《呈袁椒園先生》云：「奔走天涯歲又闌，孤飛聊借一枝安。琴除自賞知音少，衣代人裁合體難。」吴江唐陶山明府席上，出青衣吴振邦、錢聖達兩人九月同游石湖登上方山詩，吴云：「短棹雙飛漾白蘋，平湖秋淡勝於春。嶺懸一綫雲邊路，客倚殘霞畫裏身。石洞黄花留夕照，佛樓清磬送游人。重尋舊日題詩處，蘚壁模糊認不真。」錢云：「策杖登山最上頭，一湖帆影去來舟。蘆花點白明如雪，楓葉烘丹畫出秋。落帽西風傳塔語，如鉤新月掛鐘樓。招邀共舉茱萸會，攜得雙螯酒一甌。」又有「紅蓼灘邊一釣人」七字，可繪作小照。余謂詩有因貴而傳者，有因賤而傳者，如此等詩，出於士大夫之手，而不出於奴星，則余反不採録矣。

昔曹子桓以金幣購孔融文章，韓昌黎以「光芒」誇李、杜，皆追慕古人，非生同時者也。四川李太史雨村先生，名調元，與余路隔七千里，素無一面，而蒙其抄得隨園詩，愛入骨髓。時方督學廣東，遂代刻五卷，以教多士。生前知己，古未有也。二十年來，余雖風聞其説，終不敢信。今秋，先生寄信來，與所刻《隨園詩》、《童山集》。其最擅場者，以七古爲第一。《觀錢塘潮》云：「八月十五錢塘潮，吴儂拍手相呼招。士女雜坐列城下，人聲反比潮聲高。江頭日上潮未起，漁子拏舟泊沙觜。笳鼓乍鳴人競看，一齊東向滄溟指。忽聞江上聲如雷，迢迢一綫海門開。萬馬奔騰自天下，群龍踣跳隨波來。潮頭十丈飛霜霰，水氣横空撲人面。天爲破碎城爲摇，百萬貔貅初罷戰。迨還不聞市聲死，群兒誇强弄潮水。小舸顛簸似浮萍，一時出没烟波裏。我是人海中一粟，睹此目眩身跔跜。明朝風静渡錢塘，猶恐再遇靈胥纛。」即此一首，可想見先生之才豪力猛矣。又《登峨嵋》有句云：「但見雲堆平地上，始知身在半天中。」方知非有才者不能憐才。

和希齋大司空，爲致齋公相之弟，征苗功大，皇上加封伯爵。而公位愈尊，心愈下，寄書黄小松司馬云：「袁簡齋聖世奇才，久思立雪。客中攜《小倉山集》一部，朝夕捧誦，虔等梵經，如親儀範。」云云。又寄隨園札云：「我輩當如生龍活虎，變化不測。宋儒之爲道拘，猶士大夫之爲位拘也。讀先生之文，知先生之爲人。以故願爲弟子之心，拳拳不釋。」嗚呼！此丙辰五月間公親筆也。不料至八月，而公竟薨於軍中。余感知己恩深，傷心一慟。除賦詩哭公外，訪求公詩，僅得《西招雜詠》十余首，録其《中秋德慶道中》云：「山峻肩輿緩，征人夜未休。久忘家萬里，驚見月中秋。去歲姜肱被，今宵王粲樓。喜成充國計，含笑解吴鉤。」《答瑶圃中丞問客況》云：「遥想歸旌繞亂山，山容新沐簇烟鬟。行人雲際鬚眉露，恍駕鸞驂拾翠還。」「山雲初起電光斜，山雨吹來風力加。一霎小樓雲雨過，最高峰上落梅花。」《西招四時吟》云：「莫訝春來後，寒容似轉添。小窗欣日色，大漠渺人烟。風怒沙能語，山危雪弄權。略存桃李意，塞上也爭妍。」「山陽四五月，嫩緑傍溪生。草長剛盈寸，花稀不識名。開窗紈扇廢，挾纊佇羅輕。樹有濃陰處，都翻弦索聲。藏中婦女，無論貴賤，多於樹陰連臂踏歌。」《春夜》云：「銀釭閃閃漏迢迢，風送邊聲助寂寥。殘月印窗天似曉，寒雞驚夢酒初消。頻年客況春尤甚，一片鄉心鬢易凋。莫以沐猴譏項氏，夜行衣錦笑班超。」

趙子昂云：「詩用虚字便不佳。」余按曹孟德亦有此論。不知歌必曼其聲裁韵多，舞不長其袖則態少，此《三百篇》中所以多「兮」字也。然唐人恰有詩曰：「險覓天難問，狂搜海亦枯。不同文易賦，爲著也之乎。」則又虚字不可多用之明證矣。

余曾詠夏姬云：「國色當年出楚宫，自餐荀草泣東風。誰知殺過三夫後，竟與巫臣共始終。」後見宋孫奭《孟子》「伯夷目不視惡色」《疏》引《史記》云：「晉殺巫臣而娶夏姬。」遂删此詩。後考《史記》，並無此語。再按晁公武《讀書志》言：孫奭《疏》兼取陸善經之説，如云：「子莫執中，教人不可執中也。」此解尤奇，而今本無之。蓋此《疏》乃邵武士人僞作，見《朱子語録》。

漢平、勃安劉之功，起兵誅諸吕，不誅審食其。唐五王起兵復唐室，不誅諸武，而徒誅暨於無能爲之二張，宜其留後患也。余幼時嘗作詩曰：「我爲五王謀，興唐欲滅周。全家誅産禄，遠謫辟陽侯。」同學徐鑑元笑曰：「君愛其貌似蓮花耶？」

陳季常作龜軒。東坡詩云：「人言君畏事，欲作龜頭縮。」非譏其懼内也。坡《別季常》云：「家有紅頰兒，能唱緑頭鴨。」是季常有妾矣。又曰：「開門弄添丁，啼笑雜呱泣。」是季常有子矣。

余出門歸，必録人佳句，以壯行色。嘉慶初元，小住揚州，得許祥齡《過篠園》云：「樓當曲處疑無地，竹到疏時始見天。」孫光甲《紅葉》云：「偷來花樣山全改，費盡秋心樹不知。」汪蘭圃《夜坐》云：「半夜月明烏鵲噪，一天風急斗星摇。」程贊寧《金山》云：「不知風浪連天湧，衹覺樓臺盡日浮。」《江塔》云：「曉風斷渡鈴先語，落日中流影漸斜。」鄭奇樹《遺興》云：「花落有人常閉閣，風來無客自開門。」林遠峰《登大觀臺》云：「遥看萬户炊烟起，一個人家一朵雲。」嚴翰鴻《舟行》云：「船頭水響知風順，林際鐘來識寺深。」顧雲亭《大江遇風》云：「不信山頭還有岸，但看人面總無魂。」亦有七字甚佳者，如汪硯香之「開到桃花雨便多」、張紫珍之「雲壓炊烟勢不高」，皆佳。

石門孝女聞璞以無兄弟，故不嫁，訓蒙養母，有齊嬰兒之風。《春暮》云：「桃花落盡柳花飛，啼鳩聲中緑又肥。愁絶新來雙燕子，簾前相對説春歸。」

錢塘徐紫珊詩未刻而人死矣。有人記其《過亡姬墓》詩云：「傷心人出武林城，隴上松間鳥雀聲。地下想來無日月，人間愁殺是清明。一杯冷酒梨花謝，二月春寒細草生。老淚無多收拾起，赤山橋畔聽彈箏。」《贈謀吉地卜葬者》云：「踏遍千山與萬山，尋龍不見又空還。算來此去無多路，只在靈臺方寸間。」

余在揚州，年家子方維璋、楊兆品兩郎舅各以詩來，皆翩翩少年。方《踏春詞》云：「一層層燦赤城霞，亞字闌干曲曲遮。行過長堤忽回首，碧桃深處阿誰家。」《虹橋修禊》云：「名園此日小勾留，蕩漾春風意未休。風雨不來波不起，采蘭人上木蘭舟。」楊《詠美人梳頭》云：「低頭纔理髮鬖鬖，待月臨風獨倚欄。偶墮鬢邊花點點，隔宵抹麗不曾乾。」「絲絲委地怕沾塵，忙握牙梳半欠身。如鑒發光如玉指，未成雲鬢也憐人。」「蘭膏潤後緑油油，蜿若游龍繞指柔。分付小鬟合雙鏡，要從三面看梳頭。」

伶人天然官色藝俱佳，而天性跳蕩，如野馬在御，躁躞不能自止。余贈云：「何必當筵舞鬢斜，但呼小字便妍華。萬般物是天然好，野卉終勝剪綵花。」「我欲憐卿先自憐，春蠶老去枉纏綿。摩挲便了三生願，與汝同超色界天。」

古無別號，所稱「五柳先生」、「江湖散人」者，高人逸士偶然有之，非若今之市儈村童皆有別號也。作俑自史衛王家紈綺子弟，閒居無俚，創爲「雲麓十洲」之號，此後，好事者從風而靡。前朝黄東發、本朝姜西溟兩先生辨之詳矣。近日士大夫凡遇歌場舞席，有所題贈，必諱姓名而書別號，尤可嗤也。伶人陳蘭芳求題小照，余書名以贈云：「可是當年陳子高，風姿絶勝董嬌嬈。自將玉貌丹青寫，鏡裏芙蓉色不凋。」「叔子何如銅雀妓，古人諧語最分明。老夫自有千秋在，不向花前諱姓名。」

以詩受業隨園者，方外緇流，青衣紅粉，無所不備。人嫌太濫。余笑曰：「子不讀《尚書大傳》乎？東郭子思問子貢曰：『夫子之門，何其雜也？』子貢曰：『醫門多疾，大匠之門多曲木，有教無類，其斯之謂歟？』」近又有伶人邱四、計五亦來受業。王夢樓見贈云：「佛法門牆真廣大，傳經直到鄭櫻桃。」布衣黄允修客死秦中，臨危，囑其家人云：「必葬我於隨園之側。」自題一聯云：「生執一經爲弟子，死營孤塚傍先生。」

青浦邵明經西樵玘，余甲子分房之薦卷也。後三十年，《過隨園》云：「白首再投前薦主，絳帷寧拒老門生?」余讀而感焉,問其年,登八十,家有園林,在朱家角。余甲寅到松江,順道訪之,擬師生再作盤桓,而西樵殁矣。所鐫出遊山居詩甚多,僅記其《病足》一聯云:「跬步疑分域,同居悵各天。」《梧巢》云:「高樹送聲疑雨至,虚窗弄影怯燈孤。」

山陰王梅卿女子,能詩,精音律。自伊父被議殁後,煢煢無依。余慮名門之女,竟至流落,故認爲繼女,而教陳竹士秀才聘爲繼室。合巹後,子固、叔姬雙雙歸寧。梅卿獻詩,情詞悱惻,並云:「俟乾阿嬭百年之後,願持三年之服。」余感其天良,爲之淚下。詩曰:「等閒扶上碧雲端,得遂依依膝下歡。風力盡催花絮墮,日光能破雪冰寒。回生法試慈悲大,入骨恩深報答難。願化銜環雙喜鵲,爲爺百歲報平安。」梅卿有詩稿百余首,余選其尤佳者,交梓人刊入《閨秀集》中。竹士兩娶才女,先纖纖,後梅卿,亦奇。梅卿初名雅三。

雅三父名謀文,字達溪,爲交河令。《獄中寄女》詩云:「尋常小别已牽愁,況我年衰作楚囚。勸飲花前何日再,課詩燈下此生休。舟傾宦海真如夢,柝攪離魂又到秋。料得閨中垂髮女,也應北望淚雙流。」此詩梅卿記之,而誦與余聽者也。

兩雄相悦,如變風變雅,史書罕見。余在粤東,有少艾袁師晋,見劉霞裳而悦之,誓同衾枕。忽爲事阻,兩人涕泗漣如。余賦詩詠之。不料事隔十載,偕嚴小秋秀才游廣陵,遇計五官者,風貌儒雅,亦慕嚴不已,竟得交歡盡意焉。爲嚴郎貧故,轉有所贈。余書扇贈云:「計然越國有精苗,生小能吹子晋簫。哺啜可觀花欲笑,芳蘭竟體筆難描。洛神正挾陳思至,嚴助剛爲宛若招。自是人天歡喜事,老夫無分也魂消。」臨別，彼此灑淚。小秋作《離別難》詞云：「花落鳥啼日暮，悲流水西東。悔從前意摯情濃。問東君仙境許儂通。爲底事玉洞桃花，才開三夕，偏遇東風。最堪憐，任有遊絲十丈，留不住飛紅。　春去也，五更鐘。隔雲烟、十二巫峰。恨春波一色摇緑，曲江頭明日掛孤篷。偏逢著杜宇啼時，將離花放，人去帷空。斷腸處，灑盡相思紅淚，明月二分中。」

前人吊張江陵相公云：「恩怨盡時方論定，封疆危日見才難。」張船山太史題其曾祖遂寧相國祠堂云：「功名立後田園盡，恩怨消時俎豆公。」余哭西林相公云：「邊疆功過青天在，將相榮華碧水沉。」三詩意境，不謀而合。

揚州巨商汪令聞，余姻戚也。己卯、庚辰間，余及見其盛時，招致四方名士徐友竹、方南塘、曹學賓諸公，有琴歌酒賦之歡，然其徽言佳句，竟不傳也。今三十余年矣，余過揚州，其孫號源波者，以詩來見。有句云：「高峰匿景晝如晦，野草作花秋似春。」又云：「特地篷窗高卷起，不辭風露爲看山。」皆清峭可愛。問其近況，久不名一錢矣。吁！家産盡而後詩人生，異哉！

李松雲太守修莫愁湖，遊者題詠甚多。有姑蘇名士朱滋年題三首云：「亭臺好占水雲涯，水上雕窗透碧紗。愛煞梁間雙燕子，棲來猶恐是盧家。」「傳神妙筆等分香，霧鬢雲鬟淺淡妝。道是洛神生劫後，題詩合寫十三行。」「玉勒金鞍幾輩過，看詩人比看潮多。争呼十五雙鬟女，教唱隨園水調歌。」蓋牆上見余詩而作也。

乾隆乙卯，秋闈榜發，主試劉雲房、錢雲巖兩先生入山見訪。余告之曰：「今科第二名孫原湘，余之詩弟子也。渠癸卯落第時，室人席佩蘭以詩慰之，有『人間試官不敢收，讓與李杜爲弟子』之句。今孫郎出二公門下，唐錢、劉與李、杜並稱，伊婦之詩，竟成讖耶？」二公大喜。余將此語札致佩蘭。渠覆書云：「讀先生札，夫婦笑吃吃不休，因蘭《賀外》詩，與老人心心相印也。」其詩載《女弟子集》中。

余憎人自稱別號，前已論之詳矣。偶翻《楊升庵集》，有《譏別號》詩云：「曾子名參字未傳，如今別號轉紛然。子規本是能言鳥，恰又教人喚杜鵑。」

聖祖南巡，偶覓《樂府解題》一書，出千金，竟不可得。後見郭茂倩解樂府云：「『槁砧』者，砍也。『山上山』者，出也。『大刀頭』，鐶也。『破鏡飛上天』，半月也。言夫在何處。『山上復有山』，已出門也。『何當大刀頭』，還期不過半月。蓋隱語也。」余按：漢景帝時，夏侯寬爲樂府令。武帝乃立樂府采詩。鄭樵云：「樂府有因聲而造歌者，有因歌而造聲者，亦有聲有歌者，無聲無歌者。崔豹以義説名，吴兢以事解目，其失傳一也。」

丁酉二月，陳竹士秀才寓吴城碧風坊某氏。一夕，夢有女子傍窗外立，泣且歌曰：「昨夜春風帶雨來，緑紗窗下長莓苔。傷心生怕堂前燕，日日雙飛傍硯臺。」「東風幾度語流鶯，落盡庭花鳥亦驚。最是夜闌人静後，隔窗悄聽讀書聲。」及曉，告知主人。主人泫然曰：「此亡女所作。」

余過觀音門，有《題燕子磯》詩，不知何人之作，雖刻畫「燕子」二字，有傷大方，然其苦心難没。詩云：「滿岸蒹葭伴侶稀，金陵化石影依依。潮回似欲銜泥去，浪急還疑貼水飛。絶似謝安高第在，還猜杜甫片帆歸。磯邊莫怪春風冷，歲歲蒼苔换羽衣。」又：「山峻喜添龍虎勢，臺空懶傍鳳凰飛。」

香亭《在南安舟中書所見》云：「沿灘魚網列西東，十網扳來九網空。能狎風波無耐性，也難江上作漁翁。」又：「每到急流争捷處，大船讓與小船先。」俱詩外有詩。

乙卯春，余偕陳竹士遊四明，渠路上詩云：「風外潺潺識壩來，百夫纜曳客船回。波心一擲如飛弩，怒把春江水劃開。」

梅卿與竹士别後寄余詩云：「一春邗上侍清遊，賞盡名花掃盡愁。明月招人騎白鶴，輕風先我别紅樓。」「無端小病孤清興，寄父原約送至蘇州，以病不果。獨唱驪歌上釣舟。擬遣夢魂隨膝下，奈他潮水不西流。金陵在江之東。」

王符《潛夫論》曰：「脂蠟所以明燈，太多則晦。書史所以供筆，用滯則煩。」近今崇尚考據，吟詩犯此病者尤多。趙雲松觀察嘲之云：「莫道工師善聚材，也須結構費心裁。如何絶艷芙蓉粉，亂抹無鹽臉上來？」

詩空談格調，不主性情，楊誠齋道是鈍根人所爲。近又有每動筆專摹古樣者。不知鑄錢有範，而人之求之者，買錢不買範也。遺腹子祭墓，備極三牲五鼎，而終不知乃翁之聲音笑貌在何所，豈不可笑？

六朝人稱詩之多而能工者沈約也，少而能工者謝朓也。余讀二人之詩，愛謝而不愛沈。佛書性理，俱叠床架屋，至數十萬言，不若《論語》、《大學》數章之有味。記某有句云：「聞香知夢醒，見性覺經煩。」

初，相士胡文炳決我六十三而生子，七十六而考終。六十三果生阿遲，心以爲神，故臨期自作生挽詩索和。不料過期不驗，乃又作《告存》詩以解嘲。奇麗川中丞撫蘇州，鐫白玉印見贈，一曰「倉山叟」，一曰「乾隆壬子第一歲老人」。其見愛甚篤，而落想尤奇。

余四妹嫁揚州汪氏，以娩難亡。妹夫楷亭爲梓《繡餘吟稿》。丙辰春，見女士程友鶴雲著《緑窗遺稿》，有磽巖老人序云：「其詩不在家楷亭室人之下。」余讀之憮然。《詠蝴蝶》云：「東風爲剪五銖衣，覓葉尋香伴亦稀。未必鄰家春獨好，如何偏欲過牆飛？」《冬夜》云：「簾垂小閣夜生寒，睡鴨香消漏已殘。獨有梅花心耐冷，一枝和月上闌干。」斷句如：「柳飛三徑雪，花落一庭烟。」「一灣流水下孤鶩，幾點遠峰橫落霞。」俱佳。

乾隆丙辰，余覓館京師，蒙徵士蘧雲墀先生薦與河南張太守諱學林者司書記事，聘定矣，以路遠不果行。乃書扇贈云：「十年獨坐早知名，又見星軺奉使旌。入謁過蒙追夙好，(先生任粤西，與家叔有舊。)攀車無那動離情。寒花偶有難開色，德水長流不斷聲。此日漁陽禾正好，期公一笑比河清。」今又嘉慶丙辰矣，在揚州遇其孫□□，出前扇見示。詩雖不佳，而音塵若夢，乃録而存之。

鄭夾漈詆昌黎《琴操》數篇爲兔園册子，語似太妄，然《羑里操》一篇，文王稱紂爲「天王聖明」，余心亦不以爲然。與《大雅》諸篇不合，不如古樂府之《琴操》曰：「殷道溷溷，浸濁煩兮。炎炎之虐，使我愆兮。」其詞質而文。要知大聖人必不反其詞以取媚而沽名。余《文集》中辨之也詳。

劉賓客詩云：「集中惟覺祭文多。」余按劉公本傳，七十七而薨，宜其祭文之多也。今余年又過之，而平生樂道人之善，凡王侯公卿及交厚者，不忍其湮没，文集中碑誌、墓銘、哀詞之類，不止二三百首。在當日諸公必不料余爲後死之人，而余亦不料天爲諸公身後事，而使我後死也。嗚呼！

余雅不喜詩壇、吟社之説，大概起於前明末年鴟張門户之惡習。李、杜、韓、蘇，壇築何處？社結何方？惟劉文房有句云：「遥聞詩將會河南。」以詩稱「將」，似爲壇坫先聲。

布衣劉南廬死四十年矣，墓在通州。林鐵簫來，誦其佳句云：「溪冷鹿馱紅葉雨，門閑犬有白雲心。」又曰：「茶烹雨裏烟俱濕，笑向風前齒亦涼。」鐵簫誦畢别去，不十日而病死於觀音門僧寺中。余爲葬於瑶坊門外，題石碣云「清故詩人林鐵簫之墓」。猶記其《龍江關》云：「一帶寒山入暮烟，風帆沙鳥尚依然。回思歲月如流水，再過江頭十五年。」

「貌將花自許，人與影相憐。」又：「欲語先爲笑，將歸又轉身。」此種綺語，非六朝人不能。唐人李建勳《毆妓》詩云：「當時心已悔，徹夜手猶香。」只此十字，勝羅虯之《比紅》百首遠矣！

趙雲松觀察渡江見訪，曰：「一幅蒲帆兩草鞋，借名送考到秦淮。老夫别有西來意，半爲棲霞半簡齋。」余請其小飲，以詩辭云：「靈山五百阿羅漢，一個觀音請客難。」

《瀟湘録》：「高宗患頭風，宫人穿地置藥爐，有金色蝦蟆跳出，頭戴『武』字。」此杜詩所云「王母顧之笑」是也，以爲刺楊妃者，誤。

余詠宋子京有句云：「人不風流空富貴，兩行紅燭狀元家。」家香亭襲之，贈張船山云：「天因著作生才子，人不風流枉少年。」似青出於藍。余詠桂林山云：「奇山不入中原界，走入窮邊才逞怪。桂林天小青山大，山山都立青天外。」某太史襲之，作《高黎貢山歌》云：「巨靈開荒劃世界，奇峰驅出中原外。走入窮邊絶徼中，掀天負地逞雄怪。」似青出於藍而不如藍。

潤筆之説，始于陳皇后以黄金丐相如作《長門賦》，而《北史》所載高潁笑鄭譯草上柱國制詞曰「筆乾」是也。宋湯思退草劉婉仙製詞，高宗賜金數萬。君之於臣，尚且如此，則劉叉所攫者，何足算哉？王安石制誥，以所得潤筆錢制中書省，欲表廉也。後祖無擇代其職，盡取爲公費。安石大怒，乃文致其罪而竄之。第古人以有韵者謂之文，無韵者謂之筆，見《文心雕龍》。故謝元善爲詩，任隨工於筆，稱「任筆沈詩」。又劉孝綽「三筆六詩」。皆見《南史》。

嘗讀《古詩紀》，而歎六朝之末，詩教大衰。凡吟詠者，皆用古樂府舊題，而語意又全不相合。甚至二陸之仿《三百篇》，傅長虞之《孝經詩》《論語詩》《周易》《周官詩》，編抄經句，毫無意味。其他《飲馬長城窟》而並無一字及「馬」，《秋胡行》而反稱堯、舜，尤可笑也！至於「妃呼希」、「伴阿那」，則本來有音無樂矣。初唐陳子昂起而掃空之，杜少陵、白香山創爲新樂府，以自寫性情，此三唐之詩之所以盛也。

駱佩香孀居後，詠月云：「不是嫦娥甘獨處，有誰領袖廣寒宮？」余喜其自命不凡，大爲少婦守寡者生色。

隨園詩話補遺卷十

倉山居士著

六朝詩有足法者。寫景則詠雨云：「細落疑含霧，斜飛爲帶風。」詠月云：「山明疑有雪，岸白不關沙。」「雨住便生熱，雲晴時作峰。」言情則：「莫嫌春繭薄，猶有萬重絲。」「若不信儂來，請看霜上跡。擿門不安横，無復相關意。」又：「回黄轉緑無定期，世事反復君所知。」「人壽百年能幾何，後來新婦變爲婆。」

左思之才，高於潘岳；謝脁之才，爽於靈運。何也？以其超雋能新故也。齊高祖云：「三日不讀謝脁詩，便覺口臭。」宜李青蓮之一生低首也。

詩家兩題，不過寫景、言情四字。我道景雖好，一過目而已忘，情果真時，往來於心而不釋。孔子所云「興、觀、群、怨」四字，惟言情者居其三。若寫景，則不過「可以觀」一句而已。因取閒時所録古人言情佳句，如吴某云：「平生不得意，泉路復何如？」《贈友》云：「乍見還疑夢，相悲各問年。」《寄遠》云：「路長難計日，書遠每題年。無復生還想，還思未别前。」七言如：「相見或因中夜夢，寄來都是隔年書。」「重來未定知何日，欲别殷勤更上樓。」「涼月不知人散盡，殷勤還下畫簾來。」「餞雖難忍臨期淚，詩尚能傳别後情。」「三尺焦桐七條綫，子期師曠兩沉沉。」「最怕酒闌天欲曉，知君前路宿何村？」「願將雙淚啼爲雨，明日留君不出城。」「垂老相逢漸難别，大家期限各無多。」「若比九原泉路隔，只多含淚一封書。」

或瘞旅客云：「半面爲君申一慟，不知何處是家鄉。」無情之情，轉覺深遠。

近時孫廷颺《送客之楚》云：「落日蒼苔正晚鐘，送君聊復坐從容。亦知少駐終成別，畢竟權留勝再逢。黄葉亭空聽絡緯，白蘋江冷夢芙蓉。倘經回雁峰頭過，珍重平安信一封。」此詩亦復情深。

詩不能作甘言，便作辣語、荒唐語，亦復可愛。國初閻某有句云：「殺我安知非賞鑒，因人決不是英雄。」詠漢高云：「能通關内風雲氣，不諱山東酒色名。」「英雄本不羞貧賤，歌舞何曾損帝王？」可以謂之辣矣。或贈道士云：「煉成雲母堪炊飯，收得雷公當吏兵。」或自述云：「我向大羅看世界，世界不過手掌大。當時只爲上昇忙，不及提向瀛洲賣。」可以謂之荒唐矣。

宋人絶句有補采者，如：「人老簪花不自羞，花應羞上老人頭。醉中扶過平康里，十里珠簾半上鉤。」「一百二十四門生，春風初長羽毛成。衰翁漸老兒孫小，他日知誰略有情。」「暮鼓晨鐘自擊撞，閉門欹枕有殘缸。白灰撥盡通紅火，卧聽蕭蕭雪打窗。」「沙軟波清山路微，手持筇杖著深衣。白鷗不信忘機久，見我猶穿岸柳飛。」「冢上爲亭鬼莫嗔，冢頭人是冢中人。憑欄莫問興亡事，除卻虚空總是塵。」「天一峰前是我家，滿床書籍舊生涯。春城戀酒不歸去，老卻碧桃無限花。」「閑把羅衣泣鳳凰，先朝曾教舞衣裳。春來卻羨庭花落，得逐晴風出苑牆。」

每見今人知集中詩缺某體，故晚年必補作此體，以補其數，往往吃力而不討好。不知唐人五言工，不必再工七言也，古體工，不必再工近體也，是以得情性之真，而成一家之盛。試觀李、杜、韓、蘇全集，便見大概。

詩有見道之言，如梁元帝之「不疑行舫往，惟看遠樹來」，庾肩吾之「只認己身往，翻疑彼岸移」，兩意相同，俱是悟境。王梵志云：「昔我未生時，冥冥無所知。天公忽生我，生我復何爲？無衣使我寒，無食使我饑。還你天公我，還我未生時。」八句是禪家上乘。陳后山云：「美人梳洗時，滿頭間珠翠。豈知兩片雲，戴著幾村稅？」四語是《小雅》正風。

胡書巢太守官罷，兩次捐復，家資搜括已盡，第三次再捐。余寄宋人《詠被虜女子》詩云：「到底不知顏色誤，馬前猶自買胭脂。」胡卒不聽以行，未及補官而卒。余爲刻其《碧腴齋詩集》，而葬之于金陵瑤坊門外。

有童子作《討蚊檄》云：「成群結隊，渾家流賊之形；鼓翅高吟，滿眼時文之鬼。」蓋憎其師之督責時文故也。語雖惡，恰有風趣。

余曾兩題漂母祠，後有所感，又作一首云：「莫説英雄解報恩，也須早貴似王孫。倘教漂母身先死，誰輦千金到九原？」

吾鄉厲太鴻與沈歸愚同在浙江志館，而詩派不合。余道厲公七古氣弱，非其所長，然近體清妙，至今爲浙派者，誰能及之？如：「身披絮帽寒猶薄，才上籃輿趣便生。」「壓枝梅子多難數，過雨楊花貼地飛。」「白日如年娱我老，緑陰似水送春歸。」《入都會試途中除夕》云：「荒村已是裁春帖，茅店還聞索酒錢。」「燭爲留人遲見跋，雞防失旦故争先。」皆絶調也。

唐人最重五律，所以劉長卿有「長城」之號。近日吴門何豈匏錦專工此體。《聽鐵師彈琴》云：「抱琴來幾年，孤寺夕陽天。往往輟殘課，泠泠調古弦。未秋先落葉，無壑忽鳴泉。自覺疏慵甚，來聽輸鶴先。」通首一氣呵成，殊難得也。其他佳句如：「衣著舊棉重，窗糊新紙明。」「呈詩多越座，避酒或憑欄。」皆是作詩，不是描詩。

田實發進士詠曉鐘云：「雨雲魂夢初驚後，名利心思未動前。」亦妙。

揚州陳又群實孫《秋閨月》云：「欲眠初卷幔，月已到床前。因怯衾裯冷，依然不敢眠。」又《遣興》云：「遠山明向斜陽後，春睡濃于細雨時。」甘肅吴承禧有句云：「收心强學人端坐，改字頻忘墨倒磨。」又曰：「卻笑山居人懶甚，落花不掃待風來。」

乙卯春，余在揚州，巡漕謝香泉侍御移尊寓所，有夢樓侍講、香岩秀才、歌者計賦琴。門下士劉熙即席云：「謝公清興軼雲霄，賓館移尊慰寂寥。地足騁懷寧厭小，客仍是王不須招。無邊烟景剛三月，蓋世才人聚一宵。定有德星占太史，千秋高會續紅橋。」「一枝玉樹冠群芳，入座題襟興倍長。從古佳人是男子，見《東漢書》。於今問字有歌郎。計郎學詩於隨園。酒傾長夜真如海，燈照名花别有光。細數平生遊宴處，幾回似此最難忘？」

離隨園數武，地名小桃源，有東嶽道院羽士徐景仙直青，頗愛吟詠。《溪上》云：「野塘深柳夕陽斜，斷岸無人噪晚鴉。風滿緑荷香不定，蜻蜓飛上水藻花。」《漫興》云：「藥爐丹鼎伴閑身，山似屏遮樹作鄰。自得桃源爲地主，不成仙也勝凡人。」他如：「鶴聲帶月啼蕭寺，樹裏開山對蔣山。」皆佳。

枚少時雖受知于傅文忠公，而與福敬齋公相從未併面。前年，蒙其在西藏軍中通書問訊，見懷四詩，情文雙美。今年五月，在楚征苗薨逝。枚不禁泣下，賦二詩哭之。後見外孫陸昆圃代作四章，更覺莊重，遂加潤色，遠寄京師，而自己所撰，又不忍割捨，故留於《詩話》中。云：「銅柱勳名萬口傳，騎鯨人去未華顛。馬援力疾猶臨陣，祖逖英年早著鞭。底事三軍剛洗甲，忽教一柱不擎天？聖恩加到難加處，王爵追封到九泉。」「塞外高吟詩四章，遠教驛使寄袁羊。未曾識面成知己，才得通書便斷腸。萬里魂歸憑馬革，九重親到奠椒漿。誰知朝野銜哀外，別有閑鷗泣數行。」

王荆公行新法，自知民怨沸騰，乃詠雪云：「勢大直疑埋地盡，功成才見放春回。村農不識仁民意，只望青天萬里開。」祖無擇笑曰：「待到開時，民成溝中瘠矣。」荆公初召用度支判官，不就，修起居注，不就。齎册吏拜而求之，乃逃於厠。授知制誥，方起。故有人見其雪詩而刺之，云：「不知落得幾多雪，作盡北風無限聲。」又詠泉云：「流到前溪無一語，在山作得許多聲。」余少時《讀荆公傳》云：「寡識不知《周禮》僞，好諛忘卻仲尼尊。」

弟香亭詩才清婉，而近日從澳門寄詩來，殊雄健，信乎江山之助，不可少也。《渡海》云：「萬頃碧琉璃，雙瞳忽净洗。內洋水色碧如翡翠，至大洋則黑。數點山浮空，四面天垂水。騰身登巨航，漸入重洋裏。雨細風不生，水摇浪自起。變態出須臾，奇光閃黄紫。濺沫潑頭上，埋舟入井底。尾低頭倏昂，左仄右復欹。人若釜內魚，身作箕中米。惴惴忍顛危，頻頻問遐邇。出險試凝眸，得岸已在彼。拂拭濕衣裾，檢點舊行李。回首一長吁，已渡海來矣。」《越嶺至深澳》云：「海風大於天，海山横截浪。山裏風輪中，人行山頂上。風欲拔山飛，山怒與風抗。業已路斷絶，强就天依傍。頭仰方懼壓，踵旋頓迷向。細徑曲沿邊，側身與石讓。心共懸旌摇，輿作紙鳶放。崎嶇萬千盤，變幻頃刻狀。耻爲楊朱泣，强學王尊壯。五體及百骸，安放難穩當。官途竟至此，嗒然神氣喪。」又《憶隨園》云：「十年杖履暢追尋，花裏彈棋月下吟。過去何曾嫌日永，别來倏已及春深。晝非共賞難娱目，詩未經看不放心。萬里漫言歸路遠，夢魂常到舊山林。」

余嘗有句云：「水常易涸終緣淺，山到成名畢竟高。」偶閲《詞科掌録》載：沈歸愚《詠北固山》云：「鐵甕日沉殘角起，海門月暗夜潮收。」《渡江》云：「帆轉猶龍沖岸出，水聲疑雨挾舟飛。」嚴遂成《曲谷》云：「雕盤大漠寒無影，冰裂長河夜有聲。」《太行山》云：「孕生碧獸形何怪，壓住黄河氣不驕。」二人四詩，皆氣體沉雄，畢竟名下無虚。

燕以均年雖老，而詩極風趣。近詠七夕云：「相看只隔一條河，鵲不填橋不敢過。作到神仙還怕水，算來有巧也無多。」

人但知滿口公卿者爲俗，而不知滿口不趨公卿者爲尤俗必也。素其位而行，不忮不求，無適無莫，其斯謂之君子乎！《唐闕史》載，中書舍人路群之高淡，給事中盧弘正之富貴，雪中相過，所服不同，所言不同，而兩意相忘，相好特甚。時人兩美之。余嘗與亞相莊滋圃赴尹文端公小飲，賦七古，有句云：「赤也端章點也狂，夫子難禁莞爾笑。」

宋人詩云：「梧桐直不甘凋謝，數葉迎風尚有聲。」又云：「曾經玉貌君王寵，還擬人看似昔時。」

此四句，皆爲失時者言，恰有余味。

余少年時，最怕早起。國初人有句云：「從來甘寢處，最是欲明天。」凡種松者，初往上長，到五六十年後，便不鋭上，而枝葉平鋪。六朝人有句云：「泉高下溜急，松古上枝平。」每見雀鬥，必一齊下地。李鐵君有句云：「鬥禽雙墜地，交蔓各升籬。」游天台，夜聞雨，自覺敗興，不料早起，而路已乾，可遊。查他山有句云：「夢裏似曾聽雨過，曉來仍不礙山行。」方知物理人情，無有不被古人説過者。

代人悼亡，最難落筆。然古人有亡于禮者之禮，則自有亡於情者之情。吴蘭雪《過竹士瘦吟樓哭纖纖夫人》云：「片紙吹來已斷腸，青青潘鬢乍成霜。今生文字因緣重，此去人天離别長。三島舊遊雲慘緑，一樓殘夢月昏黄。羅衣單薄仙風冷，鶴背先愁怯晚涼。」「書奩藥裹亂成堆，日日題箋傍鏡臺。一代紅妝歸間氣，九閨彩筆杖仙才。生前手草教親定，病裏心花更怒開。聞説前宵猶强坐，挑燈爲和一詩來。」「文采誰傳絳幔經，寄生小鳳乍梳翎。夫人繼沈散花女史女鳳珍爲女。床前詩卷抛猶滿，畫裏眉峰慘不青。蝴蝶飄來秋影瘦，水仙夢到夜涼醒。旁人只賞流傳句，不管酸心不要聽。」

金陵燕子磯有永濟寺，往來士大夫，往往阻風小泊，輒有題句。國朝相國張文端英、鄂文端爾泰，墨蹟淋漓，尚存僧舍。老僧默默曾刻一集，竟被火焚。余二十七歲遊此寺，今八十一矣。今春又爲風阻，遣家人抄存。尹少宰會一云：「芙蓉幾朵領花宫，鐘磬聲高遞遠風。一嶺白雲歸老衲，半潭秋水住漁翁。香林鳥語天機活，古塔龍吟地勢雄。爲問攢眉陶處士，可能大醉與禪通？」「收纜停舟燕子磯，穿雲拾級叩僧扉。遠公卓錫閑隨鶴，惠海蓬頭自補衣。欲向三乘窺妙相，卻因一語悟真機。此間早識黄梅熟，何必風幡問是非？」張宗伯廷璐云：「一徑秋陰蹋蘚苔，翠蘿深處寺門開。懸巖石色窗中出，繞閣江聲樹杪來。露有禪房容徙倚，尚留先澤重徘徊。流光五十余年事，又到蒲公舊講臺。康熙壬戌，先公有贈蒲公和尚詩。」李炯云：「偶因江水阻，散步過林巔。霧隱三台洞，雲生一綫天。倚松驚戲鼠，坐石盥流泉。惟愛鐘山色，朝朝作紫烟。」又：「山開榆力健，橋仄柳身支。」亦佳。

金纖纖女子詩才既佳，而神解尤超。或問曰：「當今詩人，推兩大家，袁、蔣並稱，何以袁詩遠至海外，近至閨門，俱喜讀之，而能讀蔣詩者寥寥？」纖纖曰：「樂有八音，金、石、絲、竹、匏、土、革、木，皆正聲也。然人多愛聽金、石、絲、竹，而不甚喜聽匏、土、革、木。於試操此意，以讀兩家之詩，則任、沈之是非，即邢、魏之優劣矣。」人以爲知言。纖纖又語其郎君竹士云：「聖人曰：『詩三百，一言以蔽之，曰思無邪。』余讀袁公詩，取《左傳》三字以蔽之，曰『必以情』。」古人云情長壽亦長，其信然耶？

禮親王世子汲修主人能詩念舊，近致書王夢樓太史，以故人賈虞龍孝廉詩屬其轉寄隨園，刻入《詩話》，因夢樓與賈君本係舊交故也。其詩尤工七古，篇長不能備録，録其《夢樓齋中夜話》云：「黄葉愁風雨，青衫感歲華。年來貧到骨，久住即成家。奇數真三黜，吟情尚八叉。多君車笠意，深夜笑言嘩。」《别内》云：「莫訝頻斟金叵羅，匆匆馬首欲如何。已遲婚嫁歡情少，爲歷饑寒絮語多。聊向左家供杖屨，休疑王粲滯關河。他時譜就房中曲，留得金徽好和歌。」又句云：「夜月故人千里夢，他鄉詩思一天秋。」

方大章秀才詩，初學明七子，後受業門下，幡然改轍，專主性靈，可謂一變至道。近命其門人王鼎來謁，詩頗清新。《過陳山人崖居》云：「爲有儓佟癖，誅茅古洞根。山泉飛過屋，崖石巧爲門。竈冷青苔長，雲屯白晝昏。我來相揖罷，晞髮淡忘言。」《過野寺》云：「片片閑雲傍水隈，方知香界少塵埃。路於紅樹叢中出，門向青山缺處開。老衲偶然行藥去，遊人都爲聽泉來。偶留鴻爪題新句，一掃空廊壁上苔。」又句云：「詩思因春長，歸心在臘先。」「行盡深山方見寺，參完古佛未逢僧。」俱佳。

余過同里，與從子湘湄、笛生談詩，其二子皆髫也，倚膝而聽，若領解者。余問：「能詩否？」其長者陶甡，呈其《詠秋海棠》云：「初過涼雨拓窗紗，緑葉淒淒映晚霞。秋夜月明如水好，上階先照海棠花。」其弟陶容《舟行》云：「遠望青山似白雲，忽聞岸上有人聲。夜深那有人來到，卻見扳罾一盞燈。」

阮芸臺學士提學浙中，嘗製團扇一柄，自寫折枝於上，命多士詠之。錢塘諸生陳文杰賦《團扇詞》一篇，末句云：「歌得合歡詞一曲，想教留贈合歡人。」學士大加稱賞，批其旁云：「不知誰是合歡人？」即以團扇贈之。

余過吳江梨里，愛其風俗醇美。家無司閽，以路無乞丐也；夜户不閉，以鄰無盜賊也；行者不乘車，不著屐，以左右皆長廊也。士大夫互結婚姻，絲蘿不斷。家製小舟，蕩摇自便，有古桃源風。詩人徐山民邀余住其家三日，率其妻吳珊珊女士，雙拜爲師。二人詩，天機清妙，已分刻《同人集》及《女弟子集》中矣。又見山民《寄内書》云：「心隨書至，何嫌十里之遥；船載人歸，當在一更以後。」想見其唱隨風致，有劉綱夫婦之思。隨放棹吳江，訪唐陶山明府。同行者陳秋史、徐懶雲、陳竹士、侄笛生。行至八坼，大風阻舟，四人聯句云：「荒荒月色逼人寒，頭壓低篷擁被看。一夜北風吹作雪，天教於此卧袁安。」「如吼風聲浪欲奔，篷窗人語聽昏昏。東船西舫相依住，一夜真成水上村。」笛生《調山民》云：「妝樓上有女門生，應怨先生太不情。已過一更程十里，奪人夫婿一齊行。」懶雲《調竹士》云：「留人今夕且團圞，明日分飛雁影單。君欲尋梅問消息，我能替竹報平安。」時懶雲先欲辭歸，竹士托寄内子梅卿書，故有此詩。時嘉慶丙辰十一月十三日。

吴江多閨秀。徐秀芳、彩霞，山民堂姊也，俱歸李氏，以姊妹爲妯娌，唱酬無虚日，惜皆早卒。山民僅記秀芳《重九》云：「滿簾秋色正重陽，懶去登高倚繡牀。舊日愁懷盡拋卻，近時詩思已全荒。庭梧葉落寒初動，籬菊花開晚更香。一卷殘書聊自遣，消閒此外别無方。」彩霞《讀秀芳姊遺稿》云：「一卷叢殘稿，蹉跎録未成。開緘雙落淚，看殺不分明。」又陳素芳《春雨次韵》云：「到地初融絮點殘，灑空兼潤鵲聲乾。暗添芳草迷香徑，盡洗新花出藥闌。簾閣夜吟窮百箭，池塘幽夢失三竿。遥山斷浦皆生色，未怕春衫有薄寒。」《新緑》云：「烟景乍驚梅實七，風情多學柳眠三。」素芳，即吴江茂才李會恩之聘室，未嫁而卒。又潘掌珍字湘蘋，《寒食對雪》云：「今年寒食雪連綿，偏遇佳辰三月天。應是司霜憐好景，故將美玉種春田。難分飛絮盈階白，只覺殘花點地鮮。卻笑城南遊玩客，春衫空典買舟錢。」《哭豐兒》云：「苦雨淒風暑氣微，忍寒扶病啓窗扉。偶然想到亡兒話，掩淚回身换袷衣。兒病中常囑母當保重。」

又有朱文虎字荔生者，慣作無題詩。《閨情》云：「卍字闌干白石街，自挑花虱拔金釵。新晴微覺莓苔滑，獨自閨房换繡鞋。」「好風連夜小桃開，雌蝶雄蜂次第來。采得盆中紅豆子，嬌憨捉臂要人猜。」又有句云：「蘆隨小港緑三里，雲漏斜陽紅半天。」

又有朱爾澄字春池者，《冬夜客舍》云：「客舍燈殘淡月斜，夜深岑寂感年華。故園手植梅千樹，每到花開不在家。」《過孫明府潢寓齋》云：「攜屐盤盤松徑回，疏鐘遠渡寺門開。茶烟透處棋聲落，傲吏閒時冷客來。山擁翠鬟羅卷軸，湖浮明鏡倒樓臺。眼前便覺紅塵隔，竹下談詩坐石苔。」

詩往往有畸士賤工脱口而出者。如成容若青衣某有詩云：「一杯一杯又一杯，主人醉倒玉山頹。主人大醉捲簾起，招入青山把客陪。」又蘆墟縫人吴鯤有詩云：「小雨陰陰點石苔，見花零落意徘徊。徘徊且自掃花去，花掃不完雨又來。」

無錫楊某妻薛氏，有色，嘗以詩答夫之從弟，夫疑之，訟於府。太守巴公焚其詩，不以姦科，而許其離異。婦有子尚幼，乃托爲子之詞，呈府求復合，太守許之。楊有族某利其財，勿許婦歸，轉訟于金匱縣尹邵無恙。邵置筆札於庭，命婦賦詩見志。成絶句云：「人間無路事茫茫，欲訴哀衷已斷腸。一曲琵琶千古恨，願郎留妾妾歸郎。」尹大喜，追償器用，許其復合，而令族弟他徙，以絶後悔。判云：「因母子而夫婦重諧，不過體太守全倫之意；遠兄弟而男女有别，亦以絶小人漁色之心。」有周生者，詠其事云：「忍使文君怨白頭？蘼蕪許爲故夫留。使君身是圓通佛，消盡人間棄婦愁。」「葛洪何處返仙鳧，曾爲憐才護薛姝。從此雙魚仍比目，銜珠應傍賀家湖。」

滿洲王公耐溪敬作江寧固山府，好賢禮士。金陵詩人蔡芷衫、曹淡泉、余秋農諸人俱從之遊。詩才清妙，雅有唐音。今春，袖其稿來。《秦淮泛舟》云：「青鬟雅小發垂髫，戲倚雕欄學語嬌。最是擊人幽興處，絳紗窗裏篆烟飄。」《贈詩會諸友》云：「錦繡篇成妙入神，西園清夜絶微塵。歸遲莫慮無燈月，自有文光照見人。」

吴江嚴蕊珠女子，年才十八，而聰明絶世，典環簪爲束修，受業門下。余問：「曾讀倉山詩否？」曰：「不讀不來受業也。他人詩，或有句無篇，或有篇無句。惟先生能兼之。尤愛先生駢體文字。」因朗背《于忠肅廟碑》千余言。余問：「此中典故頗多，汝能知所出處乎？」曰：「能知十之四五。」隨即引據某書某史，歷歷如指掌，且曰：「人但知先生之四六用典，而不知先生之詩用典乎。先生之詩專主性靈，故運化成語，驅使百家，人習而不察。譬如鹽在水中，食者但知鹽味，不見有鹽也。然非讀破萬卷且細心者，不能指其出處。」因又歷指數聯爲證。余爲駭然。因思虞仲翔云：「得一知己，死可無恨。」余女弟子雖二十余人，而如蕊珠之博雅，金纖纖之領解，席佩蘭之推尊本朝第一，皆閨中之三大知己也。

蕊珠扶其母夫人出見，年六十二歲矣。白髮飄蕭，呼余爲伯父。余愕然。夫人曰：「伯父抱我懷中，賜果，而忘記乎？」詢之，乃李玉洲先生之女孫，余嘗住其家故也。記抱時夫人才四歲耳。方知人果壽長，便有呼彭祖爲小兒之意。滿座爲之飃然。

余二十七歲，權知溧水。離任時，吏民泣送，有以萬民衣披我身者，金字輝煌，皆合郡人姓名也。車中感成一律云：「任延才學種甘棠，不料民情如許長。一路壺漿擎父老，萬家兒女繡衣裳。早知花縣此間樂，何必玉堂天上望。更喜雙親同出境，白頭含笑説兒强。」此詩《全集》忘載，故載之《補遺》及

《詩話》中。

聖祖不飲酒，最惡喫烟。南巡，駐蹕德州，傳旨戒烟。蔣陳錫《往水恭記》云：「碧碗水漿瀲灩開，肆筵先已戒深杯。瑶池宴罷雲屏敞，不許人間烟火來。」

嘲嗜烟者，董竹枝云：「不惜千金買姣童，口含烟奉主人翁。看他呼吸關情甚，步步相隨雲霧中。」又嘲女子吃烟者云：「寶奩數得買花錢，象管雕鏤估十千。近日高唐增妾夢，爲雲爲雨復爲烟。」

德清蔡石公先生會試，有妓愛而狎之，蔡賦《羅江怨》詞以謝云：「功名念，風月情，兩般事，日營營，幾番攪擾心難定。待要倚翠偎紅，捨不得黄卷青燈，玉堂金馬人欽敬。欲待要附鳳攀龍，捨不得玉貌花容，芙蓉帳裏恩情重。怎能兩事兼成，遂功名，又遂恩情，三杯御酒嫦娥共。」後竟中康熙九年狀元。其詞正而不腐，故録之。

古無自刻文集者，惟五代和凝以其文鏤板行世，人多譏之。至今庸夫淺士多有集行世，殊爲可嗤。然素無一面，而爲之代刻其詩文以行世者，古未有也。近日滿洲趙碌亭佩德侍御，絶無交往，而爲我鐫《自壽詩》十四首，自以隸、楷二體書之，備極精工。與李調元太史同有嗜痂之癖。二人者，吾没齒不能忘也。至於書之改卷爲頁，則始于唐，見《萬物原始》。不可不知。

周青原侍郎未第時，夢爲九天玄女召去，命題公主小像。周有警句云：「冰雪消無質，星辰繫滿頭。」玄女愛其奇麗，爲周治心疾而醒。

秦松齡太史詠鶴云：「高鳴常向月，善舞不迎人。」世祖賞其有身份，即遷學士。

余摘近人五言可愛之句，如費榆村之「水清魚可數，樹秃鳥來稀」、「苔新初過雨，石古欲生雲」；岑振祖《過丹陽》云：「鄉心隨落雁，帆影過奔牛。」可稱巧對。榆村又有句云：「讀書不知味，不如束高閣。蠹魚爾何知，終日會糟粕。」此四句，可爲今之崇尚考據者下一神針。

余年逾八十，偶病河魚之疾，醫者連用大黄，人人摇手，余斗膽服之，公然無恙。又病中無事，好吟自家詩集。嚴歷亭司馬寄詩相嘲云：「醫學都憑放膽爲，將軍專斷敵方摧。休論功業文章事，病也無人學得來。」「自家詩稿自長吟，元氣淋漓病敢侵？從此雞林論價值，少須十倍紫團參。」「追算當年求輓日，重生今始七齡人。不禁惹我疑心起，翹課兒童病不真。」

豫親王扈蹕灤河，佳句已梓入前卷中矣。其時蒲快亭孝廉從行，得詩十章。兹録其《過青石梁》云：「梁亘長虹起，危峰駕六鼇。不知牛斗近，但覺馬蹄高。嵐翠沾衣袂，巖花拂佩刀。白雲渾似海，南望首頻搔。」《廣仁嶺》云：「飛磴盤雲上，青天豹尾懸。五丁開不到，雙峽斷何年。亭倚高霞出，山圍大漠圓。灤陽看咫尺，瑞靄落吟邊。」

嚴小秋丁巳二月十九夜夢訪隨園，過小桃源，天暗路滑，滿地葛藤，非平日所行之路。不數武，見二碑，苔蘚斑然，字不可識。時半鉤殘月，樹叢中隱約有茅屋數間，一燈如豆。急趨就之，隔窗聞一女郎吟曰：「默坐不知寒，但覺春衫薄。偶起放簾鉤，梅梢纖月落。」又一女郎吟曰：「瘦骨禁寒恨漏長，勾人腸斷月茫茫。傷心怕聽旁人説，依舊春風到海棠。」方欲就窗窺之，忽聞犬吠驚覺。此殆女鬼而能詩者耶？

小秋妹婿張卓堂士淮，弱冠，以瘵疾亡。彌留時，執小秋手曰：「子能代理吾詩稿，擇數句刻入隨園先生《詩話》中，吾雖死猶生也。」余憐其志而哀其命，選其《春雨》云：「雨聲淋瀝響空庭，釀就輕寒洗盡春。一夜聽來眠不得，那禁愁煞惜花人。」《病中》云：「病真空蓄三年艾，夢醒忙温一卷書。」「夜深還累妻煎藥，僕懶翻勞客請醫。」小秋哭之云：「心高徒隕命，身死不忘名。」小秋妹佩秋潤蘭亦能詩，贈小秋云：「梅能傲雪香能永，楓不經霜色不紅。」《哭夫》云：「身在衆中嫌贅物，心期地下伴亡人。」果不一年，亦以疾亡。

半谷居詩話

半谷居詩話提要

《半谷居詩話》二卷，據乾隆間《大雅堂稿》增修本點校。撰者鄒方鍔（一七一四—？），字豫章，號半谷，江蘇無錫人。乾隆二十七年舉人，官知縣。有《大雅堂稿》。此書頗記本人之詩及事，署年者不出乾隆二、三十年間，最晚爲乾隆三十二年，寫作當在此年後不久。鄒氏有詩名，頗得當時如錢陳群等人贊許。至其評國朝詩，亦謂香樹乃阮亭後一人而已，則不免酬知己而過譽。論古有識，於中晚唐及宋詩頗有體會，説甚具體，而多與胡仔《苕溪漁隱叢話》立異。又謂遺山《論詩絶句》「鴛鴦繡出從君看，莫把金鍼度於人」之意，「非不肯度，正是不能度耳」。爲補句云：「鴛鴦原把金鍼繡，度了金鍼却悟否。」其識皆類此。

半谷居詩話卷上

勾吴鄒方鍔

温飛卿《商山早行》「雞聲茆店月，人跡板橋霜」，古今豔稱。歐陽公愛之，《過張至秘校莊》擬云：「鳥聲梅店雨，野色板橋春。」余謂終是唐人低調。其《送人東遊》：「高風漢陽樹，初日郢門山。」《西遊書懷》：「高秋辭故國，昨日夢長安。」《贈越僧》：「一室故山月，滿缾秋澗泉。」《題造微禪師院》：「照竹鐙和雪，看松月到衣。」結響造意，猶近盛唐。余有句云：「邯鄲故步自瑰奇，争奈漂流骨已卑。拈出高風漢陽句，不應偏說板橋詩。」

昌黎前後評東野詩都未當。東野聯句别出一奇，非其本色，昌黎所稱只説得聯句詩耳。

東野詩長於擬古，而短於自運。集中樂府直追魏晉，特蹊逕少變化耳。至詠物、哀輓等作，都有不成詩者。

世人但以濃艷目義山，不知其幽思駿骨，遠意高情，正不易學。

義山五古往往以排律聲調運之，絶非古詩本色。

王荆公喜義山詩，謂唐人知學老杜而得其藩籬，義山一人而已。義山七律一體，有絶近老杜者，然亦不多見。

余友華師道諱玉淳，遊楚歸，示余《補遊草》一卷，屬爲點定。其自序云：「癸酉十一月三日，夢二客索觀吟稾，曰：『君再至西湖拜岳、于二少保墓，三謁嚴陵釣臺，何得無詩？』對以未敢草草著。曰：『今可補矣。』明年春如楚，道經杭嚴，忽憶前夢，次第成詠。」《岳忠武王墓》一律云：「誓返鑾輿謁寢園，無端和議撤藩垣。出師空負黄龍約，入獄翻罹白璧冤。唐業再光成僅事，漢家舊物委中原。南枝猶是當年柏，聲雜江濤繞墓門。」是題名作如林，而函蓋穩愜，雖求之古人，未易多見。

太白古風力追漢魏而復於古，然讀之自是太白之詩，非漢魏之詩也。東坡篤服淵明，晚年謫海外，遂盡和其詩，自謂幾於陶矣，自是東坡之詩，非淵明之詩也。

高青丘七古奇詭跌蕩，直入太白妙境，誠足與東坡、遺山並雄一代，至近體頗無可採。七律「白下有山皆繞郭，清明無客不思家」一聯，自然高妙，風韵不在唐人下。

孫孝女名旭英，字曉霞，工詩。邑諸生朝雲女。居無錫城東婁巷，以父年老，無兄弟，不字。有句云：「行藏自昔輕三窟，趨避於今鄙六爻。」金沙蔣先生衡爲立傳，一時名流題詠甚多。

元謝應芳《晴雪》詩云：「一夜雪深三尺强，石人墮指冰霾僵。猶喜金烏兩翅凍不折，天明飛出海之上扶桑。老夫晨起膠山下，風景看來渾似畫。連山萬頃玉爲田，隔水數家銀作舍。田中築城團義兵，日高未飯饑腸鳴。黄泥凍地硬如鐵，白柄短鋤鏗有聲。不辭受寒餓，但恐虧工程。將軍踏雪來點名，萬夫鵠立顫且驚。馬前壯士五色棒，棒頭性命鵝毛輕。余生悔不習兵法，雪夜搶吴書奏捷。客欄抱膝漫悲歌，柰爾義兵寒若何。」自注：「寫呈無錫州尹，遂豪罷胡家渡築城之役。」

秦爽字仲孚，有《滌煩亭集》。趙元默云：「仲孚集中如『杖藜扶我溪橋步，看盡湖南十里山』，則詩中畫也。『微風輕颺茶烟起，知有人家在水西』，則畫中詩也。」

顧樞字所止，號序庵，端文公孫。有《西疇草堂集》。《秋曉》一聯云「乍歇蓮花漏，初分槲葉斜」，得盛唐遺意。長子景文，字景行，有《匏園集》。次子廷文，字廷颺，有《詩草》。季子貞觀，字華封，號梁汾，有《楚頌亭集》，尤以詞學名。

孫南公字源父，爲宗伯柏潭季子。甲申之變，哭晝夜不絶。中秋賦《雁》詩云：「少小江南住，不知鳴雁哀。今宵清枕淚，念爾舊京來。」

管社山人楊維寧字紫淵，高簡絶俗。《自題園中》云：「池割三吴水，園分百越山。」又云：「窗静每勞風月，人閒不礙湖山。」山人時乘一鹿，往來山中，他人不能控也。

顧統鈞字珊公，梁汾先生長子，有《葹湄詩草》。佳句云：「松高雲氣白，石古月痕青。」「故山歸不得，芳草意如何。」「典衣春酒㸃，騎犢夜漁灣。」「澹烟如待柳，寒雨不沉山。」「生理隨枯樹，吟魂折大江。」「生涯懸磬室，心事缺壺歌。」「山中心似水，門外事如雲。」

顧衡文字倚平，梁汾先生族弟，有《清琴齋集》。佳句云：「前路正圓今夜月，春衣量減一重棉。」「萬里玉關花信斷，一江春水雁行稀。」「玉鈎夜掛西南月，錦瑟塵封五十絃。」「青桂小窗先得月，紅梨深院不知秋。」「良夜酒傾紅玉盞，春江人上木蘭舟。」「金環約指魚雙尾，銀甲彈箏雁一行。」

蔣翼字天脩，撰《狂歌録》一卷。其五言絶句云：「無事門常閉，朝來試卷簾。一番春雨過，庭草緑芊芊。」高澹得王、韋餘韵。

孫宜銓字丹序，有《旅吟集》。其詠新月云「菱花鏡裏眉初歛，寶帶圍時玉一鈎」，爲時傳誦。

無錫洪丘湥，相傳吴王妃曾葬此，因號吴妃墩。閨秀黄覲昭詩云：「瘞玉埋香杳莫論，擬將杯酒奠孤墩。西風似織蘇臺恨，楓葉年年染淚痕。」

龔静照字鵑紅，中翰佩潛先生女，著《永愁集》。《清明病中》云：「桃花春水漾輕紅，作意新苔繞畫櫳。酒覺多情同入夢，花憐有劫尚隨風。難消蠹癖依千帙，未了蠶絲結一叢。幾念先人青塚路，紙錢飛蝶隔墻東。」江都黄之柔字静宜，吴興太守吴薗繼配，鵑紅過訪慧山贈以詩，黄答云：「簾捲飛花落硯池，掃眉才子坐題詩。兩山烟雨青無際，總是雙蛾半蹙時。」

丁丑秋，余與吴一峰、李賓皇同宿慧山忍草庵玩月。一峰得句云：「寒月明於雪，遥山澹欲波。」賓皇得句云：「人語一林月，僧歸半夜鐘。」余得句云：「林澹月初上，山空人語稀。」賓皇少習舉業，久之棄去，肆力於詩，詩筆頗高雅，余爲序其集。

明陳士楚，廣陵人。能詩。《書錫山驛》云：「嗚嗚畫角吟涵秋，一曲梅花動暮愁。不管江南斷腸客，夜深吹上月明樓。」

吾家流綺先生著《大事記》十二卷，其友人贈詩云：「讀書昔已過袁豹，抽史今當繼董狐。」先生中順治壬辰殿元，早歲夭折，世多惜之。

元遺山《論詩絶句》云：「鴛鴦繡出從君看，莫把金針度與人。」非不肯度，正是不能度耳。余書其後云：「才調真堪第一流，新詩千首壓中州。鴛鴦原把金針繡，度了金針卻悟否。」遺山有知，應爲首肯。

夢公麟督學江左，刻《夢喜堂集》。五古直追晉宋作者，七古才情横逸，特逞才太過耳。令天假之年，功力深到，當參國初諸子之席。

太倉三王以畫學有聲於世，品其高下，麓臺爲上，烟客次之，圓照亦稱能品，而筆意稍凡近，非功力不逮，其天資遜耳。余有句云：「麓臺筆墨堪千古，烟客還爲第二流。重把三王開品量，買絲怎教繡廉州。」落句翻用阮亭語也。

宋子虚詩，才情淵雅，格律清妍，於元人中當特拔一幟。其《啽囈集》不特議論古今無卓然絶特之見，其詩俚俗凡近，亦少有足録者，雖不作可也。張習後序載陳五經、王光庵語，直足令人噴飯。

楊先生介公授經邑秦氏，館僮張孺子者，靈慧曉人意。一日，齋中菊盛開，孺子微吟其下曰：「鶴翎飛不去，碧玉墮於斯。」先生大加擊賞，授以詩法，頗能吟詠。惜頻年客遊，率意應酬，遂湮没無可採者。

庚辰秋，吴一峰試白下，歸舟攜美人蕉一本。鮑南行贈句云：「秋來淮水咽寒潮，桃葉桃根總寂寥。差喜吴郎無俗韵，扁舟載得美人蕉。」余和云：「閬苑名姝整翠鈿，輕羅舞袖自年年。月明約共横江渡，畢竟多情是鮞仙。」「誰道多情是鮞仙」，王雪宫贈一峰句。

劉于根宿以詩學鳴，刻《榿林詩草》一卷。其近體宗宋元，余最愛其《登棲鳳樓望太行山》：「慘澹風雲連上黨，蒙茸竹樹隱山陽。」《南歸》：「寒山影裏孤城出，殘角聲中一騎過。」

朱克敏字若愚，號㮰香，少遊先府君門下，以詩學鳴於時。喜孟東野詩，遇能書者，輒請書東野詩，其自爲詩亦絶似之。年踰七十，潦倒益甚，兩目遂盲，猶時時賦詩自道。余友亦枚爲序其詩。

楊德文字鶴沖，詩宗宋元，才情溢發，刻《雙梧軒近稾》一卷。

任翰林端書易簀時，有峨嵋僧入夢賦詩云：「簷前滴水無今古，洞口桃花幾度開。放眼峨嵋山下路，不知歸去是歸來。」翰林平日頗耽聲色博戲，不知具宿根如是也。

淮南程晉芳字魚門，過維揚，舟覆，舟子新娶婦溺死。賦詩云「新婦已隨河伯去，老夫初問水濱迴」，聞者爲之捧腹。

海寧陳林號莘岩，工近體詩。癸未下第南回，與余同舟，贈余句云：「花落逢君侯，帆開共遠行。一樽菖葉滿，千里月輪清。未分投時器，難忘好古情。春來楊柳色，依舊繞行旌。」「名泉流活潑，天插九峰寒。勝地千秋迥，高名一代難。羲經深夜讀，晉帖及朝餐。惜别淮陰路，風期把釣竿。」

東坡云：「蜀中多榿木，讀如欹仄之欹，散材也，獨中薪耳。然易長，三年乃拱。」子美詩云：「飽聞榿木三年大，爲致溪邊十畝陰。」不誣也。凡木所芘，其地則瘠，惟榿不然，葉落泥水中輒腐，能肥田，甚於糞壤，故田家喜種之，得風葉聲發發如白楊也。

杜詩：「榿林礙月吟風葉，籠竹和烟滴露梢。」籠竹亦蜀中竹名。古人謂老杜詩一字不苟下，良然。

楊泰字虞尊，詩思清迥。甲申夏，和友人楊花詩云：「飄來何處滿晴空，漠漠輕烟淡蕩中。夢裏尋春常殢雨，水邊籬影乍禁風。撲簾攬砌迷新緑，毶逕鋪氈襯碎紅。斷送一春花事過，長堤車馬正匆匆。」「蜂蝶紛紛逐隊狂，又隨芳草過鄰墻。浮沉此日甘寥落，商略前途墮渺茫。陌上車停愁極望，樓頭簾捲恨偏長。籬邊野外從飄泊，笑殺風塵底事忙。」「荏苒辭枝斷昔緣，浮生不繫儘飄然。鏡中衰颯空相照，霧裏溟濛枉自妍。閑共晴絲遊作伴，可同墜粉見猶憐。欲尋蹤跡渾無處，只在荒郊淺水邊。」「撩亂何須問影形，似花如雪不曾停。二分塵土一分水，五里烟村十里亭。日晚高樓斜翠縷，雨餘南浦掠浮萍。傷春傷別司勳老，禪榻茶烟喚夢醒。」余贈句云：「門對寒溪水，才高柳絮篇。」蓋謂是也。

虞尊贈余詩云：「大雅文宗匠，清詩似永嘉。松雲流翰墨，竹石老烟霞。短榻秋更話，扁舟野思賒。東籬勞問訊，期不負黃花。」梁君徽爲余書「松雲」一聯，懸之齋壁。

西湖靈隱寺僧名寂善，號業蒭，温雅有文士風。能詩，書法亦佳。余寓西湖時，過靈隱，輒贈余詩，余答句嘗以惠勤況之。

今體詩對仗須工，要得自然乃妙。余近詩有云：「方丈鯨燈靜，圓靈水鏡幽。」「勝地名藍古，霑衣空翠鮮。」「拾級風爲御，單椒雲作屏。」「栽花覘月令，屬草說風騷。」都以無意得之，不關强索。古詩有一聯云：「銅鑪撥文火，石銚烹武夷。」「文火」、「武夷」作對，亦頗出意表。

鍔曾大父抑庵府君以順治己亥歸自京師，於涿州旅壁見維揚女子王靜婉感懷詩，淒切幽婉，援筆和云：「多君才價重連城，灑筆郵亭無限情。燕語簾前聲似咽，蝶酣花外夢初成。團香暗憶當年事，墜粉應憐異代名。懷古自來憐盻盻，於今腸斷爲憐卿。」數年復過此，前題婉然，再和云：「十年兩過涿州城，此日偏多黯淡情。旅壁留題香未滅，離腸無緒韵難成。漢宮不盡傷春意，楚澤猶傳戀主名。記得小青秋水句，君應憐我我憐卿。」其原韵云：「明珠彷彿舊傾城，不盡當時繾綣情。小試臂粧香未滅，澹勾眉暈畫初成。朱門不惜千金笑，紅粉空憐一代名。離別百年真是夢，墮樓應的報卿卿。」

西湖浄慈寺僧明中字大恒，題姚梅村箊云：「風香村路屐，雲白草堂心。」氣韵清迥，近日詩僧罕有及者。大恒兼能書畫，頗亦不俗。

七言斷句風韵音節，唐人已到最上一層，宋元以還名家大家要無能出其圈繢。七言斷句不從唐人胎脱，未有能工者。

作詩第一要有筆，斷句尤在筆妙，妙者脱口便好。

詩須得醞藉，有味外味，世多知之，然亦有以直捷而得妙者，未容一概論也。

武林汪沆字司禮，號西灝，工五言古詩，刻《盤西遊草》一卷。李宫保衛總制浙閩時緝《西湖志》，中載司禮詩極多，多可誦者。

毘陵邵長衡詩風骨凌厲，力矯綺靡。其七言律多用拗體，儘多傑作。然予最愛其「暮雨瓜州人北去，秋風瓠子雁南征」之句。

東坡云：「古人書畫，辨其佳惡可耳。自謂必能正名之者，皆妄也。」自是通論。王荆公好杜詩，疑世所傳本尚有遺落，思得其完而觀之。每一篇出，自謂輒能辨之。令鄞時，客有授古詩二百篇，世所不傳者，定爲甫作而序其後。荆公雖特識，余知其言之妄也。其生平行事執拗鮮通，於此亦足窺見。

「天下三分明月夜，二分無賴是揚州」，「三分」、「二分」出何典故？而古今推爲妙語。杜詩「是物關兵氣」，亦係硬派，卻關至理。此等句，真可云筆參造化。

五言古詩，嚆矢於《十九首》、蘇李贈答，厥後曹氏父子繼之，一時作者號稱極盛。至六朝，漸入綺靡，然自是古詩正派。唐人則别出畦逕，其克嗣音於漢魏六朝者，寥寥不數人耳。

七言律詩固須氣骨遒上，尤在情韵動人。中晚唐氣骨漸遜，而情韵不乏，後人輒薄晚唐輕靡爲不足學，不知其深情逸韵，正未易幾。

陸放翁詩率易粗淺，間亦近俗，其佳作十不得二三。痛加淘汰，其精者乃出。近世《劍南詩鈔》好醜錯陳，黑白不辨，乃選家之最陋者。

七言古詩有以奇横雄逸勝者，如李、杜、韓、蘇是也。有以穩愜安雅勝者，如王、孟諸家是也。

古樂府始自高祖唐山夫人。其後武帝以李延年爲協律都尉，舉司馬相如等數十人商定律吕，自郊廟朝會以及軍中馬上，都有樂章，叶宫商而被絃管。是時厥後，作者繼起，沿及六代，以迄於唐。自唐以後，音節失傳，所爲樂府襲其貌已耳。後人才思，古詩中儘可發揮，何必以剽竊摹擬爲能事耶？

徐尚書健庵云：「文章有源有委，有正有變。統論古今之詩，《三百篇》爲源，漢魏爲盛，而唐以下爲委。論唐詩貞觀、永徽爲源，開元、大曆稱盛，而元和、開成以下爲委。其寄興深厚，詞義古質，從容諷諭，微婉涵蓄者，正也。刻露峭厲，奡兀豪宕者，變也。」論極平允。

元遺山詩直接唐音，爲開元、大曆嫡派。其才情魄力尚有不及東坡處，而派别視東坡較正。老杜如「竹光團埜色」、「江聲走白沙」、「輕燕受風斜」等句，下字之妙，他人百思不到。至「仰面貪看鳥，回頭錯應人」，則又自然化工矣。

古人詩可注不可解。詩中托物寄興處，山谷老人所謂「同床而不察，並世而不聞」。以千百世以後人强索千百世以上人心事，附會穿鑿，非愚則妄，吾未見其得也。

《西清詩話》云：「子美在蜀作《悶》詩云：『捲簾惟白水，隱几亦青山。』若使余居此，應從王逸少語『當卒以樂死』，豈復更有悶耶？」此語蓋不知痛癢者。

王直方云：「李賀《高軒過詩》所爲『筆補造化天無功』，詩人所以多窮也。老杜『文章憎命達』，恐亦出此意。」謂用意同賀詩耳。苕溪胡仔執是語，辨李出杜後，甫不得用賀語，豈非膠柱鼓瑟。

武寧盛大模與弟鏡、樂以詩古文名世，稱「武寧三盛」。及門弟子一經指畫，都有法度可觀。大模爲余序《大雅堂集》。

吾家二知老人爲余畫桃柳各一枝，題其上云：「桃花赤如火，楊柳碧於水。二氣蒸鴻濛，落筆通化理。」老人曾寫《淵明松菊圖》，或見之曰：「此《洛神圖》也。」問：「何以？」曰：「『榮耀秋菊，華茂春松』，非洛神乎？」然則此幀亦可作濂溪《太極圖》觀矣。

《中州集》：王若虚字從之，槀城人。《題淵明歸去來圖》云：「靖節迷途尚爾賒，苦將覺悟向人誇。此心若識真歸處，豈必田園始是家。」「孤雲出岫莫鴻飛，去住悠然兩不疑。我自欲歸歸便了，何須更説世相遺。」「抛卻微官百自由，應無一事掛心頭。銷憂更藉琴書力，借問先生有底憂。」文人之筆，無所不可，若認作揶揄元亮，便是癡人前説夢耳。

元遺山《岐陽三首》、《壬辰十二月車駕東狩後即事五首》，蒼涼雄健，何減老杜。《唐書·李揆傳》：苗晉卿薦元載，揆曰：「龍章鳳姿，士不見用，麞頭鼠目，子乃求官耶？」遺山「蟲臂偶然煩造化，麞頭何者亦求官」，蓋用此語，屬對極工。

老杜：「花柳更無私」，「欣欣物自私。」但寫景物，都關至理。所謂朽腐新奇，於斯可悟。「盡日覓不得，有時還自來」，與「吟安一個字，撚斷數莖鬚」，都是詩家涉歷有得境界，兩不相礙。

工部《飲中八仙歌》直起直收，用文家記體，格律高絶。李白《戰城南》直用散文中語，彌見奇橫。

《郡閣雅言》云：「王貞白唐末大播詩名。其《御溝詩》云：『一派御溝水，緑槐相蔭清。此波涵帝澤，無處濯塵纓。鳥道來雖險，龍池到自平。朝宗心本切，願向急流傾。』自謂冠絶一時，書呈僧貫休，休曰：『詩好，只是剩一字。』貞白揚袂去。休曰：『此公思敏。』取筆書『中』字掌中。逡巡，貞白回，忻然曰：『得之矣。「此中涵帝澤」何如？』休出掌中字示之，大笑。」按，「此波涵帝澤」，其病顯然，既已指出，猶未即悟，尚得謂能詩者耶？且此詩亦未爲傑作，疑此傳聞之謬，未必實有是也。

杜詩「書貴瘦硬方通神」，自是論書精語。東坡云：「此論未公吾不憑。」蓋坡書肥軟，特護其所短耳。子美不以書名，其父閒書《豆盧府君德政碑》甚工，子美於家學當有得也。

唐子西云：「退之作古詩有故避屬對者，如『淮之水舒舒，楚山直叢叢』是也。」此是一定句法，非故避屬對。不然「淮之水舒舒，楚之山叢叢」，成何語耶？

韓退之生李、杜後，而才不及李、杜，又不甘步其後塵，故別出一奇，生疏兀奡，乃創調也。

退之近體，多惡劣不成詩。

《隱居詩話》云：「詩忌蹈襲前人，亦有襲而愈工者。魏人章疏云『福不盈眥，禍將溢世』，退之則云『歡華不滿眼，咎責塞兩儀』。」按：此語並非蹈襲，并亦不能工。後人作詩，語意總亦不外前人。退之云：「師其意，不師其辭。」有意師之，尚無不可，況偶然有合耶？

退之「何人有酒身無事，誰家多竹門可欵。」粗率不成語。苕溪胡仔謂閑遠有味，殊可笑。

余弟清源守嘉禾，署後書室三楹，圍以短墻，墻外古木緑陰，葳蕤可喜。余賦詩有「研朱自喜頻翻稾，延緑因教短築墻」句。清源請余書，懸之齋壁，錢尚書香樹先生一見，謂屬對自然湊泊，歎賞久之。繼見余《大雅堂》刻，每謁尚書，未嘗不爲稱道，至謂國朝百年來，阮亭以後，一人而已。昔阮亭以詩謁某，某贈以長歌，知己之感，没世不忘。尚書接引後輩，不減前人，愧余非其人，未足當之耳。

老杜《春日懷李白詩》：「清新庾開府，俊逸鮑參軍。」不過偶然舉似，後人遂以太白源流出於明遠，謂此語蓋譏太白，是所謂膠柱而鼓瑟耳。李、杜有知，當爲胡盧地下。

吾鄉邵二泉先生温研鑪爲膠山安國製，其上有銘。邗江方士庚得之，藏弆二十年。方既老，恐先賢舊物久將失傳，因郵至慧山聽松山房。山房，故邵氏香火院也。吾友王啓丹紀之以詩，一時和者坌集，余亦賦長歌一首。

陸楣字紫宸，號鋏莊，工詩古文，尤長偶體。其詩詞彩斐亹可觀，而氣骨稍下，然功力深到，非漫然作者。余弟玉書愛其詩，手録數卷，余爲點定。

柳子厚《漁父詞》：「漁翁夜傍西岩宿，曉汲清湘然楚竹。烟消日出不見人，欸乃一聲山水緑。回看天際下中流，岩下無心雲相逐。」余謂截去末二句，格更高老。後見東坡亦有是論，文章得失，千古寸心，豈不然哉？

詩中用「遮莫」字，乃儘教意。「遮莫鄰雞下五更」、「遮莫江頭柳色」是也。然亦有作約略意用者，如「遮莫前身是明月」是也。考《搜神記》燕惠王墓上有狐千年，晉司空張華博學多才，狐化爲少年，持刺謁華，引入談論，三日不屈。華疑爲妖，呼獵犬試之。笑曰：「我之才智，天地産之，遮莫千試萬慮，其能爲患乎？」此「遮莫」字所出，據此作儘教爲是。

玉川子《月蝕詩》千奇百怪，并集筆端。昌黎效作，佳處都襲仝語，竟亦不能奇也。昌黎之才，而爲仝所困，異矣。

《隱居詩話》云：「工部《八哀》八首，非集中高作，而世多尊稱之，不敢議，乃揣骨聽聲耳。」然則《八哀》之可議，不始自阮亭也。

劉于根論「聲詩」二字折開不得，蓋有聲者，方是詩耳。其論極精。

半谷居詩話卷下

余性不能飲，涓滴輒醉。座主戴篔圃先生嘗謂余曰：「子有太白之詩，恨無太白之量。」雖一時戲語，而相賞於牝牡驪黄之外者至矣。以余之不才，當世巨公長者，一見輒以古人相期許，如嘉禾錢尚書香樹、吾邑秦尚書味經、座主錢司寇東麓、戴詹事篔圃，都有知己之感。余之屢見於詩文，非敢自信其可知，蓋極不忘於余心耳。

蔡寬夫云：「詩詞忌求工太過，蓋鍊句勝則意必不足，語工而意不足，格力便弱，此自然之理也。『紅稻啄餘鸚鵡粒，碧梧棲老鳳凰枝』，可謂精切，然不若『蹔止飛烏將數子，頻來語燕定新巢』，爲天然自在。」議論極有見界。

東坡云：「退之『百年未滿不得死，且可勤買抛青春』。《國史補》云：酒則郢之『富水』，烏程之『箬下』，榮陽之『土窟春』，富平之『石凍春』，劍南之『燒春』。子美詩亦云：『聞道雲安麯米春。』裴鉶作《傳奇》記裴航事，亦有酒名『松醪春』。則『抛青春』亦必酒名也。」

余遊西江，過七里瀨釣臺，賦詩有「高風扶漢運，大節動星文」句。陳君莘岩云：「二語氣象涵蓋，一空前後作者。」

眉山蘇洵年已壯，乃折節學問，遂以文名天下。唐人高適年五十始學詩，亦遂名家。韋應物當開元、天寶間，任俠負氣，漁陽亂後，流落失職，始屏居武功讀書。是數公者，雖其得天者厚，抑豈非學問之效與？宋金溪民方仲永世隸爲農，生五年，未嘗識書，忽啼求之，父異焉。借旁近人家書與之，即賦詩兩韵，并自爲其名。其詩以養父母收族爲意，傳一鄉秀才觀之，自是指物作詩立就，其文理皆有可觀，邑人奇之，稍稍賓客其父，或以錢幣乞之。父利其然也，日攜仲永環謁於邑中，不使學問。臨川王荆公於舅家見之，十二三矣，令作詩，不能稱前時之聞。又七年，復到舅家，問之，泯然衆人矣。荆公爲文傷之曰：「仲永之通悟，受之天也。卒之爲衆人，其受於人者不至也。彼其受之天也，如此其賢也，不受之人，且爲衆人；今夫不受之天，固衆人矣，又不受之人，得不爲衆人已耶？」

白樂天有侍妾樊素、小蠻詩，所爲「櫻桃樊素口，楊柳小蠻腰」也。韓退之亦有妾二人，曰絳桃、曰柳枝。使王庭湊歸，柳枝踰垣遁去，詩云：「別來楊柳街頭樹，擺亂春風只欲飛。惟有小園桃李在，留花不發待郎歸。」蓋感其事也。許彦周謂退之詩「銀燭未消窗送曙，金釵半醉坐添春」，殊不類其爲人，蓋未之考耳。

韓退之《李于誌》非有求而爲之，特借于一人發明術士之禍，永爲世鑒。而樂天顧云：「退之服硫黄，一病竟不痊。」然耶？不耶？

楚騷曰「羌」、曰「蹇」、曰「些」，都是方言。非楚人而用楚人方言，頗無理。後人相沿，不覺之耳。

今體詩參用古詩格調，氣骨便兀奡，雄傑可喜。古詩參用今體音節，低弱不可讀矣。猶楷書可參以隸法，而隸書不容間以楷也。

河中桑落坊有井，每至桑落時，取其寒暄得宜，汲以釀酒，極佳，名桑落。余有句云：「桑落初醺候，花開莫欲天。」

唐彦謙《過高廟詩》云：「耳聞明主提三尺，眼見愚民盜一抔。」黄魯直每稱賞是語爲學詩者楷式。或謂「一抔」事無兩出，如「三尺」則「三尺律」、「三尺喙」皆可，何獨劍乎？且「耳聞明主」、「眼見愚民」尤不成語。「耳聞」、「眼見」字誠未安，若謂「三尺」不獨劍，拘泥甚矣。魯直失之，或者之言亦未爲得也。

蔡寬夫云：「余爲進士時客汴，於逆旅中論杜詩。旁有一武弁，曰：余生平好工部詩，然多不解。因舉『白也詩無敵，飄然思不群』，問曰：既言無敵，安得似鮑照、庾信？茗溪胡仔謂庾不能俊逸，鮑不能清新，白能兼之，此無敵也。」按：詩意開府清新、參軍俊逸，正謂其思不群，非伸明無敵。武弁之言，拘滯不通，苕溪駁之，亦未免拖泥帶水。論文要在圓通，執一偏意見，漫加是不，曷有當乎？

晏元獻慶曆中罷相守潁，以慧山泉煮日鑄，賦詩云：「稽山新茗緑如烟，静挈都藍煮慧泉。未向人間殺風景，更持醪醑醉花前。」蓋用義山對花啜茶爲「殺風景」也。醉酒花前固無不可，對花啜茗要是韵事，安得云殺風景耶？日鑄出會稽日鑄山，今存者十數株，絶不易得。余弟清源守會稽，頗得真者，味清色濬，與武林龍井殆難軒輊。

東坡《赤壁賦》：「是造物者之無盡藏也，而吾與子之所共食。」語出佛經，世本作「適」者誤。曾子固云：《阿房宫賦》：「鼎鐺玉石，金塊珠礫，棄擲邐迤，秦人視之，亦不甚惜。」後人作「珠瑰」者誤。

李義山《馬嵬驛》：「此日六軍同駐馬，當時七夕笑牽牛。」温庭筠《過蘇武廟》：「歸日樓臺非甲帳，去時冠劍是丁年。」句法正同，工妙亦敵。

鮑汀字難行，一字若洲，工近體詩，兼通畫法。畫《杏花春雨江南》小幀，題其後云：「江雲漠漠雨霏霏，郭舍人家濕翠微。網得銀魚歸去晚，亂紅低壓緑簑衣。」「杏花經雨濕紅稠，料峭經寒半似秋。燕子未來鶯語澀，有人獨憑上小樓頭。」「鴨頭新緑漲初平，魚尾紅霞一抹輕。細雨如塵吹不斷，隔溪先見兩峰晴。」

余於丙戌春畫真作道者服，丁亥正月復倩吴身三畫作佛者服，取漁洋先生詩刻印，曰「仙佛一身兼」。窮愁潦倒中偏得極樂世界，自詫還自哂耳。

歐陽公守滁日，築醒心、醉翁兩亭於瑯琊幽谷，命幕客謝雜植花卉其間。謝以狀問名品，公書楮尾云：「淺深紅白宜相間，先後仍須次第栽。我欲四時攜酒去，莫教一日不花開。」花開花謝，天地大文，理趣生機，隨人領略，正不獨賞其色韵已也。余書室三楹，群葩滿砌，自春徂冬，無日不花，恨不能飲酒耳。

東坡讀子美《六和寺詩》「沿河待金鯽，竟日獨遲留」，初不喻此語。及倅錢塘，乃知寺後池中有此魚如金色也。余遊六和塔，訪其池尚在，獨不見所謂金鯽魚。風篁嶺龍井舊傳有魚龍下潛，時亦遊躍水際。余竚立井上久之，杳無所見。井圓如月輪，圍之得四五丈許，亦不能容大魚也。

王直方云：「王荆公官内相時，翰苑中有石榴一叢，枝葉甚茂，只發一花。荆公題云：『濃緑萬枝紅一點，動人春色不須多。』」不特荆公集中無此詩，石榴五月始花，亦不可云春色，此説非也。

郭公甫訪王荆公，坐定，有龍太初者投刺云：「詩人龍某請見。」公甫曰：「相公前稱詩人，其不識去就如此。」荆公曰：「且請來相見。」既坐，時方有老兵以沙擦銅器，公即指沙作題。不頃刻就，曰：「茫茫黄出塞，渺渺白鋪汀。鳥過風平篆，潮回日射星。」荆公賞之，太初緣此名聞東南。俞紫芝字秀老，揚州人。不娶，學浮屠法，工詩，見知荆公。其弟澹字清老，亦不娶，滑稽善謔。一日，見公云：「吾欲爲浮屠，但貧無錢買祠部耳。」公欣然爲置祠部。澹約日祝髮，過期寂然，徐曰：「吾思僧亦不易爲，公所贈祠部已送酒家償舊債矣。」公爲大笑。前人接引後輩，容而納之如是。余有句云：「夾袋留青眼，如今復幾人。」感其事而賦也。

余以己卯夏客居姑蘇玄妙觀前，每日斜，乘涼觀中。得句云：「新涼生殿角，斜日上林梢。」後見柳公權應制聯句云：「薰風自南來，殿閣生微涼。」《新史》易曰：「殿桷生餘涼。」屈桷處受風最多，不經領略，不知其言之切也。

宋真宗既東封，訪隱者杞人楊朴。朴能詩，召對，自言不能。上問：「臨行有人作詩送卿不？」朴曰：「惟臣妻有一首云：『更休落拓耽杯酒，且莫猖狂愛詠詩。今日捉將官裏去，這回斷送老頭皮。』」上大笑，放還山。

東坡在湖州，坐作詩追赴詔獄，妻子送出門，皆哭，坡顧謂曰：「子獨不能如楊處士妻，作一詩送我乎？」妻子不覺失笑，坡乃出。坡翁於幽憂患難中，襟懷瀟灑如是，彼其中有主者，區區外境之榮悴，不足爲轉移也。

東坡《詠檜》詩：「根到九泉無曲處，世間惟有蟄龍知。」諷刺之意顯然。時宰遂以此陷公。神宗曰：「彼自詠檜，何與朕事？」神宗豈不知詩意，而曲意保全，神廟之知公，公之盡忠於國，真千載一時也。

讀東坡《烏臺詩話》，知詩人用意，寄託深遠，豈他人可意揣而知。後之紛紛詮解，動謂得古人不言之意，直得妄耳。

律詩要在音韵諧和。拗體，其變也。格律高下，視作者之筆。患低弱而故用拗體，是因噎而廢食也。

僧靈徹詩「相逢盡道休官去，林下何曾見一人」。利禄羈人，二語道盡。曾記《中州集》中有云：「客來總説山遊好，不道山僧卻厭山。」與靈徹語正好對勘。

《史記》四皓對高祖數語，祇是戰國縱横家餘習，未見有道之氣。留侯招四人定漢嗣，留侯用得著耳。四人實何短長，其後不復見史氏，豈一出而遂混俗以終耶？抑仍返駕商山中耶？淵明云：「紫芝誰復採，深谷久應蕪。」語含諷刺意，亦不滿四人也。

余少日讀書慧山文昌宫，月夜憩若冰洞，賦詩云：「巉巉蒼石巖，激激流泉響。遥月澹空林，流照石泉上。泉流月亦流，碎影光泱漭。憩石娱清暉，懷抱看俯仰。」後見太白《新安水西寺詩》云：「檻外一條溪，幾回流碎月。」天地間既有是景，詩人寫照，措詞造意，未必不同。世人偶然得句，輒詫爲未經人道，直所見之不廣耳。

苕溪胡仔以櫻桃無香，退之「香隨翠籠擎初重，色映銀盤瀉未停」，是亦語病。審是，杜工部「枇杷樹樹香」、「風吹細細香」、「風迴一水香」，又何謂耶？

六朝人詩儘多作手，有迥非後人所能及者。退之云「齊梁及陳隋，衆作等蟬噪」，一概抹殺，東坡所爲「此論未公吾不憑」也。

古詩云：「人莫躓於山而躓於垤。」司馬温公《題大乙谷石壁》云：「登山有道，徐行則不困，措足於實地則不危。」皆警世要言。《中州集》劉迎有句云：「徐趨自循轍，躁進應覆軌。」亦此意也。

元遺山兩爲閑閑公賦野菊，最高脱，真是詠物上乘。

古今雪詩少有佳作。《中州集》周昂五律一章中二聯云：「細燈寒出户，欹樹老當軒。竹葉舊時釀，梅花何處村。」不著色相，卻是雪詩，惜前後語未稱耳。

昔人論詩謂王介甫善下字，如「荒埭暗雞催月曉，空場老雉挾春驕」，下得「挾」字最好。此二語自是介甫佳句，獨摘此一字稱善，殊未然。余亦曾有句云：「驚雷入夜走，驟雨挾風驕。」

余曾大父抑庵府君少喜攻詩賦，父師懼其妨舉業，索草稾焚之，督戒甚嚴，然猶以餘力爲之弗輟。年二十三，膺南京丁酉鄉薦。榜發，多物議，蘇州有金聖歎者爲飛語。上聞，遂停禮部試。奉旨，江南中式舉人赴部覆試，連三日三試，中式三十餘人，餘革去，議罪不等。榜首爲余外曾祖吴公耕方。時科場例不用詩賦，而覆試有《瀛臺賦》、《春雨》五言排律二十四韵兩題。少時拈弄聲韵，已安排後日應試之用。人生有定數，顧不然耶？府君以明年己亥登第。

吴耕方諱珂鳴，常州武進縣人。善相理，得異人術，能以聲音步履斷人榮枯，百不一失。大父少時赴府試，一見，謂曾大父曰：「有子如是，跨竈何疑？」遂索觀試作，復大加賞，因以女娶焉。大父有句云：「記得東床叨許日，數行試筆品題名。」

東坡博學多識，及臨文不暇細檢，誠不免有誤，《藝苑雌黄》駁之亦頗有當者。至「敗履尚存東郭指，「飛花又舞謫仙簷」，「飛花」字不過借用，謂語不切雪。「水底笙歌蛙兩部，山中奴隸橘千頭」，謂《南史》孔德彰門庭之内，草萊不剪，中有蛙鳴。或問之曰：「欲爲陳蕃乎？」曰：「我以此當兩部鼓吹，何必效蕃？」並無笙歌之説。古人事借用活用，俱無不可，此論真所爲刻舟求劍矣。《子虛賦》：「秋田乎青丘，彷徨乎海外。吞若雲夢者，八九於其胸中，曾不芥蔕。」芥蔕，梗刺也，非草芥之芥。坡詩「坐看青丘吞澤芥，自慚黄潦薦溪蘋」，實是大謬。坡公有知，不能置喙。

東坡好桶高簷短帽，一時士大夫倣之，名「子瞻樣」。嘗扈從燕醴泉，優人有以自誇文章爲戲者，一優曰：「吾文章女輩何可及也。」衆優曰：「何也？」曰：「女不見吾頭上子瞻乎？」上顧之解頤。公名重當時，雖兒童婦女無不愛重，獨不容於一時，當軸者屢斥不復，可歎也。

東坡：「家雞野鶩同登俎，春蚓秋蛇共入奩。君家兩行十一字，氣壓鄴候三萬籤。」御刻《三希堂送梨帖》後并勒此詩。苕溪胡氏謂題《奉橘帖》者，誤也。

昔人云：「作文要有悟入出，悟必自工夫中來，非僥倖可得。」此不獨詩文爲然，凡學書學畫，不得一番領悟，縱模寫酷類，只是優孟衣冠，終無是處。

韓子蒼云：「詩文當得人印可，乃自不疑。」然須得真有識者，悠悠之論，無可憑藉。宋熙寧間，盧龍圖秉少豪逸，初遊京師，久不得調，作詩曰：「青衫白髮病參軍，旋糴黄粱置酒尊。但得有錢留客醉，何須騎馬傍人門。」王荆公曰：「此非碌碌者。」薦用之，前此未嘗識也。又劉季孫初以右班殿直監饒州酒税，荆公爲憲江東，巡歷按酒務，始至廳事，見屏間小詩曰：「呢喃燕子語梁間，底事來驚夢裏閒。説與别人應不解，杖藜攜酒看支山。」公大稱賞，與語久之，升車而去，不復問務事。又王公韶少讀書廬山東林浴老庵，庵前有老松，賦詩云：「緑皮皺剥玉嶙峋，高脚分明似古人。解與乾坤生氣概，幾因風雨長精神。裝添景物年年换，擺捭窮愁日日新。惟有碧霄雲裏月，共君孤影最相親。」荆公加賞，遂爲知己。荆公學問文章卓絶今古，乃虚衷下士如此。余聞國初崑山徐健庵昆弟、新城王阮亭、商丘宋牧仲諸前輩風流愛士，接引後輩，猶有可繼古人者。

余讀《漁隱叢話》，往往舉古人詩近似者，便謂某句本某詩，某詩襲某人。不知詩寫性情景物，用意措辭，未必不偶有同者。至格調前人已盡其變，尤不能獨異也。余畫真作佛者服，自爲記，中有云：「是圖也，謂是佛焉，可也。謂是我焉，可也。謂即佛即我、非我亦非佛焉，可也。」近閲《傳燈録》，大梅師住天台山，大寂令一僧往問之：「和尚見尊師得箇什麽，便住此山？」師云：「馬師向我道師心是佛，我便向這裏住。」僧云：「馬師近日又道非心非佛。」令苕溪見余言，必以爲襲是語也，豈不可笑。

鮑君南行交武林張仲雅，得唱和詩一卷示余，高情逸韵，風度翩翩，與南行正堪伯仲。仲雅名雲璥，其母夫人亦能詩。

詩家别有法律，别有文理，與文章家迥别。要須通首血脈流貫，句意自然湊泊，不雜亂，工部所謂「老去漸於詩律細」也。

吾邑嚴中允繩孫著《秋水集》，中《燕臺雜詩》六首沉鬱風華，《柳枝詞》十章含蓄蘊藉，不脱不粘，允稱傑作。中允功力深到，而才贍足以副之，特患氣未清、筆未振耳。

明洪武中建來賓、重譯、清江、石城、鶴鳴、醉仙、樂民、集賢、謳歌、鼓腹、輕烟、澹粉、梅妍、翠柳十四樓於南京，以處官妓，所爲花月春江十四樓也。

學詩學書從宋元以後入手，縱功力深到，要難得出人頭地處。然根基已立，宋元諸家又無所不當學，譬如蜜蜂採花，是花皆採，然後醖釀成蜜，區區拘守一家，未有能變化盡神者也。

蘇州吴縣縣公驗視一斃丐，得其飯籃中絶命詩一首，憐之，爲調棺殮葬。其詩云：「秉性偏教似埜牛，芒鞋破帽過揚州。飯籃向曉攜殘月，歌板臨風咽莫秋。兩脚踏翻塵世路，一生歷盡古今愁。從今不食嗟來食，撒手蓬山頂上遊。」蓋隱於丐者，惜不得其里居姓氏。

葉適《露星齋詩》「此心合於高處著，萬象不語森湊泊」，謂自然湊合也。後人作「湊拍」者誤。

詩中對語要自然湊泊，句中上下字亦要自然湊泊。如唐詩中「澹烟喬木隔棉州」、「兩三星火是瓜州」、「三分無賴在揚州」，倘换蘇州、常州，豈不可笑。此中道理極顯極微，可意會而未可以言詮。

句中下字自有深穩不可易之字，一時想不到、用不著耳。幾經思索改易，自然有得，但先要知此字未穩，然後能改，於此不辨，便無如何耳。

詩寫性情，間用典故，不過爲采色聲音之助。彼貪多務得，臚列滿紙，幾令人不識。所謂喧賓奪主，夫何取焉。

靖節《無絃琴》詩：「但得琴中趣，何勞絃上音。」東坡曰：「淵明非達者也，五音六律，不害爲達。如其不然，無琴可也，何獨絃乎？」余蓄一琴，愛其製作古質，常置左右，而亦無絃，安絃不害爲達，而無絃亦非以爲達也，此不可以達論。

侯晉字用賓，邑諸生。娶顧氏女，能詩，尤工詞學，爲梁汾先生之姊。所居棲香閣，因以自號。梁汾以詞名當世，淵源蓋自其姊云。

顧持國名維，鍔中表兄弟，工時文之業。尤喜爲詩。晚自删定其稾，得二十卷，曰《棣蕚軒稾》。其子疇刻以行世。

古今論詩者多矣，余最服遺山先生「乾坤清氣得來難」一語。世人但知王、韋之高澹爲清，不知濃艷如温、李，而筆底無一點俗氛，此其所以不可及者。遺山謂得之難，余謂不特得之難，能辨此者，正復不易。

七言律詩固在氣骨雄健，亦須風韵自然，流逸可喜。晚唐所以取勝者在是。韵度流逸，全係筆妙，不可學，亦不能學。無筆人不特下無丰韵，并亦不悟何者之爲韵也。

杜陵奇句都經錘鍊而成，觀其「語不驚人死不休」一語，可以知其經營慘淡之功矣。若青蓮則銜口而出，摇筆而書，奇情異想，紛披繹絡，直由天才高絶故也。

王荆公古詩力追工部，間亦參以昌黎，時能得其彷彿。用古而不見用古之跡，乃見鑪錘之妙。荆公近體摭羅富有，性靈不居，讀之但覺悶人，未見可喜。荆公文力追昌黎，頗能入其堂奥。其《酬歐陽永叔詩》「終身何敢望韓公」，正是極意推崇語。河東王儔云：「觀介甫此詩，猶不願爲退之，且譏文忠之喜學韓也。」語極孟浪。

余詩有「半生落拓依長鑱，一夕孤吟寄短亭」句，或云鑱無仄聲用，誤也。然陸放翁「藥苗可斸攜長鑱，黍酒新成壓小槽」，已作仄聲用，放翁非謬然作者，當必有據。

詠物詩運筆須雅，尤在落想高脱，略一粘滯，愈刻畫愈墮惡道。古來名家大家集中，亦少有佳作。東坡云：「賦詩必此詩，定知非詩人。」謂用意措辭須活脱不羈，未容泥滯耳。若誤認此語，浮泛拉雜，如屈步之蟲，尋條失枝，而無所歸宿，曷有當耶？

（賨瑞敏點校）

歷代詩話考索

歷代詩話考索提要

《歷代詩話考索》一卷，據乾隆三十五年刊《歷代詩話》本點校。撰者何文焕（一七三二—一八〇八），字少眉，號也夫，浙江嘉善人。有《無補集》。何氏輯有叢書《歷代詩話》，影響後世甚鉅。此卷乃就所輯鍾嶸《詩品》以下二十七種及擬收而未收之《升庵詩話》、《四溟詩話》兩種，一一考其故實，辯其是非，以駁議爲主，附於全書之末，用爲閱讀之助，其例甚善。然觀其論宋人詩話，大抵以非王荆公爲職志，則未可謂允當。又議及《中山詩話》、《臨漢隱居詩話》、《滄浪詩話》數種之版本不愜意，可略窺其編輯之用心。

前代詩話皆先哲名言，小子後生，何敢妄議？雖然，所見異辭，所聞異辭有之，考故實，索謬訛，讀書者之本分也，遂成《考索》凡百有一條。乾隆庚寅閏五月朔何文焕記。

歷代詩話考索

嘉善　何文焕　筆

鍾常侍評鮑參軍云：「嗟其才秀人微，取湮當代。」夫明遠之才，爵位微矣，猶然未彰，矧下此者哉？然而其詩其名故不磨也。人微乎哉？勉之。

齊諸暨令袁嘏，自詫「詩有生氣，須捉著，不爾便飛去」。此語儁甚。坡仙云：「作詩火急追亡逋。」似從此脱化。

皎然《詩式》云：「五言周時已濫觴。」按一言至九言，《三百五篇》皆具，不止五言也。

釋氏寂滅，不用語言文字。《容齋隨筆》記《大集經》著六十四種惡口，載有大語、高語、自讚歎語、説三寶語。宣唱尚屬口業，况製作美詞？乃皎然論謝康樂早歲能文，兼通内典，詩皆造極，謂得空王之助，何自昧宗旨乃爾？

晝公論「淈没格」云：「如夏姬當壚，似蕩而貞。」無論夏姬無當壚故實，且安得云貞？想是文君之訛。

考晝公《詩式》有五卷，又有《詩評》三卷，今非全本矣。中有云：「注於前卷，後卷不復備舉。」訛脱之一證也。

司空表聖《二十四詩品》，仿書評而别具體裁，氣味可步柴桑四言後塵。

世，即朋友間難相得矣。

《全唐詩話》記虞世南不和太宗宫體詩，微特政治攸關，亦文藝中争友也，惟太宗容之。降若後世，即朋友間難相得矣。

唐宣宗《弔白樂天》詩云：「童子解吟《長恨》曲，胡兒能唱《琵琶》篇。」按：「琵」當作入聲讀。洪邁《容齋隨筆》記樂天詩以「琵」字作入聲讀，如「四弦不似琵琶聲，亂寫真珠細撼鈴」、「忽聞水上琵琶聲」是也。又以「相」字作入聲，如「爲問長安月，誰教不相離」是也。「相」字之下自注云：「思必切。」以「十」字作平聲，如「在郡六百日，入山十二回」、「緑浪東西南北路，紅欄三百九十橋」是也。以「司」字作入聲，如「一爲州司馬，三歲見重陽」、「四十著緋軍司馬，男兒官職未蹉跎」是也。宣宗弔詩，蓋即用樂天字句。

《全唐詩話》云：「武后詩文，率元萬頃、崔融輩爲之。」按：武后有《懷如意君》詩，雖出小説，可與《楊叛兒》歌同調，則所作不盡出崔、元輩手也。

「蓬生麻中，不扶自直。」張説之爲小人而不至大謬，賴有良朋。雖相業文學，彬彬可觀。《全唐詩話》載其作《上官昭容文集序》，居然搦管，恬不知恥，非邪媚之一斑邪？

唐中宗狎暱近臣，宴集令各獻伎爲樂。張錫爲《談容娘舞》，宗晉卿舞《渾脱》。按《教坊記》云：「『談容娘』本名『踏謡娘』。北齊時有酗酒輒毆其妻者，妻銜悲訴於鄰里，時人弄之，丈人著婦人衣，徐步入場行歌，每一叠，旁人齊聲和之，云：『踏謡，和來。踏謡娘苦，和來。』以其且步且歌，故謂之『踏謡』。」《杜陽雜編》云：「妓女石火胡養女五人，纔八九歲。火胡立於十重朱畫牀子上，令諸女迭踏至半，手中皆執五綵小幟。俄而，手足齊舉，謂之踏渾脱。歌呼抑揚，若履平地。」

尤公記王右丞《終南山詩》，云或謂維譏時，此等附會大可恨。李鄴侯賦楊柳，蘇長公詠柏，賴明皇、神宗不受時相讒，亦幾殆矣。

元載夫人王韞秀《寄諸姊妹詩》云：「家風第一右丞詩。」《全唐詩話》謂是王縉相公之女。蓋據范氏《雲溪友議》也。仁和趙松谷箋注《右丞集》，考《唐書》，韞秀乃王忠嗣女，不知范氏何據而云然，豈因「家風」句邪？余按范氏所記，前云：「王相公鎮北京以嫁元載。」復云：「元相敗，上令入宫，備彤管之任。韞秀歎曰：『二十年太原節度使女，十六年宰相妻，誰能書得長信昭陽之事？』」考王縉亦無二十年太原節度事。前人小説，槩難盡信也。

章八元《慈恩塔》詩有「如穿洞」、「似出籠」句，深爲阮亭王氏所誚。又崔峒「流水聲中視公事，寒山影裏見人家」，意境直同山鬼游魂，真下劣詩魔也。

裴思謙《及第後宿平康里》詩云：「銀釭斜背解明璫，小語偷聲賀玉郎。從此不知蘭麝貴，夜來新染桂枝香。」或云：按《堯山堂外紀》，「賀」作「喚」，蓋賀非私事，何事偷聲小語？惟喚玉郎故爾。余謂作「賀」亦可，緣郎新貴，不得不賀，却是無限嬌羞。若背燈解璫，猶然待喚，此郎亦太呆相，不似遊平康里郎君矣。相與一笑，各存原本可耳。

尤延之引段成式《酉陽雜俎》中遊佛寺數條，辭句艱澁，想多脱誤，恨無善本悉爲校正。中記通政坊寶應寺，有齊公所喪一歲子，漆之如羅睺羅。考《洛陽伽藍記》云：于闐王不信佛法，有商胡將一沙門石毘盧旃，在城南杏樹下，向王伏罪云：『今輒將異國沙門來，在城南杏樹下。』王忽聞，怒，即往看毘盧旃。旃語王云：「如來遣我來，令王造覆盆浮圖一軀，使王祚永隆。」王言：「使我見佛，當即從命。」毘盧旃鳴鐘聲告佛，即遣羅睺羅變形作佛，從空而見。王五體投地，即於杏樹下置立寺舍，畫作羅睺羅像，忽然自滅。又《乾淳歲時記》云：七夕節物，多尚果食，茜雞及泥孩兒號摩睺羅，有極精巧，飾以金珠者。按：此云漆一歲子，則是如泥孩，當作「摩睺羅」。乃毛氏汲古閣本作「羅睺羅」，未知孰是。

李洞「藥杵聲中擣殘夢，茶鐺影裏煮孤燈」，及褚載《賀趙觀文重試及第》詩，宜不免後人之誚。至衛準「莫言閒話是閒話，往往事從閒話來」、「何必剃頭爲弟子，無家便是出家人」，則又甚焉。真録之汙筆，見之汙目。

或謂《全唐詩話》似是尤公草創之書，不無訛雜，明楊升庵深嗤之，盍刪正焉？余謂刪之誠快目，恐無以爲好作惡詩者戒，姑存以寓彰癉。

韓偓《香奩集》，傳是和凝之作。蓋因和魯公亦有集名《香奩》。不知曲子相公之集，亦屬詞曲，前人辨之詳矣。《全唐詩話》尚沿沈氏《筆談》之誤。

僧清塞《贈王道士》云：「關西往來熟，誰得水銀銀。」《贈李道士》又云：「擬歸太華何時去，他日相逢乞藥銀。」欲得現成受用，募緣本相也。

六一居士《詩話》載：吕文穆公未第時，爲胡大監旦所薄。有譽其工詩者，舉及「挑盡寒燈夢不成」之句，胡笑以爲渴睡漢。按：此篇未知何題，若賦閒情，大是寒儉，殊不似狀元及第者，胡之薄之也故宜。

晏元獻於梅聖俞詩，所賞皆非其極致。可知知己良難，梅、晏尚如此，況素不謀面與千百年前古人之詩邪？

六一居士謂詩人貪求好句，理或不通，亦一病也。如「袖中諫草朝天去，頭上宫花侍宴歸」，奈進諫無直用草稿之理。「姑蘇臺下寒山寺，夜半鐘聲到客船」，奈夜半非打鐘時云云。按「諫草」句不無語病，其餘何必拘？況不以文害辭，不以辭害志，孟子早有明訓，何容詞費？

司馬温公《續詩話》云：「鮑當爲薛映掾。薛嘗暑月詣其廨，當狼狽入易服，忘其幞頭。久之月上，顧見髮影，乃大慙，以袖掩頭而走。」余謂此何傷，視手版支頤、風前落帽者，量懸殊矣。

《中山詩話》謂嚴維「柳塘春水漫，花塢夕陽遲」爲未善，夕陽遲繫花，春水漫不須柳也。夫柳塘之下，自春水瀰漫，何可瑕疵？

中山又謂杜少陵「蕭條九州内，人少豺虎多。人少慎莫投，虎多信所過。飢有易子食，獸猶畏虞羅」，爲含蓄深遠。盡言若此，尚云含蓄邪？

《中山詩話》，《郡齋讀書志》謂有三卷，曾辨其言蕭何未嘗掾功曹爲誤。今毛氏汲古閣刊本合爲一，不識全否，惜無善本可正。

《後山詩話》，《郡齋讀書志》云有二卷，論詩七十餘條。今據毛氏汲古閣刊本，條數不減，其卷亦合爲一矣。

文人相輕，自古皆然。昌黎之文，不能置一辭，轉而詆其詩，且造作言語，以毁其行。如後山謂退之亦有絳桃、柳枝二妓，且卒也以藥死云云。殊不知數語解圍，蹈不測之地曾無懼色，氣節不亞於真卿。淮西之役，幾先李愬成功。書生事業，如此止矣，何不好成人之善若此哉？

文人造語，半屬子虚。後山辨《高唐賦》，以爲「欲界諸天，當有配偶」云云，醜甚。陳後山謂陶淵明之詩切於事情而不文。以不文目陶，亦大奇事。

山谷詞云：「斷送一生惟有，破除萬事無過。」蓋用韓詩「斷送一生惟有酒」、「破除萬事無過酒」。後山以爲才去一字，對切而語益峻。余謂此真歇後，非「彎六鈞」、「捐三尺」比也。

《後山詩話》記：「柳三變遊東都南北二巷，作新樂府，骫骳從俗，天下詠之。」按骫音委，骳音被，又音靡。《枚乘傳》云：「其文骫骳。」注云：「猶言屈曲也。」

魏泰《詩話》，據《讀書敏求記》云是一卷。余所得刊本，其論詩共三十餘條，似是全者。然見他書所引，此中有不載者，可知尚有脱遺。

《臨漢隱居詩話》云：鼎澧道中有甘泉寺。天禧末，寇萊公南遷，題名寺壁。天聖初，丁謂南遷，復題名而行。其後范諷爲湖南安撫，有詩云：「平仲酌泉方整轡，謂之禮佛又南行。層巒下瞰炎荒路，轉使高僧薄寵榮。」竊謂士君子直節事君，豈顧利害？况寇公與丁謂不可同日語，范諷之詩，烏足録哉？宋黄徹曾深駁其非。

竹坡論履道詩云：「不見牛醫黄叔度，即尋馬磨許文休。」琢句雖工，奈牛醫是叔度之父，不覺爲之失笑。蓋即以家學論，恐叔度亦未必不諳此技。

竹坡稱集句之工，推王荆公爲得此中三昧。余謂只是記覽熟耳，云何三昧？山谷所謂真堪一笑者也。且攻乎此，去詩道益遠。

竹坡云：淵明賦《閑情》，想其於此不淺。有坐客問：「淵明有侍兒否？」一人戲云：「雍端年十三，不識六與七」，豈非有侍兒邪？按：淵明未始無妾，其《與子儼等疏》云：「爾等雖不同生，當思四海皆兄弟之語。」是五子乃異母生。又詩云：「弱冠逢世阻，始室喪其偏。」則早年又嘗悼亡妾矣。

《竹坡詩話》云：少陵之子宗武，以詩示阮兵曹，兵曹答以斧一具，謂「不斫斷其手，天下詩名又在杜家矣。」信然，不雅馴莫甚焉。若以贈無知好作惡詩者，却正合當。

竹坡謂韓退之「紅皺曬檐瓦，黄團繫門衡」，不知少陵《北征》詩「或紅如丹砂，或黑如點漆」頗是省力。夫詩人喜好各别，至以「點漆」、「丹砂」爲妙，殊難理會。

竹坡謂荆公詩如「繁緑萬枝紅一點，動人春色不須多」、「春色惱人眠不得，月移花影上欄干」等篇，皆平甫作，非荆公詩也，以其太艷耳。《關雎》思窈窕之淑女，《東山》詠其新之孔嘉，文王、周公不害爲聖人。惟學究腐儒，屏絶綺語，一或有之，必爲之辨，深可厭也。

少隱論滕元發詩「野色更無山隔斷，天光直與水相連」，一「直」字著力，便覺近俗，擬改作「自」字，不知校原本更弱矣。何不云「野色曠無山隔斷，天光遠與水相連」邪？

每恨少年習氣，浮華不實。《紫薇詩話》舉楊道孚詩云：「東平佳公子，好學到此郎。別去今幾日，結交皆老蒼。」旨哉是言，好結交老蒼，乃是真實好學人。

《彦周詩話》謂退之詩「銀燭未銷窗送曙，金釵欲醉坐添香」，殊不類其爲人。余謂鐵心石腸，工賦《梅花》；《閒情》一賦，何傷靖節？正恐慣説鍾庸大鶴，却一動也動不得耳。

《李夫人序》「是邪非邪？立而望之，翩何珊珊其來遲」，「非」、「之」、「遲」叶韵。彦周引之，「翩」作「偏」，連上作一句，并謂退之「走馬來看立不正」，即祖其意。豈古人句讀不同，抑别有據邪？

杜詩「萬里戎王子」，諸本皆同，惟彦周引之作「明玉子」，且云不曉何物，可廣異聞。

彦周誚杜牧之《赤壁》詩：「社稷存亡都不問，只恐捉了二喬，是措大不識好惡。」夫詩人之詞微以婉，不同論言直遂也。牧之之意，正謂幸而成功，幾乎家國不保，彦周未免錯會。

詩人詼杜，通國然矣。葉石林謂禪家有三種語，老杜詩亦然。如「波漂菰米沉雲黑，露冷蓮房墜粉紅」爲函蓋乾坤語。「落花游絲白日静，鳴鳩乳燕青春深」爲隨波逐浪語。「百年地僻柴門迴，五月江深草閣寒」爲截斷衆流語。余謂杜詩誠有此三種，如葉云云，未免强作解人。

《石林詩話》云：唐彦謙《題漢高廟》云：「耳聞明主提三尺，眼見愚民盗一抔。」蘇子瞻云：「買牛但自捐三尺，射鼠何勞挽六鈞。」語皆歇後。「一抔」、「六鈞」事無兩出，或可略「土」字、「弓」字。如「三尺律」、「三尺喙」皆可，何獨「劍」乎？余謂既曰明主提、買牛捐三尺，下諒無别解。信如所評，則王介甫詩「含風鴨緑鱗鱗起，弄日鵞黄裊裊垂」，「鴨緑」、「鵞黄」究屬何語，乃於王獨不置一辭，反多詼言，何與？

《石林》記王介甫有惡馬，蹄嚙不可近，蔡天啓捉其鬉，一躍而上，不用銜勒，馳數十里。荊公大喜，贈詩云：「身著青衫騎惡馬，日行三百尚嫌遲。心源落落堪爲將，却是君王未備知。」時遂盛傳公以將帥許之，依附者屢欲用以爲帥。嘻！偶然贈句，豈得認真？會騎馬堪爲將，會搦管即可知制誥邪？宋人真不識好惡也。

王介甫只是堅僻，未有斥其奸邪者。《石林詩話》載：中書南廳壁間舊有晏元獻《詠上竿伎》詩云：「百尺竿頭裊裊身，足騰跟挂駭旁人。漢陰有叟君知否，抱甕區區亦未貧。」當時固必有謂。文潞公在樞府，一日與荊公行至題下，遲留誦詩久之。他日，荊公復題一絶於後曰：「賜也能言未識真，誤將心許漢陰人。桔槔俯仰何妨事，抱甕區區老此身。」石林記此，亦不置一辭。余謂觀此介甫之心術見矣。此老亦難得有此破綻。

《韵語陽秋》云：「梅聖俞於詩未嘗輕許人，每有投卷，答詩必因其短而教誨之。東坡喜獎進後學，一言之善，必極口褒賞，使有聞於世而後已。受其賞者，亦踊躍自勉，終成令器。」嗚呼！如二公者，安得世有其人？

王介甫詩云：「功謝蕭規慙漢第，恩從隗始詫燕臺。」或疑「恩」字於出處本無，王舉孟郊詩以對。孟詩可當出處邪？用事只取意合，字句本可弗泥，葛公引之，推爲用法之嚴，固哉！

李太白云：「白髮三千丈，緣愁似箇長。」王介甫襲之云：「繰成白髮三千丈。」大謬！髮豈可繰？

盧仝云：「草石自親情。」黄山谷沿之云：「小山作朋友，香艸當姬妾。」讀之令人絶倒。《韵語陽秋》以爲得換骨法，我不信也。

按：沿襲古人句，縱使語妙，杼山「偷句」已有明條，云何換骨？

王介甫罷詩賦，取經義。嗣後，奸黨指詩賦爲元祐學術。政和中，著令士庶習詩賦者杖一百，可笑可恨。按：王阮亭《分甘餘話》云：「建言者，御史李彦章也。意本在黄、秦、晁、張四學士，并劾及前代淵明、子美、太白。定律令則何執中也。」

《韵語陽秋》證韓昌黎之臨薨不亂，引《宣室志》小説云云，殊爲失當。

東坡詩：「他年一舸鴟夷去，應記儂家舊姓西。」常之以爲爲韵所牽。余疑「姓」或是「住」字，殆傳寫之訛。昔人亦曾辨之。

葛常之引李太白詩云：「何當赤車使，再往召相如。」不可謂無心仕進者。然慢侮力士，略不爲身謀，旋致貶逐。使欲仕之心切，必不如是。謬哉！士非不欲仕，又惡不由其道。胸中無理義，何可妄論古人。

樂天《詠史》云：「良時足可惜，亂世何足欽。」乃孔子「邦有道，貧且賤焉」、「危邦不入，亂邦不居」之義。又云：「乃知汨羅恨，未抵長沙深。」亦猶昌黎所云「非中國即夷狄」矣。非若屈子可之齊、之韓、之趙、魏也。葛氏以爲「信如斯，是以亂世爲不足振」云云，未免太固。

王介甫云：「今人未可非商鞅，商鞅能令政必行。」《韵語陽秋》雖非之，却謂有激而云。不知新法之行，排屏正人不遺餘力，邪心正是如此。

淵明達識，葛常之引其《自祭文》及《自挽詞》云云，以爲第一達磨，援儒入釋，甚無理也。

又常之詳論唐、宋諸公精通禪理，并謂歐陽公不奉佛，因感夢遂信奉云云，直同囈語。《韵語陽秋》辨精舍乃儒者教授生徒之處，「晉孝武立精舍於殿内，引沙門居之，故今皆以佛寺爲精舍。」按《事物紀原》曰：「漢明帝於東都門外立精舍，處攝摩騰、竺法蘭，即白馬寺也。騰始自西域以白馬馱經來，止鴻臚寺，遂取寺名，創置白馬寺，即僧寺之始也。」又曰：「周穆王尚神仙，召尹軌、杜冲居終南山尹真人草樓之所，因號樓觀，蓋道觀之始也。」則寺觀俱屬釋道借稱，微獨精舍然。

按：《分甘餘話》引《雒陽伽藍記》及《石林燕語》，辨寺之始同。又引《雲麓漫鈔》云：「漢元帝被疾，召方士，漢中送王仲都，處之昆明觀，故後世道士所居皆曰觀。」

元次山愛身後名，吾其山，吾其溪，吾其亭，亦自吾作古云爾。葛公深斥之，殆入禪魔。

韓昌黎云：「凡爲文詞，宜略識字。」又詩云：「阿買不識字，頗知書八分。」葛公又云：「顔魯公有《干禄字樣》行世，恐學書者不識字也。」按：識字亦大難，微特古文奇字，即如「王」、「玉」、「剌」、「刺」，以及畫同而音義别者，非素講明，良多錯誤。豈若舉子業，可率爾操觚？

張曲江爲《荔枝賦》，葛公謂楊妃之嗜，或公啓之。按：《三百五篇》詠禽獸、果木、池臺、服玩、美色、音聲，不一而足，皆末世荒淫之媒邪？

寇忠愍知巴東縣，有詩云：「野水無人渡，孤舟盡日横。」乃襲「野渡無人舟自横」句。葛公謂其以公輔自期，强作解矣。

王逢原寄王介甫詩云：「天門廉陛鬱巍巍，勢利寧無濸泊譏。豈與跖徒争有道，盍思吾黨自言歸。古人踽踽今何取，天下滔滔昔已非。終見乘桴去滄海，好留餘地許相依。」葛公引之，謂識度之遠，又過荆公。按：當日朝政國勢，未爲甚失，措辭乃爾，大是背逆，詩句惡劣，又無論矣。不知葛公是何肺腸，反稱道之。

王右丞私邀孟浩然於苑中，明皇微特不之罪，反使誦詩，千載奇逢。至詩句忤旨，乃其命也。葛常之謂右丞不於此時力解明皇之愠，爲忌其勝己，故不肯薦。請問「不才明主棄」句如何解？此等論言，真以小人之心，度君子之腹。

韓昌黎答崔立之詩云：「幾欲犯嚴出薦口，氣象硉矹未可攀。」夫韓公豈不敢犯嚴薦人者，想是人或性行不諧於世故爾。葛公遂斥其「隱情惜己，殆同寒蟬」，過矣。

姜白石云：「凡作大篇，當首尾停匀，腰腹肥滿。每見人前面有餘，後面不足，前面極工，後面草草。」按：此病雖或不經意，然亦難勉强。凡精神不能滿幅者，非夭折即窮困。作文、寫字往往然也。

白石云：「小詩精深，短章醖藉，大篇有開闔，乃妙。」余謂小律短章，豈無開闔？凡文字，一啓口便有起落之勢，亦開闔也。如《論語》首章説一「學」字，下用「而」字轉出「時習」，不已具開闔勢邪？

予嘗戲云：「我輩不可作俚杜文章。」蓋謂俚鄙杜撰也。嚴滄浪云：「押韵不必有出處，用事不必有來歷。」殆未免是邪？

滄浪謂讀《騷》者須歌之抑揚，涕淚滿襟，乃識《騷》之真味。不知涕淚滿襟，殊失雅度，恐當日屈子未必作是形容也。

《滄浪詩話》，考《讀書敏求記》，云是二卷，并駁其論禪、論《騷》之誤。今毛氏鐫本合爲一卷矣。

《山房隨筆》載：道君直北某州有題壁詩云：「徹夜西風撼破扉，蕭條孤館一燈微。家山回首三千里，目斷山南無鴈飛。」按：此詩音嘶氣咽，與前明建文帝金竺長官司羅永庵題壁同調。士人有此，難膺厚福，况於國主，宜不復也。

《山房隨筆》記林觀過年七歲，鬻詩於市。或令戲詠「轉失氣」，云：「視之不見名曰希，聽之不聞名曰夷。不啻若自其口出，人皆掩鼻而過之。」試神童科，不甚達。余謂侮聖經、瀆文字，罪莫大焉。不達而無奇禍，猶其幸也。

《山房隨筆》記党懷英《孔子廟》詩結句：「不須更問傳家遠，泰岱參天汶泗長。」《稗海》原本，却作「汾水長」。余改正作「汶泗」。按：汶音問。《水經注》云：自桃鄉四分，當其派别之處曰四分口，與蜀之汶江音岷、遼東之汶城音文各别。

《山房隨筆》記南康神童鄧文龍一節，中有云：「太守及諸公，祇服褙子。文龍以緑袍末坐，供茶，故以托子墮地。諸公戲以失禮，對曰：『先生衩衣，學生落托。』」按：《篇海》云：「衩衣，袒也。」《釋名》云：「褙，襲也，覆上之言也。」據此則袒與襲相反也。余刻改作「褙子」。褙音背，《類篇》云：「襦也。」想是衫外繫襦，不更著袍，故云「衩衣」。

《丹鉛總録》云：苻堅時，姜平子侍宴，獻詩，内丁字直而不屈。堅問故，答云：「屈下者不正，未足以獻。」堅大悦。按丁即古文下字，平子所云，小朝廷妄學。升庵謂與劉晏「朋」字未正之對相似，殆未免過許。

升庵謂杜牧好用數目，垛積成句。按：句法亦不外《三百篇》，如「于三十里」、「三百維群」、「九十其犉」、「終三十里」、「十千維耦」等句，蓋不一而足矣。

「八角磨盤」一則，内有「赤角律」三字，不知何語。

好字多出經傳。升庵論孟襄陽「待到重陽日，還來就菊花」，「就」字之妙，歷引古詩，證其出處。不知「處士就閒晏」，《國語》早先之矣。

太白詩「酣歌一夜送泉明」，爲高祖諱也，不知者改作「泉聲」，升庵非之。按：近日詩文亦有用「泉明」者，豈爲私避邪？不則今人代唐諱也。

「千里鶯啼緑映紅，水邨山郭酒旗風。南朝四百八十寺，多少樓臺烟雨中。」此杜牧《江南春》詩也。升庵謂「千」應作「十」，蓋「千里」已聽不著、看不見矣，何所云「鶯啼緑映紅」邪？余謂即作「十里」，亦未必盡聽得著、看得見。題云「江南春」，江南方廣千里，千里之中，鶯啼而緑映焉，水村山郭，無處無酒旗，四百八十寺，樓臺多在烟雨中也。此詩之意既廣，不得專指一處，故總而命曰《江南春》，詩家善立題者也。

升庵恃其淵博，逞詼詭之論，萬一不無錯誤。前明陳文燿之《正楊》、胡應麟之《藝林學山》，直與前輩爲讎，肆厥訾議，過矣。

子思子云：「聖人亦有所不知。《大雅》曰：『先民有言，詢於芻蕘。』」故余於詩話，考故實，各述所聞見，論是非，折衷於聖經，于古人無彼我也。若前明晦伯、元瑞之於升庵，各挾己見，所論又未盡允確，難免蚍蜉撼樹之譏。

解詩不可泥，觀孔子所稱「可與言《詩》」，及孟子所引可見矣，而斷無不可解之理。謝茂秦創爲可解、不可解、不必解之説，貽誤無窮。

謝山人《四溟詩話》以唐律、六朝詩爲是女工，真堪一笑。

茂秦引《詩法》曰：「《事文類聚》不可用，蓋宋事多也。」余謂宋事何不可用？街談巷語，皆可入詩，唯在鑪錘手妙。

劉禹錫詩曰：「舊時王謝堂前燕，飛入尋常百姓家。」妙處全在「舊」字及「尋常」字。四溟云：「或有易之者，曰：『王謝堂前燕，今飛百姓家。』點金成鐵矣。」謝公又擬之曰：「王謝豪華春草裏，堂前燕子落誰家。」尤屬惡劣。

余嘗論賦詩須稱地位，少壯而言衰病，飽煖而説困厄，平安而發感慨，皆不祥也。四溟山人亦云：「學子美者摹擬太甚，殊失性情。」

《四溟詩話》云：「『游環脅驅，陰靷鋈續』、『鉤膺鏤鍚，鞹鞃淺幭』等語，艱深奇澁，殆不可讀。韓、柳五言有法此者，後學當以爲戒。」余謂詩各有體，以學《三百篇》爲戒，奇語也。

謝山人以懽、紅爲韵不雅，以愁、青爲韵佳。不知自在琢句，豈關韵字邪？

吾人詩文一道，非秘密藏也，特恨不肯來學耳。謝山人論詩，李于鱗責其太洩天機，殆風雅中小人哉。

製作繫乎聲名。茂秦有「詩忌」、「詩奸」、「詩諂」三則，足爲惡俗鍼砭。

謝公與時輩論詩，自云是夕夢見李、杜。嘻！可入笑譜。

四溟山人於知己，不免以詩句隙末。故余謂贈答詩不作可也。

龍山詩話

龍山詩話提要

《龍山詩話》四卷，據乾隆間味經堂刊本點校。撰者雷國楫，字松舟，陝西蒲城人。曾官江蘇寶山縣尉、奉賢縣丞等。有《龍山詩鈔》等。此書撰成於乾隆三十六年。雷氏以秦人而宦游東南，每任職一縣，必訪其鄉之能詩者，故書中記乾隆間吴地諸縣間詩人甚詳，録詩亦多可觀，誠爲承平時期富庶地區人文之寫照也。其論詩亦有見識，知分際，頗不以吴喬之説爲然，而能識漁洋詩學之精微。然亦不爲所囿，如引桑調元論詩絶句，駁其不識白香山之「光明大寶珠」，推桑氏此論爲卓識巨眼，則其本人亦爲具眼矣。故卷四頗録交游中之七古佳作，多爲梅村體一路。此書另據徐世昌《書髓樓書目》著録有十二卷本，今未之見。

序

宋司馬文正公撰《續詩話》一編，往往借詩文以寓褒刺，非僅如他集參字句、正繆誤而止者。文正猶云：「歐陽文章名聲雖不可及，然記事則一，故敢續書。」及考《六一詩話》，則只云：「居士退居汝陰，集此以資閑談。」此外如嚴氏《滄浪詩話》，其《詩辯》、《詩體》、《詩法》、《詩評》、《詩證》五則，精切微妙，自信爲「參詩精子」。讀之，似在《石林》、《中山》諸編之上。後有興者，殆難爲繼。然各有所長，要爲其不可廢者焉耳。松舟家學淵源，嗜古不倦，著作甚富，一時膾炙人口。而所撰《龍山詩話》，則更另出手眼，一以頌詩知人之法行之。觀其所載，或因詩以考其人，或因人以得其詩，或獲其詩之一二語而於以卜其人之生平，或信其人之數大端而於以求其詩之片紙，或時隔百年而搜羅於斷竹殘蒲之內，或地行千里而訪索於春雲江樹之餘。類而聚之，爛然成編。吾知其他日車馬所經，聲氣所浹，筆床硯匣間將書之不勝書。而此特在初哉首基之例，已駸駸乎不懈而及於古。甚矣，松舟筆妙，無施而不可也！

且夫詩話之法，余愧譾陋無所知，然常聞襄邑彥周許氏有云：「詩話者，辨句法、備古今、紀盛德、録異事、正訛誤也。若含譏諷、著過惡、誚訕繆，皆所不取。」此言似可作詩話全編之總序。而今於兹編，乃更覺有前人所未到者。松舟求友天下士，日不自足，雖一吟一咏，收録不遺。其愛惜人才之意，往往流溢於墨裏行間，津津然不啻自其口出者。設令居高而呼，俾天下文人才士咸思得其一言以自壯，其鼓舞更可量耶？爰不辭而爲之序。時乾隆三十六年嘉平月除夕前二日，寅愚弟長洲王廷士拜書于學廨之澹寧軒。

叙

《龍山詩話》者，吾友雷君松舟自述其淵源所自，披覽所存，遊歷時與海内諸君子縞紵贈答之篇什爲多，而大旨則不外于揚風雅、誌氣誼、示推崇、核典實而已。斯真可當雅人深致，高語著作之林，而松舟顧猶惴惴焉若不以此自足，則謙雅之懷有甚深焉者。

辛卯冬除夕之前一日，松舟手是編而謂予曰：「今歲自夏徂秋，官齋無事，追念生平，遍搜篋衍，彙而成此，將以備檢閲而謹遺忘，子曷爲我訂之？」予受而一一卒業。讀開章數條，言必稱先，知其志不忘本，天倫厚也。讀南中士大夫諸詩，知其聲應氣求，道不孤而德有鄰也。其他一二考古訂訛，則又明辯以晰，不難推豪傑而拓心胸，究不失詩人敦厚之意爲至也。吾知松舟此書出而私爲論衡者，有不獨嗜爲中郎枕中之秘矣，吾何以訂之哉！抑予嘗考古今詩話不下數十百家，要皆各紀見聞，自抒心得，歐陽文忠公、劉貢父、嚴滄浪而外，代不乏人。近世則漁洋、歸愚諸前輩，皆有此書。兹松舟之爲是編也，其將自成一家，寄托性情，祇自怡悦歟？抑亦俯仰一時，興懷百代，而欲頡頏古作者之盛歟？

今松舟沉淪吏隱，著述自娱，其所纂誌，已富有若此；他日聖天子特舉鴻博之儒，松舟應詔而入承明之列，其撰著當更何如也？吾將拭目俟之。遂書以貽松舟。時乾隆壬辰歲初三日漏下二鼓書，岷江年世同學愚兄高辰頓首拜撰于茸城官署景柏堂之東軒。

題辭

交情詩思此編深，觸目光晶似碎金。頻剔寒燈繙閲久，從來難得是知音。長洲王廷士溶川

博識千秋推慧業，蕉窗一夕賞奇文。衙官屈宋吾何敢，落帽風流此日聞。

瓣香寰宇繼東坡，風雅如君見未多。纂得中山及叢隱，拈花正可示維摩。金堂高辰白雲

論詩妙筆抱真詮，衙散雙松對晝眠。持較博陵添韵格，風流重爲話藍田。君時居雙松草堂。

網底珊瑚列俊英，知交歷歷數平生。勝他空抱才人歎，默感蕭條異代情。太倉季夢荃雪堂

龍山詩話卷一

蒲城雷國楫松舟著

先大父孝廉贈明府府君性至孝，行實載《陝西通志》。生平苦志力學，所爲古文辭甚富，而無人收弆，多致淪軼。今予所刻諸南中者，不及十分之一，乃先明府府君稍長後于親友家所裒輯者也。先人手澤，凋零若斯，每一循覽，爲之惻然。蓋先祖在時，先君方髫齡云。

先明府府君嘗訓楫云：「作詩用典，僻者宜顯，熟者宜隱，大者宜碎，小者宜整。初入門氣宜貫穿，久而習焉，工深學邃，一似乎不貫穿者，然非不貫穿，蓋字面若不相綴，而神氣實默維也。近體中四，情景宜分，然亦有皆言情景者，但須以大小遠近別之，不得混然一律。至如中四之不得純用四人、四地、四物名等弊，又有不待言者。」此予小子所日夜祇聆而不敢忘者也，因志之。

先明府嘗述李空同之言云：「七言律，上大者下必小，上闊者下必細。」斯論可謂入微。

余族曾祖艾悔先生亨坤以父宦山左，遂僑居嶧之趙邨。康熙初登賢書，官臨清州學正。平生深沉好書，於學無所不闚，爲「東魯八俊」之一。嘗有《望嵩山》詩云：「蕭蕭僕馬又東還，望裏玉華路一灣。五載計程三萬里，偏無半日到嵩山。」吾邑屈弱水復亟稱之，尤喜下二句，後作《吴山》詩擬之云：「十日西泠五日雨，偏無半日到吴山。」又有《送鑣姪西歸》云：「若到故鄉逢父老，傳言遊子倦風塵。」亦佳。

余族伯祖伯寅公鑣，康熙己卯副車，天才排奡，目空一世。嘗有《訪李北海雲麾將軍碑》詩云：「曾聞北海舊鎸銘，今日摩苔見典型。大將殊勳垂竹帛，名賢真蹟繼蘭亭。鬼神呵護千年遠，雷電追還幾字零。下半爲郃人剷去。坐卧韓山三日去，忍教片石棄林坰。」爲時所稱。聖祖西巡，晉詩六章，上頗嘉納。時以迫促，無暇刺謁翰苑某，遂爲所構罷云。

伯寅爲艾悔猶子，工書藝，爲諸生時冠軍者七。葉蒼巖映榴試陝日，每至郡，即懸其文于國門，以爲士子圭臬。與姚、解、左三諸生同目爲「關中四傑」，而公居首云。叔稱「八俊」、侄名「四傑」，亦藝林中一段佳話也。

先從兄石擎國棟，今上癸酉舉人，性倜儻，嗜吟咏，有句云：「春風新燕子，相認小橋西。」可稱語妙。

戊寅冬，余與石擎兄同旅長安，時城南興善寺牡丹大放，四方遊人題咏甚夥，而楚中馮秀才元良爲最。余和之，其首聯云：「塵世由來愛此花，於今古寺見重葩。」吾邑人有訾議之者，兄曰：「是約用《愛蓮説》意。」其人曰：「予亦不管甚出處，予總不愛。」余謂兄曰：「此真所謂『鷙厮踢』也。」

余僑穗城日，極留訪前賢後裔。但式微者衆，如藥亭、周量、湛若之後，皆家無聞焉。唯介子有一少子，頗能詩，惜忘其名。所謂墨東者亦在，時年九十餘，道介子遺事，亹亹不倦。獨漉有一孫名華封，字祝三，甚工于詩。性好静，常經旬不出，武林杭侍御堇浦世駿目之曰「懶人」。

余在廣州，嘗有詩云：「雲吞三峽路，潮上五羊城。」頗爲時所稱許。

廣人襲先進餘風，多慕聲詩，月有會，季有社。社必預擬一日，榜諸通衢。本地詞人以及羈游才畯、詩僧羽客，悉得與焉。而主者于其日必具盛饌，以相款洽。翼日揭名，前列者厚爲賞賚，餘亦不遺。新舊二城主此社者不下數十家，此亦南園五老後一盛事也。

澄城張函中秉直初名體元，爲邑諸生，有聲。後以舉業有妨力學，遂謝去。生平汲古情深，自天官家言以及牛溲馬勃，無不窮研，而韵語亦復格高韵遠，得陳、杜一派。有贈余詩二首云：「弱冠耽文翰，心雄力已疲。欲交天下士，共讀古今詩。寧知齒及暮，乃睹君多奇。佳句偏傳賞，逢人説項斯。」「晚歲逢良友，文壇獨樹標。揚旌南粵外，琢玉五湖遥。開卷心先醉，聆言氣更消。何當重聚首，月下看推敲。」亦可謂極推挹也已。

吾鄉一先進有句云：「日暄花醉酒，人静鳥吟詩。」二句可入郊、島之室，惜不知子姓，無由覓其全集云。

近日佐雜率以貲入，但其中亦有文士，安得如阮亭尚書者爲之表著哉？閲《漁洋詩話》偶記。

甲申春，余丞奉賢，開浚金滙塘河道。聞金廣文紹虞裕猷者，品端學邃，遂造訪之，并贈詩二章。金答之云：「馮翊佳公子，春風惠璧雙。雄才知横溢，古貌見敦龐。寂寞哦松影，風流冠海邦。憐君棲百里，撫劍氣難降。」「半世文章叟，風塵鬢欲蒼。宦情恬似水，詩骨冷於霜。琴鶴存先志，廉平卜後昌。公祖、父俱名孝廉。太翁宰粵東，政績懋著。即今沾惠澤，流暨自君傍。」

奉賢金諸生述明爲紹虞猶子，性嗜學，工吟咏，風神清暎，在王之謝石間。有贈余詩四章并序一首，明麗典雅，甚爲可傳，録之以見其好學下問之誠。序云：「家本關中，素著談經之望；宦臨海角，初彰贊理之才。優游煩劇，坐鎮應陋許丞；嘯傲清吟，風流不慚江斅。方甲申之歲，當春仲之時，捧憲檄以來臨，督河工而蒞止。公務偶閒，時拈毫而抒臆；虚聲謬採，蒙枉刺以相招。走音律罔諳，詎解揚風扢雅；非公素凛，敢輕曳裾登門。徒縈御李之懷，未遂瞻韓之願。今者工程近竣，行節將旋。拘迂已甚，毋乃不近乎情；固陋自忘，亦曰從其所好。銘德之私，庶少致爾；贈言之雅，寧有當乎？唯祈郢斧之嚴加，勿吝鴛針之盡度云。」詩云：「麗日江南花雨天，福星朗耀自秦川。風高竹館承家學，節砥辭金踵昔賢。未向康衢展驥足，却於下邑贊琴絃。鳳鸞枳棘棲還暫，綵棒威名已遍傳。」「風流江斅嗜吟詩，閑倚松枝唱竹枝。繡虎才驚鯉對日，屠龍技顯鴻飛時。春雲態度瓊瑶骨，秋水精神冰雪姿。誅遍寒芳句盡馥，一斑窺後繫長思。」「東南賦税冠他州，豐稔全資灌溉周。竭力經營疏滙水，殫心利導接江流。芍陂起後楚人惠，洩口通時蜀土休。他日蘭橈鼓盪處，桔槔聲裏聽歌謳。」「迹滯蓬蒿類隱淪，紫芝眉宇許相親。廿年佔畢空成蠹，九萬扶摇尚愧人。函谷月明千氣象，申江花發倍精神。懷中有刺應難滅，冀度金針指暗津。」

定海陳選貢國鎮，爲吴淞參戎奎從子。甲申冬杪，與余邂逅嘐城，杯酒談心，甚相善也。往來贈答不下數十首，并和余《梅花》諸詩。《廣平梅》云：「不爲調羹不著花，廣平含咀得英華。心腸鐵石何關手，肺腑芳香已沁牙。早是神情堪對待，可知擬議匪矜誇。開元鼎鼐今留賦，從此梅都屬宋家。」《孤山梅》云：「逋客何曾受一廛，梅花香裏別藏天。坐來雪後添瑶幕，行去風中落寶鈿。山到孤時妻自在，鶴將放處子同憐。至今明聖湖頭舫，不遣笙歌擾碧烟。」

林諸生鼎銘，竇山人，賓于陳參戎之幕，亦和余《梅花》詩。節録數聯，以見一斑。《廣平梅》云：「看來鐵石堅生骨，嚼去冰霜冷入牙。」《踏雪梅》云：「行過剡橋猶帶醉，披來鶴氅不知寒。」《羅浮梅》云：「芳魂繚繞風迴樹，香夢迷離雪滿山。」《紙帳梅》云：「幽夢已回空結想，殘燈猶照獨含情。」

嘉定諸生汪翊青景龍，博雅士也，館于疁城，屢以詩過訪。古選歌行，氣格深秀，多可傳誦，今略。其近體二首，《長安道》云：「帝極開芳甸，春光敞鳳樓。緑楊臨玉路，碧水膩銅溝。明月平陽扇，繁星複帳毬。城南遊俠者，走馬出長楸。」《洛陽道》云：「平樂春風晚，青槐滿洛陽。玉羈調馬地，金爪鬬雞場。月映樓頭柳，箏彈陌上桑。歌鐘傳甲第，錦障競紅妝。」

唐人五言古詩，另闢境界，與漢、魏、六朝人絶不相似。然其間亦有痞痞於古者，如王右丞、孟山人、儲太祝、韋左司、柳柳州諸公是已。至如陳射洪、張曲江之《感遇》，李青蓮之《古風》，雖建安諸子，何多讓焉？降及宋、元，蘇、李家風，乃成《廣陵散》矣。

莊正廷以臨，竇山諸生。乙酉春，以應召試居停紫陽書院，嘗以《院齋聽雨》一絶投余云：「梅花風裏雨霏微，人卧空齋静掩扉。一夜滄浪亭畔水，料應陡没釣魚磯。」正廷是科中副車。

丙戌春，余與金壇丞李渠東志球因公偕入都。事竣日，又偕買舟南下。每逢佳勝，倡和不輟，而伊《重過天津》一詩，婉轉綽約，尤爲可誦。詩曰：「初夏曾經此，新秋又復還。頻看關外水，也欠暫時閒。」

閩人鄭荔鄉方坤云：「自來論詩者，或尚風格，或矜才調，或崇法律，而漁洋先生獨標神韵。蓋神韵得而風格、才調數者悉舉諸此矣。」此真詩家三昧。凡有志風雅者，不可不書一通於座右。丙戌七夕，記於衛河舟次。

關壯繆侯祠聯於今可謂汗牛充棟矣，然佳者頗尠。李渠東言浙中有一聯云：「或封帝，或封王，終不若漢將軍，神斯妥矣；盡乎臣，盡乎弟，此之謂關夫子，吾無間然。」庶幾不泛不溢。予謂上段固佳，下段「盡弟」之言，未免失於鄙俗，不若易爲「致其生，致其死」，殊覺妥該。渠東劇韙之。

盧運使見曾云：「膠州高西園鳳翰，畫、書、詩擅三絶之技，爲歙縣丞。余轉運揚州日薦之，旋與余同被逮，抗辭不屈，事因得白。以病廢右肱，乃運左腕作書畫，益奇絶，然竟以窮餓死。余哭以詩曰：『乞米鴻歸箋正裁，俄聞訣去豈勝哀。巫咸不爲劉蕡下，縣宰誰迎杜甫來。落落清華蘭社盡，堂堂著作玉樓開。年來衰老愁傷逝，況是凋零僅剩才。』『最風流處却如癡，顛米迂倪未是奇。再散千金因托鉢，已殘右腕更臨池。殷生瀟灑談玄日，戴掾昂藏對簿時。見説淮南傳故事，遺文争患少人知。』又京口祝荔亭應瑞爲芒稻河閘官，予初未之奇也。罷官後，拙老人蔣湘帆衡以其《見山樓詩》見示，予爲題《老漁圖小照》云：『披圖重認舊同官，白眼名流謝過難。烟月一竿綸在手，而今真作老漁看。』皆下僚中之文士也。」夫此二人者，皆雅雨公因傳馬旻徠，而附記于《感舊集》者也。公之措意于瘠宦如此，豈非繼漁洋而宏奬風流者乎？

丙戌春，予往燕都，過仲家淺，謁仲夫子廟。見安南貢使諸咏，心竊動之，而未暇采録。後每一念及，未嘗不快快不置。丁亥夏杪，之秣陵，登燕子磯，復見安南貢臣阮都憲所爲二詩，剛健婀娜，風味在元雁門、鐵崖之間，而字畫一作蠅頭小楷，一爲擘窠大書，遒勁蒼秀，復有大令遺意。因急鈔録，以備輶採。《登燕子磯》云：「交交帆影自西東，水白山蒼畫未工。邨舍參差青柳外，梵家隱約老松中。和霜蘆帶三分雪，隔岸風傳十里鐘。鷁首紛紛鷗作隊，隨波共笑信天翁。」後書「安南探花郎阮輝瑩」。《筆贈清江院道人》云：「金陵自古號繁華，好向磯傍築隱家。凭椅焚香吟舊句，對爐索水點新茶。月敲竹影風爲客，雲護松陰鳥奏歌。俯瞰紛紛名利輩，此身知是得閒多。」後書「安南貢臣戊辰科鼎甲、都察院右都御史兼國子監司業阮贈清江主人惟良煉師」。嗚呼，鳥言卉服之人，乃能文如此，始信文教遠敷矣。而中土人士，詎可以不學哉？

吾邑屈弱水復，一生精力，畢萃於詩。但余有所不解者，好用古今人句調耳。如「此生安得杭州死，添個梅花處士墳」，本唐人張祜「人生只合揚州死，禪智山頭好墓田」。「我欲盡除桃李樹，年年不放一花開」，本同邑王孝廉垣「我欲簷前遍結網，年年不放燕兒飛」。「十日西泠五日雨，偏無半日到吳山」，本余族曾祖亨坤「五載計程三萬里，偏無半日到嵩山」。諸如此類，僂指難罄。然古人亦有然者，如隋薛道衡「人歸落雁後，思發在花前」，本陳何胥「鶯啼落春後，雁度在秋前」。唐李白「柳色黃金嫩，梨花白雪香」，全用陰鏗句；「祇今唯有西江月，曾照吳王宫裏人」，全用衛萬句。王維「積水不可極，安知滄海東」，本宋謝靈運「洪波不可極，安知大壑東」；「漠漠水田飛白鷺，陰陰夏木囀黃鸝」，本李嘉祐句，祇加「漠漠」、「陰陰」二字。宋林逋「疎影横斜水清淺，暗香浮動月黃昏」，本江爲「竹影横斜水清淺，桂香浮動月黄昏」。明董其昌「鐃歌即是廣長舌，大纛豈非精進幢」，本宋蘇軾「溪聲即是廣長舌，山色豈非清净身」。本朝王漁洋「懷人江上楓初落，卧病空堂雨易成」，本明李攀龍「卧病山中生桂樹，懷人江上落梅花」；「爲報匡君多置酒，夜來風雪過潯陽」，本唐人「爲報習家多置酒，夜來風雪過江寒」。凡若此者，吾不知果熟誦之極，無心以出而不自覺歟？抑愛慕之至，用意摹倣而不自嫌歟？姑録之，以竢博識者論斷焉。

丁亥夏，予往秣陵，過燕子磯，見安南阮都憲二詩，業已鈔録。戊子仲冬，自都回南，過銅城旅邸，復見阮公一詩，因急録之。詩云：「下國龐旒政令加，遠來賓旅到如家。此回昌歜知恩厚，楊柳枝頭報喜鴉。」後署「安南探花阮輝僼」。借韵生意。復有讃阮者云：「詩到中原無可加，海邦往往亦名家。欲將菊秀蘭衰句，比似安南阮探花。」後題「丁亥八月二十四日，尚書幕府參軍屬和」，但不知爲何許人也。二詩韶令娟秀，可稱二妙。

沈宫傅歸愚先生碩德文望，海内仰之如泰山北斗。甲申夏，余以詩謁于葑門里第，過蒙優禮，且極推奬，更爲作序以拂拭之。是冬及乙酉春夏，余時晉謁，先生嘗貽余《歸愚詩鈔餘集》數册，内有《除夕》一聯云：「此身剩有筋皮骨，明日居然九十三。」可謂老幹横秋，不同春艷者矣。錢司農香樹陳群和之，亦最工。

王光禄西莊先生以名鼎甲騰達館閣，蜚聲海宇，天下宗仰如韓、歐焉。後以内艱歸，服闋，旅居金閶，吴、越姝學以詩就正者，踵相錯也。予時寓蘇，亦持拙卷晉謁于幽蘭旅邸。先生即時展閲，頗極推挹，因更作序，過爲擬比，且復篤念世好，情誼懇摯，奚翅骨肉。蓋先生王父卓人先生與先王父金木先生爲同年友云。後先生貽余《西莊始存稿》一部，内有《還朝留别諸友》四律，戀闕念舊，並行不悖，可謂得杜之神理。至其詩律之妙，則有目所共賞，亦無竢余之覼列爾。因急録之，以爲詩壇之圭臬焉。其辭曰：「堊廬忽忽一年過，風木餘悲痛若何。戀闕心依丹禁切，出山望斷白雲多。久膺首拔超詞苑，況竊殊榮忝大科。如此隆恩難負却，忍將腰組换漁蓑。」「正擬涓期未聚糧，却迎鑾輅走趨忙。七襄拜賜叨衣德，三接親承喜近光。清問屢蒙徵出處，微踪猶自滯江鄉。東華遥跂如天上，屈指登程秋序涼。」「題襟雅契得同群，覓句尋山隊不分。久爲繫匏成契闊，却因誓墓會榆枌。此行又恨違千里，何處重期張一軍。後夜相思凝望眼，梅花窗外忽疑君。」「臨歧握手太匆匆，落月停雲想像中。烟水吴門浮白馬，風沙碣石數征鴻。萍蓬踪跡隨波轉，車笠心期托夢通。他日彈冠思共濟，春明相見話離衷。」

杜工部《送重表侄王（砯）〔砅〕使南海》詩「曾老姑」句，注者或謂珪母，或謂珪妻，棼如議禮。沈歸愚先生《杜詩偶評》亦無定論，唯《重訂唐詩别裁集》出，始斷以爲珪妻。甚哉，躂矣。蓋「剪髻鬟」句，乃詩人善用故實之處，母可剪，妻亦可剪，詎可因此而遂指爲珪母耶？

宋周少隱紫芝《竹坡詩話》「李白、柳公權俱與唐文宗論詩」一則，甚屬可怪。夫白當代宗以拾遺召時，已前卒矣，安能至文宗之世，尚與公權俱論詩也？抑或另有一李白耶？然其所引皆太白詩，噫，若少隱者，亦甚傎矣。

吾鄉月小月大，謂之小盡大盡，初以爲俚語，近閲《竹坡詩話》載宋朱希真《小盡行》一詩云：「藤州三月作小盡，梧州三月作大盡。哀哉官曆今不頒，憶昔昇平淚成陣。我今何異桃源人，花葉爲秋花作春。但恨未能與世隔，時聞喪亂空傷神。」是知街談巷語，亦有所本，亦皆可以入詩，特輇材不知鎔化耳。

南滙尉宋紱，字愛蒼，江西奉新人，以縣簿分試江蘇，借補南尉。好學嗜吟，著作成帙，以病免歸，殆古人所稱「黑頭林下翁」者。後以事至茸，適余因公赴都，因留一斷句于兒燭處。其詩云：「一程寒雨一程風，落葉滿庭小閣東。惆悵離情誰可語，憑君書此付尊翁。」余歸雒誦再三，不啻與我執友面晤也。愛蒼初去南邑時，有詩以别南人，南人謂之實録。

吴縣王廷魁，字岡齡，居蘇之百花洲畔。性恬静，嗜吟哦，復精繪事。沈宗伯歸愚比之王右丞云。甲、乙冬春，屢過余邸，貽詩數册。内有《咏黄葉》四章，最爲先達所推許，和之者幾遍大江南北矣。詩曰：「風颸催送景蒼涼，望裏欃槮秋葉黄。霽野空懷三徑菊，雲巒新染六銖裳。聲乾樹杪疑吹雨，光暗枝頭已著霜。極目郊原天地肅，吟情無限倚斜陽。」「玉露秋凋葉尚存，藤梢橘刺傍頹垣。非關蠹蝕蕭蕭影，似帶鵝溪淡淡痕。古樹殘陽峰頂寺，疎林寒月渡頭邨。總然庾信文章在，已卜春生金谷園。」「依然林木映晴川，翠染亭皋轉眼遷。詞客未吟摇落句，美人先歎泬寥天。梧桐露井砧聲急，楊柳寒隄月影穿。瑟瑟可堪頻望遠，送青延緑已年年。」「邊風一夜滿關城，處處愁聽打葉聲。沙捲秦雲銜日澹，霜凋隴樹帶烟横。林蟬咽罷千山静，塞雁排空萬木清。唯有寒濤長謖謖，參天松柏翠光生。」吴人因目之爲「王黄葉」。

劉諸生潢，字跂三，吴縣人，爲歸愚門下都講。家貧嗜學，吴人甚稱之，與余有一面交。甲申冬，予歸自畽城，聞其病，急檢橐，獲白金數笏，即託嘉定陳廣文從王貽之。所謂顔淵有難，固非原憲所能救者。後不久即世，余復賻以不腆。嗟乎！才人命窮，自古在昔，靡不然矣。今理故篋，得其所餽詩數十章，爰登其尤者數首，以竢采風。《宿天台桐柏觀》云：「神宫閟岧嶤，石林俯清敞。朱浮霞外峰，碧落雲間掌。繕性訪容谷，勞生悔塵網。遥空流素輝，冉冉蒼痕上。瀛都疑可逢，仙珮飄清響。契冥多豁觀，踪違結遐仰。山川信阻修，客思方浩蕩。庶以理瑶徽，貽此平生賞。」《和王岡齡秋日偕同人晚步南郊》云：「暫此息塵鞅，言追清曠遊。商聲凋大葉，暝色上汀洲。缺月依橋斷，孤雲背郭流。十年湖海氣，牢落半沉浮。」《又和王岡齡秋日登盤津城樓》云：「獨上危樓百雉斜，女牆缺處見歸鴉。水光浮白横殘照，山勢排青入晚霞。秋老江潭猶有燕，時清關隘不聞笳。憑高指點南園舊，雲水蒼茫接蒹葭。」

龍山詩話卷二

蒲城雷國楫松舟著

顧景嶽宗泰，元和諸生，爲歸愚門下高足。甲、乙冬春間過存不一，每邂逅則談論，娓娓不倦。後王光禄西莊以所撰《江左十子詩》見貽，内有景嶽詩一册。急拂几展讀，見其古選原本六朝歌行，規矩初、盛；其近體則陶鎔大曆諸公，不名一家，而又能出之以顥氣健筆，毅然自成一隊。今摘其素所愜者，以爲雒誦之資云。《江上咏白蓮》云：「亭亭分玉井，素藹壓風低。解語羞凡艶，凌波漾淺溪。半江殘月墮，十里曉雲迷。清絶何人賞，空教雙鷺棲。」《新豐》云：「枌榆知舊社，鷄犬認新豐。一劍無三户，悲歌感大風。分羹輕父子，躡足失英雄。夜宴歸何處，愁雲滿沛中。」《登岱》云：「靈氣東來鬱翠巒，峩峩山勢入雲寒。天開神府三千里，地聳丹梯五十盤。自古雲亭封巨鎮，至今碑版肅仙壇。高瞻莫怪人寰小，九道黄河作帶看。」《渡河》云：「驚湍一曲峭帆過，五兩風輕好縱歌。星宿源從天上落，崑崙水伏地中多。龍堂日麗開金鏡，貝闕雲寒漾碧羅。知是時平休氣應，榮光此夕滿晴波。」是年，適今梁大方伯國治爲學使，即拔之以充貢賦。

凡人讀詩，不可過于穿鑿，如杜詩「五更鼓角聲悲壯，三峽星河影動摇」，本就現在所聞所見者而言，並無寓意。乃《竹坡詩話》引《史記・天官書》「天一、鎗、棓、矛、盾動摇，角大，兵起」，謂杜句暗用此語，亦何異於刻舟求劍也乎？

王右丞《早朝》詩第二聯，諸本皆作「九天閶闔開宫殿，萬國衣冠拜冕旒」，唯陳無己師道《後山詩話》作「九天宫殿開閶闔」，似較工緻。

烏程姜諸生宸熙，字簡之，與余素未謀面也。乙酉來金閶，寓宋蘇子美滄浪亭之西偏。聞余在郡，即枉過存，並投以二律云：「翰墨風流冠絶倫，梅花詩占十分春。已填南部新翻曲，更問西江舊渡津。公詩清矯，似西江派。獻策有儒曾説楚，感恩無客不投秦。我家八繭蠶絲在，留繡平原莫賣人。」「篋裏瑶章發夜光，官閒不碍校書忙。侍童戲搨來禽帖，小吏偷燒辟蠹香。已信田畯呼父母，即看襦袴著循良。百花洲水清如酒，應頌神君顧建康」。讀拙刻後，又題一律云：「三載思君不自持，相逢忽示錦囊詩。竹標高節開新徑，梅護殘香守故枝。嶺表琴書閒賦日，吴門風月苦吟時。龍山佳景何人到，一瓣南豐是我師。」簡之詩嶄然獨出，一空閣浮依傍之習。嘗謂余云：「詩以道性情，豈可豫執一唐、宋之見而一一模範之耶？」見人有左袒唐、宋者，即赫然怒。此亦東南文苑中一射雕手也。

往歲，余與金壇丞李渠東偕入都，一路唱酬頗夥。其《重過天津》一絶業已登之帙中。今檢舊籍，得和余《登玉山望江》一律，清麗和婉，頗爲可誦，因復録之云：「翩翩雅度似蘇州，最喜登山逐水流。矧際名區牽客住，正堪散步看雲浮。波濤萬頃胸中瀉，崒嵂千重筆底留。顧我慙無濟勝具，歌君麗句恍同遊。」

宋鄭工部有詩一聯云：「杜曲花香醲似酒，剷陵春色老于人。」丰神旖旎，不減大曆諸公。見司馬温公《續詩話》。

婁縣張明經夢喈，字玉壘，爲張大司寇照從弟。性喜吟哦，尤好賓客。家故有園林，而山石花卉布置栽植之妙，爲雲間最。嘗邀余與諸詞人賞桂，即席分韵，而玉壘詩爲擅場。云：「叢桂秋深發，穿林香滿衣。敢誇風景好，都借客生輝。日耀金千樹，烟開翠四圍。霜臯紛落木，清蔭獨堪依。」玉壘有集名《塔射園詩鈔》，王西莊遴入《江浙十二家詩》中。

華亭王孝廉補堂先生，諱永祺，爲雲間第一宿儒。生平撰著不下數十種，多爲他人借刻去。乙酉冬，嘗詣荒署，清談竟日。歲除餽余一聯云：「萬象争分筆端勢，五雲多繞日邊飛。」自恋樸僿，無以副其言。今數閱寒暑，款聯猶揭廳柱，而典型已不可復覩矣，惜哉！

姜明經爾耀爲婁邑名宿，五茸髦士，半出其門。嘗有贈余詩二首，云：「驚喜風騷客，分輝照頳顔。清鑣揚渭北，明月滿雲間。華國文章在，鳴琴山水閒。高岡騰鳳羽，那復得追攀。」「不隨時俯仰，風格自然佳。宦跡冰霜净，毫鋒海嶽排。旅游詩是命，古道近無儕。讀罷頻延望，寥寥竹柏懷」。所作詩雖不多見，即此亦可以爲片羽點斑云。

宋葉夢得少藴《石林詩話》一則云：「晏元獻公留守南郡，王君玉時已爲館閣校勘，公特請于朝，以爲府簽判。朝廷不得已，使帶館職從公。外官帶館職，自君玉始。賓主相得，日以賦詩飲酒爲樂，佳時勝日，未嘗輒廢也。嘗遇中秋陰晦，齋廚夙爲備，公適無命，既至夜，君玉密使人伺公，曰已寢矣。君玉亟爲詩以入，曰：『只在浮雲最深處，試憑絃管一吹開。』公枕上得詩，大喜，即索衣起，徑召客治具，大合樂。至夜分，果月出，遂樂，飲達旦。」前輩風流固不凡，然幕府有佳客，風月亦自如人意也。

單明府乾元，字寓春，今皇庚午貢士，官滇之普洱郡，以養母辭歸。其所居在婁治之東偏，與余署相去不數武，花朝月夕，時相過從，杯茗清談，泊如也。嘗有題先明府府君集二首云：「咏懷五百字，大雅振蒲城。杜老高風邈，先生獨力撑。天低隴樹色，河折華山聲。苜蓿荒齋冷，重標詩史名。」「瀹寧敦夙好，豈愛一階遷。爰有循良績，無非高卧年。風雲開嶺嶠，紀律老幽燕。詩格遺才子，龍山集並傳。」又有贈余詩二首云：「卓犖秦中傑，羈縻吴下身。有官閒似我，無句肯猶人。意興關河壯，交遊道義真。不逢觴咏會，蘭臭那能親。」「一卷龍山集，長吟亦足豪。氣吞秦樹直，胸盪海雲高。魄力居然杜，生涯宛似陶。詩仙兼吏隱，應得主風騷。」數詩頗爲流輩所稱許，因俱録之。寓春生平所爲詩不尠，嘗囑余訂其全集，惜已赴玉樓，而拱璧不可復覩矣。

沈明經大成，字學子，爲雲間風雅領袖。家貧，館穀維揚。戊子秋歸，過訪敝署，貽余李太白詩及蕪湖佳釀數事。時予以赴都匆匆，薄設草具，延譚彌日。即席聯句，同座范瀛山文獻以梅、蘭、竹、菊爲題，衆皆逡巡構思，學子獨衝口而出，若宿製然，同人靡不欽訝。翌日復投余古選一篇云：「秋晴故足佳，秋陰亦可喜。乘兹天宇涼，相從飲于此。漉漉蟾兔魄，清光宜如水。望舒御何遲，宿留猶海底。肆筵餚騈羅，沾箸芳以美。酒酣起拇戰，勇力鬬蒼兕。使君珪璋姿，嗜學綜諸子。發言莊或寓，陳詩苟每佹。邈然莫與偕，消摇遡厥始。兩兄皆作手，波屬更雲委。推激到風騷，采擷悉蘭茝。分題拈强韵，落筆驚疾矢。紛吾老而倦，目眩不能視。披衣辭出門，暮雨滑道矣。」今歲初夏，余歸自劉河，即行造廬。伊人尚在廣陵未歸，猶可想見其爇檀拭几，濡首硯北，點竄風騷，一似乎赶考試秀才也。

范上舍瀛山，華亭人，喜爲詩。戊子秋，同沈學子、楊柳汀枉過敝署。其即席五古一篇，深爲閤座所賞。詩云：「玉露濡花竹，秋風雁影高。款户驚剥啄，小胥折簡招。云是風雅吏，邀我酌葡萄。倒衣赴公署，握手歡陶陶。道藝敦夙尚，詩筒及酒瓢。一觴復一咏，促坐皆賢豪。但知文字飲，迥異時俗囂。休文飽書史，麗語若瓊瑶。子雲學敏捷，揮翰湧怒潮。笑我寒儉腹，稿如敗葉蕉。瑟縮而少飲，白首已酕醄。歸途逼暝色，素月臨青霄。」

余五言律詩頗爲王光禄西莊所稱許。《岳墳》一聯云：「三字冤何訴，兩宫狩不還。」光禄云：「二語括盡忠武平生，可謂岳墳詩絶唱。」李太守長青亦云然。又《舟際見月》云：「雲行花蕩水，風動草浮山。」李云：「十字未經人道，下句尤爲獨創。」

崑山顧惇量，字壽峰，積學富文，爲南邑廣文。余嘗因公至南，相聚匝月，唱酬不匙。後壽峰亦因公至郡，予遂招郡之耆畯及一二同僚薄飲劇談，相與分韵爲詩，而唯壽峰爲最。其辭云：「賞心此日與君同，涼館蕭蕭竹葉風。盃酒往來醒短夢，詩篇酬唱滿郵筒。鄉書白雁秋聲早，雲卧清江海宇空。洗滌襟期看座客，何須辭醉蠟燈紅。」次則姜明經爾耀詩亦可方駕，因並録之，云：「曾讀雄篇滄海深，鶴觴飛處更招尋。抽毫許助江山興，有客能知水月心。縱飲不妨驚落葉，高談從此豁塵襟。宵酣誰奏迎涼曲，半起鸞林半鳳林。」

長洲王溶川名廷士，有名文壇。司校華邑，郡人士以所業質于門下者，僂指莫既。後生姝學，一經指授，爲文皆有法度可觀。其所自爲詩，廉悍精深，得北宋人三昧，嘗有題先明府府君集一首云：

「騷壇詞客恒沙數，漢晉源流孰叩因。高矣先生何慷慨，卓哉妙製獨清真。琴音猶掛珠江月，鐸韵還開屏岫春。況是家聲傳白雪，堦前繼武起聞人。」又余曾自都歸，餽以菲物數事，亦復贈之以詩云：「寒齋竹徑影縱橫，喜賁高軒掃葉迎。愧我蟻封盤折慢，羨君驛路往來輕。氍毹裹贈非鄉物，風雪携歸自帝京。冠佩頓教光采發，相於因見古人情。」「知交邂逅即軒渠，況復睽違三月餘。覿面不譚身外事，關心惟訪架中書。幾多幻夢空尋鹿，强半游思尚羨魚。最感垂青渾未倦，寥寥萍跡肯教疎。」數詩頗不失歐、王家法，惜不克見其全帙云。

王明經鼎，字祖錫，號條山，爲補堂先生冢嗣。博學善文，尤工書法。嘗與余及諸吟壇賞桂張玉壘塔射園。條山詩久未見貽，予因戲作小詩以促之云：「聞説條山詩最嘉，腹藏典籍句清華。如何故爽西園約，不爲張郎賦桂花？」條山即補作，又答余云：「那得尋秋逐孟嘉，隔雲到處感瑤華。近來詩債多於酒，辜負西園樹樹花。」「官閣詩成媲永嘉，力從山水洗繁華。白衣送酒秋宜慣，醉得陶公幾度花。」後條山館穀崑山，又投余以《登玉山》四律，精深華麗，甚可傳誦。時予適赴都，未暇收弆，遂散逸，無從尋覓。條山今又館維陽，不見光儀雖已數秋，猶可于湖山佳勝處仿佛其把酒高吟之致也。

王右丞《送丘爲歸江東》詩有云：「知爾不能薦，羞稱獻納臣。」「爾」一本作「禰」，沈歸愚先生《唐詩別裁集》注云：「改『爾』爲『禰』，似新而鑿，且不成句。」及《重訂別裁集》出，乃復注曰：「反用孔融薦禰衡事。」前後歧旨。姑摘之，以俟考訂。

華亭楊參軍汝諧，字端揆，號柳汀，豪吟客也。嘗邀余與諸同人雅集，即席分韵。時以天寒日短，同人皆請翌日，而柳汀獨勃勃有不可遏之致。嘗贈余詩二首云：「蒲城有傑士，分守到江天。意氣一朝合，詩文千古傳。辯才堪步宋，操縵解安弦。日暮西窗下，相於形迹捐。」「李杜遨遊地，君才不可當。聲華本閥閱，縞紵遍江湘。綰綬何妨半，論詩獨許狂。平生少知己，把臂感求羊。」

婁縣張郎中孝泉，字蒙川，今皇辛未進士。丙戌秋冬，與余往還者數月。嘗贈余詩二首，惜予匆匆，未克屬和，有負知己之雅云。詩曰：「十年文戰數英髦，從事還分佐郡勞。驥展定應千里騁，鸞棲佇挾大風翺。家鄰韋杜聲華遠，詩法王岑格調高。雅度早儲公輔器，即今誰贈吕虔刀。」「避人已分混樵漁，鷺序睽携歎索居。三徑荒蕪餘薜荔，一編投贈等瓊琚。愧無好句酬高唱，枉辱華軒駐敝廬。心迹嵇康同嬾散，欲趨公府步踟躕。」又嘗投余詩一册，《秋柳》云：「銷盡黄金縷，臨風不耐看。瘦圍紅樹晚，疎映碧雲寒。客舍牽愁易，離亭折贈難。亂鴉棲未穩，落葉滿征鞍。」《聞雁》云：「秋風落葉正紛紛，又聽寥天雁幾群。一片淒清催曉月，數聲嘹嚦度寒雲。關山辛苦如相勞，湖海飄零怨各分。顧我頻年行役久，不堪哀響静中聞。」諸作高渾雄壯，頗有初、盛風規，其爲可傳，灼然無疑。所悵全集不克悉讀，拳拳之心，請竢異日。蒙川今爲東粤南雄守。

杜工部《後出塞》詩：「獻凱日繼踵，兩蕃静無虞。」沈歸愚先生曰：「奚契丹與吐蕃爲兩蕃。」非也。朱長孺云：「《前出塞》爲哥舒翰貪功吐蕃而作，《後出塞》爲安禄山構禍奚、契丹而作。」則此兩蕃乃禄山所征之地，是奚與契丹也。而今云「奚契丹與吐蕃爲兩蕃」，是禄山反獻哥舒之凱矣，豈不誤乎？蓋奚與契丹本是兩種，而歸愚誤認爲一故耳。

王半山云：「北人不識梅，只作杏花看。」予以爲北方未嘗無梅，特半山未之見耳。李義山詩集有云《十一月中旬至扶風界見梅花》，是則北方之有梅也審矣。因具録之，以爲北梅之一證焉。其詞曰：「匝路亭亭艷，非時裛裛香。素娥惟與月，青女不饒霜。贈遠虛盈手，傷離適斷腸。爲誰成早秀，不待作年芳。」

劉河税敵小甜閣有一聯頗佳，因録之云：「芝蘭氣味松筠操，嵇阮襟懷管樂才。」

余詩有「桃花艷艷清明雨，麥葉騷騷上巳風」及「村籬嬌艷杏花雨，翠岸輕摇楊柳風」之句，頗爲江南人士所稱誦。青浦褚大令啓宗因贈予一圖章，曰「艷雨參軍」，余隨以自號云。

癸未夏，余至京師，獲晤長洲彭大司馬芝庭先生於友人莊明府友儀旅寓。辛卯夏至蘇，復以詩晉謁于紫陽書院。剌甫入，先生即躬出迓。既蒙優禮，又復獎譽過當。余甫歸舟，先生即枉過，並贈以詩云：「官閣哦松思不群，一編風雅抗吾軍。情親吴會山間友，身帶函關馬上雲。弔古頻懷楊伯起，論詩應繼杜司勳。篋中劍氣雙龍躍，那向江頭看日曛。」噫！余以庸愚末秩，先生不加擯斥，反行拂拭如此，固先生誘掖之誠出於天性，愧余軨材，不克當之云。

己丑冬，予至金閶，顧孝廉宗泰以所選《停雲集》餉余。歸舟雒誦，琳瑯滿目。而余所尤嗜者，爲元和令君吴魯齋賢諸什。余于是心竊儀之矣，而恒以未覩丰采爲悵。後余以查榷駐劉河，魯齋以往崇川，往來兩用過存。每相晤，則煮茗清譚，竟日不倦。魯齋因言伊抵蘇日，嘗以詩謁蘇臯錢嶼沙琦，頗蒙推與。其所最賞者有數聯，遂并誦之。《過青嵐山》云：「晨暉如片席，黯澹覆遥巘。」《遊白馬寺》

云：「小甜煩始袪，片晷閒猶惜。」《遊韓侯釣臺》云：「際會通侯易，時艱一飯難。」《洛陽懷古》末聯云：「最羨少年能挾策，至今天子重書生。」嶼沙又以此數聯遍贊同僚間，于是蘇郡撫藩、觀察諸公皆知試用令吴魯齋爲詩人矣。又言伊令江都日，曾作《三賢祠》一絶云：「歷劫還詩文字新，三賢風味澹彌親。擬將寒菊陳芳薦，今古憐才有幾人？」後袁太史簡齋枚過江相訪，伊爲治具，縱遊郊外。簡齋登平山堂，憑檻望江南諸山，誦伊前詩末二句，流連低徊，不忍去口，意若有所慨乎其中也。魯齋，今上丙子貢士，徽郡休寧人，今掌教崇川。

王漁洋《論詩絶句》有云：「廣大居然太傅宜，沙中金屑苦難披。」予讀之，有未釋然于中者。近與吴魯齋論詩及此，魯齋云：「予師桑弢甫有絶句一首云：『大辨才從悟覺餘，香山居士本文殊。漁洋老眼披金屑，失却光明大寶珠。』」觀此則知此公卓識巨眼，出人頭地，真不被前賢瞞過。又誦其佳句一聯云：「遠樹澹秋色，空波明夕陽。」亦清微澹遠，可入王、孟堂奥。弢甫名調元，曾官部曹，浙之錢塘人。

明唐解元子畏寅詩，王弇洲詆之，固爲過當；顧華玉譽之，亦屬失實；即朱笠亭推原之論，亦非唐氏本來面目。近有茸郡陳生言，子畏暮年潦倒塵壒，困頓里閈，仗奔走以爲生涯，藉筆墨而度朝夕。其落魄情狀，有不堪言者。並出伊家所弆子畏《漫興》詩十首以質焉。噫！斯言也，余未敢遽信以爲然也。顧其詩頗俊雅，可與羅江東並驅。夙昔率易拖沓之病雖不能盡除，然其佳處自不可掩。固知唐氏自有真詩，而渠等之毁譽，俱屬噂𠴲。因遴其最者數首，以與景唐氏者共賞焉。其一云：「十載鉛華夢一場，都將心事付滄浪。内園歌舞黄金盡，南國飄零白髮長。髀裏肉生悲老大，斗間星暗誤文章。不才剩得腰堪把，病對緋桃檢藥方。」三云：「驅馳南北罨頭塵，襤褸衣衫墊角巾。萬點落花俱是恨，滿杯明月即忘貧。香燈不起維摩病，櫻笋難消穀雨春。鏡裏自看成一笑，半生傀儡局中人。」五云：「造物何嘗苦忌名，太平端合老無能。交游零落綈袍冷，風雪飄飖瓦罐冰。二頃未謀田負郭，一餐隨分欲依僧。醉時試倩家人道，消盡粗疎氣未曾。」七云：「此生甘分老吴閶，寵辱都無剩有狂。秋榜才名標第一，春風絃管醉千場。跏趺説法蒲團軟，鞋襪尋芳杏酪香。只此便爲吾事了，孔明何必起南陽。」十云：「謝遣歌兒解臂鷹，半瓢詩稿一枝藤。難尋萱草酬知己，且摘蓮花供聖僧。時事百年蝸角戰，酒杯三月鳳頭燈。盡嘗世味猶存否，茶薺隨緣敢愛憎。」

余嘗於汪主政秀峰家見唐子畏墨筆美人一軸，丰姿生動，真有「立而望之翩」之致。後署一章曰「龍虎榜中第一人，烟花隊裏醉千場」，益信陳生所弃之詩爲不謬也。蓋子畏平生每喜自詡科名，又與前詩詞意相印，故愈信云。秀峰名啓淑，徽之歙縣人。性嗜吟咏，尤嗜篆籀學。家所構蓄古今金銀、銅鐵、水精、瑪瑙、竹木諸色印章，不可枚計，所著有《訒菴集古印存》、《飛鴻堂印譜》及《蘭溪櫂歌》、《焠掌録》、《六書今韵略》、《農隙筆談》諸書行世。

余家食日閲趙宫贊秋谷執信《談龍録》，内有一則，劇推崑邑吴修齡喬所著《圍爐詩話》一書。後抵江左，遍覓之不可得。即遇崑邑紳士訊之，亦無有知之者。間有知者，亦未之見。或云此書未付剞劂，故知者頗尠。後遇青浦褚大令啓宗，譚及此書。伊言家有善本，出以相示。余持歸舟，篝鐙細閲，及至東白，而四卷已竟矣。其書大概左袒馮氏，痛詆李、何、李、王，以及弘、正、嘉、隆間諸子。其言詩準繩處頗有可掇，足備壇墠圭臬。其繹論唐詩處並無發明，徒增拘迂。主見如斯，宜乎其不聞於世也。因删爲一册，存諸篋衍。

揚州地當南北之衝，人烟稠密，風俗豪華，名園錯陳，勝區紛出，加以行商居賈，蓁集沓來，以故花木之繁、管絃之妙，加於天下。居者不厭，過者輒留。已至者屏營而忘歸，未至者惆悵以思往。自唐迄今，未有薄其地爲不足觀者。近晤金壇丞李渠東志球，言漕憲崔公應階曾有詩云：「青山亦厭揚州俗，多少峰巒不過江。」噫！斯言也，真可謂識過於頂、目高於天，近古以來未經人道者。風致亦翩翩欲仙，當於錢、劉之間高參一座，惜不得其全集，令余爇檀以讀之也。

龍山詩話卷三

蒲城雷國楫松舟著

丁亥季夏，予以公至金陵，晤袁太史簡齋枚于清涼山寓，杯茗相譚，意氣藹如。越日，簡齋過訪，芒鞋布襪，風度翩翩，宛似晉、宋間人。索予途中諸咏，予即呈以藁本。披閱之下，奬譽過當，并欲招余與金陵諸詩人讌集數日，以伸地主之義。伊家故有園亭池館，爲金陵最，予夙所心艷者也，惜時以適有公務，遂辭歸。後於友人齋壁見公數詩，遂急録之，雖一鱗一爪，而龍之首尾固可想見矣。《鄴下弔高神武》云：「唱罷陰山勅勒歌，英雄涕泪老來多。生持魏武朝天笏，死授條侯殺賊戈。六鎮華夷傳露布，九龍風雨聚漳河。祇今尚有清流月，曾照高王萬馬過。」《牛口谷弔竇夏王》云：「一旅中原振鼓鼙，夏王仁義偃王齊。空争孤注黄河北，不解連環大華西。牛口谷深天意在，虎牢關失陣雲低。英雄回首書生計，夜夜青山杜宇啼。」《杜牧墓》云：「蕭郎白馬遠從軍，落日樊川弔紫雲。客裏鶯花逢杜曲，唐朝春恨屬司勳。高談澤潞兵三萬，論定揚州月二分。手折芙蓉來酬酒，自憐風骨類夫君。」今稔秋九，吴魯齋過晤，言簡齋欲選本朝人詩一部，持擇甚嚴，較之他選，迥不相同。其衣被妹學之功，當自無窮。惜余不獲一晤，以罄其所欲譚也。

徐薈林名薌坡，青浦選貢生。性倜儻，喜吟咏，與人交，終始不倦。甲申冬，與予邂逅吴門，一見即相契，詩文往還，月不啻再三，時伊衿尚青也。後予以署篆他適，而薈林亦遂馳驅四方矣。今于友人所得其詩數首，遂録于此，亦猶鳳之一羽、豹之一斑也。《寄張少華》云：「金昌楊柳記同攀，别後相思客鬢斑。細雨春帆黄歇浦，淡雲秋樹陸機山。關河遠道傳紅鯉，烟水幽情戀白鷴。安得秦淮花月夜，旗亭賭酒一開顔。」《懷高自柏》云：「楚天渺渺感離思，木落秋高雁度遲。風雨篝燈千里夢，江山裙屐十年詩。鷓鴣舊曲翻桃葉，鴝鵒新裝舞柘枝。猶有五陵豪興在，青衫愁對鬢邊絲。」

前民云七言難於五言，律體難於古體，七言律體又難於五言律體。予以爲七律而至咏物則更難矣，咏物而至次韵則尤難中之難者。而近人偏易之，平居著述，則無不七律；七律之中，强半咏物；一經投贈，即行次韵，一唱百和，動至數卷。是何今人之大勝於古人也？及夷考其爲詩，則不過漁獵類書，抽黄妃白，嵌以平側，砌以韵脚。僅存形象，絶無生氣，閲之令人欲嘔。如木偶泥人、塵飯土羹，徒飾觀瞻，而毫無益於日用也。噫！破除工夫，竭盡心力，亦何苦爲此無益之事？昌黎云：「可憐無益費精神，有似黄金擲虚牝。」何況于無益之中更爲無益乎？學者于此際能諦思之，則於詩道思過半矣。

咏物詩，唐人最夥者莫逾杜陵。杜陵諸詩，五律十七。然觀其詩，皆詞在個中，意超象外，有不即不離之妙。今人不此之求，而徒然連篇累牘，誇多鬥靡。工者刻畫題面，樸者雜凑典故。噫，雖多亦奚以爲？

和人詩，唐人和詩不和韵，如《早朝》諸篇是已。降及中葉，始有和韵者。洎乎元、白，則次韵矣。至於皮、陸，則愈盛矣。宋及元、明，無不崇尚。然詩之工拙，殊不在此。本朝以來，能卓然不惑者，唯王漁洋、趙秋谷二人。秋谷《談龍録》云：「次韵詩阮翁絶意不爲，可法也。」今之自詡獲衣鉢于漁洋者，于其詩句撏字撦，如繪西施，務求逼肖，而獨于此偏不肯學。噫，亦可喟也！

己丑冬，余以解滸墅榷税赴都，越明年四月乃至。公務既畢，遂以詩贄謁錢學士大昕、朱學士筠、褚學士廷璋、吴侍讀省欽、許員外寶善、曹員外錫寶、陸主政錫熊諸先進。諸先進不唯不加擯斥，且復文讌招徠，篇什投賚，連章累牘，充於篋笥。歸來匆匆，未克卒讀。今稔以查榷駐劉河，公餘多暇，隨檢閲文帙，以次編纂，以志一時相聚之雅。時辛卯冬十一月也。

錢學士大昕，字曉徵，號辛楣，嘉定人，爲王西莊妹倩。余北上時，西莊曾寓一函至都，往還旬每三四。公曾爲余詩作序一首，推擬頗爲過當。其詩精深華妙，孅而且富，今録其余所尤嗜者。《登燕子磯》云：「扁舟停江皋，乘興杖短策。捫蘿上危磯，披雲踏盤石。徑仄勢欲崩，膽怯步愈窄。秋色江上來，吴楚千里碧。渺渺獨愁予，潮平葦花白。」《邵伯埭》云：「澤國微茫長緑蕪，薄遊踪跡感羈孤。疎鐘夜火秦郵驛，官柳長堤邵伯湖。往日漂流悲雁户，衹今郵落足魚租。來朝又下清淮路，愧爾沙鷗宿水蒲。」《趙北口》云：「漣猗百頃鏡光涵，十里長堤路舊諳。淺草平沙通薊北，板橋流水似江南。兩行官柳分濃緑，幾隻魚舟點蔚藍。浩蕩白鷗應笑客，浮家泛宅只空談。」《石湖》云：「瀲灔紅亭映曉霞，波光百頃渺無涯。居民種芰分湖面，小艇扠魚踏浪花。遠浦風烟通震澤，上方鐘磬出楞伽。田園雜事皆詩料，曾是當年參政家。」公曾有《送王西莊出典閩試》詩云：「朝望歐陽真學士，文壇孟縣老宗師。」吾即欲以此聯舉似公也。

朱學士筠，字竹君，大興人。與余同集錢宮詹籜石先生寓，把酒相譚，意氣甚洽。既余晉謁，公即枉過，謙挹沖和，藹然君子也。公長于金石之學，又善爲古文辭。於詩不苟作，然每成一篇，即爲同人傳誦。今所録雖一斑，可珍也。《登湖上樓》云：「載月來登湖上樓，飄然便可馭風遊。帆如不動暮天没，岸竟欲斜秋水流。何寺一聲孤磬遠，長空萬點亂鴉愁。酒盃頻勸君何苦，未使春波負秀州。」

褚學士廷璋，字左莪，號筠心，長洲人。官編修，以大考第二人超擢講學。余在江南耳其名者久矣。其詩余在友人顧景嶽所屢見之，典麗高華，美不勝收。爰遴其最者數章。《題顧星橋月滿樓即次原韵》云：「對酒開襟閒嘯月，高吟放眼獨登樓。樓空百尺星河曉，月滿一輪天地秋。上界清虚容我到，騷壇光燄幾人留。即看閉户調琴鶴，且可乘槎向斗牛。」《旅雁》云：「烟樓戍堞杳難分，遠逝嗷嗷畏失群。萬里徘徊榆塞月，一天凌亂楚江雲。風開玉羽當關見，泪落金笳静夜聞。白露涼歸應憶汝，蘆花洲上水沄沄。」《即事》一絶云：「春來花事爲催詩，春盡詩成花不知。滿地落紅無一語，卷簾空自放游絲。」《過楊柳青》二首云：「半篙秋水破寒塘，指點烟墟斷客腸。愁絶東風摇落後，一雙青眼送斜陽。」「銷魂橋畔跡重停，一夕西風滿雁汀。吹醒離筵塵土夢，天涯依舊短長亭。」

吴侍讀省欽，字沖之，號白華，南匯人。館試屢列前茅，後以大考第一人擢侍讀，御試詩賦，一時傳誦，有紙貴之譽。與余一晤，即相得甚驩。余既讀其稿，後復書其近作於箑以貽余。《雨後過溪橋至長板》云：「一雨洗横翠，幾層山霽開。高低稻陂水，決決走輕雷。野牧跨牛至，晚樵持斧回。忽驚兩白鷺，飛下亂峰隈。」《山館》云：「樹杪幾重山，山人出未還。款扉成小住，倚閣試孤攀。鳥弄鈎輈語，花披躑躅斑。今宵傾咂酒，爛醉且開顔。」《雨後宿山館》云：「前山湧晴翠，雨自後山飛。山氣本如此，人行殊未歸。林端松鼠滿，堦下草蟲稀。玆夕望河漢，迢迢秋影微。」《順林見竹林》云：「不見此君久，離憂滿洞庭。幾家隔烟水，今日倚娉婷。飢鶴有時下，吟龍何處聽。夜來風露冷，辛苦折芳馨。」又贈余一聯云：「家在秦關先識氣，官如孟尉合昌詩。」公詩氣格渾成，旨趣澹遠。求之古人，逼似王、孟，在近代可妃屈介子，實爲玉堂中之翹楚。

許員外寶善，字穆堂，青浦人。余在蘇日，曾於友人劉秀才岐三家見其詩。余謂岐三曰：「此公頗似左司。」岐三以爲然。後至京晉謁未遇，偶於部署一晤，遂相往還。其詩多前所見者，遂録一首，以志梗概。《小春日同友人泛舟山塘讌集》云：「秋空漾寒烟，落日照石壁。扁舟滄江趣，愜志務所適。古寺聞霜鐘，孤邨隱疎笛。林深徑逾永，境静妙始歷。老樹棲寒鴉，殘碑卧沙礫。生公有遺址，霸主留偉績。代謝非一時，此理安可析。山水我性情，招尋阻遐逖。玆遊信奇最，况復值良覿。情至無新交，微言見啓迪。幽探興未窮，心静容自寂。涼月明荒洲，西風起蘆荻。」

曹員外錫寶，字鴻書，號劍亭，上海人。與余晤後即見招，並惠伊詩稿數種。又贈余詩二首，書于便面。後余携至金山旅寓，爲人竊去，惜哉！又贈余一聯云：「碧海珊瑚探腹笥，青天河漢落談鋒。」其詩歌行似白，近體類王。其《劍亭》諸什，世多傳誦，不復録。今録其《木蘭》、《容圃》二稿内詩數首，以與海内詞人共賞之。《出古北口》云：「霜浄宿莽平，風高馬首壯。秋寒度嚴關，心目恣駴浪。巉嶺争超突，泉瀑互奔放。仄徑容數騎，萬雉森巨防。巍然衆峰頂，關勢削天匠。是時夜方半，落月排叠嶂。詰屈窮躋攀，直上凌空曠。出險復入險，頃刻倏萬狀。星光拱神京，烟樹鬱相望。歸途更登陟，壯觀答微尚。」《早發》云：「戒途天未曙，古驛暗雲封。人語邨中火，鷄鳴郭外鐘。詩情生短策，邊思落遥峰。却望青睬畔，行歌愧老農。」《憶梁瑶峰隨駕木蘭》云：「獵獵旌旄擁玉珂，森森帳殿碧嵯峩。三秋月色臨邊早，萬馬風聲出塞多。晨捧金泥隨輦草，暮翻玉靶落天鵝。知君奏罷長楊賦，合有新詩寄薜蘿。」

陸主政錫熊，字健男，號耳山，亦上海人。余至其邸，適耳山他出，耳山枉顧，余復不值。然其詩則其戚見貽矣。《繡谷送春歌》云：「荼蘼風起晴鳩啼，曲巷過雨生春泥。紅橋四百芳草暮，落絮飛遍昌亭西。樓頭花枝樓下雪，流光匆匆坐成列。名園上日羅衆賓，共惜江南好時節。江南春漲青梅天，十日正泛沙棠船。白蕉之衫高齒屐，乘興來醉櫻桃筵。竹梧交蔭敞瑶席，黄金叵羅持勸客。良辰勝事本難期，復見風流照泉石。簾光泛緑池水平，碧蘿裊裊含烟清。石牀洗盞更盤礴，欲落不落斜陽明。東風無情鬢成素，多謝流鶯唤人住。倒載狂歌歸去來，明朝酒醒春何處？」公詩雅鍊俊潔，足爲浮廓鍼砭，惜所惠不夥也。

選詩須去取精當，品題確切，始足爲學人津梁。沈歸愚先生《唐詩别裁》一書，稱爲選中善本，然其間頗多疎忽。如孟襄陽《晚泊潯陽望廬山》詩，既收于古，復收于律，其古詩注云：「别本亦作律詩，然終是古格。」律詩注云：「所謂篇法之妙，不見句法者。」夫一詩也而兩收之，兩收而前後注語並若出兩人手者，殆匆匆付刻，未暇檢點及此歟？

明王少保子衡廷相與鄭郎中繼之善夫素不相識。繼之有詩云：「海内談詩王子衡，春風坐遍魯諸生。」子衡見之，賦《少谷子歌》，焚其藁于燕，望閩再拜。於繼之没後，千里往閩，經紀其喪。嗚呼！其感可謂深矣。夫人之感，或感其贈送，或感其援引，或感其拯救，或至殺身以報，而要皆未有如文字之感可以歷死生、寒金石而不變也。嗚呼！若少保者，真可謂騷壇中之侯生也。後之人其有不聞風而興起者歟？

王諸生鳴韶，字鳳來，號鶴溪，爲西莊弟。乙酉春，與余會于幽蘭旅寓，縱談詩筆，志趣吻合。越日過訪，貽予以所畫山水，頗有營丘筆意。其詩則余于《江左十子詩》中習見之，嶄然清新，不由恒蹊，可爲捃摭者之良藥。《金陵客感》云：「何處寒砧和短更，可憐人聽斷腸聲。相如消渴悲歌日，杜牧江湖載酒行。秋被哀蛩催到老，山因落木洗來清。石頭城下秦淮水，故作驚濤攪客情。」《吴淞春泛》云：「九峰寒翠落烟汀，笠澤春濤望渺冥。淡日烘開兩岸柳，輕風吹聚一溪萍。陸機茸畔雉媒集，黄歇渡頭漁網腥。欲唤鐵崖携鐵笛，篷窗吹與水仙聽。」

李令君時憲，號敬亭，福建閩縣人。雍正庚戌進士，由部曹出知縣事，歷任直隸、河南諸省，咸著循聲。性喜風雅，雖在官，手不廢書。解秩後掌教上洋，余以公至上時晤焉。嘗貽余以菊、梅詩數首，咸爲友人取去。今于選本中見其詩數首，不覺狂喜，如晤我故人焉，因倶録之。《秋登望江樓看月》云：「高閣含餘照，清輝入望收。江烘霞散綺，山湧月垂鈎。樹色光宜晚，潮聲夜帶秋。水天澄一碧，身世對虚舟。」《竹嶼泛舟》云：「水國宜秋晚，寒流一艇斜。清霜醉紅樹，淡月隱蘆花。漲落高低路，川平遠近沙。炊烟清不斷，山崦有人家。」《自富春抵桐江》云：「雲樹千家接，江天一水連。居然成罨畫，别自有山川。仙侣留棋石，桐君剩藥田。羊裘人不見，懷古意茫然。」《平江晚發》云：「斜日清江上，憑虛一放船。眼空秋水外，心澹白鷗前。返照依平野，餘霞媚遠天。停橈看漁父，沽酒夕陽邊。」令君詩，清淡之中頗饒俊腴，可謂沉浸于襄陽者也。

潼關楊明府子安，名鸞，爲吾郡名宿。庚午歲，余侍先君于京邸，見公《邈雲草》詩，愛其清綺，時時吟哦。後余需次選人，公亦適在都，逆旅密邇，時相往還。公嘗示余以未刻諸稿，雒誦之下，見其格高韻遠，氣腴神清，與前一變矣。惜時以倥偬，未暇採掇。今稔秋九，江寧陳古漁毅貽余以所選《所知集》一部，内有公詩數首，諷咏再四，見其風格更遒，遂亟録之。《舟行見月》云：「月色清如許，江天倚櫂看。憶從何日别，相對不勝寒。蟲響知秋近，烏啼認夜闌。長年亦幽興，欸乃下前灘。」《聞砧》云：「星光隱簷際，誰拂擣衣砧。滿院苔痕合，重門樹影深。闌風已淒緊，零露最蕭森。此夜羈人耳，經秋恐不任。」《菊》云：「秋來真負菊花期，今日高齋乍見時。瘦影似憐開較晚，微香恰與冷相宜。重陽過後無佳節，彭澤歸來有夢思。擷得餘英還自笑，明年知否在東籬。」《雪霽》云：「寒瘦自情性，苦吟工未能。晚晴窗上日，先晒硯池冰。」

莊編修承籛，字少彭，號蕘堂，爲敬堂先生冢嗣。己卯歲，余在長安，與少彭同筆硯。後余以先孺人疾别歸，而少彭亦落孫山。壬午秋，余再至長安，又與少彭文會者數月。是科余二人皆薦而不中。明年癸未，余以薄宦來吴，而少彭遂翩然入翰苑矣。憶余等同社時，衆皆力攻舉業，不暇譚聲律事，獨少彭言之亹亹。後余至京，時相聚晤。少彭遂出其詩以眎余，清腴整練，絶去埃氛。余謂少彭曰：「君可謂吾社中之獨角龍也。」今録數首，以當晤對云爾。《驪山晚眺》云：「繡嶺秋將老，登臨此日閒。鳥銜紅葉去，人帶白雲還。客思清砧外，鄉心夕照間。蒼茫櫟陽渡，遠影落晴灣。」《謁寇萊公祠》云：「經過勝蹟輒徘徊，況歷名區仰俊才。此日有祠崇俎豆，當年無地起樓臺。先聲北伐功誠偉，晚境南遷事可哀。顧我腐儒瞻拜罷，驚心蠟炬又成堆。」

范諸生起鳳，字紫庭，號瘦生，寶山人。平生最喜爲詩，所作甚富，王西莊先生亟稱之。余尉寶時，賡酬無虚日。其詩大概尚氣格，不屑屑于對偶聲律間，頗有俯視一切之致。《晚過楞伽山》云：「石室何年築，來遊日已曛。野烟空際斷，清梵静中聞。鶴去盤青嶂，僧歸度白雲。林臯疑暮雨，木葉下紛紛。」《題友人隱居》云：「隱居全道力，此境世應稀。古木寒烟路，茅檐白版扉。喜無維馬迹，剩有釣魚磯。即物皆天趣，水流花自飛。」

毛上舍思正，字又莨，號海客，亦寶山人。博學工詩，尤喜表彰前哲，嘗撰《菊泉詩選》一書，可備疁城文獻。余在寶邑日，屢行過譚。其詩詞旨沖澹，可稱雅音。《寄汪紉青》云：「吾友岑華子，疎狂每自哀。十年長作客，四海孰憐才。飄泊依蓮幕，風流續玉臺。揚州留滯久，歲暮好歸來。」《贈内》云：「篝燈佐讀苦相依，太息黔婁百事非。豈有雄文傳狗監，空勞清淚滴牛衣。釵荆裙布家風冷，麥飯葱湯活計微。他日鹿門歸舊約，絲緡共理釣魚磯。」

李滄溟先生謂：「唐無五言古詩，而自有其古詩。」旨哉斯言，千古不易之定論也。而錢謙益割其上句以痛詆之。噫，亦甚傎矣！夫滄溟之言，非深于古、唐之詩者不能道，亦非深于古、唐之詩者不能知其言之確也。

倪端夔大臨，號自山，鎮洋諸生。予嘗見其詩于《苔岑集》中。今稔至劉河，邂逅于友人李文五廨。越日，自山過訪，並持其詩以相質。余讀之，見其詞氣清華，翩然可諷，遂録數首，亦以爲海曲詞人樹一標也。《秋興次少陵韵》其一云：「淅淅涼風動遠林，悲哉爲氣正蕭森。一邨紅樹烘殘照，三徑黄花澹夕陰。海國蒼涼堪入賦，江鄉寂寞易傷心。年來無限羈牽事，怕向清秋聽暮砧。」二云：「極目遥空雁字斜，愁懷侵徹鬢邊華。天高何處登雲路，地遠終難泛斗槎。質本庸凡甘伏櫪，時逢清宴息悲笳。適來冒雨尋幽徑，籬畔寒英正吐花。」六云：「零露濃濃壓樹頭，風高木落對清秋。寡交始識貧爲累，多病還須酒散愁。得失總歸塞上馬，炎涼不到水邊鷗。放懷别有人間世，海澨杯中隘九州。」

李孝廉保泰，寶山人。余攝寶尉時，伊曾館于簿廨，官舍伊邇，習相把晤。孝廉最力學，雖溽暑，誦讀時至漏下三鼓。舉業最善，以數奇，屢薦不第，至庚寅始入彀。詩則昌明豪邁，絶無齷齪氣習。嘗有送余一律云：「海角奚堪淹鳳儀，春風曾扇下車時。一簾花酒供吟嘯，三月琳瑯夥贈移。屢荷示新詩。鵬厲霜翎搏碧漢，梟凌清露拂行麾。他年竹馬重迎處，爲憶書生是舊知。」

婁邑徐祚永，字介人，年少嗜學，寒暑無間，嘗繪《寒夜讀書圖》以自勗。屢以所業質余，余見其志篤而業勤，時爲點定字句。其詩詞旨清麗，法度井然，倘蛾術不輟，所詣更當有進。嘗投余以七律云：「意氣崚嶒遇合艱，偶緣遊歷到雲間。微官暫與趙施並，康熙年間，泰州同知趙乾符、婁縣丞施則威皆工詩，爲漁洋所賞。崇望終將王宋攀。漁洋、西陂二先生皆以府佐致位六卿，名滿天下。地近偏勞三月想，家貧且喜一身閒。潭東大阮兼王翰，他日同來謁斗山。家孝廉小巢丈、王茂才西崑同學欲偕永奉訪。」

邵明經玘，字棆亭，號西樵，青浦朱家角人。己丑秋，予以查賑至其地，西樵來晤，饋予所著《邨居倡和集》，並所選《國朝四家詩》及其窗稿各一册。西樵工篆籀，鐵線尤妙，人多購之者。其爲詩明麗濸沱，不落俗筌。有《九日遊蓉城王氏莊》詩，頗爲時所稱許，遂録之云：「陂塘十畝水雲寬，落帽秋風也自歡。學圃不妨耽抱甕，讀書何必慕彈冠。周遮茂樹虚窗暗，環繞奇峰白屋寒。灘畔丰標幾公子，忘機一任倚闌看。」

龍山詩話卷四

蒲城雷國楫松舟著

張副車錫德，字南仲，號南垞。余至松日，彼此遞相訪，皆不值。庚寅冬，始會于汪主政秀峰家。時伊方有西河之戚，余爲申解再三。越日，投以二律，婉轉工秀，頗近隨州，結句亦健旺有力，遂録之。《中秋後夜坐憶舊》云：「風物鄉園樹早凋，去年此日動歸橈。殘陽古堞明衰柳，白露空灘長暮潮。雙鬢幾驚江水逝，片帆又别石城遥。閒尋往事都如夢，命酌休孤月在霄。」《酬寄青浦吕藹莽》云：「葉落空堦思不禁，新詩把讀悵情深。閒鷗偏狎嬋娟客，老鶴横飛婉孌岑。往事歌思愁渺渺，仲秋花月暮愔愔。碧艫紅樹青溪上，好就蘿陰聽玉琴。」南垞與條山同居茸郡北郊，衡宇相望，才名亦復相埒，人稱張、王云。

婁縣張諸生鳳池，苦吟士也。余耳其名，屢行過訪。其詩鑱削刻深，有南宋尤、楊風範。嘗投余以二律云：「西雍萃秀毓璆琳，較勝江南三品金。儋爵偏教羈驥足，裁詩却合購雞林。常流春意人沾澤，特厲清操自作箴。餘論殷殷多獎借，允推謝朓復生今。」「兩度蓬門駐旆旌，超然别具宦中情。雲間珠玉隨風落，海畔光華傍日生。沁我詩脾丁卯集，父臺以《龍山詩鈔》見遺。重君花骨汝南評。《龍山詩鈔》，沈宫傅、王光禄兩先生選定。佩刀他日看相贈，勛業文章共擅名。」

王士琳字元瑞，婁邑諸生。與余素未一面，偶因徐諸生祚永見余拙刻，遂投以五律二首。越日復投以七律一首，推擬甚過。噫！以余之拙僿，生乃謬緣虚譽，枉過問塗。其謙撝之意，可謂篤矣；納交之志，可謂誠矣。惜余以連年奔馳，未獲一晤，殊深悵怏。遂録其詩，以志吾過。五律一云：「空谷來徐穉，携詩叩敝廬。芸窗風静後，荷港雨晴初。却喜瓊瑶句，來投水竹居。開緘盥手讀，茅塞忽開予。」二云：「藝苑風騷伯，翛然鸞鳳音。泖峰推吏隱，湖海訂交深。綵筆千秋業，冰壺一片心。倘容載酒過，吟嘯落松陰。」七律云：「飄然琴鶴到雲間，放眼青蒼九點山。花暎午衙群吏散，月臨秋幕一官閒。才高肯向風塵老，賦就何愁遇合艱。欲把文章謁山斗，龍門可許共躋攀。」數詩皆清矯拔俗，稍充以學，可追曩哲。

劉明經濯，號桐引，上海人，其世父與先兄石擎爲同年友。丙戌冬，與余同集楊柳汀拜石山房，撝謙温恭，藹然儒者。明日過晤，即以即席分韵之作見示，氣沛詞豐，不愧作家。今越五載，披閲之下，猶可見其爽氣于薄蹏之上，遂録之。其詞曰：「凍合同雲歲序殘，空庭欲雪雨漫漫。尊移羃室先春煖，座飫醲情抵夜寒。拓戟酣歌忘主客，翦鐙軟語雜離歡。憐余明發申江棹，高會南皮正未難。」

沙處士維杓，字斗初，號白岸，吴縣人，寓居楓橋。王西莊及顧星橋屢爲余言其工詩，余每至蘇，不久即歸，又以未悉其衡宇，是以未獲一瞻光儀。成都費密有詩曰：「大江流日夜，孤艇接殘春。」王漁洋贈以詩，末聯云：「十字須千古，何爲失此人。」遂相訂交。今白岸詩之可傳於千古者，詎止十字已耶？明春至蘇，當一訪楓涓，以與伊人晤對也。録諸人所誦二首，以志其概。《月夜登楞伽山》云：「山空秋月迴，揮手白雲端。清梵隨風落，泠泠衆壑寒。湖光平下界，樹影抱層巒。不見林僧出，微霜滿石壇。」《泊蕪城》云：「此夕蕪城泊，鄉心更黯然。夜燈江口戍，寒雨楚人船。冷落愁孤客，飄零感暮年。荒雞一再唱，擁被未成眠。」

王光禄西莊先生繪《丈室散花圖》囑題，余作五律一首云：「佛友維摩詰，在家同出家。雲烟消結習，空洞却天花。此意何人會，高風獨自賒。右丞心力並，圖影步仙槎。」頗爲同人所推與。後余亦繪《漫泉秋釣圖》索光禄題，光禄作三截句，氣清筆健，詞腴格蒼，可與蘇、黄諸公聯鑣並馳。其詞云：「蒲城城外有漫泉，葭亂荒荒緑到天。舊識平生釣遊地，石磯雙踝跡依然。」「卅載萍蹤憶故鄉，風烟一壑興難忘。脚韡手版歸期誤，畫裏權教蓑笠裝。」「詩名習習滿詞壇，山史天生異代看。爲愛烟波釣徒態，綸竿入手儘盤桓。」

華亭高令君辰，字景衡，號白雲，蜀之金堂人。以庶常出知縣事。其尊人聲之先生與先明府府君爲同年友。歲丁亥，令君量移華亭，始與余晤于茸郡官廨，然未遑罄所欲譚也。庚寅夏五，令君以計薦入覲，暫解邑篆，予隨得以習至其寓，商榷古今，時至丙夜，然後悉令君之人與其學也。令君于學無所不窺，自經史稗野以及天官堪輿、醫卜星象，無不研究其微。詩文特其餘事耳，然亦不落第二乘。其詩古選胎原射洪，歌行步驟青蓮，近體則出入于劉、白之間，而又益之以雅健，真所謂多師以爲師者。嘗以所畫松貽余，並繫以詩云：「我聞終南多蒼松，屢欲結茅往相從。忽忽因循四十載，轉眼此志都成空。塵鞅自謂聊復爾，縞紵往往欣良逢。茸城參軍字松舟，西來吏隱浮江東。雄談不亞王景略，耽詩才媲崆峒翁。等身著述肯示我，紀程尤足開心胸。即把卷中略流覽，應接不暇烟雲封。愛君氣誼獨遠俗，多君風雅尤堪宗。恨予形勞簿書裏，那得從君師談龍。吁嗟談龍不可續，松枝聊贈酬高蹤。酬高蹤，暇將撥冗詣清齋，擬聽麈尾揮松風。」又題余《漫泉秋釣圖》二絕云：「封鮓從知吏隱清，西風幾度五茸城。生綃隨寫垂綸意，漫水天涯一樣情。」「薄宦吾慙范甑魚，相逢魚水快何如。分明一帶岷江景，好把持竿亦畫余。」又贈余一聯云：「人物中原王景略，詩名北地李崆峒。」王光禄西莊嘗云：「令君可謂真才子，真名士。」由其所著觀之，亶其然乎！

聞人廣文名倓，字訥甫，號卓山，居松郡外西南隅。以明經司訓歙縣，力學攻書，不愧其姓。家居不問門外，唯以汲古是務。所著《古詩箋》一書，淹博精當，宇內詞人爭購之。又有《唐賢三昧集箋注》，同人咸勸早付剞劂，卓山謝以無資，而今不可得矣。卓山詩，古選淡泊清腴，頗有靖節遺意；近體亦明麗雅切，可式浮靡。丙戌冬，余自都歸，聞其名，即過訪。越日，卓山枉顧，並投以詩云：「養拙偃蒿廬，惠然枉車騎。蘭荃稟情性，風騷富講議。初筮既發蒙，盈缶復內比。弦歌想多暇，篇翰良自媚。寸莖蔭修條，哲匠隱下位。筐篋奚足言，雲間有仙吏。」余隨以先明府府君《澹寧詩鈔》及予拙刻持正，卓山即跋二首于後。其跋先府君集云：「青燈光小暮寒深，先哲詩篇取次吟。慷慨似聞燕市筑，清圓如聽雪山琴。澤宮士挹詩書氣，花縣人懷撫字心。節足久推天下瑞，自然雛鳳有清音。」其跋余拙刻云：「夜半高吟擊唾壺，篇成閣筆壓珊瑚。牽絲手織千機錦，觸緒胸流十斛珠。冰雪清神憑洗濯，風霆健思任馳驅。入林把臂如相許，白苧歌來調不孤。」

季廣文夢荃，字雪堂，太倉人，以拔萃司校奉邑。庚寅夏，余解帑自都歸，晤華亭廣文王溶川。溶川爲余言雪堂博學工詩，爲時髦所不能及。予隨過訪雪堂，即以全稿見示。持歸諷誦，璆琳盈目，如履山陰道上，千巖萬壑，令人應接不暇。雪堂詩步趨初、盛，不由恒蹊，其在奉邑諸篇，沈雄悲壯，光怪陸離，可謂善學杜陵。《風潮歎》云：「海雲蘢蓯疾飛羽，陣陣狂飇吹白雨。垣崩瓦裂門洞開，洪濤如山千丈來。紙窗夜聽轟霹靂，曉報沿塘怒潮激。黿鼉窟翻海若愁，木棉鈴落穡神慼。去歲吴鄉本歉收，盻得秋來行滿篝。但見花開白勝雪，更聞禾長碧如油。習俗年荒了不記，便欲迎神演臺戲。哀多聊用戒慆淫，此是皇天有深意。兹土猶存樸遬風，風潮示儆將毋同。長養終資造化力，呼籲共切蚩氓衷。願祝天晴安民意，猶得收成足衣食。簷外鵂鶹啼向西，颶風蕭騷半天黑。」《竈户歎》城外即塘，塘外即海，竈户多在海灘上。云：「塘邊老嫗夜炊粥，狂飇北來聲撼屋。開門乍見白浩浩，欻忽洪濤翻地軸。提男挈女走踉蹡，行徑盡没天茫茫。耳畔惟聞哭聲送，兩足併力趨高塘。喘息纔停更流涕，啼饑兒女空牽繫。煮鹽本爲膳家門，竈墮牆崩百無計。鄰人相顧話悲傷，秋汛年年詎易防。君不見幾家破舍露茅脊，巨浪與之争低昂。」《哨船歎》南匯營船一隻，兵丁十九人，遭風，唯二人獲存。云：「天吴白晝鞭六鰲，浪撼珠宫老蛟怒。張鬐作風吼作雷，千霆亂擊鮫人怖。巨艑嵬峩昨日開，打鼓揚旗海上來。安知神物有簸弄，欻忽性命輕浮埃。云是水營弓弩手，閒飽官糧巡海口。遭風纔得兩丁回，爲問去時人十九。濤險風狂本慣經，況逢小汛曾何有。春天巨浪陡排山，舞雨掀風趁潮走。檣傾柁折無奈何，翻身一慟隨盤渦。妻孥驚怪不回去，目斷茫茫滄海波。招尋無地全家哭，不飽黿鼉定魚腹。萬頃洪濤亦易平，寧關神怒從傾覆。昨報城南斷港邊，浮屍飄泊實堪憐。行人來往誰相認，聊與沙灘槀葬錢。」

《海唑歌》「唑」音鹾，萬喙聲也。俗諺又謂之「海愁」。云：「青燈熒熒海郭隋，月黑烟深半空嘯。遠如千乘萬騎夜疾驅，殷殷雷聲出地竅。又如開先寺外倒挂三峽流，輸谿灌壑無時休。更疑錢塘一怒掣銅柱，寶蓋香車迎貴主。還宫却奏破陣樂，滿耳金鉦送風雨。其聲不疾亦不徐，洪鑪想像百沸餘。海唑由來著俗諺，念之使我抑鬱傷。沮洳洪濤爲虐亦已甚，聽此客心還凛凛。細思盈虚豐歉良有數，深宵沉酣得安寢。我家滄洲傍菰蘆，還來海上烹銀鱸。舊逋紛紛不得理，放懷且任田園蕪。君不見去年低田盡没高田瘠，杞人之憂竟何益。」又有贈余詩二首云：「品格追常侍，風神挹右丞。荷君投片玉，永夕剪孤燈。笠屐心還壯，江山氣益增。萍踪欣邂逅，添我興飛騰。」「一别春申浦，蒼然海國秋。潮聲連古越，風色動神洲。愧我蓬蒿滯，感君臭味投。惟應把吟卷，蛩館慰離愁。」婁東詩人，前明及本朝爲江南最，而弇州、梅邨尤爲諸人之冠。風流未遯，大雅迭興。噫，若雪堂者，我烏能測其所至與？

鎮洋令君舒春嶠毓松，浙之仁和人。今稔春杪，與余邂逅于劉河關署，一見相契。余出《漫泉秋釣》小照索題，春嶠即欣然命筆，詞旨豐腴，氣度雍和，頗可傳誦。其詩云：「鄠杜古奥區，山水鍾英特。中有磻溪老，高蹤千載式。參軍騏驥才，文譽振渭北。風雅廓長城，新詞麗以則。龍劍光陸離，時還赤土拭。青雲萬里期，長風六月息。升斗豈所願，樂此封人職。漭漭吴淞水，澄波蕩胸臆。蓴香鱸鱖肥，飽啖勝肉食。灑衣脱塵網，晏坐守玄默。不競此心閒，空綸自得得。緊誰寫生手，點染輸妙墨。芒鞵笠帽俱，邊幅去修飾。君家仲倫子，巖居饒學殖。招隱策再三，不爲富貴偪。先生躬盛朝，鸞鳳非棲棘。屈伸會有時，翻然奮八翼。探彼明月鉤，展兹釣鰲力。一笑向蓬瀛，漁父應相識。」

舒孝廉毓楓，字晴江，號花農，爲春嶠胞弟，亦與余會于關署。時署内及劉鎮各處牡丹俱放，余作數詩，持正花農。花農曰：「寄托深遠，具見《小雅》未墜。」花農之詩，原本曲江，澹而雋永。亦爲余題《漫泉秋釣》小照一首，其丰姿不在難兄之下也。其詞曰：「小隱隱山林，大隱隱朝市。終南鄠杜間，吏隱多君子。梅福抱仙才，關尹暢玄旨。或築清風亭，或托高陽里。賢達非一端，高山時仰止。不圖素心人，相晤在婁水。漫泉雷參軍，關右無雙士。詩法宗建安，李杜躡芳軌。有時發長吟，價貴洛陽紙。歌苦知音希，咸莖輕里耳。佐郡來吴淞，捧檄心竊喜。笠澤多蓴鱸，泖湖足蓀芷。相逢萍水踪，古歡追漢氏。贈我青琅玕，玉光真粲粲。一笑出兹圖，向我述原委。夙聞列仙儒，對之無乃是。想當秋水時，波流正清泚。柳陰尚婆娑，魚戲亦邐迤。荷笠觀蓬瀛，茫滄烟光紫。」

汪記室廷璠，號蘭渚，杭州人。有題余《漫泉秋釣圖》詩，不獨詞工，而書法亦劇佳，可稱二妙。詩云：「席帽輕衫坐碧潯，一竿垂手緑楊陰。知魚雅有濠梁興，托迹聊爲漁父吟。三輔雲霞供彩筆，五湖烟水印澄心。南溟却看鯤鵬徙，明月蘆花何處尋？」蘭渚詩姿致夷猶，丰神澹沱。惜所見不多，並未一覩其丰采也。

李記室彤，字赤墀，亦杭州人，與蘭渚俱居停于春嶠之幕。亦有題余《漫泉秋釣圖》詩，雅令飄逸，頗似摩詰田園作。惜余亦未一晤。夫以余之謭陋，諸君子不唯不我遐棄，而乃遞相推挹，過爲揄揚，余亦何緣而致此耶？不知何日始與蘭渚並晤，以接余良知之光儀也。遂録其詩于左，云：「兩世共仰清風，前身定是明月。披圖玉貌宛然，展卷金聲未歇。」二云：「谷口柳眠乍起，溪邊魚躍還沉。持竿不須結網，静參秋水深深。」

潘明府鯤，字摶上，號厚池，西粤潯江人。今上丙戌，以選貢生分試江蘇，借署南滙二尹。余以公至南，時與顧廣文惇量、宋少尹紱讌集分韵，相得甚驩。後摶上調知江浦，而與余等音問遂疎矣。然其詩頗綺麗可誦，遂録一首，以寓采葛之意。《杏花》云：「解珮誰遺紫玉魚，杏林花發仲春初。竹籃深巷紅無數，鴉鬢輕烟溼有餘。十里擁歸新學士，一枝愁煞老尚書。重來碎錦坊前路，穠李夭桃總不如。」

太倉王諸生思濟，字雨甘，李司馬文五座上客也。余至文五廨，時相把晤，劇談古今文字，頗爲莫逆。其詩痞痞鄉先哲，跌蕩生姿，如三河年少，風流自賞。有題余《漫泉秋釣圖》七古一首，與梅邨筆致最吻合，可稱法嗣，與世之浮光掠影者不同，亦婁東一俊也。詩云：「淼淼碧水連秋天，獵獵蘆葦摇秋烟。數株楊柳尚旖旎，一溪荇藻交澄鮮。江南佳處饒此境，高人時釣淪猗邊。披圖風景絶相似，籖頭何乃題漫泉。漫泉才子江南客，薄宦年年事行役。臨水登山締宿緣，詩篇到處垂金石。三泖湖頭木葉飛，側身西望情綿脈。手版匆忙公府趨，釣竿冷落家鄉隔。寫生妙手會此意，丹青點染歸能事。笠帽芒鞋世外妝，舊遊好認垂綸地。此日江南憶故園，他年渭北城高寄。徑欲相從入畫圖，漫泉泉畔同遊戲。」

姚明經昌銘，字耘工，號二鐵，金山人。積學攻經，茂于著述。丙戌冬，同楊參軍柳汀晤余于茸郡官廨，與之商榷古今及古金石文字，歷歷如數家珍。明歲再至，越二年，聞其以非命死。噫，豈天上又成玉樓，而何奪取斯人之速耶？二鐵屢饋余篇什，余皆以塵務倥傯，未遑酬答。九泉之下，負此良友，哀哉！今歲檢閲故帙，見其所賚諸詩，披閲之下，愈覺黯然，遂録于此，以補余愆，並以少酬良知于萬一爾。丙戌冬，與余晤後，即投予七古一首云：「劬勞王事前旌驅，咿唔星夜關山逾。笋束牛腰槖負載，關吏疾呼書書書。紀行津程印綬宦，把玩卷軸冠服儒。策險賴有詩膽壯，澤古那不吟腸腴。起家科第茂作述，甲庫乙觀富有儲。存心利物此經濟，豈容爾輩爲覬覦。即今抱册歷仕版，脈望飽腹神仙如。高飛固已在瞬息，低吟曾不抛須臾。服官聊以藉策力，佐郡幸亦免揶揄。春風滿堂暖噓座，夜月入簾冰湛壺。退衙北牖眺峰九，層叠巘翠推浮屠。彈琴祇事清塵賞，擲盃非必狂叫呼。二陸舊址不可問，石刻千載留碑摹。墮落行路雜糞壤，君能搜剔位置無？二陸石刻像嵌入華亭縣南節孝祠之右營兵門首，攤晒馬糞，穢氣薰偪，約同志移奉崇德堂，不許，非當事不能爲力也。下車襄政固不一，此事似非可緩圖。大雅扶輪藉隻手，他時雅化流三吴。騷壇旗鼓半已廢，惟恃得柄能匡扶。敢希憑弔景物冷，差喜脱略形迹拘。一一飛去海上鶴，雙雙踏下雲間鳧。摳衣長揖庇廨宇，百朋寵頒瑴玉瑜。薔薇盥手搗露讀，齒牙雪澡無齟齬。」後余遇便，時時寄訊，又投以五律二首云：「觸感惺惺是，秋深見月憐。不知何處客，共此本來天。庭草餘春氣，籬花澹曉烟。舉頭現紅日，坐暖想周旋。」「叠荷殷勤訊，新詩別後難。祇餘心惴惴，那得骨珊珊。座塵容交拂，堂琴許借彈。寸衷兩抒寫，珍重戛琅玕。」後余暫攝奉尉，二鐵時館于其鄉，遂又投一七律云：「東望扶桑騰上暉，滄波浴日又新依。天空排竈衝烟出，海闊連帆溷水歸。近世憐才誰得似，昔人知己未全稀。公餘搜剔王玠右吴日千槀，詩味清腴在蕨薇。」二鐵三詩氣味醇古，筆力雄渾，頗有盛唐人風範。

季雪堂云：「余聞二鐵性頗怪，臨没時，自著輓聯云：『壽止五十九年，數盡於此；詩積一萬餘首，樂在其中。』又曾倩奉邑黄文學安畿書對云：『老去惟餘讀書苦，近來始覺做人難。』噫，亦可悲矣！」

鹽城王諸生瓖，字葆中。辛卯春，訪余于劉河關署，余視之，翩然儒者也。越日設小酌，即席劇談，上下古今，滔滔汩汩，則又有似乎幽、并俠客。葆中善爲詩，又精繪事，是亦淮南之一文待詔也。有題余《漫泉秋釣圖》七古云：「艷雨贊公出塵境，汪汪别有中千頃。高懷寫出漫泉圖，一竿直欲凌滄溟。遠山蒼蒼遠水清，我亦年來大有情。辦得緑簑與青笠，從君把釣托平生。」又有贈余七律云：「鴻飛是處聳吟壇，久耳香名冀識韓。誠至竟能春倚玉，交初肯許日搴蘭。登龍竊慰傾陽願，聽麈全恢坐井觀。自是三生緣有定，瞻依魂夢亦忻歡。」二詩皆矯健不群。古作似僧隱巒，律體在江西宗派中頗近潘邠老、謝無逸。

張孝廉兆星，字向辰，婁邑人。己丑春，與予會于婁尉高公廨，後遂來晤，並投以七古一首云：「太華少華秀氣爽，九天僊露滴金掌。地靈人傑語不誣，偉哉雷公殊倜儻。學海窮源富五車，文陣吐光雄萬丈。黄卷坂上春花開，白公樓前秋月朗。論交大半玉堂人，意氣直欲干雲上。京華籍籍馳令名，瞻韓未遂趨蒲城。今年旋里聞輿頌，琴鶴隨車治化清。九峰環泖山如沃，别駕才方展驥足。公餘雅結翰墨緣，詩章炙口傳芳躅。乍聆麈論如飲醇，驩然果若平生親。黄莘一曲瀆公耳，請吟白雪飛粱塵。」孝廉以明經司校八旗，期滿舉薦，月選在即，又復獲雋。孝廉詩脱胎長慶，工緻清麗，日下名藉甚。

程明府念廬先生，名有成，婁邑人。以庚戌進士歷知直隸諸縣，其鄉舉與先明府府君同年。庚寅夏，余與喆似參軍毓和遇于燕市，遂得悉其家世。余旋署日，即晉謁先生于里第。先生篤念譜誼，情義諄諄，越日過訪，並投以二律云：「磊落關中彦，塵勞効一官。驊騮聊小試，風雅若爲歡。竹向閒庭植，琴將古調彈。炎蒸稀簿牒，候月坐更闌。」「蘭譜才名舊，蛩音邂逅投。清光輝四座，佳句足千秋。鶴徑饒幽賞，花扉謝俗儔。循良先軌在，爲政獨風流。」公詩卓犖爲傑，在唐最似陳正字，時俊鮮有及者。

辛卯冬杪，兒燭有一函至劉河，云顧孝廉景嶽抵松，枉過敝寓，並饋以詩文數事。夫余與景嶽别五年于兹矣，雖書札時通，究未把晤，急欲一見，以罄闊悰。乃伊人莅止，而予又外出，何其需之殷而遇之慳也！啓緘諷咏，則伊《聞川棹歌》十首之三也。三詩意趣近杜司勳，丰神似李庶子，擬諸本朝，可希漁洋前輩《紅橋》、《冶春》諸咏。遂筆諸册，以時展閲，如覿我執友焉。其詞云：「十里荷花十里蘋，鴛鴦湖上波粼粼。紅船蕩水櫂歌去，竹垞風流有替人。」「聞川堤外波連天，聞川堤内雲如烟。稻花風起紅日落，泛舟網得鱸魚鮮。」「十四十五雙雪兒，與郎打槳隨郎歸。采菱一曲清唱遠，驚起白鷗拍拍飛。」

錢謙益譏李空同先生詩用「虎啼」字，不知此字古人多用之，即如魏武帝《苦寒行》云：「熊羆對我蹲，虎豹夾路啼。」亦不害其爲佳。而謙益必嘵嘵于空同者，何也？蓋謙益本一嫉妬壬人，故于李、何、李、王諸公之作，必故爲刮垢吹毛，大肆詆諆，而後其心爲愉快。此即沈歸愚先生所謂「吾不知其是何肺肝」者也。昌黎云：「蚍蜉撼大樹，可笑不自量。」殆謂是歟？

範金詩話

範金詩話提要

《範金詩話》二卷，據乾隆五十四年刊本點校。撰者謝鳴盛（一七二七—？），字霽中，號醒庵，又號齊雨山人。江西南豊人。有《非醉詩鈔》。此書卷末自署成於乾隆三十六年遊吴時，擱置十餘年始付梓。謝氏甚有識，以辨體説詩，循詩體發生之序，從《詩》、《騷》依次説至近體絶句，於各體皆有深入之辨，説極精嚴，其中五古、七律二體尤見精彩。其論五古，大抵承李于鱗、王漁洋之説，揭時人不解「唐無五言古詩」之由，乃因溺唐過甚，而極賞漁洋唐五家之選爲得五古正體。進而議老杜之五古，一爲樂府體，一以七古筆法出之，於體不純，蓋「須一體成一體，與其兼擅不精，不如專工一體之爲得」。此説甚辯，雖似未識老杜五古創變之義，然于鱗、漁洋之説始得補足，較同時翁覃溪等此題之論别有所見。其論七律，亦道得出此體「極難」之所以然，雖尊老杜，而於其作亦有精、粗之辨。康、乾詩壇於杜之七律一體幾無異辭，謝氏獨樹一幟，深切近於覃溪，褒貶則不同。其説擇體亦精要，不旁枝，嘗謂嚴滄浪《詩體》一篇臚列雖備，然大半非體可汰，必聚會於四言、樂府、五七言古近體方爲正道。論説之餘，又於各體各家列出圖譜，可法者外，又具列不可法者，此與紀昀《玉溪生詩説》之「或問」同例，皆屬尚「確實」至於極致者也。其説與康乾詩學關繫甚密，辨體一題外，又論及吴喬、趙執信之「詩中有人」説，以爲須改「人」爲「我」方確。一字之易，可窺盛世之下個體意識復萌之新氣象，詩與詩論，自是表現「我」之首當其衝之地。彼時「性靈」詩潮大興，謝氏未及袁枚之「性靈」説，然此一「我」字，正可概括「性靈」實質。其後嘉、道詩話中盛行此種自我表現意識，然皆不如謝氏表述之正式也。雖然，謝氏於當年吴、趙與漁洋之争，終無所取於修齡、秋谷，而有得於漁洋，蓋與漁洋詩學辨體之精微聲氣相投也。

範金詩話叙

以錙銖之金與尺寸之鐵校其貴賤，至殊也。然而爲冶、爲鎚、爲鉗、爲鑢、爲錐之屬，皆鐵爲之，而後金之精采有所藉以叢其光華，則鐵之爲金範，何如其勤也！此予弟霽中所以以「範金」名其詩話也。霽中與予生同物，少苦鈍，將冠時，伯兄愧屋氏縱之與予校論聲韵，意躍躍喜。既而與予同事曾松門，爲菊榭詩課，日益有所切磋，遂酷好之，二十餘年，窮極漢魏以至於時賢之詩，無不假覽而鎔鑄之。其何者爲正，何者爲僞，爲邪曲，截然如烟冶之辨金，洞甚豁然，而文亦沛然，足以自達。辛卯游吴，即成此帙。其分體別式，各示以矩法，爲從來詩話所未有。霽中曰：「吾爲鉛、爲錫、爲銅、爲銀、爲汞，屢澄濾而析分之，乃得鎔而成此，以爲吾子弟範耳，豈敢爲躍冶哉？」予于客閩時覽之，即歎出之，霽中秘不與也。今又十餘年，予與霽中俱浸老矣。夫物之精英，儲之久必用之廣，而其華乃益叢。四海之内皆兄弟，人之才子弟，即吾之才子弟也。夫金之不得其範也多矣。範金者，豈擇金而範哉？大以成大，小以成小，將必光鋩萬丈，由兹範而不致沈埋泥沙者之無以紀極也，何可秘也！可使吾子宗紿、其子宗維亟録以付梓氏，而余老人錙銖之金，其亦以藉是範以同爲錚錚不朽者乎？當以冀誌未盡之年。

乾隆己酉春仲十兄退庵氏本量書於菘圃。

歲己酉，予客游泉之南安，獲交西江謝醒庵先生。先生年六十餘矣，鬑鬖蒼然白，長身玉立，曳朱履，丰範甚偉。予一見即心儀其爲人。既得先生所著詩古文及《範金詩話》，曰聞所未聞，蓋信乎其爲有道君子也。於是時，樂親先生，先生無不鄙予，時接引之，余私自幸觀摩有藉，而兹遊爲不負也。先生舊刻有《非醉詩鈔》，其全集暨古文匯寫成帙，將以次付梓。兹先刊其《範金詩話》，顧謂予當有言。予惟先生推一日之賜，使不終於苦窳，依歸模範，他日得以成就于萬一，退感且泣，而自愧其無以任也。蓋先生少壯時浸淫此道餘二十年矣，上薄《風》《騷》，下逮漢魏六朝，以迄三唐宋元明諸作者，靡不審觀流别，抉其利病，不欺古人，亦不爲古人所欺。而其宗旨歸於「詩中須有我在」。「有我在」云者，立誠之謂也。修詞立其誠，先生微獨爲學詩者言也。先生詩不名一體，而按之皆如有物。其古文沖淡夷猶，神味淵永，昌黎所謂「善自爲」、「能自樹立」，揚子雲所謂「誠立自我」者，有是哉！先生論詩之旨，即先生爲文之旨也。先生之論詩古文，即先生之名其詩古文也。信矣！余不敏，不足以知先生，第就先生論議所及取私澥焉，爰識數語于後，先生其幸有以教我。三山學子官崇謹跋。

範金詩話卷上

齊雨山人謝鳴盛醒莽

《詩》三百篇，《頌》體莊嚴，《雅》體典重。《風》詩則體度雍和，寓至理於淺近之中，而抑揚宛曲，不緩不蹙，渾然天籟。《雅》《頌》則猶有人工也，其重叠低徊難已之處，更深人以一唱三歎之思。後人變爲《九歌》、《四愁》、《五噫》、《七哀》，可謂深知其意者矣。若失其意而襲其貌，無其情而有其詞，雖多何益？

古云：風、雅、頌，詩之體；賦、比、興，詩之用。其用云何？竊以爲此先民教人學詩之法，《雅》《頌》皆當作如是觀，不獨《國風》宜爾也。蓋歌吟謂之賦，如《左傳》所載莊入而賦、姜出而賦、晉公子賦《河水》、秦伯賦《六月》之類，皆歌吟古詩，並非敷陳直言己意之謂也。由是以思學詩之法，蓋爲歌吟之而興趣生焉。興觀群怨，隨境而發，遠邇多識，觸類而通。如後世裴安祖講《鹿鳴》而兄弟同食，周盤誦《汝墳》而爲親從征，豈非興寄無端歟？其因此悟彼，如聖門子夏之因論《詩》而知禮，子貢之因論學而詠《詩》，豈非工於比物者歟？學詩而得此意，則真活潑潑地矣。若必以某章爲興、爲賦、爲比，縱令絲毫不爽，于學者何所會心？古人不求甚解，略觀大意，其此旨也。夫聖人讀《易》之法有四，竊取則焉：賦則以言者尚其辭，興則以動者尚其變，比則以制器者尚其象，惟以卜筮者尚其占，是專爲讀《易》而説。其三者，凡讀書皆當具此意，又不獨《易》與《詩》爲然。

柳子云：「比興出於虞夏之詠歌，殷周之《風》《雅》。」其抑有以先得我心乎！

陶靖節四言詩頗多，其《時運》、《停雲》諸作，取法《國風》。束晳之《補亡》、韋孟之《諷諫》，皆本諸《小雅》，意味甚肖，而神與韵則猶未洽。惟魏武《短歌行》，仿佛於《風》《雅》之間。唐之平淮夷，柳州有《雅》，昌黎有《碑》，體則類《雅》而規《頌》。王褒之《得賢臣頌》，范蔚宗之史贊，又體爲頌而近雅。其他如陸機之「我靜如鏡，民動如烟」，佳語亦不可多覯。蓋温柔敦厚之説，言詩者皆知之，而雍容綿緲之趣，紆徐醖釀之音，終不能隨心而應手，斯四言所以不古若歟？

宋景文云：「蕭蕭馬鳴，悠悠旆旌」，顔之推愛之。「昔我往矣，楊柳依依。今我來思，雨雪霏霏」，謝幼度愛之。「訏謨定命，遠猶辰告」，安石以爲有雅人深致。《東山》之三章「我來自東，零雨其濛。鸛鳴於垤，婦歎於室」，四章之「其新孔嘉，其舊如之何」，王漁洋愛之。嗚盛則謂《東山》四章，必合讀之，方極其璀璨譎變之妙。生平又最愛《芣苢》章，通篇不著一思議，亦不著一詠歎之辭，而深永無際。正如一掬清泉到口，心骨都清，欲名其味，終不可得，真化工也，是《三百篇》中有一無二之作。前人提與《殷其靁》並論，不知《殷其靁》體貌雖同，而猶著有思議詠歎跡象；《芣苢》章直不知著到何處而吟諷難舍，吾亦不自解也。

詩非積理，則嘲風弄月，何關性情？然理又非徒敷陳道德、侈談謨誥，便稱理窟。試看《二南》語周文齊治列國，言時政否臧，詞句未嘗涉理，而言表溢然。固知談理非得理趣，難言《風》《雅》。即二《雅》半屬典正之詞，三《頌》多美德容之盛，終不似後儒箴銘，膚庸滿簡。衛武公《抑》詩最爲道學家佩誦，而「爾室屋漏」之語，猶是錯綜盡致。蓋理而領其趣，則如蜂蝶之飲花露；惟趣必根諸理，則如燈燭之有膏油。師古情殷，幸勿偏重。

魏伯子言：「惟《頌》無韻而有節，節妙於韻；惟《頌》有節有韻，節與韻俱妙。」此語是古人未傳之秘。凡詩不明於韻中之節，則音響終不能諧。五七言古體皆然。而四言與樂府非於此有神悟，尤無所準。蓋節無定而有定，如今梨園子弟度曲之有拍板。知笙笛絃鼓之操縱於板，則知聲詩高下疾徐之有節矣。不然雖日誦《毛詩》，亦終無由窺其涯涘。

屈原去古未遠，遭遇非時，由變《風》變《雅》創爲《騷》歌。音不厭其煩蹙，詞不厭其顛複，蓋忠愛之情疾痛迫切，有不暇自擇者。《黍離》、《麥秀》，事後之痛，猶不如其當躬之甚，而心更欲有所挽回也。太史公謂：「《國風》好色而不淫，《小雅》怨誹而不亂。若《離騷》者，可謂兼之。」得其旨矣。賈傅之《吊屈》與《鵩鳥賦》、揚雄之《廣騷》與《反離騷》，其所以遜於靈均者，正在不能如其煩蹙顛複也。然其煩蹙顛複，非强爲然，蓋有不知其然而然者。誼之遇，本未至如屈，雄之志，又不能如原，宜其不及也。竊以食肉不食馬肝，未爲不知味，與其爲無病之呻，則《離騷》即以馬肝視之，豈人遽議我不能詩乎？

《離騷》非不當學，不能學也；非不可學，不必學也。學《離騷》不如《三百篇》之爲中聲也。即變《風》變《雅》，煩蹙中猶自温和，顛複中仍然紆折之，取法爲無傷也。然《離騷》亦自是古今來第一種奇文，不可無一，不能有二，覽詠之餘，自生奇勃之氣。運其氣于樂府七古中，亦大新人耳目，要在善取之耳。

漢人文氣古茂，由其風會自然而然。故其紹《風》《騷》而創爲樂府，盎然堅栗，如千年蒼藤著於懸崖，翠柏磊柯，盤節可玩，而不可得而名也。其清調、平調、瑟調之屬，尤縝密難測。曹氏父子力爲追摹，似猶兼《鼓吹》《横吹》，渾而一之。蓋《鼓吹》《横吹》諸曲，如銅鼓風角，音響振爽，差易會心。唐惟李太白得其節奏，其體爲之一變，而振迅低昂，節亮音調。杜工部諸《别》諸《吏》，亦多有合者。宋謝皋羽、元楊廉夫、明劉青田、王元美諸人，於不能盡合之中，仍復存其合者。李西涯借史事創新題，不襲其貌而傳其節，别爲一格，視李滄溟之摹擬，不更爲善變歟？

予與余聲谷乙亥秋同寓盱城，得《尤西堂全集》讀之。聲谷問予有所取乎？予曰：「西堂擬古及《外國竹枝詞》甚善，其《四書》題近體直是墮入魔道，須盡焚之，方不致誤人。所最可賞者，則《明史樂府》一卷。」聲谷撫掌大笑曰：「子探驪得珠矣。」近時詩人留意樂府者，惟聲谷與南昌楊子載。即本朝傳集亦僅見西堂此卷。此調孤彈，知音俱逝，追思及之，我涕欲零。子載有《洪州新樂府》一卷，聲谷僅留數首於刻稿中，遺文散佚，悵惘何極！

《子夜》等歌亦是樂府之餘，王阮亭《小樂府》似得其意。至謂唐人諸絶句，可被之管弦即是樂府，則非也。予昔館萍鄉，門人有竊予《蒙泉精舍》諸絶句，就老梨園吹彈，其可入譜者十得七八，然予終不自信爲樂府也。阮亭又以尤悔庵《續離騷》諸傳奇爲樂府，然則宋詞、元曲皆樂府乎？蓋今之笙笛絃板，非古之鐘磬柷敔也，安得以入于彈索之絶句、詞、曲混名以樂府？阮亭沿習宋人語以爲典故，特戲爲誇美之稱耳。然詩體所關，予懼後人誤會其意，更開樂府以歧途，而愈無所歸也。

或問：今樂既不足定樂府，然則樂府將安所準乎？嗚盛竊謂漢魏以來作者衆矣，觀其體之正變，音之高下，節之疏密，意之古質，辭之林茂，參證以古詩之所由別，則自得矣。《詩所》一書，古樂府之升降離合悉備。晉之陸機、傅咸輩便已不能全合，唐人或作爲律絶，不過借其題耳，于樂府何涉？漁洋謂「樂府寧爲其變，不可以字句比擬」，又謂「樂府非不可作，惡今人無所寄託也」。此二語殊可深味。

予友胡芥浦嘗從寧化雷翠庭都諫浙東使院歸，得五布衣詩。中有李鐵君《今樂府》一卷，其聲亢壯，有秦風氣象，因録存之。昨見予諸子宣評《巷伯》諸詩，謂其氣味仍是温厚，其音響仍是和平，不似李鐵君《今樂府》一味刻露痛快。此語甚是。樂府不痛快，則失之委拙；太痛快，又失古樸之意。不刻露，則失之沉滯；太刻露，又失堅栗之旨。調劑得中，最難最難。

詩必遇物窮理以廣其意，猶建屋之必預儲木石基礎也。詩必按節諧聲以合其度，猶匠作之必資規矩準繩也。五言古與七言古之體格迥別，則如苑囿樓閣之與宫殿堂廡，其爲屋則一，而佈置規模殊焉。宋人之理非不足也，其如匠作弗善何？元人之調非不工也，其如材地弗稱何？唐人之格非不高也，其如高堂大廡之混諸苑囿何？明李于鱗謂「唐人無五古而有其五古」，自非深于漢魏之旨者鮮不大詫。不知其弊實由於學者溺愛唐人，遂不明于五古之正體。漁洋山人于唐五古獨選陳射洪、張曲江、李謫仙、韋左司、柳儀曹五家，可謂明眼巨識，真知唐人，亦真知五古者矣。學五古而不明於此，即倖能成其章句，亦如衆匠之只堪操刀運斧，欲主持繩墨，則工師終弗許也。

漢詩《十九首》、蘇李别詩，肇開五言古體之祖。曹魏繼興，而陳思實爲大宗。阮嗣宗承之，靖節、靈運均祖之，而各成一支派。然學者言五古，終不能外三家而别出。嗣宗雋永，靖節醇潔，靈運藴蓄，進之以陳思之高華，斯亦極五古之能事矣。

五古才必斂，氣必煉，一縱肆，即失之。故陳思之八斗，嗣宗之倡狂，謫仙之不群，皆大才也，而恬韞深醇乃爾。謫仙每低首宣城，而詠其《古風》數十首，直是兼三家，溯建安，亦步亦趨，中規中矩。古人善自用其才如此，宜乎其不可幾及也。

鍾記室以陶詩原出應璩。璩雖鄴下才人，然於靖節之淡質醇厚，截然如緇素之異色。唐人學陶者惟左司得其淡，柳州得其潔，王右丞、孟襄陽得其逸致而神於五律。外此，惟儲太祝得其質樸，亦足以自名一家。

靈運之排偶，陸士衡諸人皮鞟雖同，而神理終殊。士衡綺靡多而凝練之力少，靈運藻繢中一片清機，當時足稱勁敵者，鮑明遠一人而已。顔延之則不免重滯，由其跡象未化故也。江文通《擬古》一作，亦鏗爾者。

五古體格，固用不得高堂大廡、魁嵬雄傑之狀，而要之長篇必有曲檻幽房之參差，水窮雲起之聯屬；短篇雖一亭一榭，亦必有八荒我闥之意象，一逕通幽之分位。此非參會於三家之法，讀破萬卷書，領略於物理人情之至深，識力品量超出群倫，未易言也。銖積寸蓄，工候既到，複加以邃養之功，庶自信有得，而自然之妙可幾矣。

《廬江小吏妻詩》一章，極類古樂府，亦類紀傳體。少陵《北征篇》及《送重表姪王砅評事使南海》諸作似得此體。先曾祖龐舟公《紀廖烈婦事》亦本此法。大約長於七言古者爲五古，只此一派，足展其佈置。然偶一見之可耳，守以爲正聲，則又失之矣。

尊敬古人須知古人真正佳處，方於己有益。若隨聲附和，空口讚歎，何異村婦日念千聲彌陀，俗子過叢祠見土木即下拜乞靈，同一可笑。家伯兄愧屋嘗與鄒半谷書論知己，謂：「天下患不知其長，而僕謂知己者，患於不知其短，短而中于所長，乃真知也。」嗚盛則謂：不獨朋友之道宜然，即尚論古人亦必如此，方可真知古人。浣花翁自是詩中之聖，即不能五古何害？而必以其「憂黎元」、「希稷契」之什，遂震怖誇讚，則宋儒諸詩之陳道德，慕孔顏，又何獨笑其膚淺？蓋論詩必先論體格，猶劇場之有生旦丑浄，以生旦而雜唱丑浄腔調，亦將以其名子弟而讚賞乎？就杜公五言而論，如《新婚》、《無家别》，自是五言樂府一派。其《夢李白》二首，嗚咽頓挫，吞吐蓄洩，不離正始，是其冠集之作。其他純以七古筆法出之，氣粗句硬，且無論其章之過於馳騁，即句法如《奉贈韋左丞丈》之「朝扣富兒門，暮隨肥馬塵」數語，《九成宫》「荒哉隋家帝，製此今頹朽。向使國不亡，焉爲巨唐有」，《奉先縣詠懷》「取笑同學翁，浩歌彌激烈」及「朱門酒肉臭，路有凍死骨」，《慈恩寺塔》「仰穿龍蛇窟，始出枝撐幽」及「秦山忽破碎，涇渭不可求」，粗陋已甚。如此類者皆出選本，爲世所佩誦，其全集尚多鹵莽，若必以聖不敢議，則五古之道豈不因之而亡？是又豈爲浣花知己耶？魏晉遠矣，即就其同時太白比例觀之，其歧正截然有不可諱者。嗚盛非敢妄議前人，實欲明五古之正體，而亦正尊杜之至。

蘇、李别詩及《十九首》，意在筆先，韵留筆後，恬神靜哦，自領其味，不必强解也。譬之製器尚象，未有規矩，先有方圓。及乎規矩既立，合之方圓，翻訝其何以微茫弗爽，不知前之規矩由方圓而來，後之方圓由規矩而成，此天地自然之妙運，建安諸子所由繼興，以爲五古法則也。

五言古最忌鋪張徑直，其法宜得風人比興之意，當氣急欲洩之際，則宜思蓄之法。如太白「蟾蜍薄太清」一章，團激至「蕭蕭長門宫，昔是今已非」，已急欲洩矣，在庸手必直接「沈歎終永夕，感我涕沾衣」，豈不通首敗於薄弱？太白則用「桂蠹花不實，天霜下嚴威」二句以蓄之，然後以「沈歎」句洩之，氣乃固矣。又如「莊周夢蝴蝶，蝴蝶夢莊周。一體更變易，萬世良悠悠」，筆至此已急欲伸矣，若下即接「青門種瓜人，舊日東陵侯。福貴固如此，營營何所求」，一直伸去，豈不淺率之甚？太白又用「乃知蓬萊水，復作清淺流」作一縮筆，於是上下意境蕩漾，深永無際矣。在太白固是自然行乎其所不得不行，然學者初入門即欲所聽自然，是何異嬰兒未能行而驅之使走也，則顛且蹶矣。惟以伸縮蓄洩之法爲步趨，久之，神通變化，其妙無方。然要之不離此四字，猶之人雖健步捷於猿猱，終不能舍脚力而鼓翼以飛也。予嘗聞其略于武寧盛水賓，今偶舉太白爲例，以衆人所易曉，而實自漢魏以來已無不然。

或問五古轉韵之法，《三百篇》具有之，漢《十九首》中「青青河畔草」亦自蟬聯換韵。然嗚盛觀漢魏以來，大都以始終一韵爲正格，轉韵爲變格，而轉韵之中復有正變。如太白「蟾蜍薄太清，蝕此瑶台月」，前四句用兩仄韵，後十句轉用六平韵，「蝃蝀入紫微，大明誇朝暉」疊一韵，下仍間句一韵，此正法也。又如陳正字《感遇》詩末一章十韵，前十八句一韵，後二句「大運自古來，旅人胡歎哉」疊一韵，轉即結。而太白《短歌行》「白日何短短，百年苦易滿」，疊一韵起，以下十二句轉作一韵，已是變中之變。至太白「天津三月時」起四句，用四支韵，後轉十一尤韵，徑用「前水復後水，古今相續流。新人非舊人，年年橋上遊」，不用疊韵，然蟬聯對仗而下，勢不能疊，猶是古法。若其《妾薄命》、《懷張子房》之類及韓退之《瀧吏》一首中轉十八韵，又俱不疊韵而轉，則變之極矣。學者寧守其正，即不得已而用變，尤宜守變中之正。至於叶韵之法，邵子湘云：「古體詩須參用古韵，譬之宗廟必用敦彝豆俎。」此言甚高，但詩中用叶韵，固須有本，亦須有法。若開口即用叶與中間叶之過多，亦非正格，毋漫以《三百篇》爲口實也。

詩中著理語最難，至説到聖人尤難，須渣滓澄浄，恰到好處。如淵明「汲汲魯中叟，彌縫使其醇」，千秋萬世，更誰道得到？陳射洪「囊括經世道，遺身在白雲」，又云「舒之彌宇宙，卷之不盈分」，理語亦澄浄無跡。然著向鬼谷，便不是恰到好處。

大約五言古句法，庸不得，奇亦不得；俗不得，文亦不得。字法，粗硬不得，纖媚不得。章法，不可徑直，不可粘滯，不可脱離，不可委靡放縱。三者與其濃也，寧淡；與其艷也，寧質；與其巧也，寧拙而真。蓋不露不晦，不亢不墜，寓名理於埃坌之表，養浩氣於音譜之中，庶乎穆如清風之旨歟？然其候正不易至也。

可以見才炫奇，肆其展布者，無過七言古體。然而駑馬離韁，一趨即蹶，醯雞舞甕，微響易消，雖有迅奮馳騁之地，而偏苦力不從心。自非具江海之才，未易乘長風，鼓巨浪，逍遥于蓬萊島上。故長篇才必雄健，氣必壯闊，舌鋒脣劍，議論縱横，蛟市蜃樓，起伏怪變，雖有不矜雄辨如傳記體者，其力量尤須堅厚。短篇如匕首刺人，刀刀見血，一語稍怠，全局俱敗。亦有一種飄然而來，灑然而往者。其法可兼樂府，而樂府不可兼古詩。大抵名家必講法度，即其不稱意之作，步伐終是不亂。若聰穎涉獵之士，豈乏穿楊中鵠之會，然翻弓墮馬，顛蹶立見，如瓶中之花，終不能與園圃相較。故觀作手，必就全局以驗其功候。各體皆然，要須一體成一體，與其兼擅而不精，不如專工一體之爲得也。

七古雖可騁才，而弩張非也；雖可誇博，而填砌非也；雖可鬥奇，而怪誕非也。熟讀杜工部集，自得矩法。

漢武《柏梁》始賦七言。初唐作者浸多，然譬之暴興富人，創造猶是簡陋。李、杜、韓三公則素封子弟，揮霍自然，一擲千萬，視《兩京》、《三都》，如同家室。殿唐巨篇，惟義山《韓碑》一首。餘雖間有片綃零錦，恐終未可與石家步障相提並論。然李、杜二家同爲萬世詩宗，而究有仙聖之别。世人艷羡神仙者多，仙家縹緲絶塵，逍遥無際，誠想望之而心開意朗。第海上三山，以秦皇、漢武力求之而猶一遇爲難，其他服食丹鉛，修煉方術，止見自速其生耳。故縱觀宋、元、明以來，人人自負有仙骨，瞻望青蓮，低頭膜拜，而終未聞賀監之重睹謫仙也。少陵雖爲大化之聖，然其功候由學而漸進，泰山巖巖，尚不乏級引之階，學者由之，得寸即寸，得尺即尺，而二中四下，有志者自可幾及。即甚不似，亦可爲鄉黨自好之士，決不致誤於藥石而發狂立斃。昌黎之于杜，如孟子之於孔子，雖不盡醇要，亦是詩家一大賢人。至於博觀衆妙，讀聖賢書者，何妨綜覽仙經釋諦，況太白本是詩壇正宗。吾所以爲是説者，蓋老馬曾經顛躓，談之而有懼色耳。千里駒，其躡雲逐電，而姑試之。

太白集如李廣軍，不擊刁斗自衛，而能令士卒爲之死，匈奴畏其略而不敢犯。少陵如程不識正部曲，行伍營陣，擊刁斗，士吏治軍簿至明，軍不得休息，虜亦不得而犯。程、李二人同爲漢名將，而所操勝算迥然各殊，當時士卒多樂從廣而苦不識，殆亦如近世學者喜學太白而殫師少陵乎？然史稱李廣猨臂，其善射出天性，見敵急，非在數十步内，度不中不發，與人居，則畫地陣射。太白之七古亦如是，其所講求於法者，已神化無方矣，是豈無法哉？顧後人天資不及，徒學其闊達馳騁，鹵莽滅裂，而於縱控駕御之法，一無所得，幾何其不於棘門霸上等也，則又何如細柳營之不可得而摇撼者之爲真將軍乎？

《黄庭》丹篆自是仙家真詮，然傳之久遠，文成牛腹之書，雜厠其間，非具仙眼者，幾莫能别擇矣。青蓮一集大都如是，故學太白者，不必問其能學與否，但能辨其集中真贋，則安期、羨門，庶幾可遇。鳴盛嘗吟玩二家集，太白七古豈其不當學，苦於學之不能得其真；少陵五古豈不更易爲學，苦於學之轉離其軌。李集中亂於僞者十之三四，杜集中流於粗者十之二三。吾輩讀古人書，冀得師法，非徒噉其名也。刻古人書，冀傳心法，非欲賊夫人子也。鳴盛每展覽古今篇什，輒不勝感慨係之。而二家集，更爲家絃户誦之書，數百年來，竟無有大力者爲之訂定，豈不是宇宙間一大恨事？二家之評，鳴盛所爲僭任之而不辭，奈力綿聲小，不足以振聾瞶者何？

少陵七古天資學力兼到，經權常變，實包孕六朝三唐而盡有之，高超奇肆如太白，恢張雄傑如昌黎，亦籠罩於其中，故起伏頓挫，篇篇異致，而法度井然，毫髮無撼，此所爲允堪師表也。

太白《蜀道難》、少陵《飲中八仙歌》、李義山《韓碑》，此三詩是千古第一奇作，幾于聖不可知矣。即三公生平亦有一無二，且彼此亦不能兼擅。學者出筆即思做此，志則高矣，其奈不自量何？

平韻句必拗峭振厲，仄韻必沉著堅重。大要如生鐵出冶，在生熟之間。若純棉裹針，猶是五古句法，必如工部所謂「語不驚人死不休」者，方是七古真正好句。至於長短句法，尤須胸有繩尺，按緩急以施其節，非力不足則短之，氣有餘則長之。李于鱗謂：「太白歌行縱横，不無弩末之慨，間以長語，未免英雄欺人。」此由併其僞作而議之。太白真本其長短之節，得之漢樂府，固非無法也。然一二敗缺，亦誠有之，第非盡然耳。學者不明其節，則自欺耳，人可欺乎？又七古中間有前半首用五言者，其法須使人開口讀之，即知其是七古中五字句方得。學者明乎此，則五言七言，了然於胸中矣。

《漁洋詩話》論七言古以第五字爲關捩，五言古以第三字爲關捩，平韻於上句關捩用仄聲，下句用平聲，仄韻反之。古人雖未盡拘，亦教人用音節抑揚之捷徑。且平韻最易犯律句，押韻用三平，則拗健堅峭矣。初唐所以多律句者，由不明此法耳。試看杜、韓詩，便知漁洋非無本之談。或謂平聲多揚，仄聲多抑，鳴盛細味之，亦有仄字聲揚而平字聲不揚者。五音不明，惟作者自領悟之。

七古一韻到底者少，有轉一韻及數韻者，有兩句一轉、四句一轉者，亦有三句一轉者。參差轉者，有平仄相間轉者，亦有平轉平，仄轉仄者。轉韻以叠一韻爲正格，而亦間有不叠者，其法本自《木蘭詞》，然非不得已不應爾也。又有非轉韻而起止中腰時或叠數韻，仍不全叠者。其一韻中句句用叠到底者，本「柏梁體」，爲正格。而老杜《大食刀歌》，則又一首中兩韻，而仍句句叠韻。又其《短歌行贈王郎》一首，十句兩韻，而上下五句各用單句叠一韻。又有通章整齊，起處獨用單句與第三句爲韻，如郎士元《塞下曲》。又有中間忽用單句叠一韻，如高適《還山吟》。又有結處用單句叠一韻，如老杜之《曲江》及《簡薛華醉歌》、《冬狩行》，太白之《烏棲曲》，昌黎之《贈張功曹》者甚多。又少陵《桃竹杖引》俱交互用韻，四、六兩句同韻，三、五兩句與起兩句同一韻，十三、十五兩句同韻，十四、十六與十八句同韻。又《嶧山碑》句句用韻，三句一轉，岑參倣之作《走馬川行》。七古用韻，變怪不齊，舉其大略，已繁如此，要其中之宜緩宜急、宜疏宜促，所謂氣盛則言之短長、聲之高下皆宜。而究之作者胸中自有一定之節，如樂師操扳按拍，非聽笙笛爲遊移也。

五言律體由陳、隋偶句積漸而成。唐之諸大家尚存古意，如孟浩然《萬山潭》、《晚泊潯陽》，王昌齡《潞府客亭寄崔鳳童》，李白《送楊山人歸嵩山》、《夜泊牛渚懷古》、《沙丘城懷杜甫》、《聽蜀僧彈琴》、《送張舍人之江東》，儲光羲《題陸山人樓》，李頎《寄鏡湖朱處士》，丘爲《題農父廬舍》，常建《宿王昌齡隱居》，李嶷《林園秋夜作》，柳宗元《旦攜謝山人至愚池》，釋齊己《秋夜聽業上人彈琴》、《劍客》，釋皎然《尋陸鴻漸不遇》之類，皆一時佇興，化去律詩痕跡，而實則律體也。選家或入諸五古，由不明于古近體之分位也。然此種工妙，非學深候至，觸機而發，强擬之，則傚顰醜矣。又有一種顯然律體而微帶古意者，如劉昚虛《寄江滔求孟六遺文》、又闕題一首，張九齡《望月懷遠》，李白《秋思》、《口號贈盧鴻送友人》，孟浩然《尋梅道士》、《送友東歸》、《與諸子登峴山》，王維《酬張少府》、《送賀遂員外》、《終南山別業》，儲光羲《題虬上人房》，杜甫《天末懷李白》、《送友人從軍》、《又示兩兒》，常建《破山寺後禪院》，嚴武《班婕妤》一首，殷遥《送友人下第歸省》，韋應物《送別覃孝廉》、《淮上喜會梁州故人》，韓翃《梅花落》，王貞白《題嚴陵釣台》，韓愈《祖席》，郎士元《送賈奚歸吴》諸作，多是通首一氣貫注，或十字爲句，瀟灑自如，如此可學而及之。然筆不超健，意不深勁，則幾於不成章句。惟規模正格，步伐止齊，久之，自所如必合。

往曾松門先生教初學入手，每舉杜公《登問兗州城樓》詩，起止承接，正大分明，寫景道情，遠近次第，班班不紊。學者熟此而後，講求變化，自無手忙脚亂之患。鳴盛深服其教人極有準則，不似時俗作詩張籠統話欺人。唐初王績之《野望》、孫逖之《宿雲門寺閣》諸什，皆是此法。即變化環生，似無定格，而大要起法必得穩括渾含，中間兩聯必須聯絡顧盼，淺深暢遂，第七句或就本位勒住，如截奔馬，或借勢帶收帶宕，如鵬翼將摶，至八句便鏗爾餘音，悠然不竭，此爲正軌。倘首尾各不相顧，中間如四扇板壁，縱有佳句，亦不足觀。

起手最宜有振迅之勢，其法不一，略舉數格。如宋之問「馬上逢寒食」、杜甫「今夜鄜州月」，是直起法。李嶠「漢帝撫戎臣，絲言命錦輪」、司空曙「黄葉前朝寺，無僧寒殿開」、韋應物「思親當自去，不第未磋跎」，是原起法。張説「東壁圖書府，西園翰墨林」，是排起法，猶近常格。至岑參「送客飛鳥外，城頭樓最高」、李白「犬吠水中聲，桃花帶雨濃」、張九齡「海上升明月，天涯共此時」，則沖降突起法也。

杜審言「獨有宦遊人，偏驚物候新」、杜甫「亦知戍不返，秋至拭清砧」，則半腰截起法也。高適「謫去君無恨，閩中我舊過」、馬戴「孤雲與歸鳥，千里片時還」、韓愈「淮南悲木落，而我亦傷秋」，又逆流倒起法也。如此類者不能悉數。時手專講中聯，予友胡芥浦與予從兄退庵獨喜講起法，以爲不如是則通首頹廢不振，其言當矣。然起好，結尤宜好，前半首好，後半首更宜好。如王、孟二家，襄陽工於前半首，何如摩詰前或淡淡入，後雋永不窮之爲可味乎？若夫挺挺而起，復挺挺而止，通首堅厚不衰，雖杜工部一代作手，亦不過十數首。説詩家動以五律最易，試深講求，何可易言哉？

昔人謂五言律如四十賢人，著一屠沽不得。予謂即四十屠沽亦著一賢人不得。學初盛唐，固帶不得中晚氣象，即學中晚而用一二語似初唐，亦直是不律。

初盛唐時，陳、張、宋、杜、高、沈，多是渾樸而透闢，王、孟清俊中兼呈逸致，太白濃艷中自寓高超。惟少陵專以悲壯沉雄爲主，而細密勻稱，尤爲獨擅。終唐之世，五律品格，無出諸公右者，學者各就其性質所近，深取則焉，自不致墮入纖俗卑靡一派。琢煉骨氣，全須入手不差。

詩到中晚，每多捉襟露肘之狀，即其强爲大言，而局度終小，風氣遞降，真有不可解者。後此繼初盛之軌，其在前明乎？宋、元又不及中晚唐矣。

通首用虚字斡旋最妙，卻須絶大力量。老杜平生亦惟《擣衣》一首。

登岳陽樓詩推孟襄陽、杜工部爲第一。襄陽起手勝杜，而後四句則工部超然獨遠。至劉長卿通章草率，而「中流没太陽」句更屬笑柄。大凡題詩，遇前有名作，自計無可開生面，不如不作之爲愈也。

魏叔子教人學詩當從古詩入手，極是。但恐非上智不能，不如從五律入手，中下悉有所準。蓋五律去古體未遠，上學漢魏六朝，下學三唐近體，胸中略有把握，轉手則自不難。若時俗從七律、排律、五七絶句始，求其品地能高者，千百中一二而已。

範金詩話卷下

齊雨山人謝鳴盛霽中

七言之有律體，如畫家之有寫真。鳴盛嘗即其品而論之，亦約有三等。沈佺期之《龍池篇》、崔灝之《黄鶴樓》、杜甫之《白帝城》，皆仿佛吴道子畫天官寺壁，真是得裴將軍舞劍之神，意境出筆墨之外，其品爲最上，古今不數見也。唐之初盛及前明諸大家，其工力所到，如曹霸之畫褒公、鄂公，英姿颯爽，又如顧長康寫裴叔則，頰上益以三毫，儁朗獨著。七律非到此境界不得稱爲正軌。晚唐宋初，專以態色爲工，施朱敷緑，濃艷妖冶，俗競悦之，而品則愈況而下矣。若較其工力之難易，則塗澤之工，豈不更難於淡著丹青者乎？然試謂晚唐更難於初盛，人未有不啞然笑者，此詩所以以品爲貴也。然則昔人謂七律較難於諸古體者，是亦但知形跡之難，而不知意境之難，乃在形跡之外。觀畫家以逸品爲極上，可知矣。

七律與五律格法，亦約相倣。大要貴莊重，而忌佻薄；貴婉和，而忌粗硬；貴鮮麗，而忌濃砌纖靡；貴壯闊，而忌拘滯放蕩。平，忌熟；新，忌怪。鍊句須上下相生，不可斷離；下字須左右煊映，不可湊雜。情與景侔，骨與肉稱，有聲有色，而意厚力堅，斯道之能事盡矣。

以工部爲骨幹，以初唐爲聲調，兼采中晚姿致，合其所長，鑑其所短，而以我之身世意境出之，庶幾不同優孟衣冠。

言律必宗唐，言唐必宗杜，此自正論。第學杜常失之粗，學初唐常失之薄，學中晚唐失之淺白與纖媚。宋元以來，七律至多，體調俱失其正。前明高啓、劉基、林鴻、楊基、高棅、李東陽、石珤、何景明、李夢陽、徐昌穀、邊貢、楊慎、高叔嗣、華察、王元美、謝榛、李攀龍、徐中行、梁有譽、四皇甫、陳子龍諸人，雖温醇綿邈之音，稍遜于唐，而英偉挺拔，自成爲明人之詩。國初宋荔裳、施愚山、周櫟園、王漁洋、杜茶邨、潘次耕、彭羨門、朱竹垞諸作手，雖不專以七律見長，而百餘年來，運會日隆，風雅所就，實兼有唐、明之盛，真斯道之慶也。康熙間，查初白七律最爲可觀，成名後，浸欲以宋派標新。近時後進，遂專襲東坡體貌，輒欲别樹一幟。不知東坡七古猶存杜、韓規矩，其七律佳者，僅與中晚人仿佛，餘則淺白甚矣。語曰：「見與師齊，減師半德。」又曰：「取法乎中，必流於下。」彼欲别樹一幟者，高賢固能辨之，第恐初學昧于所向，一惑其説，則終身墮入棘叢，爲可悲耳。王弇州云：「奇過則凡。」然則學者欲七律之無逾於閑，其惟守唐正風而勿變，庶標新立異之談，無由得以蠱我乎？

浩然、太白本無意七律，李集八首，孟集二首，其不欲以此見長明矣。《鳳凰台》顯然以崔灝爲粉本，而選家必欲登之，且强爲之辨，豈二公無七律遂不得爲詩人乎？此與極贊工部五言古、七言絶句者，名爲尊杜，同是一種愚見，真不可解也。

説詩則言七律爲極難，而作詩則動輒多篇，唐之元、白、皮、陸，宋之黄山谷、楊誠齋、陸放翁、周益公諸集尤多。或一題而數首，數十首一韵，而唱和成帙。春興秋懷，踵之以三十平韵，賦梅花又且百首矣。覺老杜一大詩人，《諸將》、《秋興》、《古跡》，寥寥數首，豈不遠遜其富乎？阮亭所摘梅花佳句，如東坡之「竹外一枝斜更好」，已僅得七字耳。其他較桃比柳，幾同啞謎，踏雪策驢，總屬雷同。至於離合回文，支幹草木，鬥險矜奇，描頭畫角，非僅捧心效顰，直是魍魎晝現。予也半生閱歷，每恨世無成連子，爲置斯人于海濱。然學者亦誰能如康昆侖，肯聽段師，洗其邪雜，十年不近樂器？此人才所爲可惜也。

先高祖《程山日録》云：「米元章學書無一定之帖，采各帖字之佳者用之。此法最善。不但當采一字，即一筆有法，亦當採取，久之，方能合成一家。此集思廣益之道也。」鳴盛因是知詩必求全首佳者而學之，即三唐亦不多覯。吾惟即其善與不善列之，以爲法戒，豈不均爲我師乎？起句之妙，如蘇頲「東望望春春可憐」，賈曾「銅龍曉闢問安迴」，祖詠「燕臺一去客心驚」，杜甫「花近高樓傷客心」、「風急天高猿嘯哀」、「聞道長安似奕棋」、「群山萬壑赴荆門」、「露下天高秋氣清」，王維「明到衡山與洞庭」，賈島「此心曾與木蘭舟」，李商隱「猿鳥猶疑畏簡書」之類，皆突兀超邁，足以籠蓋通章。其不善者，多是直起而粗鹵，如沈佺期「南方歸去再生天」，杜甫「歲暮陰陽催短景」、「支離東北風塵際」，王維「仙官欲住九龍潭」，李頎「知君官署大司農」，楊巨源「關西諸將揖容光」，皇甫冉「北人南去雪紛紛」，司空曙「緑楊垂穗亂烏飛」之類是也。結句之妙，在承載得上六句，而提起下一句，悠然不盡，回眸一顧，秋波自遠。其法惟杜工部最工，如「可憐後主還祠廟，日暮聊爲《梁父吟》」、「請看石上藤蘿月，已映洲前蘆荻花」、「回首可憐歌舞地，秦中自古帝王州」、「關塞極天惟鳥道，江湖滿地一漁翁」、「明年此會知誰健，醉把茱萸子細看」、「獨使至尊憂社稷，諸君何以答昇平」，然杜集如此者，正復未易多得。

他如張謂「不醉郎中桑落酒，教人無奈别離何」、「由來此貨稱難得，多恐君王不忍看」，皇甫冉「聞道王師猶轉戰，誰能談笑解重圍」，亦可法也。至收結荒頽，作者不免，即少陵「運移漢祚難恢復，志決身殲軍務勞」，則與岑參「西望鄉關腸欲斷，對君衫袖淚痕斑」，劉長卿「臨水自傷流落久，贈君爲有淚沾衣」，李商隱「晝號夜哭兼幽顯，早晚星關雪涕收」、「天荒地變心難折，若比傷春意未多」，同爲粗淺無味矣。又如蘇頲「漢家曾草巡遊賦，何似今來應聖明」、王維「聞道甘泉能獻賦，懸知獨有子雲才」、岑參「獨有鳳凰池上客，陽春一曲和皆難」、薛逢「今日路旁誰不指，穰苴門户慣登壇」、錢起「題柱盛名兼絶唱，風流誰繼漢田郎」，直與俗下膚庸酬贈之作無異。又李商隱「如何四紀爲天子，不及盧家有莫愁」，直狗尾續貂矣。若柳宗元之「欲知此後相思夢，長在荆門郢樹烟」，宋人已議其「烟」字無著落。起結不善，縱中間對仗精巧，譬之堂屋，上漏下濕，雖四柱雕鏤彩繪，豈得目之奂麗乎？去短就長，鑒觀于古，風義不啻師友矣。

律法興，人咸以對仗爲工。景以對景，情以對情，遂若一定之法。或一聯情一聯景，便稱名作矣，若能情景互寫，三唐中已僅見數聯。如沈佺期「九月寒砧催木葉，十年征戍憶遼陽」、高適「只言啼鳥堪求侶，無那春風欲送行」、皇甫冉「江客不堪頻北望，塞鴻何事又南飛」、李商隱「座中醉客延醒客，江上晴雲雜雨雲」、李端「秦地故人成遠夢，楚天涼雨在孤舟」、温庭筠「一院落花無客醉，五更殘月有鶯啼」，堪與少陵「叢菊兩開他日淚，孤舟一繫故園心」、「春水船如天上坐，老年花似霧中看」、「聽猿實下三聲淚，奉使虚隨八月槎」、「南菊再逢人卧病，北書不至雁無情」數聯並美矣。至於「一去紫臺連朔漠，獨留青塚向黄昏」、「悵望千秋一灑淚，蕭條異代不同時」、「昨日玉魚蒙葬地，早時金盌出人間」、「豈謂盡煩回紇馬，翻然遠救朔方兵」、「正憶往時嚴僕射，共迎中使望鄉台」、「憶昨賜霑門下省，退朝擊出大明宫」，皆一氣貫注，化去對偶痕跡，十四字如同一句。此惟杜老一人而已，三唐中竟無可取以相匹者，宜乎其爲詩聖。

浣花集中惟《秋興》、《諸將》、《曲江》、《詠懷古跡》一題數首，品其高下，畢竟以《諸將》五首爲最。《詠懷古跡》前四首，尚是堂堂正正好詩，至第五首，惟群推「伯仲之間見伊吕，指揮若定失蕭曹」爲名句，然比擬誇贊未足爲奇，且結句更屬粗率，視《蜀相》一首借古寫心，何啻牀分上下！

七律中懷古，自崔司勳《黄鶴樓》肇端，其詩如神龍在霄，無跡可求，若概以爲圭臬，雖杜公亦恐弗及。然春容大雅之作，後賢孔多，如劉長卿之《過賈誼祠》「漢文有道恩猶薄，湘水無情吊豈知」，温庭筠之《陳琳墓》「詞客有靈應識我，霸才無主始憐君」，不廢議論，自寓隱衷，詞旨亦復藴蓄，洵堪作則。又有一種似點綴眼前景色，而巧合題典，如李商隱之《隋宫》「於今腐草無螢火，終古垂楊有暮鴉」，劉滄之《經隋煬帝行宫》「香銷南國美人盡，怨入東風芳草多」，亦化盡形跡。又李商隱《馬嵬》「此日六軍同駐馬，當時七夕笑牽牛」，杜牧《金谷懷古》「桃李香銷金谷在，綺羅魂斷玉樓空」，温庭筠《蘇武廟》「回日樓台非甲帳，去時冠劍是丁年」，對仗精巧，而筆意縱控，亦非填砌者可比。至通首匀稱，則劉禹錫之《西塞山》、許渾之《金陵》及《題衛將軍廟》，情景兼到，濃淡適宜。議者以後人之襲用，遂疑作手之鮮，實際獨《黄鶴樓》一首，太白居然摹擬，轉共推爲名作，而弗以爲病，甚矣世人之耳識也！他如劉禹錫《題真娘墓》「芳魂雖死人不怕，蔓草逢春花自開」，《望夫山》「近來豈少征人婦，笑采蘼蕪上北山」，《神女廟》「星河好夜聞清佩，雲雨歸時帶異香」，杜牧《題武關》「鄭袖嬌嬈酣似醉，屈原憔悴去如蓬」，《題青雲館》「四皓有芝輕漢祖，張儀無地與懷王」，《西江懷古》「魏帝縫囊真戲劇，苻堅投箠更荒唐」，温庭筠《馬嵬佛寺》「才信傾城是真語，直教墜地始甘心」，李商隱《聖女祠》「人間定有崔羅什，天上應無劉孝威」，《楚宮》「空歸腐敗猶難復，更困腥臊豈易招」，《真娘墓》「柳眉空吐效顰葉，榆莢還飛買笑錢」，《井絡》「將來爲報奸雄輩，莫向金牛訪舊蹤」，《詠史》「歷覽前賢國與家，成由勤儉破由奢」之類，或填砌庸俗，或輕薄纖靡，似笑似謔，如嗔如詈，與稗官小説何殊？選者彙登棃棗，燕石瓊琚，並相什襲，學者不大放眼孔，則幾爲勸學荀子有《勸學篇》。死，應不獨笑蔡謨一人而已。

季弟筠初嘗論：懷古詩七律尤難，醖釀深醇以使事，必須烹煉鎔化，泯然無跡。著議論必須意在言表，褒貶抑揚，無喜怒之色，方爲高手，若直作讚語，便爲下乘。至過祠廟，則稱廟貌巍峨，過墓下，則稱穹碑崒嵂，如此之類，殊覺雷同增厭。

七字須鍊之如生鐵鑄成，若可截爲五言，或中間兩字硬插，或竟成三截，豈是好句？唐人亦有此弊，如李益「從來凍合關山路」、皇甫冉「積水長天隨遠客，荒城極浦足寒雲」，皆贅設上兩字，不似少陵「無邊落木蕭蕭下，不盡長江滚滚來」，著力正在上兩字也。又司空曙「青鏡流年看髮變」、元微之「湖中天地乾坤大」、白居易「松排山面千重翠」、劉方平「長辭西雍青門路」、李商隱「邊柝西懸雪岑松」，皆生湊兩字於五字之中，豈若老杜「林花著雨燕脂濕，水荇牽風翠帶長」句中自相呼吸乎？又韓翃「蟬聲驛路秋山裏」、皇甫冉「萋萋藉草遠山多」、元微之「歌待新詩促翰林」、李群玉「入夜笳聲含白髪」、武元衡「笛怨柳營烟漠漠」、白居易「竹霧曉籠銜嶺月」、韋莊「曉發獨辭殘月店」，一句中三四截，幾同亂堆瓦片。試看老杜「思家步月清宵立，憶弟看雲白日眠」，跡似疊砌，卻不斷隔，能明其故，則思過半矣。至詩中韵脚，須如獅子滚毬，全身精力注射球中，方不粘著，亦不脱離。若沈佺期「殿裏争先並是梅」、韓愈「相國新兼五等崇」、温庭筠「隴上羊歸塞草烟」、李商隱「朝飛羽騎一河冰」，皆屬趁韵，選家多讚賞之，真所不解。即杜工部「此日嘗新任轉蓬」，下三字亦是湊上，詎宜以其名家而冒昧相師？學者誠推此類，以爲法戒，自無斷離不成句之弊。

凡一句中重用同音字眼，亦是一病。如沈佺期「坐近爐烟講法筵」、李商隱「大海龍宫無限地」之類是也。即隔句如老杜「竹葉於人既無分，菊花從此不須開」，「竹」「菊」兩字同音，讀去終覺窒礙。又許渾《朝臺送客》一首中「趙佗」、「馬援」，「越國」、「蠻鄉」，「江雲」、「海雨」，「嶺北」、「蓼花」，八句平頭，盡是人物地名，雖沈約八病之説，大雅所不拘，但如此板列，豈堪爲法？

古人名句有偶然相同而各成其妙者。宗楚客有「雲裏孤峰類削侵」之句，崔顥則云「天外三峰削不成」。柳宗元有「驚風亂點芙蓉水，密雨斜侵薜荔牆」一聯，譚用之則云「秋風萬里芙蓉國，暮雨千家薜荔邨」。跡似相摹較勝，其實不過偶然適合耳。然可知專事寫景，到後人幾無著想，往往費力敲成佳句，及多閲前編，竟如勦襲，良堪惋惜。故予嘗謂：詩中必須有我在，五官雖同，而面目則子與父殊。即景寓情，果以我之深意出之，自不致人疑我爲天上偷桃客也。

唐與宋、元之别，在雅俗幾希之間。學唐詩，每淪入宋、元，其故何在？不知唐詩之中亦多俗格。如李白「東樓喜奉連枝會」，杜甫「起居八座太夫人」、「百年粗糲腐儒餐」、「漫捲詩書喜欲狂」，李頎「新加大邑綬仍黄」，岑參「色借玉柯迷曉騎，光添銀燭晃朝衣」，萬楚「汗血每隨邊地苦，蹄傷不憚隴雲寒」，韋應物「世事茫茫難自料，春愁黯黯獨成眠」，元微之「山茗粉含鷹嘴嫩，海榴紅綻錦窠勻」、「同登科後心相合，初得官時髭未生」，韓翃「鑾府參軍趨傳舍，交州刺史拜行衣」，杜牧「劉郎浦夜侵船月，宋玉亭春弄袖風」，白居易「夢兒亭古傳名謝，教妓樓新道姓蘇」，李商隱「求之流輩豈易得，行矣關山方獨吟」。如此類者，置之宋元詩中，豈復有别？此學古者所以必具金剛眼，而後胸有定風珠也。

排律以鋪揚典切爲工，層次分明，波瀾壯闊，卻自神氣聯貫，無重複斷離之弊，方成章法。造句固宜莊重，而運筆絶須流轉，暗相呼吸。長篇忌委頓，尤忌版砌。短篇貴簡勁，尤貴舂容。初唐登眺詠懷之作，有用五韵七韵者，興盡即止，初不計韵之奇偶，後人專以偶韵爲正格，誇多鬥靡，有長至四五十韵、百韵者，要不過拖遝砌叠，賣菜翁求多耳。魏叔子云：「物之取精多而用之少者，其發必醇；取精少而用之多者，其發必薄。」詩道亦如是。故倚馬才尚鮮十韵之作，浣花翁間有長篇，而簡練精醇，猶不能數見。蓋詩道無一體可易言也。然此中甘苦，非深心此事者，又豈能遽解乎？

諸體中五言絶句最簡，而最難工，非學深養醇，豈易窺其奥？漁洋山人抉其秘，以一時佇興得意忘言而有味外味者爲極則。然不求神理而但襲皮毛，則外貌空靈，中且無物，雖不與粘滯者同病，究於味外之味，未有所存。嚴滄浪以味外味如水中著鹽，飲水始知鹽味，此語於五言絶句形容盡致。

又司空表聖云：「不著一字，盡得風流。」予謂他體不能到此境地，惟五言絶句，不可不懸此境象，以待其候。

五言絶句含糊不吐、刻畫過盡，俱非也。惟語意恰是二十字，而神韵飄渺無際，音調静細，不剛不柔，斯爲正體。王摩詰《輞川雜詠》有著向題中者，有超出題外者，而均之有不即不離之妙。虞世南《詠蟬》、王勃《寒夜思》、李白《敬亭獨坐》、劉方平《春雪》、祖詠《望終南殘雪》、王昌齡《題僧房》、韋應物《秋夜寄丘員外》、崔興宗《留别王維》、許渾《塞下曲》、耿湋《秋日》、李商隱《登樂遊園》、柳宗元《江雪》、李頻《渡漢江》諸什，亦仿佛及之，裴迪尚應讓一頭地也。張九齡《自君之出矣》、李白《玉階怨》、盧照鄰《曲池荷》、張説《蜀道後期》、王適《江上梅》、崔國輔《怨詞》、崔顥《長干曲》、丘爲《左掖梨花》、張仲素《春閨思》、劉方平《長信宫》、《採蓮曲》、李益《鷓鴣詞》、施肩吾《幼女詞》、崔道融《班婕妤》、劉采春《囉嗊曲》諸作，又是《子夜歌》一派，音亮而不躁，思巧而不纖。若其操樂府鐃吹音響以爲絶句，惟王建《新嫁娘》一首：「三日入廚下，洗手作羹湯。未諳姑食性，先遣小姑嘗。」質樸深醇，何異讀「有齊季女」之什？又無名氏《伊州詞》「打起黄鶯兒，莫教枝上啼。啼時驚妾夢，不得到遼西」，與太白「床前明月光，疑是地上霜。舉頭望明月，低頭思故鄉」，同一種高格。句中明明説出，卻又似未曾説出，真鏡花水月景象，他人鉤深索隱，何能坦然有餘如此？

七言絶句以第三句爲主，而第四句發之，前人之論極當。蓋第三句是一篇關紐，若擴不開，掣不轉，柁心不應，通船俱無把握，雖有檣帆，何能駕駛？即僅如半截律詩，亦祇是畫裏舟航，任有好風，豈能動摇?此予夙昔之説也。近季弟絜原與人論絶句,譬之與射:起二句彎弓搭箭,立定架格。第三句必弓弦滿扣,左手搦定箭頭,右手抽送,肱開臂直,而精力已直注鵠心,則第四句應弦而中矣。否則强弩之末,未有不失諸征鵠者。其比擬更爲透徹,學者能近取譬,斯道寧遠乎哉?

絶句詞調雖以丰姿摇曳取勝,究須如大家女子,舉止幽閒淡雅,笑不露齒,怒不掙眉,巧倩美盼,我見猶憐,而凛然不可犯,方爲色骨俱妍。倘一涉妖冶,則娼姬賤婢相矣。宋曾蒼山謂:「局婉媚而薄高古,執偉豪而棄淵深,此選家之偏」。竊疑「高古」二字,他體皆宜,惟説向七言絶句,只是靦面話耳,不如淵深而神雋,爲不亢不媚。

王昌齡「秦時明月」,李滄溟推之;王翰「葡桃美酒」,王鳳洲推之;王維之「渭城」、李白之「白帝」、王昌齡之「奉帚平明」、王之涣之「黄河遠上」,王文簡推之。嗚盛嘗吟玩諸作,各有其旨,均足師資,正不必定求壓卷,互競偏師。千金之裘,豈一腋所能成乎?他如王維之「白眼看他世上人」、張謂之「世人結交須黄金」、曹松之「一將功成萬骨枯」、章碣之「劉項原來不讀書」,爲粗派。朱慶餘之「鸚鵡前頭不敢言」,爲纖小派。張祜之「淡掃蛾眉朝至尊」、李商隱之「薛王沉醉壽王醒」、杜牧之「銅雀春深鎖二喬」,爲輕薄派。又如元微之之「垂死病中驚起坐」、雍陶之「漸近蠻城誰敢哭」,過作苦語,皆成蹙蹶聲。前人所論,尤俗耳針砭,學者所亟宜推類以爲鑒。即李太白《清平調》亦是俗格,苟於此從事,必至流於纖艷輕佻。勿以膾炙人口,隨聲附和,誤己而誤人。

有長於論詩而拙于自作者,有工於自作而短于論古者,古今如此甚多。元之楊廉夫,一代作手也，顧謂學杜當從其絶句入，是何異教人畫虎而指狗以爲模也？工部絶句，除《贈花卿》二三首略存體制，餘則鹵莽滅裂，較其五言古更爲粗俚，而後人每以其名家，輒尊信而不敢議。不知隘與不恭，君子不由，孟子豈是譏議清和之聖？蓋懼夫由之者之誤也。讀李、杜詩，詎宜概以孔子待之乎？

王文簡《精華録》，予最愛其絶句，得龍標、供奉遺響。其同時諸公纖媚艷麗，時或過之，風骨尚多未逮。獨其《戲傚元遺山論詩絶句》及讀唐宋金元詩諸篇，意盡句中，語無餘韵，如醫經脈訣，殊失雅意。蓋七言絶句雖似畫士女圖，亦須兼工帶寫，阿堵傳神方妙。若衹刻定印板，傅朱填緑，有何趣味？至趙秋谷論詩云：「無絃衹許陶彭澤，會得無絃響更長。若使無弦亦無響，人間悦耳並笙簧。」意雖善，而其語則與野廟神籤無異，俗耳猶爲賞音，世真有嗜痂癖者。秋谷天才本高，苦於誤信馮鈍吟，遂使生金夾砂，鍛煉不成，良爲可惜。

《竹枝詞》本巴渝之音，託韵語以寫方言土俗。白樂天《竹枝詞》則云：「唱到竹枝聲咽處，斷猿晴鳥一時啼。」與詠楊枝、橘枝諸詞無異，殊失本意。此體端宜就人情物態中以寫本色之語，俚而不俗，質而有文，而又能婉曲規諷，不流輕佻，情致婀娜，不同嘲謔，方足存風人之旨。

嚴滄浪《詩體》一篇，古今制作名目悉備，然詩究以四言、《離騷》、樂府、五言七言古爲古體正格，五言律、七言律、五言排律、五言絶句、七言絶句爲近體正格。名家選詩及編詩，次第總不外此。其歌謡、歌行、吟、詠、篇、詞、曲、引、愁、歎、怨、思、樂等類，不過制題之名，五古、七古絶句中皆有之。其句法長短參差變换，又樂府、七古中之常調，若如俗本別立歌行一格，是振衣而不知挈領也。七言排律、六言律詩、絶句，雖無妨於正體，然作手難工，工亦不足見奇。至於東坡之雙聲叠韵，天隨子之全篇平聲，梅聖俞之全篇仄聲，及轆轤韵、進退韵、盤中體、建除體，人名、卦名、數名、藥名、州名、六甲、十屬、藏頭、歇後、字謎、雜俎之流，俱是旁門外道，與風雅之意何涉？聰明之士每見此種即欣慕之，一涉其籬，如墮陷阱，雖有仁人，難爲從井之救，亦徒付諸浩歎而已。所貴入路毋歧，則鬼魅自不能惑我矣。

意有所主，而義理從之。凡天地間，一筆一畫，無無義理之字，無無意之文，不獨詩爲然也。詩之所以别於文者，韵也，音也。音之起，由人心生也，情動於中故形於聲，聲成文謂之音。故《樂記》曰：「不知聲者，不可與言音；不知音者，不可與言樂。」鄭夾漈云：「樂之本在詩，詩之本在聲。師乙之論聲歌，上如抗，下如墜，曲如折，止如槀木，倨中矩，勾中鉤，纍纍乎端如貫珠。故歌之爲言也，長言之也。説之，故言之，言之不足，故長言之，嗟歎之，不知手之舞之、足之蹈之。然則論詩第言義理而不求聲韵，是猶耽飲者之餔其糟而棄其醨也。」劉後村謂：「宋文人多，詩人少，雖集中各有詩，或尚理致，或負材力，或逞辨博，少者千篇，多至萬首，要皆經義策論之有韵者耳，非詩也。」吾邑劉水邨先輩，謂此語最道著宋詩病痛。至元人轉而柔靡之音，則又指水以爲酒。予之爲是説也，非爲酒可無糟，特不可以糟名酒耳。世有飲仙，當自味之。

前輩每好攻擊嚴滄浪「詩有别材，非關書也；詩有别趣，非關理也」之説。即朱竹垞號知詩者，亦云：「别材非關學，嚴叟不曉事。顧令空疏人，著録稱弟子。」未免自恃博學而忘古人立言本意。《論語》中聖人之進退諸弟子者語，尚以參互而得，況滄浪語本無偏，下文明説「非多讀書、多窮理則不能極其至」，是原未嘗教人無事博學也。若摘取一二語以恣駁刺，則經史可議者亦復不少。即就其「別材」之説而按之，亦至當不移。二《南》風人，豈學士大夫所擬古諺俗謡？或出諸農婦村童之口，古今如此者衆矣。吾友黄鶴汀松，一縫工耳，幼未嘗入塾，業縫之餘，自求識字，漸遂吟詩，出語便不同學究。及與吾菊榭漸摩，相深以學，而所用經傳典故，俱與經生迥異。今觀其遺集中，五古樂府，予終不敢望其涯涘，蓋其得之天籟者多，又滄浪所謂「不涉理路，不落言筌」也。若專以博洽爲工，古文人如左氏、太史公之流，何以不傳聲歌？即後之名家集中，亦有不能詩而强爲之者，而語言腐爛，與其文如出兩手。人固各有能不能，則「別材」、「別趣」之説，未可盡云誣也，但未可以概論中人之質耳。揚子雲云：「讀千賦則能賦。」諺又有云：「好詩吟得千千首，不會吟詩也會吟。」然能知好詩而吟，則又非具別材、別趣者不能。故曰：滄浪之説，得詩家三昧者也。

王文定謂：「漢儒於經殘之餘，見三百篇之數有不足，取删放之詩，留傳於習俗者，從而補之。」此最爲有識之言。馬端臨諸儒謂：「《鄭風》，解者篇篇説作淫奔，聖人斷無絶其聲于樂而登其詞於詩之理。」亦深足中傳注之弊。然謂古《序》非傳授有源，孰能億料當時指意之所歸？以予觀之，殊未確也。《禮記》尚多漢儒附會，奚有于古《序》乎？總之，訓詁肝腸多涉穿鑿，善讀書者，自有不解之解，領悟於語言文字之外。試問如古《序》，如傳注，即所解之悉當，苟無會心，于我何益？

《談龍録》載昆山吴修齡與友書有云：「詩中須有人在。」其論固善。嗚盛則謂詩之中還須有我在。蓋我有我之性情、我之學識、我之登覽吟眺。同此論議，而志趣迥殊，同此丘壑，而意興各別，要使後人覽之，恍如與我相遇，挹豐標而訴衷悃，斯善矣。陳正字「前不見古人」之詠，于幽州臺何涉？而每一吟諷，若親覩其立臺端，披襟裯，慷慨而歌也，豈非有我之故乎？

《詩經》叶韵，自朱子采吴才老《韵補》定之，而後《三百篇》乃可詠歌。且言叶韵，當以頭一韵爲準，然篇中所叶往往不儘然，甚或通章俱叶，無一韵用本音者。吴氏《韵補》原有二説，曰通、曰叶，今並其本通韵者而亦叶之，後人是以疑焉。顧亭林則謂上古但有音，初無所謂韵，别作《詩音》。其説又未免過求于古中旁通。曰尺生於黍，還以尺正黍，韵之與音，亦猶是耳。然自沈約立四聲以來，韵書岐出，代各異制，學者幾無所適從。近俗傳《笠翁韵》，其通轉多杜撰，甚爲誤人。康熙間毗陵邵子湘博考古本，以定今韵，采杜、韓諸家詩以定通轉，復從經子史傳之文以徵叶韵，引證明確，考核精詳，名曰《今古韵略》，至爲可信。有志古詩者，案頭所必須也。嗚盛嘗本《康熙字典》以校《詩經正韵》通叶，而所資於是書者多矣。韓文公謂：「凡爲文須略識字。」先儒豈是輕薄之言？蓋勉人以知字之不易識也。

世俗於門内之行或多未講，而獨斤斤于祖父之名是諱，甚至刻其遺集亦並諱之，祇書署字别號，令覽者莫知爲誰。向間有書名者，必借巨公填諱，掩耳盜鈴，以是爲孝，殊不可解也。《論》《孟》皆子思與諸弟子所記，何以一無所諱？《禮》曰「臨文不諱」，豈未之前聞耶？予近並見有刻其集亦諱曰某者，尤爲謬妄。古人文字詩題，于朋友俱直書其名。君子疾没而名不稱，奚爲今之人而名反畏人稱也？太白于少陵爲前輩，而杜集中稱其名，較今人稱弟子而尤倨，曰「白也詩無敵」，曰「汝與山東李白好」，曰「南尋禹穴見李白」。他如「張旭三杯草聖傳」、「焦遂五斗方卓然」、「弟子韓幹早入室」、「岑參兄弟皆好奇」、「吾甥李潮下筆親」，凡不一而足。又其自稱則曰「甫也諸侯老賓客」、「道甫問訊今何如」，其名時諷詠於人口，固宜其名著千古也。後人即大書其名，吾猶懼泯泯也，而偏自諱之，意果何居？

予家自始祖鹿峰公、諱堯仁，字夢得。南臺公諱驛，字處厚。父子，以詩文名于宋，中經式微，所傳《鹿峰集》、《嶺庵集》皆不可得見。惟《宋詩紀事》、《全芳備祖》二書，載公《詠芍藥》五古一篇，《閩海風雅》載有《九日登屏山》七律一首，《鶴林玉露》、《西湖志餘》載南臺公《錢唐湖絶句》，猶傳於世。而《志》《傳》所稱鹿峰公《飛來峰》、《萬松嶺》諸篇，元時猶膾炙人口者，今者無由聞矣。然《傳》稱公登金山有「半夜鬼神朝水府，五更鼓角動揚州」之句，及元《南豐州志》載南臺公《登軍峰詩》：「倚天青壁庾巉岩，下有神龍捲作潭。龍欲出時山吐氣，黑雲隨手遍江南。」則唐風猶未往也，豈僅宋人佳句乎？吾家文學之源，端自公父子濬之也。元、明時，雖代有學者，而殘篇斷簡，鮮有全集。蓋自鹿峰公遞傳十七世而後，高祖明學公，諱文溶，字秋水，號約齋，又號顧庵，明學則門弟子私謚也。始以理學著。公講學程山，闡明程朱大業，以身爲教，遠近聞人，群師奉之。讀龐舟公「七省鄉音如百舌，深更草聖亂群鵝」之句，可想當時教澤之所被者廣矣。公遺書五十六卷，其詩惟《竹影亭》一卷，肅穆淡潔，不似《擊壤集》故作理語也。曾祖龐舟公，諱德宏，字子實。承父志，隱于醫，才力雄邁，雖顛連困躓，而掀髯歌嘯自若。所遺

《龐舟詩》二卷，其志意則《谷音》、《晞髮》，其法律則獻吉、鳳洲也。公子二伯祖宜爾公諱脩振。以布衣稱詩都下，與顧景范、黄俞邰、姜西溟輩尤相友善。而意氣高邁，不樂戀於勢位，足跡南至海，北極于流沙萬里外。所至有詩，而遺稿散佚，僅餘《寫心軒》一卷。大父祖軒公，諱脩擴，字充之。守程山家訓，規言矩行，極爲彭躬庵、甘健齋諸大儒所許。性温純，最善獎誘人才。家貧，課讀種蔬以養，暇則歌詩，臨古帖。年六十餘，得目疾，醫鮮效。先君子植庵公，諱身耘，字慶五。每五更起，以舌舐公目，經二旬，目復炯然。至八十餘，猶與諸耆宿賦詩，作蠅頭楷書。著《祖軒集》一卷，簡厚温和，蓋類乎公之人云。詩並刻《程山三世集》中。此鳴盛近祖傳學之大略也。鳴盛父輩以行誼爲先，從世父書田公、諱身耕。季叔父友蓮公，諱身棍。雖不廢學，一則以諸生卒於官幕，一則早年不禄，詩無傳焉。及鳴盛兄弟，承先世餘澤，詩禮之傳，幸未敢墜也。伯兄愧屋，鳴謙，字致恭。五六歲侍大父，即通曉聲律，長與四方名士唱酬甚富，而獨用力於古文，刻有《非我齋文集》。嘗笑曰：「詩則以讓吾諸弟也。」十兄退庵，本量，字尚容。聰穎類伯兄，十歲能文，詩亦酷好之，刻有《退庵詩鈔》。酒囊糟粕，菊榭六子之一也。季弟絜原，鳴篁，字篛初。幼敏悟過予，喜讀古書。初學時藝，將有成矣，厭而棄之，亦未嘗學詩，及蜀遊歸，則詩已成帙。客吴，與友人茅若川輩合刻《个湖詩草》，近范紫庭復爲鐫《借舫詩評》。予每當窮困無聊時，輒復鼓掌大笑曰：「天之與我何其厚也。吾祖父則理學、高隱、詩人、孝子，兄弟則怡怡然而有師友文章之樂。予烏乎鬱鬱而不樂？所無厭欲者，冀後嗣之綿此世澤弗替耳。身外之榮，聽蒼蒼者主之，予烏乎鬱鬱弗樂也！」

嗚盛與從兄退庵，同生彊圉協洽之年，又同屬流火司金之候，而清臞骨相，宛似縷金，頑鈍心腸，偏如礦鐵，不逮退庵者遠矣。伯兄多方鍛煉之，終不能出諸冶。及年近弱冠，始從退庵問平仄。歲越戊辰，乃訂菊樹學聲詩。其友則余聲谷、韵，字寄山。崔斗垣、宸，字極中。湯慎廬、文海，字彙川。譚未齋，經，字定九。暨退庵師曾松門諱袞，字補之，又號圭峰。先生也。當是時，計日課詩，法律至嚴，講求至切，救過攻非，直言讜論，無纖芥嫌疑隱避。而松門先生當曲高寡和之日，亦樂諸子傾心向學之誠，鼓舞造就，載酒尋花，賞奇析疑，無日不會，會則未嘗不談詩也。嗚盛既自慚頑鈍，少不如人，又大懼無以稱「菊樹六子一先生」之目，乃廣搜群籍，覽其大凡，方踵武諸子，以望李杜門牆，而未能至也。中間即幸與聲谷、退庵並以古學受知張藻川諱映辰。學使者，乃益深虛聲之懼，用是更參究夫斯道源流升降之故，古今製作得失之林。典衣沽酒，肆志浩歌，求厥指歸，幾忘昏曉，出就有道，以證異同。蓋今二十餘年，而後胸中頑鐵，差等諸鑪錡之備一器。故清夜自問，雖未逢點鐵之丹，亦庶幾冶金之範乎？然嘉會靡常，知音不易，松門、聲谷，覺夢早歸。餘餘倖存，饑驅各散，求昔日之鑄我者，已渺乎其莫定矣。今者海上一燈，予幸與予季弟偶然作對床之談。旅懷鄉思，徒增客淚，揚風扢雅，聊寄予情。況玉樹芝蘭，冀生庭砌，則洪鑪鼓吹，且作家模。編曰「範金」，待其傳火。倘後嗣有銑鋈鏐版之資，則是編即冶築皐桃之助。若夫撞洪鐘，振大鏞，則吾豈敢，亦曰爲稚子留此小以成小、大以成大之模範云耳。時乾隆辛卯秋仲述于吴中柘湖之賓館。

（汪群紅、劉奕點校）

罨畫樓詩話

罨畫樓詩話提要

《罨畫樓詩話》(一名《清綺集》)八卷,據乾隆間聽吟軒刊本點校。撰者廖景文,字覲揚,江蘇松江人,入贅青浦。以隸籍密雲,故號古檀。乾隆十二年舉人,官合肥知縣。有《古檀詩草》、《吟香集》等。廖氏自乾隆二十七年歸田後,即以寫作詩話度日,先後成《潄芳集詩話》與《清綺集詩話》,卷帙頗富。《潄芳集詩話》稿寄友人顧星橋求正,擱置數年,《清綺集詩話》轉較前者先成於乾隆三十六年辛卯。兩書十其書名亦繁複,「清綺集詩話」又名「罨畫樓詩話」,「潄芳集詩話」又名「盥花軒詩話潄芳集」。之八九又標爲「古檀詩話」,以示自撰,用别於所採他書,亦一法。惟此舉頗啓後人誤會,至有著録「古檀詩話」爲另有一書者,實無其事也。廖氏有才情,嗜詩文,其言有云:「識英雄於未遇,皆就詩文決之。」其詩亦云:「今古英雄都在夢,馨香名姓只留詩。」不免過甚其辭,而與袁枚同一聲氣。又慕袁枚之有隨園,製一「書畫舫」,聚書畫絲竹於一船,與二三友人逐水游蕩。其晚歲好游亦與隨園同,吴、越不待言,又隨兄弟子侄輩任官閩、粵之便,作遠游之樂,皆太平盛世文人之遺日法也。其論詩則有「極意作詩,不必得詩;窮形作畫,不必入畫」之説,然已非東坡「論畫以似形,見與兒童鄰;作詩必此詩,定知非詩人」之偏於藝理,其意乃在寫詩作畫自適生活方面。故全書録詩不必盡佳,人與事則仍不妨有其趣味。此亦與稍後之《隨園詩話》同。書中又頗録朋輩詩話中之涉己者,如《古藻堂詩話》、《西樵詩話》等三十餘種，多不見傳於後世，賴此以存一二。其他如《蓮坡詩話》、《夢餘詩話》、《竛雅堂詩話》等，所録亦有不同於今傳本者。如《竛雅堂詩話》一則，録其「村」字韵七絶三百餘首，即今本所無。又有數則詳記馮小青韵事，曾附於其所撰之《小青遺真記》傳奇後，可參看。

風雅一道，最足賞心，不必盡由己出也。憶自壯歲以還，挾策京華，一行作吏，宦轍所出，板輿所經，東臨泰岱，北遊邊徼，西歷太行，南極武彝，人海花場，比肩接跡。或偶見口占，或遥爲倡和，或得之目覩耳談，凡諸零紈片羽，無不手自抄撮。即一生殘毫剩墨，亦常留之，小市金箱，蓋所摭拾亦良富矣。辛卯春，抵鷺門官署，舊雨晨星，吟情如覩，不禁感今追昔，取而彙之。年姪黄君長汀請付棗梨，爲名之曰「清綺集」，蓋欲合和平之旨，香艷之章，筆之簡編，以供海内風雅互爲心賞。第聖世人文日盛，詩才賦手，見聞之罣漏者多。文章江左，烟月揚州，增補之功，請以俟之異日。

乾隆辛卯巧月，雲間廖景文書于罨畫樓中。

是詩書麴蘖，醞釀就，此規模。慣吟對壺冰，量移尺玉，靜掩紗幮。誰如指，淝水嘆，早巨川濟後一舟虛。料理年年阮屐，將迎處處潘輿。披圖合喚米呼蘇，臭味略無殊。祇文工畫妙，書顛潔癖，一樣工夫。歌呼逸才借問，又微之紕縵牧之麤。道氣常流杖履，高蹤不溷樵漁。《木蘭花慢》。

雪漁張嘉猷拜題

罨畫樓詩話卷一

杜韓作詩，或用險韵以見奇，後人效之，多成强押。毛奇齡嘗謂：「纖題險韵，皆不必作。」誠爲至言。《瞻岵詩話》。

古今流傳名句，如「思君如流水」，如「池塘生春草」，如「澄江浄如練」，如「紅藥當階翻」，如「月映清淮流」，如「芙蓉露下落」，如「空梁落燕泥」，其情景俱佳，足資吟咏。然不如「南登霸陵岸，回首望長安」忠厚悱惻，得「遲遲我行」之意。《説詩晬語》。

古人鍊句，只在字眼上着力，有鍊實字法，有鍊響字法。如唐人「星河秋一雁，砧杵夜千家」，此實字法也。「芹泥隨燕嘴，花蕊上蜂鬚」，此響字法也。蓋用實字則句健，用響字則句新。《絅齋隨筆》。

漁洋山人云：「人家子弟可有經生氣，而不可有名士氣。」余服膺此言。今詩學盛行，年少穎異者，無不揮毫掞藻，顧根柢槃深，枝葉自然峻茂，浮華之病與弇鄙同譏，吾黨應共鑒之。《古檀詩話》。

先賢里居，仰止在焉。朱夫子晚年居建陽，有考亭書院在城西北，占山水之勝，所謂南閩闕里是也。予幸得瞻仰遺像，且摹抄舊蹟，成絶句云：「天光雲影弄秋晴，半畝方塘水一泓。記讀先生詩卅載，不虞今日見分明。」《古檀詩話》。

古人筆墨，非可輕議。《畫品》：王維畫不問四時，畫《袁安卧雪圖》，有雪中甘蕉。李卓吾云：

「雖闕畫理，無碍畫趣。」批《琵琶記》中語。皆管窺之見也。予任合肥，植蕉一本，至冬未彫。一夕，寒風陡發，晨起見大雪霏霏，堆積葉上。後又閱《豫章漫抄》一則云：吴郡陸深，謫延平。北歸，與建陽令薛宗鎧酌堂後軒。值大雪，雪中美人蕉一株，盛開紅花。予己丑小春到建陽署，牆側之蕉猶在，成絶句云：「輞川圖畫筆何超，粉本潭陽仔細描。問雪平原誰繡像，尚留一樹美人蕉。」識之正爲輕議古人者戒，且以廣所聞見也。友人汪太學曾貽予陸公手書七律長幅，喜其蒼勁，珍而藏之。《檀園書畫紀略》。

自漁洋山人主持風雅，而後敷華摛藻之士莫不得所宗師。彼有謂「朱貪多，王愛好」者，文人自古愛相輕也。後三十餘年而有沈宗伯，其《竹嘯軒集》與《精華録》並歸正始。同時若望山尹制府，志和音雅，風格上追三唐。此三公者，直欲鑄金事之。《古檀詩話》。

太湖之水，匯入金閶，而風雅亦薈萃于是。其間園亭樓閣，每因人著名。顧明經景嶽宗泰居星橋巷，號星橋。家有月滿樓，縑素盈箱，牙籤滿座，四方名儒宿士，下至緇流女冠，無不題詩贈之。阮編脩學濬藿村句云：「明月入懷清似水，遠山如畫淡于秋。」褚春坊廷璋筠心句云：「樓空百尺星河曉，月滿一輪天地秋。」吴侍讀省欽白華句云：「鐵衣霜重三城晚，砧杵天高萬郭秋。」吴學録省蘭稷堂句云：「吟殘硯北寒花影，夢斷淮南落木秋。」又黄殿撰軒小華句云：「鄉國早鳩稀遠問，關山長笛又高秋。」尤和韵中遒逸者。星橋年未强仕，著作等身。庚寅舉京兆試，竚顯奪標手段，未許徜徉東西兩山間矣。《古檀詩話》。

漁洋，太湖中一小山也。王文簡看梅玄墓，宿聖恩寺四宜堂，見漁洋秀峙，因以爲號。過寒山寺，夜已曛黑，風雨雜遝，山人攝衣著屐，列炬登岸，徑上寺門，題二絶云：「日暮東塘正落潮，孤篷泊處雨瀟瀟。疎鐘夜火寒山寺，記過吴楓第幾橋。」「楓葉蕭條水驛空，離居千里悵難同。十年舊約江南夢，獨聽寒山半夜鐘。」先是爲同考，夜鼓柁行大江中，漏將盡，抵燕子磯，興發欲登。會天雨新霽，林木蕭颯，江濤噴湧，與山谷相應答。從者顧視色動，山人徑呼東筦以往，題數詩石壁，從容屣步而返。似此清遊，真覺逸情雲上也。《古檀詩話》。

漁洋先生家藏詩畫一册，題曰《含香清玩》，蓋同時諸名士贈公者。金陵余淡心懷二律云：「甲辰夏五日，曾問廣陵潮。可愛王司李，官亭屢見招。文章名士酒，風月美人簫。此會真難得，瓊花嘆寂寥。」「不見王生久，風流直到今。詩人唯我輩，天下少知音。懶啓青油幕，空調緑綺琴。關門多紫氣，搔首憶登臨。」《古檀詩話》。

王丹麓晫《今世説》云：計甫草東自海陵歸，渡江。會大風雪，舟不得發，同行者皆垂首歎惋，計坐舵樓下，手王阮亭詩讀之。至論鄭少谷絶句，哭失聲。既乃大喜，拭涕坐雪中，觀江濤淜湃，吟嘯自樂。蓋漁洋在當時，于布衣窮畯，顯幽振滯，樂此不疲，宜讀其詩者傾倒而歌哭之。顧甫草嘗在中州，于荒烟蔓草中訪謝茂秦墓而表其阡，則亦誠人中之豪也。《古檀詩話》。

「明月笙歌紅燭院，春山書畫緑楊船。」梅村先生句也。歸愚沈宗伯《壽趙秋谷宫贊》云：「月夜聽筝紅燭院，風前覓句緑楊船。」其風趣絶相似。《古檀詩話》。

太白樓巍峙江干，廖古檀同年令合肥歸，夢中得句，書刊石壁。詩云：「樓高江上爲先生，樓爲先生名亦馨。江上幾經朝復暮，先生千古醉如醒。士真狂也何妨謫，樓有狂士也額。才到仙乎確有靈。今日先生樓上坐，一江寒月映庚星。」殆與「鳳凰臺」、「鸚鵡洲」等篇後先相耀。胡吟鷗徵君極鑒賞之。《西莊偶録》。

詩文一也。而予竊聞前輩如宜興儲會元六雅、桐城方學士靈皋，不甚作詩。惟長洲沈宗伯歸愚，制舉藝極精醇，詩與書法，兼擅其妙，壽幾百齡，靈光巋然長存。我松能文如焦南浦、曹黄門，亦多出入風雅，蓋雲間一派，師友淵源薰習者深也。至如黄宫允唐堂、陳明經岦嵐、朱學博初晴，尤爲騷壇領袖。《古檀詩話》。

梅花詩，予最喜「一幅生綃畫美人」句。近觀廖古檀《香雪吟》，佳句積數十聯。又《孤山》云：「鐘敲薄暝昏復昏，鶴去誰招歸來魂。雪深雲斷不知處，遠山一角梅花村。」雖未寫梅，而古韵幽香，如有梅魂呼之欲出。《絅齋隨筆》。

桂陽盧絅齋、奉賢吴古心兩進士，性嗜寫蘭，殆有同癖。予從楚中回里，話别時，兩君合寫蘭幅贈行，同硯張慧川題句云：「墨藻清酣絶點埃，生花雙管一齊開。蓬萊宫闕曾親到，拾得瓊階玉草來。」「翠蕊璚蕤結佩纕，梅兄樊弟並清芳。分明一幅同心譜，懸向西窗夢亦香。」見者嘆爲三絶。《西樵詩話》。

詩書畫三絶，我松董宗伯後，首推沈内翰獅峰宗敬先生爲風雅總持。晚年憩息秦望山莊，養花調鶴，煮茗烹鱻，間揮灑筆墨，與烟霞丘壑爲伍。其《話雨軒同陸孝廉臨潭晟唱和詩》云：「豪情燈亂波相映，憾事雲深月不來。閒與境宜詩有分，緣隨枕斷夢無痕。」臨潭公甲午舉人，歷幕勝地，卓犖不羈，詩與書並擅盛名。《贈沈太史》云：「清歌夜繞西園舫，叢桂香消北海尊。寒喜酒人秋夜至，閒宜吟客雨中來。」佳句紛披，殆難更僕數矣。《古檀詩話》。

余友陸湘萍貽穀，孝廉臨潭先生文孫，詩學放翁、石湖。曾與讀書于青城西郊劉伴霞山房者數月。和余舊作云：「春雨芒鞵蘭笋寺，秋風鐵篴澱山湖。」風裁雋逸，真吾鄉之秀也。天不永年，同人惜之。《古藻堂詩話》。

「芳草細塵寒食路，碧苔流水釣魚磯。」錢唐魏玉横之琇作也。玉横貽予詩集一卷，醖釀深醇，爲什襲藏之行篋中。《余鹿池筆記》。

光禄西莊先生，少年才望，照耀江東。通籍後，摛藻金華，爲詞曹領袖。近讀禮歸田，偶念舊雨，駐檝于練塘高自柏齋頭，與余談詩移日，分夜不倦。而宗派區分，謬許余爲知言。曾有見贈云：「到處清遊趁快晴，偶逢佳士便身輕。千秋可屬今惟汝，一日相推我愧兄。窮巷陳平多長者，掉頭酈叟豈狂生。才人藏伏殊堪惜，雨釣烟耕答聖明。」「重陽風雨見初晴，未試登山屐履輕。共向草堂聯木榻，定知石友勝錢兄。澱峰泖水容深隱，雪北香南着瘦生。聚散摶沙旋放手，夜闌重與爇松明。」其獎借引重，情見乎詞，書之以見感恩知己不可忘耳。《漫畫居雜鈔》。

劉子羽「桃花柳絮春開甕，細雨斜風客到門」句，佳矣。吾禾李徵士秋錦句云：「元夕春生燈有市，故人船到月當門。」覺格韵較勝。别有句云：「筋力且堅花底坐，山川却話酒闌時。」每於燈殘月墮時，誦味久之，灑然忘倦。《帶經堂詩話注》。

我朝名畫家輩出，得秀水張浦山庚纂輯成書，月旦亦不爽。商丘侯龍山肩復有題詞八章，其二云：「《畫徵》録就國朝編，真作瓜田逸史傳。愛殺鴛湖風景好，一樓烟雨駐神仙。」「畫松圖贈好盤桓，老樹凌霜耐歲寒。記否夷門歌未竟，秋風回首憶長安。」《古檀詩話》。

沈萃岩編修初，當湖人，向未訂交，曾爲余書册，有《小游仙詩》四絶，秀骨珊珊，似不食人間烟火者。今附録於此：「湖上青山浸碧虚，鳳岩高處拓精廬。仙人最愛樓居好，蘸筆曾題閬苑書。」「玉匕晨餐挹露華，下方城郭任喧譁。等閒遊戲抛瓊屑，散作人間六出花。」「木公金母記前盟，白鳳飛來路幾程。可得梅花消息否，雲窗霧閣不勝情。」「列岫窗中暮擁愁，宿雲檐下曉還留。吴山便是蓬山路，夜静春寒十二樓。」《古藻堂詩話》。

虎丘山塘，遊人不絶，名作如林。予最愛「沽酒店開風亦醉，賣花人過路猶香」之句，以爲非此地不足以當此詩，亦非此詩不能盡此地也。《夢餘詩話》《沈鹿坪集》。

文人心思，必有薈萃之處。南陵金射堂古良製《無雙譜》，自漢迄宋，一千四百數十年中，得四十人，各繪其像，并賦樂府四十章。曰《博浪椎》、留侯張子房。《垓下嘆》、西楚霸王項羽。《老博士》、伏生。《星精謡》、東方曼倩。《河源槎》、張騫。《牧羝曲》、典屬國蘇子卿。《龍門史》、龍門司馬子長。《恐鶩寐》、董賢。《咄咄詞》、嚴先生。《娥江行》、曹孝女。《探虎子》、定遠侯班超。《曹大家》、曹大家班惠昭。《趙娥怨》、趙娥。《孫郎至》、江東孫郎。《伏龍吟》、漢丞相諸葛武侯。《焦隱士》、隱士焦孝然。《奈何降》、北地王劉諶。《峴山行》、羊叔子。《并子三》、周將軍處。《墮樓詞》、綠珠。《羲皇人》、陶公。《無卿比》、王景略。《別墅棋》、晉太傅謝公。《璇璣圖》、蘇若蘭。《女從征》、木蘭。《洗夫人》、譙國夫人洗氏。《女主昌》、僞周皇帝武曌。《昌宗袠》、國老狄梁公。《皇嗣冤》、代國公樂工安金藏。《中書考》、尚父郭汾陽王。《謫仙靴》、李青蓮。《神仙骨》、李鄴侯。《唐老奴》、唐監軍張承業。《長樂老》、長樂老馮道。《卧累月》、華山陳圖南先生。《錢塘弩》、吴越錢武肅王。《安石工》、安民。《我陳東》、太學生陳東。《三字獄》、岳鄂王。《庶無愧》。文丞相。其間忠孝才節，事功品性，與妖佞之徒，鬚眉畢現。董良槦所謂以不易之見，示其勸懲，非止調聲磨韻而已。王漁洋尚書亦雅重之。《古檀詩話》。

詩須按切，曩有以百里花封套語見贈者，僕竊笑之。蓋合肥週遭七百餘里，非百里之比，且差務絡繹，案牘糾紛，非精心經理，不能綽有餘裕也。予涖任六年，幸值屢豐有慶，故得與陸蒓薌、汪笠夫諸君，日以書畫爲事。而庚辰秋菊觴雅集，以自製新詞付家優王佳卿、史玉明輩演之，最爲勝舉。蒓薌繪《花成圖》，唱和詩積成卷帙，俱用花字爲韻。大興邵厚庵大業太守集韓蘇句贈予云：「文工畫妙各臻極，歲美人和易得情。」夫文工畫妙，予豈敢當，若歲美人和，則竊以爲會逢其適矣。《古檀詩話》。

舒城去合肥八十里，與桐城接壤，地産畫眉，合肥無有也。山中彌望皆松，每當春和，畫眉聲出樹間，睍睆可聽。予兼攝舒邑篆數月，周歷四境，清音入耳，輒爲神往。題絶句云：「羃歷濃嵐刺眼昏，龍眠山名，宋李伯時隱居于此。居士舊游魂。畫眉聲裏穿雲去，碧嶂蒼松別一邨。」差與漁洋「驛路春山叫畫眉」情景相合也。《古檀詩話》。

《輟耕録》及《説郛》二書，爲元陶南邨宗儀所撰。陶君僑居我松泗鎮，背山臨溪，最爲勝地，名流輩出，今乃萃于汪氏一門。如峭厓烈、笠夫熙以詩文名，芥舟炯、江峰杰以書畫名。峭厓《淮陰侯》云：「一時諸吕無强敵，百死重瞳有快心。」《留侯》云：「閒來圯上逢黄石，老去天涯訪赤松。」氣韵沈雄。笠夫《白燕庵》云：「心驚宧海投簪早，病老江干跨犢閒。」《白菊》云：「一徑幽香宜月淡，滿籬寒影倍霜清。」清裁斐亹。予有句云：「遲君風雅同商榷，門鏁溪頭萬緑邨。」又云：「緑波春草江郎思，叉手微吟栗里邨。」泗鎮古名小栗里。又云：「閒把《輟耕編》細讀，一時風雅繼南邨。」爲諸昆賦也。《古檀詩話》。

崧塘乃九峰掩映之所，外父泓一方公家於此，建對山草堂，爲葛遊闇寅書額。公擅詩才賦手，筆不停綴。内兄南山信、石林倬亦善詞章，惜皆早歿。令嗣柳邨、屺峰、舜廷諸昆，克承先業。予有題舜廷小像句云：「秋風閒倚雲根坐，雅稱堂名是對山。」《古檀詩話》。

吴門紫陽書院，名士薈萃。曩余偕繆毅齋讀書其中數月，與黄心一汝德、李淡成炯、李勉伯繩、王元音錞諸君遊，洵屬賞心樂事。後數年過其地，賦詩云：「灣環活水欲平橋，數點梅花檻外飄。記得春風亭北路，月明携手聽吹簫。」《古檀詩話》。

練塘，一水村也，高桐村居此。人儻易不羈，不修邊幅，性好客，詩酒談讌無虚日。南匯吴侍讀白華省欽書梅村句贈之云：「不好詣人貪客過，慣遲作答愛書來。」余友徐薌坡萶林，作《好客行》，有云：「入户時聞妻子愁，出門輒見朋儕喜。」皆實録也。所著有《夢草書堂詩》，才華妍麗，絶似鄭都官、杜樊川諸人。七言云：「花逕風和來鳳子，竹林雨細長龍孫。布穀一聲泥滑滑，插秧三寸水沄沄。」極爲西莊光禄所賞。《延青書屋雜鈔》。

王岡齡齋前有黄石古松一株，幾百年物，高不盈二尺，短勁疎古，屈曲有致。沈宗伯題之曰「四面松」，并作長句古詩一章，郡中名流繼聲甚夥。《養痾閑記》。

青溪錬師劉伴霞敏，居西城外萬壽道院，工書畫，善琴，得張幻花先生親授指法，詩亦佳。我友古檀，嘗於席上贈句云：「人倚亞欄吟水月，鶴飛遠嶼唳天風。」直爲伴霞寫照矣。《西樵詩話》。

徐薈林明經，余前在平梁官舍時，見其所作詩，極清麗可喜。如《無題》十二首，已傳遍江東矣。吴江金孝廉學詩有《送高桐村之青浦兼寄薈林》云：「徐陵宫體擅當時，寄我新題七字詩。歸去泖湖爲問訊，停雲落月最相思。」吴孝廉省蘭詩云：「徐陵筆架珊瑚樹，素練輕縑詩格同。」邵明經西樵詩云：「謝草江花入夢思，玉臺宫體擅當時。從今棗木流傳遍，愛唱君家幼婦詞。」而吴侍讀白華，則書漁洋贈東癡句寄之。一時名流，無不以孝穆相況。余謂薈林律詩之婉雅風華，誠如諸公所云矣，而其縱横排奡，馳騁風雲，則不在律體，而在五七古也。余恐賞識者没薈林之真，特書此以待審音者鑒焉。《古檀詩話》。

苕南吴斯洺，題潯水王翻如名起鵬，號谿堂，舉博學宏詞科，任陝西青澗令。摘句云：「偶尋舊雨，適示新編。亭亭水際芙蓉，濯濯月中楊柳。君餐冰雪，奚止三年；我浄聰明，直應十日。集中五言，如『輕風翻燕子，小雨放梨花』、『風隨寒漏曉，月向亂山低』、『那堪君去處，正是柳青時』、『竹韵春晴後，茶香穀雨前』。七言如『草生野陌看看遍，水漲横塘漸漸平』、『草將野色連荒岸，雲放斜陽在别邨』、『社雨一番江燕至，春寒十日杏花稀』、『細雨池亭鶯獨語，東風樓閣燕交飛』、『梅熟乍來三尺雨，麥收猶剩一分寒』、『不知小閣幾何迴，容得好山如許多』、『三年寄夢秋風外，一榻看山暮雨中』。皆佳句也。」《夢餘詩話》。

癸巳春，同諸友聯騎出郊外。徐行十餘里，微渴思飲，遥望道旁青帘，摇曳柳際，遂策馬前，見茅屋數楹，頗極幽致，因沽酒共酌。半酣，忽有所見，爰題一絶於壁云：「碧樹紅闌賣酒家，誰教歇馬泛春霞。雙鬟不管遊人醉，自露牆頭拗杏花。」《夢餘詩話》。

㲘劍樓，伯祖樾千公鳳徵讀書處也。樓居東偏，南望旅行橋，人家水木如畫，北俯城陰，城中紅寺塔鈴，參差隱現。樓故有祟，丙夜作裂帛聲，伯祖獨處，了無戒心，因名曰「㲘劍」。詩稿即以是名。故予懷兄厚齋祖乾句云：「㲘劍樓空遺卷在，塔鈴紅寺憶南村。」兄年逾古稀，嘯歌自樂。姪瑞鰲荔薌與二弟景班羨行同中丙子鄉試，今與六弟景明屺堂同宦滇南。憶伯父紅泉公賡融曾任撫州郡守，邀予同行，未果，後屢以詩見遺。風雅粲然，洵不愧爲名進士云。《古檀詩話》。

若村伯賡謨侍講公，曾視學川中，寫《踏雪看山圖》，予未及見。後于汪秋泉居士士鋐集中，見有題贈句云：「峨眉山中三尺雪，旌旗小隊排戎列。疑是將軍戰勝還，誰知學使回車轍。」極意煊染，有聲有色，幾于小李將軍畫不成矣。秋泉又有《題馬嵬》云：「黄泉碧落知何處，一樹相思空到今。」蓋因貴妃墓西有相思樹耳。若村伯善詩，鐫板散佚，爲益信守成之難。《古檀詩話》。

憶余初就外傅時，每侍先王父懋庵公，不離左右。當寒窗擁爐，積雪滿逕，懋庵公得句云：「瓊林無樹不梅花。」古峭挺健，迥異常格，惜全稿已佚。廖古檀明府，嘗取其贈公名賡載字霖齋咏牡丹遺句云「化玉幻飛簾外蝶，換珠綺映鬢邊鴉」，足成七律，刊送名流。王光禄尊人亦有句云：「三月鶯花遊子夢，十年書札故人心。」爲生平得意之筆。書之以見吉光片羽，未始非談藝之一助云。《古藻堂詩話》。

類書編纂，間多遺漏。霖齋廖太翁「換珠綺映鬢邊鴉」句，查無出處，長君古檀閲《漁隱叢話》，乃知爲宋仁宗事。仁宗内殿賞花，見張貴妃首飾珍珠繽紛，意不悦，貴妃赧而易去。上乃令人各簪牡丹一朵，珠價頓平。藉非博極群書，安能釀花成蜜若此？《盈浦紀聞》。

蒸溪曹舍人四張國維，弱冠登第，善詩，著有《蘆汀吟草》。嗣君心一建中，手輯愈愚齋二帖，命工鐫石，并附諸詩於後。其表揚先澤之意，不可没也。《古檀詩話》。

張文敏横山西廬，以嘉樹谷及聽雨山房爲勝，又有静長書屋。《歸省題壁》云：「壺中長日静中緣，我亦曾經四小年。不及蒼髯牆外叟，梅花看到菊花天。」與「多少朱門鏁空宅，主人到老不曾歸」同一意味。《古檀詩話》。

詩以隨人隨地精切爲工。我鄉馮古浦先生，佐鄂西林制府幕，賦牡丹曰：「詩到《清平》能動主，花雖富貴不驕人。」制府欣賞，厚遺以歸。覺義山「垂手亂翻雕玉珮，招腰争舞鬱金裙」，未足獨擅千古。《古檀詩話》。

胡中丞寶瑔《年譜》云：先生十五歲，始爲詞賦。一日，庭前牡丹盛開，教授公持家釀，與西賓酧之。酒半，令賦詩，即成一律以獻，曰：「春寒收盡蘊香腴，特拆仙葩舞六銖。莫大文章王氣象，全滋雨露帝工夫。旁求莫惜千金買，珍重應教百寶扶。桃李偏栽皆退聽，日輪獨照鳳凰雛。」教授公微笑曰：「未免張大，然頗有器局。」予從幼得侍先生，知其詩文精敏，所謂「讀書破萬卷，下筆自有神」也。按，贈公任松江廣文。《古檀詩話》。

神明之道，確有可憑。予自皈依文曲帝君，于通州寶閣虔禱《五經》中明示一字，以便專習一經。籤落，句云：「白石溪邊自結廬，風泉滿院稱幽居。鳥啼深樹鋤靈藥，花落閒窗看道書。」籤中適藏「書」字，以爲神明許我。是秋，果以《書經》卷中式。且今卜築青溪，風泉滿院，亦與詩意均相符合也。用爲拈出，敬告同人之有志科名者。《古檀詩話》。

武帝君威靈赫矣。次兒在福安，舉舊殿鼎新，適調建陽，臨行，予求明示將來再往何地，亦如疇曩之禱于文帝者。得籤云：「乾亥來龍仔細看，坎居午位自當安。若移丑艮陰陽地，門户伶仃家道難。」自念久必有驗。辛卯春，果署篆厦門，益信明明有「門」字在内，且福安「安」字、建陽「陽」字均經顯著，因爲齋肅陳謝。嗣到厦門，恭謁署後帝廟，背山面海，真奇境也。敬上武曲星額，其對則有武林吴公鏞集唐云：「三分割據紆籌策，萬國衣冠拜冕旒。」切當不刊，爲仍其舊。《古檀詩話》。

《無雙譜》一書，南陵金射堂古良手製也。取自漢至宋張子房等四十人，繪像成圖，賦詩其上，可稱好事，閩浙鐫板行之。但其中董賢、張承業、武曌及馮道四人，與武侯、武穆、木蘭、緑珠等同列，似覺不倫。意欲舉王明妃、虬髯公、張睢陽、蘇學士易之，補以《昭君怨》、《海舶吟》、《巡城曲》、《水調歌》，而删去《恐驚寐》、《女主昌》、《唐老奴》、《長樂老》四章。海内知言者，未識其許我否？《古檀詩話》。

雲間，人文藪澤也，蓋峰泖之靈秀鍾之。稽自機、雲肇始，吟伯代興，掞藻敷華，後先交映。非得大家彙選，久必散諸荒烟。外曾王父姚太史聽巖公宏緒，採輯歷代名人各佳詠，并閨門、方外遺什，壽諸棗梨，名之曰《松風餘韵》。而後五茸彩筆，光華得蔚聚焉。然我朝之詩，猶未及也。我朝詩教大行，我松詩人和聲鳴盛。舅氏寄閒式曾、友硯念曾，將欲繼先人成業，續選付鐫。行見新詞古藻，並爭輝於卷帙間，謂曰文藪，豈虚語耶？《葵園雜録》。

閲《丙戌會試題名録》，我友老而獲雋者二人，一爲全椒金棕亭兆燕，一爲婁村畢紹庵鎮。棕亭與吴舍人烺齊名，善吟，有專稿行世。紹庵近古學少陵，書法亦超雋，似此詩才賦手，庶爲不愧科名。《古檀詩話》。

名下從無虚士。絅齋盧明府，貽予二樹童山人詩五卷，鴻詞雋句，目不給賞。如「古木留殘雪，寒鴉守夕陽」、「竹虚三徑月，荷老一池星」、「他鄉一夜雨，孤枕百回吟」、「獨攜雙草履，來上百花洲」，廖古檀見之，稱爲字字蒼秀，信然。《西樵詩話》。

詩格以渾成爲妙。青邑楊丈采南陸榮，爲王西亭給諫館甥，才高遇蹇，著作甚多。刻有《潭西詩稿》。《夜坐》云：「月經昨雨洗來白，露自秋風吹後寒。」《舟中》云：「風催柳葉將青去，日薄山椒以紫呈。」《燈下》云：「書從掩後尋餘味，香到消時起斷烟。」罄心渺慮，刻苦成吟，幾於郊、島復見。乃沈尚書鐫刻《別裁》詩，有呈《潭西稿》者，未邀選録，豈非以其清而未腴故耶？《古檀詩話》。

蒓鱸由張翰顯。蓋鱸有四腮者，巨口細鱗，味鮮美，予極嗜之。有《竹枝詞》云：「吴淞江上響春蒲，日落漁莊叫鴈奴。三五緑鬟堤畔女，一齊唤賣四腮鱸。」《霞光集》載吴郡女子沈清友詩云：「晚天移棹泊垂虹，閒倚篷窗問釣翁。爲甚鱸魚低價賣，年來朝市怕秋風。」沈鹿坪稱爲得詩人體。蒓菜産三泖中，予歸田後，構味蓴居。胡吟鷗先生嘗贈以句，予次韵云：「秋風歸棹理何年，漁市閒拋舊俸錢。好是季鷹懷遠志，滿湖小草到今鮮。」「烟耕三泖日如年，一榻清風最直錢。夢裏快遊差不俗，自携雙槳採春鮮。」「甘嘗粗糲過流年，下箸何須日萬錢。劇喜荆妻諳食性，自和鹽豉煮羹鮮。」「春江水暖入新年，烟縷搶來索幾錢。説與稚孫須領略，一羹方稱素風鮮。」珠溪蔡錦泉、邵西樵嘗餽予蓴，賦謝云：「絲牽泖上自年年，情重相貽抵萬錢。半篋細嘗春思遠。漫勞纖手膾紅鮮。」「青絲入饌幾經年，博得清閒足賣錢。酒醒味回同食檄，倚闌看遍百花鮮。」《古檀詩話》。

《廣輿記》，爲陸君應陽所撰。君博通群書，兼精行楷，我松飛鴻堂，係其題額。住青浦之古塘橋，以古塘自號。舊居有問雪軒，予往來吴閶，每經行古塘，求其址不可得，感賦云：「野色青圍斷岸昏，溪流滑笏古塘魂。寒林問雪人何處，殘墨荒齋訪陸邨。」《古檀詩話》。

唐徵士陶峴，製三舟，一自載，一載賓客，一載飲饌。製女樂，奏清商曲，逢山水，必窮極佳勝。予自歸田以來，興致亦復不淺。嘗置書畫舫，與徐蒼林、汪笠夫，遨遊于九峰三泖，及吴閶山水間。兩君以詩賦擅名，同爲學使者梁瑶峰先生識賞，選貢赴都。予有寄懷句云：「白鶴産芝田，迴翔溪澗濱。一旦凌雲飛，豈不眷所親。志與鴻鵠遠，意懸霄漢新。憶昔共遊好，逍遥樂青春。移我書畫舫，坐君花月晨。敲銅捷百篇，把盞酣數巡。歡樂隨時會，契闊亦緣因。戀歡復傷别，毋乃非達人。毛羽信已豐，枳棘寧安身。遥聞鳴九皋，聲聲和其神。」顧星橋孝廉選刻《停雲集》中。《古檀詩話》。

嚴海珊前、後《梅花》詩，予愛其色香味兼到。鳳陽方明經潤蒼一聯云：「淡處已教姿絶世，冷時剛許艷横生。」亦得歲寒後彫意。嗣在閩中，讀歸安王翻如起鵬吟箋，中如「柔櫓一聲停鶴舫，疎籬幾曲到柴門」、「昏黄月淡笛三弄，草閣寒多酒一中」，詞意名雋。王公舉鴻詞科，嗣君辟塵，刊詩贈友，可謂能讀父書矣。《古檀詩話》。

韋葯齋太史謙恒，和青丘先生《梅花》詩九首，高老挺拔，洗盡俗氛。句云：「一枕夢清鶯唤去，孤山詩冷鶴歸來。」「寒應徹骨還成笑，澹到無言祇獨愁。」「乾坤清氣收應盡，今古繁華掃欲空。」「影落半塘流水外，夢隨千里夕陽中。」真足爲寄春君生色也。《古藻堂詩話》。

衙官亦多屈、宋。雷松舟名國楫，陜西蒲城人，候補州佐，僑居吴門。投余《梅花雜詠》一帙，句云：「玉姿自可臨華鏡，高士應教却翠鈿。」「香浮天地分南北，清徹溪山任早遲。」「香來絶嶺人初憩，醉倒林中月滿山。」若合若離，居然詠物高手。《古藻堂詩話》。

罨畫樓詩話卷二

極意作詩，不必得詩；窮形作畫，不必入畫。深於詩畫者，正于不着筆處遇之。予嘗登樓遠眺，見樹頂藏鴉，山嵐滴翠，便如身在畫圖中。又嘗扃户静思，見竹影摇窗，茶烟裊目，輒覺詩情落紙上。乃悟坐即有詩，行即有畫，簡文所云「會心處不在遠」，東坡所云「時于此得少佳趣」也。此湯傳楹《閒情筆話》一則，予謂卿謀于詩畫悟禪矣。《古檀詩話》。

米芾喜蓄書畫，揭牌行舸曰「米家書畫船」，黄山谷贈有「滄江夜夜虹貫月，盡是米家書畫船」之句。予歸田後，製一舫，裝所藏書畫佳者，篷窗展翫爲樂。有句云：「檀板金樽書畫舫，隨風吹泊水邊邨。」又《題馮鑑之明經玩古圖》末云：「予有書畫癖，搜羅積歲時。珍藏梅老册，褫贉恒秘之。其中有巨幅，篠笏含清姿。暇當出共賞，慰君晨夕思。春江移畫舫，一棹烟迷離。」差以爲分得襄陽高致也。《檀園書畫紀略》。

娟娟楚楚，如秋海棠花，小青第二圖也。馮猶龍得之，不知流落何所。余在平梁，王佳卿演《遺真》新劇，形態逼真，命畫師即佳卿繪小青像，題以詩曰：「桃花艷影暗生春，一幅鮫綃畫美人。粉本飄零誰省識，恰憑倩女爲傳神。」紀其實也。歸里後，佳卿暨諸伶陸續散去，感賦云：「遺真一曲譜真真，舊事傳來墨暈新。物换星移家樂散，十年春恨細如塵。」「鶴放孤山舉手招，緑迷秋浦水迢迢。何時重訪貞姬墓，紅帽青衫過六橋。」辛卯夏，攜圖到鷺門，遇墨稼陳文學長源，精繪事，別畫一圖，態益流動，而娟娟楚楚者如生矣。《古檀詩話》。

幼時讀小青詩，及致某夫人啓，不覺淚下。以青之才之貌之情，寧汩于荒烟野草，惜逸事難稽，聊以一情字解之。鷺島寓齋，獲覽廖明府《遺真記後序》，原原委委，乃知貞心諒節，必有解人，天亦不忍聽其泯泯也。披圖歎想，繫以詩云：「誤落人間十八年，應知幻夢似遊仙。蘭因絮果超輪劫，流播吟壇共洒然。」《墨稼叢談》。

紅顔薄命，至小青極矣。以其生而遭妬，死又被誣，如《療妬羹》之傳青改嫁也，《列朝詩集》云小青本無其人。後見崇禎甲申空谷玉人《題小青傳》云：「點次一二逸事，凄然可感。初疑爲子虛無是之流，及友人自武林歸，知出朱小玉手。小玉館卓左車，左車，某生戚也。生名開平，乃鍾中丞化民之後。某夫人，則舒公俊民婦耳。所稱生性嘈唼，憨跳不韵，名不虛得。妬婦錢氏，閥閲女也，頗工詩。生尚有姬芳樹，才色俱不亞青。造物何厚于傖父，使坐擁姝麗？」若此等語，指證確鑿，足破千古疑團。又一則云：「姬好爲影語，此第一奇情。汨羅問天青而呼月，略得此意。」予曾爲之賦曰：「不須更覓傳神手，只此情深是畫圖。」蓋姬既秉性貞潔，而所處之境，未免無聊。予《遺真記》傳奇有「地老天荒，此身無變更」句，殆足爲青吐氣矣。邗江同年畢花江懷圖題《遺真記》後曰：「勞君飽蘸如椽筆，苦弔千秋失意人。」夫爲失意人表揚，此予作《遺真記》本意也。《古檀詩話》。

「白沙横雁陣，紅樹隱人家。」予十年前《江行晚晴》句也，全首不復記憶矣。《西樵詩話》。

「金尊留客春傾緑，銀燭催詩夜剪紅。」朱初晴霞先生書予家聯句也。陳母舅玉田翁天培，愛賞其妙。母舅家有名園，釣遊自樂，詩極清腴。《詠白芍藥》云：「秦女樓頭春對月，楚王臺上曉爲雲。」表弟蟾客憬由中翰洊歷禮垣，精隸書，得鄭谷口法而變化之，京師推爲第一名手。我外祖懋源公文炳，燕翼堂名貽謀，庶幾久久勿替云。《古檀詩話》。

詞章可占福澤。五代林無隱詩：「雪消二月江湖闊，花發千山道路香。」識者謂必生貴子。我友高桐村句云：「露冷紅蘭悲宋玉，雨昏青草哭湘娥。」沈宗伯賞之。予謂桐村詩「金尊銀燭天涯味，紅樹青山夢裏家」興會更佳，惜其性情縱放。次君周仁以寀，年少能文，守身如玉，爲景學使賞識，克振家聲，予于周仁卜之。乃祖午亭先生，亦能詩，古道君子也。其詒謀遠矣。《古檀詩話》。

明江寧陳子野芹，善畫竹，文徵明戒其門人曰：「至金陵，慎勿畫竹，彼中有人也。」領鄉薦，爲奉新令，居官九十日，即謝病歸。起邀笛閣於秦淮，招一時名流，結青谿社，每月觴詠不輟。金陵文酒之盛，至今猶艷稱之。嘗作《秦淮夜月詩》云：「秦淮烟暝水長流，明月空懸萬古愁。春去愁來風景別，嗚箏夜夜酒家樓。」予亦仿其意，歸田後，建聽吟軒於青溪，與名流邵西樵、朱素堂、徐薈林、汪笠夫諸明經，及方横溪孝廉、劉伴霞鍊師，觴詠其中。蓋取先贈公霖齋府君手書「午枕聽兒吟好句，晚窗留客算殘棋」之意。《古檀詩話》。

五柳高風，卓絶千古，我輩借田園守拙，非敢追踪古人。憶在福安，嘗于九秋燈下，見黄花散影，明月窺窗，酒酣，口占云：「竹杖芒鞋樂此生，優游官廨有餘情。一官報稱憑兒輩，手製衢歌祝太平。」

「斜川吟卷是吾師，飲酒高風亦遜之。只有堯天與舜日，風光絶勝義熙時。」設使淵明見之，亦應相視而笑矣。《古檀詩話》。

詩隨興會而發。廖古檀明府，任平梁劇地，幾無暇作詩。自致仕歸來，道中與陸湘萍、吴墨恬唱和成帙，刻有《歸雁吟》、《篷窗蘸筆》，一韻數疊。《舟次焦湖》云：「日銜塔影凌波立，風發鯨音捲浪來。」《懷弟倩行屺堂兩明府》云：「楓葉半江帆影亂，蘆花兩岸雁聲來。」《登文昌閣》云：「北斗芒寒鰲氣動，西山秋老桂香來。」《留别》云：「客送離亭歌幾闋，人懷落月酒盈缸。」《聽諸伶度曲》云：「數聲入破彈銀甲，一笑臨風倒玉缸。」更唱迭和，老筆紛披。又有《酹湘萍》云：「江上落梅沈鐵笛。」汪峭厓烈文學曰：「于鱗得意句也。」《古藻堂詩話》。

燕子磯與采石磯，並占大江之勝。采石有太白樓，予登燕子磯迴望采石，得句云：「月自幾時還撒去，峰如相識恰飛來。」地豪人豪句亦豪也。嗣登梳妝樓，賦云：「緑分山黛浮烟出，紅借江楓疊錦來。」不覺帶脂粉氣矣。憶壬子省試，偕蔣君蓴三、唐子蕉邨，候風於此，臨江快飲，唱「大江東去」，風景不如在目前耶？《古檀詩話》。

雲間仕女，若張汝傳之《繡餘》。王雙鳳之《玉榮》，袁寒篁之《緑窻》，何韞潔之《幗篋》，皆有雕本。後之能詩者，無過周明經誠閑尊閫陳瑞寧，著有《紉蘭集》。五律云：「待看弦似月，不分雨如絲。」「畫舫窮何際，烟村淡欲無。」七言云：「歸雲擁樹迷山岫，落葉隨風墮客船。」「西窗聽雨三更燭，南浦乘潮八月舟。」「三更雨雪論消復，一别雲山成古今。」居然高響。誠閑尊人介文公士彬，有《山舟學詩草》，摘其佳句云：「題詩憶上青龍塔，把釣思過白鶴江。」「梅窗欹枕堪尋夢，竹檻移尊且就閑。」「光風軟舞王孫草，香靄輕籠帝女桑。」「匹馬天涯尋舊侶，一尊行色對斜陽。」高才碩學，爲世所宗。公與紅泉家伯賡融丙子同年，隱天馬山未仕，而樓閣依山，最爲精雅。予從誠閑遊，過而樂之。惜自一行作吏，闊疏久矣。《古檀詩話》。

陳銀臺坦齋履平，商丘人。予館其家，論詩有磁針之合。猶記余歸里時，其贈別句云：「一尊寒夜酒，千里暮歸人。」情致纏綿，琅琅可誦。《西樵詩話》。

余所居近大蒸，其地有壽寧橋，相傳爲趙松雪讀書處，名讀書臺。又蒸溪東市有管家衖，相傳爲松雪夫人管氏生長地。但據《簪雲樓雜説》，則云係吾邑茆山人，未知孰是。夫人工詩善畫，秀靈所鍾，宜後人之到處樂留其芳躅與？《蒼林隨筆》。

「紅藕花殘風信急，碧梧葉落雨聲寒。」曹習庵仁虎太史夫人句，見《宛委山房集》。黄芳亭文蓮孝廉夫人工詩，句云：「芳草緑波人別後，小樓紅雨燕來初。」真皆閨閣之秀。按：曹與黄，同王西莊鳴盛、王蘭泉昶、錢辛楣大昕、趙璞庵文哲、吴企晉泰來，爲吴中七子，沈宫傅選刻其詩，盛行於時。今皆翔步玉堂，所謂和其聲以鳴國家之盛也。《古檀詩話》。

詩以神到爲主。朱孺人靈珠有《聞鴈》句云：「萬里清霄月似銀，數聲嘹嚦寄情真。不知多少金閨女，斜背寒燈憶遠人。」身在局中，翻同局外，極寫出空帷思婦無限深情。《古檀詩話》。

華圃爲泉南勝引，其山水之妙，秀絶寰區。黄文川先生濤，以名進士出宰長樂，賦歸去來，以樂育英才爲己任，建書院于華岡，刊其吟稿，與兄巨川江中翰詩，都爲一集。兩公以孝友名節自勵，不尚聲律，即以詩論，巨川《遊北漈》云：「雲宿幽崖山作屋，客沿仄徑石當橋。」文川《春暮積雨》云：「竹徑烟迷三月雨，松巖浪吼五更風。」亦皆得唐人三昧。予版輿到鷺門，文川以年寅誼，屢札相邀。予爲二豎糾纏，未遑應命。然讀其集中《華圃十二景》印月池、磊巖、穿雲峽、笏拜軒、觀海寮、拍石門、蘊玉居、憩亭、名山鐸、石屏、躍龍橋、三疊漈諸章，靡刻不流連神往，如宗炳之卧遊也。《古檀詩話》。

文川先生三少君長汀植萬，高明磊落，在吴門曾畜梨園一部，大耗物力，意欲規之。春夜雨窗，值其雲圃寓樓演劇，寄以詩云：「銅槽檀板興何豪，家樂飄零感鬢毛。物换星移渾似夢，不須重問鄭櫻桃。」長汀既深然予言，而文川亦許予爲能以詩箴者。《古檀詩話》。

「無如梅作經年别，且就僧分半日閒。」予之得游石門寺也，適符斯語。蓋予將至福安，聞兒輩逗遛省門，未抵福任，因暫假榻石門。石門漏月，乃福安八景之一，最稱勝境。是夜口占四絶句，一云：「年來心跡冷如冰，玉版禪參大小乘。今日板輿過竹院，白雲深處擁寒燈。」一云：「尚平事了一身閒，扶病衝寒到此間。竹杖芒鞵人莫笑，出山原是爲看山。」一云：「種竹移梅記往時，見花如見舊心知。忽敲冰硯緣何事，爲寫寒香憶别詩。」一云：「望裏雲巒翠欲流，開春况作武彝游。田園計拙真成錯，贏得身輕似白鷗。」《古檀詩話》。

《遊石門寺》詩出，一時和者甚衆。寺僧如翰有作云：「自笑禪房無别况，梅花松竹四圍山。」又：「紅帽青衫吟興遠，好山到眼便成詩。」選貢陳杏莊坊句云：「興來偶與僧同往，踏遍松雲處處山。」指其事也。因書山水形勝，郵寄青溪畫友李築夫巖，繪成一册，以存鴻爪。袁明府世熹題曰：「留帶圖可謂福地清緣矣。」《古檀詩話》。

聲韵一道，得倡和而易工。乙酉冬，予攜大兒雲龍、孫宣恩赴閩，拉高桐邨同行，一路吟興頗劇。憶在永嘉舟中，得句云：「娱客緑傾桑落酒，弄孫紅剖洞庭香。」是日食黄花魚，又有句云：「黄魚入饌寒逾美。」桐邨對云：「丹鳳長吟老更清。」雲龍對云：「紅酒飛觴辣正嘉。」皆隨口而成。竊以爲未盡其妙，因銜杯構成數語。一云：「白菊經霜淡更佳。」一云：「紅葉如花凍不彫。」一云：「烏犢耕雲倦不辭。」一云：「白雁横江影亦清。」今春將之鷺門，會桐邨倦於跋涉，適汪君墨莊過青溪，嗜吟詠，遂與偕。臨行，有《雜咏》詩云：「青溪遠岸緑楊齊，春水東風漲碧隄。花外酒旗烟外寺，閒情吟送夕陽西。」「名園風景足清遊，尊酒論文日唱酬。雪映桃花花蘸水，謝家詩思滿芳洲。」「話舊情深感玉簫，春風魂逐馬蹄遥。衣香扇影渾抛却，腸斷吴門斟酌橋。」「漁舟愁聽鼓三撾，計日南閩路正賒。回首舊遊雙崦外，淡烟微雨夢梅花。」殆究心于漁洋神韵者。《古檀詩話》。

「郭外維舟策短笻，梁園詞客悵孤踪。浪花捲雪斜侵鬢，山氣蒸雲欲盪胸。舊壘已迷將去燕，荒江豈有未馴龍。蒼茫回首禪關路，一帶琅玕度曉鐘。」繆毅齋孟烈書便面詩也。毅齋幼與廖古檀齊名，雲間稱爲雙璧。才品卓絶，受知於徐大中丞士林，拔置紫陽書院，後復爲崔、夢兩學使賞識，蘇松太三郡彙試詩賦，屢冠其軍，乃竟未遇而卒。今其稿存松江王氏蘭雪堂。古檀每一道及，輒不勝碎雨零烟之慨云。《艾香詩話》。

童山人二樹鈺，越産也，夙負能詩名。予贈以句云：「我生喜見布衣雄，蓋代才華屈指中。直使筆鋒摇五岳，不將詩卷换三公。四聲譜洵居高座，一字師甘拜下風。願得移家高士宅，長依岩壑剪蒿蓬。」二樹和句有云：「誰是騷壇一世雄，百年文藻領黔中。爲官絶似元聱叟，對客豪於陳孟公。劇喜詩無紗帽氣，最難交有布衣風。相依晨夕歡如舊，不向天涯嘆鬢蓬。」過譽處愧不敢當。附録拙作，以志景仰。《絅齋隨筆》。

吴江顧茂倫，自號雪灘釣叟，同邑女史沈關關，爲繡《雪灘濯足圖》，題者萊陽姜如須先生、尤西堂侍講、朱竹垞供奉、陳其年檢討四十餘人，今藏郡中好事家。《養痾閒記》。

繆毅齋孟烈囑畫師繪一小像，帶劍乘騎，鄭板橋燮題其籤曰「投筆圖」，文士題咏甚夥。邗江許夫人五律云：「豈薄雕蟲技，翻思汗馬功。生當封定遠，夢合笑文通。昭代烽烟静，儒生意氣雄。百年同一擲，感慨畫圖中。」意既周匝，筆復渾融。夫人系出錢唐，著有《緑净軒集》行世。《古檀詩話》。

開封司馬許渭符佩璜，學有淵源，少禀母訓，所著詩文，具見根柢。後奉太夫人游水西莊，太夫人有句云：「旅思摇風鐸，歸心縱壑魚。」又：「竹籜含新粉，藤花落細香。」又：「潮來初拍岸，雲起忽遮樓。」太夫人錢唐徐清獻公女，名德音，熟精《文選》，流覽滿家，至今老年，猶日閲書一寸。《蓮坡詩話》。

楊明經鐵齋，名開基，《遊國清寺》句云：「五溪環映疏林色，雙澗交流清磬聲。」絶似山谷。《稼雲詩話》。

雲間上海，洪波聚匯，詩人均極雄豪。陳、夏尚矣，近者陸主政耳山錫熊、張中翰少華熙純、汪進士誦芬佑煌、薛少文龍光、彭叕春金度諸明經，皆枕葄經史，賦詩充棟，而樂府尤特出冠時。曩余寄趙璞函舍人有云：「人文舊數五茸城，陳夏當年最擅名。今日代興東海上，雲間壇坫獨崢嶸。」蓋謂諸君也。《漫畫居雜鈔》。

曩在天津就試，受知於趙副憲躍齋者最深，有「國士無雙」之目。評予《孟》藝云：「出比『慨當以慷』，出曹孟德詩；對句『積健爲雄』，出司空圖詩話，工雅絶倫。」先生後歸武林，主敷文書院。跋吴雲岩課卷云：「盥手焚香誦百回。」備邀鑒賞。未幾發解，辛未奪標。又愛項君之熙春臺文，逢人稱獎，惜項君入泮後，即赴召玉樓。先生哭以詩云：「文章靈氣歸何處，師弟情緣結再生。」前輩愛才如命，真堪不朽。武林孝廉余翰飛鵬述。《古檀詩話》。

才人胸中，别具鑪錘。袁簡齋枚以太史出宰江寧，作《和韵落花詩》三十首，中云：「何處君王無雨露，忽教天地不風流。」「偏使泥沙逢絶色，可憐蠭蝶少知音。」「芳草暫教棲碧海，彩雲終見上青天。」「莫道萬株隨雨盡，須知一片自天來。」聲情骯髒，有不可一世之概，宜其獨擅香名。今明府僑寓白門，家有隨園，水木清華，登瀛者殆未必勝其樂也。《古檀詩話》。

詩之有讖，非虚語也。湯卿謀多用夢字，終不永年。陸湘萍貽穀文學，與予歸自合肥，舟中吟興勃發，日聳吟肩。問新安吴墨恬曰：「詩之與命，孰去孰留？」墨恬曰：「留命不留詩。」湘萍曰：「留詩不留命。」古檀笑曰：「予欲二者俱留耳。」舉座絶倒。後數年，湘萍召赴玉樓。又予在閩福鼎金沙道中，雨後得句云：「觀瀑愛添千尺雪，折梅愁損一枝春。」始極得意，繼而疑之，謂次句必于兄弟間有礙。越數日，而次弟景班，任山西榆社令。信至，果因公去官。機之先兆也如此。《古檀詩話》。

詩臻老境，倍極清腴，最爲壽徵。沈丈沃田大成，博學好古，醖釀深醇，性厭家居，平生蹤跡，多在西泠、邗水間。著有《近遊草》，句云：「染袂竹連三徑緑，倚闌花憶一簾紅。」「名酒細傾紅上頰，新梧深覆緑沾裙。」妙處如出三河年少手，士林雅重之。《古藻堂詩話》。

有人題岳墳，中一聯云：「青山長恨埋忠骨，白鐵何辜鑄佞人。」不署姓名，或云浙右人，隱於屠。《峭庭雜録》。

「文章江左家家玉，烟月揚州樹樹花。」徐昌穀少年佳句也。予偕廖古檀北上，道經楊村，古檀得句云：「青旗人醉家家酒，紅市花然夜夜燈。」興會所至，遂臻絶妙，曷嘗有意摹仿而爲之哉？《夢草書堂偶筆》。

「廿里衝泥到埜橋，春深香市雨蕭蕭。白雲似絮緣巖擘，添與空山作午潮。」此吴雲巖學士《登衡嶽遇雨》之句。予客楚時，與學士把酒論詩，幾無虚日，此作曾蒙録示。雨窗偶檢舊篋，重覩故人手蹟，墓草已宿，翰墨如新，爲之慨然。《西樵詩話》。

家周舫修疇、德基述曾居南梁，係給諫虞門先生之孫，翩翩年少，爲謝家雙璧。曾各寄《踏青詞》四首索和章，余適以清齋繡佛，示疾維摩，未敢破戒償綺語之債，重違所請，心甚歉焉。今原詩尚留篋衍，録之以供同好。周舫詩云：「春來風信歷番番，一路垂楊罨水村。倚遍曲欄吟眺遠，淡烟疏雨碧無痕。」「三月春愁總未消，連天緑襯馬蹄遥。小紅橋外新波漲，欸乃聲中度玉簫。」「漫天飛絮落風輕，扇影衣香趁午晴。半雨春陰宜小憩，海棠花度聽啼鶯。」「紅雨霏微映麴塵，蘭塘一帶緑生鱗。賣花聲徹前堤路，綺閣家家餞碧春。」德基詩云：「年年池館醉春風，曉騎香迷一逕紅。望裏緑楊人不見，數聲玉篴粉墻東。」「烟花一片隱旗亭，淺白輕紅襯遠汀。行過溪橋春意鬧，鶯啼芳樹燕梳翎。」「落花烟鎖采桑津，油壁初歸返照新。何處高樓臨大道，泥金寶勝貼宜春。」「玉勒銀驄結勝遊，看花不散曉林愁。鼠姑風暖鞦韆院，到處蝦鬚下玉鉤。」《古藻堂詩話》。

佳果盛于西北，荔支則推閩南。予行走内廷，屢見盆樹，至閩，更得飽嘗。侯官曹能始詩云：「嬌羞十五閉房櫳，風雨無端妬守宫。玉鏡臺前倚惆悵，郎家不送荔支紅。」蓋閩俗女子將嫁，男家先一年送荔支紅，猶粤中以檳榔行聘耳。按：《荔支譜》爲蔡忠惠作。《霞光集》載雲間顧餘庵詩云：「江南梅子黄時雨，烏石山前客枕中。睡起南窗看山色，垂垂一樹奪先紅。」「參差黼黻炫春華，忙唤山童剪曉霞。頃刻流星如雨隕，盈堆瑪瑙入清牙。」「曾見左思賦《蜀都》，十年南越飽髯蘇。緑袍每向林間挂，解得臨卭渴也無。」「火山灼灼似還丹，千顆争誇一頓餐。但使此君能却老，呼來都浴水晶盤。」「錫貢充庭選妙材，莓莓新蕾報花開。及時移向黄磁斗，百斛珍珠南海來。」「休笑老饕常指動，偶逢風雨輒眉顰。六根未斷憐香色，金谷樓中愁煞人。」蓋荔有奪先紅、瑪瑙紅、緑蘿袍火山、進貢子、緑珠等名，種類既繁，佳什不一。録此以備《群芳譜》補遺。《古檀詩話》。

奇花異卉，天施設以供人心賞者也。予自合肥歸青，以灌溉爲業，遍覓名葩，藝之檀園。朱素堂題予聽吟軒，有「花流香歲月」句，并鐫章以贈。汪笠夫句云：「草香三徑露，花影一簾雲。」劉伴霞亦有句云：「得意禽呼侶，留香花待君。」春來桃李繽紛，幾依依不忍去。詎一到鷺門，舉凡夏秋之鳳仙、茉莉、夜香，俱于三月中一齊破蕊，不覺咋舌，自笑向來之少所見也。顧自厦過臺，則更有異者。《使槎録》云：「臺地花不應候。仲冬按部北路，歸至斗六門，見桃花方謝，菜花初黄。回至笨港，見人擎荷花數枝。及回寓館，榴花亦照眼。至二月，桂正芳菲。八月，桃又花。信不可以時序限也。」張鷺洲侍御詩云：「少寒多暖不霜天，木葉長青花久妍。真箇四時皆似夏，荷花度臘菊迎年。迎年，菊與秋花無異，惟紫色一種，開歷冬春，故曰迎年。」每誦一過，幾欲一葦航之矣。又孫元衡司馬《過他里霧》云：「小堂蓋瓦明窗紙，門外檳榔新作花。」此花未見，其樹紋理細潔，與紅豆同。《古檀詩話》。

《讀書録鈔》云：少陵詩「水流心不競，雲在意俱遲」，從容自在，乃以形容有道者之氣象。顧予在厦日，遊雲水蒼茫中，而肝症時發，竊自笑養到之難矣。《古檀詩話》。

吟筒往返，不必在平生歡也。鷺門長夏，接霞漳一緘，挑燈啓視，得詩三章，知爲震澤沈君慎堂燾郵寄者。句曰：「異績曾傳金斗城，畫禪書聖一時傾。九峰翠色空吟想，未得從君采藥行。」「郎君領郡最風流，乘興遥爲閩嶠遊。九曲武夷都歷遍，更從海上訪浮丘。」「柴門小築傍江干，簇簇青山樹影團。幾度欲歸歸未得，倩君寫作畫圖看。」予以久荒繪事，先次其韵報之云：「七字風流寄管城，東陽才調最心傾。相逢好向龍溪路，一棹蠻烟訪戴行。」「客中踪跡傍名流，亭憶垂虹寫舊遊。夜雨梧桐正蕭瑟，漫將粉本問丹丘。」「劍倚南天試鏌干，一輪海湧月團團。秋風未動蓴鱸興，寄到迴文忍淚看。」昔人云：「自是不歸歸便得，五湖烟景有誰争。」殆將留休文之駕，訂異地之交云爾。《古檀詩話》。

遊歷必窮極幽勝而後快。曩謁王文河喬林，任鎮江守。師於潤州，登北固山亭，下臨溜馬澗，直瞰大江，凝睇四望，左右則金、焦兩山，峰巒千狀，過江則瓜、揚二州，烟火萬家，其中雲水蒼茫，風帆縹緲。游目騁懷，幾謂于斯爲極矣。越日自西而南，遊小九華、竹林、鶴林諸寺，則勝蹟更難指數。小九華有戴顒聽黄鸝處。鶴林寺外有劉毅井，即殷七七開花處，杜鵑樓尚存，寺門内十三松，今存其七，黛色參天。老僧爲予言：寺前山，即米海嶽墓。予留句云：「寺門斜對最高峰，梵宇蒼凉暮靄濃。惆悵襄陽埋玉後，更無人倚十三松。」俯仰興懷，百感俱集，迄今三十餘年矣。去春遊武彝，適止止庵蔡鍊師爲潤州人，因暢談其鄉勝引，并口占贈句云：「竹林紅寺杜鵑樓，京口群峰我舊遊。憶到家山應有夢，勞師滿壁畫滄洲。」「何當重上妙高臺，萬里空江一鏡開。歌罷幾時明月有，驂鸞依舊到蓬萊。」鍊師云：「我鄉名蹟，雖土著有未到者，君安得幽尋若此？」《古檀詩話》。

海内三十六洞天，武夷之勝處其一。武夷三十六峰，水凡九曲，而五曲隱屏精舍，六曲天遊一覽臺，尤精華所薈萃也。余偕方芑峰文學，自建陽往遊，探幽攬秀，幾至忘歸。詩則隨地留題，不計工拙。《萬年宫》云：「丹爐難覓昇真藥，青簡猶標换骨仙。」《二曲止止庵》云：「談玄報熟青精飯，拖杖憑欹烏角巾。」又《自寒巖靈峰歷香亭》云：「春風散晴和，花塢繁桃杏。登彼千仞岡，澄潭鑒鬟影。石陷地自偏，雲扃境何静。躡屐力不勝，拖筇上烟艇。泝流舟行遲，幽趣乃全領。灣環蝦尾洲，欸乃穿溟涬。雲碓閒烟扉，淡若邨墟景。萬卷書無存，舊有萬卷樓遺址。一川流自永。清磬響林皋，斜陽銜峰頂。誓欲窮仙源，茫然凌萬頃。」王西莊刻入《苔岑二集》中。又《玉女峰》云：「玉女峰前曉鏡開，妝成金翠艷於梅。春風一夜吹香雨，流出臙脂涴緑苔。」《鼓樓巖》云：「谽谺石室海山庵，跨鶴曾來白玉蟾。題徧好峰三十六，片雲頂上捋蒼髯。」汪峭崖文學評爲絶妙《小遊仙曲》。《古檀詩話》。

勝遊必有清緣。予夢想武夷久矣，適次兒於庚寅署篆建陽，去武夷僅八十里，遂得御板輿前往。先是春王爲雨所阻，二月初，方得起程。一路山光積翠，群卉艷發，故予途中句云：「幔亭遲我來三日，開遍沿谿桃李花。」又諸戚友皆逡巡瑟縮，惟方芑峰文學請偕行，故予又有句云：「武夷勝引桃源路，不是漁郎休問津。」自是或乘馬，或攜筇，或放艇，遂得歷徧九曲，往返搜奇。其山水之妙，不特描寫未工，抑亦口舌難罄，至今益令我夢想勿置云。《古檀詩話》。

凡山如長蛇蜿蜒者多，惟武夷獨聳立雲霄。遊其處者，必舉頭仰望。及至六曲天游一覽臺，則向之聳立者，環聚而俯視焉，所謂呼吸可通帝座，真仙境也。舊有我鄉沈獅峰宗敬太史，于康熙庚寅秋題「衆峰自下」四字額，予到其處，適逢寅歲，故有句云：「太史留題古墨鮮，衆峰自下繞雲烟。勝遊接武凌霄迥，甲子剛週六十年。」本院住持請書而刊諸石壁。《古檀詩話》。

自我國家風雅盛行，而闤闠中亦多佳詠。龍溪黄調叔秉元、昜亭秉哲昆季，爲海澄公立齋嗣君，年少才高，聲名騰于藝苑。嘗各題余《香雪圖》，調叔句云：「竹松舊結爲寒友，花月同盟對素琴。」昜亭句云：「吟對雪心清到骨，坐低素靨冷生烟。」妙處直追和靖。又有東寧潘參府少君荔園，粤西人，余在鷺門署中，郵寄詩鈔一卷求序。其詩格清蒼，古風尤勝，篇中沈鬱頓挫，酷似歐、蘇。七古如《割肝篇》云：「空庭落葉嘯風雨，鬼神懾魄舌吞吐。天動地趠孰使然，孝子割肝愚而武。」《開元寺雙塔歌》

云：「雙塔嶙峋何高哉，支撐風雨天半來。東西分峙兩屏嶂，矗矗直上青冥開。」《秋夜讀期期草》云：「鑿開混沌日月光，織成雲錦鳳凰舞。」五古《懷林雲卧》云：「明月花間來，水深人影碧。」《子夜歌》云：「道儂懷袖香，春風透消息。」其七律則《開元寺》云：「鐘聲夜度西湖水，汀月寒生古樹雲。」真覺高歌足泣鬼神。年甫弱冠，精詣如斯，其才殆非可以斗石計。《古檀詩話》。

龍溪閨閫中，能詩者寥寥。近有周仲姬，著《二如居集》，頗多警句。五言如《植竹示子》云：「虚心能破石，轉眼已淩雲。」《秋雲》云：「微意横孤嶂，輕陰住碧空。」《山邨》云：「歸鴉迷落日，殘杵動黄昏。」七言如《讀先忠愍傳》云：「後死七人無復恨，先生千載有餘悲。」《雙節廟》云：「爲厲欲殲生弔眼，捐軀纔信死齊眉。」《秋晚》云：「誰家玉笛吹來急，更唱關山曲未終。」七絶如《寄妹潤玉》云：「碧梧漏下秋霜影，猶是當年舊月陰。」工整俊逸，可詠也。此條見《龍溪縣志雜説》。令嗣李孝廉威刻稿行世，豐州王君炯以二律題其後，中一聯云：「文傾繡閫才人筆，句譜香奩學士心。」《古檀詩話》。

徐紛吾唤鶴灘女史，袁寒篁嬸也，有《春詞》二絶，中集曲牌名。詩云：「手折紅英上小樓，小樓連苑曉春幽。真珠簾外風光好，滿路花香憶舊遊。」「驀驀山溪刮地風，雨中花落小桃紅。淡黄柳底雙雙燕，似訴園林好景空。」與夫袁時食貧倡和，乃閨閤中錚錚者。《古檀詩話》。

王文簡先生，在濟南明湖，賦《秋柳》四章，閨秀亦多和作。近有霞漳黄夫人蘇氏，名世璋，字又珪，泉南提臺蘇公女，海澄公黄立齋室也。生長名閥，雅擅詩才，讀其《和秋柳》四首，清新俊逸，不減唐人。詩云：「秋風落木暗銷魂，颯颯霏霏下玉門。憔悴不堪縈水畔，婆娑猶自繞烟痕。獨憐繫馬思長道，何處啼烏入夜郵。一曲淒涼羌笛裏，無情有緒總難論。」「蕭蕭疏影度寒霜，半入斜陽半拂塘。草裏茱萸堪作佩，竹間雲母可爲箱。眉銷灞岸思張敞，腰瘦章臺恨楚王。莫遣使君重問訊，故園西角永豐坊。」「芳春作絮點宫衣，秋色蕭條漢苑非。陌上堤邊花事盡，星移物换故人稀。難憑眠力隨風起，惟解飄枝逐雁飛。曾説金城千萬縷，何堪流涕寸心違。」「深秋裊裊最堪憐，一望平蕪雜暮烟。枚叔不逢空旖旎，小蠻欲别尚纏綿。將軍舊壘傷今日，帝子長堤憶昔年。爲想五株陶令宅，西風摇曳夕陽邊。」著有《瑞圃詩鈔》，皆琳琅可誦云。《古檀詩話》。

罨畫樓詩話卷三

《無錫縣志》載舊有綺塍街，元明之間，最爲繁盛，夾路喬木古藤，飛樓連閣，浦長源詩所謂「出郭樓臺三四里，遊人不得見山容」也。又諺云：「惠山街，五里長。踏花歸，鞋底香。」可想見一時之盛。《夢餘詩話》。

西湖因坡詩益著，所謂「欲把西湖比西子，淡妝濃抹總相宜」是也。顧東坡守杭、守潁，及謫惠州，皆有西湖，故楊誠齋句云：「東坡元是西湖長，不到西湖誓不休。」嗣閱《霞光集》，知福州亦有西湖，廣袤數十里，僞閩王氏，築水晶宫于湖上，與后陳金鳳，歌舞燕游。後漸爲居民侵削。毘陵潘公撫閩，大興水利，水光山色，盡還舊觀。侯官姚公，復作畫舫濟勝，名流畢集。沈鹿坪嘗于雨後獨行湖上，得句云：「天開樓堞放新晴，出郭聊爲湖上行。小病尚餘雙足健，久閒真覺此身輕。烟消水白鷗先占，雨洗山青眼倍明。安得飄然來物外，長分一曲寄吾生。」高情逸韵，差足自豪。惜予僑寓榕城，不過半月，竟未獲一逍遥湖上云。《古檀詩話》。

石湖因范公而傳。胡吟鷗稱其《梅花》詩云：「契闊孤山槧處士，飄零東國似詩人。」有如怨如慕之致。故予句云：「狎鷗亭對暮山昏，東國詩人尚有魂。吟到梅花春思遠，一聲欸乃水雲邨。」憶褚筠心、高自柏、劉企三、顧景嶽、金韵言、徐蔭嘉、徐薈林，有《石湖秋泛》詩，情景入妙，設東國詩人見之，當必把臂入林也。《古檀詩話》。

金陵爲六朝佳麗地，名蹟最多。韓文懿孫伯慧佩祥有《雜詠》之一云：「壁月瓊枝冷似秋，板橋無復舊風流。何時更結清恬社，吟遍春風十二樓。」《古檀詩話》。

滇、粤風景不同。嘉定時西巖鈞轍先生曾著《粤行吟草》，平湖張明經景陽題云：「花鳥牽人絲一縷，雲巒醉客墨三螺。」時公由内翰，歷官慶陽守。武林劉越石鰲好游，有《天潮閣集》，句云：「蜈蚣嶺上看迴雁，鷓鴣關前憶碧雞。檳榔紅綻彝娃舌，翡翠青蓮僰女肩。」令人想見滇粤風景也。越石又有句云：「三更明月人如玉，十里梅花夢亦香。」風雅粲然矣。《古檀詩話》。

「群山萬壑赴荆門，生長明妃尚有村。」紫臺一去，遺跡常新也。長洲俞步青萬選攝興山縣篆，重九日冒雨訪王昭君遺趾，得殘碑於荒坡亂石中，即其地立祠，額曰「古昭君邨」，亦可謂好事者。《古檀詩話》。

徐芬若蘭從軍沙漠，路經青塚，囑虞山黄遵古鼎繪圖以歸。都下名士以爲奇觀，競賦詩詠之。竟陵唐内翰建中長句最佳，中云：「男子有才女有色，往往自愛如山雞。王嫱本是良家子，對鏡顧影常矜持。一朝選入深宫裏，風流不數西家施。誰知承恩亦在貌，君王莫辨妍與媸。但願君王辨妍媸，妾辭遠嫁呼韓邪。音移。所以喟然越席起，仰天不復揮涕洟。五鼎生烹主父肉，馬革死裹伏波屍。古之烈士多如此，高山河水當怨誰。此意天地爲感動，墳草四時回春姿。」次兒雲魁，隨六弟任偏關，曾歷塞外，常言我朝幅幀之廣，如青塚、李陵臺均去偏關不遠，且有句云：「鵰勢攫雲邊地闊，霜威殺草塞天秋。」器局頗雄壯也。《古檀詩話》。

詩文都有淵源傳習，易於入妙。青浦胡荔山師謙乃吟鷗徵君從孫，筆墨醇雅，俱能相似。和予《聽雨》詩云：「冪歷晨霏暗，黄梅雨乍傾。烟含郵外樹，溜滴竹間楹。沙渚容鷗睡，溪橋斷客行。彎環新漲裏，隱隱打魚聲。」予爲刻入《鱸香集》中。又苕溪王辟塵伯維，明府谿堂先生嗣君，髫年隨任秦中，鯉庭承訓，雅善詩辭。嗣後寄跡閩南，棲遲蓮幕，每當花晨月夕，不廢歌詠。五言如《晚凉》云：「草經新雨翠，螢受晚風低。」《送人》云：「荒江斜日暮，極浦亂雲迷。」七言如《燕來》云：「關盼樓頭春寂寂，盧家堂畔月纖纖。」《初夏》云：「緑水頓添蛙兩部，黄鶯時唤柳三眠。」《閒居》云：「春事每因愁斷送，詩情豈爲病荒唐。」七絶《柳枝詞》云：「半篙新漲水拖藍，放艇前溪訪阿簪。一路垂楊青未了，淡烟疎雨認江南。」題予《小青遺真記》云：「桃花片片落殘紅，憑弔貞魂點綴工。展卷不堪深夜看，恐添清淚入圖中。」雜之中晚唐人詩集中，誰復辨其真贋？《古檀詩話》。

近詩學盛行東南，而婁江尤爲藪窟。所交若林協君大中、王鶴谿鳴韶、諸廷槐瀫輪、毛又莪詩正、范凌滄雲鵬、錢學淵唐、王叔華元勳、汪緗青岑華、施冠山滄濤，皆吾黨之傑也。又文學王硯逸慰曾以《春草》詩著，孝廉王魏金莘槐、閣學汪持齋廷璵曾見其題廖明府《素心蘭圖》、《清泉白石圖》，俱極清麗可喜。南金東箭，一時挺生，僕竊羨之。《古藻堂詩話》。

平湖澄波涵碧，秀氣所鍾。庚辰秋元，陳太輝朗工詩，著《青柯館集》，西莊先生序之。先生欲録入《江左詩鈔》中，以浙人而未與其選。《古藻堂詩話》。

古檀《烏夜啼》樂府句云：「花光月光淡於雪。」居然名士風流。及觀其少作《寶劍歌》、《古硯歌》、《西風鐵笛歌》諸長篇，纚纚數百韵，又何慨當以慷也？至於「風吼陰崖逢虎豹，雪深夜帳枕骷髏」句，與所歷之境皆奇。高桐村《有懷古檀》詩云：「憐爾飢驅慣行役，太行風雪薊門霜。」殆爲古檀傳神阿堵矣。《蒔香書屋雜記》。

書法自趙鷗波、董香光兩文敏後，得張文敏照而爲三。文敏天質既超，且家藏名帖，刻意臨摹，遂入神妙。余得其手跡頗多，芋村夢鰲復惠予《玉東詞序》一册。《玉東詞》，芋村尊人幻花梁進士作，序乃文敏丙申歲手書者。中云：「王涣之最後偏歌，柳耆卿一時齊唱。日月既久，草稿遂多。録以銀泥，傳諸玉齒。」楷法與詞藻兼精，真可寶玩。幻花進士，乃文敏叔，建淡吟樓于珠溪，刻《淡吟樓詩鈔》。《詠十月梅》云：「幾處園林猶待臘，一家天地獨回春。」可想見其福澤之厚也。《古檀詩話》。

文如其人，詩亦有然。華亭繆明經雪莊謨，人極清癯，詩如《詠雪》云：「捲簾半樹帶花落，吹燭一窗如月明。」《酬令舅》云：「詩草未完先許看，觥心已凸尚教斟。」皆不食人間烟火語。先生尤長于詞曲，館幻花先生家，賓主極歡，垂數十年。歿後，爲營葬于細林山麓。芋村又取雪莊同陸九文煒西霞詞合刊，以表師友遺稿，是可知古道交尚未泯人間也，淡吟樓應不朽矣。《古檀詩話》。

言情之什，愈質愈佳。宋詩：「客遊兒廢學，身拙婦持家。」本朝某句云：「長貧知米價，老健識山名。」錢公嶼沙句云：「官清童僕怨，地僻友朋疏。」並皆醰醰有味。至于查初白「座中放論歸常悔，醉裏題詩醒自嫌」，翁霽堂「友如作畫須求淡，山似論文不喜平」，則皆名言警句，可作座右銘者也。《古檀詩話》。

戴介眉「衣尋老母親縫線，篋剩先人手勘書」，瞿有仲「夢疑曾見情原洽，別在方逢意更辛」，所謂詩以道性情也。至錢振芝「天上有星臨薄命，人間無藥治相思」，及談半邨「無藥可消雙鬢白，有絲難貫淚珠紅」，則又言情中之聲淚交迸者。《古檀詩話》。

絶句玲瓏嵌空爲妙。梅耦長《落梅》云：「聞説緑珠堪絶世，我來偏見墜樓時。」吴天章《題雲林秋山圖》云：「豈但穠華謝桃李，空林黄葉亦無多。」汪鈍翁《吴江》云：「不須便作思歸計，且爲鱸魚住少時。」只在筆尖上轉换，幾于一字一珠矣。《古檀詩話》。

科名每多佳兆。甲子就天津運使幕，見壁間書七律四首，結云：「看取階前及第花。」紀君心齋復亨作也。心齋辛酉秋，同倪觀察公子承謨應順天試，榜發，俱獲儁。是春，于廳事前産文杏二株，真成預兆。杏僅盈尺，予猶及見之。今心齋已由詞垣洊歷太僕卿，余有《寄懷》句云：「官齋合念雙文杏，細雨東風香滿邨。」《群芳譜》中可添杏林一段佳話矣。《古檀詩話》。

津門爲恒河、衛河諸水所滙，靈秀鍾焉。鄧觀察遠亭釗任鹺使，予遊其幕中，五閱寒暑，居清惠堂東偏。後公移節湖南，予重過津門，不可復晤，填《南鄉子》詞一首。後半闋云：「祇有析津城上月，蒼蒼，猶照官衙清惠堂。」又曰：「酒熟河橋騎馬路，烟籠簾幕讀書燈。」曷勝升沈聚散之感。《古檀詩話》。

「食葉春蠶紛曉箔，行沙寒蟹散清潮。」武林周澄波憲《聽雪》詩也。駱梅堂時雷極賞之。澄波與其族弟養之嘉禾寓居津門，同爲鄧遠亭門下士。《古檀詩話》。

名人宦蹟，其流風餘韻，奕世長新。宋中丞犖撫吳，有《香嚴寺看菜花》詩，尤西堂、彭南畇諸太史和之。後數十年，僧邀彭殿撰芝庭暨李孝廉勉伯諸公，復賡前韻。又中丞立香雪海碑，并賦梅詩，所謂「最是吾家山，千林一望間」是也。莊中丞滋圃、沈宗伯歸愚，均有和作。僧梅庵果唯句云：「林巒千嶂迴，寺繞白雲深。」「四山晴擁雪，一澗水流香。」雪航化葦句云：「臘蕊先春放，南枝較北多。」能道香雪之勝，爲覼縷及之。《古檀詩話》。

「幾度木蘭舟上望，不知元是此花身。」此花推玉蘭山房爲最盛，樹蔭廣庭，花開似雪。沈宗伯長歌云：「行人高望眩銀海，清氣逼餘難久住。」曲盡其妙。又曰：「傳聞花石成綱年，朱勔採訪窮民間。搜巖剔藪貢洛下，苑囿彷佛三神山。此樹撥遺置吳苑，何異高士雲中眠。于今艮嶽久灰燼，海湧一樹偏流傳。」則斯樹來歷也。同遊者爲彭少司馬芝庭、阮太史澂園、家太史南崖，皆有詩。自此虎阜玉蘭與鄧尉梅均不朽矣。《古檀詩話》。

詩盛于唐，而名句則創自六朝。如謝靈運「明月照積雪」、柳吴興「隴首秋雲飛」、謝玄暉「餘霞散成綺」、薛道衡「空梁落燕泥」、崔信明「楓落吴江冷」，真如羚羊挂角，無迹可求也。又靈運「池塘生春草」與柳惲「汀洲采白蘋」，王胄「風定花猶落」與舒王「鳥鳴山更幽」，絶妙配偶。至王胄「庭草無人隨意緑」、潘大臨「滿城風雨近重陽」，一語自足千古，正不必多費筆墨。《古檀詩話》。

詞中偶句可入律詩者極多。如歐陽公「自在飛花輕似夢，無邊絲雨細如愁」，晏殊「無可奈何花落去，似曾相識燕歸來」，秦少游「乍雨乍晴花易老，閒愁閒悶日偏長」，夏完淳「蝴蝶生前原夜合，楊花身後作浮萍」，王漁洋「萬樹垂楊青似黛，一灣春水碧于蘿」，周掄「楊柳緑摇樓外雨，桃花紅點渡頭烟」，閨秀秦清芬「戲剥瓜仁排梵字，閒將箋底印連環」，俱極工雅清新，耐人尋味，不厭百回讀也。《横溪偶筆》。

風塵中偏多雅事。《板橋雜記》云：范珏，字雙玉，廉静寡所嗜好，一切衣飾歌管，艷靡紛華之物，皆屏棄之。惟闔户焚香瀹茗，相對藥爐經卷而已。性喜畫山水，摹倣大癡、顧寶幢，槎枒老樹，遠山絶磵，筆墨間有天然氣韵。文舍人啓美贈以句云：「相逢恨少珠千斛，問字云從玉一雙。」風流香艷，人與俱傳矣。《古檀詩話》。

吴縣張幼于獻翼早擅才名，見賞於文徵仲先生。讀書上方山，狂易自肆。嘗之金陵，悦趙今燕。今燕，名彩姬，與馬湘蘭同時。幼于於七夕賦詩云：「翠帳紅妝送客亭，佳人眉黛遠山青。試從天上看河漢，今夜應無織女星。」一時傳之。今燕名重北里，張歸吴門，今燕送以絶句云：「花前雙淚濕衣裾，把酒江亭落日餘。此去吴門霜月滿，逢人好寄洞庭書。」後又寄《長相思》詞一闋云：「去悠悠，意悠悠，水遠山長無盡頭，相思何日休。　見春愁，對春羞，日日春江認去舟，含情空倚樓。」洵乃一時佳話也。《古檀詩話》。

羅昭諫云：「西施若解能亡國，越國亡來又是誰？」西子有靈，應爲破顔。後見竹坨《詩話》云：蕭山諸生屠姓，居近西湖，題詩祠壁曰：「紅粉溪邊石，年年漾落花。五湖溪水闊，何處浣春紗。」是年學使者夢一婦人，謂曰：「吾西施也，生未入五湖，蕭山生輒妄言，爲我斥之。」按部詢生，生大驚，詣祠謝，爲文以祀。詩固不宜輕作矣。顧毛馳黄又有句云：「别有深恩酬不得，向君歌舞背君啼。」言婉多風，未識施聞之，爲泣下否？《古檀詩話》。

蘇小小墓在西陵。明于京兆同客泛舟西湖，馬浩瀾詩云：「畫舸秋風湖上來，水通天碧静無埃。一雙溪鶒忽飛下，千朶芙蓉相映開。鳥似彩鸞窺寶鏡，花如仙子步瑶臺。風光堪賞還堪賦，其奈江南庾信哀。」有扶乩者書曰：「此地曾經歌舞來，風流回首即塵埃。王孫芳草爲誰緑，寒食梨花無主開。郎去排雲叫閶闔，妾今行雨在陽臺。衷情訴與遼東鶴，松柏西陵正可哀。」後題「錢塘蘇小小敬和」。然則才女信有靈也。《古檀詩話》。

《花月雙輝圖》，朱孺人靈珠遺照也。予在都門時，倩董文學耕雲所繪。編修劉穆庵墉題云：「伯勞春燕各西東，千里猶同明月中。不奈芳華成荏苒，尚留遺態寫朦朧。分題昔日箋裁碧，入夢終宵臉斷紅。剩有心香清供在，漫隨雲彩眄飛鴻。」予閲之，輒爲於邑。詞之足以感人如此。《古檀詩話》。

「世上美人多薄命，古來才子始情深」，及「予亦閒愁消不得，翻嫌死别勝生離」，王西莊《題花月雙輝圖》句也。蓋光禄常畜一姬，畫《春風鬢影圖》自攜。後遣去，輒覩物思人，故有前語。真才子情深矣。《古檀詩話》。

好雲易散，自古傷之。予室邵氏，爲植庭先生女，戚里有針神之譽。己卯二月，作《西湖春泛圖》，工雅不減元人。自題二絶云：「斷腸風信今番幾，吹得新潮分外青。好放木蘭艇子去，春光容易過西泠。」「桃花如雨柳如烟，點染西湖亦可憐。屈指春光但九十，吴綾一幅記年年。」不逾月而卒，前詩殆其讖歟？《峭厓雜録》。

才媛必配名流，而後得唱和之樂。我松朱孺人靈珠善詩，歸廖明府古檀，其才庶幾相匹。惜以辛未冬，病殁于宣化府署。古檀在居庸道中，作《哀辭》十二首，詞甚凄婉。中如：「合昏花瓣委輕塵，風雨邊城不見春。苦憶小樓扶病起，香殘粉褪寫遺真。」「拈得松烟和淚磨，病中端不廢吟哦。而今錦字飄零盡，箱篋空存長恨歌。」「一樹相思久欲枯，三生重見總模糊。憑他精衛能銜石，填得愁心似海無。」「迦陵共命宿南枝，鎩羽罡風可奈吹。賸有阿灰酸鼻句，黄昏微雨畫簾垂。」情至語真，不堪卒讀。予跋數語於後云：「春風鬟影，閒消山館羈魂；夜月釵痕，半繫瓊樓清夢。大都才子，情比絲蠶；偏是佳人，命同磨蝎。慣倚維摩病榻，旋歸兜率仙宫。遂使白髪凄凉，淚灑紅蓮之幕；黄腸寂寞，神依青豆之房。嗟乎！蟲本可憐，草偏獨活。賸旃檀之遺像，呼琬琰之芳名。香冷蘅蕪，歌殘蒿里。譜潘郎之舊句，如聞峽上猨啼；讀孫子之新詞，怳對雨中鈴響。」《古藻堂詩話》。

楊用修夫人黄氏，有才情。用修久戍滇中，夫人寄以律句，如：「三春花柳妾薄命，六詔風烟君斷腸。」《情史》已録之矣。其未録者，有《黄鶯兒》一曲云：「積雨釀春寒，見繁花，樹樹殘。泥塗滿眼登臨倦。江渡幾灣，雲山幾盤，天涯極目空腸斷。寄書難，無情征雁，飛不到滇南。」用修《青蛉行寄内》云：「青蛉絶塞怨離居，金雁橋頭幾歲除。易求海上瓊枝樹，難得閨中錦字書。」正指此。萬里投荒，一緘寫恨，情深伉儷，望斷刀環，讀者傷之，幸得此賸粉零膏，得勿珍爲拱璧也。《古檀詩話》。

周晚山《筆記》云：正統間，陸氏名娟，有求其父作送行詩者，父不在，因代作云：「津亭楊柳碧毿毿，人立東風酒半酣。萬點落花舟一葉，載將春色過江南。」又《霞光集》紀山陰名媛王静，有詩名，予最愛其《渡錢塘》一絶云：「風微月落早潮平，江國新晴喜不勝。買得一舟輕似葉，載將山色過西陵。」神韵抑何相肖。按陸娟詩，沈宫傅已選録《明詩别裁》中。《古檀詩話》。

《板橋雜記》載沈石田《盒子會序》云：「南京舊院，色藝俱優者二三十姝，結爲手帕姊妹，每上節，以春檠巧具殽核相賽，名盒子會，凡得奇品爲勝。中有所私，亦來挾金助會。厭厭夜飲，彌月而止。席間張燈設樂，各出技能，賦此識京城樂事。」辭云：「平樂燈宵鬧如沸，燈火烘春笑聲内。盒奩來往鬬芳鄰，手帕綢繆通姊妹。東家西家百絡盛，裝殽飣核春滿檠。豹胎閒挾鰉冰脆，烏欖分攙椰玉生。不論多同較奇有，品裏輸無倒陪酒。呈絲逞竹會心歡，褭鈔捭金走情友。閧堂一月自春風，酒音人語百花中。一般桃李三千户，亦有愁人隔牆住。」讀結二語，誠熱鬧中一清凉散也。《古檀詩話》。

《壟起雜事》云：「蘇州淤川，張士誠嘗以彩漆金花舟，施錦帆，載美人泛此，唱《尋春採芳曲》。」高啓詩云：「水繞荒城柳半枯，錦帆去後故宫蕪。窮奢畢竟輸漁父，長保秋風一幅蒲。」遂名其處曰錦帆涇。在府治西，今已同百花洲俱不可問矣。能無興廢之感歟？《古檀詩話》。

西山清酒，色香味兼勝。于殿撰清漣振有絶句云：「爽氣朝來接禁闈，青帘何處不留人。自從沆瀣傾金露，除却西山不是春。」《古檀詩話》。

科名萃於一家，詩筆俱能入妙，則靈秀所鍾毓深也。若長白西公在言庫、長公魯山西泰、次公有年西成，均以名進士，敭歷中外。在言檢討，有《順河集遇雪》詩。魯山公任福建副使，見弟疏稿，《寄懷》

云：「繡嶺北堆山似障，鷩濤南注水如天。」《近況》云：「祇因齒豁長吟慣，却爲毛斑對鏡嫌。」有年公《恨這關》云：「栗子青青柿葉殷，亂山高下入荆蠻。客中大有愁人處，秋雨秋風恨這關。」在言公乃若郋伯同年，其長孫傅君鍾，癸酉選貢，充宫學生，爲予口述其詩如此。時宫館從學者，傅孝廉森、桂文學林，俱以文字相知，本房則文學達生勇、舒生德、查生昆珠，餘則積生善、關生勤、姚生長慶、德生寧、恩生特赫莫、那生霈、商生阿布也。闊别數年，升沈不一，爲眷懷勿置矣。《古檀詩話》。

予隸籍密雲，密雲，古檀州也，因以爲號。其地去古北口八十里，出口兩驛，即熱河矣。再兩驛爲八溝，山徑盤坳，人烟輻輳，特無城郭耳。己巳秋，理事府明公惪，延予作《八溝志》，適遷宣郡守，未果。予掇其形勝，得十六景：一曰書院和風，書院居八溝中央，爲明公創建。一曰平泉印月，署左地卑濕，明公去淤築道，有泉湧出，遂濬成池，予爲文以記。一曰東河新柳，八溝少樹木，明公令堤邊遍栽楊柳。一曰猴山積雪，山在署後，高出雲表。一曰龍祠烟雨，祠臨瀑河，柳色參差，最宜烟雨。一曰飛瀑迴環，瀑河發源密雲溝，與東河沿諸石隙小泉相合。一曰傑閣凌霄，瀑河南玉皇廟，俯瞰諸山，八溝烟火在目。一曰層巖落照，奇峰聳峭，在八溝巽方，名曰紫霞。一曰獅峰聳秀，峰形突兀如獅，可恣遠眺。一曰象山秋曉，象山與獅子山俱係明公命名。一曰鳳嶺春桃，鳳凰嶺爲八溝門户，山桃開時，紅艷奪目。一曰映壁千章，映壁山在八溝東北八里，林木蓊翳。一曰密雲梵唄，密雲溝有喇嘛寺，鐘聲佛號，響徹遠近。一曰古城晚眺，八溝南有會州城，爲前遼勝區，即大寧城也。一曰柳灣野艇，楊柳灣河深水闊，柳色陰濃，舟行順便。一曰雙洞飛雲。八溝南山有雙洞，雲氣往來。各景均繫以詩，明公爲刊諸書院石壁，備輶軒之採云。《古檀詩話》。

情景堪入畫者，名句也。漁洋詩餘「緑楊城郭是揚州」句，江淮間寫爲畫圖。幼曾衍作數絶，一云：「春江淼淼片帆收，倒影波心一塔浮。人在畫圖凝遠睇，緑楊城郭是揚州。」一云：「紙鳶斜颺柳絲柔，十里珠簾捲玉鉤。滿眼春光迷杜牧，緑楊城郭是揚州。」一云：「金尊檀板囀清謳，寶馬香車陌上遊。一步紅橋一回首，緑楊城郭是揚州。」一云：「二分明月半堂秋，古墨題成姓氏留。六一風流渺何寄，緑楊城郭是揚州。」一云：「行人指點舊迷樓，舞袖歌衫一旦休。剩得江山好風景，緑楊城郭是揚州。」一云：「春山如畫水悠悠，一棹天涯去復留。殘月曉風孤館夢，緑楊城郭是揚州。」《古檀詩話》。

「桃葉復桃葉，渡江不用楫。」久傳爲秦淮韵事矣。中州李竹門有《秦淮紀事詩》，余次韵云：「平生與世別鹹酸，叔度襟懷千頃寬。酒罷一揮蒼玉麈，詩成九轉紫金丹。清歌當日傳鸚鵡，舊院而今失綺紈。惆悵多情李供奉，曉風殘月幾憑闌。」竹君任無爲司馬。《古檀詩話》。

海湧峰爲金閶勝地，皆由紅闌曲檻點綴而成。山半有憨憨泉，繞泉左右，爲玉茗諸軒，凡小小陳設，無不楚楚有致。予偕徐石農蘅坡、汪笠夫熙諸明經，流連賦詩於此。臨行有句云：「山館依巖徑，紅欄積翠分。花寒桐院雨，茶沸石泉雲。倚竹悄無語，開簾忽見君。殷勤同惜別，芳訊幾時聞。」笠夫則曰：「石銚香流茗，銀床影墮雲。」石農則曰：「無人參石丈，有客弔湘君。」通波張誠庵用天聞之，遥和前韵，有「豈爲人如月，因教客似雲」之句。《古檀詩話》。

虎丘之勝，題詠多矣。盧觀察見曾云：「山連城郭麗，江入市廛流。」桂主政禮順云：「人家依緑樹，花市隱紅樓。」頗盡其妙。顧繁華之地，遊人雜遝，難免塵囂。予每偕勝友泊舟桐橋左右，必俟夜半人静後，月色微明，花香暗吐，領略清芬。又于烟雨迷離時，推篷眺望，覺山氣溟濛，水光蕩漾，如入二米圖畫中。似此清遊，竊謂畫船簫鼓，來往半塘者，俱念不到此。《古檀詩話》。

雪泥鴻爪，往跡宜留。曩在平梁，教梨園一部，各繪其貌，彙成小册。海上張中翰少華題曰「鴻爪春痕圖」。兹在閩南，見彩鸞班陳玉，娬媚可人。王辟塵製《鶯啼序》長調美之。詞云：「泉南歌拍，無優伶，香雲披額。笙簫沸、調譜蠻音，偏擅風流新格。憑妙技，眼角傳情，秋波一箭驚人魄。愛嬌憨小玉，儘將韵事標題。出堪憶，觀花姊妹，寄閨情，芳園逗迹。更消魂，小妹思春，聽聲聲譙鼓急。强卸却，翠袖紅衫，幾多清淚紗幃濕。倚妝樓，悄步偷窺，五娘題壁。尋春花下，舞蝶雙雙，盼斷無消息。小旋只見、陳三狡黠，不怕牆兒隔。牽情楊瑄，婷婷裊裊，看他十步回頭密。懷抱琵琶，人困沙河北。心經卷，恨空門，便不耐凡心，下山却遇相識。定情無策，相約昏黄黑。暮夜私奔，欲圖永夕。書齋夜深，郭郎沉睡，好姻緣翻成障孽。算妖嬈，幾許風情劇。」却逢銀燭熒煌，擊節稱奇。三千座客，妙曲流傳，宛如畫圖。他年鷺門志中，添一段佳話，又不徒爲鴻爪之留矣。《古檀詩話》。

崑腔曲譜，起於玉峰魏良輔，後遂盛行於蘇。凡傳奇首推《琵琶》，其文精，其律細，加以老梨園排場之妙，遂爾超群絶倫。若所謂亂彈，則詞多鄙俚，係若輩隨口胡謅，不經文人手筆，宜其無當大雅矣。乃閩南又有演唱土腔者，半屬哀怨之詞，當場眼角傳情，俗稱爲目箭。被其惑者，纏頭無算，大約如北方《節節高》之類。《節節高》天津武清居多，擇諸童之秀而文者演之，唱《西廂》等曲，被以絃索，每班兩三人。若閩南土腔，則用七八童，絃索之外，加以玉笛竹板，當節奏宛轉處，遲其聲以媚之，别有意趣。鷺門彩鸞班，旦名陳玉，黄長汀賞其慧美，王辟塵製《鶯啼序》贈之，詞極雅艷。余亦戲成數絶云：「綽約居然絶世容，秋波頻轉鬢雲鬆。隔簾斜視嬌無力，賺煞英雄是箭鋒。」「一幅蠻牋絶妙詞，半簾艷影漾情絲。樽前愛聽《鶯啼序》，分付旗亭譜竹枝。」「蠻烟蜑雨夢凄清，往事思量百感生。今又牆東逢宋玉，愁他一顧便傾城。」《古檀詩話》。

吴中壇坫所集。吴中翰泰來《硯山堂集》，惠徵君定宇序之，詩才宏敞，不名一家，而好延攬四方知名之士，裙屐縱横，琴尊雜遝，有顧玉山、冒辟疆之風。吾郡若張孝廉少華名熙純、趙舍人璞函名文喆、凌孝廉叔子名應曾、陸中翰耳山名錫熊、葉文學方宣名抱崧、陸文學璞堂名伯焜，先後主於其家，吟香醉雨，一時稱盛事焉。《蒼林偶筆》。

才非可以斗計。古檀明府作「村」字韵七絶三百餘首，懷人紀遊，各參半焉。其《三泖》云：「笋皮笠子瓜皮艇，尋遍溪南放鴨村。」《山塘》云：「最好湔裙三月節，短簫吹過賣餳村。」《虎阜》云：「七寶幻成香世界，雨花山寺賣花村。」《鶯脰湖》云：「銀魚三寸跳波出，一抹斜陽曬網村。」《桃葉渡》云：「笛鈿箏柱燈船客，夢斷垂楊烏夜村。」《兼懷李蕉窗孝廉》云：「紅燈緑蟻春秋舫，白袷青衫遠近村。」又《懷兄厚齋明經》云：「翫劍樓空遺卷在，塔鈴紅寺憶南村。」覺丰姿淡宕，飄飄欲仙，恰稱其爲人也。《媕雅堂詩話》。

陸内史吟香，東鄰女也，有《窺雲閣紅餘草》。《自遣》云：「香滿玉樓春欲倦，花明金谷雨初晴。」

筆致絶佳。《綺園小録》。

青溪多名宿。邵植庭成正進士，人品學問，爲一時之宗。晚年手鈔明季及本朝人詩，盈兩篋，蒐羅殆遍，洵屬鉅觀，惜未及付梓。有《居易堂集》，古詩入蘇、陸之室，近體如《金陵懷古》等篇，不愧唐音。余嘗從先生遊，是夜泊胥江，先生有句云：「白馬寒濤急，青松落日低。」余和云：「落日千山迴，秋風一雁低。」頗蒙首肯。今下世十餘年矣，每一念及，輒爲惘然。《峭庢雜録》。

秀水王文學少愷倬弟名燮，與平湖沈編修萃岩、桐鄉朱上舍吉人齊名。古檀嘗謂浙西多名家，如烏程姜笠堂宸熙詩云：「秋水碧無際，烟光淡有餘。」「半壑響流水，一龕聞妙香。」「疏燈明驛火，殘雨亂雞聲。」「潭口落花滿，雨餘春水香。」又：「月斜遠浦潮初落，鐘動寒城客早行。」「潮聲出海日正落，漁火滿江人未眠。」錦心繡口，直欲追步青蓮。《古藻堂詩話》。

《楓江本事詩》載吴姬舊有《甲乙譜》，無錫錢星客復修之。珠簾畫舫，粉香載道，一時諸名士各賦詩題贈，名《香奩社集詩》。茂苑朱隗雲子曰：「玉輕釵艷乍參差，密坐圍寒卜夜期。錦陣班頭推火鳳，梨園色長有鸞兒。螺巵傳令沾衣酒，猊帶求書即席詞。欲作群芳生面譜，應看蓮本出青泥。」正詠其事也。其時女郎中，沙才、郎元、梁昭、卞賽、董曉、蔣慶，最爲擅名，吴江俞鹿牀南史有分咏諸姬詩，洵一段風流韵事云。《古檀詩話》。

明萬曆間，金陵有十二名姬，而文采風流，以女俠自命者，惟馬湘蘭最著，非所謂青蓮亭亭，能自拔于淤泥者耶？然休寧吴非熊兆留連北里，與新城鄭應尼作《白練裙》雜劇，譏嘲湘蘭，致青樓有樊川輕薄之名，則又何也？吴門王伯穀七十，湘蘭乘樓船往壽，燕飲累月，歌舞達旦，爲金閶勝事。歸而病殁，百穀輓歌數首之一云：「水流花謝斷人腸，一葬金釵土盡香。到底因緣終未絶，他生還許嫁王昌。」可稱哀艷。《古檀詩話》。

罨畫樓詩話卷四

《姑藏記》：太守張憲，使娼妓戴拂壺巾、錦仙裳，密粉淡妝，侍閤下。奏書者號「傳芳妓」，酌酒者號「龍津女」，傳食者號「仙盤使」，代書札號「墨娥按」，换香者號「麝姬」，掌詩藁者號「雙清子」，諸娼曰「鳳窠」，群女曰「團雲隊」、「曳雲仙」。又「鍾乳三千兩，金釵十二行」，白傅自注：牛僧孺之縢頗多，故云。憶檢討胡山静寶璹年伯，嘗謂唐時爲錦繡江山，然驕奢由此而長。其言可深味也。《古檀詩話》。

十七八女郎，歌「楊柳岸曉風殘月」，在曲中處處有之，時時有之。余淡心懷《憶江南》詞云：「江南好景本無多，只在曉風殘月下。」未免有情，誰能遣此。《古檀詩話》。

金陵自古繁華，南國實稱佳麗。明甲申、乙酉間，江左倡詩社文社，院中諸名姬，亦以書畫争奇，非徒誇色藝也。《列朝詩選閏集》載鄭妥娘詩，而横波夫人畫蘭與寇白門齊名，玉京道人工蘭竹，精小楷，其妹卞敏亦蘭竹擅場。他如雪衣、小宛、頓文，皆通翰墨。非余淡心妙筆表揚，風流幾歇絶矣。《古檀詩話》。

「門館慟哭後，水雲秋景初。杜牧之在洛陽東城，重見張好好詩也。今此圖尚留維揚。寶山范瘦生起鳳客維揚，有出此圖者索句，范君信筆題成云：「綽約當壚相見時，青羅襦罩嫩臙脂。披圖莫訝多情甚，我是前身杜牧之。」聞范君有句云：「好詩多在客，名士半離家。」甘苦殆自道矣。《古檀詩話》。

高大中丞其倬撫吳時，出《十美圖》畫册，囑名下題詠。十美者，西子、明妃、文君、文姬、緑珠、潘妃、玉環、薛濤、紅綫、雙文是也。十美佳矣，顧余讀《琵琶記》一書，覺古今名媛，莫如牛氏。中秋望月云：「長空萬里，見嬋娟可愛，全無一點纖凝。」殆爲千金麗質特地寫照。核其生平，規奴則曰「端不爲春閒愁」，絶異杜麗娘因夢成感。愁配則曰「莫把嫦娥强與少年」，亦異崔雙文借簡傳情。迨後甘居趙次，苦辭父歸，事既歿之舅姑，成所天之節義，偉哉巾幗中丈夫矣！惜爲子虛烏有，若世有其人，當于十美中高置一座也。《古檀詩話》。

雄傑之士，襟抱不同。張少廷尉璨任長蘆運使，書單幅粘壁間云：「書畫琴棋詩酒花，當年件件不離他。而今七事都更變，柴米油鹽醬醋茶。」又言：「古人歌謡，出于天然，故妙。近日楚中《求雨謡》：『青龍頭，白龍尾，小兒求雨天歡喜。大雨落在田隴中，小雨落在花園裏。』未嘗不可播之樂府也。」廷尉爲諸生時，赴太倉王相國掞之招，座客滿堂，廷尉議論横生，旁若無人。席間一羊脂玉卮，不覺爲衣袖所拂，墮而碎，四座驚愕，廷尉掀髯笑曰：「久不聞此碎玉聲矣。」飲酒縱談如故。其倜儻不羈，于此足見一斑。《古檀詩話》。

見停雲而懷友，聞杜宇而思歸，人情乎。新城伊進士丹木桂嘗爲予言：浙中幕友一作，悽惻動人。詩曰：「老妻書至勸還家，歷數丘園樂事賒。彭澤黄魚無錫酒，中州栗子霍山茶。芭茅已補牀頭漏，扁豆猶開屋角花。舊布衣裳新米粥，爲誰留戀滯天涯？」後閲《江北詩選》，知爲桐城方南堂貞觀作，真逸才也。《古檀詩話》。

「松風水月天，花竹鶴雲烟。詩酒春池雨，山僧道柳泉」，宋太宗試進士趙昌國題也。我朝怡恭王，雅好筆墨，用此二十字，賦蟬聯體詩，其結句，即用下一字爲韵。《詠烟》云：「晚霞籠萬竈，春柳鎖千絲。」《詠柳》云：「風動千枝雨，雲烘萬縷烟。」句極清麗。在都門曾見吟箋，惜未取全璧書之。《古檀詩話》。

宋時設畫學試畫士，以詩句命題。如：「萬緑枝頭紅一點，動人春色不須多。」有一人于危亭縹緲，緑楊隱映處，畫一美人憑闌而立。試「萬山藏古寺」，或露寺門，或出寺角，皆不合式，惟一人畫千嶂百岫外，有孤僧從半道歸。又試「竹鎖橋邊賣酒家」，善畫者，于橋頭竹外掛一酒帘，便見酒家在竹内也。又試「竹林深處酒家壚」，名手于竹林中畫一徑，一騎驢者捧葫蘆出。又試「踏花歸去馬蹄香」，惟寫掃數蝴蝶飛逐馬後，其香可知。均所謂遺貌取神者。用此意作詩，當探得驪龍頷下珠矣。《古檀詩話》。

陳恪勤公鵬年，文章事業，爲一代偉人，詩更灑落。有絶句云：「隔簾幽韵上蕉桐，一曲湘靈奏未終。略記年時春雨夜，海南新試小薰籠。」清華秀贍，未嘗不奪風雅之幟也。《蓮坡詩話》。

太白爲謫仙人，東坡是戒禪師後身，定非臆説。我鄉錢葆馚先生，官中翰。初太翁求子於天童山，散步香積廚，執爨僧顧之而笑。長老賀曰：「君歸，有子矣。」妾隨娠，先生生。明年，至寺訪之，執爨僧已歿。臨終時，長老曰：「此去有緣憑夙慧，歸來却認舊菩提也。」先生晚年，有僧自杭來，門隸呵之，僧曰：「天童山長老，有一扇寄爾主。」拂衣去。門者以扇呈，先生恍然曰：「長老命我歸矣。」焚香沐浴而逝。先生嘗眷一妓，名桐月。桐月故，作詩悼之云：「動摇楊柳原無主，重叠芭蕉自有心。」又曰：「月斜人語私難聽，酒醒衣香膩不消。」殆有夙世緣歟？先生孫東渭，以善奕名。《古檀詩話》。

閨閣詩亦有淵源。我松曹黄門一士、張行人梁，均善詩。曹公女采蘩錫珪《秋夜》云：「破夢砧聲敲落月，唤愁蛩語咽殘更。」張公女職思佛繡《落葉》云：「詩思飄零三徑雨，别情撩亂半窗風。」洵乃克承家學也。《古檀詩話》。

「瑶林秀樹」，毛太史稱其女弟子徐昭華詩者。今武林汪給諫夫人方芷齋芳佩，著《在璞堂吟稿》。《初夏書事》云：「雨歸雲外樹，人語竹間樓。」《題春篷聽雨圖》云：「潮迴兩岸白，烟斂萬山青。」《山居》云：「閒分鳥跡尋花徑，曲引泉流灌藥苗。」《移居》云：「新分脩竹堪聽雨，舊種蒼松不記年。」《西湖山房》云：「山連空靄雲飛近，人到忘機鳥語親。」倘遇西河太史，當亦以「瑶林秀樹」目之。《古檀詩話》。

春柳、秋柳詩多矣，乃檇李有《夏柳倡和詩》。閨秀楊素中云：「春歸仍愛緑垂絲，牽綰詩腸静裏思。葉密尚聞鶯語滑，花飛曾逐馬蹄馳。輕縈鳩杖風生處，濃拂魚軒雨過時。築個茅堂人絶跡，炎氛不到倍含姿。」後見方芷齋又有寒柳作。一柳也，雕鎪殆盡矣。《古檀詩話》。

我松第八峰曰天馬，而福安山之最勝者亦以天馬著名。宴集數次，賦詩者三。一同宜興儲明經學歐，一同錢唐余孝廉翰飛鵬，一同福安文學鄭瞻杵瞻柏、阮惪潛、陳嗣蕃、繆廷坊諸門孫。予首唱四章，題諸畫册。丙戌句云：「徑紆步引青絲勒，花暖香侵白袷衣。」「絲雨杏花青酒旆，短簫牛背緑簑衣。」「萬家烟火千花塔，一幅雲藍百衲衣。」「折櫻簪帽春生鬢，倚竹看山翠滿衣。」戊子句云：「幾約入山參玉版，重來倚樹聽金衣。」己丑句云：「信矣雲巒迷望眼，依然花雨點春衣。」「但教吏隱通禪隱，何必儒衣換衲衣。」寺僧求書「萬家烟火」一聯，標諸列岫亭柱，謂能道出兹山勝概也。列岫亭，踞天馬山巔，予亦有句云：「列岫如屏嶂，高亭俯翠畦。槎浮樞斗北，橋斷嶺雲西。儘足閒憑眺，何當偶寄栖。沈吟思小築，星帶草堂低。招提頻攬勝，剛餞晚春歸。水滿流潭影，花殘印佛機。繙經嫌午倦，燒笋愛香微。吟罷松風起，凉生白紵衣。」《古檀詩話》。

某水某丘，人生所最難忘者，釣遊處也。予舊家菖湖，在我松北郊外，前後爲浦潮所匯，左右環以二橋，先贈公建菖湖草堂，與外舅陳園鱗比。自愚兄弟宦遊，兒輩始移住青溪。每念舊居勿置，有《遠望》句云：「通波門隔女牆昏，浪暖桃花脉脉魂。九節菖蒲新漲緑，春風行藥憶湖邨。」正指此。《古檀詩話》。

意興少年時居多。曩於菖湖書屋，偏列名菊，静夜燃巨燭，顧影清絶。今此房漸圮，未知何日美輪美奂，復我舊觀？是則倩行屺堂諸弟之責耳。憶在平梁，有句云：「六幅屏遮燦若霞，平生踪跡愛霜花。廣場曲罷空回首，三逕荒蕪水一涯。」感慨係之矣。《古檀詩話》。

詩人意緒，隨境而發。昔人謂晏同叔詩「梨花庭院溶溶月，柳絮池塘淡淡風」，雅淡中極得富貴氣象。古檀明府歸隱青溪，盤桓聽吟軒中，得句云：「白雪夜寒逢酒熟，紅爐春暖報梅開。」不特琢句之工，且亦見其一片閒情，自饒樂趣也。《盈浦紀聞》。

扼江淮之衝，曰寶應，名區也。前明朱凌谿、射陂、王築夫諸老，爲風雅宗。繼以陶季深、陳冰壑、朱秋崖、王樓村、吴越南諸君，連鑣接軫。今則敦素園七子，合刻其詩，王光禄序而行之。喬楓亭方立《送别》云：「在家勸君出，臨别還沾巾。」又云：「揮手即天涯，何必越與秦。」《梁谿舟次》云：「亂山黄葉寺，微雨白蘋洲。」劉野塘兆彭《客邸》云：「生涯餘短褐，心事老孤舟。」《咏梅》云：「攜尊野店烟横浦，駐馬河橋雪滿天。」劉春浦玉麟《金陵送友》云：「秋風吹古渡，落葉滿寒潮。」喬荔江大鈞《寄山甫大梁道中》云：「凉風吹白草，落日渡黄河。」湯魯山應隆《渡江》云：「天高秋月白，潮落大江平。」《懷任幼直》云：「美人不可見，秋水一何深。」湯漢亭襄隆《送友》云：「風高秋木迴，日落亂雲黄。」《春日書情》云：「一樹梅花初病酒，滿庭芳草正懷人。」喬客浦大鴻《送王菊莊孝廉》云：「青山南浦迎歸棹，黄葉西風冷敝裘。」憶予前蒙特簡寶邑，惜以本省迴避，否則當與諸君把臂入林矣。《古檀詩話》。

明王冕隱九里山，植梅千樹，結廬三間，號曰梅花屋。寶山浦君鶴天翔春，居城南，有梅成邨，讀書其中，刻《梅花村詩》四章，膾炙人口，依然繞屋梅花高致矣。丹徒王夢樓文治太守贈句曰：「雪霏霏兮洒地，雲漠漠兮滿天。梅花開兮香襲，伊幽人兮林中眠。板橋彔曲，流水潺湲。春風索笑兮，與白鶴常閑。」太守精詞曲，到處留題，風流人豪也。《古檀詩話》。

名士筆墨，迥出塵表。同門友揚州畢花江懷圖，工詩善書，兼精畫梅，每題詩于上。記其一云：「東風何日爲開花，愁絶秋簾夢酒家。晨起忽然思舊稿，月明烟淡一枝斜。」花江宰婺源，有循聲。《古檀詩話》。

梅花紙帳，洵屬韵事。昔者我友繆毅齋，則以梅花畫諸帳額，倩名下知契者題詩其上。余亦有二絶云：「東風如線月如鉤，冷艷寒香罨畫樓。長笛一聲人醉醒，又添春夢到羅浮。」「淡墨和烟寫數枝，一番風信慰相思。灞橋驢背吟肩冷，争似紗幮月上時。」《古檀詩話》。

梅有瓔珞一種。我松飛鴻堂前玉蝶一株，虬枝鐵榦，凌空欲飛，殆其是乎？旁有緑萼，不甚佳。張部曹二銘景星，建別業於此，週遭叠以石，并栽檀欒千箇，花益增奇。庚午春過訪，不特玉蝶繁盛依然，而緑萼亦矯若游龍矣，爲作平韵三十律題之。《古檀詩話》。

飛鴻堂舊主人，姚藥巖也。陳慧香嶟《看梅》句云：「不記飛鴻幾陣來，不知化鶴幾時迴。重吟坡老蒼凉句，堂在人非花自開。」自注：「昔與周軒三花下誦蘇詩『樹從何代有，人與此堂高』，軒三欣然書聯，以贈藥翁。今日重過，又當誦『園荒喬木老，堂在昔人非』矣。」《古檀詩話》。

我松黄太史瀛山，以七松名堂。堉戴公有祺讀書其中，及狀元第。唐堂先生輯省志，以飛鴻之梅與此松並誌，兩堪不朽也。今李君松廬秉良居此，秀靈所鍾，令嗣未冠，手擷芹香，并擅詩賦才。《探梅賦》中云：「東君顧我應相惜，分付梅花及早開。」同人樂誦之。聞七松僅存其三，或挺或偃，蔭可一畝，真成奇致。《古檀詩話》。

《枯樹賦》云：「樹猶如此，人何以堪。」作落葉詩者，大約同此慨也。曩在都門，見任宗伯蘭枝句云：「枝寒玉宇三更月，影盡南樓一夜風。」「將離故作蕭蕭響，惜別遥飛湛湛波。」近徐蒼林語予一聯云：「委地紅疑三月雨，夕陽黄雜萬山秋。」均極騷情激楚。《古檀詩話》。

陸士衡云：「詩緣情而綺靡。」物之能感人情者，莫如落葉矣。浙西雙林凌秋渚一飛子冲，則于落葉中，分出深宮、閨閣、書齋、空江、荒巖、僧舍、旅邸、青樓、月下、雨中、馬上、舟行、釣磯、棲烏、霜林，作上平韻十五首。又以零露、煮茗、擁爐、題句、攜琴、殘夢、閒亭、湖堤、妝臺、御風、飛泉、塞外、乘車、敲杵、斜照，作下平詩十五首。《空江》云：「白鷗浪裏風千點，黃鶴樓前酒一巵。」《旅邸》云：「幾處晚風秋落雁，三更明月夜啼烏。」《青樓》云：「隔院冷隨歌板入，當筵斜拂舞裙低。」《雨中》云：「蠨蛸網破聲還切，蟋蟀吟寒夢欲來。」《塞外》云：「聞聲久冷征夫淚，過眼還驚遷客心。」無不一往情深也。《古檀詩話》。

虞山黃大癡，隱富春，作《富春山圖》，覺畫中有詩。及讀朱竹垞七古云：「紅葉千山富春郭。」又覺詩中有畫。乙酉舟經富陽，得句云：「孤艇西風烟水濱，峰圍城郭黛痕新。竹垞詩句癡翁畫，紅樹千山認富春。」《古檀詩話》。

「詩思在灞橋驢背中。」僕竊謂隨處皆是也。酉冬，偕高桐邨由浙赴閩，見佳山水，吟興最劇，成律句數十首。《登六和塔》云：「一江線劃東西浙，萬嶺雲連上下台。」《舟中對酒》云：「客思鄉味披綿雀，漁市江鮮縮項鯿。」《嚴灘》云：「萬卷雲巒處士畫，一瀧風月故人心。」《金華道中》云：「雁飛別浦斜陽遠，人躡層巖積翠深。」《永康即景》云：「積翠撲眸疑讀畫，折梅到手欲裁書。」《宿荆坑》云：「臣壯雄心曾射虎，吾衰中夜輒聞雞。」《永嘉》云：「疏篷寒月瀾迴海，高閣晴霞水抱城。」《過金溪嶺》云：「四山圍煖催梅放，萬木撐空礙鳥飛。」《金沙早發》云：「殘夢酒香深夜雪，瘦笻吟淡隔溪雲。」《福鼎即目》云：「路折千峰鄉雁少，春先兩月野花多。」到處成吟，夢寐中嘗得句云。《古檀詩話》。

舊遊之地，遺址滄桑。乙酉夏初，與古檀明府、笠夫文學，泛泖登塔。古檀有句云：「斷磚殘甃飄零盡，依舊烟籠泖上村。」深歎無大力者振興其業耳。近客蒸溪，有老頭陀，裝潢一册，捆載而來，正襟膜拜，欲請余序。余告之曰：「事必有始，而後可以圖終。今萌蘖未動，饒舌何爲？」頭陀答曰：「有張姓者，已捐得幾百緡矣，現在鳩工經理，但殿宇崇宏，功業繁浩，必廣求檀越，以成勝果，願得居士一言以爲券。」余因援筆濡墨以應之。他日堂皇重整，得覩舊規，當與古檀、笠夫續遊其地，以結勝緣，亦屬鷗林一段佳話也。《鷗林偶筆》。

三泖清漣，我松獨擅。中流一寺，金碧輝煌，董文敏題曰「小金山」。予垂髫時，侍外舅懋源陳公遊此，迨後芒鞋重到，非復舊觀，故有「斷磚殘甃」之句也。己丑九月，自閩中歸，聞有仗義者，已捐資脩葺，遺址鼎新矣。鼓棹往遊，喜賦云：「風摇鈴鐸一林秋，閣貯潮音月滿樓。誰布黄金施浄土，天花依舊散汀洲。」《古檀詩話》。

南昌亭，韓信寄食處也，在山陽西。千金亭，信爲楚王時賜漂母處也，在清河。漂母冢，則張華謂在泗口南岸。胯下橋在府西。他如甘羅城，秦甘羅建，在府西北，傳説土中出錢，有篆文，所謂甘羅錢也。劉伶臺，在山陽東北，臨淮水，許渾詩「劉伶臺下稻花晚，韓信廟前楓葉秋」，即此也。枚臯宅，在淮陰舊縣南，趙嘏詩所謂「家住枚臯舊宅邊」也。余向題枚臯里詩曰：「路尋之字曲通幽，古里春深訪釣遊。雪苑陳書邀主眷，柳營飛檄寫軍謀。文章再世爲梁客，姓氏千年溯楚州。少孺只今芳躅在，行人過此問風流。」《北遊日録》。

英雄踪跡所寄，弈世猶足動人。予由中州赴晉，道經韓信嶺，嶺上碑鐫「淮陰侯談兵處」，得句云：「危峰贔屭陣雲昏，欲化蟲沙百戰魂。虎帳談兵成底事，角巾合憶釣魚邨。」爲王孫惜也。吴明府魯齋咏釣臺云：「際會通侯易，時艱一飯難。」興化吴涇陽授凫云：「進食難忘漂母德，封侯豈負漢王恩。」俱見論世遠識。《古檀詩話》。

「一枝瓊樹天然秀」，陳迦陵贈徐紫雲者。武進王佳卿，壬戌七月生，年十七，由巢縣至平梁，登場演劇。其歌喉清脆，逸態横生，方之紫雲，殆有璧合珠聯之譽。平梁主人極眷之，逾年歸娶，主人作《明月詞》寄之云：「九天飛上韵悠揚，絲竹清泠未擅場。明月北林花影亂，青樓人最艷王郎。用謝傅事。」「魂迷仙洞夢難醒，小榻横窗月一櫺。别譜香奩成艷體，含毫題徧照春屏。用史鳳事。」「匆匆歸棹泛蓉湖，擎得珍珠掌上無。小閣夢回梅雨歇，畫梁烟暝燕調雛。」「重陳瓜果祝生朝，一水盈盈夢已遥。憶到銀河風露冷，生憎烏鵲懶填橋。」情詞旖旎，共二十餘章，此其四也。《延青書屋雜鈔》。古檀按：「畫梁烟暝」，偶用《遊水西莊》舊句。蘇松傳奇而外，最行清詞。王松泉嵩齡大瑑雅善斯技，往來檀園，每倚闌唱清詞，飄飄然有遺世獨立意。笠夫贈詩云：「纖纖銀甲撥清絲，攤破新聲入調遲。從此酒旗歌板地，吴孃停唱竹枝詞。」陸湘萍、徐藕汀、汪峭厓皆有和作。松泉婁東人，僑居青溪大盈浦。《古檀詩話》。

重陽而得閏月，龍山復會，其樂可知。甲申展重陽，予偕王西莊光禄，暨諸同學，暢叙廖古檀聽吟軒，琴樽與竹樹争輝，裙屐共笙簫俱韵。古檀倩畫師各繪小像，題曰「檀園雅集圖」。時金陵郁雅君在座，光禄命唱《牡丹亭・小桃紅》數曲，古檀親爲按板。雅君隨以霜縑索書，光禄贈句曰：「風流仙令賦歸田，絲竹東山樂事偏。好似辟疆開水繪，座中狂客有其年。」雅君藴藉風流，舉止都雅，非徒兼善絲竹，能譜新聲，其嗜愛筆墨，由於天性，可謂雅人深致矣。《夢草書堂偶筆》。

吴閶山水之秀，半鍾梨園。如史玉郎者，小字雙琳，性情温雅，愛學書，静坐揮毫，恂恂若文士。及登場演劇，生旦兼擅，跌宕風流。其歸娶也，古檀有詩贈之云：「真珠簾捲換新妝，我見曾憐窈窕娘。殘夢乍離青瑣闥，當筵争看紫薇郎。謂《驚夢》、《花燭》二劇。蓮開並蒂花無色，梅結同心梅名。玉有香。瓜果佳期看又近，黄姑也曳錦雲裳。」中一聯殆爲傅粉中郎寫照耳。《蒔香書屋偶輯》。

雲間最多名蹟。超果寺一覽樓，高出雲表，爲張公一鶚題額，趙蕁客炎有詩。蕁客又有句云：「梅花井上弔機雲。」蓋陸家梅花井，今存普照寺也。蕁客漳浦人，又號雙白，與杭州張玉田琳同寓雲間，風雅亦相埒。趙句云：「萬里秋心全在菊，一江雁影半隨潮。」「繞郭千家紅葉雨，緣溪一道白蘋風。」「紅橋緑舫空江路，衰柳寒邨野犢車。」「小巷月高魚市散，荒汀烟破估船開。」「雁影度殘孤嶂雨，雞聲啼滿一江潮。」張句云：「露凝高館黄花發，霜落澄江紫鱠肥。」「酒醒孤館三更夢，帆挂長江五月天。」「醉攜蠟屐寒衝雪，坐近垂楊碧映袍。」「月下短簫春柳曲，雨中連榻曉鐘聲。」「千里風濤京口月，六朝烟雨秣陵秋。」「野徑烟深春樹密，群山雪盡白雲多。」「薜荔牆低遥見岫，桃花浪急暗生潮。」「滿户寒蛩人獨聽，一鉤涼月雁孤飛。」「廿載舊遊孤嶼月，一宵清話半樓燈。」憶蕁客嘗有詩呈宋荔裳琬云：「潯陽太白錦官甫，多半風流屬寓公。」殆可爲兩君移贈矣。《古檀詩話》。

詩佳正須韵佳。内甥張純如常謂寒字乃詩中佳韵，作對句押之，多至二十餘聯。如：「夜猿啼雜霜砧苦，秋雁吟和玉笛寒。」「舊館生苔花色冷，空林積雨鳥聲寒。」「鏡開玉影蛾眉淡，劍拂霜華俠骨寒。」鍊字皆有法。予又憶西公在言庫句云：「村際帘飄知酒暖，寺前鐘咽覺僧寒。」許子遜廷鐄句云：「楊柳亂烟春店曉，海棠疏雨小樓寒。」曹夫人句云：「紅藕香殘風信急，碧梧葉落雨聲寒。」真乃麗句與深采並流也。《古檀詩話》。

王盤溪首倡《黄葉》詩四章，中有句云：「詞客未吟摇落句，美人先歎泬寥天。」張誠庵用天賞之。和者如劉企三潢云：「閒吟倚樹秋蕭颯，扶病登臺氣肅清。」葉抱崧芳宣云：「夢迴茅店三更雨，人去蘆塘九月天。」戴琴溪賢云：「遠浦難分秋靄色，滿林都是夕陽痕。」其尤警者，純如兄士超二律，以非和韵，未及收録。然其起句云：「秋原試望總銷魂，不獨西風感白門。」又：「霜着秋林黄葉酣，儂家住處是江南。」抑何元箸超超。《古檀詩話》。

浮生若夢，顧夢有得意與不得意之分。泗濱馬隱堂騰，家有肯園，極亭臺花木之勝。樓曰問山，取「問余何事棲碧山」意也。以詩畫絲竹自娱，投轄無虚日。且慷慨好施予，被其澤者咸德之。惜四十二歲捐館。臨殁曰：「纔一夢耳。」予過其齋，感賦云：「碧芙蓉矗晚尖昏，到問山樓倚醉魂。苦憶吟欄尋短夢，竹谿花墅兩三村。」次君姬木光模爲予壻，杜門不出，潛心書畫，克守其成，諒亦隱堂魂夢中所喜慰云。《古檀詩話》。

向慕泗鎮馬隱堂爲人，名騰晚，號楞香。近汪笠夫述其《詠當歸花》句云：「幽閨風雨愁時種，客枕關山夢裏看。」情致纏綿，沁人肺腑。今墓草已宿，言之憮然。《古藻堂詩話》。

曩在都門，嘉定趙南塘丕烈，以《五十生朝》詩箋郵寄，中有句云：「竿長在手鮎難上，翮怯衝風鷁枉飛。」又：「已拚故我牽耕犢，猶替旁人製嫁裳。」讀之竊擬作《感士不遇賦》矣。令嗣曉榮，早歲即以詩名，近聞喬梓均赴玉樓，曷勝人琴之慨。《古檀詩話》。

「理法千古不易，花樣與時俱新。」予序《愜心集墨選》句也。辛卯新孝廉晉江蔡君學鯤翼若以詩見貽云：「江郎老去多才藻，筆下猶開五色花。」又示闈卷。次韻酬之：「誰從天末寄疏麻，展卷新詞燦若霞。小閣微吟樺燭短，一簾清影夢江花。」「中郎才調更誰倫，筆底垂垂露似春。織就錦機推妙手，愜心花樣是翻新。」《古檀詩話》。

名畫家烟雲供養。予自入仕途，遂荒傅染，近所作者小幅。黄文學昜亭，以其友郭君貢許册索畫，并詩見貽。予次韻云：「繪事何期問遠人，梧桐蕭瑟寄情真。「夜雨梧桐正蕭瑟。」酬沈香雪句。翻愁一幅鵞溪絹，難盡江南烟雨春。」蓋近苦二豎糾纏，夢繞鄉關故爾。《古檀詩話》。

詩窮後工。我鄉徐介人祚永，航海赴閩，郵寄吟箋，句云：「家資已賣三間屋，行篋猶存數卷書。」又朱堆山鼎揆《幽居》云：「貧覺寒偏早，詩因懶故遲。」讀竟，爲吟工部「安得廣厦千萬間」句。陸孝廉芝鶴翔《題徐讀書圖》曰：「瑶華吐硯左，馨香誰能禁。」孝廉殆自道也。《古檀詩話》。

「詩之厚在意不在辭，詩之靈在空不在巧。」查初白語也。寶應劉春浦玉麟《古風》云：「懷璧被短褐，謂我玉爲石。彈冠乘高車，謂我布爲帛。」吴江汪瑶圃鳴珂《送遠曲》云：「猿狖不居水，魴鱮不居陸。非無慕遠心，萬物依其族。」吴縣張古漁蓀《途中述懷》云：「昨出金閶門，今過蘭陵邑。不知人意懶，翻覺帆飛急。」均極用意，而却翻空見奇。查又曰：「詩之雄在氣不在直，詩之淡在脱不在易。」春浦《燕子磯》云：「風迴平野色，月走大江聲。」瑶圃《冷泉亭》云：「閒雲飛有迹，暗瀑瀉無聲。」古漁《龍潭曉發》云：「清霜寒野草，斜月下荒城。」雄而不直，淡而不易，觀三君詩可類推矣。《古檀詩話》。

落花依草，迴風舞雪，自然入妙。予友黄孝廉芳亭文蓮著有《聽雨樓集》，《詠落花》云：「紫陌春深風裊裊，紅樓夜静雨絲絲。」程中翰莪園晉芳亦有《落花》四章，句云：「廢圃荒烟無蝶採，空宫斜日有鶯銜。」均可以前二語贈之。中翰有《莪園詩稿》，其著述最富也。《古檀詩話》。

黄山谷、王半山詩，刻苦清辣，遂成西江詩派。究之西江人不盡宗西江也。鉛山蔣太史士銓《題雲中杖策圖》云：「拂面凍雲來，雄關四扇開。誰當雁門守，獨上李陵臺。」《登太白樓》云：「江水一樓空，登臨萬古同。將軍渺何處，有客更懷公。」又見南豐謝筠初鳴篁《借舫詩》，《太白樓》云：「江山一杯酒，今古此騷人。」《滕王閣》云：「歌舞幾曾憐帝子，山川從古屬才人。」《弔禰衡墓》云：「氣壯漁陽三疊鼓，眼空銅雀一荒臺。」俱見唐人風力。《古檀詩話》。

毘陵浦舍人源，聞林子羽名，值其京歸，往見之。子羽使從者問來意，曰：「欲爲詩耳。」因出所作。讀至「雲邊路繞巴山色，樹裏河流漢水聲」，驚曰：「此我家詩也。」引子羽出，定交而去。海澄友人鄭敬齋瑞龍，以郭君仙客金臺《遠行集》見示求序，開卷見五言如：「孤燈蕭寺雨，殘葉亂山秋。」七言如：「幽逕鳥鳴花已謝，畫樓人去月無踪。」「浮雲幾點不成雨，古木亂鳴無數鴉。」所謂「我家詩」者，非耶？急書數語報之。《古檀詩話》。

嘉卉可卜休徵。青浦楊明府師震官署盆梅，近聞于中秋試花，裏硃外翠。明府適開五袠，同人分賦《紅梅秋日報先春》詩，足爲琴堂佳話矣。《古檀詩話》。

隋宮剪綵爲花，吴人培花成彩。花中如紅梅艷矣，而硃砂更精於胭脂，其緑萼一種，尤葱蒨絶倫。玄墓銅井一帶，每當花時，燦若雲錦。范同叔超《詠緑萼》云：「仙子慣從瑶島住，美人曾嫁石家來。」直恁雅切。又《詠緑牡丹》句云：「百寶闌干烟髻擁，九枝燈火黛眉低。」「當筵深映葡萄酒，入畫平侵翡翠屏。」予從平梁攜歸緑牡丹一本，至今寶之。《古檀詩話》。

畫梅形似易，而傳神難。予姬吴秋音，學梅于李築夫巖，以神韻爲法。有《自題畫梅》之一曰：「酸鹹氣味更誰親，影入西窗瘦有神。粉本東皇留不盡，淡烟微月隔江津。」予和其韻云：「玉照堂開迴絶塵，珍珠簾捲幾分春。畫梅不畫空枝榦，直展冰綃寫美人。」覺月明林下，髣髴神來矣。《古檀詩話》。

《雪濤詩評》云：「初月、新月詩甚多，余獨愛一閨秀絶句云：『天邊怕見如鉤月，鈎起新愁與舊愁。』殆得工部『秋月解傷神』之意者。」《古檀詩話》。

閨秀詩于妍雅中貴帶豪氣。如吴艾香孝廉翀孺人張友琴勤淑，爲遂寧相國裔，《對雨懷成都鄺鳳巢安人羈寓南徐》云：「寒雨侵簾通海氣，疏鐘到枕帶江聲。」又海澄公蘇夫人又珪世璋《塞上曲》云：「莫怨君恩薄，都緣妾貌差。胡塵猶萬里，離恨訴琵琶。」與沈宗伯《明妃詞》云「毳帳琵琶曲，休彈怨恨聲。無金酹畫手，妾自誤平生」，異曲同工，可媲美《緑浄軒稿》矣。《古檀詩話》。

悲哉秋之爲氣，黯然别之銷魂，别意當三秋而愈切。朱孺人靈珠自予入都，寄詩極夥，其《秋懷》一章最爲蒼凉。詩云：「小園烟景曉參差，吹到西風葉自知。弱羽扇摇殘暑日，薄羅衣試早凉時。書成淚滴紅蘭露，夢斷魂驚翠竹枝。自是金閨愁易感，不因人遠在天涯。」殆字字帶商聲也。《古檀詩話》。

罨畫樓詩話卷五

名人而得勝地，筆墨儘可自娱，不必嫌苜蓿餐也。武林教授趙玉書金簡先生，曾任河南通許令，入覲都門時，爲予書七絶數首云：「桑陰疏緑白雞栖，殘睡回頭赤日西。用拙不知當世事，雲山爲我太勾稽。」「款款微行漫立談，尋芳曾爲懺癡貪。半生不作逢年夢，懶采春桑養晚蠶。」「布帆風穩約秋三，無恙歸情負仲堪。疏雨四更殘月浄，翛然飛過大江南。」霍山張君繼曾味青任華亭學博，亦爲予書《紫雲山房》四首，句云：「河明疑有浪，天近更無雲。」「雪翻僧供鉢，雲繞佛香爐。」兩君書法極精，得其片楮者，珍爲拱璧。憶予垂髫時，知趙公曾遊松郡，以手書庾開府諸賦贈先君子，味青則寄籍合肥，時以書札往來，均有翰墨緣云。《古檀詩話》。

廬州蕙崖姪同年紀秋槎淑曾，文安人，翩翩年少也。詩如「地僻客來少，山深春到遲」，「閒雲生遠岫，殘日弔荒祠」，及「霜飛千樹白，日落大江紅」，「風聲喧敗葉，草色冷秋天」，臻老境矣。秋槎今任沔陽牧。《古檀詩話》。

中秋爲四時最佳之節。某僧得句云：「此夜一輪滿，清光何處無。」至喜極撞鐘。細味其語，實亦無甚深意。憶甲寅歲，在予岳方公泓一齋，值中秋，襟兄何文學鐵山王模呈句云：「不知今夜月，特地爲誰明。」公爲激賞。前賢不當畏後生耶？《古檀詩話》。

賈客云：中秋雖相去萬餘里，陰晴無不同。予乙丑在天津運署，值雨，與漢陽江十六夔友，述滇南征苗事甚悉。有句云：「不向庾樓閒對酒，却從江令夜談兵。」辛巳在合肥任，值雨，邀武進楊進士希曾冠山、如皋林太學李芳園演家樂，兩君皆有詩。己丑在福安，值雨，同三山薛文學元春補堂宴集論文，補堂呈詩三絶，予次韵云：「絲雨清襟鬱未開，燒殘樺燭誦新裁。分明一覺遊仙夢，細聽《霓裳》法曲來。」「荀令薰香入座來，賓朋争羨軼群材。當筵朗月如相照，一片浮雲眨眼開。」「誓擷天香不去懷，夜光珠已結成胎。筆鋒銛似吴剛斧，看向蟾宫斫桂回。」書此以識佳節陰晴，半生閱歷也。《古檀詩話》。

雲間書畫，以董文敏爲宗。同時若陳眉公，則隱于佘峰，其詩與書畫，均臻逸品。至今白石山猶存，而頑仙廬諸勝蹟已難復見。予有句云：「萬壑篔簹黛色昏，兩峰迴合鎖雲魂。頑仙廬廢松鱗老，猶認先生白石邨。」又曰：「白石埋秋草，蒼松想聘君。」《古檀詩話》。

名儒遺蹟，人争寳之。王硯亭祖晉太守，築知止山莊于佘峰之麓，中有皆山閣，題額眉公手筆也。汪笠夫句云：「風流宜太守，題識屬徵君。」皆紀實語。《古檀詩話》。

陸莆塘惇宗《和遊細林》句云：「暮靄如留客，他山已待君。」蓋予解維即往横雲也。莆塘今宰平和。《古檀詩話》。

横雲含清堂，爲王司農鴻緒晚年憇息之所，與張司寇西廬相咫尺。西廬壁間句云：「昔人作史處，石壁蔓蒼藤。唯有當年月，嵐風吹不冰。」乃司寇歸省手書者。憶予少時，題張氏園風滿樓句云：「飛泉曲磴樹蒼蒼，誰是平原舊草堂。獨倚危欄望秋色，半巖黄葉下斜陽。」俯仰古今，殆同此概。《古檀詩話》○按：司農自號横雲山人，曾修《明史》，司寇首句故云。

人知鄭谷口簠汝器善八分書，而不知兼工吟咏也。嘗于書册中，見其《遊山》五古一章云：「虚閣倚木末，石竇流潺湲。禽鳥得所適，嚶鳴相往還。人胡獨無情，不樂真愚頑。况此衡門下，逍遥有餘閒。肯從二仲遊，何羨三神山。」筆意瀟洒有致，如其書矣。《古檀詩話》。

「路從石罅盤旋去，人自松梢向背來」，無爲李旦初旭《遊盤山》詩也。鳫青山人李鐵君鍇隱居盤山，有句云：「鬬禽雙墮地，交蔓各升籬。」人傳誦之。觀少司馬保舉經學，不就，終于盤，今有《睫巢集》六卷行世。《古檀詩話》。

如蘭知契，不特同心，即學問人品，亦多仿佛。李眉山鍇善書，筆意似二王。憶予幼時，追隨武林周西穆京于雲間館舍，曾見其揮洒吴箋，入右軍之室，意兩君可稱二妙。及讀李山人集，果有彼此唱和之詞。天南地北，不知何緣作合，其臭如蘭，豈不信哉？山人《送西穆南歸》詩云：「此去春江聽歸雁，年年飛過古幽州。」殆與君家「桃花潭水深千尺」同一神韵。《古檀詩話》。

水西莊乃天津佳勝地，主人查蓮坡爲仁，善詩愛客，名流往來都門者，必投轄其中。唱和之作，多清詞麗句。其《遊上谷》一絶云：「天邊歲月留難在，人世滄桑感更多。幾度沉吟思往事，風華情思總消磨。」汪西顥沆曰：「讀此令我有如許頭顱之歎，亦復有悠然出塵之想。」嗣君善長成進士，官侍御，克振家聲矣。《古檀詩話》。

紅菱，江鄉風物也，天津水西園種之。長洲葛正笏信天、張鳳孫少儀兩先生，同客陳觀察署中，查氏餉以五十枚。葛詩云：「紅菱正美喜分甘，采采新從碧玉潭。莫訝鄉心又撩亂，果然風味是江南。」「藕香亭外晚風過，暑退凉生試薄羅。秋月明空秋水碧，倚闌還聽采菱歌。」張長歌一章，中云：「哀梨縹李世艷稱，蔗漿櫻實瓊筵登。獨遺此品在烟水，邈如釣瀨逃嚴陵。天涯相賞有知己，不辭千里扁舟乘。孤根近託藕香榭，白蘋掩映溪流澄。芳鮮只供騷客嗜，聲價豈要皇都增。尊前一笑宛舊識，領略風味當年曾。」張公今任邵武守。《古檀詩話》。

蘭州太守鄭蘭陔王臣，莆田人，著有《香草吟》。高桐邨題句云：「仙佛封侯未必兼，輸他才藻比江淹。金尊銀燭消紅耐，冰簟桃笙夢黑甜。梧葉雨疏侵甲帳，蘋花風細颺丁簾。熏籠小倚文窗下，雲外芙蓉露幾尖。」王光禄刻入《十二家詩選》。蘭陔見之，録鐫卷首，并數千里過訪，歡若平生，吴下傳爲佳話云。《古檀詩話》。

梅花，世稱香雪海及孤山，而不知西溪一帶之所在皆是也。稼軒趙君駿烈以名士宦遊其間，遊賞殆遍。古檀有寄懷詩云：「緑樹長堤鳥夢昏，荒祠誰弔水仙魂。霜篷烟櫓西谿路，烏帽吟詩憶稼村。」《盈浦紀聞》。

凡集曲牌名等詩，每用贈字運化之，唯古檀寄懷史玉郎一律，共集詞曲十八調，真如無縫天衣。詩曰：「畫眉姐姐小憐妝，阿那垂楊如意孃。燭影摇紅金縷曲，園林沉醉瑣窗郎。魚遊春水探芳訊，月照梨花燒夜香。大喜人心好事近，珍珠簾捲拂霓裳。」方屺峰和云：「鶯梭曉織春光好，兔杵宵粘秋蕊香。」亦妙。《西莊偶筆》。

指揮，武職也，而有儒士風，見有《伐檀集》，前明張指揮作。如「宫鶯迷緑雨，厩馬飲清川」、「島雲寒没影，江日凍生陰」、「客愁初到鬢，鄉夢不離家」，居然雅韵。《古檀詩話》。

詩者，心精骨力所寄，乃詩傳而名不與俱傳，作者有靈，能無悼歎也？往於方石林齋得一舊稿，《秦淮》云：「樓臺明夜水，楊柳動春星。」《泊璜溪》云：「酒香因過市，花好暫維舟。」《秦溪道中》云：「夕陽歸餉妾，細雨出耕牛。」知出名手，求其姓氏不可得。憶沈宗伯選《國朝别裁》，取已故者，周迂邨準善詩，臨殁撫掌曰：「吾詩可入《别裁集》矣。」然則詩名傳與不傳，固有幸有不幸耶。《古檀詩話》。

詩酒生涯，最爲樂事。前輩潘廣文霄客層峰，年逾古稀，邀同人讌集無虚日，所設僅山肴野簌而已，惟酒則必傾罍，凡所交游與會者，輒贈七律一首，彙付梓，亦韵事也。臨殁之前，以竹杖書籍，遍送親知，無疾而逝。憶先贈公霖齋府君，及陳母舅玉田公，廣文皆有贈詩，予將覓其稿録刊之。《古檀詩話》。

萬笏朝天，狀天平山之峰巒巉削也，范長倩允臨築别業於此。公筆精墨妙，揮毫落紙，與董尚書争工。彈絲吹竹，選伎徵歌，江表望爲神仙中人。又得佳耦，倡和傳鈔，片紙比于珊瑚之鉤。范氏家藏遠祖五代時告身尚在，文正、忠宣諸老手澤猶新也。予遊其地，叠村韵詩云：「萬笏平天嵐氣昏，昔賢曾此瘗靈魂。分明竹水荷風際，一枕清酣到范邨。」《古檀詩話》。

神仙太守，昔松人稱張東海汝弼者。公典郡南安，謝病歸，舟載石，峙緑匯堂前，名曰凌霄。石刻云：「觀聲臺前看鶴舞，午風摇動緑陰多。主人别有臨池興，底用山陰换白鵞。」後云：「臨風百尺松，凌霄千歲石。一翁處其間，相對無愧色。」至今存谷陽舊宅。東海精草書，有詩云：「西鄰鄧老八十餘，萬里書來索我書。記得瑁湖樓上醉，年來高興竟何如。」跋曰：「吾家瑁湖書樓西鄰鄧老，壽而康，書來求草字，口號寄之。」爲禮垣陳雲煓珍藏。予亦得其書唐律一幅，筆尤蒼勁。《古檀詩話》。

東洞庭，山後尤勝。碧山里，朱君築樓，教其家姬歌舞。君每歸自湖中，不半里，令從者據船屋作鐵笛數弄，家人聞之，皆出。樓西有赤欄干累丈餘，諸姬十二人，艷妝凝睇，指點歸舟於烟波杳靄間。既至，即洞簫鈿鼓，諧笑並作，見者初不類人世。朱君卒，梅村以春日過其里，樓頭有紅杏一株，傍簷欲笑。客爲言朱君生平愛花，病困，猶扶而瀝酒再拜致別。諸伎中有紫雲者，爲感其意，至今守志不嫁。嗟乎！由此足得君爲人矣。爲題詩壁上云：「盡説凝眸望，東風徙倚身。如何踏歌處，不見看花人。舊曲抛紅豆，新愁長白蘋。傷心關盼盼，又是一年春。」讀竟，覺凄然生感也。《古檀詩話》。

東洞庭，舊有朱氏築畫樓，教家姬歌舞，見梅邨詩。今屬他姓，易名縹緲矣。感賦云：「蓬島方壺空翠間，金鋪石室鬥烟鬟。不須更探靈威洞，倚檻平吞萬叠山。」「嵐影湖光照綺疏，飄零紅粉百年餘。孀居燕子人誰在，剩有朱欄浸碧虚。」載王光禄《藏山集》。《古檀詩話》。

詩能窮人，余未之信。顧小厓成天句云：「可憐十二茅閨女，哭到蒼天頰暈紅。」語極沈痛，感動天顔。至查初白編脩供奉内庭，詩云：「笠簷簑袂平生夢，臣本烟波一釣徒。」稱旨，内侍傳「烟波釣徒查翰林」，與「澹遠學士」並傳。又嘉定張閣學鵬翀，詩最敏妙，重荷主知。嗣後凡賞花釣魚賦詩，蒙恩遇者，不一而足。「春城無處不飛花」，韓翃事不得專美於前矣。《古檀詩話》。

名賢每得名人賞識。柏鄉魏觀察念庭題沈宗伯《萬峰獨立圖》云：「峰峰卓立斷躋攀，笻屐逍遥鳥道間。試問此翁登眺後，何人更上萬重山。」又贈詩二章，末云：「他時旌節臨吾土，便合掃門迎故人。」是時宗伯尚未第也。後二十餘年，宗伯典試湖北，果道經柏鄉，可稱先見。按文慤以詩文邀主知，洊歷卿班，凡乞假還朝，予告養閒，迎鑾入覲，皆得賜詩稠疊，更有轉用臣韵者。澄碧之詠，飛白之書，詎足多耶？《古檀詩話》。

元季兵起，潘元紹爲僞吴行省左丞。敵既迫，有姬七人，相率死，潘葬之吴城。張羽爲傳，宋克書碑，藏塚中。明嘉靖間，碑始出，今呼爲七姬墩。七姬者，程、瞿、徐、羅、卞、彭、段，而段其先死者也。陳基爲作《群珠碎歌》，中有「畫堂銀燭天沉沉，揚眉一笑輕千金，明珠買得緑珠心」句。又高啓律句云：「佳麗總傷身薄命，艱危未負主多恩。」差足爲貞姬寫照云。《古檀詩話》。

順德縣陳村，土沃人稠，李氏之族尤盛，皆夾水而居。丙辰春，僞馬雄從廣州竊據新會。有武進士伍星多者，村中大猾也，首先納款，爲雄徵餉于鄉，倚勢作威。李氏六女窺伍强暴日甚，懼必不免，潛以酒相酹，期于子夜潮生盡命。一夕，俱赴水死，了無知者。詰旦失女，家傳告驚愕。迨于潮落，女屍見焉，紅羅連臂，明妝儼然，遂合葬于龜山之陰。當事者立石表之，曰「六貞女墓」。過客皆題詠，陳元孝云：「乘鸞合上三珠樹，化雪應爲六出花。」句尤工妙。見鈕玉樵《觚賸》。《古檀詩話》。

臨海民妻王氏被掠，過嵊上清風嶺，嘆曰：「吾得死所矣。」嚙指寫詩石上，投崖而死，石上血墳起，不爲風雨所剥蝕。楊廉夫題曰：「介馬馱馱百里程，清風後夜血書成。只應劉阮桃花水，不似巴陵漢水清。」夢一婦謂曰：「爾毀謗節義，天絶爾後。」廉夫悔，更作詩曰：「天隨地老妾隨兵，天地無情妾有情。指血嚙開霞嶠赤，苔痕化作雪江清。願隨湘瑟聲中死，不逐胡笳拍裏生。三月子規啼斷血，秋風無淚寫哀銘。」復夢婦來謝。未幾生一子。觀此，知我輩不可浪下筆墨。《古檀詩話》。

長沙朱氏，遇吴逆之亂，爲營兵所掠。氏志堅，衆莫敢犯。舟至小姑山，投江死。其屍逆流三日，浮至故居水濱，夢訴於父母。驚起跡之，獲其屍，得懷間絶句十首。有云：「少小伶俜畫閣時，詩書曾奉母爲師。波濤向夜悲何急，猶記燈前讀楚詞。」又曰：「狂帆慘説遇雙孤，掩袖潸潸淚欲枯。葬入江魚浮海去，不留羞冢在姑蘇。」陶式南《筆獵》所載十首，與此小異。《蔗塘外集》。

節烈不磨。鎮海林氏雙節祠，氏爲兵亂，矢志捐軀，于《黄庭》帖後題絶命詞曰：「生有命，死有命。生兮妾身危，死兮妾心定。」遂同殉。悍帥聞二氏事，稍止淫掠，兼寬出郭之禁。年友丁容溪百川，蕭山人，脩志時爲立傳，并弔以詩云：「西風夜雨讀《黄庭》，遺句千秋照汗青。鶴唳頻傳枌社恨，蛾眉頓化海風腥。死生分定輕溝瀆，節烈名高炳日星。楓荻蕭蕭陰火緑，荒祠江上弔湘靈。」容溪與余同教習宫館，以吟箋見貽，因悉其本末而記之如此。《古檀詩話》。

河南石梁地方，有五女祠。予適晉過此，土人言五女色美，賊執父母殺之，并攻其宅，五女恐被污，同殉節死，里人建祠以祀。夫亭臺池沼，興廢無常，獨老樹荒祠，巍然千古，此五女之死而不死也。弔以詩云：「樹老祠荒墓草縈，齊肩紅粉尚垂瓔。當年若緩須臾死，此地誰傳巾幗名。人面甘隨花共落，幽魂苦與月同清。白楊蕭瑟殘碑路，讀罷遺文淚欲傾。」《古檀詩話》。

水源木本，不忍忘也。予家自閩移廬州，六世祖鉞遷金山衛。今居合肥者，都督同知銘公後，皆德慶侯裔。本族雲卿，於譜誼極敦篤，若村侍講伯，典試江右，曾過其齋，記有贈句。兩公俱上巳日生，伯在都門，郵寄詩云：「最是佳辰三月三，鶯嬌柳嚲足清酣。算週甲子兄先弟，春到棠花北更南。鶴逕烟霞供拄杖，鵷班星露愧華簪。何當繫楫廬江畔，太乙丹經好共探。」今其嗣蕙崖躅芳舉癸酉京兆，由中翰任賓川牧，蕙崖弟繡藩之子斗山瀛奎試輒冠軍，干霄可卜。但予自合邑歸休，彼此殊疏闊云。《古檀詩話》。

衝繁之區，經理非易，然只須擺脱得開耳。予任合之明年，奉委往巢邑兑漕。值大雪，公事畢，登卧牛山，周覽巢湖。隨訪其鄉先生湯部曹懋綱逸原于家，先生工書畫，尤善詩，贈句云：「衣冠樸野情偏洽，風雪清寒話正濃。」既見其詩之佳，且可知世外交情興不減子猷訪戴也。若沾沾簿書鞅掌，直俗吏所爲矣。《古檀詩話》。

髫齔時，偶閲樾阡公《家山訪古詩》，選録《天馬山訪三高士墓》一首。今覆閲之，差喜所見不謬。因録於左：「九峰峰高指天馬，登臨凭眺神飄灑。畫船緑野細水來，鼓吹聲清雜妖冶。山中何處白雲多，芙蓉夾岸花滿河。啼雲小鳥棲暗谷，夕陽映樹秋光酡。行行轉入北山路，當年聞説三高墓。叢叢短篠没殘碑，野老猶能識其處。苔徑重開倚石牀，冷烟漠漠凝文光。一曲高歌酹荒土，衰草百年空斷腸。須臾野老前致語，客亦多情乃如此。頹丘纍纍皆前朝，夜夜悲風徒聒耳。不如散步登高岡，長松百尺龍鱗蒼。千林觸風怒濤走，輕陰十里青茫茫。山北有田方數畝，諸峰歷歷如俯首。山靈未許俗人窺，濃雲叠叠封溪口。君如有意却重來，香茅爲宇石爲臺。一窗收盡四山色，月夜應聞吹鐵笛。」三高者，楊廉夫維禎、錢思復惟善、陸宅之居仁也。按吴江亦有越范蠡、晉張翰、唐陸龜蒙三高士祠，高大中丞曾出是題課士云。《古檀詩話》。

《西廂》句云：「慘離情半林黄葉。」又曰：「下西風黄葉紛飛。」何凄兮似秋也。崔不雕有「黄葉聲多酒不辭」句，漁洋目爲「崔黄葉」，王苹有「黄葉林間自著書」及「黄葉下時牛背晚」句，亦呼爲「王黄葉」。按杜甫云：「吟詩秋葉黄。」温庭筠云：「古戍落黄葉。」羅鄴云：「黄葉夢餘歸朔塞。」東坡云：「家在江南黄葉村。」李文山云：「黄葉黄花古城路。」又如近今朱竹垞之「滿邨黄葉一僧歸」，徐東癡之「黄葉隨人過板橋」，丁雁水之「青山秋後夢，黄葉雨中詩」，浦長源「雨中黄葉孤村路」，丘季曾「西風黄葉無人徑」，漁洋山人「閉門黄葉著書秋」，沈歸愚「黄葉滿庭門館閒」，廖古檀「秋風黄葉雁聲寒」、「半岩黄葉下斜陽」。又如汪笠夫之「黄葉風高近水寒」、「黄葉秋聲到枕屏」，蔡啓閶之「黄葉聲中上小樓」，喬客浦之「黄葉西風冷敝裘」，點染黄葉，皆成名句。但詩人多以紅葉、落葉爲題，未有賦黄葉者。盤溪王岡齡首唱《黄葉吟》四章，大江南北，和者數百家，信足爲《群芳譜》補遺也。《蒼林偶筆》。

柳花色黄，飄作絮者，其子也。我鄉范同叔超有句云：「池塘雨細輕粘網，庭院春深巧入簾。」近又見總憲觀蘊玉保詩云：「團風有態分仍合，蹴月多情静轉忙。」又曰：「糝徑氊鋪翔鶴潔，沿流花滿上魚肥。」均極蘊藉風流，大雅卓爾。《古檀詩話》。

予喜用洋紅畫竹，最爲别致。但周櫟園先生云：朱竹初求之楮穎間，及過劍津西山，數頃琅玕，丹如火齊，乃知此君亦戲著緋。爲賦二詩，其中句云：「舊族傳爲絳縣老，孫枝近作赤城人。」「翻新近比紅兒曲，截笛留吹赤帝歌。」均極典切。予兩渡劍溪，舟行如駛，惜未及拖杖登厓，一見此君衣緋也。《古檀詩話》。

《群芳譜》一書，收紅葉、落葉詩，尚遺黄葉。吴門王岡齡廷魁倡《黄葉吟》四章，和者數百家，鐫刻成帙。予亦次其韵，小序云：「松逕歸來，翛然行藥；蓉江涉采，渺矣懷人。恰廼集寄題襟，因之喜生見獵。斜陽明滅，盼枯樹以微吟；疏雨飄零，聽秋聲而多感。」《古檀詩話》。

燕溪爲泖濱一隅地，而宋元以來，代産名流。元則高士曹雲西知白棲隱於此。當時若倪雲林輩，時相往來。曹工畫，余從其裔孫雋山希焯得見真蹟。本朝則田髴淵茂遇結廬于市暨之東偏，所著有《水西草堂集》，人多誦之。《古藻堂詩話》。

吴中布衣知名者，前後得四人。一爲李客山果，一爲趙飲谷虹，又沙白岸維杓及張古樵岡是也。李有《在庭叢稿》行世，餘皆見之《苔岑》、《停雲》諸集中。《古藻堂詩話》。

雅人投贈，别具深致。甲申春暮，予偕廖古檀明府泊舟虎阜。烟雨迷離中，見何文學萍香王模家小奚奴，送橘酒及筍餔至，繫「邨」韵詩云：「蓬根飄泊黯愁昏，高士來探醒倦魂。七字風流詩百韵，吴雲楚雨一邨邨。」「七里山塘花霧昏，春風容易動詩魂。料知月上深林後，猶自尋香鴨脚邨。」古檀即繪册成圖，以詩答之，實稱韵事。按萍香精于醫，僑居金閶，到處逢迎。詩與書法極工雅，綽有名士風流也。《古藻堂詩話》。

幼讀木玄虛《海賦》，起乘風破浪之思。嗣緣跋涉間關，未遑身凌萬頃。歸田後，遊上洋、乍浦等處，爲臨厓神往者久之。適次兒任福安，盧絅齋明府爲予言海道來往最利便，遂于丁亥小春登程，七日由白馬門抵福。計此七日中，風日和美，波浪安恬，烟嵐萬重，水天一碧。得句云：「萬里烟嵐四望開，乘流東下紫瀾迴。眼中滄海從今小，爲向靈槎鼓浪來。」據船屋朗吟，竊以爲生平豪舉。汪芥舟作《航海圖》，自製記序，名流都爲題詠。武林張雪漁嘉猷次韻云：「鍼盤遥指水程開，親見樓船采藥迴。丱女童男真不老，傳言新識化人來。」福安陳杏莊坊題贈云：「萬頃茫然碧四浮，片帆高掛海天秋。前身原是蓬瀛侣，指點神山溯舊遊。」陳祖中翰南園公椿書「碧海星槎」四篆字于册首，每一展翫，覺如凌空步虛。按雪漁己丑進士，杏莊乙酉選貢，均善詩，神仙中人也。庚寅冬，曾攜此圖至玉峰，詩友林厚堂、范立堂皆惠以長篇，兹不備録。《古檀詩話》。

知遇之感，不獨在詩文也。我鄉陳載東枚與兄筠亭桐精繪事，載東蒙恩授内府郎官，山水翎毛人物，並臻絶妙，斷縑零素，人争寶之。其自都歸里也，時相過從。予因贈句云：「小清河畔雪平鋪，城市山林興不孤。烟樹模糊雲靉靆，憑君寫作輞川圖。」後徐瑶圃璋亦被薦入畫院，二君皆精研此道，而爲世知名者。筠亭以瓴毛擅場，爲予畫松壁間，至今猶存。《古檀詩話》。

少年意氣，自命不凡。幼嘗倩徐君瑶圃璋畫一小照，陳明經崿題云：「文采風流玉笋班，瑶林勝概畫圖間。雙虹門閥皆才子，未暇看雲坐碧山。」「偶然興至訪巖阿，茂樹清泉足嘯歌。若到鳳池常染翰，詎誇一壑水紋多。」嗣後公車畫《西風鞍馬圖》，家居畫《桐花萬里圖》，出宰作《吟秋圖》、《桂香圖》、

《攬秀圖》，歸休作《藝菊圖》，到閩作《石門》、《武彝》、《航海》等圖。今漸倦遊，因作《和神圖》，而花甲將週矣。半生閲歷，繫于諸圖。每當花晨月夕，雨窗旅館，展卷視之，不勝潘鬢如絲之感。《古檀詩話》。

村居最樂。《西樵雜咏》八首，俱自題園中逸趣。其《咏黄雪廊》，有「一年秋爽後，半夜月明中」之句，極爲幻花先生所咨賞，和者幾遍海内，自名公鉅卿，以迄閨秀、緇流、羽士，佳作極多。其詩自三言、四言至九言，各體畢具，而倚聲樂府，亦間作焉。初集二卷，沈歸愚宫傅、王述庵主政作序。續集四卷，吴雲巖學士作序。鐫棗流傳，先覩爲快。《鐵船偶筆》。

夢文子司空麟，詩如天馬行空，不受羈靮，五七古尤爲擅長。乃天奪其算，等諸黄楊之厄閏，惜哉。所著有《喜堂詩》、《大谷山房》諸刻，沈宗伯序之。《漫畫居詩話》。

元人「寒沙梅影路，殘雪酒香村」句，詩中有畫，欲倩畫師作圖以寫其意。後見古檀廖明府《遊靈巖》云：「雲陰山寺石幢昏，輦路風光動客魂。猶憶元人句清絶，寒梅殘雪酒香村。」何其先得我心。《勉雲書屋偶録》。

謝東君孝廉垣係東墅閣學墉之兄，工詩能書畫，每自作畫必題詩其上，人稱東君三絶。《蒼林偶筆》。

意愜關飛動。予侍光禄公清遊泖上，舟次西岑，時宿雨新霽，夕陽銜山，船唇攬眺，頓觸吟懷，先生因次王絛山韵，賦詩二章。中有兄字韵爲難協，先生沉吟半晌，叉手而成。猶憶其句云：「澄湖碧展收風伯，遠岫雲開吐日兄。」「魚賒雪白憑溪女，酒泛鵞黄勝蠣兄。」座客不解「蠣兄」何出，蓋見于陶榖《清異録》：枇杷恃其色，曰蠣兄耳。余亦叠韵四章，有句云：「來伴玉堂新學士，去尋沙户舊漁詩話》。

就水掀篷瀹露兄。」原作如初寫《黄庭》，絶去修飾，余則牽率湊合，不免貽婢作夫人之誚云。《古藻堂兄。」「偶逢石友應呼丈，倘遇錢神肯唤兄。」「檥棹蘆中呼釣叟，敲扉竹外訪樵兄。」「隨風解纜炊雲子，

「崎嶇不久歷，焉能喻逍遥。」余《述懷》句。「稍喜空明初着雨，劇憐憔悴慣經霜。」余《咏黄葉》句。皆以自寫其生平閲歷也。後見趙學博天龢詩云：「有海終償精衛志，無家休聽杜鵑聲。」覺甘苦自道，悲壯淋漓，有志者宜銘諸座右。趙公中甲子經魁，詩作于未中時。《古檀詩話》。

葉忠節映榴《追悼》云：「歸去更誰知冷暖，夢來相見雜悲歡。」《憶别》云：「楊柳小詞空舊雨，牡丹香夢彌春波。」奚啻宋廣平爲梅花作賦耶？《峭庢雜録》。

餘事作詩人。邵西樵遊覽所至，輒多吟咏。予嘗摘其紀程佳句，以當卧遊。其《月夜亳州道上》云：「兩岸蛩聲紛客耳，一簾蟾魄逗輿肩。」《七里瀧》云：「十里晴開山撲翠，一溪冷浸水拖藍。」《釣臺》云：「築亭碧岫長松蔭，垂釣寒潭皎鏡涵。」《萍鄉寄内》云：「我懷桑梓雲千叠，卿問平安水一方。」《桂陽道中》云：「碧眼但看銀浪捲，翠鬟不放白雲封。」《常寧途次》云：「逶迤曲徑層層畫，突兀奇峰面面山。」《衡山夜泊懷慧川》云：「夢依蓉嶺孤城畔，人在蘆花淺水邊。」《岳陽樓》云：「乾坤圖畫銀濤裏，風月襟懷鐵笛中。」《風阻繁昌》云：「遠岸浪花千尺雪，隔江漁火一燈紅。」《黄鶴樓》云：「更上一層窮遠目，恰看當面是晴川。」《夜遊蕪湖吉祥寺》云：「梵語已教深夜寂，蟾光獨向法輪圓。」挑燈朗誦，欲覓長吉錦囊貯之。《香草草堂詩話》。

屈原憂愁離思多，由生不逢時之故。明末上海夏存古完淳，年少才雄，惜其無命。詩如《憶友》云：「萬里河山猶故國，九京風雨自同心。」《寒食雜作》云：「今古文章多薄命，江關詞賦半招魂。」悲壯淋漓，令讀者唾壺欲碎，不但《大哀》一賦，堪千古也。沈文慤歸愚《明詩別裁》小序云：存古十五從軍，十七授命，生爲才人，死爲鬼雄。信然。《古檀詩話》。

「雲雨荒臺豈夢思。」工部句也。後見宋人《題巫山神女廟》云：「惆悵巫娥事不平，當時一夢是虚成。只因宋玉閒脣吻，流盡巴江洗不清。」注云：「詩成，是夕夢神女來見，曰：『君詩雅正，當以順風相謝。』明日解纜，果然。」僕謂此詩意工而語滯，未必果感應若此。及觀我朝某詩云：「我欲停橈訪神女，亂峰無際楚雲西。」含毫邈然，極得少陵之意。錢塘陸次雲謂「朝雲暮雨連天暗，神女知來第幾峰」，引人入勝。正在縹緲之際，豈不以詩情詩境，必如江上峰青，方入妙耶？《古檀詩話》。

罨畫樓詩話卷六

咏物詩妙在不離不即，况梅尤須以高雅之筆傳之。漁洋稱東坡「竹外一枝斜更好」，及「雪後園林才半樹，水邊籬落忽横枝」妙矣。竊謂聲色臭味，描寫尚未盡。烏程嚴刺史遂成海珊有前後梅詩云：「淡碧溪山僧入夢，昏黄烟月鶴知音。」「幾多味在有誰會，忽地香來無處尋。」「古寺春雲寒凍影，空山曉暖月蒸香。」「自入山來皆雪意，最無人處有烟痕。」「却立偏於人影外，餘情都付水聲中。」「殘笛一聲凉在水，遠峰數點碧於烟。」刻畫微至，仍歸自然，故爾入妙。《古檀詩話》。

分書，鄭谷口尚矣。所見如錢塘萬翰林經、青浦吴主政廷楷，俱爲擅場，而津門流寓朱君導江岷，尤工此體。余每往索書，其最佳者，則「兩罨霏微鳴翠羽，萬峰寂歷卧高鬟。西陂吏部歸何處，香雪空餘海一灣」二十八字也。詩意爲鄧尉觀梅，感宋中丞漫堂先生作，頗見騷情激楚。《古檀詩話》。

諺云：「槐花黄，舉子忙。」本於翁承贊詩：「雨中妝點望中黄，勾引蟬聲送夕陽。憶得當年隨計吏，馬蹄終日爲君忙。」予戊辰公車北上，道中填《踏莎行》詞，末云：「驊騮也解别離情，幾回躑躅東風裏。」囑畫友徐瑶圃璋繪一小像，題曰「西風鞍馬圖」。攜至保陽，英夢堂廉司馬題云：「洶洶罡風，騷騷硬雨，大陵河畔經時住。解鞍剛向保陽城，是誰欲作鳴鑣去。世事滄桑，功名早暮，牢愁欲織紛無緒。黄粱一飯夢難憑，壯遊休問邯鄲路。」其二云：「山色隨衣，花光滴水，肯爲依樣離人淚。看他行路不知難，也應有分風塵裏。瑟鼓齊門，簫吹吴市，就中嘗出酸鹹味。馳驅何幸際清時，渥洼早辦騰驤計。」嗣後承乏衝途，披星帶月，真與風塵有分，先生可謂先見矣。外此名作如林，不及備録。按夢堂先生善詩，聞其在天津，與王鍊師丹崖爲詩友，持螯快飲，臨别贈句云：「滿身燕市酒，十日海門香。」霞漳陳君見予舊圖損壞，重繪之，如獲百朋之錫也。《古檀詩話》。

「夕陽黄葉不知處，知了一聲鳴柳梢。」《蓮坡詩話》載之。知了，蟬鳴也，又名遮了。《綺園小録》。

予嘗約張誠庵選刻雲間人文而未果也。無論其遠，即近而數十年間，詩集搜羅，亦復不易。適于鷺門官署敗簏中，得范武功纘《四香樓詩鈔》一卷，有《夏日同吴綏眉李生齋看畫》四絶云：「避暑東郊叩竹關，一厨畫卷萬千山。山花無數湖光冷，半日身留消夏灣。」「李營丘與小將軍，六法傳家總不群。一曲樵歌彈未了，爐中烟散畫中雲。」自注：李生善鼓琴。「回崖沓嶂路盤盤，萬葉當窗石瀨寒。此處畸人堪寄跡，買山無力借山看。」「卷衣歸路趁涼風，新月天青酒盞紅。夜半夢迴秋簟滑，還疑身在萬山中。」高情逸韻，不愧作家。同時詩老，如周鷹垂、徐端臨、張趾肇、周冰持、陳咸京、朱子儒、張晴巖、錢仁山、高槎客、黄廜堂、徐今吾，皆推重之，惜老而未遇。孫艽野棫士中壬申榜眼，曾孫爾介錫圭舉己卯孝廉，差足慰詩魂於天上云。《古檀詩話》。

樾千伯祖，主澤州陳相國廷敬説巖家，知其詩情超逸。《聞笛》云：「一片長安秋月明，誰吹玉笛夜多情。關山萬古無消息，腸斷風前入破聲。」洵筆無點塵也。《古檀詩話》。

《蓮坡詩話》載：宗室香嬰居士文昭子晉從漁洋學詩，一日與從祖紅蘭主人分韻，有句云：「花香高閣近，書味小樓深。」主人激賞。後益肆力爲詩，有《紫幢軒集》。絶句云：「小徑深沉繡緑苔，曲闌干外儘徘徊。似疏半密三更雨，墻角碧桃無數開。」《古檀詩話》。

紅蘭主人岳端，號玉池生，善畫。嘗有句云：「東風無力不飛花。」輔國將軍博問亭爾都賞之，因又號東風居士。吴江顧爾立卓、無錫朱贊皇襄二人，從紅蘭主人遊最久，主人有集曰《玉池生稿》，因附鍥顧詩曰《雲笥集》，朱詩曰《織字軒集》，主人自爲之序。顧畫花鳥，名于時。主人自塞外歸，途中寄贊皇詩云：「大漠歸來至半途，聞君先我入京都。此宵我有逢君夢，夢裏君曾見我無。」賢主嘉賓，以詩作合，洵成佳話。《古檀詩話》。

棣萼之愛，由於天性。先祖殁後，伯祖越阡公于辛巳杪冬北上，泊舟鍾賈山，《哭弟》云：「中介山蒼暮色開，孤舟涙落楚猿哀。烟沉月上枯蘆寂，目斷遥天雁影來。」「棣花庭畔一枝彫，夜月清尊竟寂寥。差幸紫囊能解佩，注云：姪賡鐘有聲黌序。劇憐孤女未垂髫。」「赤日凉飈數往還，疏星殘月暗關山。夜臺此日倘相憶，倍惜冰霜游子顔。」「古岸荒燐野寺雲，石梁烟鎖水沄沄。孤篷寒枕千聲涙，只恐泉臺總不聞。」序云：余數遊燕，弟輒祖送青浦，或金昌亭畔，情事依依如昨，今不再見矣，臨風長慟，口成斷句四首。讀之聲涙俱迸。《古檀詩話》。

伯祖公車北上，見有貌類先祖者，口占云：「自從死别隔幽明，夢裏牽衣欵語情。馬上逢人雙涙落，黄沙斜日一鞭横。」後赴林邑任，道中又追慟云：「竹馬嬉遊溯昔年，文窗酒陣共留連。緇塵我遠雙鳩日，赤手君支半壁天。山郭桑陰鳴野雉，江城夜雨哭啼鵑。還聞燕壘空梁去，時移居北郭。馬鬣何年傍墓田。」文不及承事先祖，每瞻遺像，并讀諸詩，輒爲涕零。《古檀詩話》。

桃花人面，經崔護一哭，復覩春風。後有吴江葉元禮者，漁洋門人，美丰姿，少日隨兄學山，過流虹橋，一女子在樓上，見而慕之。問其母曰：「與葉九秀才偕行者，何人也？」母漫應之曰：「三郎也。」女積思成疾，將終，語母曰：「得三郎一見，死無恨矣。」女卒，元禮適過其門，母以臨終言告，元禮入哭，女目始瞑。朱竹垞作《高陽臺》記之云：「橋影流虹，湖光映雪，翠簾不捲春深。一寸流波，斷腸人在樓陰。游絲不繫羊車住，倩何人傳語青禽。最難禁，倚遍雕闌，夢遍羅衾。重來已是朝雲散，悵明珠珮冷，紫玉烟沉。前度桃花，依然開滿江潯。鍾情怕到相思路，盼長堤草盡紅心。動愁吟，碧落黄泉，兩處誰尋。」一時交傳其事。後至會稽，每入市，窺簾者夾道。時宋副使琬觀察越中，曰：「是將看殺衛玠。」因招之入署讀書。及歸，竹垞送以詩云：「明童倚曲動梁塵，姹女新妝更絶倫。齊向羊車看衛玠，臨行愁殺洛陽人。」漁洋亦有詩。堪與崔護事並傳不朽矣。《古檀詩話》。

陶然亭壁間，刻古風一篇，漢陽江水部藻作，其亭即水部所建。詩云：「他年縱與京塵遠，肯忘西山拄笏時。」前輩風流，堪不朽矣。堂有聯曰：「此亭風月足千古，使我襟懷時一開。」凡同年宴游，必集於是云。《古檀詩話》。

愛詩不必盡能詩也。華亭主簿趙東籬，紹興人，曾任南宫訓導，遇名輩，輒折腰求東籬詩。王漁洋、朱竹垞、孫莪山、劉大山、宋山言、毛初晴、徐蝶園、繆湘芷、康乃心、阿立恒諸公，有贈詩一册。其最佳者，宋漫堂詩云：「好句當時説倚樓，餐英人淡一籬秋。樽前不少豪華事，醉擁無聲鞠部頭。」王方若詩云：「平生自號東籬子，長憶秋英裛露華。宛委山光若邪水，好尋小圃徧栽花。」「君不吟詩苦愛詩，篇章懷袖幾人知。和陶亦有坡公癖，不爲君題更爲誰。」吴聖水詩云：「塞近風高易作秋，菊枯蝶冷總堪愁。不知此地東籬客，何處尋花插滿頭。」「雲白天青樹葉丹，酒人花社足盤桓。好山只在疏籬外，歸去江南着意看。」《古檀詩話》。

香山詩云：「貧堅志士節，病長高人情。」解此高言，便是子輿氏「生於憂患」義理。又蘇長公云：「因病得閑殊不惡，安心是藥更無方。」抑亦善自排遣之一法也。濡須袁固亭廣文，樂道前語。予爲二豎糾纏，不離藥裹，爲書此銘諸座隅。《古檀詩話》。

林下高風，烟霞生于腕底。雲間戴慵齋殿撰有祺，著《尋樂齋詩》。五言云：「忽經一夜雪，不辨對門山。」「不辭鄰舍酒，懶答故人書。」七言云：「但作閒人何必隱，不耽佳句易成詩。」殆刻意擬和靖、石湖兩家者。《古檀詩話》。

自白傅詩老嫗多解，遂開宋人率易之風。予偕桐邨赴閩，談及西莊近尚宋詩，因倣其體，示次兒云：「年方盛壯驅馳易，世沐恩榮報稱難。」寄兩弟云：「一家踪跡分南北，兩字清勤奉楷模。」自慰云：「薄宦粗成兒捧檄，遺經可補女知書。」寄五弟云：「住山境界清爲福，五弟贅居横雲。養病工夫静即安。」示諸僕云：「魚市鶴租勤料理，藥欄花圃巧安排。」不識光禄見之，爲何如也？《古檀詩話》。

趙四娘墓，在衢州鹿鳴山下，面溪背山，遥映城郭，盡據兹山之勝。四娘，廣陵人，明萬曆間郡守蜀人瞿溥妾也。生有殊色，妙絶聲技，尤善琵琶，能彈蔡琰《古十八拍》，凄艷感人。隨瞿君入浙，舟行瀫江間，愛其澂碧，日令侍婢汲水注器中，照影數四。又見富春諸山，蒼翠詭狀，目送不置。徐謂瞿君曰：「妾邗溝人，止知有梅花岡耳。他日死，必葬此。」瞿君怪其言，未幾果死，年十八耳。葬是山之麓，有碑在古寺中。予哀其事，爲賦詩曰：「水碧山青夙世因，洛川湘浦是前身。鹿鳴剩有埋香處，幽谷雲含萬古春。」《夢餘詩話》。

校書紘達，有咏物詩若干首，久膾炙人口，今舊板已失，不可復得。嘗記其《崔樓》詩云：「夢回紅日滿窗紗，亂挽烏雲鬢未鴉。梳洗正忙人語沸，隔江來送蠟梅花。」又《後湖》詩云：「旗亭貰酒不論錢，可意人兼是妙年。殘月曉風楊柳外，祇應教唱柳屯田。」紘達自恃才華，風流倜儻，讀此可略見一斑。《夢餘詩話》。

毛舜臣被命灑掃南内，迴廊粉壁，多有宫人字蹟留香。媚蘭仙子題云：「寒氣逼人眠不得，鐘聲催月下斜廊。」梁溪楊載遊鳳皇山，過宋大内，至披香閣故址，拾一玉牌，鐫云：「内人曉起怯春寒，輕揭珠簾看牡丹。一把柳絲收不得，和風搭在玉闌干。」皆名作也。後人倘遇零膏賸粉，宜即廣爲傳播，幸勿秘之篋中。《古檀詩話》。

山東苦水舖壁間，有《征車怨》三首，乃南蘭十五歲女沈真如金粟氏題。序云：「羽蓋臨南，雲鬟擁北。何如桃葉，停橈只在江頭；未似楊枝，桂帆不離越水。長堤千里，撲面黄沙，斗室一燈，寓書粉壁。睠爾惜春之鳥，憐予並蒂之花。偶然飛入宫墻，或且放歸烟水也乎？」詩曰：「傳呼約束内家妝，扶上征車淚幾行。回首畫橋飛燕子，可憐隻影度寒塘。」「燕語鶯啼悔未藏，舞衫歌袖更凄涼。小年解誦唐人句，爲愛蘆簾着孟光。」「未免有情誰遣此，不曾真箇亦難忘。知他後會題詞客，粉墨尋思百和香。」殊覺楚楚有致。《古檀詩話》。

欹器銘曰：「滿招損。」吴王夫差，報仇雪憤，鋭志進取，意氣之盛，可謂壯哉。及舉楚伐越，侈心一肆，沉伍員，用宰嚭，大事去矣。即無浣紗人，能長保其國乎？范同叔詩云：「吴國若留丞相在，越王空遣美人來。」如此翻論，差强人意。玉環之于明皇也亦然。計開元十八年間，六宫中寧無粉黛？顧用人當而圖治殷，聿成太平盛軌。迨天下既治，遂至濫觴，漁陽鼙鼓，有自來矣。此論自唐人亦已發之。狄昌云：「馬嵬烟柳正依依，重見鑾輿幸蜀歸。泉下阿鑾應有語，這回休更罪楊妃。」此爲代宗吐蕃入寇，駕幸陜州事詠也。又韋莊云：「九重天子去蒙塵，御柳無情依舊春。今日不關妃妾事，始知孤負馬嵬人。」此爲黄巢入潼關，上西幸事詠也。英雄所見，大概略同。《古檀詩話》。

《楊州歌吹詞序》曰：「玉鉤斜，在府城西，煬帝葬宫人處。昔人詩云：『應有春魂化爲燕，年年飛入未央宫。』故國青山，美人黄土，可勝憑弔。」讀之酸鼻。《古檀詩話》。

曹秋岳《昭君詞》六首，其中有一絶云：「百兩旌旗出帝都，玉壺承淚下金鋪。衹應曲貫陳閎死，重畫含淒上馬圖。」詞意警絶。但同毛延壽棄市者，爲劉白、陳敞、龔寬、楊望、樊育，而無陳閎，似屬誤用。《宣和畫譜》：陳閎，會稽人，爲永王府長史傳寫，兼工人物鞍馬。開元中，明皇召入供奉。可知陳閎非漢時人。《拾遺》。

「漢使却回憑寄語，黄金何日贖蛾眉。君王若問妾顔色，莫道不如宫裏時。」樂天賦此詩時，年甚少，其意何優游而不迫也。《王直方詩話》極稱之。《古檀詩話》。

昭君戎服乘馬，提琵琶出塞去。爲書報云：「誠得捐軀報主，何敢自憐？獨惜國家黜陟，移於賤工，南望漢關，徒增愴結。」何等沉鬱。諸廷槐《明妃曲》云：「娥眉宛轉欲銷魂，一曲琵琶雙淚痕。不到陰山冰雪地，那知永巷是君恩。」王元勳云：「琵琶一曲淚雙流，明月高懸青海頭。記得當時曾獨看，凄凉猶是漢宫秋。」皆藴藉風流，拔奇名作之外。見王光禄《江左十子詩鈔》。《古檀詩話》。

望古遥集，侯朝宗壯悔堂屢經易主，近又歸劉氏。落成之日，演《桃花扇》傳奇，此前明鈎黨顛末也。時予與桐城張司業鐵船客宋中，鐵船賦詩云：「水榭參差間緑楊，凄凉舊院繚垣長。十年不弔胭脂井，忍見當筵窈窕娘。」「蔓草新除宋玉居，畫梁塵起按歌初。夷門公子吟魂在，璧月瓊枝怨有餘。」「石子岡頭戰鼓聲，未妨名士悦傾城。南朝半壁如殘奕，試展氍毹覆一枰。」「甲煎濃薰樺燭然，樓臺無地悵寒烟。忘憂館外長圓月，猶向秋宵照舞筵。」予和之云：「凄凉第宅隱疏楊，重叙升沉語自長。多少穠華銷歇盡，便應休更話真娘。」「浪遊十載感離居，勝地欣逢作客初。欲仿當年通德里，夷門堂構已無餘。」「雲亭樂府譜新聲，幾度傷心建業城。扇底桃花遺曲在，殘碁一局賸空枰。」「灰冷金猊不復然，南朝臺榭悵荒烟。美人名士皆黄土，剩有梨園上舞筵。」同時和者甚衆，如陳銀臺坦齋、宋方伯蘭揮，詩極哀艷，足令閲者濕盡青衫。《西樵詩話》。

《桃花扇》下場詩，亦多佳者。《偵戲》云：「白門楊柳許誰攀，文酒笙歌盡等閒。惟有美人稱妙計，憑君買黛畫春山。」《鬧榭》云：「月落烟濃路不真，小樓紅處是東鄰。秦淮一里盈盈水，夜半春帆送美人。」《撫兵》云：「紛紛將士願移家，細柳營中起暮笳。千古英雄須打算，樓船東下一生差。」《守樓》云：「匆匆夜去替蛾眉，一曲歌同易水悲。燕子樓中人卧病，燈昏被冷有誰知。」《寄扇》云：「書到梁園雪未消，青谿一道阻春潮。桃根桃葉無人問，丁字簾前是斷橋。」《題畫》云：「重到紅樓意惘然，閒評詩畫晚春天。美人公子飄零盡，一樹桃花似往年。」《古檀詩話》。

名教中自有樂地。金陵舊事，未免濫觴。宋牧仲中丞《題桃花扇》云：「血作桃花寄怨孤，天涯把扇幾長吁。不知壯悔高堂下，入骨相思悔得無。」「陳定生吴次尾名士鎮周旋，狎客追歡向酒邊。柳敬亭、蘇崑生。何意塵揚東海日，江南留得李龜年。」具見高識。又左寧南舍外寇而清君側，樓船東下，一生差，所爲曲中有史也。《古檀詩話》。

詩有史，曲亦有史。孔東塘學博尚任號云亭山人，用侯方域、李香君事，作《桃花扇》傳奇。其間朝政得失，文人聚散，皆確考時地，全無假借，與《長生殿》盛行於時。德州田山薑司農雯題詞云：「一例降旗出石頭，烏啼楓落秣陵秋。南朝賸有傷心淚，更向胭脂井畔流。」鐵嶺陳于王云：「《玉樹》歌殘迹已陳，南朝宫殿柳條新。福王少小風流慣，不愛江山愛美人。」唐肇云：「棲霞山色白雲空，梅嶺春殘亂落紅。六十年來啼杜宇，桃花血淚點春風。」朱永齡云：「曲終江上數峰青，金粉南朝戰血腥。野草閒花愁滿地，一時都付老云亭。」陳王琰云：「飄零金粉雨瀟瀟，舊院依稀長板橋。莫怪秦淮水嗚咽，六朝流盡又南朝。」《古檀詩話》。

稼部《桃花扇》中詩辭，均有可採。其《寄扇齣》云：「認得紅樓水面斜，一行衰柳帶殘鴉。銀箏象板佳人院，風雪今同處士家。」則尤雅韵欲滴，描寫如生也。至「葉分芳草緑，花借美人紅」，艷事麗詞，妙絶千古矣。《古檀詩話》。

茶令人爽，花令人韵，香令人雅，琴令人幽，酒令人豪，棋令人籌，石令人重，美人令人憐，松竹令人清貞，梅令人秀勁，蘭桂令人芬芳，水仙令人修潔，蒲團令人静，雲霞令人曠，遠月令人孤高，風令人疏暢，雪令人瀏亮，雨令人灑落，冰霜令人嚴冷，古鏡令人開朗，寶劍令人悲壯，美玉令人温潤而栗，禽魚令人活潑，入定老衲令人冲恬，名山大川令人廣大，名人書畫令人心目醒然蒼翠，舊鼎彝令人度越輓近而想見漢唐已上，圖書千萬卷令人不出户而周知宇内，洞曉古今事變。右語已有創言之者，崇禎間凌漢翀重補之。予又加以詩令人情來而興往云。《古檀詩話》。

對句云：「滄海日，赤城霞，巫峽雲，峨眉雪，彭蠡烟，洞庭月，瀟湘雨，廣陵濤，廬山瀑布，合宇内奇觀，繪我齋壁；子美詩，摩詰畫，《左傳》文，馬遷史，薛濤牋，右軍帖，《南華經》，相如賦，屈氏《離騷》，收古人全藝，置我軒窗。」設凌公見之，當收之錦囊中。《檀園書畫紀略》。

禪悦頗有味。曩宿細林山，與指松上人琉璃火底言笑，繼以吟咏，歷晝夜無倦。予和一泉實源偈云：「竹篦打斷不知禪，黄蘗山前且種田。昨夜低頭星在水，擡頭依舊蔚藍天。」又題竹杖偈云：「老扶杖，杖扶老，一放鬆，都跌倒。大家離不得，畢竟誰擔力。粉籜生來自有根，芒鞋脱却渾無迹。」雖門外漢語，録之以誌一時之樂。按一泉善畫梅，至今人猶稱之。《雪莊雜記》。

方外每精翰墨。珠溪圓津庵晴崖上人，善畫山水，尤長於詩，曾和予《村居八詠》，其佳句甚夥。

《黄雪廊》云：「數株陰映半天碧，何處香來一院秋。」《冷香徑》云：「花繽紛處月横曉，風斜峭時心解涼。」《話雨篷》云：「眼底秋風蓴菜滑，夢中春水櫂歌清。」不愧詩僧之目。又有見性師者，真如人，能詩。句如「梅殘風昨夜，柳潤雨今朝」，妙香沈丈嘗稱之，張幻花先生延入指松庵主講。我友廖古檀，亦舊與往來，故有詩云：「記否真如參講罷，瘦笻同過碧蘿村。」依然虎溪遺跡也。《西樵詩話》。

風月美人心。西樵攜一女郎小影，年可十六七，手撚蘭枝，花間延佇，飄飄乎有凌雲想，題句盈幅。南滙吴太史白華云：「禪心持繡普光王，薛瀫晴雲水一方。妙偈蓮花煩證取。瘦腰家世本東陽。」「閑安奩鏡妥珠鈿，月地朦朧鏁洞天。爲惜春陰花事晚，石牀長聘小銜蟬。」桐城孫進士咫庵云：「主人對我展冰紈，瞥見姮娥在廣寒。爲問拈花向誰笑，捲簾獨自倚闌干。」「衆香國裏老兵降，姊妹花開映繡窗。知叱貍奴應有意，怕驚蝶夢不成雙。」儀徵江明府蔗畦云：「猧兒趁暖蝶翩翻，鏡裏香生著翠鈿。畫出江南腸斷候，泥人風味晚春天。」「多情桃葉復桃根，寂寞巫山舊夢痕。圭字風簾丁字檻，不曾真箇也銷魂。」元和高明經桐村云：「藐姑仙在卍齋中，鹿膽新添檀暈紅。彷佛天寒飄翠袖，石闌斜礀海棠風。」「微笑拈花玉笋纖，雲鬟掩映水晶簾。泥金裙衩低垂處，不露輕盈小鳳尖。」其餘名作尚多，亦一時佳話云。《幼芝雜録》。

攬勝必偕名流。憶汪笠夫、徐蒼林同予載酒，遍遊吴中山水。歸途泛泖登塔，時風日晴美，挂帆細林横雲之間，自歸田以來，杜門養痾，未有如此之樂。蓬窗唱和，積成卷帙。猶憶登虎丘西嶺，有句云：「林寒千嶂雨，窗緑半江雲。」汪笠夫和云：「藤厂滴零雨，石樓棲斷雲。」徐蒼林和云：「僧歸山脚雨，鳥散樹頭雲。」叠韵數十首，其佳句殆不可勝述。《古檀詩話》。

人豪詩豪。上海張少華，倜儻不羈，才情横逸，其詩如迅雷轥空，長風蹴浪，飛電沓影，重雲滿盈，倏開倏合，一朗一晦，有不可摧抑之勢。余有寄懷詩云：「五茸壇坫最嶙峋，同調欣看張我軍。華海一編足千古，瓊臺明月泰山雲。」《莳香書屋詩話》。

相傳有劉姓者，作曉行詩甚佳。而厲樊榭詩注載薛春遊以春遊詩得名。五代時，又有作夜坐詩而傳者，亦姓劉氏。以「劉夜坐」對「薛春遊」，殆不減陳驚坐、趙倚樓之工。《聽吟軒手輯》。

七子詩出，一時紙貴，王主政昶尤秀骨天成。其《秦淮水榭》云：「板橋疏柳青溪埭，蕭寺寒鐘白下城。」《懷錢曉徵學士》云：「青山花落真娘墓，碧草烟深伍相祠。」而弔古之作，亦復激昂骯髒。《韓蘄王廟》云：「半壁江山留戰跡，一家婦女盡英雄。」又曹習庵編修仁虎爲嘉定三才子之一，其詩華贍妍媚，如魚油龍劚，列堞明霞。《登金山》云：「萬里岷濤浮島嶼，九枝海日挂樓臺。」「水連鐵瓮無邊白，山到金陵不斷青。」《送趙升之歸松江》云：「芳草緑波橋畔酒，夕陽紅樹客中詩。」《春草》云：「青塚舊愁連朔漠，白門遺恨送南朝。」「玉堦尚濕三更露，金谷初回二月花。」「紫陌風和吹漸長，紅閨雨過門還遲。」「千家細雨飛花地，十里輕陰落絮天。」余酷愛王、曹二公詩，常欲效唐人選句圖，摘其佳者，藏之箱篋而未果。近作《懷人》三十章，内有《憶習庵編修》云：「短褐論交同調孤，一時大雅賴君扶。詩篇束笥知多少，欲作張爲《主客圖》。」蓋自寫傾倒之忱如此。《古藻堂詩話》。

東洋離南海萬餘里，自廣東開船，順風半月餘可到。嶺南陳法乾，嘗至其國，凡數閲月，作長篇紀其事。中云：「國人多是好樓居，樓上檐牙列八隅。畫壁層層披錦繡，雕題往往飾金珠。風俗輕男惟重女，婚媾郎就女家處。夫婦長如比翼禽，出門便當連臂去。衣裳綺麗似雲霞，洋婦容顔羞落花。青髮鬘垂光奪目，薰沐奇香益倩華。青樓紅粉多殊色，芙蓉嬝嬝嬌無力。帷裳縹緲曳仙衣，鸞帶冰綃本鮫織。玉指玲瓏晝不成，香茗浮盃頻勸客。媚人一事更銷魂，茗椀先將香髮拭。薌澤常沾齒頰芬，伽南氣味生餘瀝。腰肢結束真天人，百萬纏頭輕一擲。」末云：「向晨動作向午息，午後閉門人闃寂。黄昏燈火徹通宵，市肆行人重貿易。門門開處綺羅叢，香氣潛來紫陌風。樓閣千家翠箔捲，繚寮遠射燭光紅。直至雞鳴人始静，一日分爲兩日永。一年七百二晝宵，應惜流光難駐景。」録此覺外夷風景之異，如在目前也。《古檀詩話》。

文行克興，治斯進古。余在合肥，延癸巳進士邵君□□主廬陽書院，並建文昌閣、魁星樓。門下士若褚君啓宗、高君攀龍、宋君裔能，均高掇元魁，然以未及載諸志乘爲憾。平和曾青溪蓴，以名進士宰恩平，建南平書院，刊《書院志略》，纖悉具備。歷調電白，旋陞司馬，今駐佛山。有《和譚觀察尚忠宿温泉韵》云：「解衣尚有臨深懼，觀水曾無觸熱心。」意念深矣。觀察詞華豐贍，到處留題，鷺門虎溪巖，有「雲軒小憩」四字額，皆其手書也。《古檀詩話》。

「北斗芒寒鰲氣動，西山秋老桂香來。」又曰：「落帽曾經偕客去，聽鶯猶憶勸農過。」予去任時，留題文昌閣句。予任合肥，脩葺學校及古名蹟，并建萬壽宮、文昌樓于城中央。而東關水閘告成，復起文昌、魁星二閣，高出雲表，蓋費苦心經營者。臨別依依，因有斯作。合邑少桂，大蜀山一樹，老幹扶疏，香聞數里，故前聯及之。首句則謂褚、高諸生也。詩載《攬秀圖》。《古檀詩話》。

合肥多才。門人趙履上與兄履中齊名，工詩詞，兼精隸篆。兩應召試，未遇而卒。郡憲王容齋宬恤其家，幸不至失所。憶其壽余十絶句最佳，係用霓裳羽衣韵者，爲節録於後。第一章云：「朝霞晴罩萬山蒼，四野風吹早稻香。竹閣漏清簾不捲，看花天氣又稱觴。」第二章云：「香生紅桂静官衙，一榻圖書拂絳紗。小院鳴琴清絶處，忽教秋夜放桃花。」第四章云：「按板高吟錦一梭，自抛紅豆拂輕羅。太平門巷多閒詠，爲和民間擊壤歌。」第五章云：「花滿山城雲滿堆，月隨弓影一彎開。民情歷偏心如鏡，常向晴郊走馬來。」第六章云：「論文多士仰宗工，花樣隨時理法同。方信量才真玉尺，十年燈火爲公紅。」第七章云：「一院風高梟壑清，政餘課讀月華明。夜深書韵鳴天籟，萬里桐陰作雨聲。」第八章云：「印床對雨晝偏遲，花萼争傳絶妙辭。每到夢回青草緑，一庭春在謝家池。」又見其詩有刻入《江北詩選》者，率多雅章。玉樹早彫，能無三歎。《古檀詩話》。

好硯至米襄陽極矣。三山薛文學元春補堂貽予《研史》二册，乃林中翰佶令嗣涪雲所著，集其先人鳳池遺蹟，暨戚友余京兆甸、許儀部均、周京兆紹龍、黄大令任、陳京兆治滋、謝閣學道承諸家研銘所成，并取藏研家，如趙松雪、梅道人、高江邨、陳香泉、趙拙庵銘詞附焉，共八卷。予題四絶云：「秋風渺渺正愁予，青鳥銜來古篆書。恍對硯山勤拂拭，不教淚滴玉蟾蜍。」「新詞舊研墨痕香，風雅三山獨擅長。只恐六丁拏攫去，石函金匱好收藏。」「遺句争傳似碎金，那堪手澤半銷沈。先贈公善書，愛一蕉葉白小研，爲上海劉夷來先生取去。摹抄銘勒添予感，一片油然孝弟心。」「三洞精華筆底傳，分明翰墨有深緣。青花蟲蛀留行篋，乞取新銘着意鐫。」又承補堂書篆鐫章，賦一律云：「雲根雅結素心交，金石遺編許借鈔。潑墨香浮鸜鵒眼，開函星燦鳳凰巢。林氏居鳳凰里。龍文古篆鷩拏攫，鐵筆新鐫詫凸凹。鎮日摩挲忘寢食，勞從研北費推敲。」補堂掌教福安，善詩及楷篆。《古檀詩話》。

福安遊天馬山倡和諸詩，裝池畫册。越二年重至，見壁間書次韵一首，爲陳君奎元作。詢諸僧，則福庠文學也，遂以詩筒來往。呈予律句云：「山近郭門頻躡屐，春歸海國更飛觴。」予報之云：「白雲樵響東山屐，紅藥吟懷北海觴。」「路迷紅雨僧歸寺，座擁青山客舉觴。」陳君極心折，益共談文。庚寅，陳君舉于鄉。福邑自庚子至今，計不發科者數十年矣。《古檀詩話》。

去福安西三十里，群峰繞翠，古刹凌霄，乃崇福寺也。中間爲溪流所隔，舍騎乘舟，舍舟登陸，一路水光山色，奇境出焉。余有句云：「渡口流何急，山中日未西。」「澗遠麋群飲，松高鶴慣棲。」「雲巒開勝覽，花木引幽栖。」蓋亦一韵而數叠者。《古檀詩話》。

地靈每生人傑。福安湖光閣，爲鄭氏讀書處，陳榆台奎元其師也。閣面山臨流，蔚然深秀。予有贈句云：「千峰雨氣連雲氣，一棹湖光接斗光。」今榆台手擷桂香，予言斯驗。鄭氏金昆，當接踵而興爾。《古檀詩話》。

漁洋山人，蒙恩補謚文簡，大慰人望，猶韓慕廬之補謚文懿也。聞文懿嗜酒與烟，或問曰：「不得已而去，於斯二者何先？」文懿躊躇半晌，對曰：「去酒。」掌翰林院事時，會命門人賦淡巴菰淡巴菰，烟草名，見姚旅《露書》。詩，詩多不傳，惟慈谿鄭太守梁爲庶常時所作，存《玉堂集》中。海寧陳文貞公有五律四首，句云：「似吐仙翁火，初疑異草薰。」又：「味從無味得，情豈有情牽。」又：「吸虚能化實，嘗苦有餘甘。」今閨閣中亦多尚此。舅氏陳玉田句云：「猩脣動處櫻桃綻，翠管拈時玉笋長。」蓋鬚眉巾幗，嗜好約略相同矣。《古檀詩話》。

家釀以醇爲貴。嗜酒者每曰辣爲上，酸次之，然唐造甘醴玉練槌，入口香美，元陳舜道有「村酒柔情玉練槌」句。予生平喜飲高郵木瓜，次則鎮江佛手，在家則福橘爲宜。有句云：「白雪夜寒傾橘酒，紅欄春暖賦梅花。」又我鄉白酒最佳，陳石鶴桓句云：「白沽十月酒，黄割九觔雞。」十月白，九觔黄，皆諺語也。《古檀詩話》。

罨畫樓詩話卷七

過揚州者多問紅橋，漁洋游記所謂如麗人靚妝袨服，流照明鏡中者是也。庚午春，予遊邗江，與同年友畢花江懷圖、秦序塘爔、戴容齋汝榕、程一之綰、張冠村安國，暨同學洪志堂錫璋諸君，暢遊紅橋。容齋題予《西風鞍馬圖》云：「楊柳晴烟，杏花春雨，行旌暫向蕪城住。錦帆纔卸白雲灣，畫船早掉紅橋去。一水方流，三春欲暮，江毫巧繪尋春緒。紅牙檀板付櫻桃，新聲唱徹蘼蕪路。」其餘亦皆有和作，一時佳唱傳播旗亭，至今思之，猶爲撫掌稱快也。《古檀詩話》。

杭州自九里松入西山，至泠泉亭，一路幽絶。顧寸田之麟作云：「東風逐人行，吹我入松徑。深翠夾路長，腰脚肯濟勝。小休坐石橋，山色乍投贈。峰峰出晴烟，暱就如可凭。紆回更幽尋，妙境不教剩。澗響落春泉，静侶同一聽。有亭匪自今，嵩佛對禪定。色相唯古梅，聲聞只疏磬。泉泠境亦泠，僧與客都稱。斯遊詎偶然，留作三生證。」顧君與僧繡巖明中多唱和詩。《古檀詩話》。

《水繪庵脩禊記》云：「時日將暝，乃開寒碧堂，命歌兒演《紫玉釵》、《牡丹亭》數劇，差復諧暢。漏下二鼓，以紅碧琉璃數十枚，或置山巔，或置水涯，高下低昂，晶瑩閃爍，與人影相凌亂。横吹聲與管絃拉雜，忽從山上起，栖鴉簌簌不定。阮亭曰：『此何異羅星斗而聽縱笙也。風光如此不成醉，帽影鞭絲何處歸。』又曰：『永和三日今千載，坐使清風滿竹林。』蓋冒辟疆出文衡山《蘭亭卷》同觀，故云。」

讀之令人色飛眉舞。按脩禊在乙巳中春，文簡同邵潛夫、陳其年共八人，有七古八首。潛夫潛自號五岳外臣，通州人，年八十，尚能賦詩。《古檀詩話》。

「東閣官梅動詩興，還如何遜在揚州。」繼其盛者，漁洋山人耳。王西樵云：「貽上神姿清徹，如瓊林玉樹。爲揚州法曹日，集諸名士于蜀岡紅橋間，擊鉢賦詩，香清茶熟，絹素橫飛，陽羨陳其年有『兩行小史艷神仙，争寫君侯斷腸句』之詠。過廣陵者，道其遺事，仿佛歐、蘇，不徒憶樊川之夢也。」知弟莫若兄矣。《古檀詩話》。

五言如姜鐵夫：「青山吟鮑謝，紅燭寫莊騷。」丁雁水：「青山秋後夢，黄葉雨中詩。」華空塵：「秋老留紅葉，風輕轉白蘋。」崔金友：「海闊天垂遠，花深月到遲。」董樵水：「春風公瑾墓，細雨吕蒙城。」陳元孝：「離憂在湘水，古色滿衡陽。」吴天章：「泉繞漢祠外，雪明秦樹根。」董文驥：「春雨王孫草，靈風古木叢。」亦皆一片明光錦也。《古檀詩話》。

絶句如林初文《送人》云：「不待東風不待潮，渡江十里九停橈。不知今夜秦淮水，送到揚州第幾橋。」汪懋麟《寒山寺》云：「吴中池館日吹簫，只有寒山寺寂寥。揺落江楓對漁火，行人歸去雨瀟瀟。」《旅舍》云：「横笛何人夜倚樓，小庭月色近中秋。涼風吹墮雙梧影，滿地碧雲如水流。」漁洋《野渡庵》云：「西澗蕭蕭數騎過，韋公詩句奈愁何。黄鸝唤客且須住，野渡庵前風雨多。」及「門前九曲崑崙水，千點桃花尺半魚。」「餘霞散綺澂江練，滿眼青山小謝詩。」「青笠紅衫風雪裏，一林楓柏馬蕭蕭。」恍入畫圖。今讀《感舊集》，更美不勝收矣。《古檀詩話》。

「清詞麗句必爲鄰。」漁洋《登燕子磯》「吴楚青蒼分極浦，江山平遠入新秋」，與高季迪「白下有山皆繞郭，清明無客不思家」，皆神韻天然，不可凑泊。予嘗照此例，從《漁洋詩話》中裒而集之。如張虞山：「南樓楚雨三更遠，春水吴江一夜生。」陳元孝：「家山小别吟兼夢，水驛多情浪與風。」彭羨門：「依然極浦生秋水，終古寒潮送夕陽。」朱元式：「秋雨茂陵人獨卧，西風汾水雁還來。」崔金友：「吟思白社傾家釀，坐對青山讀異書。」胡彦遠：「帆檣楚國群烏晚，橘柚吴天一雁晴。」屈翁山：「白髮不愁明鏡滿，秋霜只怨雁門多。」程松圓：「瓜步江空微有樹，秣陵天遠不宜秋。」「梅殘燭燼西窗雨，雪沍香濃小閣雲。」「夢裏楚江昏似墨，畫中湖雨白於絲。」「多年華髮絲相似，三月春愁水不如。」「嶽寺夜眠春澗雨，浦樓寒醉雪山風。」宋荔裳：「賦成赤壁人如夢，江到黄州夜有聲。」覺偶意共逸韻俱發，足供吟賞勿置也。今諸詩全璧，俱見《感舊集》中。《古檀詩話》。

《感舊》一集，漁洋山人未刻之書也。往在都門，黄崑圃先生以《漁洋詩話》及《五代詩話》見貽，予因復以《感舊集》請，先生云：「是稿本藏余家，今爲德州盧雅雨持去矣。」後予任合肥，盧公以新刻《感舊集》並其塞上詩惠閲。讀其序云：「集名感舊，則先生有取於曹子桓之言。抑予官揚州日，憶平山紅橋，爲先生修禊賦冶春之地，嘗與諸名士觴詠其間。雖文采風流未足後先輝映，然當時高懷逸韻，猶彷彿遇之琴樽林壑間也。」嗟乎，風雅之道，可永永流傳矣。《古檀詩話》。

宫詹序《漁洋詩話》，略云：師遘棣萼雙凋，風流歇絶，鴒原追痛，一篇之中，三致意焉。詎止春草吟池、秋風夜驛之感已乎？詩朋執友，極天下之選。迄諸老徂謝，師靈光巋存，酒闌燈灺，感慨舊遊，頻復援述緒言，申譯遺句，則山丘華屋之思，殆無以過也。早歲爲風雅總持，敲銅刻燭，連袂接衽，率多布衣窮畯，顯幽振滯，津津齒頰間，真能寫出山人忠厚悱惻之意。《古檀詩話》。

蘭亭觴詠，最爲雅集。雖然，莫謂古今人不相及也。癸巳上巳，吳閶宋既庭、章素文舉社事，飛箋訂客，大會於虎阜。先一日，布席山頂，次日，聯巨艦，飛觴賦詩，歌舞達旦，真修褉以來一盛事也。梅村以詩紀之曰：「楊柳絲絲逼禁烟，筆床書卷五湖船。青溪勝集仍遺老，白袷高談盡少年。筍屐鶯花看士女，羽觴冠蓋會神仙。茂先往事風流在，重過蘭亭意惘然。」《古檀詩話》。

崑山遂園，徐氏别業也。司寇健庵、中允果亭，與同邑盛侍御誠齋家居，倣香山洛社故事，招集名宿，於三月上巳之辰，觴咏園中，佐以絲竹。與斯會者，爲常熟錢别駕湘靈、孫孝廉赤崖、長洲尤檢討晦庵、何提學涵齋、太倉黄贊善忍庵、華亭王司農却非、許觀察鶴沙、上海周洗馬礪岩、無錫秦諭德對巖，三郡共十二人，耆耋參半。繪爲圖，各繫詩二首，韵限「蘭亭」二字，標其籤曰「遂園修褉詩卷」。如此猶見前輩風流，香山洛社，何以加兹？《古檀詩話》。

「青條若總翠，黄花如散金。」張季鷹詠菜花詩也。有以「黄花」句課士者，賦成菊有黄花，殊可噴飯。吳門城南香嚴寺一帶，每當春和，黄雲滿地，蜂攢蝶繞，香氣撲人。宋中丞常遊寺中，成《看菜花》二律句，詩云：「爲赴山僧約，南村看菜花。黄雲晴野布，緑樹道場遮。入院唯聞磬，隨緣且喫茶。西堂誰貌取，鶴骨聳烟霞。」「開軒仍在野，讀畫却通禪。偃仰香如此，林丘静渺然。竹雞喧暝色，江月破春烟。咏罷淹歸騎，從師促和篇。」思致翛遠，一時和者，尤西堂、宋既庭二十餘人。彭南畇最佳，如

「香畦方偏染，步障不須遮」，及「現身固偶爾，託契亦翛然」、「仙梵生清籟，齋厨破冷烟」，與中丞詩工力悉敵。後六十年，僧復乞能詩者賡和，佳句亦多。如彭殿撰「香林真儼若，古意倍悠然」，李勉伯「風流今逝矣，圖畫尚依然」，王罔齡「白雪詩猶在，清風思渺然」，顧景嶽「春風纔過處，景物共熙然」，前後媲美。余亦有句云：「鶯花吴苑雨，林壑寺樓烟。」攬結不盡矣。《古檀詩話》。

「家在江南黄葉村」，東坡題畫句也。尤西堂以「家在江南楊柳村」爲起句，名士俱屬和。王司寇詩云：「家在江南楊柳村，蘆碕沙步水邊軒。玉堂看畫翻怊悵，短葉長條似故園。」「家在江南楊柳村，圖中風物黯消魂。滄浪亭下春風起，一夜魚苗水到門。」陳檢討詩云：「家在江南楊柳村，笑君只憶水哉軒。野夫原住荆溪上，也有蒲萄漲滿園。」「家在江南楊柳村，此時村景最消魂。疏梅未坼香生樹，野鴨群飛響過門。」風致俱不減大蘇，想見當年名流聚會之樂。《古檀詩話》。

揚州紅橋之名，自新城司寇爲司理時，與諸名士觴咏而著。陳其年詩云：「輕紅橋上立逡巡，緑水微波漸作鱗。手把柳絲無一語，十年春恨細如塵。」又：「一帶蕪城緑野烟，三春板渚亂寒田。傷心錯到平山路，不獨江南事可憐。」又：「雨餘垂柳鴨頭緑，日落吴天卵色紅。絶似儂家罨畫裏，幾層春水幾層風。」旖旎纏綿，真令人一字一擊節也。《古檀詩話》。

《七修類稿》：張翰事齊王冏，不樂於官，一日在京師見秋風起，作歌，遂棄官而歸。宋運使王贄詩云：「吴江秋水灌平湖，水闊烟深恨有餘。因想季鷹當日事，歸來未必爲蓴鱸。」蓋言翰度時不可有爲，故飄然遠去，寔非爲蓴鱸也。東坡《三賢贊》曰：「浮世功名食與眠，季鷹真得水中仙。不須更説知幾早，只爲鱸魚也自賢。」其説又高。《松風餘韻》。

「江干多是釣人居，柳陌菱塘一帶疏。好是日斜風定後，半江紅樹賣鱸魚。」漁洋咏真州句也。《竹嘯軒鶯脰湖詞》：「湖波起縠晚風餘，一抹殘霞畫不如。傍岸漁家盡收網，緑楊深處賣銀魚。」俱堪入畫。按四鰓鱸産雲間，而銀魚風味尤美，天津稱爲冰鮮，廬州巢湖亦有之，顧惟鶯脰湖魚，肌理細膩，骨肉纖軟；其眼眶色赤，較異他處，味與刀鱭約略相同。予往來鶯脰湖者三次，曾叠村字韻云：「緑漲湖唇碧鑑昏，晴沙暖護白鷗魂。銀魚如雪跳波出，一抹斜陽晒網村。」《古檀詩話》。

詩貴得江山之助。王荆公居鍾山，每飯已，必跨驢一，至山中，或舍驢徧過野人家，所云「獨尋寒水渡，欲趁夕陽還」、「細數落花因坐久，緩尋芳草得歸遲」也。蘇子瞻謫黄州，布衣芒屨，出入阡陌。每數日，輒一泛舟江上。晚貶嶺外，無一日不遊山。故其胸次灑落，興會飛舞，妙詣入神。我輩才識遠遜古人，若跼蹐一隅，何處覓佳句來？《古檀詩話》。

時地確不可易。《説詩晬語》云：遊山詩，永嘉山水主靈秀，謝康樂稱之；蜀中山水主險隘，杜工部稱之；永州山水主幽峭，柳儀曹稱之。略一轉移，失却山川真面。又《漁洋詩話》載：陳伯璣語余：「『姑蘇城外寒山寺』，妙矣，然亦詩與地肖，若云『南城門外報恩寺』，豈不可笑耶？」余曰：「固然。即如『滿天梅雨是蘇州』、『流將春夢過杭州』、『白日澹幽州』，皆詩地相肖。使云『白日澹蘇州』、『流將春夢過幽州』，不堪絶倒耶？」二條可參看。《古檀詩話》。

名作不可失傳。董小宛白常居半塘，經其户者，時聞咏詩聲、鼓琴聲。隨如皋冒辟疆過惠山，歷澄江、荆溪，抵京口，陟金山絶頂，觀大江競渡以歸。後爲辟疆側室，事辟疆九年，年二十七死。辟疆作《影梅庵憶語》哭之，同人哀辭甚多。吴梅村有十絶，其四首云：「珍珠無價玉無瑕，小字貪看問妾家。尋到白堤呼出見，月明殘雪映梅花。」「念家山破定風波，郎按新詞妾按歌。恨殺南朝阮司馬，累儂夫婿病愁多。」「亂梳雲髻下妝樓，盡室蒼黄過渡頭。鈿盒金釵渾拋却，高家兵馬在揚州。」「江城細雨碧桃村，寒食東風杜宇魂。欲弔薛濤憐夢斷，墓門深更阻侯門。」黄俞邵更佳，冒見之流涕。詩曰：「珊瑚枕薄透嫣紅，桂冷霜清夜色空。自是愁人多不寐，不關天末有哀鴻。」「半牀明月殘書伴，一室昏燈霧閣械。最是夜深淒絶處，薄寒吹動茜紅衫。」此二絶爲本集所不載，查蓮坡得之龍眠方復齋。蓋方氏往來水繪園久，故談冒氏掌故詳且悉也。《古檀詩話》。

美人能詩，聲價十倍。張麗人喬送黎孝廉美周詩云：「春雨潮頭百尺高，錦帆那惜掛江皋。輕輕燕子能相逐，怕見西飛是伯勞。」送李山人烟客詩云：「子夜徵歌特底忙，奈何花月是愁觴。春江千折牽遊舸，若箇津頭柳線長。」又云：「香作飛塵玉作烟，輕寒微月養花天。梅花本是江南弄，一叠關山倍可憐。」皆清婉多風，得詩人比興之旨。《古檀詩話》。

名花易謝，情蹟常留。珠江南岸，行六七里爲莊頭，素馨多至一二百畝。昔南漢劉鋹，有美人小字素馨者居此，其植獨繁。花時珠懸玉照，數里一白，是曰花田。南海布衣岑霍山詩：「珠江南岸曉雲晴，處處桑麻間素馨。燈事尚傳遊子艇，墓田曾誌昔人銘。迎風暗入秋形膩，籠月微聞夜夢醒。腸斷賣花聲去後，當年朱户已長扃。」明末名姬張喬殁後，風流之士，醵錢捧土，葬白雲山梅坳，人致一花種葬處，五色相間，爛然如錦，是曰花塚。遥與花田相望，真勝地也。《古檀詩話》。

「東風不與周郎便，銅雀春深鎖二喬。」二喬宅在潛山縣。廣州張麗人，性質明慧，幼好詩詞，每吟唐人「銅雀春深」之句，自名二喬。客或語：二喬，雙稱也，不如呼爲小喬。麗人應聲曰：「兼金雙璧，名有相當。」因笑指鏡中影曰：「此亦一喬也。」年甫及笄，隨諸伶賽神作劇，夜宿水二王廟，夢神刻期聘爲妃，醒語其母，泫然淚下。拍板歌《羅郎》、《比紅》諸絶，宛轉悲愴。旋歿。黎美周誌其墓曰：「粉黛何假，美人何真。艷色等空，春花易謝。後之遇者，知爲麗人埋香處。明月爲鏡，清風引簫，好鳥和歌，蛺蝶自舞。徘徊其間，倘有露鬢風鬟，一唱三歎者出焉，得不爲傳書柳毅乎？」見《觚賸》。《古檀詩話》。

斷粉零香，供人珍玩。粤東龐祖如，藏張美人畫蘭一幅，上有陳文忠公桐君題一絶云：「谷風吹我襟，起坐彈鳴琴。難將公子意，寫入美人心。」公嘗于南園五先生抗風軒，集名流十二人開社，喬每侍公弄筆墨賦詩，誠韵事也。《古檀詩話》。

天涯淪落，士女同悲。毛檢討姬人曼殊，養病墳園，比鄰梅園，老尼過之，讀所懸詩軸云：「河外人家郭外村，金鞭玉勒走王孫。墅橋東畔迢迢路，芳草斜陽晝閉門。」「畫樓高處故侯家，誰種青門五色瓜。春滿園林人不見，東風吹落海棠花。」相與吟歎良久。尼曰：「讀此詩，倍覺此地淒凉，此何人詩耶？」姬曰：「舊懸此庭，不知誰作。」因流涕久之。載尤展成《艮齋雜説》。按詩乃真定梁相國《蕉林集》中《春郊》十首之二也。《古檀詩話》。

豐臺芍藥，最爲穠艷。檢討毛大可奇齡，娶賣花翁女阿錢作妾，陳迦陵更其名曰曼殊。曼殊者，佛花也。不數歲病歿，哀輓成帙，中多佳句。汪主事懋麟云：「荒村侍婢賣花回，補屋牽蘿曉鏡開。怪底紅顔如芍藥，妾家生小住豐臺。」趙宮贊執信云：「淡紅香白好容顔，寶髻堆雲作百鬟。喚作佛花原自誤，如今争肯住人間。」高徵士兆云：「百結雲鬟委陌塵，一函玉骨瘞江濱。可憐遺落春風影，挂向花前還妬人。」《古檀詩話》。

鍾山秀才者，李研齋太史繼室也。有婢墨池，性明慧。秀才常畫蘭竹，池輒侍側，宜墨之淡，令以口受筆退其墨。李詩云：「別有香在口，莫恨胭脂黑。」此墨池所由名矣。事見《觚賸》，亦載《楓江本事詩》。《古檀詩話》。

筆墨游戲，往事多誣。曩作《小青遺真記》，牽引菊香作婢，未免唐突。《湖壖雜志》：有問菊香何人者，陸次雲曰：「客不聞乎？菊香是矣。」此模棱之見也。《楓江本事詩》載：余于己卯五日，泛舟西子湖，尋菊香墓，見碑上刻「本司婢女菊香之墓」字。賦《漁家傲》一闋云：「艾虎釵符懸百結，蘭橈重泛菖蒲節。影漾湖心清又徹，無休歇，子規枝上聲聲血。瘞玉埋香魂斷絶，銀濤江上空嗚咽。莫把靈均閒話説，春纖揑，半彎邏迯沈香屑。」又曰：菊香墓在孤山四賢祠左，碑上字隱隱可辨。夕烟春草，凄艷移人。毛馳黄屬王西樵士禄賦詩，自題二十字云：「昨過西陵路，蒼茫弔夕曛。餘魂銷未盡，重賦菊香墳。」覼縷識之，庶憑弔者知所着筆也。《古檀詩話》。

京口江岸，有避風館，凡渡江者，遇風水不順，於此可托足焉。彭城李修撰蟠登此，題云：「若使風波能避得，何人不向此中來。」頗有味。見《霞光集》。《古檀詩話》。

惠州西南五里許，有地名半逕，美田産，宜粳稻，自豐泛舟可至。昔人有詩云：「半徑雨餘香稻熟，豐湖波暖鯽魚肥。」余至惠三年，欲游而未果也。此條見鄭板橋燮墨蹟。《古檀詩話》。

邵武環碧樓，宋邑人嚴滄浪與戴石屏論詩于此。國初方伯周櫟園登埤禦寇之暇，與紳士倡和其中，更名詩話樓，祀滄浪樓上。周去，人德之，與並祀。有留題《寒食感懷》詩四章，中如：「殊方作客逢寒食，亂裏看花見杜鵑。」「羽書夜報溪雲黑，鐵騎朝馳磧草青。」「幕府健兒猶白打，上湖士女幾千秋。」「午夜灘聲争海大，萬山雨勢起秋深。」均極淋漓悲壯。庚午夏，沈鹿坪與樵川司馬登樓，讀而記之，題一聯云：「有客盡歸詩話裏，無時不在畫圖中。」《古檀詩話》。

集句古人亦有作者，然不過偶一爲之。大司成泗上施匪莪端教，平生不自作詩，一取之唐宋諸家，每一揮毫，絡繹奔會。如《吴門懷古》云：「上方金殿鬱岧嶤，却憶吴王古市朝。小院迴廊春寂寂，深簾飛絮晝寥寥。千年城郭名空在，百戰山河血未消。衲子不關塵世事，月明夜夜自吹簫。」《贈人》云：「送君卮酒不成歡，竹裏行厨洗玉盤。十載亂離知己淚，百年粗糲腐儒餐。風塵荏苒音書絶，桑梓凋零故舊殘。客裏聊爲河朔飲，暫煩賓從駐征鞍。」渾成無迹。《嘯閣集》所載，多至萬首，亦可謂僅事矣。司成殆曾與漁洋唱和者。《古檀詩話》。

楊升庵嘗謂：我友安公石，嘉州人，妙集句，了無痕迹。如：「水國蓮花府，雲帆楓樹林。」「鱸魚正美不歸去，瘦馬獨吟真可哀。」又：「請君酌我一斗酒，與爾同消萬古愁。」又：「梁間燕子聞長歎，樓上花枝笑獨眠。」近日予戚何萍香文學，亦精此技，《題花月雙輝圖》云：「江州司馬青衫濕，湘水佳人錦瑟愁。」一斑見全豹也。《古檀詩話》。

會先後同年，最爲昇平勝事。康熙庚午公會，在黄崑圃叔琳先生齋。至乾隆庚午復會，宫詹賦詩五章，值予在都門，記其句云：「蕊榜新開敞盛筵，漫勞車馬問衰年。雀羅門巷群相訝，鶴髮重聯桂籍仙。」「微名忝竊際時昌，弱植新莖接御香。老愧無聞同敝帚，何堪群奉魯靈光。」「鹿鳴先後沐薪槱，多士聯翩結勝遊。老驥悲秋空伏櫪，天衢騁足讓驊騮。」「居處城南近日邊，科名發軔自庚年。小堂簪盍今猶昔，彷佛塵根與宿緣。」「聖政三朝親覲記，文章流别喜重新。衰翁縷述昇平事，舉似春明得意人。」辛未宫詹年八十，值臚唱，復賦二律曰：「天鼓聲喧曉漏餘，春風吹雨灑庭除。婆娑老眼看新榜，髣髴青雲接敞廬。海上神魚工變化，苑邊高柳自扶疏。不知千佛名經裏，孰是凌雲賦《子虚》。」「承明珥筆憶當時，晚尹宫僚上玉墀。鶴返故巢無宿侣，花開仙洞見新枝。輶軒東國追疇昔，風雨橋山愴夢思。老去重逢登第歲，寸心終覺負昌期。」《古檀詩話》。

梅與松竹爲歲寒友，而究亦不耐苦寒也。曩在都門，見盆梅必置火坑，否則蘂半枯矣。其大梅樹，惟大名張氏園有三四株，餘未之見。新安吴魯齋賢《凉州曲》云：「鳥鼠山南雁影孤，邊城二月草猶枯。經行驛路三千里，曾見梅花一樹無。」按：魯齋明府歷任溧陽、荆溪、江都、元和劇邑，雅好吟詠，著有《敬持堂詩稿》。其同年友方横溪枝映屢爲予稱之。《古檀詩話》。

「懷人江上落梅花」，李于鱗句也。花本無與于人，人輒對花成憶。張玉田琳云：「寒鴉點點夕陽斜，一葉隨鷗泊淺沙。却怪閒情消未盡，勞人幽夢到梅花。」孫秋槎大濩雨田云：「半檐落日淡窗紗，庭樹頻聞叫晚鴉。座客已還孤影在，自持樽酒勸梅花。」二弟景班倩行題畢花江畫册云：「不堪分手便天涯，耐寫幽香意轉加。從此一簾茅店月，殢人清夢到梅花。」大兒雲龍承符寄汪峭厓云：「逸思幽懷未易描，伊人踪跡隔溪橋。春寒雪霽江天暮，淡月梅花一望遥。」見梅殆如見人也。《古檀詩話》。

江左諸王，人人有集。華亭瑁湖相國項齡《新秋》云：「醉思湘簟滑，凉愛竹窗虛。」薛澱副相九齡《送人》云：「夢中有路終難別，肘後何方可療貧。」儼齋司空鴻緒《贈人》云：「投轄客同官閣卧，賣文錢向酒家留。」今後賢濟美，益信農山廣心侍御公之貽謀遠也。《古檀詩話》。

玉峰三徐，聲望與雲間三王相埒。立齋相國元文詩極名貴，司寇健庵乾學、侍郎果亭秉義均有專集。侍郎《次宿遷》云：「虹捲荒城暮，雞鳴古廟秋。」柏鄉魏石生相國裔介愛之，吟不去口。余偕其後人柱臣題客作詩會于夏谷香雙梧水閣，同會爲懷寧李嘯村葂、崇明李研香尚美、丹陽吉傅野夢賚、姜青川藻、彭莪園澤令、丹徒蔣星巖宗海、江寧涂繹堂逢豫、陳楚質製錦、泰州宫立齋增祜、新陽周静園振邰、吴縣吴艾香翀、王雁宕元音、甘泉王熙聞世球、金山楊鐵齋開基、青浦蔡錦泉敦、金二如銓、上海沈炳麐崇勳，文酒之讌，至今猶艷稱之。題客善詞曲，題予小照極佳。《古檀詩話》。

「等閒臨水還思舊，取次看花便當春。」宋人名句也。我鄉諸同人，於上巳後一日，集湛然庵，用此二句，分韵賦詩。徐孝廉小巢來鳳得臨字云：「禪扉幽以寂，芳景足懽尋。吟社一時集，蘭亭千古心。花飛春事晚，鳥語夕陽沉。不盡流連意，還期載酒臨。」又沈文學匠園培基得花字云：「良辰今似昨，挈友到僧家。把盞添吟興，憑欄數落花。一聲清磬遠，幾縷篆烟斜。莫漫匆匆去，溪頭看晚霞。」可稱及格。《古檀詩話》。

風雅之道，本乎天性，當其神來興到，覺指與物化，不以心稽。丁卯冬，廖古檀之歌鹿鳴歸也，予集邵西樵、王蘭泉、蔡錦泉、繆敎齋、鄒森庭師，同會於敬修堂。古檀即席賦云：「紅燭寒消良夜酒，銀鑪香饜故鄉羹。」諸同學咨賞，俱爲閣筆。後偕古檀北上，讌集天津查氏水西園，古檀賦詩四律，中有句云：「畫梁烟暝燕調雛。」蓮坡主人擊節吟諷，幾不能去手。又有句云：「落花春釀燕泥香。」朱導江岷稱爲「燕泥香孝廉」。《夢草書堂偶筆》。

河陽一縣花，潘安仁幾獨擅其勝矣。予承乏衝途，力疾部署，三年中如理亂絲，幸得年豐人和。大而萬壽宮，府縣文廟，先賢祠宇，城垣水利，小而神廟官署，橋梁街衢，興建不下數十處，皆在辦差濬河，驅蝗蝻，撫流民後，其插柳開渠之利，亦漸次舉行。學博張味青繼曾贈句云：「作賦手裁千尺錦，種花人擁百城書。」朱南湖師贈額曰「花滿河陽」，僕竊愧之。《古檀詩話》。

合肥，吴魏争雄之地，其間古蹟最多。博晰齋明同年，丙子主廣東試，歸經合肥，予公事出不值。適至定遠驛，見壁上題《廬陽竹枝詞》云：「小喬初嫁正風流，繡袴綸巾冠列侯。一曲紅牙三爵後，元戎帳上幾回頭。周瑜」「將軍飛騎過山溪，無數村兒盡不啼。橋上曉風橋下水，蜀山秋草接雲齊。張遼」「八斗林名紀異材，終焉於此亦堪哀。洛川西望盈盈水，羅襪月明波上來。曹植」「南來孔雀喜雙翔，白馬青廬積恨長。千載人行梧柏路，五更啼斷兩鴛鴦。焦仲卿妻」乃晰齋手筆也。《古檀詩話》。

咸安宫學，曩在大内，近神武門。己未春，始移至西華門，與金鰲玉蝀相咫尺。樓臺壯麗，烟月清華，至今猶繫懷不去也。鴛湖董瀛洲步青贈句云：「文社金蘭緣恨淺，春雲瑶島夢恒通。」正指此。《古檀詩話》。

天涯聚首，翰墨有緣。曩在宫學共事者，如含山王令梃樇、新城伊丹木桂、錫山秦禮堂鑅、開化方養齋岱浩、武林徐紀堂南崗、長洲李麗農蟠根、武林朱雲墅兆珂，均善詩。令梃《淮南秋雨夜》云：「雁鳴天半雨，雲鎖夢中秋。」丹木題張年友朱銓殿傳小照云：「蘆溝月落三邊曉，瘴海烟濃一葉飛。」麗農尤擅場，五言如：「曉鐘村寺月，野店酒旗風。」「遠山千嶂碧，落日一篷黄。」「鬢香三日醉，眉影一生憐。」七言如《公車》云：「晴雪野橋山影淡，梅花驛路馬蹄香。」《下第》云：「清尊旅館沈殘夢，歌板天涯怨少年。」《贈别》云：「夜月去航秋水岸，西風歸騎夕陽邨。」《無題》云：「稱意名花原百媚，定情妙曲記三生。」今諸君皆馳驅王路，未識猶記及菰蘆中人否。《古檀詩話》。

詩有别腸，然亦隨境所歷。往者出古北，歷居庸，見鳴駝絡繹，便生無限塞外情思，不待聞《胡笳十八拍》始怦怦心動也。寓壁間題咏甚多，不復記憶。土木驛有《好事近》一詞云：「馬首望青山，零落秋光如此。再向斷烟衰草，認蘚碑題字。　休尋折戟話當年，只灑悲秋淚。斜日十三陵下，過昌平驛騎。」讀之，覺蒼茫感喟矣。憶予過崤陵，見碧桃盛開，有句云：「盛世底須愁戰伐，滿山開遍碧桃花。」慶所遭也。《古檀詩話》。

東坡守徐州日，冬夜解衣欲睡，月色入户，欣然起行，至承天寺，尋張懷民，相與步於中庭。庭下積水空明，水中蘋藻交横，蓋竹柏松檜影也。予辛未秋，從熱河還，進古北口，歇土城庵。是晚密雲同學武君名甲，登癸酉選貢。來晤談，更餘別去。隨與太谷程心齋企顔夜坐，僧院静爽，烟景參差，漏丁丁三下始睡，不減東坡承天之遊。有句記之云：「碧樹陰濃罨上方，夜深新月照蒼蒼。清光留我難爲睡，不是羈人愛晚涼。」《古檀詩話》。

前賢墨寶，頗費搜羅。往於舊篋中，得崑山徐探花葆光手書長句一章，筆法娟秀。詩云：「吴淞江接太湖水，水有蓴鱸土清美。雲間白鶴華亭飛，此中不仕多君子。銀蓋山房有隱居，久抛手版歸田廬。世事浮沉不挂眼，身與白雲長晏如。述懷四闋何窅渺，頭白思親心未老。馬鬣新封木已拱，長歌當哭猶如擣。蓼莪廢讀淚零絲，東晳自補笙中辭。尚憶城南讀書處，雙虹雁齒兒嬉時。又看諸郎騰羽翼，文章政事争烜赫。貽將經學滿西川，移得棠陰在東國。林慮山邊舄影飛，廿年回首成鴻泥。」味詩意，蓋書伯祖鳳徽小照後者，爲珍藏之。公幼極貧，徒步就上海縣試。入泮後，無以贄，趣月課，廣文戲命題曰「鳳兮鳳兮，何德之衰」。及呈卷，擊節，轉稱爲人中之鳳。科試即選拔，中癸酉第三名經魁，由中書出宰林縣。黄崑圃先生，曾親受業及第。余謁先生時，先生指其後軒曰：「此令伯祖居停處也。」伯祖詩極雄豪，刻入林邑志者甚多。《古檀詩話》。

罨畫樓詩話卷八

名流吟社，首推月泉。《春日田園雜興》詩，取羅公福爲第一，至今膾炙人口。長洲汪鈍翁編修琬作《柳枝詞》十二章，仿月泉徵詩例，江南、浙西，和者數百家。漁洋山人題二絶於後云：「白家半格詩曾見，愛説蘇州柳最多。今日鈍翁吟卷裏，雨條風絮奈君何。」「雁齒紅橋鴨嘴船，麯塵風起艷陽天。明湖憶得吟秋柳，慘緑當年最少年。」蘇臺楊柳，價重永豐矣。《古檀詩話》。

春月可愛，秋月可憐，予謂楊柳亦然。漁洋山人在濟南明湖，倡秋柳社，其序云：「昔江南王子，感落葉以興悲，金城司馬，攀長條而隕涕。僕本恨人，性多感慨。寄情楊柳，同小雅之僕夫；致托悲秋，望湘臯之遠者。偶成四什，以示同人。」一時名士多和之。陳允衡云：「元倡如初寫《黄庭》，恰到好處。諸名士作，皆不能及。而漁洋獨稱徐東癡『爲計使人西去日，不堪流涕北征年』，豈非以江天摇落，别有黯然之致耶？」《古檀詩話》。

詩文雅集，名士賞心。歸愚宗伯年譜云：丁亥，與張子岳未、徐子龍友、陳子匡九睿思、張子永夫錫祚，結城南詩社。匡九謂：己詩如南粤趙陀，獨霸一方，不奉朝請。龍友詩如孫策用兵，幾同項羽，但恐中道摧折。永夫詩如殘雪在嶺，孤鶴唳空。岳未詩如金碧樓臺，無問賢愚，咸思登眺。謂予詩如文叔用兵，遇小敵怯，遇大敵勇。聞其談諧，一座笑樂。憶宗伯有《自題萬峰獨立圖》云：「莫笑老夫筋力憊，一節獨上萬峰臺。」似此興會，固宜歷清華而享耄耋矣。《古檀詩話》。

古誼如雲，不忘舊雨。沈宗伯贈青溪胡徵君鳴玉吟鷗云：「周旋爾我忘形久，閱歷年華八十三。」徵君與宫傅同舉鴻博，未遇，鶴髮蕭然，四方就正者接踵。生平喜考證字學，著《訂譌雜録》行世。憶宗伯在籍食俸時，與顧花橋詒禄、周迂村準、盛青嶁錦、錢鷺灘襄諸名宿，往還唱和無虚日，而青溪道里相隔，亦復懃懃懇懇，魚雁時通。益信金玉之交，淡而彌永也。《古檀詩話》。

翡翠碧雲樓，樓奇名亦奇。杜祁公九世孫元芳建，樓中聚書萬卷，下有蒼崖、碧灣、竹深、荷静、晴好、雨奇諸軒齋，凡七十二所。别業在東南，雲林池島尤勝。故予《野望》詩云：「星星漁火隔江昏，欲往仍迴憑弔魂。翡翠碧雲樓在否，繫人清夢杜家村。」《古檀詩話》。

九峰三泖，半在青溪，故文人亦多風雅。辛丑進士諸匆齋嗣郢，號九峰主人，創建園亭池館，蜿蜒十餘里。鼎彝書畫，燦然畢陳。每逢佳節，則飛箋召客，勝流雲集。尤愛岑闐，布衣芒屩，嘯歌自得。今其詩散見《青浦志》中。漁洋同董蒼水、彭駿孫，限箇字韵，寄諸云：「青山一髮江南路，雨笠烟簑有幾箇。」推重如此。《古檀詩話》。

「酒債尋常行處有。」董閬石《三岡志略》載：丁酉人日，闔户宴客，分韵賦詩。忽聞叩門聲，啓視，乃酒家索逋也。戲咏一絶云：「窗擁紅蘭徑未開，叩門躡屐有誰來。酒瓶藥裹賒偏慣，欲上周王避債臺。」避債臺，見《漢書》注。董君以風雅擅場，讀其詩，意致亦騷屑矣。《古檀詩話》。

鬼狐二事，最聳聽聞。淄川蒲明經留仙松齡《聊齋志異》一書，鬼狐居半。其以詩牽合者絶少，然如《西湖主傳》之鞦韆絶句云：「雅戲何人擬半仙，分明瓊女散金蓮。廣寒隊裏應相妬，莫信淩波便上天。」係陳生明允作。生在洞庭，放一猪龍，後遊貴人園，拾得遺巾，書此詩于上，卒獲麗人，爲洞庭君女。事雖近癖，亦復雅艷可喜，不必以子虛烏有目之。《古檀詩話》。

情猶水也，水無刻不流，情何時可閼。古吴馮猶龍《情史》一編，門分派别，最爲該洽。然自前明至今，又多軼事。青溪學博趙鶴野天馝，有友在都，訂與續增，予贈句云：「補天煉石破雲昏，不斷情根姹女魂。鐵網珊瑚重採掇，有心人屬趙柯邨。」隨代爲蒐輯。汪峭厓聞之，簡寄云：「巫雲峽雨望中昏，摇落誰招倩女魂。終古乾坤情一點，史才好借浣花邨。」指其事也。今鶴野召賦玉樓，余于庚寅秋輯成四帙，尚俟校訂付梓。計於舊史外，又添「情賢」、「情烈」、「情憶」、「情怨」四條云。《古檀詩話》。

名賢祠宇，俎豆不祧。包孝肅生長合肥，人知其冰心鐵面，而不知實白面書生也。祠在香花墩，澄湖一碧，予重葺之，祠内有公遺像，錢公香林作贊，彭公家屏題有長歌。又元余忠宣公闕祠，久蕪，予爲移建于德勝門外，顔曰「歲寒節操」。蓋其守皖，忠義足立廉起懦也。今兩祠相望，金碧輝煌，予皆有詩記之，刻入《吟香集》。其包公祠匾，則曰「邦之司直」云。《古檀詩話》。

平梁向産偉人，龔端毅才氣揮霍，著作等身。李容齋天馥尤與漁洋莫逆，嘗典壬戌會試，得士最盛。子孚青，先以己未進士入翰林。一日宴集諸門生，史講學夔獻詩云：「郎君館閣稱前輩，弟子門墻半列卿。」時以爲不減唐人「文章舊價留鸞掖，桃李新陰在鯉庭」句。迨予任合邑，見相府巍然，僅存門閥，有毁之者，嚴禁乃止，尚期後人之振起家聲也。至龔司馬宅，在西門内，其族尚繁，有名楚者，舉優貢，有名朝聘者，已成進士。蓋端毅宏獎風流，固必昌其後云。《古檀詩話》。

峰巒隆峻，吐納雲霞，會稽最爲名邑。舊友沈凝齋堅宰其地，賢阮玉樵履謙策勳筦出納，竹林吟嘯，不止依渌水泛紅蓮也。憶玉樵赴浙過青，燈下話舊，予賦云：「目斷棲鴉點點昏，挑燈話别倍驚魂。簫聲前路誰同聽，人在孤舟暮雨村。」昨得書來，良慰契闊矣。《古檀詩話》。

浙中向多詩家。烏程王辟塵尊人谿堂明府起鵬，早歲以詩鳴，隨風珠玉，散落人間，藏棄篋衍者，亦復傳鈔腕脱。短古如《鷹隼出風塵》云：「天地不掩奇，萬物貴超軼。風塵傾洞中，鷹隼矯然出。昔聞側目威，今見騰身匹。譬如北海鵬，扶摇萬里疾。譬如九皐鶴，丹心惟捧日。回頭顧凡鳥，何啻若蟣蝨。乃知物苟異，飛揚理可必。况彼英傑姿，藻鑑焉肯失。梧桐生朝陽，翽鳳多藹吉。志士會有時，但視排空鴪。」又七律《花蕊上蜂鬚》云：「檀心乍引因風顫，蜜色輕粘帶露香。」《春郊即事》云：「罱泥船過村塘外，做市人歸夕照中。」均極工雅密緻，令人不厭百回讀也。《古檀詩話》。

千巖競秀，萬壑争流，詩才所由萃也。向慕商寶意盤太守、童二樹鈺山人，詩格清超，得孫君雨田大濩而爲三矣。刻有《秋槎詩鈔》。句如：「白蘋秋水渡，紅葉夕陽山。」「人孤燈影裏，秋到雨聲中。」「身世雙蓬鬢，風霜一敝裘。」「黄雲連海氣，白浪走江聲。」「蟬鳴桐葉寺，犬吠荳花邨。」「遥山淡到將無處，好友醇如欲醉時。」「溪邊秋色淡孤嶼，雨外夕陽明半山。」殆商公序中所云「風雲月露，就我生新，歌詠流連，與情俱永」者。《古檀詩話》。

胥江爲水驛最衝之區。登萬年橋西望，群峰蜿蜒，佳景畢集。梁瑶峰先生總藩金陵，過此，會逢寒食，邀其門人顧星橋與讌賦詩。星橋以詩寄予福安，予囑陳孝廉奎元次其韻，鄭君高渭見之，亦有和作。詩云：「波搖石壁緑兼紅，人在胥江畫舫中。鳦鳥一聲春社雨，杏花千點酒旗風。湖如西子浮烟冷，沼奪吴王落日空。惟有忠魂依水岸，年年寒食飯爲筒。」鄭君字宗洛，號湖光閣散人，曾以其稿求序云。《古檀詩話》。

傾蓋如故，生平最多。甲子秋，晤當塗朱愚溪學詩于號舍，談詩至漏下三鼓。是科愚溪獲雋。後見望江張稼善本書愚溪題畫十二章，一云：「萬木槎枒萬壑雷，白雲深處坐蒼苔。無弦琴出奚囊裏，人寂山空太古來。」書與詩殆雙絶也。辛未禮闈，識西江饒霽南學曙，壬申禮闈，晤楚南朱鐔城景英，皆擅場風雅者。霽南題予《桐花萬里圖》云：「連牆矮屋相左右，問奇願託他山攻。經營慘淡推巨手，指摩心苦悲良工。細書不厭百回讀，丹成九轉金初鎔。」具見同譜知愛。《古檀詩話》。

蒸溪烟嵐淡沱，水木明瑟，泖濱勝境也。元高士曹雲西知白居此，徐蒼林明經嘗稱其後人雋山希焯、翼謀希燕均能詩。雋山《閒情》八首和竹垞韻句云：「夜雨長檠吟柘館，秋風短棹泛蓉江。」「魚沈春漲三湘遠，雁斷秋雲五嶺高。」翼謀句云：「鳥没孤峰雨，僧穿一徑雲。」「瓜種每因辰日糞，茶香閒過卯時煎。」「響徹簾旌風似剪，影窺窗網月如弓。」極有家數。《古檀詩話》。

鐵石心腸，詞偏嫵媚。崔制府應階于己丑清和駐霞漳，精勤辦公，不輟晝夜。以其餘閒聽歌，有《贈歌者櫻桃》八章云：「柳嚲花嬌已斷魂，春風空自與温存。歌筵一曲當年事，猶識金環舊指痕。」「郵亭一夜誤因循，敢爲題詩贈美人。未免有情陶學士，愛他風韻自天真。」「欲拂鸞箋寫艷詞，多情猶記少年時。黄鸝柳外綿蠻語，占斷風流最上枝。」「緩步花筵體態姸，雙鬟爲挽鏡中憐。秋波溜處難通語，空倩靈犀一點傳。」「舞罷樓心日正中，亭亭玉樹皎臨風。鬟堆雲髻雙丫緑，臉襯桃花兩瓣紅。」「芙蓉如面十分嬌，楊柳隨風一捻腰。吹徹玉簫乘鳳去，肯教容易降青霄。」「水晶簾外爲梳頭，嬌小明妝尚帶羞。何似多情張好好，使君相訂十年留。」「淡淡春山一抹朱，錢唐錯認舊家蘇。歌喉宛轉嬌猶怯，擬似冰盤走玉珠。」末題「研露老人戲筆」。按制府在蘇、在閩，山水游歷殆徧，所至留題，且復布金，莊嚴浄土，繡衣活佛，不能禁其不賦梅花也。《香雪詩話》。

詩格濃淡不同。往讀曹劍亭稿，見其古體力追韋、孟，以淡折取勝。然如近體《早發》云：「人語郵中火，雞鳴郭外鐘。」《憶梁瑶峰隨駕木蘭》云：「三秋月色臨邊早，萬馬風聲出塞多。」又何雄深雅健也。劍亭題予《桐花萬里圖》，歷叙訂交始末，末云：「回首宣南坊，嶺梅望郵問。」情見乎詞矣。刻《容圃吟稿》中。《古檀詩話》。

舊遊吴下居多。曩與李葂伯繩諸君，盤桓紫陽書院。辛酉金陵，偕繆毅齋烈、莊受祉大升，飲葂伯寓齋。榜發，葂伯與受祉同中式。予自丁卯，始舉京兆。與同年鍾上亭文標隨計吏過蘇，葂伯來附舟，快叙數月，贈予句云：「秦淮花月譜新詞，憶共江樓酒一巵。今日虎丘重會面，酒闌狂態説當時。」「襆被相攜話舊長，十年往事付蒼茫。愁心怕見蕪城柳，一路烟絲繫夕陽。」今又歷二十年，而鬢髮各已蒼矣。上亭歷宦閩中，今任潛山，所謂風流雲散，一别如雨者，此也。上亭有《嚴陵》句云：「一朝拂衣去，千載釣臺存。」居然老手。《古檀詩話》。

「我未成名君未嫁」，今古同悲。蒲城屈悔翁復，老而工詩，《咏楊花寄女史雙卿》云：「偶爲相牽非繾綣，纔成小別又飄揚。陌上和烟春欲謝，塵中撲面鬢先秋。研池點點空相待，詩思綿綿静欲無。枉殺空中沉暮雨，誰堪夢裏化輕烟。身縱飄摇生有性，賦能飛舞燦如霞。」或以白首關情，或爲紅顔寫照，不愧作家。序曰：「雙卿，綃山農家女。生有夙慧，能詩詞小楷，所適非人，無怨色。或與諸文士遥唱和，而貞潔自守。有以楊花詩三十首示雙卿者，甚加獎賞。金壇史公度，爲予言如此。予亦作十首，即託公度寄之。」《古檀詩話》。

詩生于情，雖名宿不能不破綺語之戒也。錢塘厲太鴻鶚悼月上姬人詩云：「雙槳來時人似玉，一奩空去月如鈎。搦管自稱詩弟子，散花相伴病維摩。將歸預想迎門笑，欲別俄成滿鏡愁。」真不知情生文，文生情矣。徵君以詩名海内者三十年，著《樊榭山房集》十卷，直于新城、長水外，自樹一幟者。《古檀詩話》。

「黄昏將近，輕寒薄醉，倦理筝琶。卸頭燈下，膽瓶重養鬢邊花。」四香樓《玉蝴蝶》詞也。錢舍人蒓斂見之，寄一絶云：「昨宵燈下纔留意，始信佳人最惜花。」《古檀詩話》。

張誠庵云：余同黄丈方偉、何鐵山、方正夫、方南山遊佘山，竟陵唐翰林建中適在，各處一楹，聞余輩言詩，命僧人請示新詠，余與鐵山、正夫、南山，信筆成五言數律。余詩云：「到此捐塵想，悠然見道心。題箋逢遠客，躡屐共幽尋。衣滴花間雨，詩和石上琴。定知蘇學士，玉帶鎮祇林。」唐誦至末二句，笑謂僧曰：「偶然相值，盡屬才人，松真大郡也。」唐字赤子。《古檀詩話》。

「流水音調玉軫琴」，予《自題梅花小影》句也。予幼時，體弱不支，學琴而愈。迨壯遊四方，此事遂廢。歸里後，重整冰絲，慕通州琴友王程萬，塵事匆匆，欲延未果。嚴中翰愛亭福有送王君歸通州律句云：「澆殘塊磊樽餘酒，閱盡炎凉鬢有霜。」「黄雀風高辭海國，桂花香滿别吴山。」仿佛《梅花三弄》矣。《古檀詩話》。

懷古詩必有知人論世之識。林元凱《秦皇廟》云：「三神山下仙舟遠，萬里城邊戰骨多。」陳元孝《蜀中》云：「諸葛威靈存八陣，漢朝終始在三巴。」吴日千《漢昭烈》云：「龍種已移三統曆，蠶叢還闢半隅天。」楊用修《武侯廟》云：「舊業未能歸後主，大星先已落前軍。」陳元孝《隋宫》云：「十年士女河邊骨，一笑君王鏡裏頭。」曾子棨《維揚懷古》云：「《玉樹》歌殘猶有曲，錦帆歸去已無家。」李獻吉《艮嶽篇》云：「金繒社稷和戎日，花石君臣棄國秋。」高季迪《弔岳王墓》云：「班師詔已來三殿，射虜書猶説兩宫。」張志道《過辛稼軒神道》云：「英雄已盡中原淚，臣主原無北伐心。」議論風生，直可獨有千古。近見王芳若《詠張睢陽》云：「名先李郭傳青簡，血並南雷染碧莎。」藴藉可風。我鄉朱初晴《詠史》頸聯云：「一城雀鼠皆忠義，百戰雲雷共肺肝。」博士錢仁山聞之，拍案叫絶。初晴先生霞任高郵廣文，以詩名，并工書畫，每成一幅，輒書一詩于上。喜畫雞，得昂藏之狀，人都寶之。《古檀詩話》。

前輩詩文往來，亦多諧謔。周蓉湖太常齋前，有白桃花，春仲同人偶集，花已蓓蕾，曹蓼懷少司馬卜三月初當放，太常言須中旬，因各賭酒。未幾花開，而太常之招不至，我鄉王公瑁湖詩以調之曰：

「問訊桃花開也無，如何不見有招呼。前朝賭酒盟猶在，若箇輸贏早示吾。」太常和云：「花已將開酒却無，徘徊花下阻歡呼。先生果有尋花興，挈榼攜樽且就吾。」《古檀詩話》。

前輩于都下詠白菊云：「燕臺秋老金無色，彭澤人歸鬢已蒼。」絶妙寫照。又汪明經笠夫句云：「繁華色相都銷盡，孤子風姿太瘦生。」王光禄西莊數稱之。至顧孝廉星橋句云：「一逕冷香留艷淺，半籬寒影得秋多。」所謂白戰不持寸鐵，真能于前人「香飄風外別，影到月中疑」、許棠句。「月朵暮開無絶艷，風莖時動有奇香」陸龜蒙句。諸名作外，别樹一幟者。沈宗伯歸愚截句云：「東郊桃李俱前輩，憐爾枝頭帶曉霜。」則亦借花以自澆其壘塊矣。《古檀詩話》。

吴江顧樵水樵詩篇秀絶，畫亦屬能品。作《秋林圖》贈吴梅邨，吴嘆曰：「對此尺幅，使人幽思頓生。」憶辛未計偕，同硯唐孝廉蕉邨景嘗于秦郵舟中圖成小册，予題句云：「春水初生着意寒，漫漫風雪阻江關。模糊烟樹知何處，滿眼羈人夢裏山。」益以知移我情者，畫猶詩爾。蕉村與朱明府龍鑑蒙溪，均擅畫名。《古檀詩話》。

詩爲書掩，亦以文掩。《蔗塘外集》嘗稱海寧陳香泉太守奕禧書法名天下，詩格更高，有《滹縣阻風》句云：「風傳冷樹飛霜葉，雁宿秋江老白蘋。」漁洋謂邢太僕「徐庾文章建安體，悔教書法掩詩名」，可以移贈。荷谿蔣師培穀貽九文名噪江南北，而不知其詩之敏妙也。憶師在撫州紅泉家伯幕中，寄予云：「聚首欣聯席，無心漫别離。談文推緑荔，酌酒憶黄鸝。愧我非元禮，徒然説項斯。憑將蘆雁足，遮莫慰相思。」師赴西江時，與枚叔伯唱和，伯工詩，慰家蕙崖下第云：「偶然明月珠投暗，畢竟珊瑚網自收。」情詞兼美。《古檀詩話》。

理所無，或爲事所有，則造化之巧也。瑞雲峰石，高三丈有奇，嵌空玲瓏，相傳爲朱勔所斲。明初上堡陳祭酒得之，運自太湖，座忽沉没，僅存其峰。旋爲烏程董氏所購，至湖中亦覆没，百計出之，座與峰俱，宛如劍合延平津。嘉靖中，爲冏卿徐氏園中物，今在金閶民廛中。盤溪王岡齡繫之以詩，見《停雲吟草》。《古檀詩話》。

閩有業淘沙者，日聚峰巒小石。久之甃土爲池，叠礪爲山，置石其上，作武夷九曲三十六峰，而書晦翁《棹歌》于上，豈其胸中别有丘壑耶？見《五雜組》。《古檀詩話》。

黌宫佳瑞，兆叶科名。青溪儒學中，忽産雙竹，脩篁匝地，妙結同心，栽培得氣，宛同桃李也。予有句遺廣文云：「門遶青流更對山，每登高閣一開顔。殷勤把酒臨風祝，種出雙雙玉筍班。」「渭川佳種結根齊，七字聯吟共品題。好是娟娟新翠影，長成恰稱鳳凰栖。」閱辛卯秋闈，李君大受維榮與張君紀宗雲洲並高捷。庾開府云：「防露動篠簜。」篠簜也直可當科名草矣。《古檀詩話》。

舊事新篇，都由根觸而發。萃華班子弟，生旦頗秀而文，然以視從前王佳卿、史玉明輩，則遠未逮也。予爲賦《感舊》叠韵云：「雙柑斗酒白甆觴，雲壑清佳興會長。曾聽黄鸝深樹語，銜花飛去落何鄉。」「翩翩小史慣擎觴，玉笛聲中惹恨長。一别渾如秋社燕，杏花春雨望還鄉。」《黄鸝調》爲佳卿獨步，玉明尤長擪笛云。《古檀詩話》。

兒女皆稱珠，示所珍也。萃華旦名歐朗，乃珠兒中之較麗者。春日雅集，王辟塵成叠韵句云：

「朗朗清歌侑玉觴，相逢舊雨引盃長。十年杜牧狂猶在，却爲柔鄉入醉鄉。」「海天高會薦音觴，裙屐招邀逸興長。淡沱風光花勸酒，半簾春色艷蠻鄉。」予爲即席和之云：「玉山筵上酒盈觴，朗朗音和笛韵長。滿座眼花爲撩亂，都忘身在海雲鄉。」「小部音聲名士觴，春光如許寄情長。分明瓊樹天然秀，勾引迦陵入夢鄉。」蓋陳迦陵贈徐紫雲七截二十四首中，有「一枝瓊樹天然秀」句，辟塵歌童適名秀，斯爲巧合矣。《古檀詩話》。

王路馳驅，一家幾成散處。余既移居青溪，板輿到厦，而六弟屺堂，遠任滇南，二弟倩行，謁選都門。予辛卯除夕口占次韵云：「親串流連勸舉觴，良宵珍重話偏長。遥知骨肉分南北，總向筵前道海鄉。」越數日，得倩行選授興寧，由閩赴粤信，叠韵云：「家書一紙酒千觴，樂地歡悰遣興長。從此芒鞵應踏遍，海天深處是吾鄉。」「琵琶勸酒鼓催觴，他日開樽樂事長。驛路經由須領略，蠻烟蜑雨盡仙鄉。」蓋幾爲喜而不寐云。《古檀詩話》。

一堂歡聚，客猶家也。予于上元席間，又有口成叠韵句云：「紫姑賽罷進瑶觴，索荔爭柑歡笑長。蠻語哄堂翁莫笑，稚孫生長在閩鄉。」「坐花醉月夜飛觴，吟到池塘詩思長。嘉會傳柑兼祝嘏，歡呼人在白雲鄉。」「清歌一曲酒三觚，舊雨談心滋味長。客裏追歡都忘客，故宜小草愛離鄉。」我鄉有離鄉草，香沾衣，經宿不散。次章蓋因倩行在都，上元係其誕日，故云。次孫名廣福，丙戌臘月，生于福安，今已七齡矣。《古檀詩話》。

「祥凝島嶼天䵬黕，暖入烟波海莽蒼。」又曰：「中年絲竹樽前酒，上日鶯花客裏人。」余壬辰元旦律句也。詩成，適汪君墨莊以叠韵三絶見示，句云：「朋舊歡邀進羽觴，春回鷺嶼日方長。家家綵勝紛傳送，不道風光是異鄉。」「故園親串又傳觴，應憶征人去路長。淡墨烟巒高髻女，海南風景異江鄉。」「官閣新聲侑玉觴，相逢酒伴引盃長。羈人春到情何限，怕折梅花寄故鄉。」予亦口占和之云：「剛逢元日快傳觴，人報春歸引興長。園柳綻金冰破玉，東風吹徹水雲鄉。」「東皇消息在壺觴，春滿枝頭晷漸長。莫令雲鬟簪綵勝，花繽紛處即柔鄉。」「春盤剪韭佐春觴，静對官梅春思長。却憶檀園花似錦，一簾清影夢江鄉。」擊鉢聯吟，覺此中頗多樂趣也。《古檀詩話》。

棋敵酒量，不可勉强。予飲素豪，近惟數杯爲限。辛卯除夕，次韵口占云：「辛盤椒酒須尋味，肯便頹唐到醉鄉。」蓋此中趣，妙于淺斟低唱爾。《古檀詩話》。

閨閣詩不必盡濃艷也。《霞光集》稱：粤東佛山李孝廉紹祖著《鳴秋閣集》，其夫人亦善吟，互相唱和，真閨幃中樂事。李公車北上，夫人贈以詩云：「此去不須縈内顧，高堂有妾勸加餐。」自是立言有體。《古檀詩話》。

神龍見首不見尾。陳眉公謂美人、名將，若至雞皮鶴髮，亦復何味。平樂太守佟蔗村鋏築樓以居其妾，名曰艷雪。有題查蓮坡悼亡詩云：「美人自古如名將，不許人間見白頭。」可稱閨閣之秀。太守號空谷山人，趙恭人亦工詩，所居曰殘夢樓，號殘夢主人。《古檀詩話》。

馮定遠有女弟子董雙成，毛西河有女弟子徐昭華，近日香溪閨秀徐若冰，問詩于沈師沃田，亦稱弟子，畫《南樓授詩圖》，題者甚夥，惠徵君定宇序之。沃田贈詩云：「漂泊湖山快論詩，酒邊燈伴幾心知。絳紗弟子徐都講，也似西河老去時。」若冰名映玉，與錢唐方芷齋、青浦許雲清唱和，著《南樓吟稿》。《七夕》云：「一宵要話經年别，那得工夫送巧來。」筆致殊清越。《學齋隨筆》。

普陀爲浙東福地，鷺門亦有古刹，名南普陀。予偕同人屢遊其地，西偏有映月軒，頗饒勝致。壁間粘谷西程明府運青題句云：「巖花天外散，海若望中迷。」如爲靈山寫照矣。程公歷任劇邑，我松人也。《古檀詩話》。

向過三山，以未遊西湖爲憾。近見黄明府莘田任《西湖詞》云：「樂遊散後霸圖空，漁唱菱歌起晚風。大夢山頭一輪月，夜深曾浸水晶宫。」「複道張燈夜未收，冬郎垂老到閩州。玉銷珠盡長春冷，誰伴荒遊上綵舟。」「三山別島署孤山，一碧琉璃四面環。我欲另開香雪界，亂梅花照亂流灣。」邱素堂振芳云：「南部烟花盛福州，子城絃索動滄洲。青蒲紫蓼年年似，無復同聲唱樂遊。」王明經景元宗調云：「水晶宫裏曉妝新，一葉舟横古渡濱。玉腕羅裙雙蕩槳，鴛鴦飛過落花津。」又如黄文學聯甲楚蘭《懷古》律云：「蔓草斷腸懷冶女，芳蘭留恨憶王孫。」謝坪嶼已堆青草，大夢山猶繞綠波。」讀諸作，可當卧遊矣。黄明府號十硯，詩人雅重之。《古檀詩話》。

名山大海，環於几席，莫如鷺門官署矣。宗室覺羅四公松山明曾任此，有「澄江一覽」四字額。聞其前在汀州司馬，去任時，留别諸同事，句云：「一雨山光分外青，萬株烟柳短長亭。參差城郭真傳舍，遠近人家入畫屏。好友會難容易别，當風酒醉幾能醒。須知此後相思處，夜夜猶疑月在汀。」妙有機趣。《古檀詩話》。

虎溪三笑，遺蹟常新。鷺門有虎溪巖，上建雲中亭。從雲中亭轉東，攀援而上，登泠然亭，爲鄂制府寧新建。旋遶山後，進別有天，遊白鹿洞，接因亭，朝天洞，崔制府應階題「碧海波澄」四字。出山門，見有詩云：「筇杖卓雲登法界，山花粘屐帶新香。」乃黄兵曹荔崖日紀作，書刊石壁者。僧送至此，笑而別，亦竟不及行過虎溪矣。黄鼎軒有句云：「危亭望海千尋碧，曲磴盤雲萬象低。」殆足繪兹巖之妙也。泠然亭刊一聯云：「臺向海山奇處起，人從蓬島勝中遊。」又集古云：「登高丘而望遠海，舒長嘯兮凌滄洲。」自是妙句天成。《古檀詩話》。

「赤壁戰堂堂，綸巾繡裲襠。元戎在何許，顧曲有周郎。」顧曲爲周郎韵事，而傳奇無及者。予曾作《比鎗》、《顧曲》二劇，有《錦纏道》樂府句云：「土和疆，没東風也難相讓。」聲情頗爲激越。在合肥時，命家樂演之，今復傳播閩中。瑞華子弟，排場尤妙，舉座盡傾。《古檀詩話》。

中石没鏃，至今稱之。《楓江本事詩》云：尤悔庵爲盧龍司理，邊風蕭瑟，黑夜射虎，意氣殊壯。故漁洋山人題悔庵《新樂府》云：「旗亭被酒何人識，射虎將軍右北平。」予徧歷塞外，向晚見遠山明雙燈，群指爲虎，蓋虎眼如燈也。又嘗隨獵原野，閱數日歸，作長歌句云：「風吼陰崖逢虎豹，雪深夜帳枕骷髏。」皆紀實語。酉冬在福鼎道中，與桐郵夜話，得句云：「臣壯雄心曾射虎，吾衰中夜輒聞雞。」慷慨悲歌，百感交集，正如陸放翁《漢宫春》詞云：「羽箭雕弓，憶呼鷹古壘，截虎平川。吹笳暮歸野帳，雪壓青氊。淋漓醉墨，看龍蛇、飛落蠻牋。人誤許、詩情將略，一時才氣超然。」豪興殆勃勃也。《古檀詩話》。

山上出泉，山水之氣本自聯結也，故飛泉瀑布，隨處有之，然皆從上而下，鮮有瀦蓄者。惟武夷大王峰、鼓子峰等巖，則懸崖峭壁中，仍有長溪止水。曾紀以句云：「洞天真境絕躋攀，雲影空濛水一灣。任是風吹桃落瓣，不教流出到人間。」按邢昺云：山巔之停泉名埒，山間有水者名澗，陵間有水者名瀆。若武彝，非埒中之大觀與？《古檀詩話》。

桃花仙源，莫謂非人間有也。予游武夷九曲，泝流而至星村，《即目》云：「雲外忽聞雞犬，村中盡繞烟霞。舟到斷橋深處，一溪春水桃花。」幾疑爲別有天地矣。考亭《棹歌》卒章云：「桑麻雞犬見平川。」殆真仙境。《古檀詩話》。

宰名邦而不留勝蹟，如入寶山空手歸也。趙清獻公任崇安令，官署遍植梅花，花時香聞遠近。又嘗嘯詠武彝山中，結吏隱亭于金雞洞下，沿谿亦多梅樹。予爲題句云：「吏隱亭懸萬木叢，當年清獻爪留鴻。種梅人去危亭在，香徹溪南二月風。」《古檀詩話》。

詩格貴清。圭海蘇君承勳《梁浦官舍雜詩》云：「渺渺晴雲一望賒，背溪茅屋兩三家。荒村十里漳堤路，鷗落斜陽戀白沙。」「風吹叢竹響孤亭，苔色沿街上晚青。坐到夜深花氣入，鉤簾微雨澹疏星。」「暮雨蒹葭瀰滿堤，芳洲碧草暗悽迷。生憎白鳥沙汀晚，點破閒雲水一溪。」極得元人筆意。蘇君隨其尊人光弼歷守杭、台，筆下具此清裁，不愧翩翩佳公子也。《古檀詩話》。

境有新形，詩無陳局。予《憶西湖》句云：「鏡裏曉妝空翠影。」爲同人咨賞。近見我松何嘯客時質《西湖詞》四十首，其三章云：「秦亭山頭暖氣勻，秦亭山下早梅新。嫁郎願嫁秦亭住，占得梅花第一春。」「長短蘭橈拂渚汀，聲聲簫鼓集西泠。爲誰唱出桃花曲，儘着簫郎簾外聽。」「瀟瀟細雨點平川，裙屐紛紛欲並船。妾唱菱歌郎飲酒，郎如湖水妾湖烟。」抑何清麗芊綿也。介人徐君云：質中少年好學，工行草，家貯書甚多，并藏古硯，風流愛客。歸里時，那得不鼓棹訪之？《古檀詩話》。

盥花軒詩話

盥花軒詩話提要

《盥花軒詩話》(一名漱芳集)八卷,據乾隆間聽吟軒刊本點校。撰者廖景文,生平見《罨畫樓詩話》提要。此書有乾隆三十九年自序,謂初稿久置友人處,數年後歸返,始得補綴成書,故書中已下及乾隆三十八年事。其旨趣則全同《罨畫樓詩話》,俾存風雅以娱世也。其時漁洋聲氣將息未息,廖氏則獨賞其韵事,而無預詩學。《罨畫樓詩話》曾記其先後詳詢黄崑圃、盧雅雨《感舊集》刊刻事,此書亦屢述漁洋,頗添雅趣,兩書可合看。其時吴地之經史學者如王鳴盛、沈大成等,皆與之流連詩酒,同此雅興,兩書所記,可當諸先生書齋外生活之實録也。古檀記事説詩,風雅而非風流,與袁枚同中稍異,故雖賞其隨園,且在金陵亦築有聽吟軒,然同時同地,而無記謀面之事,可窺此中消息也。

予壬午夏，因病歸田。茶鐺藥盌，風雨一爐，見遺書數卷，如逢故友也。燕居孤坐，復作蠹魚伎倆，藉消遣晨夕。間從二三名流，酒間花際，流連景光，綺語艷思，風發泉湧。又或舊雨新知，相思天末，芳馨遥寄，盥手開緘，悲苦歡愉，一時交集，亦時繫胸臆間。因隨耳目所及，積日累月，得《漱芳集詩話》數卷。緣值次兒承乏福安，攜之行篋，録正吴閶顧星橋孝廉。孝廉寄予詩云：「海中仙樹鳳爲巢，翹首風烟望素交。大姥山高環積翠，長溪水遠注雲坳。直教登陟奇懷散，每托歌吟俗慮拋。詩話一編添韵事，寄來江閣敢推敲。」書既未成，且留孝廉月滿樓，未遑付梓也。嗣次兒量移建陽，旋署泉南厦防篆，予幸徧游八閩，課孫餘暇，成《清綺集詩話》八卷，刻之。適星橋從婁東杠過青溪，郵寄《漱芳集》稿至，而予又板輿過粤東舍弟齊昌署中矣。積弱之軀，閉關不出，仍以筆墨消遣。爰取原稿補綴而成，聊借書鈔，用供覶記。而平生足跡所經，及兄弟友朋單詞隻句，覶縷及之，俾不至湮没失傳。當今詩教盛行，倘能摛藻揚芬，雅堪爲談藝一助。顧予自入仕途，久荒筆硯，又客中無書可查，隨手搬衍，輒多譌謬，閲者定當鑒之。夫韵人韵事韵語，奕世流芳，竹榻明鐙，紙窗細雨，今人古人，呼之欲出，所謂聊以自娱者，非耶？若如我友星橋孝廉，來書謬許爲嘉惠來學也，則我豈敢。

乾隆甲午小春，黄葉村農廖古檀書于齊昌官署之盥花軒。

盥花軒詩話卷一

詩通造化。《説詩晬語》云："有第一等襟抱，第一等學識，斯有第一等真詩。如太空之中，不着一點；如星宿之海，萬源湧出；如土膏既厚，春雷一動，萬物發生。古來可語此者，屈大夫以下數人而已。"《古檀詩話》。

論詩務造元微。弇州山人取湯惠休云："初日芙蕖。"沈約云："彈丸脱手。"鍾嶸云："宛轉清便，如流風迴雪，點綴映媚，如落花依草。"張芸叟云："春服乍成，醱醅初熟，登山臨水，竟日忘歸。"鄭厚云："秋蛩草根，春鶯柳陰。"漁洋山人則取戴叔倫云："藍田日暖，良玉生烟。"司空表聖云："不著一字，盡得風流。""神出古異，澹不可收。""采采流水，逢逢遠春。""明漪見底，奇花初胎。""晴雪滿林，隔溪漁舟。"嚴羽云："如鏡中花、水中月，如羚羊挂角，無迹可求。"姚寬《西谿叢話》載古琴銘："山高谿深，萬籟蕭蕭，古無人蹤，惟石嶕嶢。"東坡《羅漢贊》："空山無人，水流花開。"王少伯詩："空山多雨雪，獨立君始悟。"《古檀詩話》。

詩筆敏妙爲難。元時揚州富室趙氏，建明月樓，延客題咏甚多，皆未愜意。趙子昂即席題云："春風閬苑三千客，明月揚州第一樓。"主人大喜，徹酒斝爲壽。宋吕公著建雲山閣，中秋落成，秦少游入謁，賦詩，末云："二十四橋人望處，台星已在廣寒宫。"一座歎賞。知閉門索句，不如對客揮毫也。

《古檀詩話》。

「知憐玉腕，故整金釵。」李愿爲牛僧儒妾真珠作。與杜牧「但須報道金釵墜，彷彿還應露指尖」同意。又憶韓魏公安撫陝西，李師中過之，席間爲賈愛卿賦曰：「願得貔貅十萬兵，犬戎巢穴一時平。歸來不用封侯印，只問君王覓愛卿。」覺豪興尤勃勃云。《古檀詩話》。

千古英雄，不離紅粉。嚴州烏石寺在高山上，有岳武穆飛、張循王俊、劉太尉光世題名。劉不能書，令侍兒意真代書。姜堯章題詩云：「諸老凋零極可哀，尚留名姓壓崔嵬。劉郎可是疎文墨，幾點燕支浣緑苔。」何其香艷乃爾。《古檀詩話》。

勝蹟常垂，文選樓在揚州文樓巷内，即旌忠寺。劉孝威、庾肩吾、徐防、江伯操、孔敬通、惠子悦、徐陵、王囿、孔爍、鮑至，爲高齋十友，乃昭明招撰《文選》者。吴薗次嘗謂：蕭梁廟社，已成灰飛滅，獨維摩讀書處，在在有之。其當年霸業，不如敝簏一編，流傳千古也。《古檀詩話》。

「熟精《文選》理」，少陵句也。邇者金壇于晴川光華惺介刻《文選集評》，梁溪秦觀察鑛果亭序曰：「余幼讀是書，汎濫六臣所注，折中李善。近代孫月峰、俞寧世，論多可採，而何義門先生評釋尤精。于君據爲藍本，復取諸家評論標識簡端，舉目豁如，恍然與故人相晤對。」其大略也。晴川在潮陽，貽予二篋，計十六本，詩以酧之：「一自歸川後，名山次第探。伊人何處所，渺渺大江南。昨接雲中信，同停嶺外驂。徘徊雁池側，愁絶柳毿毿。鐵甕文章在，金城風氣開。選場慚齒及，評本費心裁。獨坐三更雨，相思五月梅。感知聞有録，誰不瓣香來。」嗟乎，《選》可續經，評可補注，當不脛而走矣。《古檀詩話》。

詩多巧合。龍麟洲先生過福州，憲府設宴西湖，命官妓玉帶佐酒。憲府舉杯曰：「今日之歡，皆玉帶之爲也，願賜以詩。」先生負海内盛名，雅重清議，又不能負憲使之請，遂書一絶云：「菡萏池邊風滿衣，木樨庭下雨霏霏。老夫記得坡仙語，病體難禁玉帶圍。」舉席稱歎，盡歡而散。《三山西湖志》輯之。《古檀詩話》。

韓文公《中酒》云：「銀燭未消窗送曙，金釵半醉座添春。」邵康節《睡蓮》云：「漢室嬋娟雙姊妹，天台縹緲兩神仙。」寓言綺麗，無損其爲學道人也。新城有《記得》詩二十首，記其四云：「班班車又到河間，越燕辭巢幾歲還。記得繡堂紅燭下，有人和淚唱《陽關》。」「風迴曲陌漾遊絲，新作浮萍漲緑池。記得去年今日見，石欄西畔牡丹時。」「琅琊怊悵爲情多，記得臨岐喚奈何。千媚中央隨處好，最難忘處是横波。」「菖蒲花好乍聞名，花底從教過一生。記得迴廊人語寂，卸頭纔罷月微明。」或云贈妓月仙作，《精華録》不載，豈恐犯綺語戒耶？《古檀詩話》。

名句傳，詩名亦傳，「長笛一聲」，「趙倚樓」尚矣。繼則鄭谷、崔珏，以鷓鴣、鴛鴦得名。五代有「劉夜坐」、「夏江城」。「夢回南浦砧初斷，月滿西樓酒半醒」，「江城」句也。劉姓又有以「曉行」著者。宋詞「梅子黄時雨」，人呼「賀梅子」。而「紅杏尚書」欲見「三影郎中」，謝逸稱「謝蝴蝶」，至今艷之。明有「袁白燕」、「杜赤壁」、「鮑孤鴈」。潯州張尚書燦爲翰林，限韵聯句，得句云：「銜雨斜飛燕子單。」馬端肅目爲「燕子單學士」。我朝更多名句。漁洋和李清照《漱玉詞》云：「郎似桐花，妾似桐花鳳。」劉公酕呼「王桐花」。適漁洋門人崔不雕詩：「丹楓江冷人初去，黄葉聲多酒不辭。」漁洋稱「崔黄葉」。鄒程村曰：「崔黄葉合作王桐花門生。」歷城王秋史句云：「亂泉聲裏才通屐，黄葉林間自著書。」亦稱「王黄葉」。東莞祁珊洲詩：「一夜東風吹雨過，滿江新水長魚鰕。」漁洋戲仿梅河豚例，稱「祁魚鰕」。至厲樊榭詩注有「薛春遊」，揚州吴薗次爲「紅豆詞人」，粤中黎美周爲「黄牡丹狀元」，我松有「范秋柳」，均可不朽。《古檀詩話》。

畫家累幅不到處，詩人能以一兩筆傳之。往遊太湖，見群峰蜿蜒，幾莫可名狀。及讀漁洋山人《望湖上諸峰》詩云：「烟雨春空濛，峰巒暮俶詭。」覺莫鼇縹緲，恍在几席間。《古檀詩話》。

桃源無從問渡，羅浮不然，既可從陸，且自石龍得一水，蕩槳溯流，三日可到。粤中人以販香屑者駕筏往來，名曰香溪。上有兩石樓、兩鐵橋，雲氣繚繞。唐時，何仙姑游戲其間，其行如飛。仙姑善詩，《餌雲母句》云：「鳳臺雲母似天花，鍊作芙蓉白玉芽。笑殺狂遊勾漏令，却從何處覓丹砂？」《古檀詩話》。

山水必有靈秀蟠結之處。武夷九曲，而五曲尤占其勝，隱屏精舍在焉，朱夫子講堂也。予瞻仰流連，信宿于此。有二絶云：「雲滿空山水滿汀，讀書聲徹棹歌停。講堂風月足千古，萬叠青嵐當翠屏。」「溪山得趣快扶筇，雲氣深連晚對峰。不見平林嘉蔭在，攫拏鱗爪一棟松。」爲書而泐諸石，揭以貽友云。《古檀詩話》。

愛花根乎情性。《池北偶談》云：晚唐人詩「風暖鳥聲碎，日高花影重」，「曉來山鳥鬧，雨過杏花稀」。元人詩「布穀叫殘雨，杏花開半村」。皆佳句也，總不如右丞「興闌啼鳥緩，坐久落花多」自然入妙。然皆從花中得佳句，是知詩人洵擅生花彩筆爾。《古檀詩話》。

古人花藥入詩，妙有事外遠致。李涉：「瘴山江上重相見，醉裏同看豆蔻花。」陳白沙：「恰到溪窮處，山山枳殼花。」楊夢山：「常記任家亭子上，連翹花發共銜杯。」蘇大：「晝長睡起多情思，看徧林陰商陸花。」王秋思：「雲埋窮海之罘碣，秋放空山桔梗花。」王漁洋：「西風盡日濛濛雨，開徧空山白芨花。」皆此類也。《古檀詩話》。

京師𪏹花之妙，可奪造化。如牡丹、碧桃、玉蘭、迎春之類，于三冬可計日而得。查查浦編修云：「出窨花枝作態寒，密房烘火暖催看。年年天上春先到，十月中旬進牡丹。」談半村亦有句云：「始知北地花兒匠，巧勝唐宫剪綵人。」似此雖吴閶不能及矣。《古檀詩話》。「𪏹」即「然」字。

伯牙得鍾子期，而後成賞音。澤州陳冢宰廷敬説巖善詩，尤賞我伯祖樾阡公鳳徵芸夫詩，曰江南一鳳，爲延致于家。公雖師事冢宰，而冢宰禮敬公，樂與公倡和也。公句如：「有夢不愁鄉路闊，無聊真覺著書淫。」「百粤風塵雙短札，十年踪跡半長安。」「别後江湖都老大，客中風雨較纏綿。」爲冢宰咨賞。冢宰諸昆，如莘野廷統、廷尉荀少廷弼、少參梅莊廷愫二守，俱風雅擅場，尤樂讀公詩，歡好無間。公《摩訶庵陪冢宰看杏花呈句》云：「人來北闕瞻卿月，花發東方應歲星。」蓋《典術》云：「杏爲東方歲星精也。」京師傳誦之。《古檀詩話》。

榮與壯俱去，而志氣猶是也。樾阡公年八十，神明不衰，有《潘子層峰霄客過談詩》云：「年少清狂安在哉，而今心事木成灰。胸中磈礧空霄漢，世上浮榮只草萊。老友披襟珍重別，諸孫覿面笑談回。梅花晚節應同我，歲歲冰霜暖更開。」結句指朱初晴霞。贈伯祖梅花詩，讀之如見二老鶴髮飄蕭，猶抵掌談心氣象。《古檀詩話》。

地以人傳，花亦以人傳，其由來久矣。憶《西湖志餘》云：孤山梅以和靖著，然白樂天去郡，有《憶梅》詩：「三年悶悶在餘杭，曾與梅花醉幾場。伍相廟邊繁似雪，孤山園裏麗如妝。」則自唐時已賞鑒矣。乃至今賦梅者，獨稱林逋，殆猶濂溪之蓮、淵明之菊云爾。《古檀詩話》。

「活剥江爲兩句詩」，朱竹垞句。然予考《紫桃軒雜綴》云：江爲詩「竹影横斜水清淺，桂香浮動月黄昏」，林君復改二字，爲「疎影」、「暗香」以咏梅，遂成千古絶調。詩家點化之妙，譬如仙者丹頭在手，瓦礫俱金矣。《居易録》載趙子固梅詩云：「黄昏時候朦朧月，清淺溪山長短橋。忽覺坐來春盎盎，因思行過雨瀟瀟。」雖不及和靖，亦甚得梅花神韵也。《古檀詩話》。

馬浩瀾評梅詩，林和靖「疎影横斜水清淺，暗香浮動月黄昏」，寫梅之風韵，高季迪「雪滿山中高士卧，月明林下美人來」，狀梅之精神，楊廉夫「萬花敢向雪中出，一樹獨先天下春」，道梅之氣節。亦見《志餘》。《古檀詩話》。

一夫不耕，或受之飢，一女不織，或受之寒。聖主之重耕織，聖主之重民命也。我朝聖祖仁皇帝刊耕織二圖，圖各繫以詩。今上繼志述事，復以袖珍鐫詩頒發，意深遠矣。予有恭紀句云：「三月柔桑十月稻，太平景象宛豳風。」蓋深幸躬逢聖世，得覩重熙累洽之象云。《古檀詩話》。

《柏梁》爲七言之祖。康熙壬戌上元，有旨賜内閣九卿翰詹等宴于乾清宮。聖祖仁皇帝傚柏梁體首倡云：「麗日和風被萬方。」元氣渾然，遠過漢武。今上登極後，丁未新正，舉行昇平嘉宴，睿藻繽紛，廷臣亦以次賡和，虞廷「喜起」之風，髣髴遇之。《古檀詩話》。

昇平盛事，不一而足。我皇上嘗于瀛臺賜宴，賞花釣魚，飲酒賦詩，亦均仿聖祖時典例。嗣允群臣奏請，刊刻御製前後二集，共計萬有餘篇。美擅百王，妙兼衆體。又上精騎射，射必中的。天縱多能，固其所也。《古檀詩話》。

片事風流，輝映千古。南唐韓熙載，每得俸給，散後房歌姬，披衲持鉢，就諸姬乞食。後東坡以玉帶贈寶覺，寶覺酬以衲裙，公賦詩云：「病骨難堪玉帶圍，鈍根仍落箭鋒機。欲教乞食歌姬院，故與雲山舊衲衣。」前明徐文貞奉世廟欽賜袈裟，付佘山慧日院僧圓實，賦一絶云：「草衣露冷宿曇華，誤綰宮袍傍帝家。捨向山門君莫笑，細看還是舊袈裟。」陸平泉年八十有九，亦以衲衣一襲付慧日院，手書《偈衲表》云：「解組歸來萬慮捐，盡將身世付安禪。披來戒衲渾無事，不向歌姬爲乞緣。」均與東坡同一風流也。《古檀詩話》。

澄心堂箽墨，居然名士風流。《六研齋三箽》云：李後主于黄羅扇上書一詩賜宮人慶奴云：「風情漸老見春羞，到處銷魂感舊遊。多謝長條似相識，强垂烟態拂人頭。」宋時猶傳玩貴家，今亡矣。蓋不徒「風乍起，吹縐一池春水」詞稱絶調也。明武宗亦有句云：「野花偏有色，村酒醉人多。」其風致正復相似。《峭厓雜録》。

豔體詩仍須大雅，段柯古《紅樓集》後，推玉溪生、韓冬郎，近則金壇王廣文彦泓次回擅場。句如：「臨水偶來同倚檻，隔花何路可登樓。」「繡佛像前同下拜，泥金經尾獨僉名。」「含毫愛學簪花格，展畫慙看出浴圖。」虞山馮定遠班勿及也。丹徒鄔汝翼佐卿有《纏頭集》，句云：「寶鏡夜寒鸞顧影，畫梁春暖燕歸樓。」又：「妝粉曉沾蝴蝶草，啼紅春染杜鵑枝。」又：「小閣閒情緘荳蔻，空庭微步出蓮花。」又：「樓前彩鳳隨簫史，陌上銀箏誤使君。」皆自然風華。近日才人，尤工摹擬，轉恐傷雅矣。《古檀詩話》。

詩必著意起結。朱竹垞常稱王次回豔體詩結撰深得唐人遺意。起句如：「雨下春泥月下霜，幾年辛苦做蕭郎。」又：「一層芳樹一層樓，只隔歡娱不隔愁。」結句如：「水國不生紅豆子，贈君何物助相思。」又：「殘陽欲度梅梢盡，纔向紅窗拂鏡奩。」又：「闌干一曲無多地，才著思量便渺然。」又：「分明蠟燭身相似，纔上歡顔已淚零。」皆饒風韵，誦之感心娉目也。《古檀詩話》。

一登龍門，聲價十倍。揚州布衣梁嘉稷，于康熙庚寅八月，投漁洋四律句，漁洋雅重之。越一歲，而漁洋殁。新城伊丹木桂爲予口述云：「長白山高泰嶽連，尚書位望接遥天。秋風忽命東歸駕，夜雪空回半道船。緑野花深開徑日，龍鱗松老著書年。光芒不共台星現，争指文昌北斗邊。」「明公佐郡揚州日，小子將迎竹馬隨。見説平反于定國，共推豪舉鄭當時。門牆盛侶星同隕，風雨甘棠樹不移。獨有行人常在口，平山堂上舊題詩。」「早歲詩名冠古才，榛蕪壇坫五丁開。芙蕖秀色明初日，溟渤濤聲起蟄雷。萬類鴻鈞歸冶化，一時攀附望崖回。《漁洋》《蠶尾》同珠玉，字字天花法界來。」「新城隔歲遠衝寒，爲謁龍門一解鞍。芒屩亦登丞相閤，緇衣還授旅人餐。見愁東閣官梅冷，遍問從遊宿草殘。惟有依依難拜別，舉頭紅日遠長安。」按漁洋于揚爲舊遊地，凡詩老寒素，尤不吝齒芬，而是作獨未及，故紀之。《古檀詩話》。

草木亦有情。鄭榮作金錢花詩未就，夢一紅裳女擲花與之，曰：「爲君潤筆。」因呼爲潤筆花。今武林嘉定塑花神十二，兼及閏月，宜滿目花開似繡也。《古檀詩話》。

「青旗沽酒趁梨花。」梨花，滇南處處有之，或擁山巔，或列山脚，或滿山腰，望之如濤如雪。《滇雲紀勝書》載常自曲靖還省，有句云：「乍疑洱海濤初起，忽憶蒼山雪未消。」今屺堂弟赴賓川任，適逢春時，當爲領略兹花之勝矣，僕竊羨之。《古檀詩話》。

名之顯晦，莫不有時。名畫手李唐，初至杭，貨楮以自給。有詩曰：「雪裏烟村雨裏灘，觀之如易作之難。早知不入時人眼，多買胭脂畫牡丹。」世之負才未遇者，正應脩身以俟，不必侘傺無聊矣。《古檀詩話》。

華苹山人，我松吴徵君六益懋謙也。居白燕庵東，堂中額曰「梅花書屋」，乃王敬齋宗伯所題者。余得交其曾孫陶宰鈞，善詩，工篆刻，兼通史學。余贈詩云：「一事公卿難與换，梅花香裏讀書聲。」《學齋隨筆》。

蘭亭、西園，文傳而圖亦傳。庚午春，自都旋里，招繆穀齋孟烈、沈玉樵履謙、唐拙圃錕、蕉村景，會於表弟陳雲熇憬寒香書屋。飲酒賦詩，雜以絲竹，諧謔不減前輩風流。倩畫友陳載東之徒張潢各寫小影，爲長卷，譜圖則蕉村與朱明府蒙溪合作也。戊子，抵韓洋官舍，補作《寒香雅集記》，乞徐寰九代書。元和顧星橋宗泰題寄長古云：「古檀先生大雅宗，結交到處成雲龍。尤敦舊契耐久遠，《寒香》一集千秋風。」武林張雪漁嘉猷云：「圖爲斯文重。」夫予文不足重，或藉諸君子題詞，垂久久爾。雲端洊歷給事中，家雲間菖湖，與余舊居鄰比。憶外祖懋源公文炳狀貌魁梧，書法摹董香光，家徒壁立，常于冬夜見月華，卒成巨富。構園亭，中爲寒香書屋，廣植梅，右栽叢桂，左横一紅橋，曲折蜿蜒，覆以藤花。予幼時及見公怡然獨坐橋畔也。外祖母姚太夫人鍾愛予，以其瑟如太翁墓在佘峰，囑爲看視。遺言在耳，我子孫其無忘諸。《古檀詩話》。

遊仙枕上，魂夢皆香。林子羽鴻爲將樂縣訓導，與客遊玉華洞。酒酣，藉草而卧，夢入瑶華洞天。洞主女芸香迎入天葩軒，案有詩集，題曰「霞光」。女郎曰：「嚴君階列地仙，職司文衡。君詩如『一鳥鏡天浄，萬花潭雨香』與『槲雨古壇暝，禮星寒殿開』，尤嚴君所稱賞也。」因揮翰賦詩，留連而覺。翌日避客獨游，夢徑宛然，石壁阻絶，潭深莫測。鴻書一詩投之，如炊黍許，見蠟箋浮詩云：「天葩小院蔽銀屏，鵲散天河逗客星。欲識别來幽意苦，晚峰長想黛眉青。」覽畢，視所得箋，乃一黄葉，字亦隨滅矣。似此佳夢，不勝仙遊耶？《古檀詩話》。

美人香草，暮雨朝雲，千古遊仙詩之祖也。吴寶崕陳琰《遊仙詩》云：「自整花冠向鏡臺，天衣稱體不須裁。呼童特地除松徑，曾訂雲英早晚來。」我鄉邵明府植庭成正有《小游仙》數首，猶憶其一云：「高會群真兜率天，蟠桃花下不知眠。落紅萬點春如海，已歷人間八百年。」寓言微婉，庶幾古意新聲。

《古檀詩話》。

蘭亭也，不逢右軍，淹没空山；柳州也，不逢子厚，亦沉埋荒徼矣。且如韓之潮、蘇之儋耳，莫非地應發越。吴江吴漢槎兆騫同陳迦陵、彭古晉，梅村目爲「江左三鳳凰」，以科場蜚語，遣戍寧古塔。托名金陵女王倩娘，題詩驛壁云：「憶昔雕窗鎖玉人，盤龍明鏡畫眉新。如今流落關山道，紅粉空嬌塞上春。」「氊帳沉沉夜漏寒，滿庭霜月倚闌干。明朝又向漁陽去，白草黄雲馬上看。」讀者酸鼻。計甫草有句云：「最是倩娘題壁句，吴郎絶塞不勝情。」後徐大司寇健庵爲納鍰贖歸，千古盛舉。聞高麗國王曾以千金購其作賦，是何異雞林賈人購白學士詩、日本相以一金易一篇也。《古檀詩話》。

黼黻明盛，與遷客騷人不同。王文簡在揚州，既官舫銀鐙賦冶春矣，而雲間白燕、鄧尉梅花，亦莫不流連吟賞。嗣歸山左，及赴春明，以主試至蜀中，以祭告至西嶽、至南海，歷匡廬，渡皖江，詩緑境以彌工，地因人而增重，不誠爲鳴盛和聲耶！《古檀詩話》。

競渡之風，到處尚之。雲間西關外白龍潭，一水空明，每五月端陽，龍舟過處，士女畢集，簫鼓喧填。竟陵唐内翰建中赤子《竹枝詞》中一首云：「無端鐃鼓出空舟，賺得珠簾盡上鈎。小玉低言嬌女避，郎君倚扇在船頭。」其風流不減杜司勳吴興水嬉也。《古檀詩話》。

浙江潮爲天下偉觀，自既望至十八爲最盛。方其遠出海門，僅如銀線，漸近則玉城雪嶺，際天而來。楊誠齋詩云「海闊銀爲郭，江長玉繫腰」者是也。甲申秋，予得攬其勝，記有長歌云：「黑風吹海天濛濛，濤頭十丈奔長空。馮夷作氣勢洶湧，掀天欲撼黿鼉宫。是時觀者咸股慄，呼吸叫鬧心怔忡。

洪濤漱激不可遏，人聲潮聲相撞舂。我聞吴越推巨鎮，錢塘突兀當其衝。相傳此中有王氣，武肅崛起真奇雄。彎弓一指江海靖，約束鮫鱷驅魚龍。至今潮頭不敢上，江間凜凜生英風。潮退人稀日漸落，平波萬里磨青銅。舉杯酹酒弔江月，振衣長嘯驚飛鴻。」《古檀詩話》。

省試每得友朋聚會之樂。庚午秋，我松夏谷香秉衡偕繆毅齋孟烈寓周氏雙梧水閣。適予及武林吴雲巖孝廉過金陵，谷香招同懷寧李嘯邨諸名士作詩會，文酒之讌，莫此爲盛。予有賦《雙梧》詩云：「秋風庭院緑陰齊，名士開襟共擘題。萬里丹山千里翮，從來不占一枝棲。」「一榻横陳倚玉柯，簟紋如水漾清波。龍門百尺凌霄迥，愛聽秋聲此處多。」「露濯金莖色倍鮮，亭亭雙榦俯晴川。平生心跡清如許，坐對高吟月在天。」陳閣學邦彦書之吟册，沈歸愚宗伯極賞之。徐題客有《金陵懷古》四首，姜青川、李研香題予《西風鞍馬圖》《踏莎行》詞，飛箋擘鉢，至今猶傳爲艷事也。《古檀詩話》。

李嘯村，懷寧詩人也。庚午秋，同觴咏於金陵夏谷香雙梧水閣。嘯村即席詩曰：「馬齒座叨人第一，蛾眉窗對月初三。」是時嘯村老矣。憶其《秦淮晚立》舊句云：「粉牆紅掃落花痕，水畔樓臺樹影昏。雨細風斜簾未捲，縱無人在亦銷魂。」覺此君風致正復不淺。《古檀詩話》。

人中有仙。《唐書》本傳云：「白乘月與崔宗之自采石至金陵，著宫錦袍，坐舟中，旁若無人。」似此飄飄有仙氣，宜黄山谷謂太白與東坡爲謫仙人也。太白遊涇縣，桃花村人汪倫醖美酒待白，白贈詩云：「李白乘舟將欲行，忽聞岸上踏歌聲。桃花潭水深千尺，不及汪倫送我情。」酒爲白飲，飲得其人，而倫得此詩，白酹倫亦不薄矣。倫裔孫至今尚寶其詩也。按《成都古今記》，李白生漢中章湖縣之青蓮鄉，故號青蓮。桃花潭可與青蓮鄉比艷矣。《古檀詩話》。

人仙，詩亦帶仙氣。東坡嶺外詩云：「父老爭看烏角巾，應緣曾現宰官身。溪邊古路三叉口，獨立斜陽數過人。」與太白「桃花流水杳然去」同一不食烟火語。按：學士故宅，在歸善白鶴峰下，中有思無邪齋。銘云：「飲食之精，草木之華。集我丹田，我丹所家。晝煉于日，赫然丹霞。夜浴于月，皓然素葩。金丹自成，曰思無邪。」又與朝雲云：「丹成隨我三山去。」豈不飄飄欲仙？《古檀詩話》。

謝靈運「池塘生春草，園柳變鳴禽」，生字何等自然，變字何等秀琢。觀此，可得鍊句法。《古檀詩話》。

詩筆凌雲，工部「落日心猶壯，秋風病欲蘇」與樂天「莫道桑榆晚，爲霞尚滿天」、夢得「在人雖晚達，於樹比冬青」句，同工異曲。若義山《登樂遊原》詩云：「夕陽無限好，只是近黄昏。」氣象衰颯，不堪卒讀矣。《古檀詩話》。

落句以不盡爲妙。錢起《湘靈鼓瑟》：「曲終人不見，江上數峰青。」蕭然神遠。然唐詩此類極多。白傅云：「唱盡新詞歡不見，紅霞映樹鷓鴣鳴。」與「江上峰青」同意，安得以鬼語目之？《古檀詩話》。

捶字堅而難移，少陵賦：「九天之雲下垂，四海之水皆立。」東坡詩：「天外黑風吹海立。」謝在杭肇淛《五雜組》云：「余從祖司農公杰奉使過海，有龍倒垂雲際，距水百許丈，水湧如炊烟，直與相接。始信水立非妄。」余謂大海迴風生紫瀾，風大則水湧而立，何待龍見？漁洋句云：「怒潮乘風立千丈。」正是此意。《古檀詩話》。

詩才天授。漁洋山人幼誦《燕燕》、《緑衣》，便棖觸欲涕。年十八，舉辛卯鄉試，已卓然名家矣。乙未成進士，乃專攻詩。七十八歲，口占云：「得第重逢辛卯歲，删詩斷自丙申年。」洵不愧爲我朝詩人之冠。《古檀詩話》。

名流祠墓多載志乘，骨亦香也。漁洋訪柳耆卿墓，在儀真仙人掌，感賦云：「江鄉春事最堪憐，寒食清明欲禁烟。殘月曉風仙掌路，何人爲弔柳屯田。」然後人尋之不得。唐六如墓在桃花庵，宋漫堂中丞重爲修葺。予按《别裁集》注，唐墓在横塘，商丘所葺，乃讀書處，定非無據。當時名士，有重修唐解元遺墓詩，韓慕廬宗伯云：「誰昔唐衢惟解哭，祇今宋玉與招魂。」錢塘洪昉思曰：「予落拓浮名，不及六如萬一，然後先境地，亦頗相似，不覺感慨係之，率成四絶。」今記其二：「吳興僻性解憐才，踏雪唐家墓上來。豚柵雞棲無覓處，獨尋殘碣洗荒苔。」「頗學吳趨年少狂，逃禪垂老悔詞場。不知他日西陵路，誰弔春風柳七郎。」誦之心惻。《古檀詩話》。

侯門一入，腸斷蕭郎。宋駙馬都尉王晉卿，歌姬名囀春鶯。晉卿投南，春鶯爲勢家所得。晉卿南還，汝陰道中聞歌聲，曰：「此囀春鶯也。」訪之，果然。賦詩曰：「佳人已屬沙吒利，義士今無古押衙。回首風光雖尚在，春鶯休囀上林花。」《西清詩話》載之。後閲《瑯琊代醉編》，見其前半章云：「幾年流落向天涯，萬里歸來兩鬢華。翠袖香殘空掩淚，青樓雲渺定誰家。」全璧依然。《情史》中謂是客代成者。《古檀詩話》。

「雪下文君沽酒市。」文君既慕長卿而越禮，嗣聞長卿將聘茂陵女爲妾，作《白頭吟》五解：「皚如山上雪，皎如雲間月。聞君有兩意，故來相決絶。」其首章也。又寄書云：「朱弦斷，明鏡缺。朝露晞，芳絃歇。白頭吟，傷離别。努力加餐毋念妾，錦水湯湯，與君長訣。」相如答云：「錦水有鴛，漢宫有木。誦子佳吟，而回予故步。」以韵作書，正如棋逢敵手。後此惟閩中張璧娘，與林子真以詩才相匹，豈李卓吾所謂佳耦良緣耶？《古檀詩話》。

蜀中花，奇艷莫如海棠，而工部詩不及，宜動後世之疑。《韵語陽秋》載：鄭谷詩：「浣花溪上空惆悵，子美無心爲發揚。」本朝用爲實事。石延年云：「杜甫句作略，薛能詩未工。」錢易云：「子美無情甚，都官着意頻。」李定云：「不霑工部風騷力，猶占勾芒造化權。」獨王荆公用作梅花詩，最有意，所謂「少陵爲爾牽詩興，可是無心賦海棠」是也。謝在杭《五雜組》云：「少陵于蜀中花，未經題咏者甚多，何獨海棠。」可稱卓見。《古檀詩話》。

仙才豪興，筆不猶人。東坡謫齊安，以文筆游戲三昧。樂籍中李宜者，色藝不下他妓，他妓往往得詩，宜獨以語訥不能請。及坡將移臨汝，宜奉觴再拜，用領巾叩乞，公拈毫大書：「東坡五歲黄州住，何事無言及李宜。」即擲筆袖手，與客笑談。坐客相謂：「語何凡易。」至將徹具，宜復拜請，坡大笑曰：「幾忘出場。」繼詩云：「恰似西川杜工部，海棠雖好不留詩。」一座擊節嘆賞。真不啻「指揮如意天花落」也。《古檀詩話》。

春明歡會，事往情留。乙亥秋，予在都謁選，偕蔚州李梅園納璧、絳縣賈龍泉凝吉、奉賢吴古心世賢、如皋顧茨山人驥、石文軒觀、海寧陳倩孟景星、山陰胡蓍圃大衍、錢塘朱雲墅兆珂、七匯張慧川宏瑞，暨合肥家杜軒世基，集六安王晴嵐文爕叢菊山房。傳花刻燭，佐以鳳吹鶯歌，酒境詩情，斯爲雙絶。予有《紀事二十首》之五云：「錦幔高張曲逕新，滿庭花放絶紅塵。香風盡日吹襟袖，把盞欣依似菊人。」「鼉鼓聲沉倒玉壺，相枰酒壘疊喧呼。興來擬倩傳神手，繪出天涯快叙圖。」「安排象管與銀箏，客至清謳喜互賡。記得醉中行小令，朦朧猶唱楚江情。」「侵晨催赴歲寒盟，瀹茗清談意盡傾。歸路踏歌花影亂，鳳樓譙鼓已三更。」「金石交期氣似蘭，雲衢同騁紫騮鞍。他年風雨應相憶，擕取清吟當譜看。」其首章結句云：「碧雲無障美人天。」則借用吴古心咏風箏佳咏。胡蓍圃依韵和之，稿藏詩篦風流雲散，一别如雨，録此誌盍簪之盛云。《古檀詩話》。

盥花軒詩話卷二

説詩不可太泥。張繼《楓江夜泊》正妙在「夜半鐘聲到客船」句，蓋對愁而眠，曉不成寐，朦朧中忽聽鐘聲，深怪其早而攪睡也。歐陽公譏其半夜非鐘鳴時，何耶？陳正敏《遯齋閒覽》云：「嘗過姑蘇，宿一寺，夜半聞鐘。出問寺僧，皆曰：『分夜鐘，曷足怪乎？』尋問他寺，皆然，始知半夜鐘，惟姑蘇有之。」但予家青溪，與吴閶咫尺，鼓棹屢經，何未嘗半夜聞鐘也？《盈浦紀聞》，胡吟鷗著。

寫情寫景，神到爲高。杜詩「緑垂風折笋，紅綻雨肥梅」，舉頭遥望，只見緑耳紅耳，即而視之，乃知爲笋也、梅也。笋何爲而折？則風之故。梅何由而肥？則雨之故也。折斯垂，肥斯綻。神理如是，豈特句法之妙如珠簾倒挂哉？即如「紅豆啄餘鸚鵡粒，碧梧棲老鳳凰枝」，若云「鸚鵡啄餘」、「鳳凰棲老」，便直遂矣。特他手爲之，必不能如此渾灝流轉耳。名終埋不得，骨任朽何妨。其傾倒于浣花翁也，宜哉。《延青書屋雜鈔》，陸湘萍著。

「海上雲巒千點墨，天涯歌板數篇詩。」予《鷺門雜感》句也。適程孝廉琰東冶郵寄諸名士泛舟白堤，分咏虎丘古蹟吟箋，棖觸舊遊，益增悼嘆。王西莊鳴盛咏玉蘭云：「狂花春似海，冶態雪爲膚。」顧星橋宗泰咏鐵花巘云：「波清金氣散，苔碧鐵花寒。」東冶咏小吴軒云：「雲開千頃碧，花映四山紅。」咏陸羽石井云：「石脉千年冷，天光一綫懸。」陳芝房毓咸咏生公講臺云：「夜静月孤上，庭空鶴一來。」咏試劍石云：「一拳留霸業，千古鎮山門。」覺滿目琳瑯，均繫客懷勿置云。《古檀詩話》。

蘇臺楊柳，遥寄夢思。東冶貽予《消夏新咏》并《吴門楊柳枝》詩云：「吴宫官柳長柔條，吴姬嬌舞鬬纖腰。芳魂化作消魂樹，長向春風拂畫橋。」「翠烟漠漠幾枝含，影絆紗窗春半酣。簾外一聲《金縷曲》，美人何事夢江南。」其妙處直追鈍翁，爲之迴環雒誦，不忍去手。口占郵寄云：「無限春風無限思，一灣消夏景尤宜。憑將女侍櫻桃口，教唱蘇臺楊柳詞。」志傾倒也。《古檀詩話》。

詩有別才。《漁洋詩話》云：「蕭詩，字中素，華亭人。隱於木工，博學善詩。其警句云：『遼海吞邊月，長城鎖亂山。』『山寺落梅傷別易，天涯芳草寄愁難。』從學者甚衆，而執藝事如故。」《三岡識略》載：華亭蕭中素者，號芷厓，幼業匠，喜爲詩，運斤之暇，吟咏不徹。《建業懷古》云：「千門柳色近蕭條，白下樓臺矗絳霄。江口舳艫連鐵甕，月中絃管亂銅刁。高牙大纛將軍幕，碧草黄雲帝子朝。欲問雨花參半偈，片帆無計渡金焦。」讀其詩，雖名宿亦不能過也。《古檀詩話》。

善書亦邀知遇。我松沈公度於前明時，以江陵楊編修薦，擢翰林典籍。上覽公書，稱善，賜二品金織衣，製象笏，鏤公名以賜。弟粲子藻，官之近侍。古今以書承寵，莫或如公。宣宗朝，進學士，題其齋曰「樂琴書處」，人號自樂先生。有《西清餘暇》、《自樂》諸稿。年七十八，捐館前一日，猶作《和王行儉詹事小洞天詞》。今殿試朝考及各館，皆重書，臨摹可不講耶？《古檀詩話》。

「既生瑜，何生亮」，非通論也。李杜同時相結契，而時復聞聲相思。杜句云：「白也詩無敵。」李句云：「飯顆山頭逢杜甫。」何相敬愛乃爾耶？昌黎有詩曰：「李杜文章在，光燄萬丈長。」當時且推重之，何况後世？《古藻堂詩話》，徐蒼林著。

「萬里悲秋常作客，百年多病獨登臺。」少陵形神意氣，直將髣髴，雖然，究未見其人也。德州盧世傕嘗杜亭，設子美像，自稱杜亭亭長。未識其像何如。適《養疴閒記》載：夔守喬斯齋鐸于丙申春，瀼東農以得石像告，屐笠冒雨往觀。像背顔曰「唐杜少陵先生像」，因妥之草堂祠中。自是而少陵形神意氣見矣。《古檀詩話》。

唐句云：「雲藏李白讀書山。」以太白生于蜀也。而今太平府有太白樓，樓有聯云：「先生在上莫題詩。」然予憶明李蓘《采石醉歌》云：「游魂栩栩不復還，水底有天長醉眠。不然紫皇念舊史，仙骨不肯留人間。」又合肥李太史孚青丹壑句云：「脱身依舊仙歸去，撒手還將月放回。」似此健筆縱横，倘青蓮見之，應爲首肯。《古檀詩話》。

志趣静躁不同，陶彭澤籬邊采菊，駱臨海雪裏尋梅，此等胸次洒落，正如嚴子陵甘爲羊裘釣翁，不願雲臺畫像也。世傳孟浩然過王摩詰齋，適玄宗駕至，匿床下。後出，叩其詩，對以「不才明主棄，多病故人疏」，玄宗不悦，遂不見用。予謂不然。浩然賦性高潔，即以「氣蒸雲夢澤，波撼岳陽城」對，豈遂通顯耶？觀其「微雲淡河漢，疏雨滴梧桐」、「梧桐露下落，楊柳月中疏」等聯，自是彭澤、臨海一流，非復仕宦中人語。《古檀詩話》。

香國中人，其詞翰亦帶仙氣。米芾有潔癖，任太常博士，奉祠太廟，洗去祭服藻火，坐是被黜。莊綽《雞肋編》極詆其潔僞爲，何也？知無爲軍，一月前，預置一棺，焚香清坐其中。及期，舉拂示衆曰：

「衆香國中來，衆香國中去。」合掌而逝。其學禪有得者歟？詩文不多見，《海岱樓望月》：「天上若無修月斧，桂枝撑破向東輪。」真奇句也。予曾過無爲，見署後有墨池碑，額爲「襄陽臨池處」，蓋不獨遊海岳庵而得其流風餘韵矣。《古檀詩話》。

友朋聚會，當借筆墨自娱。嘗見陳禹謨《説儲》一則云：晏元獻與客晏飲，稍闌，即罷遣歌樂，曰：「汝曹呈藝已徧，吾黨呈藝。」乃具筆札，相與賦詩。米元章邀蘇子瞻飲，列紙三百，置饌其旁，每酒一行，伸紙作字一二幅。小吏磨墨，幾不能供。飲罷，紙亦盡，乃更相攜去。先輩風流，即一杯酌間，不忘以詞翰相課，亦異乎以飲食游戲相徵逐者矣。《古檀詩話》。

附驥尾而名顯，自古爲然。元豐五年十二月十九日，東坡生日也。置酒赤壁磯下，踞高峰，俯鶻巢，酒酣，笛聲起于江上。客郭、石二生謂坡曰：「笛聲有新意。」問之，乃進士李委，聞坡生日，作新曲曰《鶴南飛》以獻。呼之使前，則青巾紫裘，腰笛而已。既奏新曲，又快作數弄，嘹然有穿雲裂石之聲，坐客皆引滿醉倒。委袖出嘉紙一幅，曰：「吾無求於公，得公一絶句足矣。」坡笑從之。詩曰：「山頭孤鶴向南飛，載我南遊到九嶷。下界何人也吹笛，可憐時復犯龜兹。」委不從此傳耶？《古檀詩話》。

高明家詩超凡近。《夢餘詩話》載：常州蔣紫真《絡緯》句云：「萬家辛苦一天霜。」《咏菊》云：「人世幾曾容我傲，天涯到處讓花開。」大雅不群。又歸安潘健君《武林雜咏》云：「銀濤白馬三千甲，澹柳春堤十二虹。」《芭蕉》云：「雨聲半夜盡來枕，天色一條剛到檐。」《松聲》云：「鐘昏小院人談虎，雪滿空山客罷琴。」皆可收入錦囊者。《古檀詩話》。

「一行作吏，此事遂廢」，予不謂然。華亭王條山鼎于壬辰中秋以詩約蔣郡伯龍昌南莊《泛月》句云：「醉疑樂奏晶宮夜，醒覺香傳漢殿秋。」越三日，郡伯乘葦齋畫舫至長樂溪口，次韵云：「自是剡溪詩句好，敢云蔣徑足風流。海天萬里同尊酒，江月三更發醉謳。別浦鷗鳧驚遠笛，隔汀烟樹寫凉秋。葦齋竟赴前宵約，不負袁宏此一遊。」真風雅勁敵也。又《瀧喉舟行》云：「亂石磨舟泉有骨，雙橈撥霧水生塵。」刺露清秀。至《題壁》句云：「人原是俗非因吏，仕豈能優且讀書。」撝謙之中，尤饒藴藉矣。近稿佳句紛披，不獲盡登爲悵云。《古檀詩話》。

送春雅集，佳話重新。康熙己卯，吴門蔣繍谷集名賢設送春讌。其年最長者，爲太史尤西堂、朱竹垞。張匠門太史尚爲鄉貢士，惠天牧學士、徐澂齋太史並爲諸生，沈歸愚宗伯年二十七，居末坐。虞山王石谷、楊子鶴同目存上人精繪事，因張憶娘與讌，作《簪花圖》。汪太史退谷，題卷中人三字。後己卯，蔣蟠猗復舉詩會，則宗伯已皤然矣。王君存素續補一圖，亦吟壇不朽盛事也。前後圖中多名作，借山上人題前圖句云：「他年若入維摩室，不許簪花許散花。」借山，浙人，往來三吴，詩僧中錚錚者。《古檀詩話》。

園林之勝，當湖陸氏爲最。園有桂數千株，榜曰「桂徑」，遊者襟袖皆染穠香。池中製畫舫，客至，令童子鼓枻而行。但見小橋斷岸，曲折迴旋，澗水乍舒，白鶴微步。閣中供花神，春秋二分祀之。祀畢開讌，分箋索題。董閬石即席詩落句云：「聞道昨宵雙鶴下，小樓絃管祀花神。」蓋先一夜有鶴飛集，亦韵事也。《古檀詩話》。

戴顒聽黄鸝處，在京口招隱寺，漁洋詩所謂「戴公昔通隱，風流照巖户」是也。《晉安帝紀》曰：「戴顒好鼓琴，善屬文，尤樂遊燕。與高門風流者遊，談者許其通隱。」按黄鸝嘴赤而善鳴，身小于燕，藏深樹中不可見，聞聲始知。絃索中有《黄鸝調》，以其晛睆可聽也。曩遊招隱，覓黄鸝不得，及任平梁，于緑陰春樹間飫聞之。閒居後，縈念不置，曾有句云：「田園歸去幾晨昏，鮑照臺牽别後魂。慣聽黄鸝深樹語，雙柑斗酒蜀山村。」舊友楊森庭光照善彈《黄鸝調》，愛唱《黄鸝曲》，命歌者王佳卿習之，每一發聲，輒與禽聲相應也。《古檀詩話》。

花草與禽鳥，潤色乾坤者也。予嘗遊揚州瓊花觀，鍊師呈《瓊花圖》，花色嫩黄，重臺連瓣，至今花臺尚存。過潤州鶴林寺，訪殷七七開杜鵑花處，登杜鵑樓，僧人亦出圖示閲，走筆題長古一章。忽忽隔三十年，又壬子在金陵，演《瓊花記》傳奇，扮陳宣華者爲李桂，恍見如花美眷，依然嚦嚦鶯聲矣。《古檀詩話》。

詩人議論，多有不同。范文正《釣臺》云：「漢包六合網賢豪，一箇冥鴻惜羽毛。世祖功臣三十六，雲臺争似釣臺高。」又北山學士徐得之題云：「光武初從血戰回，故人長短尚論材。中宵若起唐虞興，未必先生戀釣臺。」東坡見此詩，與定交，然命意恰與文正各别。余謂議論平允，不如潘檉律句：「但得諸公依日月，不妨老子卧林丘。」所謂言婉多風也。《古檀詩話》。

七里瀧，天成勝境。宋末謝皋羽，生參信國之軍，死葬西臺之麓，庶幾得所依歸者。皋羽晚年主吴渭家，與方魯、吴思齊遊，名會友之所曰汐社，期晚而信。集同好名氏，作《許劍録》，取吴季子意。

每執筆遐思，身與天地俱忘，其抑塞磊落之氣，安可没耶？《古檀詩話》。

英雄心跡，可貫星斗。放翁詩集，富至萬餘，南渡而下，卓然一大宗矣。然觀其易簀《示兒》云：「死去元知萬事空，但悲不見九州同。王師北定中原日，家祭無忘告乃翁。」足見精忠大義，安得徒以詩人目之？《古檀詩話》。

傳奇亦關情性。湯義仍長詞曲小令，然難與《琵琶》、《西廂》並驅也。《七夕》詩云：「玉茗堂開春翠屏，新詞傳唱《牡丹亭》。傷心拍遍無人會，自搯檀痕教小伶。」豈不風流自詡？然《遺愁集》載：張洪陽相公曰：「君有此妙才，何不講學？」湯曰：「此正我講學。公所講是性，吾所講是情。」夫情何不可講，而乃于廣場開閨閣情竇，于旅館以鬼魂求歡，是何爲者？《圓駕》一齣，男女雜還于五鳳樓前，更覺不倫。蓋湯句惟「雨絲風片，烟波畫船」爲佳耳。《霞光集》載：婁江女俞二娘，嗜其詞，斷腸死。湯作詩云：「畫燭摇金閣，真珠泣繡窗。如何傷此曲，偏只在婁江。」又一女自矜才色，愛《牡丹亭》，誓執巾櫛。後踪跡于湖上，見湯衰邁，投水死。沈鹿坪弔之云：「一卷新詞字字香，《還魂傳》裏費思量。臨川老去風流盡，西子湖邊空斷腸。」予不解若士何僥倖得此？讀若士序，原屬搬演成書。後有三婦合評，載麗孃見夢，不免荒誕矣。予非敢詆呵古人，顧于理未安，不得不辨。《古檀詩話》。

朱門列綺，金屋藏嬌，不可謂非紅塵之福。查蓮坡稱：横塘居士文欽明思，其先高麗人，國初入京師，兩傳而富埒陶頓。賦性脱略，往往于歡場樂地，發露清機。往來大江南北，取道津門，必盤桓旬日。一夕招予，出歌姬百餘人佐酒。粉圍香陣，心目眩蕩。而諸姬色藝互相角勝，絲竹迭陳，竟至達曙。中有雙鬟歌一絶云：「含烟挹露一枝枝，半拂闌干半映池。最恨年年飄作絮，不知何處繫相思。」詢之，即雙鬟自作《柳枝詞》也。豈非佳構？《古檀詩話》。

豪情韵事，今人每超越古人。憶《蓮坡詩話》中一則云：宗室紅蘭主人，嘗自製《揚州夢》傳奇，遍招日下諸名流賞之，會者百餘人。内有少年王生，善集唐，即席詩成，結句云：「十年一覺揚州夢，唱出君王自製詞。」主人大喜，以黄金十四鋌、白玉巵三，奉酒爲壽，曰：「一字一金也。」生飲酒受金，即以金給梨園十四人，曰：「同沾君惠。」是日主賓歡洽，轟飲而散，豈非佳話？《古檀詩話》。

豊城劍氣，不可磨滅，名人舊蹟猶是也。我松唐曾城，從袁太冲廢圃得湖石，似靈壁，令童剔洗，上刻錢鶴灘福殿撰句云：「清時誰肯信君平，高卧偏深木石盟。對此蕭閒無俗事，一爐沉水一函經。」曾城爲移置書齋前。憶我鄉向傳殿撰赴揚州，巨室争延致，并出見其所置名姬，殿撰戲贈云：「淡羅衫子淡羅裙，淡掃蛾眉淡點唇。可惜一身多是淡，如何嫁與賣鹽人？」似此則惡謔矣。僕謂殿撰名輩風流，斷不出此。《古檀詩話》。

「陸瑁湖邊水漫流，谷陽城外問漁舟。鱸魚正美蓴絲熟，不到秋風已倦遊。」我松陸平泉尚書，因張江陵當國攬權，歸休賦此，其高尚可見矣。尚書墓在松城北郭菖湖，至今清明節多往遊者。《古檀詩話》。

前輩于恢諧中偏極作意。徐文貞階家居，因齒落，口占一絶云：「憶昔西清食大官，愧無韜略佐金鑾。少時牙齒今多落，知是明王警素餐。」又一對云：「安閒始覺歸田好，老健方知姤婦賢。」《古檀詩話》。

山從江矗，勝境莫如金、焦。憶蔡肇《焦山》云：「春生江海交深處，人在藤蘿最上層。」蘇紳《金山》云：「僧依玉檻光中住，人踏金鰲背上行。」漁洋山人云：「三楚風濤盃底合，九江雲物坐中收。絶頂高秋盤鸛鶴，大江白日踏黿鼉。」讀之覺風景依依在目。予亦有《金山》句云：「雲開鐵甕吞烟盡，浪湧金鰲背日明。」《古檀詩話》。

勝地非名句不傳。西湖詩多流連景光之作，惟黄明府莘田任有《雜詩十四首》，録其五云：「珍重遊人入畫圖，亭臺繡錯與茵鋪。宋家萬里中原土，博得錢塘十頃湖。」「荷花十里桂三秋，南渡衣冠足卧遊。争唱柳屯田好句，汴州原不及杭州。」「珠襦玉匣出昭陵，杜宇斜陽不可聽。千樹桃花萬條柳，六橋無地種冬青。」「畫羅紈扇總如雲，細草新泥簇蝶裙。孤憤何關兒女事，踏青争上岳王墳。」「刺史笙歌學士禪，倪迂楊鐵《竹枝》篇。只今耆舊無新語，風月銷沉四百年。」可稱詩史。莘田曾任四會令，挂冠歸，以《秋江集》名于時。《古檀詩話》。

好詩忘勢，真佳話也。明趙王愛謝茂秦詩，從客鄭若庸得《竹枝詞》十章，命妓賈扣歌之。萬曆癸酉冬，茂秦過鄴，偕若庸見王。王宴之便殿，酒行樂作，王止衆伎，獨奏琵琶。方一闋，茂秦傾聽。王曰：「此先生所製《竹枝詞》也。譜其聲，不識其人，可乎？」命諸妓擁賈姬出拜，光華射人，藉地而竟十章。茂秦謝曰：「此山中鄙俚之詞，安足污王宫玉齒。請更製《竹枝詞》，以備房中之奏。」王曰：「幸甚。」茂秦醉卧山亭下，王命姬以袛代薦，承之以肱。明日，上新《竹枝詞》十四闋，姬按而譜之。元夕便殿奏伎，酒闌送客，即盛禮而歸賈于邸舍。《古檀詩話》。

詩人奇遇，至茂秦極矣，而賈姬亦不負詩人也。茂秦載姬遊燕、趙，乙亥冬月至大名，爲客賦壽詩而逝。姬率二子，奉柩寺旁。每夜操琵琶一曲，歌《竹枝詞》，慟哭乃已。以千金裝付二子，命歸葬，自破樂器，歸老闤闠。漁洋題《四溟集》云：「鄴下風流古所稀，梁園詞賦有光輝。趙王一去賈姬死，天下何人重布衣。」《古檀詩話》。

妙句挾豪情而出。上元黄進士周星九烟流寓湖州，生平與尤悔庵善。《遊冒巢民春暉園》詩云：「夢老吴山五十年，今朝始得卧蒼烟。三峰已叩生公石，一水還浮米芾船。海國衣裳名士會，醉鄉花月美人天。豪情勝事真千古，那羡蘭亭共輞川。」《憶汪笠夫》句云：「墨香名士研，鬢影美人雲。」汪墨莊句云：「萬里青雲豪士氣，一春紅豆美人心。」皆彷醉鄉花月之意。《古檀詩話》。

居處亦有前緣。宋楊郎中儁爲長溪令，夢中作詩云：「月俸蚨錢數甚微，不知從宦幾時歸。東吴一片烟波在，欲問何人買釣磯。」及寤，心異之。後宰華亭，丁内艱，遂家吴中，樂其風土之美，安而弗遷。因悟夢中所作，幾于前定。予在都門，與本族訂同買宅吴中，乃南厓鴻章編修既家光福，璞完瑛臬使亦住閶門，而余獨移居青溪，自爽前約，雖悔已遲。豈「白石溪邊自結廬」，在文曲籤中早經示兆，不可移易耶？今流寓閩粤，每念吴中山水，輒爲神往矣。《古檀詩話》。

七夕多用牛女事，予壬辰句云：「萬里星槎仙有客，七襄雲錦巧無詩。」非無詩，無暇成詩也。近見我鄉林本常令旭豫仲《和顧侍講成天小厓七夕見懷》云：「佳節關心烏鵲動，舊遊如夢夜燈清。」則又切停雲之思矣。《古檀詩話》。

詩筆熟極生巧，如温飛卿有句云：「鷄聲茅店月，人跡板橋霜。」何等研鍊，似非取辦于俄頃者。然世傳温才思敏捷，凡八叉手而八韻成，則是敏而且妙矣。今試士尚詩，質鈍者豈能速就？但使日拈數韵，久久自易成篇。此事固須丹成九轉也。《古檀詩話》。

佇興而就，名作也。如崔顥《黄鶴樓》與袁海叟《白燕》詩，其妙處不可思議。近和同人《新荷》云：「貼處未教圓似蓋，擎來真覺小如錢。」爲韵所拘，殊未愜意。汪峭厓成一律云：「池塘春草夢初酣，水面輕烟片片含。數點瀉殘三月雨，一枝擎出百花潭。儘容魚戲全無礙，若覆鴛棲恐未堪。幾度隔溪勞悵望，青青蓴菜憶江南。」宛轉清便，點綴映媚，所謂佇興而就者，非耶？《古檀詩話》。

才女薈于吴江。《觚賸》載：葉工部季女小鸞瓊章幼工詩，母沈宛君嘗口占曰：「桂寒清露濕。」鸞應聲曰：「楓冷亂紅凋。」《弘雅堂外集》載：泐師云：瓊章，月府侍書女也。卒後，從泐師授記。師曰：「既願皈依，必須審戒，我當一一審汝。仙子身三惡業，曾犯殺否？」對云：「曾呼小玉除花虱，嘗遣輕紈壞蝶衣。」「曾犯盜否？」對云：「不知新緑誰家樹，怪底清簫何處聲。」「曾犯淫否？」對云：「晚鏡偷看眉曲曲，春裙新繡鳥雙雙。」「口四惡業。曾妄言否？」對云：「自謂生前歡喜地，詭云今世辨才天。」「曾綺語否？」對云：「團香製就夫人字，鏤雪裁成幼婦詩。」「曾兩舌否？」對云：「對月意添愁喜句，拈詩評出短長謡。」「曾惡口否？」對云：「生怕簾開譏燕子，爲憐花謝罵東風。」「意三惡業。曾犯貪否？」對云：「經營繚帙成千軸，辛苦鶯花滿一庭。」「曾犯嗔否？」對云：「恠他道韞敲枯硯，薄彼崔徽撲玉釵。」「曾犯痴否？」對云：「勉棄珠環收漢玉，戲捐粉盒葬花魂。」泐師遂授記，予戒名曰智斷。按師乃僧宗泐也。《古檀詩話》。

人臣遇主，如鴻毛揚順風，巨魚縱大壑，而天不永其年，千古恨事。伏龍、鳳雛，並佐昭烈，鳳雛戰雒城，中流矢卒。先是童謠云：「一鳳并一龍，相好到蜀中。纔到半路裏，鳳死落坡東。風送雨，雨隨風。隆漢興時蜀道通，蜀道通時只有龍。」夫鞠躬盡瘁，死而後已，鳳也，猶之龍也，於鳳固無憾也。漁洋咏史云：「龍鳳全歸漢，三分指掌中。惜哉雒城戰，失此半英雄。」傳巽目龐統爲半英雄，宜與武侯並祀矣。《古檀詩話》。

武臣能詩，代有其人。曹景宗賦競、病二韵，通似古樂府。宋太宗宴群臣，曹翰乞應詔賦詩，命以刀字爲韵，援筆立進。中一聯云：「曾因國難披金甲，不爲家貧賣寶刀。」雄健可喜。明戚少保南塘，有《止止集》。《塞外》詩云：「風塵已老塞門臣，欲向君王乞此身。一夜零霜侵短鬢，明朝不是鏡中人。」無異班定遠絶域請還疏矣。予友楊任齋棟、金奇芬蟾桂兩副戎，俱善詩，公餘之暇，不廢翰墨，差有雅歌投壺之致云。《古檀詩話》。

「獨漉所貽，漁洋寶之。」陳元孝所鐫端石硯也。予近得田字硯一方，硯背亦鐫「漁洋寶之」及「石髓」二字，旁曰「留耕」。汪峭厓題云：「誰謂無田，居然即墨。」《古檀詩話》。

「忘書久似失良朋」，司空圖句也。余垂髫時，棄産營書，因有「家爲買書貧」句。嗣遭憂患，幾至鬻書餬口，吟少陵「盡捻書籍賣，來問爾東家」句，感慨係之。去歲饑驅出遊，僅囊書數帙。茲就羅源幕，深愧腹笥未富，翻閱無從，亦不勝忘書之嘆。嗚呼！士君子能畝宮環堵，坐擁百城，長爲鄉人以没世可矣。《學齋隨筆》，徐介人著。

陸放翁題粵山曰「詩境」，摩崖刻之。黄唐堂之雋宫允搨本歸，示張東亭夢徵太史，東亭即鐫板贈唐堂，顏所居之室。今羅源署東，破屋三間，庭有竹木，後枕鳳山，居然詩境。余爲葺治，與武進劉研山溥、青浦孫友仙廷桂唱和其中。研山句云：「林深惟鳥語，山僻少人行。」「三月鶯花遊子夢，五更風雨旅人心。」友仙句云：「鳥飛因雨疾，山失爲雲埋。」洵皆得意之筆。《學齋隨筆》。

妙句供人傾倒。丁祠部飛濤澎有《白燕樓詩》，流傳吴下，士女採摭以書衫袖。婺州吴之器有句云：「恨無十五雙鬟女，教唱君家《白燕樓》。」真韵事也。《古檀詩話》。

伶人亦多騷雅。五代時有米都知者，西樞王公朴愛其警句曰：「小旗村店酒，微雨野棠花。」梁補闕曾贈以詩。予任合肥時，王拈花太守，嘗言昔視學滇南，路遇一伶，能詩，述其佳句。予善忘，不復記憶，至今惜之。若西樞能傳米伶，可稱知己。見《南部新書》。《古檀詩話》。

吴伶工于詞曲，四聲俱極精研，其素習也。《藝苑卮言》云：「《三百篇》亡，而後有《騷》賦。《騷》賦難入樂，而後有古樂府。古樂府不入俗，而後以唐絶句爲樂府。絶句少宛轉，而後有詞。詞不快北耳，而後有北曲。北曲不諧南耳，而後有南曲。」夫南曲始魏良輔，所謂崑腔是也。梁伯龍辰魚得其傳，著《浣紗》傳奇潘景升之恒有《白下逢伯龍感舊》云：「一別長干已十年，填詞贏得萬人傳。歌梁舊燕雙棲處，不是烏衣亦可憐。」《古檀詩話》。

「平遠山如蘊藉人。」馬源思《詠白丁香》云：「坐覺人顏澹。」王西樵《和秋柳》云：「折來玉手曾三月，種向金城更幾年。」又馮大木句云：「半篙谿水楓圍屋，一片山雲雪到門。」山左人物雄豪，何詩偏蘊藉乃爾？《峭厓雜録》。

浙中山水鍾靈，人傑出焉。名輩如朱竹垞、查夏重、高淡人，卓然成家矣。近推齊侍郎召南、杭編脩世駿與錢尚書陳群。沈觀察蕉園廷芳有《隱拙齋集》，震澤沈香雪燾云：「先生與家歸愚同考鴻博，歸愚下第，乃先生南旋過蘇，就歸愚問詩，執弟子禮甚恭，歸愚亦不吝指摘。真前輩風流也。」予在厦門，又見平湖陳編修嗣龍、嘉興蔣進士泰來二册詩。陳《白堤》云：「畫船兩槳去匆匆，五里山塘十里紅。人影衣香吹不斷，試花天氣養花風。」《題射獵圖》云：「臂鷹歸去儘風流，十二湘紋上玉鈎。酒力未消寒意淺，燈前重與按《凉州》。」蔣律句云：「百里烟波江浙路，十年風雨短長宵。」「短衣落日金門遠，孤枕清風白髮生。」均徵山水之秀矣。《古檀詩話》。

詩人自有特識，而其志節亦可見也。敖陶孫器之作《詩評》，自魏歷宋，凡二十九家，詞意雅確。有《題三元樓》詩云：「左手旋乾右轉坤，如何群小恣流言。狼胡無地居姬旦，魚腹終天弔屈原。一死固知公所欠，孤忠幸有史長存。九泉若遇韓忠獻，休道如今有末孫。」蓋慶元初，韓侂胄逐趙忠定，器之作此譏之，幾被禍，逃免。登乙丑第。器之學問淵奧，劉後村稱之，贈詩云：「老年絳帳聊開講，當日烏臺欲勘詩。」指題壁事。一生志節與《詩評》同不朽矣。《古檀詩話》。

唐人《本事詩》得楓江續製，而藝林寶重。吳江徐電發釚中弘博，授翰林。早歲韶令，年十二，《和無題》詩曰：「殘月無情入小樓。」朱長孺鶴齡最爲稱賞，語顧茂倫有孝曰：「此今之郭功甫也。世有王荆公，定當激賞其才，邀致爲上客耳。」又過皖江作《雜感》詩云：「亂落楊花攪白綿，皖江江水緑於烟。南朝狎客無人見，腸斷聲聲《燕子箋》。」嘗一臠可知全味也。《古檀詩話》。

議鮑議蟹，積習奢華。又《順存録》載：陶穀來使，忠懿王宴之，命自蝤蛑至蟹蠘十餘種進。穀曰：「真一蟹不如一蟹。」蓋以譏王也。王因命進葫蘆羹，曰：「此先王時有此品味，庖人乃依樣造者。」穀在中朝，或曾作詩嘲之曰：「堪笑翰林陶學士，年年依樣畫葫蘆。」故王以此戲焉。舌戰之間，抑何針鋒相對？《古檀詩話》。

碧筒尚矣。《輟耕録》則載：飲松江泗濱夏氏清樾堂上，酒半酣，折正開荷花，置小金卮於其中，命歌姬捧以行酒。客就姬取花，左手執枝，右手分開花瓣，以口就飲，余因名爲解語杯。後楊鐵崖、何元朗用鞋盃行酒，製小詞，尤爲韵事。《古檀詩話》。

句可通神。建德有金雞石，羅隱題云：「金雞不向五更啼。」石遂破裂，有雞飛鳴而去。《南濠詩話》載：有人客京師，别娶婦，王孟端舍人寄詩云：「新花枝勝舊花枝，從此無心念别離。可信秦淮今夜月，有人相對數歸期。」其人感泣，不日歸。則詩又足動人情矣。《古檀詩話》。

園亭詩酒，近世艶稱玉山。又如皐冒辟疆襄巢民築水繪園，賓從皆一時名士，有《同人倡和集》。陳其年云：「十隊寶刀春結客，三更銀甲夜開樽。」戴介眉云：「詞壇宿將君何忝，酒國長城某在斯。」毛亦史云：「寄書那及論心曲，握手翻憐會面難。」曹文虎云：「倦遊滄海真無岸，愁覺瀟湘尚有涯。」

吴薗次云："狂横白袷春無賴，醉瀉紅珠夜奈何。"龔芝麓云："詞窮竟合謀歡老，情至終如善怨何。"徐方虎云："人憐滄海遺民少，話聽開元逸事多。房中煖老珠三艷，階下承歡玉二柯。"于象明云："襟期劇孟田疇後，風味盧仝陸羽間。"按：其年往來冒氏得全堂最久，官翰林後，寄書云："昔遊歷歷，舊事明明。水繪朝烟，鉢池夜雨，都縈懷抱。難問音塵，屬在深情，定均斯慨。"又贈詩云："乾坤高士傳，花月輞川圖。"宛爲辟疆寫照。辟疆詩極蒼古，其水繪園修禊事，豪儁風流，足繼蘭亭。至姬人董小宛死，作《影梅庵憶語》四千餘言，則更哀艷欲絶，真令人輒唤奈何。《古檀詩話》。

盥花軒詩話卷三

年少登壇，可與名流争席。憶《松雪齋全集》注中有云：趙文敏《海子上即事》與李子構同賦。李詩云：「馳道塵香逐玉珂，彤樓花暗鼓雲和。光風漸緑瀛洲草，細雨微生太液波。月榭管絃鳴曙早，水亭簾幕受寒多。少年易動傷心感，唤取蛾眉對酒歌。」子構名才，京兆人。年十七賦此，雜之唐人詩中，未易辨也。又《十月桃》云：「劉郎再來歲云暮，王母一笑天回春。」亦奇。《古檀詩話》。

車笠之盟，不可忘也。《詩史》載：伍喬、張洎，少相友善。張爲翰林學士，寵眷優異。伍爲歙州通判，作詩寄張曰：「不知何處好消憂，公退攜壺即上樓。職事久參侯伯幕，夢魂常繞帝王州。黄山向晚盈軒翠，黟水含春遶郡流。遥想玉堂多暇日，花時誰伴出城游。」戒僕曰：「張游宴時投之。」一日，張近郊會讌，歡甚，僕投詩。張得詩動容，爲言於上，召還，爲考功員外郎。識之，爲當世莫逆交歡。《古檀詩話》。

嵇康與山濤書云：「今但欲守陋巷，教養子孫，時時與親舊叙離闊，陳説平生。濁酒一杯，彈琴一曲，志慮畢矣。」予株守檀園，本無出山之志，緣慕閩南風景，板輿來此，未嘗不私心悔之。《冬夜》句云：「風雨一燈名士酒，鶯花三月美人詩。」爲憶檀園作也。《古檀詩話》。

天涯會合，舊誼銘心。漳浦王明府道直夫任金山令，後隨令嗣南洲判保陽。一見如素識，蓋與家伯半村公賡軒教習同年故也。題予《西風鞍馬圖》云：「逸足雲間推獨步，倚馬才名夙所慕。竭來攜手保陽城，快讀奇文兼話故。」「與君話故溯徐溝，一劍霜寒十二州。莫道前徽原可接，計偕仗策最風流。」「佇立夷猶獨含睇，肯與庸流並鑣轡。五花曉發知我心，將發未發有真意。」「爭傳春色滿皇都，多少游人亦步趨。卜爾乘酣騁雄駿，天衢有路任馳驅。」題時乃己巳小春，歷今二十餘年矣。公精行草，書予册最多，真如龍跳虎卧。予到泉南，去漳相近，不獲一訪其珂里爲愧云。《古檀詩話》。

蹤跡每多前定。武林汪芍坡新給諫《過梅嶺作》云：「尋香何處覓南枝，碧樹青山駐馬遲。十載珠江縈舊夢，紅梅驛畔納涼時。」蓋旌節所臨，皆舊遊地也。既見鴻爪留痕，而其詩亦清雅拔俗。《古檀詩話》。

功名難以預料。金壇馮梅溪秉忠春田甲子北榜第一，極精書法，教習景山。題張寓庵朱銓小照三絶之一云：「聽罷《霓裳》又十年，當時共羨祖生鞭。何人抱膝長吟夜，好倩蟾蜍一問天。」意致亦騷屑矣。梅溪品學，宜與蓬瀛，成進士後，歸班銓選，非其命歟？《古檀詩話》。

名幕亦多鴻才。錢塘范君肇新容安，係詩人管耕石之友。戊辰夏，晤于都下，出《燕臺訪舊圖》囑題，予賦云：「風柳依依夾岸春，一瓢一笠走京塵。關心舊雨來千里，李相門前有幾人。」蓋先生爲川陝制府從事。後制府居間，閱長途來問訊，旋就東臬幕。臨行，題予畫扇云：「清溪結屋傍秋林，層疊山光俯翠岑。想見幽人注書處，一江風月是知音。」具見風調。《古檀詩話》。

歌曲爲才人所不廢。天津水西莊者，查氏别業也。查君蓮坡，工詩愛客，凡名彦入都，路經津門，每集斯園，主人出歌者演劇，必盡歡而散。其中元郎、毛郎，色藝尤一時之選，登場發響，皎如玉樹臨風前也。商編脩蒼雨盤賓意精音律，升庵琵琶，對山腰板，兼擅其妙。乙卯秋過其園，命元郎度曲，毛郎叠奏，編脩自吹紫簫和之，賦詩云：「記得東華甲夜長，九枝絳蠟膩歡場。誰知碎雨零烟後，又聽朝來翠袖涼。」「重簾消息隔傾城，相見翻疑面目生。不用掩羞裁月魄，當年着眼已分明。」「錦屏銀燭夜闌時，細細風懷脉脉知。結習猶煩大迦葉，麗情都付小楊枝。」「司空相見何曾慣，學士休言不合宜。禪榻茶烟惆悵在，頓教雙鬢忽成絲。」「妙高臺上好風光，值得東坡醉一場。解唱幾時明月有，元郎本是舊袁郎。」「水西秋景未凋殘，送客留情坐夜闌。惱亂好花紅着眼，不教攀折只教看。」情詞旖旎，讀之心醉矣。《古檀詩話》。

填詞以新字爲要訣。放翁在蜀中，意有所屬，作《風入松》云：「十年裘馬錦江濱。酒隱紅塵。黄金選勝鶯花海，倚疎狂、驅使青春。吹笛魚龍盡出，題詩風月俱新。」「鶯花海」三字未經人道。漁洋云：「鶯花海中九年住，春江醉捲千玻璃。」詞腸詩腕，信風月俱新也。《古檀詩話》。

慷慨從軍，不必盡鬚眉男子。古來夫人城、娘子軍而外，如馮夫人之持節和戎，浣花夫人之募兵禦敵，蘄王夫人身援桴鼓，繡旗女將力敵李全，皆女中丈夫也。崇禎時，四川石砫司女帥秦良玉。帥師勤王，御製詩旌之曰：「蜀錦征袍手製成，桃花馬上請長纓。世間不少奇男子，誰肯沙場萬里行。」按良玉援夔時，川撫邵捷春遣知州陸遜之按行營壘，良玉冠帶出見，嘆曰：「邵公不知兵，吾一婦人受國恩，應死，所恨與若同死耳。」席間陸誤引其袖，良玉引佩刀斷之，大節凛然。當其身在軍中，豈能無健兒列侍？野史謂其有男妾數十人，宜夔州李長祥之力辨其誣爾。《古檀詩話》。

詩言志，志之所在，輒形于詩。楊忠愍椒山有云：「一息若存還報主，萬年不死是吾心。」「報主獨憐成孟浪，論交誰復憶同遊。」又：「歸去此身方屬我，愁來何事最傷神。」字字寓忠肝義膽。公不以詩著也，即論詩，如「知己漸隨流水遠，離愁端與削山平」、「作客南來俱萬里，送君北去獨孤舟」、「春歸吳苑晴花合，天入燕雲曉旆寒」，亦俱點染風華。曩過定興，會入公祠瞻拜，見爲白面三髯，差慰景仰之志云。《古檀詩話》○趙竺對謁公祠云：「憂危頻抗疏，慷慨愧言官。」。

文采風流，三吳爲最，而感憤義烈，亦多有之。前爲專諸、要離，後爲顏佩韋、馬傑、沈揚、楊念如、周文元五人。五人爲周忠介死，死有餘榮矣。崇禎初，吳人毀魏閹普惠祠，葬五人于此，太倉張溥作碑記。漁洋山人有詩云：「流連虎阜遊，宛轉山塘路。石門映迴波，英靈此中聚。滿壇松桂陰，落日青楓樹。生傍伍胥潮，死近要離墓。千秋忠介墳，鬼雄誓相赴。酹酒拂蒼碑，寒鴉自來去。」閲此，五人當含笑九京也。《古檀詩話》。

杜鵑，花、鳥同名，吳人稱爲謝豹，故唐顧况詩曰：「緑樹邨中謝豹啼。」杜宇初啼，漁人得蝦曰謝豹蝦，市中賣筍曰謝豹筍。《西廂記》云：「聽枝頭杜宇一聲聲，道不如歸去。」宋吳仲孚《傷春》云：「白髮傷春又一年，閒將心事卜金錢。梨花瘦盡東風軟，商略平生到杜鵑。」有糜生者爲吳老儒，時仲孚客吳，遇諸途，叩近作，仲孚誦此詩。糜生屈膝拜曰：「子謫仙人也。」可稱佳話。《古檀詩話》。

錦心繡口，韵事流傳。《筠廊偶筆》載：八月初，一妓從士人會飲，臨風舉酒曰：「如此雲物高爽，可稱詩天。」又葉學山《瑣録》云：戊戌春，偶過嘉善，有歌姬施碧蓉，善諧謔。一夕，飲蔣氏園，姬糾酒，意取花名寓禽蟲者。客舉鳳仙、金雀，都無語，獨賞錢唐王豹采蝴蝶花。余舉杜鵑，獨坐罰，蓋不知是禽名耳，余引滿不辭。于時鄰澤微聞，風生滿座，小户無不洪飲。姬出素箋，請贈詩。豹采賦曰：「掃眉才子最夭斜，録士誰容觥政譁。啼殺杜鵑渾不聽，獨憐蝴蝶是名花。」舉坐絶倒。《古檀詩話》。

詩人氣誼不同。《摭言》載唐末詩人馬戴，佐大同軍幕，許棠往謁，流連數月，但詩酒而已。忽一旦大會賓友，出棠家書授之，啓緘，乃知潛遣一介邮其家矣。漁洋云：「此事亦古人所少。」浙西詩人姜笠堂旅食三山，寄予《述懷》句云：「寒侵孤客夢，貧藉故人憐。」《秋夜寄懷》句云：「斷夢愁千里，荒鷄月半樓。」余以天各一方，未獲解囊相贈，能無愧乎？《古檀詩話》。

年少才高，輒多佳句。婁村程永芳遇春《送友》云：「寒蕪深客路，孤棹逐秋風。」華亭張緑春崇鈞《紅葉》云：「艶翻碎錦明流水，寒曳殘霞罨畫樓。」張蘭庵天超《紅葉》云：「兩岸殘霞人放艇，一林斜日客停車。」張曉峰葆良《秋草》云：「愁絶玉堦驚蟋蟀，夢回青塚怨琵琶。」又徐藕汀明經語予青浦鄒效慈忠庸句云：「細雨江村寒食酒，春風亭館杜陵花。」徐學齋太學寄示孫友仙廷桂句云：「棋罷寒添花外雨，吟餘静對客中山。」蓋我松之風雅，相尚也久矣。《古檀詩話》。

詩不在多。索果亭克句云：「春歸空草色，鳥語各花枝。」「白雲深古寺，緑水悦騷人。」「白餘樵徑雪，青滿鶴巢松。」清刻有味。又朱中丞綱子常句云：「畏暑鋪長簟，思風去短屏。」陸染香《東安道中》

云：「風勁疎林葉，橋危怯馬蹄。」僧紺池句云：「亂松殘雪寺，孤磬夕陽山。」靈淵句云：「梅花三竺雪，楊柳六橋烟。」查蓮坡每樂道之。《古檀詩話》。

句法必有所本，然情興所發，豈盡摹仿？查蓮坡嘗謂：汪苕文贈人云「家臨緑水長洲苑，人在青山短簿祠」，與日本使臣天祥題虎丘寺云「樓臺半落長洲苑，簫鼓時來短簿祠」暗合。又崑山葛翼甫《夢航雜説》云：鈍翁作詩，規模舊句，間出新意。如「裝池故院無名畫，傳寫前賢未刻書」，本方夔「屏張前代無聲畫，架插今生未見書」。「須扶醉日移來竹，亟護分前接過華」，本范成大「開嘗臘尾蒸來酒，點數春來接過華」。「呼我不妨頻應馬，逢人何敢遽稱貓」，本陸游「偶爾作官羞問馬，頹然對客但稱貓」。似此説詩，未免過泥。《古檀詩話》。

山水入畫，莫如富春，而靈石洞天，亦青田佳勝處也。舟行見雙峰插天，中藏一逕，沿逕而入，有橋有亭，石闌彔曲，蜿蜒幾十步，有劉誠意祠。祠後石壁千丈，瀑布從空而下，如一片水晶簾。彭芝庭殿撰視學浙中，留句云：「遥垂素練晴疑雨，倒挂銀河晝亦寒。」頗盡其妙。前後碑匾林立。月川夏浚長古云：「洞天天門何年開，飛仙仙去還重來。」遼海劉廷璣二律云：「也知是水偏多幻，雖號爲門却不關。」「雖然樹密常如鎖，一任雲行總不關。」又一碑刊「飛泉」兩大字，則前巡按御史王道書也。洵稱奇境。《古檀詩話》。

鷺門山水，備于黄駕部日紀荔崖《嘉禾名勝記》一書。其八景則洪濟浮日、篔簹漁火、陽臺夕照、萬壽松聲、虎谿夜月、鴻山織雨、五老凌霄、鼓浪洞天，題者甚夥。外此如荷庵、游仙洞、白鶴巖，均饒勝致。聞前明時，島上有能詩者，過白鶴嶺，得句云：「野雲度嶺疑歸鶴，澗水流霞想落花。」爲某觀察咨賞。惜逸其名。《古檀詩話》。

天衣妙于無縫也，集字集句詩亦然。趙給諫吉士恒夫，集《歸去來辭》，諸名家争奇鬭勝，和作成帙。我松黄宫允之雋唐堂嘗集《春夜宴桃李園序》，頃刻成五律數首。内云：「燭光如夜月，花事已陽春。」「人生如醉夢，天數幾陰陽。」「烟過園花秀，月高觴酒清。」「羽客飛何地，瓊人坐我筵。」指與物化矣。又宫允少時，集唐人句爲艷體詩，名《香屑集》，古今五七言皆備。至以成語集駢體長序數千言，亦不雜唐以外隻句，真乃融金得液者。宫允曾視學八閩，所取皆名下士。歸田後，主持風雅，閲予課作，兩拔冠軍，至今猶抱知己之感云。《古檀詩話》。

五代鄭五工歇後詩，雖欠大雅，然猶勝胡釘鉸之打油也。《養疴閒記》云：有督學使者，薄待幕客，時科試將竣，客集《四書》句爲歇後詩云：「抛却刑于寡，來看未喪斯。只因四海困，博得七年之。半折援之以，全昏請問其。」結句未就，而主人適至，續曰：「且過子游子，棄甲曳兵而。」筆墨游戲，絶世聰明，鄭五亦當閣筆。《古檀詩話》。

孟襄陽「挂席幾千里」一章，天成機杼。烏程姜笠堂宸熙寄示《雲巢集》、《江行集》、《勞人集》三種，内《懷杜時庵》律句云：「客冬移一棹，乘興到君家。共醉城南月，因看湖上花。如何經歲别，消息隔天涯。荏苒年華晚，相思遠自嗟。」追步襄陽，可爲壓卷。按笠堂足跡半天下，其詩情高淡，别具性靈。聽吟主人嘗稱笠堂爲浙西名家，因爲録寄，亦有奇共賞之意云爾。《學齋隨筆》，徐介人著。

文得江山之助，詩亦有然。姜笠堂昨從三山寄予《嶺南雜咏》，無奇不搜。余題其後曰：「蒼寒詩味咀孤舟，萬叠雲巒一帙收。我亦吟情消未得，夕陽黄葉海門秋。」時在泉厦作也。笠堂尊人虬緑最工詩，有霍童武彝、兩洞庭遊記，典雅可誦。《古檀詩話》。

鼓山爲三山奇境。渤海張公子穆庵映璣，年少能詩，與予有世誼。其遊鼓山八絶句最佳，《忘歸石》云：「迢遞蒼峰積翠烟，迴環幽澗響鳴泉。忘歸石上無風雨，妙悟還當叩老禪。」笠堂極咨賞之。《古檀詩話》。

「清明無客不思家。」予至興寧，適逢冷節，有句云：「夢裏思家隔烟水，客中彈指幾清明。」又云：「天涯芳草沿堤碧，仙島瓊樓近海明。」則題汪峭厓寒食新製樂府，兼懷虞山戴文學宸恩元長近幕潮陽之作。《古檀詩話》。

水利者，民生吏治所關也。吴閶祝公允明希哲，曾任興寧令，志中有《水利記》。峭厓題句云：「三吴共讀觀雲記，百粤猶傳水利書。」又云：「夜静竹風餘卧閣，春深花雨憶行車。」仙令風流，于兹不朽。憶予在合肥，因東南地勢低窪，脩建石閘，楊進士希曾冠山贈詩云：「不朽功成姓氏香，萬年人利宛中央。連艘粳稻通秋漲，百尺樓臺倚夕陽。平遠湖光滋浄緑，蕭疎木葉點丹黄。使君剩有登臨興，圖繪龍山趣味長。」閘旁復建文昌、魁星二閣，故有「百尺樓臺」句。學使者劉圃三句云：「東西雲辨千村雨，來往風看萬里舟。」陸明府惇宗菁塘句云：「豳風禾稼斜陽外，霜信林楓薄醉時。」薛文學元春補堂句云：「淮南政績劉元穎，洛下才華陸士衡。」皆可誦也。《古檀詩話》。

「花月春江十四樓」，晏振之《金陵春夕》詩也。按，《漢書》：「五城十二樓。」東坡詞：「遊人多上十三樓，不羨竹西歌吹古揚州。」至明洪武中，建十四樓以處官妓。康陵時，有李節者，善箏歌，華亭何元朗良俊稱爲教坊第一。于時名彦，咸賦詩留贈，黄淳父詩云：「十四樓中第一聲。」見竹垞《詩話》。洵千古艷事。《古檀詩話》。

「流水青山送六朝」，千古傷之。《漁洋年譜》載山人至金陵，館丁繼之家。丁故居秦淮，年七十有八，少習聲伎，與歙縣潘景升、福清林茂之遊，出入南曲，及見馬湘蘭、沙宛在之屬，爲山人縷述曲中遺事。山人撫掌，掇拾其語入《秦淮雜詩》，可歌可誦。詩如：「舊院風流數頓楊，梨園往事淚沾裳。樽前白髮談天寶，零落人間脱十娘。」「舊事南朝劇可憐，至今風俗鬭嬋娟。秦淮絲肉中宵發，玉律拋殘作笛鈿。」皆感慨流連之作。余淡心嘗謂：黄涪翁云：「解作江南斷腸句，世間惟有賀方回。」倘遇旗亭歌者，不能不畫壁也。《古檀詩話》。

師誼最重。戊辰春，公車至京，謁本房湯葯岡大紳先生。一見獎譽，緣年友蔡君寅斗芳三謬爲推重故也。己巳南旋，遂疏親炙。後屢道經師里，口占云：「芳草馬嘶驛路，夕陽人掛漁罾。借問杏壇何處，一帆烟雨毘陵。」南轅北轍，既見爲難，翹睇絳帷，輒爲延佇。《古檀詩話》。

「水鄉風味無時無」，漁洋答劉舍人子端惠琴魚句。吴師道《詩話雜記》云：「宣城涇縣，有琴高山、琴高溪，俗傳控鯉而升之所。」趙與時《賓退録》：「琴溪側有石高一丈，曰琴高臺，有廟存焉。溪中一種小魚，相傳琴高投藥汁所化，號琴高魚。」又胡氏《異魚圖讚》：「琴溪産細魚，狀類鯽苗，多子，土人炙乾以充遠遺，即呼琴魚，或呼麥魚。」予謂琴魚不止産涇縣也。常州有伯牙瀆，橋曰伯牙橋，傳爲伯牙彈高山流水處。子期殁，投琴瀆中，瀆産琴魚，狀如琴，背有紋，七絃三徽俱備。故予懷人句云：「客懷渺渺感離居，一曲遺音入夢虚。愁絶伯牙橋畔冰，白蘋風颭躍琴魚。」識之以備參考。《古檀詩話》。

客中鄉思易生。余《新緑》句云：「愁添南浦亭邊雨，夢繞西堂柳外烟。」竹岡瑞奎姪和云：「片片東風曳酒旗，短長亭畔緑參差。曉烟似醉初晴候，春雨如絲欲暮時。小鳥弄聲藏未得，閒花試朵映偏宜。池塘草色青如許，夢到江南日尚遲。」情見乎詞矣。《古檀詩話》。

上巳復展癸巳，與康熙戊子相同。汪峭厓得詩云：「次第東風颺陌塵，踏青留得未歸人。緣知最好惟三月，記贈將離總一春。蘭草夢回尋舊約，羽觴流處又良辰。三千里外重逢日，蠻語相依不厭頻。」予和云：「莫怪浮杯興未除，重重三日景全舒。光陰故國人無恙，東坡《海外三月三日》詩：「蠶市光陰非故國。」觴詠幽情事有餘。謝草倍青春夢後，鄭蘭恰發午晴初。參軍蠻語堪由繹，躍到龍門不是魚。」二弟羨行喜培蘭，是日適開數莖，香盈滿室，故三聯及之。憶伯祖樾阡公戊子閏上巳二律句云：「櫻筍含香遲首夏，鶯花未老占殘春。」「青鞋依舊平蕪路，丹鳥遲回茂樹枝。」蓋任林邑時稿也。《古檀詩話》。

鴻筆之人，爲國霖雨，而亦必應運而興。康熙十七年戊午，聖祖仁皇帝思得博學文儒，備顧問著作之選。己未三月，召試體仁閣，閣臣以八十卷進呈，欽定五十人入翰林，彭公孫遹駿孫第一。今上登極，復舉是典，取今閣臣劉公綸繩庵第一。嗣凡玉輦巡行，長楊獻賦，江浙才俊，並入網羅。又翰詹諸臣，屢經親試，拔置清班。以故詩才賦手，踵然而蛟龍翔，蔚然而鸞鳳躍，鏗然而鈞韶鳴。辛卯科鄉試，恭逢皇太后八旬萬壽，凡舉子八十以上者，准一體會試。皓首窮經，青雲得路，歡騰海内矣。寶山名宿朱觀扆桓與焉。此雖稽古之榮，抑亦所遭者幸也。《古檀詩話》。

「黄河之水天上來」，溯所自也。世言律詩始於沈、宋，不知六朝人組纂工巧，實開其先。唐人試帖多六韵，間用八韵、四韵，則臨時所限。今鄉會小試俱兼用聲律，詩教昌明，人才輩出，率皆典贍風華，頌揚得體。古人謂「葩藻之詞勝，言志之功隱」，余竊未信。《峭厓雜録》。

臣心如水，自古爲難。高文恪士奇淡人天禄然藜，長楊賦獵，備於《金鰲退食》一書。明良遇合，千載一時也。乃其題人小像詩云：「密林陡壑四明山，聞有幽人自往還。一卷奇書琴一曲，儘堪消受此中閒。」《雨中過密雲縣》云：「密雨陰濃白鳥飛，徑穿禾黍到柴扉。鄉心忽記西疇事，水稻花香蟹漸肥。」「閒園十畆越江濱，只合披簑作隱淪。不見山村籬落下，科頭箕踞種田人。」又寄懷友人句云：「君向水雲開水塢，我從圖畫認江邨。」如奏緑水、吐白雲，當極盛時已有幽然物外之想。乞閒後，著《江邨銷夏録》，詳載法書、名畫，士林寶之。《古檀詩話》。

「玻璃春滿琉璃鍾，宦情苦薄酒興濃。」放翁《凌雲懷歸》作也。高念東少宰珩，山東蒙陰人。骨清神佚，氣静情疏。每風日晴和，自跨一驢出，遇嘉石濃陰，即繫驢而卧。有送人赴海陵句云：「紅香塵裏休回首，黄葉村中欲卜居。」出入中外三十餘年，不以富貴貧賤動其心，是真超然仕宦中者。漁洋亦歎賞其詩。《古檀詩話》。

三神山在海中，而鷺門亦週遭皆海，山多嶔嵜，危石纍纍，萬石巖尤高踞群峰，爲賦云：「海上懸奇峰，一峰累萬石。登高望遠海，千頃同一碧。終古送湖聲，不辨朝與夕。倚杖澹忘言，縱心游八極。」録之以留鴻爪。萬石巖有洞，曰小桃源，詩鐫石上云：「一線烟霞空裏綴，没絃琴瑟石邊彈。」奇境也。《古檀詩話》。

閩中詩派，以林子羽、謝在杭爲風雅正聲。予在鷺門，得讀黄駕部日紀荔崖《歸田集》，古蘿藍太史應元序之。《過表弟故居》云：「塵埋緑綺絃皆斷，風響銅鈴鳥獨知。」《病中》云：「藥爐夜半添文武，花逕春深絶往還。」《秋日遊日光巖》云：「屋角窻窺凌海席，寺前門對隔江樓。」聞駕部在都門，詩爲沈宗伯鑒賞，歸田後，日尋山問水，到處留題，殆將追踪林、謝諸名輩也。其年少嗜吟者，則爲何蕙卿芳春。《遊荷庵》云：「酒到開懷誰厭醉，詩當豪興自忘歸。」《冬日書感》云：「流水清堪留面目，茅簷低好望雲山。」何澹而有味。《古檀詩話》。

古今來一夢境也。予戊辰九月，由保陽之廣平，見壁間題句，輒識之。過邯鄲，有鈞州牧詩云：「僕僕邯鄲道，征驂此暫停。柳條重掛緑，草色復鋪青。不夢元如夢，言醒豈是醒。吕仙逢未得，衰鬢欲星星。」爲次和二律。後於庚寅二月，遊武彝萬年宫，見殿壁間畫吕仙卧像，因題一絶云：「山自青青月自圓，迴廊照徹畫中仙。舊遊曾上邯鄲道，夢醒黄粱已十年。」是夜夢一道者，授丸半顆。喜師度我，口占云：「道過邯鄲三十年，畫中人確是真仙。花宫一夜遊仙夢，聽徹簫聲意惘然。」醒而呼童剪燭，書記其事。憶無錫朱贊皇襄有《吕仙祠》詩云：「遺像居然見吕翁，衣冠疑帶海天風。我今結願相隨去，只恐神仙亦夢中。」命意絶高。《古檀詩話》。

山可畫，武彛難畫。朱文公《棹歌》十章，曲盡其妙，爲依韵和之，幾有終焉之意。然余《題百花莊》句曰：「百花莊外盡仙村，遊騎何妨百日屯。却憶青溪五柳宅，稚孫跂足候柴門。」愧紅塵之難脱也。《古檀詩話》。

澹泊明志，寧静致遠，武侯學問經濟基于此語。姜甥敬銘紹渠文學，偕張曉峰作諸葛菜詩，予次韵句云：「名士從來甘澹泊，春風何地不滋生。」「姓氏到今傳婦孺，勳名終古自馨香。」又次汪峭厓烈文學韵云：「秋風五丈陣雲昏，滅此還當咬菜根。不道大星隨雨落，獨傳香草到今存。青蔥未改隆中色，摇曳如懸塞上魂。滿眼卧龍餘烈在，繞畦應酹酒千尊。」姜甥評爲詩中有史。顧姜甥元唱云：「五丈秋風吹不死，中原遺恨鏟還生。」又：「大儒未老田園業，小草偏傳姓氏香。」又：「至味於今思澹泊，軍行到處寓農桑。」絶警健也。《古檀詩話》。

甘棠未必留愛，而手植自不可忘。予在戊寅春，奉檄濬河于宿州符離之南。用土築壩，截柳作樁，逾年發新枝。客有從江北來者，爲言樹已成林矣，成五字謝之：「聞説符離柳，垂絲廕滿塘。偶然經手植，詎敢比甘棠。夜月隄千尺，春風水一方。防河資不朽，望遠意蒼茫。」他日尋訪舊遊，當不至生金城之感爾。《古檀詩話》。

謝榛詩説，非無可採。如論近體云：「誦之行雲流水，聽之金聲玉振，觀之明霞散綺，講之獨繭抽絲。」足補前人詩話所未及矣。《古檀詩話》。

「空山無人，水流花開。」「空山多雨雪，獨立君始悟。」漁洋舉此説詩。予憶曹能始句云：「明月自佳色，秋鐘多遠聲。」與陳伯璣「疎鐘荒寺在，澹月空牀得」、華空塵「雨霽聞啼鳥，風停數落花」、邊仲學「野風吹落帽，林雨忽霑衣」，均可不愧前語。《古檀詩話》。

名句不刊。薛道衡「人歸落鴈後，思發在花前」，名下無虚。晚唐馬戴句云：「猿啼洞庭樹，人在木蘭舟。」爲五言極則。《六一詩話》載僧惠崇句云：「春生桂嶺北，人在海門西。」漁洋稱僧普熙秋臯句云：「烏啼殘雪樹，人語夕陽山。」又如晉江丁鴈水煒句云：「鶯啼殘夢後，花發獨吟時。」六合李退庵敬句云：「酒醒亭午後，人憶秣陵西。」予又見天津査蓮坡爲仁《夏坐》云：「夢回春樹外，花落午晴初。」均所謂青出於藍，冰寒於水也。《古檀詩話》。

風月常新。漁洋山人有《楊枝紫雲曲》，又《花朝寄陳其年》云：「紫雲低唱靈雛拍，愛忍春寒坐到明。」「酒徒散盡楊枝別，説着花朝一惘然。」按《迦陵外傳》，辟疆招迦陵讀書于家，愛其才雋，進聲伎以適其意。歌者楊枝度曲，紫雲吹簫，十年間，詩文益進。迦陵句云：「料理到微細」，正指此。《艮齋雜説》云：「其年客如臯，畫雲郎小影，攜之出入，同人題咏甚多。」《漁洋詩話》則云：「坐湘中閣賦詩，令紫雲捧硯，誠佳話也。」《觚賸》載：紫雲合巹之期，迦陵賦《賀新郎》贈之云：「撲朔雌雄渾不辨，但臨風私取春弓量。」又：「了爾一生花燭事，宛轉婦隨夫唱。努力做，藁砧模樣。」可謂美動七情。又一則云：歌若楊枝，態極妍媚，知名之士，題贈盈卷，惟其年擅場。閱二十年而楊枝老矣，其子亦玉人也，因呼「小楊枝」。一日讌集，辟疆出前卷相示，毗陵、邵青門題其後曰：「唱出疏髯絶妙詞，燈前認取小楊枝。天工不斷消魂種，又值春風二月時。」是皆可補入馮猶龍《情史》者。《古檀詩話》。

詩人邂逅，名句欣傳。往于金陵省試歸，晤鄰舟任君嗣淹，語予句云：「春晴抵少年。」亟咨賞。詢之，乃知爲古檀姨丈署龍舒篆時所拔士也。《峭厓雜録》。

詩本性情，亦由天賦。曉峰示予《亦山小草》一册，乃鹽官陳心田寅所著。五言如《春晚》云：「遲暮美人淚，寸陰遊子心。」七言如《杏花》云：「野店斜橋沽酒地，冷烟疏雨賣花天。」《登天寧寺浮圖》云：「風雨三秋人獨立，雲山萬叠鴈孤飛。」翩翩公子，勝老成宿學矣。《古檀詩話》。

愛才有同情也。我友石文學環溪晉在山右，廖明府景班羨行見其倜儻不群，雅重之，延致令弟景明屺堂賓川署中。憶戊子秋暮，曾偕環溪，暨章香岑、施牧堂野步，過方氏園林、杜真君故居。予有句云：「紅藏竹裏寺，青露屋邊山。」環溪和云：「風勢疏寒樹，秋容澹遠山。」牧堂云：「村深藏野店，木落露遥山。」香岑云：「荻花逝斷港，楓葉染秋山。」真得一時倡和之樂。今環溪遠在滇南，能弗嘆旅鴈分飛耶？《學齋隨筆》。

佳節古有移用者。唐文宗開成元年，歸融爲京兆尹，時兩公主出降，有司供帳事繁，又值上巳，曲江賜宴請改日。上曰：「去年重陽，取九月十九日，不失重陽之意。可以十三日作上巳。」故周櫟園詩云：「花寒今十日，酒冷古重陽。」近年來丙子則閏九月，丁亥則閏七月，龍山再會，巧夕重逢，豈非天成佳節？不知發詩人何限詩情，添名流多少名句也。《古檀詩話》。

「四時最好是三月，一去不回惟少年。」少年既去，三月重逢，得勿流連欣賞也。癸巳閏三月上巳，光景一新，同人既分賦矣。因值盆蘭盛開，後二日，復行讌集，峭厓句云：「不愁春欲暮，但覺氣俱芳。」曉峰句云：「對酒已忘前日醉，聞香倍覺勝情賒。」竹岡句云：「一種幽情客裏叙，幾莖香露雨前滋。」予成三律，首章句云：「臨風吹氣知名士，按譜談心舊酒人。」次章句云：「十里好風吹不盡，滿庭香氣味偏多。」三章句云：「花含蜑雨春何限，月吐蛾眉夜未闌。」竊願春光常駐矣。《古檀詩話》。

盥花軒詩話卷四

明皇夢仙子十餘輩，御卿雲而下，執樂器懸奏之，曲度清越。一仙人曰：「此《神仙紫雲迴》也，授陛下爲正始之音。」覺，命玉笛習之，盡得其曲。故漁洋贈徐紫雲云：「法曲只應天上得，人間那識紫雲迴。」尤西堂亦有句云：「小部音聲誰第一，玉簫先奏紫雲迴。」《古檀詩話》。

「七月七日長生殿，夜半無人私語時。」千古奇情韵事。洪昉思昇《長生殿》傳奇，盡删太真穢事，一時朱門綺席，酒社歌樓，纏頭增價。乃好事者罔顧功令，致趙秋谷、查初白被議，此康熙乙巳秋事也。後庚寅九日，郭于宫於花密居招同人社集，演《長生殿》，初白不及赴，以二絶答之云：「曾從崔九堂前見，法曲依稀𧬊段傳。不獨聽歌人散盡，教坊可有李龜年。」「上客紅顔興自酣，風光重説後三三。老夫别有燒香曲，憑向聲聞斷處參。」感慨係之矣。洪有集名《稗畦》，竹垞贈句云：「梧桐夜雨詞淒絶，薏苡明珠謗偶然。」亦實録也。《古檀詩話》。

物莫不聚於所好也。周侍郎亮工有墨癖，嘗蓄萬種，盛以小錦囊，懸之梁間。歲除作祭墨會，以酒澆之。吴梅村賦詩曰：「山齋清玩富琳瑯，似璧如珪萬墨莊。口啜飲同高士癖，頭濡書類酒人狂。但逢知己隨濃淡，若論交情耐久長。不用黄金費裝裹，伴他銅雀近周郎。」見《三岡志略》。《古檀詩話》。

神物顯晦無常。米氏研山，乃南唐寶石，上有華蓋峰、月巖、翠巒、龍池、上洞、方壇、玉筍諸勝，每天欲雨，則龍池津潤。未幾，元章以研易園，繪圖以記，復作詩曰：「研山不復見，哦詩徒太息。唯有玉蟾蜍，向予頻淚滴。」後入吴興，燬於兵。《輟耕録》圖其形，并詳載之。豈知不然，朱太史竹垞在都，曾攜與俱，漁洋亦題有長古，并絶句云：「長與幽人伴著書。」朱公子子褎，復經攜至雲間。聞長尺許，峰巒玲瓏，靡巧不備。董閬石見之，載《三岡志略》中。憶《香祖筆記》又云：研山爲徐司寇購得。今竟未知神物流落何所云。《古檀詩話》。

制作絶巧者謂之鬼工。僧惠遠取銅葉製器，狀如蓮花，置盆水之上，底孔漏水，半之則沉，每晝夜十二沉，爲行道之節。後元順帝自製宫漏，藏壺匱中，運水上下，匱上設三聖殿，腰立玉女，按時捧籌，二金甲神擊鼓撞鐘，鐘鼓鳴時，獅鳳飛舞。匱兩旁有日月宫，宫前飛仙六人，子午之交，耦進度橋，進三聖殿。已復退立如常。論者謂神工巧思，千古一人。予在鷺門，購得洋人所製三層樂鐘，髣髴似之。鐘高四尺許，千門萬户，金碧爛然，八音迭奏，纍纍如貫珠，人物如繪，宛轉關生，並不須水運也。予有題句云：「蜃市幻從海上得，霓裳遥度月中來。」愧未足形容其妙矣。《古檀詩話》。

袁墓山之半，有奇石，俗呼爲假山，爲其似人工鏤鑿，故名。以真冒假，竊爲不平。後遊獅子林，則山皆叠石所成，傳爲倪雲林手蹟。幽峻透折，嵌空玲瓏，又與真者無異也。彭蘭陔司馬有句云：「欲斷仍連峰頂路，方窮忽轉洞中天。」庶克繪此奇境。《古檀詩話》。

情至語沁人肺腑。伯祖樾阡公，嘗刻潘甸君《閨情百咏》行世。其一云：「丁香花結燕還家，荏苒流光暗裏加。燕有定程花有信，最無憑准是天涯。」《古檀詩話》。

吴人沈坦若，精於操縵彈棋之技，挾以楚遊。經道士洑，失舟，僅以身免。小泊沙際，信步至山椒一寺，見有虬髯岸幘者，隨從數人，散步於堂。詢沈鄉曲，告以吴門，問何所之，因言挾技至此，爲陽侯所苦，候易舟前進耳。虬髯者曰：「君有此妙技，肯從我遊乎？」沈方進退維谷，許之。即邀登太艦，揚帆而上。行數日，至大澤中，渺無際岸，有數百艘來迎。入巨室中，館於客舍，供帳甚麗。左右使令，三尺童子外，皆美嬛也。日相對手談，互有勝負。當花晨月夕，吟咏頗豪。如是者三月。一日，置酒相款，贈以詩曰：「不羨扶餘老此身，漫從河海寄修鱗。知交若問行藏處，莫道虬髯是主人。」出千金爲贈，曰：「請從此別，我亦從此逝矣。」命艇送至漢口。見《見聞録》。今聖明在上，宜乎若輩消磨殆盡也。《古檀詩話》。

仙令風流，去俗萬里。予友長沙進士盧絅齋世昌，曾任豐邑，工詩畫。嘗作《滋蘭樹蕙圖》，題四絶句於上，遍乞名士題詞。其言曰：「世所謂傳神者，或并貌遺之，且刻劃無鹽，甚無謂也。予性喜蘭，蘭即予之小影矣。」予爲三疊其韵歸之。猶憶四章云：「空谷春生憶往時，半簾秋影雨絲絲。芳馨貽贈情何限，淡墨和烟寫一枝。」「擷得孤芳是處栽，寫生還向筆端開。有聲詩句無聲畫，都是心花結撰來。」「半春兀坐小窗陰，風雨牢愁苦未禁。粉本圖成誰共賞，天涯幽客最關心。」「閒情我亦愛棲巖，橘刺藤梢取次芟。重理琴樽并翰墨，江湖同署散人銜。」幽客，指絅齋。詩友，會稽童二樹也。芳蘭竟體，其絅齋之謂乎？同時碭山令劉筠谷臻，諸城人，亦善詩。嘗作《玉蝴蝶》詞，題予《花月雙輝圖》，有云：「花謝珠沉，不知何地漱璚漿。」又云：「雲波蹙處，捲盡斜陽。」風情才調，略見一斑。所著《筠谷集》，絅齋與二樹山人點定而付之梓，誠同心之臭矣。《古檀詩話》。

攝山去秣陵四十餘里，襟江帶海，俯瞰觀音、摘星諸峰。予以公事，居停於紫峰閣，即漁洋山人所謂「危溜千巖落，中峰一澗喧」者。其名蹟爲彩虹明鏡、爲幽居、爲般若臺、爲桃花澗。是閣未及山之半，遥望最高峰，尚在縹緲間也。復從玉冠峰、千佛嶺、九株松、叠浪崖、萬松堂、白鹿泉，而登太虚亭，或幽峻曲折，或淡遠空明，飛瀑停雲，竹軒松广，點綴自然。沈文慤歸愚有《攝山》詩十二章，今上和之。中云：「詩賡老沈得奇句。」洵千古盛事。我松朱蒙溪明府龍鑑嘗繪《栖霞十二圖》，頗得其梗概云。《古檀詩話》。

名賢勝地，光景常新。舒城龍眠山，李伯時棲隱處。予攝舒篆，幸兩過其地，林木隱秀，岡巒陂陀。惜以公事雜遝，未得一登璇源館、垂雲泮，而訪伯時遺跡。迨歸故山，江帆更難乞樵風便矣，爲悵悵者久之。韓子蒼題伯時《太乙真人畫》云：「會植青藜夜相訪。」漁洋云：「何處是龍眠，千峰出雲族。」景仰深矣。《古檀詩話》。

「齊唱憲王新樂府，金梁橋上月如霜。」李獻吉《汴中元宵》絶句也。周憲王，定王子，好臨摹古書帖，曉音律，作雜劇三十餘種，散曲百餘，雖才情未至，而音調頗諧，中原弦索多用之。見太倉王元美世貞《藝苑卮言》。憲王尤工詩，如《春日》云：「深巷日斜巢燕急，小樓風静落花閒。」《日暮》云：「林鳩唤友常知雨，海燕將雛不避人。」《雲林清趣》云：「采藥一僧雲外去，巢松雙鶴雨中還。」《送人》云：「南浦斷虹收雨去，西風新雁帶霜來。」《横堤晚望》云：「神如秋水十分浄，心似中原萬里平。」皆風華和婉，直同名士擅場。《古檀詩話》。

憲王宮女夏雲英，五歲誦《孝經》，七歲通釋典，淡粧素服，色藝絶倫。年二十二，卧病，求爲尼，受菩薩戒，作偈而没。王哭以詩曰：「雲英何處訪遺踪，空對陽臺十二峰。花院無情金鎖合，蘭房有路碧苔封。消愁茶煮雙團鳳，縈恨香盤九篆龍。腸斷端清樓閣裏，墨痕燭灺尚重重。」端清閣即宮女所居也。見《本事詩》。《古檀詩話》。

琴趣淡而彌永。漁洋山人句云：「曲罷孤月明，溪光散清泚。主客無一言，露坐攬衣起。」讀之者，覺聲希味淡。予在京時，曾于馨和庵太史座上，聽其撫琴，贈以長古，并絶句云：「廣陵一曲散春風，解組歸林樂意融。長日如年山太古，揮絃無語對飛鴻。」令孫積善，官館肄業，人極雅静，綽有乃祖家風。《古檀詩話》。

風景不殊，河山非故。湯西崖《重過萬柳堂》云：「笙歌不記迴燈舫，魚鳥誰能認鬢絲。」《集王文靖公怡園》云：「今日城南韋杜少，舊時池上管絃多。」《亞谷叢書》云：「七字中具無限感慨。」又濟南王斗南觀察元樞過怡園，亦有句云：「如何喬木裏，只是冷雲多。」今此園夷爲平地，過者傷之。憶予曾謁王少宗伯景曾于都門，席中談及相國盛時，讌會無虚日，豪飲者各有名號，或爲酒仙，或爲酒海，或爲酒將軍，或爲酒博士，其最善飲而終席丰神諧暢者，稱爲酒美人。艷事勝情，猶津津齒頰間也。《古檀詩話》。

《雨霖鈴》一曲，讀者傷之。予嘗觀《長生殿·聞鈴》齣，隱括其意，成七古一首，末云：「乾坤千載幾紛更，雲棧崎嶇何日平。閣外行人休駐馬，隔江蜀魄不勝情。」山陰孫雨田有絶句云：「舊殿長生事渺茫，重將天寶譜興亡。愛河忍幻華嚴劫，一曲分明戒色荒。」「小部梨園曲未成，驛門荒草葬輕盈。君王忍割今生愛，枉與殷勤誓再生。」「窈窕捐生事足多，漫將傾國比褒娥。六軍變靖君恩報，不枉官家得寶歌。」「蒙塵不惜惜娉婷，棧道新歌掩淚聽。不見人間垂老别，傷心更甚雨淋鈴。」讀之，如聽銀箏嗚咽。按張祜詩「雨霖鈴夜却歸秦」，貴妃墓在興平縣，漁洋懷古所謂「一種傾城好顔色，茂陵終傍李夫人」是也。又《温飛卿詩注》云：「貴妃墓側，有相思樹。」故汪太史士鋐秋泉詩云：「鈿合香囊銷息沈，馬嵬猶自占花陰。黄泉碧落知何處，一樹相思空到今。」吴門汪籲三俊任醴泉令，曾脩貴妃墓，名流都爲賦詩，可稱好事。《古檀詩話》。

「長橋卧波，未雲何虹。」洛陽橋，長三百六十丈，宋蔡端明建。予辛卯春過此，詫爲鉅觀，雖都門蘆溝、江南荆山，無此綿亘也。黄明府任莘田律句云：「拍岸洪濤跨半空，空中七十四垂虹。人騎鰲背千層浪，衣捲潮頭萬里風。襟帶幾邦山海會，梯航終日島夷通。端明善政綿金石，詞翰風流兩絶工。」武陵朱司馬景英幼芝七古云：「仙人畏渡南海南，施手一綫搘巉嵁。海水濁飲雄虹貪，卒然横厲神山三。」詩境宏敞，雅與橋稱。《古檀詩話》。

《蘇長公外紀》云：「參寥子言：『老杜「楚江巫峽半雲雨，清簟疎簾看奕碁」，此句可畫，但恐畫不就耳。』僕言：『公禪人，亦愛此語耶？』寥曰：『譬如不事口腹人，見江瑶柱，豈免一朶頤哉？』」晉《安南異物名記》曰：「肉柱膚寸，美如跳玉。」予到閩，喜嘗此味，顧閩中水族頗繁。壬辰人日，口占句云：「海南風物紫霞觴，撾鼓傳花興倍長。牡蠣正肥蟳蛤美，漫因鱸鱠憶蓴鄉。」予日食甚少，而口角幾同老饕，爲之一笑。《古檀詩話》。

《升庵集》載：賈島詩：「長江風送客，孤館雨留人。」二句爲平生之冠，而其全集不載，僅見於坡詩注所引。又載：岳武穆公詩有云：「潭水寒生月，松風夜帶秋。」唐之名家不過如此。後見宗留守澤亦有詩，真所謂儒將風流，其佳句不可没也。《古檀詩話》。

關神勇光明磊落，惟岳武穆前後抗衡。錢塘龔繼武之鏐《過岳墓》句云：「丞相只憑三字獄，將軍頓廢十年功。」可稱實録。又同時如曲壯閔，亦未竟其才，袁中郎《宿朱仙鎮》詩曰：「祠前簫鼓賽如雲，立石争鑱弔古文。一等英雄含恨死，幾時論定曲將軍。」江進之《讀張魏公傳》云：「子聖焉能蓋父凶，曲端冤與岳飛同。何人爲立將軍廟，也把烏金鑄魏公。」漁洋《題魏公墨蹟後》云：「淮西白骨接符離，三十年中幾喪師。太息長城君自壞，軍中空卓曲端旗。」皆所謂公道在人者也。二弟倩行藏一銅章，上鐫「岳飛」二字，馬壻姬木，有武穆手書一長幅，見者無不寶之。《古檀詩話》。

「柴門閉深竹，高枕看横山。」香山范君宏志景沂追懷葉已畦太史作也。太史爲沈宗伯師，築二棄草堂于横山，堂側亭曰「獨立蒼茫處」，過其廬者，仰止之，有《已畦稿》。庚寅冬，晤范君令兄青照宏羽，惠予《八家詩鈔》。八家者，王夢樓太守、褚筠心學士、任大椿幼植傳臚、顧星橋孝廉、卞近邨處士、王條山文學，及青照、桂堂來翔喬梓。讀其中名章秀句，如置身七十二峰間矣。《古檀詩話》。

揚亭載酒，樂事賞心。顧星橋辛卯秋自都門歸，偕其門人浦流槎翔春、陳雲軒槃、范桂堂來翔、雪海來雲集月滿樓，得南字韵，星橋云：「燈下新詞吟硯北，畫中舊夢説花南。」流槎云：「醉殘綠酒秋光好，吟傍疎簾樹影涵。」雲軒云：「鶯花別後孤懷遠，烟月歸來逸興參。」桂堂云：「垂楊遠送燕山北，叢桂初開淮水南。」雪海云：「花生樺燭詩初就，風散疎簾酒漸酣。」金陵袁明府枚序曰：「征騎初停，盍簪再卜。似陸機入洛，望重春明，擬張翰歸吴，情深秋夕。」摘其麗句，繫我羇懷矣。《古檀詩話》。

汪秋泉士鋐題《布使君將獵圖序》云：「從古皆作出獵圖，誌獲禽獮獸之樂，未有作將獵者。觀其出自閨房，立於中庭，後堂姬妾之盛，有敲枰對奕者，有揮弦撫琴者，有折梅而插瓶者，有並坐者，有同行者，近前則有執爵者、將酒者、具食者、捧劍者，金釵十二，不是過也。其如雲僕從，伺候於門，抱弓矢，操鞭鐙，或牽犬而坐，或臂鷹而立。當夫雪霽天清，人馬咸思各効其用，意氣可謂壯哉。如此設色，洵奇麗。讀白傅《琵琶行》、《長恨歌》、元微之《連昌宫詞》等篇，若或遇之。《古檀詩話》。

圍場縱騎，豪舉快心。閩南黄明經植萬長汀有《出獵圖》長卷，意態閒逸，從者十二，即其精選小部。珊鞭金鐙，茸帽蠻韡，宛如璚林玉筍。王太守文治夢樓所謂「驪珠十二顆，一一春風姿」也。予題以十絶，其一云：「談笑追乘萬里風，書生真是可憐蟲。馬嘶碧嶂烟嵐合，意氣看彎兩石弓。」王光禄鳴盛西莊云：「歸來細撥三絃子，更唱伊州舞馬詞。」古盡清遊之福矣。《古檀詩話》。

「善才零落龜年老，渭水猶明羯鼓樓。」按，《長生殿》傳奇末有《彈詞》一齣，最爲淋漓悲壯。余在合肥，又製《後彈詞》一齣，蓋李謩既邀龜年至家，自必唱宫中舊曲，而李謩既長横吹，亦豈無家樂可陳？紅粉滿場，頗爲悦目。惜此稿散佚，僅記首曲二句云：「琵琶雙勸酒，鸚鵡數催詩。」差覺泠泠可聽云。《古檀詩話》。

「第一傷心杜十娘」，沈沃田大成題金陵張漱石傳奇句。第我松先有夏谷香秉衡製十娘傳奇，名《八寶箱》，予爲之序。其後篇云：「詞填黄絹，機本七襄，事記青樓，箱名八寶。緑萼華，人間到處，翠袖闌珊；杜蘭香，天上謫來，朱顏飄泊。輕盈十五，偏從薄倖兒夫；佳麗三千，徒作有情眷屬。嗟乎！十二行艷冶，收入私囊；五百年姻緣，結成公案。唤醒三生春夢，參同四壁秋波。君既經描繪南威，予能無唐突西子也哉。」後谷香任蒲城，予有寄懷句云：「放罷早衙勤覓句，紅衫烏帽渭南郵。」仙令風流，宛從毫端繪出矣。《古檀詩話》。

勝地歡場，供人憑弔。京師萬柳堂，自元明至今，爲主持壇坫之所。《輟耕録》載：野雲廉公，招同松雪趙公會飲。妓有解語花者，歌《小聖樂》一闋。松雪即席成律句云：「萬柳堂前數畝池，平鋪雲錦蓋漣漪。主人自有滄洲趣，遊女仍歌白雪詞。手把荷花來勸酒，步隨芳草去尋詩。誰知咫尺京城外，便有無窮萬里思。」嗣我朝漁洋山人，亦偕諸名流讌賞其地。壬辰春，汪明經笠夫寄予遊萬柳堂二律，佳句云：「緑波衫色仍浮岸，芳草裙腰直到門。」又：「草木平泉空宦跡，雲烟過眼付叢祠。」閲之動金城之感。同遊者爲鍾雪子、蔣雲槎、陳蘭堂、王香雨、陳篁齋，二陳君則雲煓、禮垣令嗣也，均工詩畫，爲後起之秀云。《古檀詩話》。

名山藉名句以傳。閩龔用卿，招客及婿林世璧登鼓山，分韻賦詩。客皆遜讓，林時色醉，奮筆云：「眼中滄海小，衣上白雲多。」予兩過榕城，未遑一游，讀此輒爲神往。異時整頓歸鞭，當償夙願爾。《古檀詩話》。

才人失意，每假詞曲自娱。荆州守袁韞玉，爲吴郡佳公子，才調無雙，尋以失職空囊，扁舟歸里。梅村作詩贈之，其四律之一云：「詞客開元擅盛名，蕭條白髮可憐生。劉郎浦口潮初長，伍相祠邊月正明。擊筑悲歌燕市恨，彈絲法曲楚江情。善才已死秋娘老，濕盡青衫調不成。」又擇庵一日出飲歸，月下肩輿過大姓門，其家方燕客，演《霸王夜宴》。輿人云：「如此良夜，何不唱『繡户傳嬌語』，乃演《千金記》耶？」擇庵狂喜，幾墮輿。亦詞場佳話也。《古檀詩話》。

詞曲開元擅盛名，不獨擇庵也。李笠翁以金元詞曲擅場，所至攜小鬟唱歌。吴梅村贈詩云：「家近西陵住薜蘿，十郎才調歲蹉跎。江湖嘯傲誇齊贅，雲雨荒唐憶楚娥。海外九州書忘怪，坐中三叠舞迴波。前身合是玄真子，一笑滄浪自放歌。」尤悔庵又云：「十郎才調福無雙，雙燕雙鶯話小窗。送客留髠休滅燭，要看花睡照銀缸。」艷事艷詞，殆堪千古。《古檀詩話》。

南宋偏安，壞於和議。紹興中，黄公度榜第三人陳修，福州人，解試《四海想中興之美賦》，第五韵隔對云：「葱嶺金隄，不日復廣輪之土；泰山玉牒，何時清封禪之塵。」時諸郡試卷，多經御覽，高宗親書此聯粘殿壁。及唱名，玉音云：「卿便是陳修？」吟誦此聯，凄然出涕。問：「卿年幾何？」對曰：「臣年七十三。」問：「卿有幾子？」對曰：「臣尚未娶。」乃詔出内人施氏嫁之，年三十，貲奩甚厚。時人戲爲之語曰：「新人若問郎年幾，五十年前二十三。」觀此一事，知高宗非無恢復之心。此《鶴林玉露》所爲嘆息痛恨於秦檜也。《古檀詩話》。

唐人詩多用金釵十二事。如樂天「鍾乳三千兩，金釵十二行」是也。《野客叢書》載：「《南史》：周盤龍有功，上賜金釵十二枚與其愛妾阿杜。其事甚佳，罕有用者。」予謂宋王岐公珪爲學士，召入禁中，設座賜宴，左右姬嬪，悉以領巾紈扇索詩，王一一爲之，咸以珠花一枝潤筆，衣袖皆滿，風流香艷，尤屬千古佳話。《古檀詩話》。

漁洋題海叟詩集云：「七字風流白燕庵。」庵在吾松府城東門外之賢游涇，御史袁公墓側。里人以公有《白燕》詩，築庵祀之，遂以爲名，非其故居也。今上海曹炳曾巢南，已刊其遺稿行世。《古檀詩話》。

詠物每多寓意。時大本《白燕》詩：「玉剪一雙高下飛。」頗稱形似，一時傳之。經袁海叟别構一詩，遂臻神妙，然其命意，固有在也。如一起云：「故國飄零事已非，舊時王謝見應稀。」是人是燕，含情何限。若他手寫此，則無着矣。中聯云：「月明漢水初無影，雪滿梁園尚未歸。柳絮池塘香入夢，梨花庭院冷侵衣。」明明寫出河山非故，風景都殊，所謂水中月、鏡中花，不着一毫色相也。一結云：「漢家姊妹多相妬，莫向昭陽殿裏飛。」晚節保身，亦基此語。汪峭厓咏白燕庵云：「托疾歸林下，論才冠國初。春風飛燕子，東海走鰻魚。丹陛求何急，青丘計較疏。月兒高一曲，誰和九峰廬。」海叟之不疏于計，早于《白燕》詩見之，其見賞於鐵崖也宜哉。《古檀詩話》。

峰泖夙推雅宗。漁洋多布衣交，而我松董樗亭俞蒼水在都，尤與杯酒唱和。《北遊草》云：「余所寓蕭寺，與阮亭咫尺，晨夕得過從談笑。四方風雅名流至，輒邀晤對。誠快事也。」次漁洋一律云：

「廿載行吟老翠微，疏狂久與世相違。騰驤冀北千神駿，潦倒江南一布衣。燕市筑聲愁裏和，機山月色夢中歸。僧寮竊喜幽齋近，繾綣交情似爾稀。」樗亭兄閬石含《三岡志略》板燬不傳，今所抄撮數條，乃殘膏賸馥云。《古檀詩話》。

殘碑斷碣，剔蘚摩抄，弔古者輒爲神傷。若少陵茅屋，舊券無存，處士故居，崔姬已老，其神傷更當何如？明李潛夫先生天植，崇禎癸酉孝廉，居乍浦蜃園，足不入城市。老夫婦白頭相對，時時絶食。年八十餘，猶矍鑠。所著有《續修九山志》及《咏梅百首》。余航海赴閩，道經乍川，遍覓蜃園，無有知者，因賦一絶追悼之。句云：「誰知餓死尋常事，賦就梅花欲斷魂。三百餘年遺老盡，衹今何處訪柴門。」《學齋隨筆》。

盲于目，不盲于心。我松唐酉陽汝詢五歲而瞽，從其兄士雅口授經史，髫年喜作詩，《和蠟梅》句云：「姿同籬菊偏凌雪，巧借江梅不待春。」張王屋侍御見之，曰：「此唐音也。」持《唐詩解》謁許助教雅則，許曰：「適讀《文選》『枯桑知天風，海水知天寒』，當作何解？」唐曰：「枯桑無葉，豈知天風？海水不冰，豈知天寒？」許撫掌稱爲異人。李本寧、焦弱侯延至白下，聯詩社于秦淮，刊《編蓬》、《姑蔑》等集。前明嘉靖中，又有朱天游太章能詩，贈寺僧云：「一鳥不鳴萬木稀，如來寂寞火燈微。老僧曝背閒無事，割片殘雲補衲衣。」均可稱耳學淹通者。《古檀詩話》。

法書名畫，莫方伯是龍廷韓與董宗伯齊名。幼謁王公遵巖，贈詩云：「風流絶世美何如，一片瑶枝出樹初。畫舫夜吟同客駐，練裙晝卧有人書。」名流推重如此。平生喜延寒士，有友貧甚，以行草一篋助其婚。每出遊，輒縱筆作雲山小景，令坐客呼盧，勝者得之。著《送春賦》，書數册，皇甫子循、王元美見之，均咨賞云。《古檀詩話》。

延陵掛劍，雅意難忘。河南劉公猷體仁，詩新近澁，嗜好應在東野。漁洋山人屢稱之。《池北偶談》載：公猷友某，素喜琴，殁數年。公猷一日挾姬過其墓，停車酹酒，使姬各操一曲，殆亦存延陵掛劍之意。《古檀詩話》。

爝火豈能復明？沛縣閻古古爾梅赴史道鄰閣部聘，時值興平伯高傑新爲許定國所殺，古古勸閣部往鎮撫之，閣部退保維揚，古古遂以書投之而去。後於廬州見傳奇，有史閣部勤王一闋，感而志之云：「元戎親帥五諸侯，不肯西征據上游。今夜廬州燈下見，還疑公未死揚州。」又：「繡鎧金鞍妃子粧，興平一旅下河陽。猿公劍術無人曉，驚道筵前舞大娘。」末句指高傑婦即李自成妻也。《蓮坡詩話》。

才人惜才人，宜也。閻古古詩筆最雄放，曾因事繫西曹，合肥龔芝麓尚書左右之，得脱。古古上尚書詩云：「君相從來能造命，湖山此去好容身。」尚書之宏奬風流，古古之感恩知己，兩不朽矣。《古檀詩話》。

江北詩最傳誦者，「美人只受一人憐」，臨湖季君愈作也。予謂上句警而未醇，對句婉而可味。古來賢媛豈有不從一終者？石崇之被收也，緑珠請先死以報寵遇。宋子虚詩云：「紅粉捐軀爲主家，珍珠一斛委泥沙。年來金谷園中燕，銜取香泥葬落花。」又小青云：「盈盈金谷女班頭，一曲驪歌衆伎收。值得樓前身一死，季倫原是解風流。」緑珠可無憾於九京矣。《古檀詩話》。

緑珠以死報知己，千古快事，宜小青羨之。雖然，豈獨小青？閩中女子邵霏霏，遇亂爲人小婦，至京，遭妬妻抑配閽奴，作絶句三十平韻而死。有云：「白雲縹緲望中迷，獨倚蓬窗對面啼。萬里北堂知也未，碧梧不是鳳凰棲。」「挑燈含淚寫紅牋，萬里緘封報可憐。爲問生身親父母，賣兒還剩幾多錢。」「蜀魄啼聲不忍聽，斷腸最是雨淋鈴。紅顔千古同悽惻，我又臨風慟小青。」自叙云：「江城吹笛，空嗟紅豆相思；流水揮絃，痛哭白頭奚托。」淒其欲絶，不啻一聲《河滿子》也。《古檀詩話》。

春光欲去，無限關心，況在蘇臺勝地乎？無錫杜雲川詔，雨泊閶門，《送春》詩云：「六宫花老淚臙脂，點點殘紅墜晚枝。自是東風無著處，本來西子有歸時。錦帆冷落青簾舫，玉管闌珊白苧詞。雙槳緑波留不住，半塘烟柳雨如絲。」又許子遜廷鑅《送春八絶》，其最佳者：「吴兒日暮踏歌回，紈扇痕新袖底開。燕子一雙斜掠地，不隨春去却飛來。」「逐隊障泥南陌頭，畫船蘭櫂鬧蘇州。送春不送歸天上，兩兩三三到虎丘。」「橋連芳草酒旗横，醉睨當壚倒玉瓶。十里好風吹不住，亂紅飛雨過長亭。」朱竹垞見之，謂燕子一雙，好風十里，令人對此黯然。正以其時與景會也。《古檀詩話》。

棹船聲非無可聽。元結《欸乃曲序》云：「大曆初，爲道州刺史。以軍事詣都使還州，逢春水，舟行不進，作《欸乃曲》，令舟子唱之，以取適道路。」曲云：「停橈静聽曲中意，好是雲山韶濩音。」柳子厚曰：「欸乃一聲春水緑。」王鑑溪琰詩：「一聲欸乃歌，烟水漁郎渡。」亦佳。《古檀詩話》。

古藤書屋，爲金太傅舊第，朱竹垞、黄俞邵、周青士、蔣京少諸名流所寓居也。曲阜孔東塘《燕臺雜興》詩云：「太傅吟詩舊草堂，新開蔣徑自鋤荒。藤花不是梧桐樹，却得年年棲鳳皇。」後我鄉畢掌科咸齋寓都門，亦有藤花書屋。癸酉清和，曾偕太倉畢秋帆沅、上海曹容圃錫寶、寶山鍾半江文標諸同人讌飲其下，予即席句云：「日落青燈同話雨，春殘紫玉未成烟。」咸齋公欣賞之。公善詩工書，胸羅四庫，待愚弟兄情意逾常。惜堂在人非，而藤花亦零落矣。《古檀詩話》。

三關者，古北、居庸及雲亭關也。雲亭即今喜峰口。居庸去京僅一驛，形如螺旋，最爲險要。虞山徐芬若蘭《出關》句云：「將軍此去必封侯，士卒何心肯逗留。馬後桃花馬前雪，出關争得不回頭。」膾炙人口。予曾徧歷塞外，頗多題咏。《土木道中》云：「連宵雨過白雲閒，洗出秋光照漢關。」《東河看山亭聽雨》云：「想到家山烟樹渺，有人愁絶倚闌干。」吟情殊騷屑也。《古檀詩話》。

賦形肖物，才士爲能。張景陽詠二疏，顔延年詠五君，佳句流傳久矣。黄厝堂宫允，偕陳慧香、劉友萍、李亦吾諸名輩，分咏竹林七賢，刻《西郵唱和集》。近則沈廣文鏡涵湖有咏賀知章一律，能詩者因分咏飲中八仙，幾令千載而下與千載而遥，精神相感。按漁洋亦有《五君詠》，爲劉考功公㦸、施少參尚白、汪户部苕文、梁侍御曰緝、董侍御玉虬，人以詩傳矣。《古檀詩話》。

幼讀歐陽子《浮槎山水記》，輒爲神往。後予承乏其地，僅得一到，汲泉以烹。劉學使星煒贈詩云：「三泖湖波近若耶，人家水木舊清華。安仁詞賦知名久，不待河陽始種花。」「歐虞書格荆關畫，更好韋郎五字詩。行縣却鄰箏笛浦，泠泠終日和冰絲。」「淮流楚水接城東，井牧由來大郡同。試向浮槎恣展眺，萬家烟樹滿晴空。」「金斗城高鎖緑苔，公餘擕鶴任徘徊。知君懷古多情思，定上城東鮑照臺。」既感奬借，且誦「浮槎」「展眺」一語，深媿與名山水有緣而無緣也。《古檀詩話》。

盥花軒詩話卷五

晉人曠達，關乎意趣。《醉吟先生傳》曰：「吾生天地間，才與行不逮古人遠矣，而富于黔婁，飽于伯夷，樂于榮啓期，健于衛叔寶，幸甚幸甚，餘何求哉？因吟《咏懷詩》云：『抱琴榮啓樂，縱酒劉伶達。放眼看青山，任頭生白髮。不知天地内，更得幾年活。從此到終身，盡爲閒日月。』」何等瀟灑。顧其在潯陽江上，夜聽琵琶，青衫淚濕，爲渠感激，作歌行，一寫六百六十字，不免疑司馬多事。及讀戴復古石屏集句云：「白樂天，白樂天，平生多爲達者語，到此胡爲不釋然？」覺所見略同。《古檀詩話》。

名人定多逸興。白樂天爲少傅，分務洛陽，情興高逸。盧尚書簡辭别墅，枕伊水，冬日倚闌眺嵩洛，霰雪微下，見二人蓑笠，循岸牽篷。艇中有白衣與僧耦坐。船後小竈，安桐甑，丱角童煮茗。泝流過檻前，舟中吟嘯方酣。問之，乃白少傅與僧佛光，自建春往香山精舍云。讀之，覺一片詩情詩境也。《古檀詩話》。

英雄未竟其才，精靈不泯。劉將軍綎每戰凌厲無前，歸田後，養戰馬數匹，伏櫪長鳴。見劉則左右盤旋，騰躍欲奮。將軍歿，曾赴虬云：「頻年兵火動邊書，一别離家十載餘。短劍看來寒入夢，長纓借去嘯成虛。劉公揮淚髀生肉，范老傷心背發殂。頸血也同春草碧，肯因頭白賦歸與。」誦之，生横槊磨盾悲歌出塞之思。其詩筆亦横掃千人軍矣。《古檀詩話》。

「衝冠一怒爲紅顔」，陳圓圓一曲，詩中有史。武林陸明府次雲雲士因歌作傳，摹寫如生，而畔王之罪益著。金陵邵爲章，曾幕滇南，縷悉本末，題四絶云：「百萬雄師睥睨間，先朝一脈絶南蠻。擒人即是人擒路，誰道天公不好還。」「軍威南朔敢稱雄，轉眼興亡一瞬中。他日龍門成紀傳，君臣父子總無公。」「行營歷歷草萋萋，銅柱摩崖手自題。虎豹無睛威尚在，老軍猶説舊平西。」「岧嶤天半起觚稜，不盡亭臺取次登。心力剛枯人事去，秋風誰與哭西陵。」筆挾風霜。見《觚賸》。《古檀詩話》。

遇合有命。杜少陵不由科甲，惟獻《三大禮賦》，得結主知。元人取士以詞曲，而高東嘉、王實甫未與蓬瀛。然今談詞曲者，首推高、王，猶之論詩者，未有不稱李、杜也。《古檀詩話》。

傳奇或假或真，而亦未嘗無據。憶《明詩綜·詩話》有云：「高明，字則誠，瑞安人。元至正進士，爲處州録事。太祖召之，辭還。有《柔克齋集》。顧仲瑛輯《玉山雅集》，稱則誠長才碩學，爲時名流。知不徒以詞曲擅美也。世傳《琵琶》爲王四作，殆不然。陸務觀詩：『斜陽古柳趙家莊，負鼓盲詞正作場。死後是非誰管得，滿村聽説蔡中郎。』是南渡已衍作小説矣。聞則誠夜燒雙燭，填《吃糠》齣云：『糠和米本一處飛。』雙燭花交爲一，洵異事。」按古有《琵琶詞》，即金陵李香君所歌者。予見之《琵琶》舊本中。可知則誠正借已成之書，演作規友之曲。竹垞翁因放翁有此詩，遽斷則誠非爲王四作，夫剪髪吃糠，不爲棄妻者下針，將作何解耶？《古檀詩話》。

人品既高，筆墨亦俱超絶。元末崑山顧瑛、無錫倪元鎮，以猗頓之資，更挾才藻，風流豪賞，爲東南之冠。而楊廉夫實主其盟，真韵事也。倪有《寓松》詩云：「已從鷗鳥狎雲深，老我無機似漢陰。采采菊花猶滿地，蕭蕭霜鬓不勝簪。」南游阻絶傷多壘，北望艱危折寸心。好在吴淞江水上，青猿啼處有楓林。」又《三月一日松陵過松》一律云：「竹西鶯語太叮嚀，斜日山光澹翠屏。春與繁花俱欲謝，愁如中酒不能醒。鷗明野水孤帆碧，鵑没長天遠樹青。舟楫何堪更留滯，爲尋幽賞過華亭。」倪幾以畫掩詩名矣，爲録而存之。《古檀詩話》。

人奇，好尚亦奇。南海鄺露，豪邁不羈，遍遊江湖，好鼓琴，兼工書，吐納有晉人風韵。嘗自賦云：「三河十上頻炊玉，四壁無歸尚典琴。」明末抱琴死。吴興姜笠堂句云：「湖海歸來白髮餘，風流人擬漢相如。山厨幾日炊烟斷，猶擁枯琴勘異書。」蓋實録也。笠堂有《嶺南雜咏》詩百章，此其百章之一。《古檀詩話》。

東南繁雄之地，江山清淑，而瓜州尤據勝觀。杜湄村溇集中，稱辛丑夏夜，憩大觀樓，仰占星氣，卧瞰江流，意甚樂之。余于此樓諸詠，尤愛王貽上句云：「凉月滿江樓。」勉和一律，中聯云：「天長飛鳥没，月出大江流。」寫景之妙，殊堪匹敵。《古檀詩話》。

師雄一夢，艷事流傳。梅花村在羅浮山口，對麻姑、玉女二峰，深竹寒溪，一往幽折，碑曰「師雄夢處」。歸善葉梅亭稑《咏梅》云：「香風十里羅浮月，一片空明絶點塵。」令人坐卧其中不能去。《古檀詩話》。

在德不在險，信然。滁州清流關，依山築成，飛鳥難渡。五代時，皇甫暉、姚鳳據此，宋太祖用趙韓王計，提孤軍，從蘆子岕浮西澗，入北門，直擣郡治。雖險，奚益哉？漁洋詩云：「瀟瀟寒雨渡清流，苦竹雲陰特地愁。回首南唐風景盡，青山無數繞滁州。」余在合肥，因公數過此關，俯仰古今，百端交集。予同全椒郭侍讀肇鐄韵清賦五古一章。郭公，羨行弟丁卯薦卷師也。《古檀詩話》。

《秋柳》，以漁洋原唱爲工。汪鈍翁《蘇臺柳枝》詩，和者亦多不及。句云：「臘底寒威尚未消，淺黄輕碧影迢迢。費他烟雨知何限，只替東風染柳條。」「梅花狼籍杏花香，别有長條拂水長。幸得免當來往路，任和烟雨罩鴛鴦。」「摇曳長堤覆廣津，分明畫出渡頭春。倩誰更落徐熙墨，添箇春江唤渡人。」吟咀不盡矣。《古檀詩話》。

「樹猶如此，人何以堪。」庾開府《枯樹賦》句也。而歐陽公詩云：「人昔共游今孰在，樹猶如此我何堪。」均令讀者凄然生感。漁洋乙未過趙北口，賦《柳枝詞》云：「金粉初勻柳萬條，樂遊原下索春饒。銷魂橋上銷魂樹，不待飛花魂亦銷。」後丙午過此，感賦云：「六載隋堤送客驂，樹猶如此我何堪。銷魂橋上重相見，一樹依依似漢南。」蓋二首之一也。傅侍御彤臣宸詩云：「絶代容華照眼明，幾年聲價重金城。誰言青鬢垂垂老，一到臨風百媚生。」「零露蕭晨半未乾，日高猶自怯輕寒。連錢驄馬驕嘶過，青眼樓頭帶笑看。」抑何清麗。《峭厓雜録》。

意氣凌雲，總由本性。蔣南莊使君《調鶴圖》，題者甚夥。陳太守淮望之四絶之一云：「美人自結歲寒盟，入座雲山照眼明。料理鶴糧門晝掩，松花如雨撲簾旌。」趙觀察翼甌北二絶之一云：「長松落落午風晴，對舞胎仙一兩聲。此是吾家清獻物，爲君寫出長官清。」又宋太史訥小巖五律云：「長松瀉天籟，流水淡疏襟。」均足爲使君寫照。至戴翰編第元篔圃七絶云：「戒露高秋舞雪衣，也隨仙吏向南飛。」王運經琰鑑溪長古云：「策馬當年下太行，揚帆此日依南斗。」以公固由晉移粵也。《古檀詩話》。

琴鶴高風，邈乎遠矣。趙清獻後又有白太傅，《池上篇序》云：「罷杭州，得華亭鶴二以歸。」又云：「博陵崔梅叔與琴，韵甚清。蜀客妻發，授《秋思》，聲甚澹。」則琴鶴皆樂天事也。予久廢琴，手懶指棘，檀園雙鶴，又飛不復歸。昨于鷺門得二鹿，豢之甚馴。從海航送歸，聞今更肥碩矣。作律句懷之云：「三更夢境蕉間鹿，一曲松風海上琴。」非敢希踪鹿仙，直願同遊鹿苑矣。《古檀詩話》。

傳神在阿堵中。海寧俞體仁，爲尤西堂寫《夢遊三山圖》，先以蒙莊、曼倩、淵明、太白、東坡次第繪列，末控鶴老人即西堂也。漁洋長歌句云：「西堂八十方兩瞳。」如西堂者，殆可參三山之座矣。《古檀詩話》。

璟屐風流，存于圖畫。宜興陳其年檢討《填詞圖》，粵僧大汕所作也。旁立一麗人吹簫。其圖藏商丘陳心樵淮太守處。漁洋題絶句云：「玉梅花下交三九，紅杏尚書枉擅名。」即此圖也。其餘題者百餘家。近時吳興姜笠堂宸熙補作三截句于後云：「江左風騷第一人，清詞傳唱管絃新。百年遺照丹青在，争識迦陵未化身。」「凄凉動我卷中思，石帚風流絶妙詞。愛煞錢郎渲染好，紫簫分付小紅吹。」「曾閲西溟覓句圖，髯公遺墨半模糊。湛園蕪廢諸孫盡，過眼雲烟尚有無。」按《迦陵填詞圖》，詩詞繽紛，邵西樵曾録寄一編，尋失去。至《白石吹簫圖》，爲元人錢選寫，《姜西溟覓句圖》，迦陵亦有題句，今未知諸圖存否，均可惋惜。《古檀詩話》。

理學名儒，偏饒逸韵。前明陳白沙獻章嘗戴玉臺巾，扶青玉杖，插花帽簷，往來山水間。有詩云：

「惟有白頭谿裏影，至今猶戴玉臺巾。」又云：「拄杖撐天吾亦有，一莖青玉過眉長。」又云：「兩鬢馨香齊插了，賽蘭花間木犀花。」人與詩俱艷也。我朝湯潛庵斌荆峴宗伯，撫吴時，政績卓卓，爲第一名臣。其詩如「按部雨餘香稻熟，課農花發曉雲輕」，風致亦復不淺。《古檀詩話》。

韵事不可忘也。《觚賸》載：湯中丞慕徐俟齋品望，屏騶導，從一小僮，駕扁舟過訪。鶴跡滿徑，松影在門，候之良久。竟不獲見，嘆息而返。予嘗擬作中丞訪徐高士不遇詩，呈歸愚宗伯，宗伯依韵和之。《古檀詩話》。

詩文賴名宦振興。鄂西泠公總藩江蘇，觀風取士，江左名宿俱收入珊瑚網。選詩賦，刊成一集。記一聯云：「舟從畫舫行邊緑，天向垂楊盡處青。」乃集中《平山堂》句也。後徐中丞士林尤加意紫陽書院，鼎甲均出其中。我友繆縠齋烈，首邀賞識，一時推重。《古檀詩話》。

《琵琶行》，千古絶調。吴梅村《琴河感舊》詩叙得之，句云：「楓林霜信，放棹琴河。忽聞卞生賽賽，到自白下。適逢紓葉，余因客座，偶話舊遊，主人命犢車以迎來，持羽觴而待至。停驂初報，傳語更衣，已託病痁，遷延不出。知其憔悴自傷，亦將委身於人矣。予本恨人，傷心往事。江頭燕子，舊壘都非，山上蘼蕪，故人安在？久絶鉛華之夢，况當摇落之辰。相遇則惟看楊柳，我亦何堪；爲别已屢見櫻桃，君還未嫁。聽琵琶而不響，隔團扇以猶憐。能無杜秋之感，江州之泣也？」《古檀詩話》。

紅粉筆墨，繫人憑弔。宣城梅耦長庚題顧梅生畫蘭上有柳蘼蕪題句。云：「半幅雙鈎楚澤春，南朝舊部總傷神。蘼蕪詩句横波墨，都是尚書傳裏人。」卞賽不歸梅村，宜不入祭酒傳矣。番禺吴廣文竹屏函題其畫蘭云：「婀娜春風絶世姿，慧心柔翰兩相宜。柳絲桃葉無歸處，剩寫幽林此一枝。」「内廷法部舊登壇，一曲春燈興未闌。零落六朝金粉盡，劫餘誰識文黄冠。」《古檀詩話》。

如臯冒嵩少襄詩曰：「榜花一到滿城紅。」蓋積善有餘慶也。丙辰江左梅解元理在揚，夢一人潤色其文，臨去詢之，曰：「告爾翁，我野人也。」歸質諸父，曰：「洵有之。曩道遇一屍，瘞之，榜曰『野人之墓』，今其是乎？」梅君曾録其事于文卷後，因讀冒詩而誌其事。《古檀詩話》。

輪迴之説，儒者勿道，顧亦有苦行而償於後者。明弘治中，侯官一生，學高數奇，賫志以歿。再世爲江南某公，十五發解，十六捷南宫，由庶常典閩試。九月望，其誕辰也，薄暮醉宿使舟，醒而乘月閒行，不覺數里。所見山川林壑，恍如舊游。俄聞哭聲，則生妻夜祭者。進詢其由，乃知忌辰即公生辰，文稿皆所熟習，傾貲周給而歸。先是生有詩云：「拙守窮廬七十春，重來不復老儒身。煩君盡展生平志，還向遺編悟夙因。」至是皆驗。又有明末一生文稿數篇，嘉定時君鈞班得之書肆。丙辰恩科，全書次題「取人以身」三句一藝，榜發，因此文中高魁。是皆精氣鬱而必發也，奇哉！《古檀詩話》。

東頭西頭，至今傳爲佳話。又蘇子由與東坡會彭城詩云：「逍遥堂後千尋木，嘗送今宵風雨聲。誤喜對床尋舊約，不知漂泊在彭城。」棣蕚之情，何其摯也。王考功西樵與漁洋山人，敦友于之愛，嘗至廣陵，適漁洋將赴會城，一宿而别。故西樵詩云：「牢落彭城意，經時涕泗零。今宵鶴柴雨，猶喜對床聽。」逾年又寄詩云：「一燈欲卧聞窗響，雙屐君來踏砌泥。忽憶迎鑾江上别，江風含雨晝凄凄。」漁洋亦有寄懷詩云：「曾與坡公吟賞地，對床風雨戀真州。」當時言二公友愛似眉山，良非虚語。《古檀詩話》。

情性同者，詩格不必同。觀西樵寄漁洋云：「覆觴醉惜斷鴻飛，遠約連牀事竟違。遲我悠悠初共被，送君草草又沾衣。白沙風急愁無那，建業帆輕望易非。乖隔只今緣世網，何時同採故山薇。」別具詩情。趙赤霞稱其澹婉澄鮮，如秋水自瀾，晴雪時舞，至徵奇佐雅，蒸栗截肪，爛然滿目，可寶而不可名，猶信。《古檀詩話》。

詩不諧聲協律，何以爲詩？惟太拘聲律，則乏疏宕氣耳。西江詩派，未免生澁。然山谷《豫章集》中，古體如《書摩厓碑》後云：「臣結春陵二三策，臣甫杜鵑再拜詩。安知忠臣痛至骨，世上但賞瓊琚詞。」《聽崇德君鼓琴》云：「絲聲誰道不如竹，我已忘言得真性。罷琴窗外月沉江，萬籟俱空七絃定。」近體如《寄黄幾復》云：「桃李春風一杯酒，江湖夜雨十年燈。」真如金石未作，鐘磬聲和，安得不以瓣香屬之？《古檀詩話》。

柳耆卿曉風殘月，蘇東坡海雨天風，二者筆不相兼也。獨陳黄門卧子，詩極豪放，而詞極風騷，妙麗薈于《湘真》一集。《黄昏》云：「青燈冷碧紗烟盡，半晌愁難定。」《五更》云：「愁時如夢夢時愁，角聲吹到小紅樓。」《春閨》云：「幾度東風人意惱，深深院落芳心小。」至《艷情》云：「難去難去，門外尺深花雨。」與彭羨門《廣州竹枝》云：「木緜花上鷓鴣啼，木緜花下牽郎衣。欲行未行不忍別，落紅没盡郎馬蹄。」均極雅艷無匹。《古檀詩話》。

詩邀睿賞，不止《清平調》三章也。太和、開成中，上好詩，問程脩己曰：「京邑傳唱牡丹花詩，誰爲首出？」脩已對曰：「公卿間多吟中書舍人李正封句云：『國色朝酣酒，天香夜染衣。』上欣賞移時，笑謂賢妃曰：『汝妝鏡臺前飲一紫金盞酒，則正封之詩可見矣。』」似此說詩，足解人頤。《古檀詩話》。

名花傾國，原可相兼。《野客叢談》云：明皇登沉香亭，召太真。時太真卯酒未醒，侍兒扶而至。明皇曰：「是豈妃子醉耶？海棠睡未足耳。」故東坡《海棠》詩曰：「只恐夜深花睡去，高燒銀燭照紅妝。」又李賀詩：「西施曉夢綃帳寒，香鬟墮髻半沉檀。轆轤啞啞轉鳴玉，驚起芙蓉睡新足。」以芙蓉爲西施用，亦佳。唐人又有句云：「一枝嬌卧醉芙蓉。」夫對妃子賞名花，花與人一也。予謂明人題《楊妃春睡圖》有「一團紅玉」句，極得嬌睡之神，惟結處未免唐突耳。益信《長生殿》傳奇，盡删太真穢事，足見温柔敦厚之意。《古檀詩話》。

蜀漢正統，萬世莫易。陳壽本蜀臣，生當漢代，豈不知操猶莽乎？乃《三國志》一書，多述操功德，而爲諸葛孔明立傳，謂將略非長，則直别有肺腸，非特無史識矣。惟晉滎陽太守習鑿齒，著《漢晉春秋》，起漢光武，終晉愍，三國以蜀爲正統。臨終疏曰：「臣謂皇晉宜越魏繼漢。」卓識不刊。併著論一篇，仗義貶魏。此與朱子帝蜀，同爲萬世公心也。陳元孝詩云：「漢朝終始在三巴。」漢朝二字，詞嚴義正，謂詩即史，夫何疑。《古檀詩話》。

奸雄非英雄之比也。曹瞞望梅止渴，無非是奸。陳元孝云：「亂世奸雄空復爾，一家詞賦最憐君。」本之不立，雖有文辭，安足取乎？《古檀詩話》。

《春秋》大義，首重「春王」。武侯先後《出師表》，志在討賊。先是關神勇義旗直指，威振華夏，亦所謂鞠躬盡瘁也。趙順平云「漢賊是操」，最有識。工部句：「出師未捷身先死，長使英雄淚滿襟。」楊用脩詩：「舊業未曾歸後主，大星先已落前軍。」殆爲三公同聲一哭也。《盈浦紀聞》。

英雄自有本色。《後山談叢》云：寇萊公布衣時，夜常設燭厠間，蠟淚成堆。及貴，而後房無孌幸。《續世説》云：寇萊公出入將相，不營私第。魏野贈詩云：「有官居鼎鼐，無地起樓臺。」北使至，語譯者曰：「孰是『無地起樓臺』相公？」此非前後異情也，閱歷漸深，世情都淡。向使齷齪者流，豈足語此？《九曜齋筆記》謂王文簡謁寇忠愍公祠詩，能知公之深，正是此意。《古檀詩話》。

閨閣語可補《女史箴》。寇萊公妾倩桃，因贈妓綾，獻詩曰：「一曲清歌一束綾，美人猶自意嫌輕。不知織女寒窗下，幾度挑梭織得成。」莫謂婦言不可聽也。《古檀詩話》。

小題見大意，方稱作手。臨海趙太守爲中貴題《蠶婦圖》云：「蠶未成絲桑已無，鬢雲撩亂粉痕枯。宮中羅綺輕如布，争得王孫見此圖。」明太祖見此詩，召除肇慶知府，赴郡有廉聲。及歸，嘆曰：「昔趙清獻持一硯，今吾倍之。」遂持雙硯以歸，時號「趙雙硯」。夫惜蠶婦之苦，自能知民事之艱，後日循良，非即一詩見哉。《古檀詩話》。

日星河嶽，歷劫不磨。興寧書院名曰「韓蘇」，以兩公曾謫嶺南故也。東坡有句云：「九死遐荒我不恨，兹遊奇絶冠平生。」且「飽喫惠州飯，細和淵明詩」，極有深意。至潮州韓文公祠，有異木，世傳文公手植，去祠數十步種之，則不生。有題文公祠云：「韓木有情春谷暖，鱷魚無種海潭清。」豈非其精氣有不可消歇者耶？見《竹坡詩話》，予爲鼓棹到潮訪之。《古檀詩話》。

紅豆相思，艷絶今古。香山伍鐵山瑞隆《竹枝詞》云：「蝴蝶花開蝴蝶飛，鷓鴣草長鷓鴣啼。庭前種得相思樹，落盡相思人未歸。」《吴都賦》相思之樹即此。王維詩：「紅豆生南國，春來發幾枝。勸君休採擷，此物最相思。」漁洋有「歲歲花開」句。吴太守綺園次詞云：「把酒祝東風，種出雙紅豆。」梁溪顧氏女，日夕諷咏，四壁皆書二語。時因目爲「紅豆詞人」。按紅豆產閩粤，江南絶少，惟吴閶惠氏庭中有一株。葉如槐，盛夏子熟時，破莢而出，色勝珊瑚，因榜其室曰「紅豆齋」云。《古檀詩話》。

花木中，梅最夭矯。成都故蜀别苑，兩梅勢極偃蹇，傳爲梅龍。陸放翁在蜀，歲訪之，賦詩曰：「兩龍穩卧不飛去，鱗爪脱落生莓苔。」我松之梅，如飛鴻堂及西鹿村葉氏家爲最勝。予古體云：「鱗爪滿身飛不去，槎枒撑破松間路。」正指此。其雨花、廣化兩僧舍，亦有古梅，近聞稍零落矣。徐學齋句云：「處士凋殘衲子瘦，梅花今已不堪論。」可慨也。《古檀詩話》。

詩體須備。元天目山釋明本中峰九言梅詩云：「昨夜東風吹折中林梢，渡口小艇滚入沙灘坳。野樹古梅獨卧寒屋角，疎影横斜暗上書窗敲。半枯半活幾箇攇蓓蕾，欲開未開數點含香苞。縱使畫工奇妙也縮手，我愛清香故把新詩嘲。」後楊慎作云：「元冬小春十月微陽回，緑蕚梅蘂蚤傍南枝開。折贈未寄陸凱隴頭去，相思忽到盧仝窗下來。歌殘《水調》沉珠明月浦，舞破《山香》碎玉凌風臺。錯認高樓三弄叫雲笛，無奈二十四番花信催。」見《珊瑚網》。《古檀詩話》。

「蕩槳遊西山，朅來時一巡。詩成數見招，不赴良何因。」予次何萍香見贈句也。蓋萍香甲申秋，招遊吴中山水，予至丁亥夏，泊舟胥江，始踐息壤，併叠原韵數十章。中如「晴開青嶂畫，雨潤碧蕪春」，又「清磬忽一聲，悟徹塵中因」，又「吟情瓜蔓水，客夢落花裙」，又「我思佳山水，天意待名人」，胡吟鷗先生咨賞之。《古檀詩話》。

我朝名畫家，虞山王石谷其一也。青溪張東谷翀學畫于虞山，李築夫巖又得東谷指授。憶予曩延友人陳君桐筠亭唐君景蕉郵畫松于菖湖齋壁，東谷適過我，讀畫久歷年所矣。築夫出《横琴圖》屬題，攜至胥江，舟中展視，見爲東谷補圖者，因叠春韵云：「年少興高寄，乃在南澗濱。既結水竹緣，重與翰墨親。圖補自東谷，墨瀋何鮮新。東谷登我堂，瞬經三十春。群彦雅在座，共話水雲晨。黄壚感昔遊，舉觴飲數巡。披圖識津逮，撫今悟宿因。君畫已入妙，苦心追前人。静契山林趣，閒安城市身。松陰許同憩，提筆傳吾神。」《古檀詩話》。

衡文得士，甘苦共之。伯祖樾阡公任林慮，壬午乙酉同考，闈中句云：「長吟跋燭三條淚，短鬢風簷廿載心。」併擬刻遺卷，愛才深矣。二弟羨行，後午酉兩科，在榆社任入簾，房首一爲牛君問仁，一爲郝君映江。牛君連捷，今任河南商水縣，居然陸氏莊也。《古檀詩話》。

「試問酒旗歌板地，今朝誰是拗花人？」元微之詩也。華亭劉中尊夢楫鶴湖摘次句試士，拔予第一，並爲逢人説項，知契最深。嗣郡尊王公喬林文河、學使者張公廷璐葯齋亦取冠軍，以國士相待。逾年，劉師遷宿州刺史而殁。予北上過天津青縣，有句云：「那堪望城邑，絳帳久塵灰。」哭劉師作師蓋慶雲人也。任合肥時，赴皖，經桐城葯齋師墓，爲下馬再拜。憶在天津密雲，復邀武林趙副憲大鯨曜齋暨桂林吕少宗伯熾闇齋賞識，感恩、知己，二者兼之。今副憲既歸道山，宗伯又遠在天末，升沉聚散，縈懷勿置。近有句云：「文章聲價師門重，風雨情懷別夢懸。」爲兩師作，蓋每念勿忘矣。《古檀詩話》。

詩筆千鈞。如「一局殘棋見六朝」，佳矣。而王漁洋謂陳迦陵詞「江山零落如殘奕」尤妙。又王西樵稱迦陵「浪湧前朝去」英雄語，龔尚書「流水青山送六朝」才子語，皆片言居要者。《古檀詩話》。

詩人胸次不同。嘉定汪三儂价云：「聲色移人。余性亦有殊焉者。喜泉聲，喜絲竹聲，喜小兒烺烺誦書聲，喜夜半舟人欸乃聲。惡群鴉聲，惡騶人喝道聲，惡賈客籌算聲，惡婦人詈聲，惡男子呻吟聲，惡盲婦彈詞聲，惡刮鍋底聲。喜殘夜月色，喜曉天雪色，喜正午花色，喜女人淡妝真色，喜三白酒色。惡花柳殘敗色，惡熱熟媚人色，惡貴人假面喬妝色。至余平日，有喜色無愁苦色，有笑聲無嗟歎聲。竊謂屈原《九歌》、梁鴻《五噫》、盧照鄰四愁六恨、賈誼長太息、揚雄伴牢愁、殷深源咄咄怪事，皆其方寸偪仄，動與世懟。」惜不與介人同時，爲作曠蕩無涯之語以廣之。此論深合義理，正所謂學問深時意氣平也。《古檀詩話》。

旗亭畫壁，一時佳話，德水盧雅雨見曾轉運，製《旗亭記》全本。桃花人面，千古奇緣，武陵朱幼芝景英解元作《桃花緣》填詞，分「萍遇」、「寫恨」、「泣詩」、「蘇配」四齣。《萍遇》下場云：「尋春乘醉過横塘，苟令橋南惹恨長。便欲年年來此地，桃花影裏化鴛鴦。」《寫恨》下場云：「眼底桃花夢裏人，去年今日見無因。情知灑遍傷心淚，恨殺催歸喚太頻。」《蘇配》下場云：「踏春兩度惜芳華，死死生生動嘆嗟。寄語冶遊年少客，春來莫漫看桃花。」幼芝著有《畲經堂集》，今任臺灣司馬，精隸書。《古檀詩話》。

園林不必盡莽蒼也。予由漳州赴平和，道經霞寨，適陸明府莆塘，先經赴郡，其少君遺伻，邀予遊周氏萃園。中有印渚，爲山泉所匯，鴛鴦、鸂鶒，拍浮其間。且嘉卉繽紛，圖書滿壁，予樂之。燈下爲歌數曲，并以詩紀事云：「一載清襟鬱未開，琴囊劍珮盡塵灰。者回游跡差强意，曾向仙源問渡來。」其中堂懸朱幼芝分書，即題萃園五言一律，古雅可誦。《古檀詩話》。

六郎貌似蓮花，乃蓮花似六郎耳。諛語却成趣語。黄山谷酴醿詩曰：「露濕何郎試湯餅，日烘荀令炷爐香。」即用美丈夫比花，亦是此旨。而《冷齋夜話》稱其叔淵材海棠詩，則又美丈夫與佳人二者兼之。句云：「雨過温泉浴妃子，露濃湯餅試何郎。」其意尤工。《古檀詩話》。

「太華峰頭玉并蓮，花開十丈藕如船。」昌黎本關喜傳，老子曰：「天涯之洲，真人坐蓮花上。花逕十丈，有返香生蓮，逆水聞三千里。」故云。今端州七星巖仙掌峰下，有湖曰黄塘，以水深，蓮長二丈，粤中人棹歌云：「一丈蓮莖二丈花，枝枝高過釣魚槎。」又云：「蓮花二丈穿蓮葉，蓮葉雖長不及花。」依然玉井之勝也。《古檀詩話》。

愛蓮者，濂溪也。愛之尤須護之。《六硯齋筆記》：蓮初透水，爲驟雨所淋，輒中夭。因剪荷葉縫之，作兜鍪狀，名蓮笠，雨則覆之。戲咏曰：「欲展蓮波步，先爲行雨裝。擘羅深覆額，擁髻暗藏香。莫倚傾珠蓋，應同裹玉囊。自憐嬌小甚，脉脉待恩光。」可當護花鈴矣。《古檀詩話》。

巡簷索笑，因花見人。《北歸志》云：「醉翁亭西，一亭矗立，水中菱荷匝之，曰見梅亭。亭北頭，梅在焉。枝條遠揚，下覆石欄，上及簷霤，蓋六一手植也。」漁洋山人句云：「老幹猶存古，孤花開至今。」《古檀詩話》。

翩若驚鴻，矯若游龍，梅花惟飛鴻堂得此勝致。名畫手陳員外枚殿掄爲予言：此花四面玲瓏，積想數日，不能彷彿萬一也。予自題《香雪圖》云：「飛鴻名勝占當年，補入圖中別有天。」正指此。殿掄行三，筠亭桐弟，石鶴桓兄也。張浦三庚《畫譜》作石鶴弟，應改正。《古檀詩話》。

《香雪圖》題者多次韵，惟孫雨田二律云：「前身原是歲寒枝，宜伴飛鴻絶世姿。殘醉香侵呼茗夜，古心淡印坐吟時。詩人慣住梅花國，樂府新翻水部詞。老去周郎猶顧曲，雪兒歌罷更香兒。」「仙佛從來玉作鄉，今生脩到福難量。一心雪月冰同潔，三友松筠柏共香。妙手琴聰傳雅弄，中年謝傅賴清商。泉南此日春風早，縞袂青衣夢又忙。」乃別自爲韵者。《古檀詩話》。

盥花軒詩話卷六

詩可爲媒。王蒙《宫詞》：「南風吹動採蓮歌，夜雨新添太液波。水殿雲房三十六，不知何處月明多。」仁和俞友仁見此詩，嘆賞曰：「此唐人得意句也。」遂以其妹妻之。高季迪年十八，未娶，婦翁周仲達有疾，季迪往唁之。周出《蘆雁圖》命題，季迪走筆賦云：「西風吹折荻花枝，好鳥飛來羽翮垂。沙闊水寒魚不見，滿身風露立多時。」仲達笑曰：「是子求室也。」即擇吉以女妻焉。然則《蘆雁圖》又可當催妝。詩矣。《古檀詩話》。

「深畫眉，淺畫眉，蟬鬢鬅鬙霞滿衣。陽臺雲雨迴。巫山高，巫山低，暮雨瀟瀟郎不歸。空房獨守時。」樂府吴二娘《長相思》句。漁洋嘗曰：「白太傅：『吴孃暮雨瀟瀟曲，自別江南久不聞。』自作：『年來慣聽吴孃曲，暮雨瀟瀟水閣頭。』」金粟《花心動》乃云：「驚秋客到傷心處，江南夢，一曲瀟瀟暮雨。」總由此曲生人如許心想。宜鄒祗謨云：「詩語入詞，詞語入曲，善用之即出處也。」《古檀詩話》。

世傳鬬蟋蟀、鬬雞、鬬鶉、鬬魚，鬬鴨則未見也。然《魏書》載文帝遣使求鬬鴨於孫權，《飛燕外傳》載陽華李姑畜鬬鴨水池上，《葆光録》載陸龜蒙居震澤之南，有鬬鴨一欄，知此戲自古有之。明嘉靖戊午，南都諸公同押鶯字韵贈朱射陂，閩人許石城一聯云：「買得曲池堪鬬鴨，種成芳樹好藏鶯。」運化甚古雅。《古檀詩話》。潮州有鬬鵝。

閨閣倡酬，人生樂事。錢唐顧啓姬者，鄂幼輿室也，有「花憐昨夜雨，茶憶故山泉」句。一日，幼輿遠道訪宋牧仲，宋贈詩曰：「閨中有高咏，茶憶故山泉。似此驚人句，難爲贈婦篇。畫眉君暫輟，下榻我相延。賦就滕王閣，靈風促轉船。」因憶閩縣鄧氏、山陰女子薛小英，皆所適非偶。鄧句云：「啼鳥落花春已暮，孤燈殘漏夜偏長。」又：「垂簾阻歸燕，開户入飛花。」小英《無題》云：「昨夜懷人緑瑣窗，燈枝如粟吐銀缸。風聲入樹驚棲鶻，月影移花閃睡龐。撫枕應知腸斷九，窺簾猶憶目成雙。玉奴不省當年約，枉乞春絲繡佛幢。」何有才無命。《古檀詩話》。

人生行樂耳。金陵女杜秋娘爲李錡妾，唱詞云：「勸君莫惜金縷衣，勸君莫惜少年時。花開堪折真須折，莫待無花空折枝。」後没入宫，放歸。牧之感之，所爲作《杜秋娘詩》也。蜀宫人李玉簫愛唱王衍宫詞「月華如水浸宫殿，有酒不醉真癡人」。有以詩紀之曰：「雲散江城玉漏遥，月華浮動可憐宵。停歌不飲將何待，試問當年李玉簫。」正與杜秋娘詞同意。《古檀詩話》。

「高情已逐曉雲空。不與梨花同夢。」東坡咏梅詞，傷朝雲也。按：朝雲，錢塘名妓，東坡納爲侍姬。一日與雲閒坐，見青女初臨，凉飈乍起，命雲歌，雲歌喉纔轉，紅淚雙垂。東坡問之，曰：「妾所不能歌者，『枝上柳綿吹又少，天涯何處無芳草』也。」汪峭厓曰：「此二語不知作何解，讀之輒令人魂消。」朝雲以此感病，知音哉。後東坡貶惠州，獨雲相依，旋卒，即葬惠西湖。題者甚衆，海寧祝望若灊一絶云：「風清月白小亭孤，上下隨波没野鳧。天遣不隨金闕去，芳魂留鎮惠州湖。」《古檀詩話》。

樹色山光，妙與翠鬟相映。曩挈朱孺人靈珠赴京，道經虎阜，一登千人石，乘小艇，鼓棹半塘左右。

時烟雨迷離，孺人隨所至，輒口賦一絶。有句云：「欸乃一聲秋水碧，迴風常帶桂花香。」予《居庸道中哀吟》云：「雨餘牽袂虎丘山，兩罨花香拂翠鬟。他日半塘舟泊夜，可堪聞笛緑楊灣？」悼孺人作也。《古檀詩話》。

「忽見陌頭楊柳色，悔教夫壻覓封侯。」淺語極見深情。朱孺人病中，對予吟誦此詩，輒爲流涕。詢其由，曰：「向不覺此詩之妙，自君出門，每棖觸予懷也。」語詳本傳。繆毅齋烈爲之銘曰：「通波之限，三泖瀾洄。紫陽毓秀，門閥盧崔。誕育名姝，靈蛇是握。圓折流光，珍于百斛。芳春嬿婉，才藻翩翩。銘椒詠絮，狀物娟妍。相爾君子，其儀淑慎。曰往觀光，天衢發軔。迢遥雙闕，遠策驊騮。惄焉孔疚，靡日忘憂。親客盧龍，挽車偕省。玉折蘭摧，夢驚形影。黄沙白霧，丹旐南還。河陽仙令，悵憶朱顔。翟茀珩璜，罔僭婦德。貽示象賢，貞珉永泐。」《古檀詩話》。

浣紗一石，風流長在。朱竹垞《越江詞》云：「山圍江郭水平沙，過雨輕舟汎石耶。一自西施采蓮後，越中生女盡如花。」蓋天地秀靈之氣，鍾于此爾。《古檀詩話》。

墜樓人香名不朽。粤東博白縣西雙角山下，有梁氏故宅，宅旁緑珠井，水極清。村曰緑蘿，亦香于苧蘿村也。緑珠能詩，製《懊儂曲》，甚可誦。祠在山下，及梧州，女巫輒歌喬知之《緑珠篇》祀神。鄺湛若露訪遺跡詩云：「雲里玉環妃子井，緑蘿金谷懊儂村。霓裳欲散華清舞，玉篴難招博白魂。」妃子井在容州雲凌里，而緑珠善吹篴，故云。然容州又有緑珠江，故昔人詩云：「緑珠江水緑于雲，横笛吹來月下聞。」風致如昨。《古檀詩話》。

女以節重，猶士以品重。自緑珠爲石季倫死，粤人千載艷之，愛其人並及其井，亦奇矣。向使西子當時能殉夫差，則浣紗溪與此井豈非同爲天下之至清者哉？有詩云：「千年古井圓于月，一代紅顔艷似花。」蓋風流不數浣紗溪矣。《古檀詩話》。

「梨花一枝春帶雨」，寫盡玉容寂寞之意。按《太真外傳》云：「上皇居南内時，妃弟子紅桃歌《凉州》之詞，貴妃所製也。曲罷，無不掩泣。」觀此段情事，如讀白傅《長恨歌》一篇也。《古檀詩話》。

「館娃宫中烟草緑，蝴蝶雙飛井欄宿。」《天禄識餘》云：「陸師道九日與客登靈巖山，有蝶翾飛，向客縈繞不去，客戲謂猶館娃遊魂也。」雲間前輩范同叔超詩曰：「猶存西子彈琴石，相近高僧説法堂。」響屧廊空，美人蹟在，繫人憑弔深矣。《古檀詩話》。

「西子下姑蘇，一舸逐鴟夷」，杜牧之詩也。按：《吴越春秋》云，吴亡而西子被殺。然陸廣微《吴地記》載，《越絶書》云，西施亡吴後，復歸范蠡，同泛五湖而去。今《越絶書》無此條，蓋非全書也。觀此，則范蠡是將西子去矣。杜金門詔《送春》云：「本來西子有歸時。」正用其事。而余《癸巳送春》云：「南國久縈千里夢，西施恰泛五湖船。」則又用杜金門詩意。《古檀詩話》。

種花，公餘樂事。羨行弟任榆社時，闢有花圃，儷白妃紅，彌望如錦。及到興寧，百事蝟集，仍復遍栽群藹，且植蘭磁斗，芬芳滿庭。因憶伯祖樾阡公宰林慮，有常生廷佐和詩云：「署中瀟洒盥花忙。」伯祖喜其句，賦詩云：「篆牌便擬花師老，拄笏依然傲吏顔。」又：「新樹一庭紅狎獵，方塘半畝碧潺湲。」差以爲後先濟美，不讓潘安仁獨有河陽一縣花也。《古檀詩話》。

廬陽亭臺池館，褚氏存園爲佳。拈花王郡伯歲容齋治廬，百度具舉，以己卯立春前一日，乘暇與多士讌集其中。予公冗未及赴也，賦詩紀事云：「朝來綵樹颺青旗，恰值靈辰暖律吹。傳菜尚懷京國味，看花頻動故園思。已知休豫陽春遍，更喜晴和物候宜。爲羨諸生饒逸緒，追隨高會共題詩。」「太守風流韵事并，冶春觴詠繼新城。黄金縷欲含烟散，白玉條初映水明。到處簪幡迎棨戟，幾人列席重璚瑛。東皇旦晚傳消息，記取清輝點筆成。」郡伯劇賞之。《古檀詩話》。

傳奇動人至性。《千忠禄》演方正學草詔，血淚兼迸。余賓碩《金陵覽古》云：「木末亭東，有方正學祠，祠中門牖皆北向孝陵。今毁而更作，非復古制。祠南爲正學墓，門人廖鏞所收葬也。墓旁有土一封，樹石碣，書『方氏十族瘞骨處』。漁洋有詩云：『惟餘博士祠，正氣留終古。』予祖爲收葬正學先生，遣戍金山衛，至今有餘榮矣。彼靖難者，果安在哉？」《古檀詩話》。

以群從而相待如胞，近今罕覯。家伯賡融紅泉任撫州守，欲遵例保舉先贈公霖齋府君，先贈公以母老辭。逾年歿，後我母亦辭世，伯郵寄輓章云：「從弟名真草木知，年初四十倏登輀。才將妨命今同嘅，身後亡妻昔罕悲。地下父兄應痛汝，膝前子女更依誰。西風瑟瑟山川間，吟罷神傷老淚垂。」真長歌當哭矣。每一諷詠，輒爲流涕。憶先贈公晚年，曾命寫一圖，烟簑雨笠，臨流垂釣，而名之曰《羡魚圖》。蓋取襄陽「八月湖水」章，而寓「欲濟無舟」意，卒以母老，負才不出云。《古檀詩話》。

傳奇體格不一，《西廂》之寫雙紅，《琵琶》之寫牛、趙，色色俱臻絶頂。予謂《西廂》如李謫仙詩，清雋流美，《琵琶》如杜工部詩，密栗沉雄，惟命意醇正，則《琵琶》較勝耳。讀李、杜詩者，亦可作《琵琶》

與《西廂記》觀。《古檀詩話》。李卓吾亦有是說。

風華、悲壯，詩境兼之。曩問詩于胡中丞寶瑔泰舒，先生曰：「觀《柳毅傳》足矣。」進叩其解，曰：「『如電目血舌，朱鱗火鬣，項掣金鎖，鎖牽玉柱，千雷萬霆，激繞其身，霰雪雨雹，一瞬皆下，擘青天而飛去』悲壯詩也。『俄而祥風慶雨，融融怡怡，幢節玲瓏，《簫韶》以隨，紅妝千萬，笑語熙熙。中有一人，自然蛾眉，明璫滿身，綃縠參差。迫而視之，前所寄辭，然而若喜若悲，零淚如絲。』風華詩也。」退讀李、杜詩，果然。又搜陳臥子「九龍移帳春無草，萬馬窺邊夜有霜」、「禹陵風雨思王會，越國山川出霸才」、「四塞山河歸漢闕，二陵風雨送秦師」，程松圓「梅殘燭燼西窗雨，雪沍香濃小閣雲」、「澗飲斷虹明積翠，湖飛片雨亂斜陽」，悲壯、風華，各樹一幟，恍然有得。《古檀詩話》。

酒旗歌板之地，盛衰係之。陝中有賣酒樓，馬理《通志》云：「樓在陳倉故城內。自隋至宋，中更兵燹，獨存此樓。」東坡詩云：「曉入陳倉縣，猶餘賣酒樓。」漁洋山人題云：「昨向宜春下苑遊，曲江烟景似悲秋。珠簾甲帳皆黃土，何必陳倉賣酒樓。」皆感慨流連之作也。《古檀詩話》。

粵東，一奢麗地也。廣州濠水，自東西水關入，逶迤城南，逕歸德門外。背城平康十里，南臨濠水，朱樓畫榭，連屬不斷，皆優伶小唱所居。女旦美者，鱗次而家其地，名西角樓。隔岸有百貨之肆，五都之市，屋後飛橋跨水，可達曲中，讌客者皆集于此。有《濠畔行》曰：「花舫朝昏爭一門，朝爭花出暮花入。背城何處不朱樓，渡水幾家無畫楫。五月水嬉乘早潮，龍舟鳳舸飛相及。素馨銀串手中燈，孔雀金鋪頭上笠。風吹一任翠裙開，雨至不愁油壁濕。」是名濠畔街，香珠犀象如山，花鳥如海，番夷輻輳，日費數千金。想此種情景，勝讀吴薗次《揚州歌吹詩序》、余淡心《板橋雜記》矣。《古檀詩話》。

泖塔鈴聲與波濤相應。董宗伯其昌香光題曰：「小金山近得張氏布金重脩，三泖益爲生色。」予昨見宗伯手書游泖詩云：「九點芙蓉墮淼茫，平川如掌攬秋光。人從隱後稱潮長，水在封中表谷王。日落魚龍驕夜壑，霜清鐘磬度寒塘。浮生底閱風波險，欲問蒹葭此一方。」可悉水鄉勝概矣。《古檀詩話》。

福地前緣。前明萬曆己未，學使者騣曾駱公，按松試畢，語諸生云：「余數年前怳游一剎，在水中央，見浮圖巍焕，佛像莊嚴，遍訪之不可得。」諸生因以泖塔對。公屏騶從，角巾野服，過其寺，所見與夢境一一不爽。默證夙因，于是與上人心鏡，趺坐説無生話，捐資助香燈田，並作詩云：「十年清夢可堪尋，江上浮槎試一臨。水月倒懸袛樹影，天風常送海潮音。杯浮野渡占僧定，閣映空明沁客心。飲啄人生原已定，君平何事問升沉。」郡縣學博及諸生各著詩賦，勒諸貞珉，以紀其盛云。《古檀詩話》。

巢湖，一淮南巨浸，蓋合肥、舒城、巢縣諸水所瀦蓄也。上有天姥峰，元余公闕建青陽山房，明宋學士濂作記。我朝李相國天馥湘北《憶巢湖》云：「巢湖久别誤華簪，湖上青山夢裏酣。三月鰣魚九月橘，令人那不憶江南。」余任合肥，喜鼓棹其中，且爲賦云：「日銜塔影凌波立，風發鯨音捲浪來。」差足髣髴其勝矣。《古檀詩話》。

歌謡之妙，足沁心脾。范攄《雲溪友議》云：「李尚書訥，夜登越城樓，聞歌曰：『鴈門山上鴈初飛。』其聲激切。召至，曰：『去籍之妓，盛小叢也。』是梨園供奉南不嫌女甥。所唱，不嫌教之也。』」楊鐵崖有詩云：「憑誰解釋東風恨，只有江南盛小叢。」名句出自香口，流傳不朽矣。予癸巳作《送春詩》

示二弟羨行，用其語云：「暮雨瀟瀟郎不歸，鴈門山上鴈初飛。來鴻去燕佳人老，剩水殘山好夢稀。今日管絃人聚首，當年風雨淚霑衣。迢迢芳草王孫路，忍見紅酣緑又肥。」蓋二弟與六弟屺堂，歷宦晉中數年，爲成此詩，不勝邊關蕭瑟之感。《古檀詩話》。

竹林二阮，情意相關。伯祖樾阡公送堂伯二舒公應試北上云：「柳色河橋對夕曛，壯遊那復悵離群。天門日觀千尋上，滄海黄流一線分。驛路舊時題壁蘚，文章新樣鬬花紋。秋山我已耽幽興，青桂風前每憶君。」庚子伯舉京兆，公爲解顔。其試卷隔秋始見，公潸然有作云：「真見時花錦様新，秋風藂桂韵猶存。旁人只賞當宵月，誰識三條淚燭痕。」意何摯也。伯名維新，任吴江學博，曾遊盛京，有《縱轡吟》詩。《古檀詩話》。

釣遊之地，寤寐以之。我松蓮生庵，爲先贈公讀書遊憩之所，日久傾圮，予曾分俸脩葺，惜未立碑記。憶伯祖樾阡公曾偕予姑夫高奕山賡歌遊此，晤亮賢開士，賦詩云：「常侍吟懷遠，同游趁晚晴。夕陽明畫舸，野寺背孤城。霜落青林果，風流白社情。過橋欣一笑，烟浦暮潮平。」又一絶云：「閣外群峰繞，城西一塔浮。烟凝雲罨靄，山入去年秋。」則予垂髫時，登蓮生庵文昌閣句也。閣俯城陰，九峰環繞，足供遠眺云。《古檀詩話》。

日本國以一金易白傅一詩。我朝仁和丁葯園澎任主客，重使至，持紫貂、銀鼠、美玉、象犀，從吏人易公詩歸國，孰謂古今人不相及耶？丁與宋觀察荔裳琬、施大參愚山閏章、嚴黄門灝亭沆諸詩人，同稱燕臺七子。《古檀詩話》。

詩酒無敵，人生快事。瞘城汪三儂价云：河陽妓小紅兒，常倚其量壓人。曰：「我善酒，爾善詩，今日試以詩酒决楚漢。」余吟紅飲，酣對數巡，紅兒微有酣態，余乃一連叠韵，紅不能文，跽而乞降。余縱之睡，自吟自飲，坐客各舉杯稱賀。此真一詩中豪也。《古檀詩話》。

金陵史癡翁忠築樓冶城，署曰「卧癡」，引客談笑縱飲。有愛妾何氏，名玉仙，號白雲道人，能畫，解音律。翁求兩京絶手琵琶張禄，授以南北曲，自製樂府，被之管絃，時時出遊。壻貧不能娶，與壻期：「元夜略具隻鷄斗酒，我當過飲。」至夜，同妻攜女至壻家觀燈，留其女，一笑而别。然則翁殆不癡矣。《古檀詩話》。

遇而未遇，徐文長渭與唐六如寅同悲。文長自題水墨牡丹畫幅句云：「豪端紫兔百花開，萬事惟憑酒一杯。茆屋半間無得住，牡丹猶自起樓臺。」筆意沉鬱。至唐六如淪落明時，恒賣畫爲活，故其詩云：「領解皇都第一名，猖披歸卧舊茅衡。立錐莫笑無餘地，萬里江山筆下生。」又云：「青衫白髮老癡頑，筆硯生涯苦食艱。湖上水田人不要，誰來買我畫中山。」誦之憮然。憶曩在天津，見文長畫蘭二册，筆法極佳，題跋亦精雅，索價昂而未售，至今惜之。《檀園書畫紀略》。

「湖上脩眉遠山色，風前薄面小桃花。」文待詔徵明衡山句，《明詩别裁》選録之。辛卯在鷺門，見其山水小軸，題云：「戊辰二月望日，與次明、道復泛舟出江村，抵上沙，解后錢孔周、朱堯民，同登天平，飲白雲亭。次第得詩四首。」佳句云：「風撩鬢影春衫薄，樹罨溪陰彩幄稠。」又：「煖催新緑初歸柳，水映酣紅忽見花。」又：「風吹麥葉平疇亂，日炙草花村路香。」雅致何減前作。《檀園書畫紀略》。

畫出詩人，其畫必工。惲壽平格以畫名，著《南田詩鈔》，顧寧人、錢飲光諸公極爲賞嘆。有句云：「筆欲兼風雨，詩真悦性情。」良非自負。予藏王石谷翬《寒林落月圖》，自注「在毘陵嘉成堂戲作」。壽平題云：「亂草風汀澗路迷，水雲林霧隱荒溪。寒禽未醒巢間夢，落月無聲烟樹西。」詩意幽絶。其孫庭森壬申舉人，任宛平令。予前在天津運署，拔其文，翩翩年少也。《檀園書畫紀略》。

卧遊之地，正須名句傳之。石門山人宋初暘旭有題《鴈宕圖》云：「沙門文石，自鴈宕歸，言未至龍湫，初過老僧巖，入松徑數里，即石橋寺。寺以洞爲殿，深可五十武，高廣倍之。左有方池，右罅泉下如注，甚清洌。石橋高可十丈，以爲山門，各門下置石爲臺，旁通石級，俯可六七丈，從左上小門，藤羅掩映，幽絶可愛，疑非人間世也。余初未信，文石遂援筆作圖，乃爲潤色之，並賦一絶云：『禪客探奇千里遊，石橋寺裏正逢秋。深松路僻人烟少，惟有寒泉不斷流。』」《檀園書畫紀略》。

《讀書録鈔》云：「『珠藏澤自媚，玉韞山含輝』，乃涵養之至要。」會得此意，覺詩情無非理趣也。《古檀詩話》。

「渭北春深樹，江東日暮雲。」繼《停雲》而懷友者，其此詩乎？高桐邨交滿海内，在都時會倩友人畫《暮雲春樹圖》，江陰翁徵君照明夫題云：「懷人綺歲擅清詞，籍甚芳名冠一時。翻笑君家老常侍，行年五十始工詩。」「臨岐幾度惜離群，踪跡真同一片雲。薊北江南相望處，知君思我似思君。」「重臯吟鞭指帝都，青回柳色半模糊。上林好待看花後，更寫春風小樣圖。」「昔遊回憶不勝情，老我空餘白髮生。天上故人如問訊，十年無夢到春明。」長洲沈宗伯德潛歸愚云：「家園感離群，身依吴樹懷燕雲。日下寫情悰，身在燕雲念吴樹。遥指江南如一髮，空天低處鳥俱没。難覓江中六六鱗，停雲欲寄無由達。異地懷賢託苦吟，江東渭北共幽霑。披圖會得論文意，千載依然李杜心。」此圖桐郈已失去，予爲表而出之，庶停雲懷友之意，猶存髣髴云。《古檀詩話》。

山水爲秀靈所鍾，巖石亦然。余得大理小石屏二，石上宛成畫幅，一則黄大癡，一則梅花道人也。又大石屏二，樹石蜿蜒，具陂陀起伏狀。一梨木榻更奇，中左右嵌有五石，上刊清河張所望一律云：「不雕不琢自天成，翠岫青巒望裏横。席上每疑蒼靄濕，枕邊時訝白雲生。風清兩腋茶初熟，蝶散千花夢欲醒。試問元龍高卧久，爲霖何日尉寰瀛。」又一則云：「余舊有大理石榻，裝治不甚精潔，中間一石，又雅未愜觀，遂爲易之，而餙以文水，藉以湘簟，稱完璧云。乃爲銘曰：宗炳寫山，孫楚枕石，彼皆有待乎外來，而未能超然以自得。斯榻也，支頤而有山水之觀，箕股而有琴書之適，是亦足以樂吾之餘年，而供吾之偃息也已。萬曆乙未，完赤老人識。」一方印曰「仲履」。亦可謂雅人深致矣。憶王容齋太守語予云：視學滇南時，曾得一石，上有萱花一枝，花黄而葉翠。則是石又不特渲染烟雲也。今屺堂任永北廳，未審得一二奇石否。《古檀詩話》。

癡情翻成韵事。虹亭太史曾孫徐楡村琰，風流跌宕，悦吴門一妓李秋蓉。秋蓉工韵語，洞庭春波，魚信往來，皆詩筒也。揮千金購之，不可得。後爲有力者攜之北去，望遂絶。廼于太湖濱買隙地，築石起小冢，繪己及秋蓉像，貯一銅匣中合葬。冢上表石碣，曰「秋蓉李娘之墓」。墓旁多梅竹，游春者輒過訪之。秋蓉懷楡村佳句云：「敲斷玉釵紅燭冷。」摘以繪圖，遍索名人題詠。凡賦詩者，贈墨二錠，其墨上刻秋蓉小像。此一段可補入君家《本事詩》中矣。《古檀詩話》。

韵事緯以佳吟。吴江費濱葭建勳有題李秋蓉小照二絶，之一云：「晚妝慵卸倚西窗，燭影低摇鬢影雙。憶得前宵殘夢裏，春帆一水到吴江。」又題其墓云：「荒村一帶水迴縈，片石標題識舊名。千里香魂歸也未，梅花無主不勝情。」「鳥啼深樹夕陽紅，野徑紆迴古寺東。片土只今憐剩粉，芙蓉江上自秋風。」濱葭客館丹霞，予到粵數承問訊，高情壯采，殊切服膺也。《古檀詩話》。

「一聲檀板便驚飛」，迂野可笑。長樂李明府玳馨栗亭，居停每在小舫，愛隔舟歌聲也。予書《旗亭曲》贈之云：「芳草隄邊酒旆挑，凭闌一帶緑裙腰。玉人明月吹簫夜，錯認揚州廿四橋。」「雪白葦綃透粉肌，歌樓名部擅當時。座中最愛雙鬟好，聽唱黄河遠上辭。」《古檀詩話》。

珠江徵歌度曲，半在花船。其居水榭者，曰薇仙，居翡翠蓬者，曰小娟，均善詩。有寄懷吴梅里鏌三十韵，佳句云：「宿墨恐隨烏鰂化，舊詩重和寄雙魚。」凡樂群諸社友詩成，每屬兩校書訂可，傳爲韵事。《古檀詩話》。

烟波畫船，百花洲多泛月者。憶野史載，楊文定公會飲，倡爲酒令，各誦詩一句，用月字在下，而分四時。令畢，一妓成小詞，捧琵琶歌曰：「到春來，梨花院落溶溶月。到夏來，舞低楊柳樓頭月。到秋來，金鈴犬吠梧桐月。到冬來，清香暗度梅稍月。呀，好也麽月，總不如俺尋常一樣窗前月。」合席爲之霑醉。至今殆風月常新也，有善崑腔者，當更擅場矣。《古檀詩話》。

伏櫪悲鳴，在老驥方宜。王勃子安《滕王閣詩》「畫棟朝飛南浦雲，珠簾暮捲西山雨」，寫景之妙，千古如新。一結「檻外長江空自流」，更自有味。若《序》中「命途多舛」等語，十餘齡童子，何太牢騷？胡徵君鳴玉吟鳴曰：「此子安所以無大遇也。少年詩文不應蕭颯。」猶信。《古檀詩話》。

詩緣人重。韓魏公老圃黃花，晚節固高。寇萊公《江南春》云：「波渺渺，柳依依。孤村芳草遠，斜日杏花飛。江南春盡離腸斷，蘋滿汀洲人未歸。」無限風致。《古檀詩話》。

言爲心聲，詩以明志。真西山帥潭，會縣宰作云：「從來守令與斯民，都是同胞一體親。豈有脂膏供爾禄，不思痛癢切吾身。此邦祇似唐時古，我輩當如漢吏循。今日湘潭一巵酒，直須散作滿懷春。」豈非藹然仁者？至魏鶴山詩云：「遠鐘入枕報新晴，衾鐵衣稜夢不成。起傍梅花讀《周易》，一窗明月四簷聲。」後貶渠陽，于古梅花樹下立讀易亭。此等性情學問，不皆超然筆墨外耶？《古檀詩話》。

禪悦乃才人歸宿之地。崑山顧仲瑛德輝晚年祝髮，稱金粟道人。自題其像曰：「儒衣僧帽道人鞋，天下青山骨可埋。若説向時豪俠處，五陵鞍馬洛陽街。」玉山曾于至正辛卯秋，宴客漁莊，命侍姬小瓊英鳴箏佐酒，口占二絶，客皆屬和，漁童樵音倚歌于蒼茫烟浦中，覺三湘五湖，蕭條寂寥，無此樂也。《古檀詩話》。

「記送鐵崖詩句好，白衣宣至白衣還。」蓋明祖徵楊廉夫脩《元史》，欲官之。廉夫作《老客婦謡》示不屈，乃放歸。廉夫流寓雲間時，往來三泖，有鐵笛聲據船屋三弄者，不問而知爲鐵崖書畫船也。予向曾偕朱位行素堂、徐鄰坡蒼林、汪熙笠夫諸明經，遍訪草玄閣、小蓬壺諸勝，疊村韵數絶句，王西莊光禄選刻之。《古檀詩話》。

「人在春江淡靄中」，蒼林《與高景光桐村諸同學泖湖春泛》句。予《登塔》五律云：「鐸聲寒似雨，帆影澹于雲。」素堂和云：「遥汀涼浸月，古刹暗藏雲。」聞屠公應隆赤水任青時，時與諸名士泛舟賦詩于此，餘韵猶存矣。《古檀詩話》。

詩沁心脾，懽娱與愁苦同妙。陳迦陵《小秦淮曲》云：「廣陵城外小樓多，秋水盈盈剪越羅。記得昨宵樓上女，斷無人處注横波。」「老去心情不自持，板橋細柳一枝枝。誰將碎雨零烟恨，説與風流小庾知。」周櫟園《舟中與胡元潤説秦淮舊事》云：「紅兒家近古清溪，作意相尋路已迷。渡口桃花新燕語，門前楊柳舊烏啼。畫船人過湘簾緩，翠幌歌輕紈扇低。明月欲隨流水去，簫聲只在板橋西。」真沁人心脾矣。《古檀詩話》。

「明月清溪舊板橋」，百感俱集。李麗農詩：「永嘉遺事憶當年，回首中原已惘然。麾扇渡邊人迹少，一川風雨冷秋天。」「晉室風流世所稀，翩翩裘馬巷烏衣。至今燕子無歸處，只向秦淮貼水飛。」「風流猶自記南唐，把酒吟詩字亦香。一自小樓風信惡，隔江春水怨斜陽。」「人説前朝全盛時，綺羅香粉日銜巵。不堪紅板橋頭去，十二樓空雨似絲。」「石馬無聲卧苑墻，今朝極目太蒼涼。孝陵秋雨埋弓劍，一片昏鴉鬧夕陽。」《古檀詩話》○麗農名蟠根。

佳人能詩，不以風塵棄也。吴興姜恂如兆熊《樊川叢話》載：「壬辰秋，陳眉公拉同草衣道人王脩微詣予。道人有山水癖，遊茗上諸山，所至扶藤攀葛，折釵墮珥，不悔也。一夕泊舟夾山漾，持箋索詩，予吟云：『林皋秋已老，黄葉正紛紛。夙有尋山想，何期忽遇君。疎鐘峰際落，流水枕前聞。不負江干泊，慇懃話白雲。』道人洛賞不已。適眉公有武林之行，道人依韻贈別：『夾山秋水冷，木葉下紛紛。斜日已難別，扁舟况送君。瑶華一以折，零露不堪聞。何處題紈扇，新詩寄白雲。』眉公笑曰：『真才子佳人矣。』」按《五茸志逸》云：脩微曾問麻衣和尚：「究竟如何？」答曰：「當變一老嫗耳。」脩微憮然，即歸我松許霞城。此即東坡點化琴操意也。《古檀詩話》。

「門掩落花春去後，窗涵殘月酒醒時。」宋人石象之《詠愁》句也。憶馬湘蘭一絶云：「自君之出矣，不復舉瓊巵。酒是消愁物，能消幾箇時。」似此心靈手敏，不減「來時如夢去如愁」小詞。《古檀詩話》。

媚夜奇葩，粤中爲勝，雖有三種，而其實向夜始發，均宜于閨閣晚妝。王西樵《茉莉》詩云：「香從清夢回中覺，花向美人頭上開。」漁洋山人《廣州竹枝》云：「夜半髮香人夢醒，銀絲開遍素馨花。」予咏夜來香云：「月中小摘侵纖手，燈下深憐泥阿嬌。」又曰：「鼻觀微參春藹藹，靈犀透點夢迢迢。」效香奩體也。茉莉夜香，金陵及吴閶到處有之，惟素馨獨盛于粤。然《皇華紀聞》云：「舊産花田，今移海幢寺。」則花踪亦靡定矣。《古檀詩話》。

同一咏物也，而神味自别。張曉峰《夜來香》云：「妾凝碧玉麝凝香，弱縷偏宜助晚妝。閒倚闌干吟夜月，佳期曾約在昏黄。」竹岡姪云：「斜日窻前次第開，倦妝時候好風回。芳名何處曾相識，依約閨中唤夜來。」佳矣。汪峭厓云：「碧色照人凉，風迴媚夕陽。依依春盡日，不斷夜來香。蝶夢邀花底，鴉雲壓枕旁。酒酣最清絶，一縷破昏黄。」予題其後曰：「誰教媚夜有餘芳，勾引吟魂入睡鄉。酒醒夢回參妙諦，依然碧色照人凉。」《古檀詩話》。

盥花軒詩話卷七

雲龍上下相隨。唐張曲江，人物與詩均冠絶，尤推重詩人。辟孟浩然置幕府，有陪公宴詩。而其時李太白、王摩詰，皆相結契也。明區海目《謁文獻祠》云：「一代孤忠在，千秋大雅存。詩才推正始，相業憶開元。曝日陳金鑑，蒙塵想劍門。更吟羽扇賦，摇奪不堪論。」足盡公生平，而區詩之工，亦于此可見。《古檀詩話》。

五十學《易》之心，賢與聖一也。朱晦翁題袁機仲所校《參同契》後云：「予頃年經行順昌，憩篔簹舖，見有題壁間者：『煌煌靈芝，一歲三秀。我獨何爲，有志不就。』三復其詞而悲之，不知題者何人，適與予意會也。慶元八月七日，再過其處，舊題固不復見，而屈指歲月，忽忽餘四十年，此志真不就矣。道間偶讀此書，並感前事，戲題絶句云：鼎鼎百年能幾時，靈芝三秀欲何爲。金丹歲晚無消息，重嘆篔簹壁上詩。」予輩鬢毛漸斑，能勿景光是愛。《古檀詩話》。

騎射與詩文一也。先贈公喜豢名馬，予童時即愛之。塾師評課作云：「生有馬癖，恐荒于嬉。」壯歲愛習弓矢，意欲以文生入武闈，例停始輟業。昔同學如楊任齋棟、金奇芬蟾桂，今已累官副總矣。然予閒闕數年，未嘗不得騎射之力。《土木道中》句云：「書生策馬誇豪舉，吟對清光不忍眠。」嗣宰平梁，出每乘騎。值尹制府閲兵，命射，一箭中的，制府欣喜，誇示武員。予賦長歌紀其事。屺堂六弟，亦精騎射，宰偏關時，隨鄂撫軍同校射，居然彎弓作霹靂聲也。《古檀詩話》。

神駿可愛。予既善騎，且命官坐驛馬，任平梁時，轄四驛，凡馬幸能别識之。得一驥，曰玉面赤，行如飛雲，凡馬不能及。命次兒雲魁斗齋習馬射，囑畫友圖其形，題以詩。聞粵中有一馬，目如紫琉璃，駿甚，兩壯夫牽之，昂首頻嘶，躑躅不定。黎姓者年已老，執鞭躡鐙，馬爲戰栗，往返十餘次，觀者爲神王。有贈以詩曰：「一片紅塵隨電去，只聞風雨在空冥。」前馬正類此。《古檀詩話》。

「夢裏還家不當歸」，至言也。予留鷺門島，偶憶檀園，夢中成一絶云：「溪分寒碧罨山青，忽脱征衫上小亭。人影衣香依舊在，不堪雙鬢已彫零。」《古檀詩話》。

豪勇偏敦古處。往晤周參戎玉隆于鷺門，述其在伊犁時，斬將搴旗事甚悉，而于朋誼尤多情。爲賦云：「談辨四筵驚，功名馬上成。一麾雄武氣，百戰鼓鼙聲。海燕營新壘，江鷗戀舊盟。斯人何可失，涕淚訂班荆。」蓋參戎將渡海，爲贈行爾。《古檀詩話》。

鷦鷯一枝，亦須得所。汪墨莊在厦門，館小吏朱姓家，《感舊》云：「西園何處問曹劉，短夢匆匆鬢欲秋。天末林寒啼蜀魄，炎鄉花老叫鵂鶹。凄迷月下清商曲，遼邈江南舊酒樓。自是依人腸欲斷，登高望遠涕難收。」一片商聲矣。次韵慰之云：「心傷王粲客依劉，一曲悲歌萬里秋。豈是高懷儕鸛鵲，不妨夜雨聽鵂鶹。青山舊夢雙蓬鬢，白紵新裁五鳳樓。篋裏文光千丈在，臨風爲爾淚難收。」墨莊旋棄館歸，避鵂鶹也。《古檀詩話》。

足跡不到處，偏多奇境。武夷大王峰刊幔亭二大字，沿而上千百折，乃有水簾洞，留句云：「空谷晴簷終日雨，春花秋月一簾珠。」《古檀詩話》。

奇境繪畫不到。閩中自武夷外，又有將樂玉華洞者，須秉炬入。其石怪怪奇奇，而五更天、中秋月、觀星臺、天平針、十二垂乳爲尤勝。上谷陳明府惠迪庵下車二月，即集同志于會仙亭，拾級摩崖，窮形盡相。里人蕭鸞染筆繪圖，明府按圖賦詩。此等興會，信非俗吏所知，正不必問其揮毫落紙者何若也。《古檀詩話》。

仙霞嶺五關扼險，乃八閩門户也。壬辰春過此，憇天雨庵之浣霞亭。老梅半樹，碧水一潭，金魚數十頭，鮮媚可愛。山僧進武彝茶，清沁心脾，銷却征塵幾許矣。亭懸紫楠版，刊周櫟園七律四章，宋比玉珏隸書，别一版爲嗣君在浚雪客作。近友人寄薩將軍哈岱和韵吟箋云：「楓香竹翠紛遮映，石漱泉奔互擊春。蹊路雨滋秋蘚滑，野田風送晚秔香。」勝概可想。《峭厓雜録》。

「花到嶺南無月令」，所由來久矣。嶺南菊與梅同放，正月菊亦有花。陳白沙獻章詩云：「春到東籬花亦知，紅桃白李正當時。東風自領芳菲去，也爲秋香作意吹。」蓋朱方陽氣恒泄，婦女四時皆得簪花。「浮花浪蕊鎮嘗有」，昌黎已賦之矣。《古檀詩話》。

昌黎詩：「南方二月中，春物亦已少。」嶺南花大抵盛于秋冬，梅、菊及月桂、高麗菊、鴈來紅、水仙等花，無不爛漫，至初春已盡。花朝時，早緑肥紅瘦矣。偶記有冬日對花云：「六種争開向藥畦，冬來花尚鬭芳姿。分明春色無銷歇，長與東皇其歲時。」《古檀詩話》。

興寧地居省北，花事較遲，然三月亦有菊矣。癸巳閏三月送春兼賞菊云：「餘春猶繫先生柳，繞砌争開九日花。」又：「海外和陶原有癖，雨前送酒豈無人。」又：「北窗别久翻成夢，南浦愁深欲寄書。」同人皆和之。峭厓云：「春事共輸佳色在，閒情聊遣素心知。」曉峰云：「十里棹迴桃葉渡，三更人醉菊花杯。」佳句也。《古檀詩話》。

鸜鵒慧舌，閨閣慧心。憶名姬周綺生有句云：「酒剩蒲香冷。」字字秀逸，居然名手。施閬仙在莘子野採入《午日詞》中。又載西湖佟姬寄人詩云：「記否斷橋橋上月，爲郎揩淚爲郎歌。」兒女喁喁，小窗私語，庶幾《子夜》之遺，皆《花影集》絶妙粉本也。《古檀詩話》。

紅粉非無鉅製。成都妓單氏贈陳希夷詩曰：「帝王師不得，日月老應難。」可稱作家。《古檀詩話》。才女而兼書翰，尤可愛也。《天禄識餘》云：鉅野有穠芳亭，郡人延王維翰書石。未至，伎謝天香戲以袖書「穠香」二字。維翰至，書「亭」字完之，遂成伉儷。王嘗戲謝云：「昔日章臺舞腰，行人無不折枝條。」天香曰：「從今已付丹青手，一任狂風不動摇。」此詩與明舊院妓秋香從良後，有舊識欲相見，以扇畫柳，題詩拒之云「昔日章臺舞細腰，任君攀折嫩枝條。如今寫入丹青裏，不許東風再動摇」絶相類。然詩佇興而就，偶然暗合，正不必以沿襲譏之。《古檀詩話》。

山水景色，各擅其勝。漁洋山人《洞庭》云：「香稻吹來鱸切玉，高林霜後橘懸金。」移置他處不得。與蘇子美「笠澤鱸肥人鱠玉，洞庭柑熟客分金」同工也。《古檀詩話》。

「南下畫眉關，遠色叠諸嶺。」馬理《陝西通志》：「畫眉關在鳳縣東南一百九十里。」關名絶韵。伯祖樾阡公又有《畫眉橋和韵》云：「遠山相對黛螺青，却挂飛虹烟樹亭。橋畔玉人臨水閣，畫眉聲唤曉妝停。」按川中多畫眉，漁洋《嘉陵江上憶家》詩云：「嘉陵驛路三千里，處處春山叫畫眉。」憶予所歷如桐城、舒城，及金華、温處山中，畫眉聲不絶。常籠其最佳者歸，亦一韵事。《古檀詩話》。

行跡難周，長白西公成有句云：「秋雨秋風恨這關。」予爲咨賞。詢其地，知在豫省。故樾阡公《屋後土山誌感》云：「百仞林丘淺水灘，歸來烟景望中看。疎籬一帶雙扉迴，恰似中州恨這關。」又一絶云：「杜牧尋春恨未消，前林一帶柳鶯嬌。東臯十里蘼蕪路，何處紅樓舊板橋。」則又與「二十四橋明月夜」同一寄慨矣。《古檀詩話》。

詩以得入印譜爲工。予偕汪江峰昆季遍覓佳石，鐫古人名句，如「江上數峰青」、「楓落吴江冷」者數百方。若漁洋「半江紅樹賣鱸魚」、竹垞「紅葉千山富春郭」、崔金友「坐對青山讀異書」，皆所取也。同學如畢花江「月明烟淡一枝斜」、曹習庵「山到金陵不斷青」、顧星橋「春雨梅花江上笛」、陸湘萍「秋風鐵笛澱山湖」、汪笠夫「黄葉秋聲到枕屏」，及予句「一燈秋酒緑」、「竹深人語緑」、「一林黄葉聽歌去」、「鳥來秋樹葉驚飛」、「醉卧月明江上村」，皆邀採録。笠夫印章，精于繪畫，尤稱絶技。《古檀詩話》。

以詩入畫，藝林韵事。桑豸楚執，常畫漁洋「濛濛夕照開棠邑，葉葉風帆下建康」句。顧樵水則寫其《平山詩》「摘星樓閣浮雲裏，一傍危欄望楚江」爲圖以寄。此江淮好事多，圖畫煩好手所爲作也。予詩如《懷陸湘萍》云：「江上落梅沉鐵笛，山頭放鶴挾飛仙。」《次邵西樵》云：「懷人千里雨花白，歸棹一村梅子黄。」唐蕉村景及李築夫巖均補作畫圖，深愧詩中無畫耳。《古檀詩話》。

自天津至京，小船有用驢拉縴者，此江南所無也。馬臻《舟次楊邨》詩云：「前望同舟遠不分，打頭風急御河渾。蹇驢無力牽船纜，行到楊邨日已昏。」《夢餘詩話》。

北地冰堅，河中舟楫不通，往來俱用冰床。床可坐四五人，或刺或撐，其疾如駛。有好事者，每于雪後載酒榼而遊，不啻吴中之蕩湖船也。予紀有詩曰：「燕山三日朔風寒，凍合銀河一夜乾。雜坐冰床如箭疾，直疑身在水晶盤。」《夢餘詩話》。

京城元夕，婦女連袂而出，踏月天街，必至正陽門下摸釘乃回，舊俗傳爲走百病。海寧陳相公夫人有詞以紀其事，詞云：「華燈看罷移香屧，正御陌遊塵絶。素裳粉袂玉爲容，人月都無分別。丹樓雲淡，金門霜冷，纖手摩挲怯。三橋宛轉凌波躡，斂翠黛，低回説。年年長向鳳城遊，曾望蕊珠宮闕。星橋雲爛，火城日近，踏遍天街月。」相國夫人姓徐，名燦，字湘蘋，才華敏贍，此其從宦京邸所作。見鈕玉樵《觚賸》。《古檀詩話》。

秋之感人深矣。如我鄉沈明經大成沃田和粱午樓孝廉《秋草》句云：「過客回車紅日晚，王孫停騎碧雲空。」「有意沿緣痕尚在，無端滋蔓迹全非。」「書帶幾重還戀緑，羅裙一幅欲成烟。」「門外萋迷殘屐齒，塚邊哀怨入琵琶。」筆筆大雅，然尚略帶商聲。惟蕪湖甘寶摩玉麟《秋柳》句云：「垂老風流標格在，似他瀟灑性情稀。」瀟灑風流，可想見其福澤也。甘公任寧都刺史。《古檀詩話》。

尋山問水，興會淋漓，非雅人深致，不可得也。寧都楊明府令琢璞存，笠帽稯鞋，過舍弟羨行興寧署，豪氣逼人。詢之，知去冬遊武夷九曲，今春遊羅浮兩山。寒温外，即出紀程詩見示。句如「孤情澹晚春」、「春田細雨耕」，又「人家春水闊，樵徑石崖高」、「村烟寒日澹，峰影大江流」、「千帆趨海嶠，一水自江鄉」、「凉風細雨吹長路，流水青山繞此身」、「松静時聞千澗水，雲晴長見二禺山」，無不飄飄有凌雲氣。明府歷任劇邑，在山右時，與六弟臨晉相接壤，歡好如昆弟云。二禺山在峽中。《古檀詩話》。

詩文擅場，必邀賞識。伯祖樾阡公望重都門，康熙乙丑、丙寅間，祭酒王新城、李柘城、翁虞山、司業劉德州、彭海鹽、徐德清、彭長洲，屢擢第一。獨惜諸公重其文，而未相唱和也。癸酉，以第三名魁京兆，其南元郎劉公巖大山，可謂一時之秀。甲戌廷對，聖祖問佚才，冢宰熊孝感奏劉巖，宗伯杜秀水奏姜宸英，司寇翁虞山、司空李吉水奏伯祖名。乃姜、劉後先擢第，而伯祖出宰。臨行，李相國馥湘北頓足曰：「盍稍遲迴？海内以第一人相推也。」伯祖有詩誌感。然其時若村伯賡謨已館選矣，伯祖以報最行取，適丁内艱歸，遂不復出，享壽八十有三，五福備矣。有《中夜呼紅泉伯賡融話長安往事》詩云：「病廢山窗已十年，中宵回憶悵先鞭。功名蠻觸元非幻，歸計漁樵便若仙。鐘鼎漸看先達盛，文章真讓後生賢。東華西苑馳驅道，行馬門前思潸然。」蓋伯祖在京，寓德勝、澤州兩相國第故也。今諸曾孫惟瑞鰲荔薌中丙子南榜，餘奈何不努力耶？《古檀詩話》。

「聲價金應敵，風姿玉不如」，囊書贈吴門王鴈宕錞元音者。壬申，鴈宕留京，題予《西風鞍馬圖》云：「憶昔締交初，吴閶草正緑。君年弱冠蜚英聲，叔則丰標朗如玉。分手天涯各渺然，薊門風雪五湖烟。馳日君空冀北野，負鹹我困太行顛。多情秋半秦淮月，廿年舊雨逢何卒。水閣雙梧新韵賡，篷窗一夕商歌發。商歌激楚潛魚驚，江濤豪氣相匉訇。清辭自昔越山海，雄風此日攜幽并。幽并關塞經行遍，結束征鞍逐風電。一蹴還覊劉瑪雲，頻年遥盼吴門練。君志四方輕遠遊，何期我亦歸林丘。

短褐冰霜隨計吏，客窗砧杵擣鄉愁。鄉愁無那逢君説，君正鳴鞭騁金埒。超群價因一顧增，按部聲隨八鸞節。舊作秋風倚馬圖，出圖示我同歌呼。三千里外新愁客，二十年前舊酒徒。酒罄爲我沽，愁結爲我驅。聯鑣蹀躞遊天衢，何能遷延局促如轅駒。」按鴈宕宰定邊，旋被議，可謂才人之厄。然今已歸休洞庭東山，爲七十二峰慶得賢主人矣。《古檀詩話》。

「四時佳興與人同。」瞟城錢芳翁以四時小照囑題，予仿其意，亦作四幅，疊句云：「柳外停舟晴載鶴，花陰對月夜裁詩。」又：「緑波翠蓋池中鏡，霽月光風象外詩。」又：「金風吹老籬邊菊，玉露吟寒集裏詩。」又：「風雪堆中成俠骨，鹽梅味外得真詩。」皆自寫其苦也。《古檀詩話》。

琢句每多暗合。王鑑溪琰《漁者醉卧》云：「緑簑春棹雨，紅杏酒旗風。」與予《訪陸莆塘》云：「笙簫蘭棹雨，書畫竹樓雲。」長洲陳明府崧式南《飲曹容圃齋》云：「情惟至處寧嫌淡，詩到真時豈計工。」與我鄉林豫仲云：「心同秋水何嫌淡，身學梅花不要肥。」錢唐姚茶山喜黄《水亭歸里》云：「百里烟波孤艇雨，一春茶筍故鄉山。」與予《送春》云：「紅燭開樽村店雨，緑楊飛絮畫橋烟。」予少作云：「隔岸花明漁倚棹，遥天鴈過客當樓。」與吴西山題畫云：「遠水日斜漁倚棹，空山雲起客登樓。」大兒雲龍翠崖《浦口》云：「野岸春潮乘月上，亂山殘雪隔江明。」與周憲王：「南浦斷虹收雨去，西風新鴈帶霜來。」同一調。《古檀詩話》。

詩以冲澹爲佳境。予偕同人，曾鐫《雪中登毘盧閣吟草》。錢櫟夫句云：「不信數峰閒亦老，依然一水澹還流。」紀心齋極賞之。櫟夫弟雪圃亦工詩。《古檀詩話》。

天授仙才，迥殊凡品。夢司空麟文子視學江左，其詩卓然天成，沈宗伯極心折。所拔士皆知名，我松趙璞函文哲、張少華熙純、繆毅齋孟烈、王條山鼎，尤邀賞識，時相唱和。毅齋依韵寄呈二章，書予小册，爲録而存之。詩云：「仙人坐瑶席，微笑吹玉笙。静中發天籟，清響悠然生。元音何澹蕩，妙旨傳心聲。上窮雲雷狀，下驗草木清。《咸英》古初調，毋俾庸耳聽。登夔載戛擊，鸞鳳雝雝鳴。回頭視羈羽，胡爲中不平。」「江水渺無極，望望生離思。商聲一何慘，言是早秋時。性本不諧俗，硉兀多見訾。敝衣勿掩骼，朝餐恒苦饑。匪貽賤貧戚，懼辱國士知。鹽車歷長坂，徤倔空撑持。吐握日再三，念此中心悲。華鑣振京闕，俯首憐蓬姿。」毅齋詩文，皆不學而精，殆亦本於天授也。《古檀詩話》。

慧業文人，別具神斤鬼斧。黄唐堂宫允《香屑集》，集古詩，其古體既匪夷所思矣，律句亦工整天成。《古意》云：「仙路迷人應有術李涉，春光於爾豈無情貫休。」「閒凭玉欄思舊事盧弼，輕遮檀口唱新詞張祜。」「寸心恰似丁香結尹鶚，隔座剛抛豆蔻花馮衮。」「紅日已高三丈透李後主，暖風吹過一團香花蕊夫人。」「滿面風流雖是玉杜牧，一生惆悵爲拚花韋莊。」「百草香心初罥蝶鄭愔，一群嬌鳥共啼花盧照鄰。」「神女欲來知有意薛濤，小姑居處本無郎李商隱。」「種得海榴纔結子花蕊夫人，夢爲胡蝶也尋花魚玄機。」「情催巧笑開星靨許敬宗，腸斷春風爲玉簫曹唐。」「情多最恨花無語鄭春，齒折仍誇笑不妨白居易。」「推醉惟知弄花鈿盧綸，忍寒應欲試梅粧李商隱。」「每到月圓思共醉張蠙，不因風起也聞香羅虬。」「覺來依舊三更月劉兼，過去惟聞一陣香鞏莊。」「清弦脆管纖纖手白居易，碧海青天夜夜心李商隱。」又《閨思》云：「須知入骨難消處徐寅，盡在停針不語時朱絳。」「絶代佳人何寂寞韓偓，一場春夢不分明張泌。」均拍案叫絶。《古檀詩話》。

雲間舊有十八子社，唐文恪、董文敏及浙中馮祭酒與焉。明末，周勒卣偕陳、夏六人，倡幾社，以詩古文辭相砥礪，今所傳《壬申文選》也。嗚呼盛矣！《古檀詩話》。

詩流結社，宋元代有，明白門大會稱極盛。文社始天啓甲子，合吴郡、金沙、檇李張溥、張采、楊廷樞、楊彝、顧夢麟、朱隗、王啓榮、周銓、錢旃，共十四人，效奔走襄事者，嘉興府學生孫淳、孟樸也，是日，應社張采、錢旃謀推大之，於是有廣應社。貴池劉成、吴應箕、涇縣萬應隆、蕪湖沈士柱、宣城沈壽民咸來會。崇禎初，嘉魚熊開元宰吴江，進諸生講藝，於是孟樸里居，結吴翻扶九等。肇舉復社。時雲間有幾社，浙西有聞社，江北有南社，江西有則社，又有歷亭席社，崑陽雲簪社，而吴門別有羽朋社、匡社，武林有讀書社，山右有大社，僉會於吴，統合於復社。賢士大夫審擇而定衿契，然後進之於社。先後大會者三，孟樸勞居多。後卒爲匪人阮大鋮所累。知有事爲榮，不如無事爲福也。《古檀詩話》。

持節賦詩，仁風四扇。宣城施愚山閏章任江西觀察時，作《彈子嶺》、《大阮嘆》、《竹源阮》諸篇，以告長吏，讀者爲流涕曰：「施使君，今之元道州也。」漁洋山人句云：「安得百施公，爲時激頑澆。」正指其事。《古檀詩話》。

甘棠遺愛，没世難忘。雍正年間，郡守三韓周公錞元嵩山，精明慈惠，念我松爲東南水國，廣濬陂塘，今瘠土成腴，皆公澤也。伯祖樾阡公製《淞南惠政歌》八絶句，一曰《課士》，一曰《勸農》，一曰《濬河》，一曰《巡牌》。《課士》云：「恰看鑠院提衡日，一賦嘉賓屬大家。」公拔周君吉士晚山、朱君良裘補園第一，省試即獲雋，俱入翰林。《勸農》云：「陌上筇鳩和竹馬，頌聲雷動使君來。」蓋公藹若春風，父老樂近之。《濬河》云：「華亭谷口恩波遠，却共桃花春水深。」其法就積圩之所，開濬成渠，分畝均派，故民不擾而事易集。公旋陞蘇松巡道，惜未涖任病歿。松人德之，爲建祠以祀，其靈爽猶如在也。祠在北關内小北庵左，四壁圖公德政。壬午年間，士民重新之。《古檀詩話》。

宋鄭所南先生，值元主中國，畫蘭多著根，蓋蘭爲露根草，且以示不履周土意。趙蕁客有句云：「畫中草木無元地，史上乾坤是趙家。」《檀園書畫紀略》。

明末楊龍友，善畫折枝。李香君桃花扇經其點染，至今傳爲佳話。同時藍瑛田叔亦工畫。辛巳夏，店埠郭生貽予《蘭竹圖》，卷長二丈餘，疎枝勁節，筆妙無雙，上題：「己亥春王月，法鄭所南畫於西溪之梅花深處。山叟藍瑛。」用方印二，一曰藍瑛之印，一曰田叔。雖然，不獨二君也。王文安公鐸，字覺斯，雅善六法。又周亮工《讀畫録》云：「馬瑶草，貴陽人。罷鳳督後，僑寓白門，肆力爲畫，學董北苑，而能變以己意。」新城王阮亭曰：「蔡京書與蘇、黄抗行，瑶草胸中乃亦有丘壑。」黄俞邵題一絶：「半閒堂上草離離，尚有遺踪寄墨池。猶勝當年林甫輩，弄麞貽笑换書時。」阮亭亦題一絶云：「秦淮往事已如斯，斷素流傳自阿誰。比似南朝諸狎客，何如江令擘箋時。」瑶草爲後人揶揄如此。《檀園書畫紀略》。

古人才識超凡，謙光尤不可及。宋景文爲晏元獻門下士，雖甚貴顯，猶必手抄詩文，邀求雕飾。有詩一聯云：「白雪久殘梁複道，黄頭閒守漢樓船。」注「空」字于「閒」字之旁，云：「二字未定，更望指示。」晏書其尾曰：「空優于閒。見雖有船不御之意。又字好語健。」因定「空」字。予在青溪有作，每另注質疑于幅末，求胡吟鷗先生酌定。一城之隔，小奚奴日往來數次。得先生手批，見之豁然。平生賞奇析疑之樂，無以踰此。《古檀詩話》。

識英雄于未遇，皆就詩文決之。蘇東坡在儋耳，瓊州姜唐佐從之遊。東坡贈詩，有「滄海」、「白袍」一聯，曰：「子異日登科，爲成篇。」後姜成進士，而子瞻殁矣。蘇子由感爲足之云：「生長茅間有異芳，風流稷下古諸姜。適從瓊管魚龍窟，秀出羊城翰墨場。滄海何由斷地脉，白袍端合破天荒。錦衣他日千人看，始信東坡眼力長。」予曩爲沈百川及唐蕉邨、陳雲煓、汪範成、家蕙崖、倩行弟決科，俱如操券，信文章有定價也。《古檀詩話》。

名賢踪跡，圖畫傳之。《七賢過關圖》，據上海陸尚書深《玉堂漫筆》，定爲唐人。蓋開元冬雪後，張説、張九齡、李白、李華、王維、鄭虔、孟浩然，出藍田關，遊龍門寺，乃鄭虔所圖也。槎溪張輅云：「二李清狂挾二張，吟鞭遥指孟襄陽。鄭虔筆底春風滿，摩詰圖中詩興長。」詩極檃括無遺。予藏南宋劉松年、前明謝時臣《七賢過關圖》二軸，筆意蒼秀。憶漁洋亦有雪中題此圖句云：「風流七賢達，圖畫百年存。」未知誰氏手筆。《古檀詩話》。

昌黎文，當時不識也，後人雅重之。梅花道人畫亦然。予藏其古栢一幅，又册四幅。一題曰：「南陵水面慢悠悠，風儘雲輕欲變秋。自是客心孤迥處，誰家紅袖倚高樓。」一題曰：「紅葉村西夕照餘，黄壚灘畔月痕初。輕撥棹，且歸歟，挂起漁竿不釣魚。」竹一幅更疎古，題云：「野竹野竹絶可愛，枝葉扶疎有真態。平生□□□荆榛，走壁懸崖穿石罅。」「虚心抱節山之阿，清風白雨影婆娑。長梢千尺將如何，渭川淇澳風烟多。」《檀園書畫紀略》。

詩中畫，畫中詩，王摩詰兼之。外此雖不逮摩詰，而其題畫詩多有佳者。黄子久、王叔明有合作山水圖，叔明原題云：「僕暇日爲郡曹劉彦畫《竹趣圖》甫畢，而黄處士見過。僕出此求印正，處士以爲可，爲添一遠山并樵逕，天趣迥殊。」故詩中有「爲添樵徑螺髻旋，遠峰一角空中落」等句。又叔明《破窗風雨圖》題云：「紙窗風破雨泠泠，十載山中對短檠。老矣江湖歸未遂，畫間如聽讀書聲。」居然風雅擅場也。《檀園書畫紀略》。

「湖上水田人不要，誰來買我畫中山。」唐解元題畫句也。祝允明《志略》：「唐寅，吴趨里人。弘治戊午試應天，爲第一人。黜掾浙藩，不就。奇趣時發，或寄於畫，輒造唐宋名匠。」丁丑歲，予得其絹本雪景一軸，上題云：「雪滿梁園飛鳥稀，煖煨榾柮閉柴扉。地爐温却松花酒，剛是溪丁拾蟹歸。」署曰「吴郡唐寅」，用「唐伯虎」陽文小印。書法與詩畫俱精，乃真蹟也。酬以白金數兩，其價殆較湖上水田豐矣。《檀園書畫紀略》。

《精華録》有《徐昭法枋畫芝》詩。按昭法舉崇禎壬午鄉試，父少詹事汧，乙酉殉節。枋隱上沙，顔其堂曰「磵上草堂」，齋曰「俟齋」，晚以自號，又號秦餘山人。足跡不入城市，窮餓死。湯潛庵撫吴，屏騶從造訪，不得一見。後宋牧仲撫吴，雅慕先生，卒之日，遺金以資槥櫬，先生逆知，預囑其孤却之。有山陰諸生戴易，字南枝，僑居滸墅關，賣分書，所書皆自作《淮陰釣臺百首》之一，得錢爲先生安葬，而兩人初不識也。然則比王子衡經紀鄭少谷喪更爲義舉矣。此事人鮮知者，且《釣臺》詩不傳，爲可惜耳。予有侯齋《吴山十二圖》一軸，忽失去，信妙畫之通靈也。《檀園書畫紀略》。按：《别裁集》選刻一首，乃子陵釣臺，非淮陰，應考正。

畫稱三王，王鑑其一也。鑑字圓照，太倉人，畫仿董、巨。姑夫陸撑迂，曾以其手蹟長卷贈予，山水蒼翠欲滴。憶漁洋曾題其仿宋元人小畫云：「瑯琊家世鳳麟洲，翰墨人間第一流。」又曰：「白首奉常今又死，買絲重擬繡廉州。」按圓照曾任廉州守。《檀園書畫紀略》。

器物因人而重。秣陵鎮有人從土中得圓硯，銘云：「絲紅清石，墨光拱璧。資我文翰，玉砯堅質。」末刻「道藴」字。李武曾良年有詩云：「遺硯題纖手，何年出秣陵。簪花環小字，圓葉隱疎稜。墨似霑紅縷，光猶凍玉砯。懸知吟絮日，細把意難勝。」按：謝公夢一仙女畀水仙花一束，生謝夫人，宜咏絮才華不經剥蝕也。《古檀詩話》。

物之聚散無常。余懷《硯林》云：「陸放翁有研，背刻『心太平庵』四字。已沉于水，漁人網得之。『心太平』者，《黄庭經》句云：『閑暇無事心太平。』放翁取以名其寓室，而研亦繫之以此。」《池北偶談》云：「有漁于道士洑者，得一硯，八角，製作古雅，背鐫『心太平』字，乃放翁故物。和州項副使得之，今歸淄川畢載積州守。」漁洋題長句云：「此研爾時伴戎幕，賢于十萬熊羆師。」又曰：「此硯爾時厠高讌，飽霜千兔相追飛。」又曰：「先生老矣竟東下，鏡湖支枕看風漪。但餘此硯共幽獨，猶能起賦從軍詩。」舉一研而放翁平生見矣。《古檀詩話》。

躬逢盛世，生人之福，向常謂陶淵明五斗米折腰，半因時移代易，假託歸休，非果棄如敝屣也。且程子云：「身膺一命，苟存心愛物，于人必有所濟，牧令顧不重耶？」予因病畏風，遂不復馳驅王路，而性愛尋山問水，有勝情，無濟勝具，自閩歷粵，不勝登陟之勞，轉不若向者打鼓退堂之逸也。讀梅村句云：「頭因石丈低，腰向山靈折。」以此易彼，輒爲啞然笑矣。《古檀詩話》。

「器冷絃調，心閒手敏。」二語摹琴理最妙。雖然，不獨琴也。予任合邑，摒擋一切，暇即命諸童演雜劇。偶有感觸，凡裨益政事者，無不隨時措置。以故興利除弊，釐然具舉。非心閒，能若是乎？罷歸時，猶泊舟東城濠，飲酒賦詩，日令諸童彈絲吹竹，以自娱，病亦減。有句云：「哀樂中年難自遣，肯因官去放眉攢。」正指此。因憶《漁洋詩話》載常熟陸次公，自恩縣令遷判撫州，重建玉茗堂于故址。挂冠時，堂適落成，大會府僚及士大夫，演劇賦詩，和者甚衆。如此想見名輩風流。《古檀詩話》。

詩不必刻意矜奇。徐學齋嘗稱黄君思怙鉢山七律云：「芳塘曉雨吟藤滑，小閣春風醉帽偏。」「半溪柳影停漁舫，一路梅花問酒家。」「樹杪帆檣隨雁没，海門風雨帶潮來。」「千里懷人逢白雁，一秋卧病負黄花。」汪峭厓稱趙學洙槐村《春日》五律云：「『情重憐花瘦，愁多怕酒醒。』自爾風秀可愛，倘非天限以年，安必不臻蒼老？」《古檀詩話》。

故人筆墨，不忍卒讀。予與繆文學烈毅齋爲垂髫知契，適檢舊册，乃其來合肥署，手書《泊舟江天寺》七律一首、《呈夢麟謝山司空》五古二首、《和盧見曾雅雨轉運紅橋脩禊》七律四首，而毅齋殁數年矣。感題其後云：「箱篋空存蛛網昏，斷縑零素故人魂。西州馬策黄壚笛，忍更淒涼過舊村。」「水畔樓臺樹影昏，雙梧葉落夜窗魂。天涯宿草交遊盡，不獨人琴感嘯村。」末句指金陵雙梧水閣詩會事。蓋同會如懷寧李葂嘯村、崇明李尚美虹珊、甘泉王世球熙聞，均謝世矣。江左負奇才不遇者，長洲則劉潢企三，南匯則葉芳宣抱崧，與毅齋鼎足爲三云。《古檀詩話》。

盥花軒詩話卷八

「白戰不許持寸鐵」，東坡句。《石林詩話》云：詩禁體物語，歐公守汝陰，與客賦雪詩于聚星堂，舉此令，坐客皆閣筆。後東坡繼廬陵守此，仿而行之。夫詩境貴清，况雪品尤高潔，豈可以俗筆描寫？每笑「戰退玉龍三百萬，敗殘鱗甲滿天飛」，是成恁語？及讀尤延之《春前得雪》一結云：「殘甲敗鱗隨處是，被誰敲折玉龍腰。」則又覺妙手善用之，拙句皆成佳句矣。《古檀詩話》。

才人筆墨，與世爲輕重。唐李端端，名妓也。崔崖、張祜作詩嘲之，端往乞哀，乃更贈曰：「覓得黄騮被繡鞍，善和坊裏取端端。揚州近日渾成錯，一朵能行白牡丹。」于是賓客並臻其户。明鄭若庸妙擅樂府，作《玉玦詞》訕妓，一時白門楊柳，少年無繫馬者。群妓乃醵金，倩薛近兖作《繡襦記》雪之，秦淮花月，頓復舊觀。文筆豈不可貴耶？顧欲逞其詞華，以爲毁譽，是取禍之道也，能詩者可不慎諸？《古檀詩話》。

詩字斟酌而工。崔不雕善詩畫，常有句云：「丹楓江冷人初去，黄葉聲多酒不辭。」丹楓、黄葉略混。沈宗伯選《别裁集》，改「丹楓」爲「白蘋」，尤妙。《古檀詩話》。

詩貴神韵。司空表聖云：「梅止于酸，鹽止于鹹，飲食不可無酸鹹，而美在酸鹹之外。」吴寶崖云：「酸鹹之味何？味外味。味外味者，神韵也。」于晴川光華《贈黄永書》云：「春老幾人憐白社，墓田無主自清明。」神韻入妙。至《春柳》云：「酒旗風笛離亭晚，燕子桃花故舊情。」自以弱調，拉稿不存。其命意之高可見。《古檀詩話》。

「白雲黃葉碧空飛」，古吴鮑涵之《九日》句。仁和范香圃崇蘭主韓山書院，次沈古巢祖修云：「烏帽凌風懷曩日，白衣送酒恰重陽。」麗句與深采並流矣。《古檀詩話》。

蘇門長嘯後數百年，而有長嘯老人汪紫庭京。我松趙翁錫珍冠時不以嘯聞也，而有《舒嘯軒集》。《喜黄正之見訪》云：「春寒花信晚，徑僻鳥聲多。」《送馬述亭》云：「暮雲連古渡，細雨一歸舟。」友人稱爲善嘯者。《古檀詩話》。

勝蹟留題，非名筆不能傳也。唐虎丘真娘墓，遊士多著篇咏。舉子任彦良詩云：「虎丘山下塚纍纍，是處松楸盡可悲。何事世人偏重色，真娘墓上獨題詩？」後人由是閣筆。然沈歸愚宗伯有七律一首，朱鄧雲林有七絶數章，均風雅可誦。朱君文穿穴經義，仙骨珊珊，丙辰薦元未售，旋赴玉樓，豈李賀後身耶？《古檀詩話》。

引人入勝，不獨山陰。竇山周澹廬書天一《過連州羊跳峽》云：「水流一綫雙峰峽，峰峰多向青天插。前行無路山更奇，舟人告予羚羊峽。」又云：「平日行舟望順風，至此却嫌風太順。」憶予《游武夷》詩云：「泝流舟行遲，幽趣乃全領。」同此境，同此意也。《古檀詩話》。

青溪以巽方一塔爲鎮。乾隆初年，經文學趙君頤等同募金倡建。甲子、乙丑，趙君連捷，嗣亦科第綿綿。歷今三十餘年，稍毁壞矣。徐廉使恕芳圃捐資脩葺，並增高丈餘，勢益壯觀。廉使善詩，壬辰年入覲，紀恩詩最工，士林傳誦之。《古檀詩話》。廉使家白鶴江，門對青龍塔，湖水争匯，形勢最勝。詩家分其餘潤，沾溉實多。伯祖樾阡公有《瓬釗樓別集》，半係代友捉刀者。陳明經趙璜潛人跋其後云：「散詞仍許歸吟閣，逸句誰知出繡腸。」又：「彩石雜文翻五色，華峰餘翠積千重。」明經便便腹笥，于後進鮮當意者，予詩文獨邀獎藉，至今感之。《古檀詩話》。

「風流雲散，一別如雨。」憶往年翁素亭世綸掌公師同姜明經爾築拙齋主持壇坫，予率同羨行弟，偕陳邁晴春宇、姜爾耀仔葯、沈履謙玉樵、姚祖祺天璞、張潤貞竹邨、張軒貞椒田、陳慄雲煓課詩文，賞心快事。今與曉峰談及，不勝聚散之悲也。曉峰口成一律，予次韵云：「雲間三鳳重清門，梓里同遊憶弟昆。白雪徵歌花滿院，余幼喜樂府，詩文之暇，每在尊齋按板度曲。青燈談藝酒盈樽。關山北望空愁絶，朋舊西堂孰共論。稍喜年來依玉樹，蘭亭觴咏遠紛喧。」春宇精詩文，試輒冠軍。甲子鄉試卷，落袁明府枚簡齋房薦元不獲，明府力争，謂寧留下科作解也。後以衛玠清羸賫志殁。豈高才無顯位，亦無壽客耶？竊欲搔首問天矣。《古檀詩話》。

書畫從天性中來方不入俗。前任合肥令李公芳膺晴江，通州人，善畫，潑墨如飛，求無不應。凡畫，必信手留題，不假思索也。予得其畫松一，虬枝古榦，有蒼龍拏攫之妙。又畫梅一大幅，自題外，附以沈明府鳳一詩。又風竹一，逸品也。題句云：「畫史從來不畫風，我子難處奪天工。請看尺幅瀟湘竹，滿耳丁東萬玉空。」詩與書畫稱三絶，而印章亦古雅絶倫。《檀園書畫紀略》。

名畫每出家傳。我松朱公軒韶九善畫，其長君衍蕉林，予姑夫也，亦得其法。歷幕晉中。予藏其山水一軸，自題云：「萍泊天涯久未還，春花秋月總相關。閒來摹寫雲林意，點點江南夢裏山。」著有《交山堂稿》。《檀園書畫紀略》。

豪士偏多風雅。嘉善董石松學熹善畫，工詩，曾幕湖南北，佳咏盈囊。有句云：「楚山雨畫米顛筆，湘水風吟屈子篇。」詩中得畫意也。予訂交塞外，在合肥時，曾邀留到署。以畫自豪，喜寫長松，勢如千丈。而其名未入畫譜，恐遂湮没，爲覼縷識之。《檀園書畫紀略》。

春光只九十也。三月重閏，偏覺春色較長。憶予一生，康熙丙申、雍正丁未、乾隆丙寅，三閏三月，至癸巳，而四度。爰乃分番送春，譃無虚日，成詩五十律。中有句云：「歡當濃處難爲别，愁正深時况被挑。」又曰：「百年幾度可憐宵。」蓋悲喜交集矣。《古檀詩話》。

詩佳須韵佳，而「佳」字韵偏不甚佳，蓋得佳句爲難耳。汪峭厓常談及此，適予送春，得句云：「一代紅顔爲誰老，百年過客獨君佳。」峭厓爲擊節。《古檀詩話》。

惜春人作送春歌，情何能已？姜笠堂宸熙《送春曲》云：「誰言無計留春住，春在緑窗最深處。」峭厓《癸巳送春》云：「摩挲醉眼遥相望，當在瓊樓縹緲中。」予句云：「當門花雨人難去，近海瓊樓春易歸。」皆此意也。《古檀詩話》。

「百年幾見月當頭」，骯髒語。峭厓《送春》云：「歲歲相逢到白頭。」融透語，予于此卜其必享大年，然有才不遇，代爲惜之。予句云：「不獨美人傷寂寞，從來名士半蹉跎。」爲峭厓賦，亦爲普天下才人傷不遇也。《古檀詩話》。

「爲愛鵝群去學書，丰神全與右軍殊。近來不買人間紙，種得芭蕉一萬株。」萬株何多？初疑爲詩人狡獪之詞，無此境也。及赴粵中，則見沿堤數十里，皆植芭蕉，蓋不止萬株矣。詢之土人，云：「其子可食，且用蕉絲爲織夏葛，故種者多。」每當春深，蒼翠一色，竊笑懷素零陵庵緑天無此茂美。爲識之，以廣見聞。《古檀詩話》。

「美人蕉産閩粤間，一枝紅壓蜑人船。」漁洋山人句也。予成一絶云：「積翠苔堦綴小叢，幾枝斜倚水窗東。蜑人船畔分明見，映徹珠娘頰暈紅。」正用其意。又和竹岡姪二截云：「是處芳菲綴一叢，飛虹橋畔粉墻東。倘逢白石吹簫過，合凭香肩唤小紅。」「零陵庵裏翠成叢，别譜群芳百粤東。應是緑天遮不盡，一枝斜映暮霞紅。」和汪峭厓二絶云：「霏霏小雨潤芳叢，佳種移來植院東。一幅美人新粉本，翠鬟斜嚲亞枝紅。」「美人生長自花叢，簾捲簾垂小閣東。無限芳心難盡展，墻陰瞥見臉微紅。」皆成諸頃刻者。《古檀詩話》。

對句雅稱爲難。晏同叔「無可奈何花落去」，久未得偶，王君玉對以「似曾相識燕歸來」，遂成全璧。詩云：「元已清明假未開，小園幽徑獨徘徊。春寒不定斑斑雨，宿醉難禁艷艷杯。無可奈何花落去，似曾相識燕歸來。遊梁賦客多風味，莫惜青錢萬選才。」是律句，非詞也。方廣文枝暎横溪《偶筆》一條，謂詞可入律，微誤。《古檀詩話》。

詞句可當律，律句亦可入詞。宋子京逢内家車子，有褰簾者曰：「小宋也。」子京歸，作《鷓鴣天》云：「寶轂雕輪狹路逢，一聲腸斷繡幃中。身無彩鳳雙飛翼，心有靈犀一點通。金作屋，玉爲籠，車如流水馬如龍。劉郎已恨蓬山遠，更隔蓬山幾萬重。」詞傳禁中，仁宗問何人呼小宋，一內人自陳。上召子京，笑曰：「蓬山不遠。」因以賜之。錢簡棲曰：「『劉郎』二句，乃義山《無題》，幸動天聽，以宮人賜之。人主憐才至是。」夫「劉郎」二句，固非宋作，即「彩鳳」、「靈犀」，亦豈非玉溪生詩乎？才人隨筆揮灑，遂爾得獲佳人，此中洵有機緣，不由人力。《古檀詩話》。

蓮品不一，品蓮最精，蓋一花三蕊也。杭僧舍廣植品蓮，濃艷奪目。名畫友李君掄志良，爲唐拙圃鯤圖其花以歸。拙圃亦韵士，遍囑同人題咏，并乞予攜往邗江，求畢花江懷圖孝廉詩。花江置案頭，久未成。一夕酒酣，清晨出，録示二絶，落句云：「昨夜東風爲沉醉，又添新夢到西湖。」遂稱絶唱。曩予家亦有品蓮，月明之下，頗供清賞。迨三逕就荒，而是種亦銷歇矣。《檀園書畫紀略》。

「空江月墮孤山曉，直榦横枝疎更好。夜來夢破碧窗虚，殘雪半庭空不掃。小橋水淺影初斜，野徑風清香未老。霜魂月魄獨娉婷，玉骨冰肌自枯槁。溪頭數點瘦花明，塢雲漠漠林烟渺。逋翁湖山詩思閒，寂寂柴門春醉倒。山亭晝午鶴飛還，一聲長笛江門悄。」此詩吳門徐君揚，自書其畫梅册後者。徐君器宇不凡，以畫稱旨，入畫院。欽賜舉人，旋補中翰。其皴染漸臻妙境。予在都，寓居咫尺，時相過從，得悉其知遇之迥異常格云。《檀園書畫紀略》。

「白苧城陰水石莊，風騷騎省鬢成蒼。預知桑海情何限，地老天荒只此堂。」伯祖樾阡公題潘公霄客層峰留詩堂詩也。潘公家雲間北門外，與予舊居僅隔一河。曾翳田梓詩，故伯祖以「留詩」顔其額。今雖堂在人非，而詩名卓然不朽，其意念深矣。《古檀詩話》。

「今古英雄都在夢，馨香名姓只留詩。」余《鷺門雜感》句。「留詩」二字，伯祖題廣文潘公堂者，但未知何人書也。適閲龍潭徐徵君是微今吾《春日寄懷初晴于吴門》長古末段云：「昨我着雙屐，北郊一散步。旋過留詩堂，堂偏新粉堊。潘髯得君筆，頓慰夙昔慕。筵開花雨邊，爲客盛張具。顧姚諸君子，喜同半日聚。我醉歸來遲，新月在高樹。輾轉夜不眠，思君尚流寓。已負賞花期，何時復把晤。離緒忽盈襟，默然向誰訴。伸紙書長篇，一一出情愫。寄君屬和成，示我驚人句。盥手發讀時，尚有薔薇露。」始知出前輩朱明經手。明經名霞，字初晴，曾任高郵學博，于詩最爲擅場云。《古檀詩話》。

「棋聲花嶼雨」，予自題聽吟軒句。猶憶先贈公霖齋府君，與海上劉明經夢金勇來友善，延至菖湖草堂，居停者累月。教予奕，每俟局完後覆之，逐一指點得失，通盤不差一子也。先生善詩文，兼書法，以醫名。賞識予，以詩見贈。先生奕，爲海内第一手，錢太學長澤東渭，則松郡冠也。先生令嗣應璧東序，中癸酉北榜。《古檀詩話》。

水鄉必得畫舸，以恣行游，此書畫船、摇碧齋所由傳也。廣東紳士，則稱新會伍處士雲爲光風艇。又南海陳秋濤宗伯，有舫名此花身。東莞鄧參政雲霄，有舫名天坐軒。張西園，有舫曰五石匏。予歸田後，在蘇購一小艇，每張帆順風而行，隨所止而休，因得遍歷勝引，蘇杭間無不知爲古檀書畫舫也。自題四絶，一云：「溪風吹散雨痕昏，嘒嘒凉蟬爽倦魂。手把蒲葵吟《水調》，一灣銷夏芰荷村。」金壇于晴川刻之《感知録》中。今羨行在齊昌，製一舟，予爲顔曰「琴舫」。消受江上清風、山間明月，其不名一錢也，固宜。《古檀詩話》。

山水清音，自成佳話。順治壬寅，王文簡偕袁于令籜庵、杜濬于皇、丘象隨季貞、蔣階釜山、朱克生秋厓、張養重山陽、劉梁嵩玉少、陳允衡伯璣、陳維崧其年，脩禊紅橋，作《浣溪紗》詞，有「緑楊城郭是揚州」句。康熙甲辰，與林茂之古度、杜濬于皇、張祖望綱孫、孫枝蔚豹人諸名士，賦《冶春十二絶》，所謂「今年東風太狓獊」是也。其年題云：「官舫銀燈賦冶春，琅琊風調更誰倫。玉山筵上頹唐甚，意氣公然籠罩人。」宗元鼎梅岑云：「休從白傅歌楊柳，莫向劉郎演竹枝。五日東風十日雨，江樓齊唱冶春詞。」後孔東塘尚任濬河至揚，題詩紅橋云：「阮亭合向揚州住，杜牧風流屬後生。廿四橋頭添酒社，十三樓下説詩名。曾維畫舫無閑柳，再到紗窗祇舊鶯。等是竹西歌吹地，烟花好句讓多情。」乾隆年間，盧雅雨轉運淮揚，仿前輩風流，復偕詩人、酒人賦冶春脩禊，首倡七律四章，和者成帙，亦一韵事也。今癸巳兩度上巳，予與甥姪輩開讌賦詩，有句云：「十里好風吹不盡。」雖地非紅橋，而管絃觴咏，倍暢幽情矣。《古檀詩話》。

詩見英雄本色。番禺黎美周遂球，有《古俠士磨劍歌》云：「十年磨一劍，繡血看成字。字似仇人名，難堪醉後視。」他體彷佛西崑。其客揚州，即席賦黄牡丹七律十章于鄭超宗影園，句如：「月華蘸露扶仙掌，粉汗更衣染御香。」又：「燕銜落蕊成金屋，鳳蝕殘釵化寶胎。」何綺麗也。糊名殿最，推爲第一。超宗鐫金巵以贈，吴下稱爲「黄牡丹狀元」，至今艷之。《古檀詩話》○按，超宗亦善詩者。

驢背推敲，千秋佳話。南海鄺湛若露，上元跨馬，值黄令行幰，下騎勿及，令拘之。有梁御史爲請罪，勿釋，令殆尊于京兆尹矣。湛若微吟曰：「騎驢適值華陰令，失馬還同塞上翁。」棄家走粤西，爲猺女執兵符者雲髴娘之客。紀其山川風土儀物，及女君天嫗隊歌舞戰陣之制，曰《赤雅》。有《赤鸚鵡》十律句云：「舞愛玉環低絳袖，歌憐樊素囀朱櫻。」又：「飛瓊閬苑乘朱霧，小玉璇宮化紫烟。」時稱「黎牡丹」、「鄺鸚鵡」。被薦爲中書舍人。其子劇孟鴻，亦能詩，歿贈錦衣千户。《古檀詩話》。

獲上信民，萬古官箴，不出此語。予在合肥，凡所建置，無不釐然具舉。由郡憲王公宬容齋，推誠布公，毋掣其肘故也。辛巳冬歸松，郡憲過予舟送别，疊韵留謝云：「宦跡因緣會一邦，臨岐分手意全降。琵琶淚濕絃兼柱，琥珀醪頃甕與缸。晴日未曾添彩線，暖風欣已到篷窗。感恩知己情何限，身去心懸旌影雙。」《古檀詩話》。

予自合歸休，士民籲留不得，有載酒餞者，有賦詩頌者，有攀轅泣者，麾之勿去也。口號賦别云：「六年匏繫愧名邦，臨去攀留氣欲降。豈有鳴琴才百里，偏勞祖帳酒千缸。寒颸乍染丹楓葉，殘雪還明玉女窗。此景圖成酬父老，愁眉難掩淚痕雙。」予歸後，廬人刊去思碑云：「公涖此土，六易星霜。居心仁恕，聽斷精詳。政勤且敏，刑慎斯祥。屢豐有慶，百廢具張。河工報最，化弭蝻蝗。相厥水利，建閘于隍。立局廣益，躋民壽康。教都人士，文治彌光。蜀山嶽嶽，淝水洋洋。思公令德，刊勒永芳。」碑竪沛澤亭，知肥民真足以誠感矣。《古檀詩話》。

名場貴有實學。我松張長史昺、姜萬青遴、陶穎倩爾穟三人齊名，張爲春藻堂名士，姜、陶又倡爲大雅堂，同登康熙辛未進士。張、姜詩不多見，陶有《北上留别》詩云：「濯枝天氣野塘秋，黃雀風低夜放舟。夾岸菰蒲森似劍，就中難割是離愁。」《古檀詩話》。

知己之感難忘。《客中閒集》云：「劉師皋雅負知人。一日，見米僧兒於革，奇其才，授箋俾賦，以箋之蘆鴈爲題。革曰：『七八葉蘆秋水裏，兩三箇雁夕陽邊。筆頭到處渾無礙，掃破寒潭萬頃烟。』劉遂以其子妻之。師皋死，革已典郡，徒跣奔赴，報其受知於未遇也。」予十四五時，就婁邑尊沈公維垣尚玉補試，公閱詩文，欲拔第一。而予試華亭，劉公鶴湖取冠其軍，不便重複也，仍置第六，併託蹇脩議婚。時予已聘方氏，遂中止。然知己之感，豈忍忘之。公能詩，解組後，有《題舒嘯齋》云：「不戀微官却戀春，春光又過正愁人。見君舒嘯春如在，筆底風來爲掃塵。」公山陰人，有政聲。《古檀詩話》。

可喜娘也要人消受。林子羽鴻妻宋氏，長于詩，《勉外》云：「玉食明陪近上方，五雲深處列鵷行。經綸樹績從人仰，竹帛流芳與世長。待漏衣沾仙掌露，趨朝身惹御爐香。功成身退歸寧日，一榻清風緑野堂。」惜年十九卒，子羽終身不娶。然嘗遇紅橋張氏女，唱和爲樂。不久亦玉隕香消，而紅橋又供憑弔矣。三山郭文學金臺仙客有《過紅橋》句云：「幽徑鳥鳴花已謝，畫樓人去月無踪。」《古檀詩話》。

千古情種推張夢晉靈、崔素瓊瑩二人。虎丘一面，《行乞》一圖，爲作合緣，遂至後先同殉。唐六如寅不能玉成于生前，而爲合葬于身後，表其烈也。夢晉題悟石軒云：「勝蹟天成說虎丘，可中亭畔足酣遊。吟詩豈讓生公法，頑石如何不點頭。」素瓊題《行乞圖》云：「才子風流第一人，願隨行乞樂清貧。入宮祇恐無紅葉，臨別題詩當會真。」才足相敵。今者香魂飄緲，唱和于暗香疎影閒，才子佳人，誠得所矣。《古檀詩話》。

劍俠不可少也。往于燈下讀《紅線傳》，至曉角吟風，一葉墜落，恍覺電光閃閃。迨圍解遁跡，華宴贈行，冷朝陽詞曰：「採菱歌怨水蘭舟，送客魂消百尺樓。還似洛妃乘霧去，碧天無際水空流。」俠乎仙矣。若夫隱娘匕首爲天下報讐雪恨，正當淬其鋒試之。《古檀詩話》。

女媧氏鍊石補天，閲《如是觀》傳奇，既足爲岳武穆吐氣矣。毛聲山又擬作雪恨數種，總名《補天石》。其一曰《汨羅江屈子還魂》，其二曰《博浪沙始皇中擊》，其三曰《太子丹蕩秦雪耻》，其四曰《丞相亮滅魏班師》，其五曰《鄧伯道父子團圓》，其六曰《荀奉倩夫妻偕老》，其七曰《李陵重歸故國》，其八曰《昭君復入漢關》，其九曰《南霽雲誅殺賀蘭》，其十曰《宋德昭勘問趙普》。尤悔庵亦有《反恨賦》，予爲廣其説云：「關神勇□掃許昌，孫傅廷盡殲流寇。反間計曹操火燒致斃，靖難師燕王馬蹷被擒。」在厦門有句云：「無限不平今古事，唾壺擊碎恨難消。」蓋直欲褫奸雄之魄矣。《古檀詩話》。

排難解紛，詩與有力。前明我松郡守李公思弦，以鯁直去官，士民留之不得，塞城西門阻其行，幾激上官之怒。時陸文定樹聲家居謝客數年矣，出至賓館送公，并以詩贈之云：「一曲驪駒祖道邊，單車此去總蕭然。八旬解綬陶彭澤，萬姓留賢寇潁川。宦况由來清似水，世情誰信直如弦。寄言弋子休猜忌，寥廓冥鴻去遠天。」此舉蓋所全實多也。《古檀詩話》。

林下襟懷，詩情雅淡。我松前明顧東江。〔清士廉〕，《館試初夏作》云：「金獸香殘晝漏遲，嫩槐亭院午風微。蜜房分子蜂初静，珠閣垂簾燕自飛。小碾試茶新瀹鼎，輕刀裁葛已成衣。故園遥憶三江外，梅豆青青笋過扉。」又《游鶴涇田舍過黄平寺》云：「山靈應道我歸來，一徑新添雨後苔。高柳直從江路見，細花還傍竹叢開。百年天際雲千變，萬事林間酒一杯。記得我家老開府，當年嘗勸陸郎回。」味其詞意，何等曠達耶？以上二條，載《五茸志逸》，録之見前輩風流。《古檀詩話》。

「紫雲低唱靈雛拍。」靈雛，亦冒家玉樹也。漁洋山人乙巳年往如皋，有《靈雛便面》詩。陳檢討《烏絲詞》，有爲靈雛題畫，名《阮郎歸》。是皆可佐談風月者。《古檀詩話》。

情隨境轉。予初至泉南，有贈土班陳玉詩。繼復見其登場，凝睇不語，感賦云：「菱角當筵眼自青，幾回泥飲在紅亭。臨風誰賦《鶯啼序》，瞥見驚鴻淚欲零。」又一絶：「清歌一曲想當年，水隔銀河夢裏緣。殘月曉風風景在，新詞誰唱柳屯田。」則懷歐朗在漳州也。《古檀詩話》。

「客子光陰詩卷裏」，陳簡齋句。吴江費君建勳濱陵，客館丹霞，日耽吟咏。予甫至興寧，隨承以詩見懷，句云：「銀燭筵開頻顧曲，蕉窗客散獨揮毫。」指在鷺門事。予和其韻云：「楊柳千條思乍迴，珍珠百韵氣偏豪。」珍珠者，三山歐朗小字也。名重一時，費君爲撰小傳。壬辰除夕，賦云：「不愁明月今宵盡，爲有珍珠入夜來。」又《隔垣聽珍珠度曲》云：「春風若解相思苦，莫放清音過短墻。」計百餘篇，庶善遺客愁者矣。《古檀詩話》。

詩不必和韵也，而亦可以此見長。《堯山堂外紀》云：「卞户部未第時，過常熟，聞錢允輝詩名，往謁之。與閽者曰：『詩人相訪。』錢訝何人自負若此。適讌客有妓，令僕者，出『艎』、『降』、『湘』三字爲韵，囑賦贈妓一絶。方接見，卞一揮而就。詩云：『琵琶斜抱出艅艎，貌與荷花兩不降。今夜彩雲何處宿，空留明月照瀟湘。』錢嘆服，迎入定交。」因知作詩次韵，正陸士衡《文賦》所云「或因難而見巧」也。《古檀詩話》。

英雄非易識也。吕文穆未遇時，有「渴睡漢」之誚。又《見聞龐記》云：「德清蔡崑暘，數上春官不第。庚戌北上，抵淮安而資斧竭矣。會同年生爲山陽令，投刺謁之。令署其刺曰『查名』，不即見，遂拂衣去。公車中有同姓者，蔡公毓榮猶子也，裘馬甚都。偶於旅次問訊，甚相得。先生藉其力，至京，大魁天下。作詩寄山陽令云：『蕭蕭策蹇赴長安，躑躅誰憐行路難。寄語山陽賢縣尹，查名須向榜頭看。』令得詩大慙。」《古檀詩話》。

畫家重逸品，詩亦然也。《巖棲幽事》載：陳徵君繼儒仲醇嘗過一山鄰，老而嗜花，紅紫暎户，弄孫負日，使人不復知有城居車馬之鬧。因贈詩云：「有個小門松下開，堂前名藥繞畦栽。老翁抱孫不抱甕，恰欲灌花山雨來。」是何等意趣。又范長白老年得子，徵君賀詩中一聯云：「良友驟聞開口笑，好兒定許踏肩來。」《古檀詩話》。

名輩風流，別具瀟洒。前明張公東海汝弼，人品詩字，爲我松之望。任南安歸，蘇州周別駕德中稱爲神仙太守。東海製十絶答之。又有長短句一篇，集所不載，記其一云：「歸休太守似神仙，布被蒙頭日晏眠。却怪門前來熱客，馬蹄踏破紫芝烟。」《古檀詩話》。

成大器者，幼多穎異。錢殿撰福鶴灘，數歲時，自塾中竊出，適遇乃翁與婢芹香戲，頗爲泥水所污。旋至塾，責子閒遊，罰以詩。指燕爲題，殿撰朗吟云：「雙雙紫燕語春暉，亂逐東風上下飛。欲采芹香猶未得，嘴邊空帶落花泥。」翁知諷己，頗内愧，然殊喜其慧云。《古檀詩話》。

「南徐載鶴横江去，西磧看花壓帽歸。」漁洋山人送汪茗文句。按漁洋在廣陵衙齋，有鶴十二，每微雨，輒矯翮引吭，如得意。汪茗文、葉子吉過揚，各籠其二歸吴。汪有《贈鶴記》，葉賦長歌，可稱韵事。予戚馬楞阿騰常買鶴數對，有《載鶴歌》。予前在合，得錦鷄于六安，嗣在鷺門，見孔雀于官署，其光彩奪目，均不啻青鸞舞鏡，爲賦長歌記之。知羽族之供詩料不少也。《古檀詩話》。

慧心雖禽鳥亦有之。《見聞録》載，士人養白鸚鵡，能誦太白詩數十首、淵明《歸去來》詞、東坡《赤壁賦》，并士人所作詩詞，一日可熟數句。更可異者，清晨必誦觀音寶號、大士咒，然後念詩。足與太真雪衣娘並傳。又有紅而五色者，來自海洋，范雙玉珏曾作《紅鸚鵡詩》。故漁洋句云：「傳來好句紅鸚鵡，今日青溪有范雲。」然則范亦能言之鸚鵡矣。至閩中産相思鳥，飛必成雙，得其一，則其一自至。董閬石長歌云：「照眼不慚魚比目，回頭休妬燕雙棲。」洵極賦物之妙。《古檀詩話》。

潛德幽光，不可不發。青浦辛丑進士邵植庭成正，人品學問，爲一邑之宗。宰徐聞歸，專精詩學，懷古最爲擅場。《咏東晉》云：「祇緣朝士耽名理，坐使神州竟陸沉。」《蕭齊》云：「貴主尚衣無玉導，宮妃鑿地有金蓮。」《陳》云：「擬將碧月傳新曲，留取張星伴小姑。」《南唐》云：「澄心紙樣留新格，洗面啼痕憶故宮。」《勝國》云：「世無窺鼎周公旦，古有從亡魯子家。」真詩史也。手抄明季及我朝人詩，盈兩篋，今存令壻汪文學峭厓處。《古檀詩話》。

自「楓落吴江冷」句傳，而人始知崔信明，此成都跛道士詩。「大江流漢水，孤艇接殘春。」得王文簡欣賞而不朽也。青溪萬壽道院劉練師敏伴霞，嘘吸風雷，道術高妙，其琴得張行人梁幻花指授，尤工書畫，且長于詩，而未傳其名句。憶予曾于丙戌中秋夜四更，放燈船于青溪學潭，高吟暢飲，他人不知也。師知之，明日清晨，書長歌數十韵見贈。句云：「歌入清溪纔一曲，醉來明月已三更。」青溪同學，至今艷之。《古檀詩話》。

壬遁必有秘傳術數，何妨小試。《唐宋遺史》云：「鍾傳領江西日，客有以射覆之法求見。傳以曆日包橘置袖中，令射。客云：『太歲當頭坐，諸神不敢當。其中有一物，常帶洞庭香。』」妙算如神，且亦自然叶韵也。《古檀詩話》。

詩人心靈手敏，而性偏迂拙可愛。《漁洋詩話》載：蕭山毛大可奇齡，不喜蘇詩。汪蛟門懋麟曰：『「竹外桃花三兩枝，春江水暖鴨先知。蔞蒿滿地蘆芽長，正是河豚欲上時。」如此詩，亦可道不佳耶？』毛拂然曰：「鵝也先知，怎只説鴨？」思之輒爲笑來。江左張南村惣僧時，群居未嘗與人争，至論詩，每相持不下，惜不以陳迦陵「此事何與卿飢寒」語之？《古檀詩話》。

詩人玉尺在手，唐句「梅須遜雪三分白，雪却輸梅一段香」，平允矣。近閲西江鄒介亭楙相《雪窗》一絶云：「踏雪江頭興轉饒，青帘隔岸倚風摇。玉龍自是梅花使，爲訪寒香過野橋。」評章更妙。又梅州鄭宜光菊圃《咏雪》云：「散入梅花瘦有香。」知梅又爲雪增妍矣。《古檀詩話》。

名流祝嘏，與俗不同。康對山徵歌選妓，窮日落月。嘗生日邀名妓百人，爲百年會。酒闌，各書小令一闋，曰：「此差勝錦纏頭也。」王百穀七十誕辰，馬湘蘭乘樓船來祝，歌舞連旬，豈非韵事？《古檀詩話》。

香山九老，及耆英、同甲、真率諸會，勝事流傳。粤中亦有九老雅集。何端恪維貊家居時，有餽佳味者，即白其父通議公，延里中唐明府達齋、鄧憲副沃泉、周太守荔灣、周明府獅山、曾僉憲豫齋、江明府虛谷、辛通府北崖、張貳府惠齋諸壽翁讌集。端恪有詩云：「五仙舊在三城裏，九老今同一里閒。春日蔬盤真率會，風流長得似香山。」時嘉靖甲寅歲事。近來我松老友聚會，每當花晨月夕，暢飲留連。如徐東麓王昱、吳靖齋弼、朱蒙溪龍鑑、沈澄心天德、馮立山勤忠、朱雷照永均、金二如銓、諸東宿煌、吳根六謖，居然九老。續以趙稼村駿烈、沈沃田大成、姜仔葯爾耀、唐素元用烜、吳若山兆龍，皆風雅中人也。《古檀詩話》。

稱祝語多不可耐，然查蓮坡嘗稱一絕云：「祝公不效華封祝，富壽多男公已全。但願有花兼有酒，長將詩酒傲神仙。」則又未嘗不灑脱可喜也。《古檀詩話》。

黄休復《茅亭客話》云：「俗以鍾離等爲八仙，後蜀孟昶生日，道士張素卿進《八仙圖》，乃李耳、容成、董仲舒、張道陵、嚴君平、李八百、范長壽、葛永璝也。」故予壽胡徵君鳴玉吟鷗句云：「居士晚聯九老會，名儒半入八仙圖。」又壽劉錬師敏伴霞云：「寄語臨邛狂道士，祇應添入八仙圖。」正用此事。《古檀詩話》。

秦漢之舊，至今惟圖記猶存。如臯許君容賓夫刻有印譜，古雅可翫，予題其後曰：「丹砂僊頂赤，古篆墨痕香。」今所藏印章，多有彷而鐫之者。憶王漁洋有贈許生句，蓋前輩已重之矣。《古檀詩話》。

「雛鳳清于老鳳聲。」予道經漳郡，見蔣觀察允君爲光，頌聲雷動，其少君存譽來章，亦翩翩才藻也。題余詩話稿云：「二百年來少此作，八千里外見斯人。」《古檀詩話》。